빅투스

Victus

빅투스

ⓒ들녘 2017

초판 1쇄 발행일 2017년 11월 30일

지은이 알베르트 산체스 피뇰
옮긴이 정창

출판책임 박성규
편　　집 유예림·남은재
디자인　 조미경·김원중
마 케 팅 나다연·이광호
경영지원 김은주·박소희
제　　작 송세언
관　　리 구법모·엄철용

펴낸곳　 도서출판 들녘
펴낸이　 이정원
등록일자 1987년 12월 12일
등록번호 10-156
주　　소 경기도 파주시 회동길 198
전　　화 마케팅 031-955-7374　편집 031-955-7381
팩시밀리 031-955-7393
홈페이지 www.ddd21.co.kr

ISBN 979-11-5925-298-3(04870)
　　　978-89-7527-628-6(세트)

값은 뒤표지에 있습니다. 잘못된 책은 구입하신 곳에서 바꿔드립니다.

이 도서의 국립중앙도서관 출판예정도서목록(CIP)은 서지정보유통지원시스템 홈페이지(http://seoji.nl.go.kr)와 국가자료공동목록시스템(http://www.nl.go.kr/kolisnet)에서 이용하실 수 있습니다.(CIP제어번호: CIP2017030716)

빅투스

바르셀로나
1714

알베르트 산체스 피뇰 장편소설
정창 옮김

일러두기
본문의 주는 모두 옮긴이가 작성한 것입니다.

VICTUS by Albert Sánchez Piñol
ⓒAlbert Sánchez Piñol 2012

Korean translation copyright ⓒ 2017 by DULNYOUK Publishing Co.
All rights reserved.

The Korean language edition is published by arrangement with Albert Sánchez Piñol c/o Agencia Literaria Carmen Balcells, S.A. through MOMO Agency, Seoul.

이 책의 한국어판 저작권은 모모 에이전시를 통한 Albert Sánchez Piñol c/o Agencia Literaria Carmen Balcells, S.A. 사와의 독점 계약으로 도서출판 들녘에 있습니다. 저작권법에 의해 한국 내에서 보호를 받는 저작물이므로 무단 전재와 복제를 금합니다.

Pugna Magna Victi Sumus.
_Titus Livius

우리는 대전투에서 패배했노라.
_티투스 리비우스

차례

제 1 부
왔 노 라
.... 011

제 2 부
보 았 노 라
.... 265

제 3 부
졌 노 라
.... 499

『빅투스』의 역사적 근거에 대한 짤막한 노트 809
에스파냐 왕위계승전쟁 연대기 811
등장인물_『빅투스』의 안팎을 넘나드는 그들의 이야기 814
옮긴이의 말_ 바르셀로나 1714년 9월 11일 829

1705년 유럽의 정치 지형도

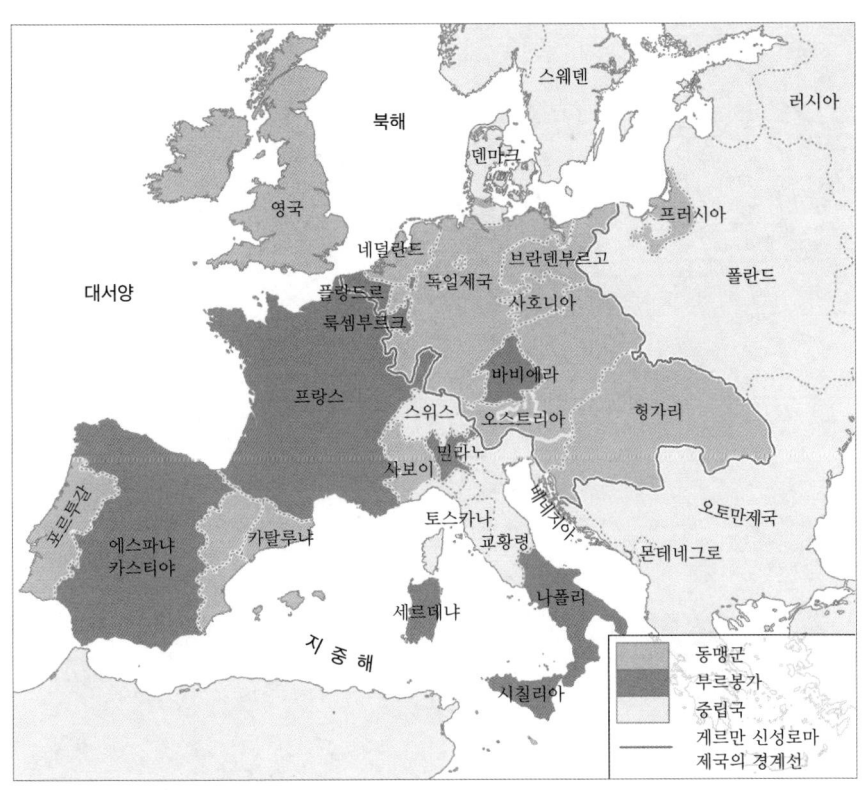

veni

제1부

왔 노 라

1

 인간은 이성적이고 기하학적인 영혼을 소유한 유일한 존재일 것이다. 한데 무방비 상태인 자들이 막강하게 무장한 자들에 맞서 싸우는 이유는 무엇인가? 소수가 다수에게, 작은 것들이 큰 것들에 맞서 저항하는 이유는 무엇인가? 그 이유를 나는 안다. '말(言)' 때문이다.
 우리는, 그러니까 우리 시대의 공병(工兵)은 하나가 아닌 두 가지 역할을 맡았다. 하나는 성스러운 것으로 요새를 구축하는 일이며, 다른 하나는 불경스러운 것으로 요새를 파괴하는 일이다. 그대들이여, 티베리우스를 완성한 나에게 그 말을, 바로 그 '말'을 밝히도록 해달라. 나의 친구들이여, 나의 적들이여, 나아가 온 우주의 변두리에 기거하는 모든 미미한 벌레들이여, 나는 배신자였다. 그들은 내가 만든 작품으로 '아버지 집'을 강탈했다. 결과적으로 나는 그들이 나에게 방어를 맡겼던 도시를, 양 제국의 무력 침탈에 대항하던 도시를 굴복시켰다. 나의 도시를. 따라서 나의 도시를 그들에게 넘긴 배신자는 다름 아닌 바로 나였다.

○○○

이제 막 읽은 것은 초본의 일부다. 나는 그 부분을 쓸 때 몹시 울적한 기분이었거나 술에 취할 수밖에 없었지만 나중에는 잘난 체하는 것 같아 삭제하고 싶었다. 그런 것은 볼테르 같은 아첨꾼에게나 어울리는 짓이니까.

 한데 내 회고를 받아 적는 오스트리아 암코끼리가 삭제하지 말란다. 보아하니 내가 나불대는 서사적 언어와 오만한 말투가 마음에 들었던 모양이다. 젠장, 똥이다! (그들의 표현을 빌리자면 '샤이세 Scheisse!'다.) 하긴 누가 감히 튜턴족 여자와, 그것도 손에 깃털 펜을 쥐고 있는 여자와 다투겠는가? 게다가 뺨이 아담의 사과보다 더 빨갛게 부풀어 오르고 엉덩이가 군악대의 북만큼이나 펑퍼짐한 그녀는 카탈루냐어를 전혀 모른다.

 발트라우트, 그녀의 이름이다. 오스트리아 출신인데, 내가 그 이유를 어찌 알겠는가만 이상하게도 비엔나 여자들의 이름은 돌멩이를 깨무는 소리가 난다. 그녀는 그야말로 답답하기 이를 데 없다. 하지만 카탈루냐어는 몰라도 프랑스어와 에스파냐어는 안다. 사실 그녀는 불쌍하기 짝이 없다. 내 이야기를 받아 적는 것 말고도 처참한 지형도 같은 내 몸뚱이 열아홉 군데를 정기적으로 꿰매야 하기 때문이다. 여기에는 내 몸뚱이에 스치거나 박혔던 열다섯 나라의 총검과 총탄 혹은 산탄이며, 터키인의 칼이나 마오리족의 작대기며, 신대륙 여기저기에 살고 있는 인디오들의 활과 창에 의해 생긴 상처도 포함된다. 또한 70년 전부터 계절이 바뀔 때마다 마치 꽃망울처럼 피어나는 내 얼굴 반쪽의 무수한 흉터와 내 엉덩이에 뚫린 구멍 세 개가 덧나거나 곪지 않도록 신경을 써야 한다. 나는 그녀가 내 엉덩이 상처를 닦을 때면 한 며칠 동안 어느 구멍으로 똥을 누어야 하는지 잊어버리기 일쑤다. 무지무지하게 지독한 통증 탓이다. 나로서는 이 모든 것에, 그리고 냉골 같은 다락방 방세까지 8크리처*를 지불해야 한다. 제국의 연금으로는 어림없지만 평생 내 삶의 모토를 지켜온 나는 개의치 않는다. 매사에 기뻐하고 만족하라!

항상 그러하듯 시작이란 참으로 어려운 일이다. 모든 게 어떻게 시작되었느냐고? 글쎄, 한 세기가 훌쩍 지난 지금에 와서 그걸 내가 어떻게 알겠는가. 혹시 여러분은 눈치챘는가? 내가 방금 언급한 세월의 장구함을. 사실 나는 너무 오래 살아서 그런지 가끔은 내 어머니 이름도 기억하지 못한다. 여러분은 이런 나를 노망 난 영감이라고 비웃을 것이다. 빌어먹을!

아무래도 좋다. 어쨌거나 시간이 없으니 코흘리개 시절 이야기나 눈물 콧물 짜내는 신파극 따위는 생략한 채 모든 게 시작되었던 날로 되돌아가자. 그날은 1705년 3월 5일이었다.

ooo

---

* 독일과 오스트리아에서 통용되던 동전.

모든 것의 시작은 추방이었다. 상상해보라. 정복 차림에 짐 꾸러미를 어깨에 멘 채 프랑스 부르고뉴의 바조슈 성채를 향해 난 쌀쌀한 새벽길을 터벅터벅 걷고 있는 열네 살 애송이를. 유난히 긴 다리, 쭉 뻗은 골격, 뾰족한 콧날, 부르고뉴 까마귀 날개보다 더 매끈한 윤기가 흐르는 검은 터벅머리……. 그 애송이 녀석이 바로 나다. 마르티 수비리아. 내 이름이다. 나는 '선량한 수비' 혹은 '긴 다리'로도 불렸다.

동이 텄다. 멀리 바조슈 성채의 검은 첨탑 세 개와 검은 석판으로 덮인 지붕이 보였다. 사방이 온통 보리밭이었다. 축축한 새벽 공기 사이로 폴짝폴짝 뛰어오르는 개구리들이 손에 잡힐 듯했다. 다시 말하지만 나는 추방된 신세였다. 불과 나흘 전만 해도 카르멜로 수도회 소속 학생이었던 나는 내 잘못으로 인해 학교에서 쫓겨났고, 그런 나에게 마지막 희망은 바조슈에 들어가서 보방 후작의 제자가 되는 것이었다.

당시 나는 프랑스에 발을 디딘 지 한 해가 지난 뒤였다. 아버지가 불안한 에스파냐의 정세를 감안해서 나를 프랑스에 있는 학교로 보냈던 것이다. (내 이야기를 따라가면 여러분도 그 양반 판단이 어긋나지 않았음을 알게 될 것이다.) 그 학교는 수재들이 다니는 학교와는 전혀 거리가 먼 학교이자, 부유층도 아니고 빈민층도 아닌, 아무리 잘난 체해도 귀족들 사이에는 낄 수 없는 평범한 집안의 아이들이 다니는 카르멜로 수도회 소속 학교였다. 아버지는 바르셀로나에서 '명예시민'이었는데 당신이 그 위치를 지키려면 일정한 자산이 요구되었다. 아버지는 푼돈이나마 정당하게 벌어들였지만 툭하면 머리를 쥐어뜯으며 한탄했다. "명예시민들 중에서 가장 없는 놈

15

이 바로 나라고!"(그 양반은 워낙 진지해서 농담이 무엇인지 끝내 깨닫지 못했다.)

카르멜로 수도회 소속 학교의 명성은 나름 자자했다. 그러나 나는 지난날의 과오나 행적을 낱낱이 들먹이면서 여러분을 지루하게 만들 생각이 없으니 그중에서 맨 마지막에 일어난 일, 그러니까 내가 학교에서 쫓겨나게 된 결정적인 사건 하나만 이야기하겠다.

당시 나는 만 열네 살 나이였지만 체구만큼은 성년이나 다름없었다. 그날도 나는 고만고만한 패거리와 리용의 선술집을 돌아다니며 난장판을 벌였다. 기숙사로 돌아갈 생각은 까맣게 잊고 있었다. 내 인생에서 처음으로 취한 날이었다. 포도주가 나를 야만인으로 만들어놓았다. 날이 새자 누군가가 숙소로 돌아가자고 말했다. 늦게라도 돌아가느냐, 아니면 영원히 돌아가지 않느냐, 그게 문제였다. 그런데 바로 그 순간 내 눈에 마차가 보였다. 나는 지체 없이 마부의 옆자리로 뛰어올랐다.

"마부! 카르멜로 수도회 학교 기숙사로 갑시다!"

그러고는 다짜고짜 그를 밀쳐냈다. 마부가 무슨 말을 하긴 했는데 알아듣지 못했으니 독한 알코올과 혈기 방장을 제어하지 못한 탓이었다.

"못 가시겠다? 그렇다면 내가 몰고 가는 수밖에!"

이어 나는 고삐를 잡아당기며 소리쳤다.

"뭣해! 어서들 타지 않고!"

열 명, 아니면 열두 명이었을까. 만취한 동료들이 마치 포획한 배에 올라타는 해적들처럼 마차 위로 뛰어올랐다. 나는 채찍을 휘둘렀다. 깜짝 놀란 말들이 앞발을 들어 올리더니 내달리기 시작했다.

나는 등 뒤에서 무슨 일이 일어나는지 신경 쓰지 않았다. 그럴 겨를이 없었다. 동료들의 다급한 외침과 비명 소리를 듣기 전까지는.
"마르티! 세워! 마차를 세우라고!"
나는 고개를 돌렸다. 쏜살처럼 내달리는 마차에서 미처 자리를 잡지 못한 동료들이 하나둘씩 밖으로 튕겨져 나갔다. 나는 혼잣말로 중얼거렸다. 이 자식들이 대체 얼마나 취했기에 제 몸 하나 못 가누는 거야? 하지만 그게 전부가 아니었다. 마차 뒤로 생판 모르는 사람들이 쫓아오고 있었다. 험악한 표정에다 삿대질을 해대면서. 저건 또 뭐야? 내가 무슨 빚을 졌다고?
두 가지 질문이 하나의 대답으로 귀결되었다. 그랬다. 내 친구들이 마차 안으로 들어가지 못한 이유는 취기 때문만이 아니라 마차에 문이 없는 탓이었다. 나중에 알았지만 내가 일반용 마차와 장례용 마차를 혼동했던 것이다. 아무튼 다들 고함을 질러대며 쫓아오는 터라 일단은 도망치는 수밖에 다른 방도가 없었다. 미친 듯이 앞만 보고 내달리는 짐승들을 제어할 수도 없었다. 정신없이 고삐를 당겼지만 오히려 짐승들의 재갈을 풀어놓는 꼴이었다. 가까스로 행인들을 피해 길모퉁이를 꺾을 때마다 바퀴에서 불똥이 튀었다. 무시무시한 속도였다. 그렇게 광장으로 들어섰지만 속도는 줄어들지 않았다. 광장에는 리용에서, 아니, 프랑스를 통틀어 가장 유명한 크리스털 상점이 있었는데, 아뿔싸, 짐승들의 눈에는 아침 햇살에 빛나는 유리와 크리스털 물건으로 가득한 거대한 상점이 뻥 뚫린 열린 공간으로 보였던 모양이다.
그야말로 멋진 돌진이었다. 그 충격으로 짐승들과 마차, 마차에 실린 관과 관 속의 시신, 상점에 진열된 컵과 등, 병, 거울, 항아리가 깨지고 나동그라졌다. 상점은 아수라장으로 변했다. 나는 지금 이 순간도 내가 그때 그곳에서 어떻게 살아 나왔는지 이해되지 않는다. 그것도 거의 성성한 몸으로.

나는 내가 자행한 처참한 대학살의 희생자들을 지켜보면서 네발로 기었다. 저만치 구경꾼이 몰려들고 있었다. 그때 내 눈에 뚜껑이 열린 관이 들어왔다. 속이 텅 비어 있었다. 시신은 어디에 처박힌 거야? 그러나 당면한 문제는 시신이 아니라 살아 있는 내 자신이었다. 나는 그 순간을 어떻게든 모면할 요량에 관 속으로 들어가 뚜껑을 닫았다.

두개골이 빠개질 듯 아팠다. 밤새 선술집을 전전했고, 카르멜로 수도회보다 신앙심이 두터운 산토도밍고 수도회 소속 학생들과 주먹다툼을 벌였고, 마차를 빼앗아서 미쳐 날뛰듯 몰았고, 짐승들은 광장의 상점으로 돌진했고……. 아, 모든 게 끝장이야. 나는 관 속의 융에 뺨을 갖다 대며 중얼거렸다. 하지만 어쩌겠어. 모든 게 저절로 해결될 때까지 이렇게 숨어 있다 보면…….

얼마나 흘렀을까. 어떤 움직임이 나를 깨웠다. 사방이 막힌 침대가, 아니, 관이 흔들리고 있었다. 퍼뜩 제정신이 들었다.

"이봐요, 열어줘요!" 나는 관 뚜껑을 다급하게 두드리며 소리치기 시작했다. "아, 시팔, 이 관 뚜껑을 열라니까!"

내 외침을 들었을까. 한참을 내려가던 관이 덜커덩거리며 올라가기 시작했다. 나한테는 너무 더딘 시간이었다. 뚜껑이 열리자마자 나는 마치 솥에 갇혔던 고양이처럼 단숨에 밖으로 뛰쳐나왔다. 아, 얼마나 불안하고 초조했던지!

"누굴 생매장시키려는 겁니까!" 나는 버럭 화를 내며 씩씩거렸다.

그간의 과정을 재구성하는 것은 어렵지 않았다. 상점에 나동그라진 관을 발견한 유가족은 관 속을 확인할 겨를이 없었던 터라 장례용 마차에 신자마자 그대로 묘지까지 내달렸던 것이다.

이튿날 나는 모든 책임을 떠맡아야 했다. 마차 사고로 동료 여덟 명이 골절상으로 입원했고, 묘지 안장에 동행했던 몇몇 여자들이 혼절했고, 사라진 시신은 샹들리에가 매달린 천장에서 발견되었고, 크리스털 상점 주인은 법대로 처리하겠다며 으름장을 놓았고……. 다시는 돌이킬 수 없는, 지나치게 멀리 가버린 사건이었다. 카르멜로 수도원장은 고민 끝에 양자택일을 제시했다. 생활기록부를 챙겨 고향으로 돌아갈 것인가, 아니면 바조슈로 들어갈 것인가. 만일 내가 학교에서 쫓겨난 신세로 바르셀로나에 돌아가면 모르긴 몰라도 아버지는 나를 죽이고 말았을 것이다. 결국 나는 바조슈를 택했다. 일말의 여지가 없었다. 그때까지 내가 바조슈 성채 주인인 모랑 후작에 대해 아는 것은 그가 학생들을 후원하는 인물이라는 게 전부였다.

2

유치한 이야기는 그만하자. 앞서 나는 1705년 3월 5일에 정장 차림에 짐 꾸러미를 어깨에 메고서 바조슈 성채로 가고 있었다는 이야기를 하던 중이었다.
　바조슈는 군사용보다는 영지풍이고 장중함보다는 아름다움이 깃든 건축물이었다. 뾰족한 형태의 검은 지붕과 장식된 둥그런 첨탑 세 개가 인상적인 데다 전체적으로 고색창연한 빛이 그 품격을 더했다. 그런데 얼마나 멋졌으면 뒤에서 달려오던 마차 소리도 못 들었을까. 마치 자석에 끌린 것처럼 성채의 위용에 홀려 있던 나는 다급하게 한쪽으로 비켜섰지만 마차가 웅덩이를 지나면서 튕긴 흙탕물을 머리끝부터 발끝까지 흠뻑 뒤집어썼고, 그사이에 나와 동년배로 보이는 녀석 두 명이 차창 밖으로 얼굴을 내밀고서 큰 소리로 비웃어댔다.
　참으로 불행한 일이었다. 나한테는 삼각모자와 정장이 딱 한 벌밖에 없었다. 아, 이런 꼴로 후작 앞에 서야 하다니.

내가 어떤 기분으로 바조슈에 들어섰는지 여러분은 상상할 수 있으리라. 나를 물에 빠진 생쥐 꼴로 만든 마차가 앞서 통과했는지 성문이 열려 있었다. 대문 앞에서 제복 차림의 문지기가 나를 막아섰다.

"꺼져! 동냥은 월요일만 허용된다니까! 대체 몇 번을 얘기해야 알아듣겠나?"

문지기의 무례한 언행을 비난할 수만은 없었다. 그의 눈에 내 행색이 아무 때나 밥을 달라고 떼쓰는 상거지로 보였던 모양이다.

"나는 공병 지원자입니다." 나는 어깨에 멘 짐 꾸러미를 풀며 소리쳤다. "여기 봉인된 증명서도 갖고 있다고요!"

그러나 문지기는 내 말을 들으려 하지 않았다. 아니, 그런 상황에 익숙한 문지기처럼 몽둥이를 꺼냈다.

"이런 불량한 놈 봤나! 어서 꺼지지 못해!"

이봐, 이 독일산 들소* 년아, 넌 천사를 믿나? 나는 안 믿지만 바조슈에는 천사가 셋이나 있더라고. 그런데 문지기의 몽둥이가 내 갈비뼈를 부러뜨리는 순간에 첫 번째 천사가 나타난 거야. 정황상 하녀일 텐데 어딘가 도도한 게 은근히 자신을 과시하는 거야. 천사는 성별이 없다고들 하지만 나는 그런 그들에게 천사는 여성이라고 확신할 수 있어. 진짜 그랬으니까.

눈앞에 나타난 창조물의 매력을 묘사하는 건 결코 쉬운 일이 아니겠지. 물론 내가 시인은 아니지만, 한마디로 요약하자면, 그 여

---

* 발트라우트의 별칭. 이 책에서 발트라우트는 수많은 별칭으로 소개된다.

자는, 오, 끔찍한 내 사랑 발트라우트야, 지금 네 모습과 정반대라면 딱 들어맞을 거야. 아, 그렇다고 화를 내진 마. 사실은 사실이니까. 네 허리는 암벌의 배처럼 통통하지만 그 여자 허리는 기껏해야 한 뼘 반밖에 안 됐거든. 너는 어깨에 무거운 짐을 메고 다니는 노새처럼 걷지만 그 여자 걸음걸이는 귀족이나 평민과는 상관없는 선택된 운명의 여자들처럼 제왕도 짓밟아버릴 만큼 확신에 차 있었거든. 네 머리칼은 기름 항아리 속에 담근 것처럼 끈적거리지만 그 여자의 붉은 수박색 머리는 목선을 타고 어깨까지 흘러내렸거든. 어디 그거뿐인 줄 알아! 네 젖통은, 난 못 봤지만, 아니, 보고 싶은 마음조차 없지만, 보나마나 뭉툭한 가지처럼 뎅그러니 매달려 있겠지만, 그 여자 유방은 가슴가리개 크기에 딱 들어맞았거든. 아, 그렇다고 모든 게 완벽했다는 건 아냐. 아래턱이 각진 게 여성으로서는 지나치게 개성적인 인상을 준다고도 할 수 있었으니까. 너는 그 턱마저도 너를 안면비대칭의 완벽한 모델로 만들어버렸지만.

또 뭐가 있을까? 아, 그렇지! 귀는 조그맣고, 눈썹은 머리카락 두 가닥을 그려놓은 듯이 가늘었어. 얼굴은 대부분의 빨강머리들이 그렇듯 주근깨투성이였는데 정확히 643개였고(내가 왜 주근깨 수를 세세하게 세는지 여러분은 나중에 바조슈에서의 교육과 훈련에서 이해할 것이다.) 모르긴 몰라도 만일 네가 주근깨투성이였으면 흡사 역병에 걸린 마귀 같았겠지만 그 여자는 판타지에 등장하는 인물 같더구나. 가만, 그러고 보니, 아직까지 내가 몰라서 그렇지, 금세기 영웅들 중의 하나는 공처가인 네 남편일 거야. 밤이면 밤마다 너 같은 추물을 상대해야 할 테니까. 이봐, 울긴 왜 울어? 그러니까 내가 지금 없는 말을 지어내기라도 했다는 거야? 엉? 젠장, 자, 뚝 그치고 그 깃털 펜이나 제대로 잡도록 해.

그 천사는 내 말에 귀를 기울여주며 증명서를 요구했다. 글을 읽을 줄 안다는 것은 하인들 중에서도 신분이 높다는 것을 의미했다. 나는 마차를 탄 애송이 녀석들에게 당했던 일을 꺼내면서 그녀를 설득했다. 그녀의 결정에 따라 입학 여부가 달려 있다고. 그녀가 자리를 떴다. 나에게는 영원처럼 느껴지는 시간이 흘러가고 있었다.

"이 연미복을 입어봐요." 잠시 후에 옷을 가지고 다시 나타난 그녀가 재촉했다. "그리고 어서 뛰어가요. 다들 벌써 모여 있어요."

나는 그녀가 가리키는 곳으로, 천장이 그다지 높지 않고 벽이 사각을 이루는 방으로 들어설 때까지 서둘러 움직였다. 가구라고 의자 두 개가 전부였다. 맞은편 벽으로 또 하나의 문이 보이고 바로 그 옆에는 나에게 흙탕물을 뒤집어쓰게 만든 뻔뻔스러운 녀석들이 서 있었다.

한 녀석은 땅딸보에 콧구멍이 거의 이마에 닿을 만큼 바짝 치켜 올려진 들창코고, 또 한 녀석은 키가 크고 홀쭉한 데다 다리가 아프리카 홍학처럼 가늘었다. 둘 다 부잣집 아이들 옷을 입고 있었지만 단계적으로 성장한 게 아니라 위아래 살을 집게로 잡아당긴 것처럼 늘어나거나 길어진 기형적인 그들의 몸매까지는 감추지 못했다. 나는 녀석들을 마음속으로 뚱보와 홀쭉이로 명명했다.

글쎄, 녀석들이 나를 마치 처음 본 사람 대하듯 냉담하게 쳐다봤다고 해서 꼭 이상하게 생각할 것만은 아니잖아. 이 오랑우탄 같은 계집아, 네가 이럴 때 요긴한 충고가 하나 필요할 것 같은데 세상에는 이런 말이 있단다. 똥개 눈에는 똥만 보인다고. 실제로 뚱보와 홀쭉이는 나를 알아보지 못했다. 그들의 뇌리에 기억된 모습 대신

23

멋진 연미복을 차려 입은 새로운 모습이 그들의 눈에는 전혀 다른 사람으로 보였던 것이다.

"지원자가 우리 말고 또 있었던 거야?" 홀쭉이가 경쟁심을 숨기지 못하고 나를 쳐다보며 말했다. "난 네가 잘되길 바라지만, 너 역시 내가 여러 해에 걸쳐 공학 원리를 공부했다는 걸 알았으면 해. 그러니 만약에 우리들 중에 딱 한 명만 허락한다면, 그 자리는 내 것일 수밖에."

녀석은 '내 것'이라는 말에 힘을 주었다. 그 말을 뚱보가 받았다.

"이봐, 사랑하는 친구, 나 역시 친구만큼 공부했다는 걸 잊고 있군."

그러자 홀쭉이가 한숨을 길게 내쉬고 나서 그 말을 받았다.

"사실 보방이 몸소 이 문으로 나타나게 될 거라곤 상상조차 못했어. 그분은 요새만 무려 300개를 새로 짓거나 뜯어고쳤잖아!"

"맞아." 뚱보가 동의했다. "하지만 크고 작은 전쟁에 출정한 횟수가 150회 이상이라는 사실은 빼먹었군."

"무엇보다 아름답고 위대한 건 55개 도시를 탈취했다는 거야." 홀쭉이가 덧붙였다. "트로이보다 더 방어가 잘 된 요새들을 포함해서 말이지."

"역시 최고야." 뚱보가 할 말을 잃었다는 듯 혼잣말로 중얼거렸다. "최고라고……."

그러니까 다들 잘해보자고, 응! 나는 마음속으로 중얼거렸다. 그러나 내심 자신이 없었다. 내가 떠나기 전에 수도원 학교에서는 바조슈는 물론이고 시험전형에 대해 한마디도 언질해주지 않았다. 게다가 딱 한 명만 선발하는 상황에서 어떻게 저 공부벌레들을 제칠 수 있단 말인가?

이윽고 보방이 등장했다. 녀석들 말대로라면 그는 무수한 전투를 통해 단련된 근육이나 온몸에 흉터가 남아 있어야 했지만 그렇지 않았다. 헤라클레스 같은 거한의 이미지와는 전혀 거리가 멀었다. 키가 작고 단단한 체구에 다혈질로 보였다. 가운데가르마를 탄 붉은 가발과 느슨하게 각이 진 턱에서 노숙미와 불같은 에너지가 풍기는 것 같았다. 나중에 알게 된 사실이지만 그의 왼쪽 뺨에 선명하게 드러나는 자주색 홍반은 아티아스 포위전*에서 적의 총탄이 스친 흔적이었다.

* 1677년 아티아스는 프랑스 루이 14세 군대에게 하루 만에 점령당했으며, 보방은 그곳에 새로운 요새들을 축성했다.

Sébastien le Prestre Marqués de Vauban

우리는 좌우로 바짝 붙어 서서 부동자세를 취했다. 후작은 말 대신 눈으로 주시했다. 가까이 다가서서 뚫어지게 쳐다보았다. 어디를 가더라도 기억하게 될 바조슈의 시선이었다. 그의 눈이 이렇게 말하는 것 같았다. 넌 아무것도 숨길 수 없어. 난 네 약점을 너보다 잘 알거든. 그랬다. 상대를 꿰뚫어보는 그의 눈은 정확했다. 그러나 그런 모습은 그의 경직된 일면에 지나지 않았다.

보방에게는 가부장적인 기질이 엿보였다. 그럼에도 엄격한 그의 성격이 매사를 호의적이고 건설적인 방향으로 이끌어가는 강직함에 바탕을 두고 있음을 모르는 이는 없었을 것이다.

마침내 보방이 말문을 열었다. 먼저 그는 공병대의 긍정적인 측면을, 다시 말해 공병은 왕의 직속으로 엘리트 중의 엘리트, 즉 선택된 극소수이며 유럽과 아시아의 왕들이 항상 그들과의 계약에 필요한 돈을 준비하고 있다는 것을 강조했다. 프랑스는 리브르를, 영국은 파운드를, 포르투갈은 이스쿠두를. 그의 이야기가 나로 하여금 공병에 대한 관심을 부추겼다. 제군들은 돈을 벌게 될 것이고, 세상을 보게 될 것이다!

이어 그의 이야기는 보다 진지하고 엄숙한 내용으로 변했다.

"제군들, 전면전이 벌어지는 공성전에서 공병은 목숨을 걸어야 할 일이 보병대 장교들보다 훨씬 더 많다. 그래도 지원하겠나?"

멍청이 녀석들이 동시에 우렁차게 동의했다. "네, 각하!" 그러나 나는 그게 무슨 말인지, 어디에다 눈길을 주어야 할지 막막했다. 뭐, 공병이 군인이라고? 사격을 한다고? 포를 쏜다고?

빌어먹을, 대체 무슨 말을 하고 있는 거야? 나는 공병이 굴이나 다리를 건설하는 장교라고 생각해왔다. 그래서 홀쭉이와 뚱보가 공성전과 포위전을 들먹이며 잘난 체하는 동안에도 항상 정해진 위치에서, 무엇보다도 후미에서 한쪽 팔로 여자를 껴안은 채 전황도를 작성하는 지휘관의 모습을 떠올렸다.

이봐요, 난 그럴듯한 증서나 하나 챙겨서 집으로 돌아갈 요량이었다고요. 조그만 도랑을 설계할 수 있는 자격증이라도 좋아요. 우리 아버지에 보여줄 만한 것이면 아무거든 상관없다고요. 그러나 그런 내 마음을 아는지 모르는지 늙은 후작의 이야기는 계속되었다.

아무래도 예감이 좋지 않았다. 아주 안 좋았다. 그런데 내가 안 좋은 게 무엇인지 깨닫기도 전에 후작이 문제의 '미스테어'라는 말을 꺼냈다.

'미스테어'. 여태 나는 거의 한 세기를 살아오면서 그 '미스테어'라는 말을 이해하려고 해왔고, (발트라우트야, 꼭 '미스테어 *le mystère*'라고 써야 한다니까!) 아직도 그 말이 떠오르면 그 시절의 애송이로 돌아가는 기분이다. 여러분은 이렇게 말할 것이다. 열네 살밖에 안 된 애송이가 바조슈 성채의 살롱에서 그 말을 처음 듣고 무슨 생각을 했겠느냐고.

그날 보방 후작은 자기 이야기 세 마디에 두 번 꼴로, 그것도 근엄한 분위기에서 '미스테어'라는 낱말을 되풀이했다. 그러다 보니 그 '미스테어'라는 말이 나에게는 신에 대해 이야기할 때 사용하는 불가사의한 어떤 것 같았고, 신이란 것도 기껏해야 '미스테어'가 낳은 천치 사생아에 지나지 않을 것이라는 생각까지 들었다.

아무튼 그런 상황에서 나는 바조슈를 향한 모든 기대를 거두어버렸다. 무엇을 생각하고 말 것도 없었다. 그러나 그런 나와 달리 뚱보와 홀쭉이는 자기들의 미래에 대해 푹 빠져 있는 것 같았다. 그곳에 왜 왔는지 알고 있었고, 그곳에서 인정할 만큼 충분히 준비되어 있었고, 지극히 드문 후작의 이상향을 중심으로 받아들일 각오가 되어 있었다.

보방이 살롱을 나갔다. 돌연 이야기를 중단하고 맺음말 없이 퇴장한 탓에 뚱보와 홀쭉이가 서로를 쳐다보며 어안이 벙벙한 표정을 지었다. 1분쯤 지났을까. 후작 대신에 다른 사람이 들어왔다. 그녀였다. 연병장에서 만났던 빨강머리 하녀. 그녀가 자신을 후작의 여식으로 소개했다.

도저히 상상이 안 되는 일이었다. 아, 나는 왜 그렇게 멍청했을까. 하긴 일개 하녀가 어찌 그렇게 당당할 수 있었겠는가. 발끝을 덮는 롱드레스 차림의 그녀는 우아한 모습에다 두려운 마음이 들 정도로 차분하고 진지했다.

"아버지께서 그러시더군요." 그녀가 입을 열었다. "그대들의 능력을 시험해보라고. 아버지가 이런 기회를 주신 것은 여러분이 아버지 앞에 있다 보면 지레 겁을 먹을 거라는 우려 때문이었어요." 이어 서류철을 열더니 판화를 꺼냈다. "시험 문제는 딱 한 가지. 그림을 하나 보여줄 텐데, 그 그림에 대해 설명하는 거예요. 간결하게 말예요."

첫 번째는 나였다. 그녀가 내 눈 앞에 판화를 내밀었다.

지금도 나는 그 사본을 갖고 있다. (에이, 이런 남아프리카 들소 같

은 년 봤나. 글쎄 그건 여기다 배치하라니까!)

차라리 아람어*로 쓴 시를 보는 게 나았을 것이다. 나는 어색해서 어깨를 흠칫 들어 올리면서도 머릿속에 스치는 이미지를 떠올렸다.

"별이네요. 이파리 대신에 가시가 달린 꽃송이처럼 생긴 별 말입니다."

곁눈질로 판화를 훔쳐보던 뚱보와 홀쭉이가 배꼽을 잡고 폭소를 터뜨렸다. 그러나 그녀는 웃지 않았고, 이번에는 뚱보에게 보여주었다.

"이건 여덟 개의 능보(稜堡)와 여덟 개의 반월보(半月堡)로 이루어진 요새입니다."

다음은 홀쭉이였다.

"이건 '네프-브리작'입니다."

"아, 그렇구나!" 뚱보가 소리쳤다. "난 왜 그걸 몰라봤지? 보방의 역작을!"

홀쭉이는 자신의 승리를 확신하며 신에 의해 선택된 자들의 감격을 숨기지 않았다. 그래, 네프 브리작이라고. 그는 승자의 싸구려 미덕을 발휘하여 뚱보를 위로했다. 그 요새가 어디 있는지는 직접 알아보시지 그래.

보방의 여식이 부친의 답변을 듣겠다면서 사라졌다. 나는 그때서야 그들에게 고개를 돌렸다.

"다시 또 만나거든 다른 건 몰라도 예의범절만큼은 배워야겠더

---

* 시리아와 메소포타미아 지방의 언어.

군."

 내 말투에서 이상한 낌새를 느낀 녀석들이 나를 위아래로 훑어보았다.

 "아, 그러고 보니 그 거지였잖아." 눈치 빠른 홀쭉이가 먼저 반응했다. "거지 자식이 여긴 무슨 일이지?"

 나는 떠나기 전에 녀석들의 버릇을 조금 고쳐줄 생각이었다. 진흙탕을 뒤집어쓴 일이야 그렇더라도 으스대는 꼴만큼은 가만둘 수가 없었다. 그러나 내 도발에 녀석들이 안색을 바꾸더니 한꺼번에 나를 덮쳤다.

 상대가 둘이었지만 일도 아니었다. 나는 번갈아가며 녀석들의 정강이를 차고 눈을 가격했다. 뒤에서 내 목을 잡는 뚱보와 함께 바닥에 나뒹굴면서 녀석의 팔을 물어뜯고 홀쭉이의 발길질을 막아냈다. 약이 빠짝 오른 홀쭉이가 의자로 내 머리를 내리찧을 참에 모방과 그의 여식이 나타나지 않았으면 그 뒤로 무슨 일이 일어났는지는 나도 모른다.

 "제군들!" 그녀가 소리쳤다. "여긴 바조슈 성이지 술집이 아니에요!"

 우리는 허겁지겁 옷매무새를 매만지고 부동자세를 취했다. 엉망이었다. 홀쭉이는 한쪽 눈이 멍들고, 뚱보는 물어뜯긴 한쪽 팔을 겨우 지탱하고 있었다. 나는 근엄한 후작의 눈빛을 감히 읽을 수가 없었다. 납덩이처럼 무거운 침묵이 흘렀다. 좀이 의자 갉아 먹는 소리가 들릴 정도였다. 수사학적 묘사가 불가능한 상황이란 그런 때를 두고 나온 표현일 것이다.

 "감히 내 거처에서 폭력을 휘두르다니." 마침내 후작이 단호하게 입을 열었다. "당장 내쫓도록 해!"
 그게 전부였다.
 "두 사람은 나를 따라와요." 후작의 여식이 녀석들을 데려가면서 나한테 일렀다. "그쪽은 거기서 기다리고."
 그사이 후작은 나한테서 눈을 떼지 않았다. 하나하나 뜯어보는 눈치였다. 문 저쪽으로 홀쭉이와 뚱보의 항변이 들렸다. 잠시 후에 그녀가 다시 나타났다.
 나는 이제 내 차례라고 생각했다. 당연했다. 나를 늦게 내보내는 것은 밖에서 다시 싸우지 못하도록 시간적 거리를 두려는 것일 뿐 별다른 이유가 있을 리 없었다. 그런데 이어지는 후작의 말은 내 생각과 어긋났다. 냉담한 어조까지 풀린 것은 아니었지만.
 "우리의 첫 대화가 다른 곳도 아니고 바로 내 거처에서, 그것도 한바탕 폭력 행위가 일어난 다음에 이뤄지게 되다니, 지원자는 이게 좋은 징조라고 생각하나?"
 나로서는 무응답이 상책이었다. 후작이 몇 걸음을 떼어 다시 내 앞에 서더니 손가락으로 내 상의 옷깃을 톡톡 치며 자신의 말을 이어갔다.
 "한 가지 물어볼 게 있는데, 나한테는 거짓말이 안 통하니 진지하게 대답하도록. 카르멜로 수도회에서는 무슨 일이 있었나?"
 "그건 사실대로 설명하기가 어렵습니다. 카르멜로 수도회의 규율이 워낙 엄격하거든요."
 내가 보기에 보방은 서설이 길거나 주저하는 것을 좋아하지 않는 인물이었다. 게다가 나로서는 수도원장의 서신 내용을 알 턱이 없었던 터라 그날의 사건을 지나치게 얼버무리지 않는 선에서 살짝 미화하기로 마음먹었다.

"기숙사로 돌아가려고 다급하게 마차를 탔는데, 알고 보니 장례용이었습니다. 학교에서는 그걸 문제로 삼았고요."

"장례용이라고?"

"그 바람에 유가족들이 행선지를 바꾸는 불편을 겪었습니다." 나는 가급적 그 사건의 불행한 부분을 피해가며 대답했다.

그때 내 뒤에서 킥킥대는 소리가 들렸다. 의자에 앉아 있는 후작 여식의 웃음소리였다. 그리고 그 웃음이 후작에게 전이되면서 화석처럼 굳어 있던 그의 얼굴이 우스꽝스럽게 일그러지며 폭소를 터트렸다. 나로서는 전혀 생각하지 못한 반응이었다.

"수도원장이 이 젊은이를 왜 내 영지에 보냈는지 이제야 알겠구나." 후작이 그렇게 말하고는 자신의 과거를 회상했다. "나도 한창 나이에 거기서 공부했고, 젊은 혈기에 똑같은 실수를 저질렀지. 거기선 아직도 그 일을 기억하고 있는 게 틀림없어!" 그는 웃음을 그치지 않고 여식을 쳐다보았다. "잔, 이 아비가 그 얘긴 안 했겠지? 나도 그랬단다. 마부 옆에 앉자마자 이렇게 소리쳤거든. '자, 카르멜로 수도회 기숙학교로 갑시다!'라고."

잔의 웃음소리가 더 커졌다.

"그랬더니 마부가 '젊은이, 이 마차가 가는 곳은 그렇게 서둘러 가선 안 될 곳이라네.'라고 대답하는 거야. 그때서야 나는 그 마차가 공동묘지로 가고 있다는 걸 깨달았지만, 아, 얼굴이 얼마나 화끈거리던지!"

동시에 부녀의 웃음이 터졌다. 후작은 모포 반 장 크기만 한 하얀 손수건으로 눈물을 닦아야 했다. 그가 다시 자신의 이야기를 이어갔지만 그의 웃음이 사라지지 않았다.

"오, 맙소사……, 그러니까, 그깟 일로 생도에게 화를 냈다? (다시 웃음소리가 들렸다. 호호호.) 누군가가 정신 줄을 놓고 있다가 마차에서 내리면 얼마나 곤혹스럽겠어…… (헤헤헤.) 하지만 사실 난 그렇게 생각해…….” 그 부분에서 보방도, (우하하) 잔도 (히히히) 웃었다. “카르멜로 종단의 미덕은 (우하하) 결코 유머 감각이 없다는 거야. (우하하)……”

그는 대중적인 이미지와는 판이한 인물이었다. 그에게 작은딸 잔은 그의 '사적'인 것을 무한정하게 보여줄 수 있는 상대였다. 그는 다시 나를 쳐다보았다. 그의 얼굴은 다시 화석으로 돌아와 있었다.

"아직은 되돌아갈 시간이 있으니 신중히 판단하게. 여기 바조슈에 남게 되면, 그때부터 자네의 삶은 급격한 변화를 겪게 될 거야.”

그랬다. 그때서야 나는 보방의 여식이 자기 부친을 속였다는 사실을 깨달았다. 정답을 맞힌 지원자가 홀쭉이가 아니라, 바로 나, 마르티 수비리아였다고. 그녀는 나에게서 무엇인가를 보았던 것이다.

"서간에는 지원자의 품성에 관한 결격 사유들도 나와 있더군. 교만함, 무례함, 불경스러움. 어때, 내 생각을 알고 싶나? 이번 기회를 통해서 수도원장은 골칫덩이 문제아를 제거했다는 거야.”

거의 한 세기가 지난 지금도 내 앞에 앉아 있던 잔의 모습이 눈에 선하다. 고개를 한쪽으로 비스듬히 숙인 채 모든 것을 혹은 아무것도 아닌 무엇인가를 암시하는 눈으로 나를 쳐다보던, 빨강색 머리카락을 입술로 깨물고 있던 그녀가. 만일 그 자리에 그녀 혼자만 있었다면 나는 눈이 뒤집혀 그녀를 덮쳤으리라.

"지원자는 단순한 '공병'이 되기 위해 여기 왔다고 생각하나?”

후작은 손가락으로 내 가슴팍을 톡톡 치며 입을 열었다. "그렇다면 오산이야. 바조슈는 극소수만이 도달하는 비전의 원천이지. 지원자는 알아야 해. 여기서 지내다 나갈 때면, 더 이상은 평범한 존재가 아니라는 걸. 분명한 것은 무쇠 손가락으로 영광의 문을 두드린다는 거야. 하지만 보상은 없어. 우리는 지원자를 바조슈의 공병으로 변모시키기 위해 지원자로부터 모든 걸 뽑아내고 다시금 채워 넣을 거야. 그 과정에서 토해내고 삼키는 것을 무한하게 반복할 테고, 그때서야 비로소 '미스테어'에 어울리는 존재가 되겠지." 그 대목에서 그는 자신의 늙은 폐를 다시 채우기 위해 잠시 뜸을 들이더니 이렇게 물었다.

"어때, 마음의 준비는 되어 있나?"

나의 반쪽이 거기를 떠나라고 재촉했다. 곧장 밖으로 나가서 피레네산맥을 넘을 때까지 뒤도 돌아보지 말라고. 그 '미스테어'를, 그 허황된 공병이라는 것을, 나를 자기 멋대로 요리하려는 그 실성한 후작을 버리라고. 그들의 헛소리에 말려들지 말라고.

한편 다른 반쪽은 왜 안 되느냐고 반문했다. 비록 내가 상상했던 것은 아니지만 다른 것을 선택할 여지가 없지 않느냐고. 나는 어느 쪽으로도 마음을 잡지 못한 채 위대한 보방의 여식을 힐끗 쳐다보았다. 빨강머리. 현기증이 일었다.

마침내 나는 결연한 자세를 취했다.

"각하! 기꺼이 최선을 다하겠습니다!"

그가 가볍게 고개를 끄덕이면서도 반신반의하는 표정을 지으며 여식을 향해 고개를 돌렸다.

"얘야, 이 젊은 친구는 자기 앞에 무엇이 기다리고 있는지 아직까지는 이해를 못 한 모양이구나."

우리 인생에서 가장 중요한 결정들은 우리 자신이 취한 것이 아니라 우리에게 주어진 것들이다. 나의 결정은 눈에 보이지 않는 그 '미스테어'라는 기운 탓이었을까? 그럴 수 있었을 것이다. 아니면 그 계집 때문에? 역시 그럴 수 있었을 것이다.

3

 위대한 보방은 왜 나를 학문적으로 받아들였을까? 거의 한 세기가 지난 지금도 나는 그 질문에 확실하게 대답할 수가 없다.
 그의 유일한 아들은 세상에 태어난 지 두 달 만에 죽었고, 그래서 두 여식을 위안으로 삼았던 그가 나를 통해서 자신이 수행하지 못했던 어떤 부성애를 느끼고 싶었던 것일까? 설사 그랬다 해도 여러분은 행여 나를 그렇게까지 중요한 인물로는 여기지 말라. 나중에 알았지만 그는 혈통에서 성별(性別)을 염두에 두지 않는 편이었다. 그가 성채 주변에 사는 아낙네 두세 명과의 사이에 사생아들을 두었다는 사실을 알 만한 사람들은 다 알고 있었다. 그는 그런 사실을 숨기지 않았으며, 그들에게 상당한 유산을 남겨주기도 했지만 죽기 전까지는 어떤 관심도 두지 않았다.
 1705년 3월은 보방 후작이 세상을 떠나기 두 해 전이다. 그는 자신의 죽음이 머지않았음을 알고 있다. 그들이 나에게 상당한 특권을 허용한 것은 어쩌면 내가 마지막 문하생이기 때문이었다. 당시 나는 죽음을 앞두고 마지막 유언 같은 구원의 메시지를 병 속에 넣는 비장한 조난자의 심정이었다.

나는 그를 날마다, 아니, 거의 보지 못했다. 당연한 일이었다. 당시 그는 파리를 비롯해서 도처를 돌아다녔다. 그랬기에 부모보다는 자신의 요새 작품들을 대하는 총감독 같은 입장에서 나의 훈련 과정에 신경을 썼을 것이다.

바조슈에서 배정받은 숙소는 달팽이집처럼 생긴 계단을 빙 돌아 올라가면 나오는 탑 꼭대기 방이었다. 아담한 실내는 밝은 채광과 정갈한 분위기에 은은한 라벤더 향이 풍겼다. 이튿날 나는 주방으로 내려갔다. 다들 일찍 일을 하러 나갔는지 널찍한 주방이 텅 비어 있었다. 내심 잔을 기다리며 밥을 먹고 있는데 광채 나는 얼굴에 미소를 띤 초로의 인물이 다가왔다.

"그쪽이 새로 들어온 지원자인가?"

그는 자신을 아르망 뒤크루아라고 소개했다.

"바조슈에 익숙해졌나?" 그는 그렇게 묻고는 스스로에게 대답했다. "아냐, 그럴 리가 없지. 이게 무슨 바보 같은 질문이야. 어제 막 도착한 사람한테 말이지. 어쨌든, 뭐, 다 잘될 거야."

그때까지만 해도 나는 아르망 특유의 대화 방식을 몰랐다. 그는 항상 자신의 생각을 큰 소리로 말했다. 그렇게 내뱉어버리는 게 세상에서 가장 자연스러운 일인 것처럼.

"흠, 그레이하운드 같이 생겼으니 먼 데까지 갈 수 있겠군. 아냐, 그걸 누가 알아? 누가 아느냐고? 그러니 착각해선 안 되겠지. 모든 건 '미스테어' 손에 달려 있거든. 그래도 콧날이 예리한 게 민첩한 데다 기운이 넘쳐흐르고, 어깨가 딱 벌어진 게 무거운 짐을 져도 잘 견딜 거야. 자, 그러면 오늘부터 그 근육도 단련시키고, 그 기백도 살려볼까?"

그는 나를 도서관으로 데려갔고, 서가마다 가득 찬 장서를 경이로운 눈으로 지켜보던 나에게 어떤 칸을 가리켰다.

"와우!" 나는 놀라움을 감추지 못하고 소리쳤다. "적어도 한 칸에 50권이 넘어 보이는데, 이렇게 많은 책을 본 사람이 있습니까?"

그가 의자에 앉으면서 웃음을 터뜨렸다.

"지원자, 지원자는 마가논이 될 때까지 무척 많은 책을 읽게 될 거야."

"마가논?"

"군사공학자를 고대 그리스인들은 그렇게 불렀지."

아르밍이 무엇인가를 쓰기 위해 고개를 숙이는 순간에 그의 대머리가 환하게 빛났다. 나는 그의 두개골을 보면서 반들반들한 구면체를 보고 있는 것 같은 신기한 기분이 들었다. 내가 아는 대부분의 대머리는 얼룩 같은 반점과 시퍼렇거나 불그스름한 혈관이 도드라지고 목덜미 부위에 주름이 잡히기 마련이지만 그의 경우는 달랐다. 붉은 장밋빛을 띤 두피는 북의 가죽껍질처럼 팽팽했다. 두개골 밑 부분을 월계관처럼 에워싼 하얀 후광 같은 흰머리는 뾰족한 흰 염소수염과 적절한 조화를 이루었다. 또한 호리호리한 몸매에는 탄탄한 근력과 생기 넘치는 순발력이 감추어져 있었다. 그는 전체적으로 호인 같은 면모를 풍겼다. 그렇다고 해서 등 뒤에서 상대를 노리는 늑대의 회색 눈 같은 매서운 눈빛까지는 감추지 못했지만.

이윽고 그가 종이를 한 장 내밀었다.
"교육시간표야."
지금 나는 그 시간표를 갖고 있지 않다. 간직할 필요조차 없었다. 지금도 내 머릿속에 뚜렷하게 각인되어 있기 때문이다.

06:30-07:00 세면. 예배. 조식.
07:00-08:00 도면 설계.
08:00-09:00 수학. 기하학. 레몬즙.
09:00-10:00 원형 공간 교육.
10:00-12:00 축성술. 지형학.
12:00-12:30 중식. 레몬즙.
12:30-14:00 야전 교육.
14:00-15:00 복종과 명령. 전략과 전술.
15:00-16:00 역사학. 물리학.
16:00-17:00 측량학. 탄도학. 레몬즙.
17:00-19:00 광물학. 야전 교육.
19:00-19:30 석식.
19:30-21:00 건축학.
21:00-23:00 야전 교육. 예배.

교육시간표. 그들이 짜놓은 일정에서 예배는 강요가 아니었기에 내가 예배당에 발을 들여놓은 적은 없었다.
"딱 하루, 일요일은 자유야. 이 일정에 동의하나?" 그가 평생 얼굴에서 떨어지지 않을 미소를 띠며 물었다.

내가 무슨 말을, 어떻게 동의를 못 하겠다고 대답하겠는가?

"좋아. 그렇다면, 시작하지. 먼저 옆방으로 가서 이 책들을 가져 오도록 해."

그 책들은 니콜라우스 골드만의 『새로운 요새La nouvelle fortification』와 월터 드 마일미트의 『비밀 중의 비밀에 관하여De Secretis Secretorum』였다.

도서관은 옆방까지 이어졌다. 그런데 문이 없는 공간을 지나 옆방으로 들어서던 나는 믿을 수 없는 사실에 경악했다. 그 방 역시 방대한 서가와 서적들이 비치되어 있었으나 이번에 나를 놀라게 만든 것은 어느 틈에 다시 나타난 아르망이었다. 빛나는 대머리와 하얀 염소수염, 검은 바지에 하얀 셔츠 차림으로 사다리 꼭대기에 서서 책을 정리하고 있는 인물은 분명 아르망이었다. 그가 온화하면서도 싯궂은 미소를 짓는 동시에 회색빛이 번득이는 늑대 눈으로 나를 내려다보며 입을 열었다.

"이봐, 젊은이, 나를 찾고 있나?"

"다 알고 있잖습니까?" 나는 찜찜한 기분을 떨치지 못한 채 제목과 저자 이름을 불러주었다.

그가 그 책들을 챙겨 사다리를 내려왔다.

"어떻게 된 일입니까?"

그러나 그는 내 말을 들은 척도 하지 않았다.

"책을 찾을 땐 먼저 목차를 보도록. 여기 서재는 '색인'이라는 원칙에 의해 정리되어 있다는 거 명심하고."

어이가 없었다. 나는 네 걸음을 물러난 뒤에 발길을 돌려 처음의 서재로 갔다. 그런데 이건 또 무슨 일인가? 아르망이 언제 돌아왔

41

는지 아까 그 자리에 앉아 있었다.

잠시나마 나를 찜찜하게 만들었던 의문은 옆방에서 책을 정리하고 있던 인물이 들어오고서야 풀렸다. 두 사람은 바닷게처럼 뺨에 파인 주름살까지 빼다 박은 일란성 쌍둥이였다. 그들이 웃었다. 나는 초면인 사람들을 헷갈리게 만드는 게 그들의 취미라는 것을 나중에 알았다. 그들은 일란성 쌍둥이의 합체가 허용하는 모든 장난질로 동료들을 미치게 만들며 즐거워했던 것이다.

"어쩜 이렇게 똑같을 수가!"

"아, 그렇게까지 걱정할 건 없어." 아르망이 씩 웃으며 말했다. "금방 구별하게 될 테니까."

그러나 그 순간의 나에게 두 사람의 유일한 차이는 이름뿐이었다. 아르망과 제노, 제노와 아르망. 그 이름조차 다시 혼동했지만 말이다. 아르망이 의자를 권하면서 아까와는 달리 심각한 어조로 말했다.

"그 책들을 읽고, 그래서 이해되는 게 있으면, 그때 얘기하도록."

기이한 교육법이었다. 그들은 나를 통제 없이 내버려두었다. 나는 열심히 책을 읽었다. 마일미트부터 시작했다. 제목이 끌렸다. 내심 전설의 용이나 불로장생을 안겨주는 물 혹은 나귀를 삼키는 식인식물 같은 것을 기대했지만 그 내용은 이집트 콩만큼이나 딱딱했다. 유일하게 내 이목을 끈 것은 불을 토하는, 네 개의 발이 달린 로마시대의 암포라* 같은 장비를 묘사한 도안이었다. 골드만의 책에서도 흥미를 끈 것은 기이한 기하학적인 삽화들로, 내 눈에는 그

---

* 양 손잡이가 달린 항아리 형태의 무기.

것들이 책장을 채우는 것 말고는 아무 할 일이 없는 자의 장난질처럼 보였다.
 "어때?" 이윽고 그들이 물었다.
 나는 책에서 눈을 뗐다. 입을 다무는 게 나았다.
 "모르겠습니다. 아무것도."
 "당연하지." 아르망이 말했다. "바로 그게 오늘 강의야. 이제 자네도 최소한 아무것도 모른다는 것만큼은 알게 되었잖아."

○○○

 이튿날부터 뒤크루아 형제는 나와 함께했다. 첫날은 그들의 수업이 어디서부터 시작해야 하는지를 판단하기 위한 내 능력의 한계를 측정하는 데 있었지만 나는 쉽사리 집중하지 못했고 그럴 때마다 잔의 얼굴을 떠올렸다.
 "무슨 걱정거리가 있나?" 제노가 물었다.
 "아, 아닙니다." 나는 정신을 차리며 얼버무렸다. "아직은 바조슈가 어떤 곳인지, 제 위치가 어떤 건지 잘 모르겠습니다."
 "그래?" 아르망이 말했다. "하긴 우리 성채부터 알아야겠군."
 아르망은 바조슈의 구성원을 일일이 찾아다니며 나를 소개했다. 나는 뒤크루아 형제가 예의범절이 몸에 밴 인물이라는 점을 분명히 해두겠다. 그들은 귀족과 하인들 사이에서 생길 수 있는 거리감이나 불미스러운 언행을 삼갔으며 그들 간의 모든 차별을 무시하고 누구에게나 공손하게 대했다.
 한편 나로서는 보방의 오른팔과 왼팔을 곁에 둔 셈이었다. 그들

형제는 보방과 수십 년을 함께했던 터라 보방의 공학에 정통하고 보방과 동일한 철학을 공유했다. 보방과 함께 공성전에 대비한 전략과 전술이나 요새의 설계도 작업을 분담했으며 보방과 세속적인 일들 사이에서 돌쩌귀 역할을 마다하지 않았다. 게다가 내가 바조슈에, 위대한 보방의 가을에 도착한 것은 행운이었다. 만일 다른 계절이었으면 그들은 나한테 풍족한 관심을 쏟아부을 여력이 없을 만큼 바빴을 것이다.

"이제 후작의 따님 차례군."

후작의 따님이라는 말에 나는 자칫 빳빳해질지도 모르는 아랫도리가 티가 나지 않도록 바짓가랑이를 슬쩍 잡아당겼다. 그러나 내 앞에 나타난 그녀는 잔이 아니라 전혀 뜻밖의 창작물인 샤를로트였다. 샤를로트는 보방의 장녀이자 잔의 언니였다. 복숭아처럼 생긴 얼굴에 광대뼈는 붉게 착색되고, 입술은 거북이 꼬리보다 짧고, 세모꼴의 코는 제자리를 잘못 잡아 눈썹 위에서 시작되고, 입은 웃을 때마다 앵무새 우는 소리를 내고, 그때마다 불룩한 배가 가죽 자루처럼 출렁거렸다.

혹시나 해서 하는 말인데 독자 여러분이 나 선량한 수비리아가 헛소리나 지껄이는, 그래서 그녀에 대해 함부로 떠들어댄다고 판단하면 완전히 오산이다. 나는 샤를로트를 쳐다보면서 비탄에 잠겼다. 자연은 왜 불공평한가? 둘은 자매인데 자연은 왜 모든 미덕을 잔에게만 부여했는가? 잔이 지적이고 아름답고 예리한 반면에 샤를로트는 얼빠지고 순박한 데다 웃음마저 헤퍼서…….

"잔은 이미 만났겠지." 아르망이 말했다. "지금쯤이면 바조슈 영지에서 자선행사를 벌이고 있을 거야."

젠장.

"잔의 남편은 바조슈에서 만나기 힘들 거야." 제노가 거들었다. "나중에 그 양반과 마주치더라도 조심스럽게 대하게. 아주 특이한 성격이거든."

"제노가 하고 싶은 말은, 그 양반이 판단력을 상실했다는 거지." 아르망이 거들었다.

어느덧 첫날의 일과가 끝났다. 나는 라벤더 향이 맴도는 내 멋진 거처로 돌아갔다. 여러분은 내가 침대에 눕자마자 곯아떨어졌다고 생각하는가? 천만의 말씀이다.

뒤크루아 형제가 성채를 구경시켜 주는 동안에 잔의 침실을 몰래 알아두었던 나는 다들 잠이 들기를 기다렸다. 사실 궁금한 게 많아서 잠을 이룰 수가 없었다. 나는 등잔불을 챙겨 들고 맨발로 방을 나섰다.

잔의 침실 문을 두드렸다. 기척이 없었다. 더 기다릴 것인지, 아니면 이대로 돌아갈 것인지 망설이는 순간에 문이 열렸다.

어쩌면 어린 나의 치기일지도 모르지만 그런 기분을 겪어본 적이 없었다. 내가 '겪었다'고 표현한 것은 사랑이란 게 육체적인 고통을 야기할 수 있기 때문이다. 심장이 오그라들고 평소에는 그렇게도 잘 돌아가던 판단력이 흐트러지면서 손에 든 등잔불까지 부르르 떨렸다.

내가 맨 처음에 본 그녀는 시골 처녀 차림이었고 두 번째는 왕비 같았는데 지금은 다소 헝클어진 머리에 잠옷 차림이었다. 어둠 속에는 우리 둘뿐이었다. 두 개의 불빛이, 그녀와 내가 손에 든 등잔불이 그녀의 속옷을 투영하고 있었다. 나는 이미 무슨 말을 할 것인지 준비했지만 결국 입만 헤벌리고 만 꼴이었다.
"괜찮아요?" 그녀가 물었다. "무슨 일이에요?"
"고맙다는 인사를 하고 싶었습니다." 나는 겨우 마음속의 말을 꺼냈다. "그쪽이 아니었으면, 여기 남지 못했을 겁니다."
"이렇게 늦은 밤에 숙녀의 침실을 찾은 게 올바른 일이라고 생각해요?"
"왜 나를 뽑았습니까? 셋 중에서 아무런 대책도 없이 무작정 지원한 사람이 있었다는 거, 그게 바로 나라는 거, 그건 누구나 눈치챌 수 있었거든요."
"나는 평소에 편한 옷을 입어요. 하지만 그 두 지원자는 하녀에게 눈길 한 번 주지 않았어요. 아니, 아예 아무것도 안 보더군요. 하지만 당신은 보잘것없는 하녀한테 도움을 청했어요." 그 대목에서 그녀는 속내를 드러낸 게 계면쩍었는지 복도 좌우를 슬쩍 살피며 화제를 돌렸다. "몇 살이에요?"
당시 나는 두 달 후면 열다섯 살이었다.
"열여덟 살입니다."
"그렇게 어려요?" 그녀가 깜짝 놀랐다.
그때만 해도 나는 실제 나이보다 열 살은 더 들어 보였고 장년이 되어서는 오히려 스무 살 정도 더 어려 보였다. 그것은 그 '미스테어'가 나를 젊은 나이에, 정확히 1714년에 죽이려고 나를 급속도로 성장시켰기 때문이다. 물론 그 뒤로도 나는 도저히 받아들이기 힘든 범우주적인 차원의 일을 몇 차례 더 겪었지만 그때마다 나는 내 나이를 더하는 것을 망각한 '미스테어' 덕분에 지금까지 살아 있다.

"사실 나한테 공병은 중요하지 않습니다. 하지만 당신을 본 뒤로는 생각이 달라졌어요."

그녀가 내 말에 놀랐다는 뜻으로 웃음을 지어 보였다.

"그쪽이 자기 자신에게 어떤 일이 일어날지 미리 알았더라면 그렇지 않았을걸요."

나는 이어지는 그녀의 말을 들을 때까지 그녀가 대체 무슨 말을 하는지 이해하지 못했다.

"요전에 온 지원자는 세 달을 버티더군요. 사실 나쁘진 않았어요. 그 전에 왔던 또 다른 지원자는 딱 보름 만에 집으로 돌아갔거든요."

"바조슈에 발을 들였을 때만 해도 내가 무엇을 찾으러 왔는지 확신이 서질 않았지만, 이젠 정확히 알고 있습니다."

그러나 그녀는 별 반응을 보이지 않았다. 마치 연극 무대에서 감정만 앞세운 배우의 싸구려 대사를 듣고 있는 관객 같았다.

"어서 침실로 돌아가세요. 내일부터는 쉬는 시간도 부족할 거예요." 그녀는 그렇게 말하고 침실 문을 닫았다.

4

 나는 곧 깨달았다. 잔이 세상의 이치에 밝은 여자라는 것을.
 그들에 따르면 펜에 잉크를 찍어 도면에 선을 긋는 시간은 무딘 감각을 일깨워주는 학습이었다. 기하학부터 물리학 수업이 끝났을 때 나는 오로지 나를 위해 전념하고 종사하는 후견인이 생겼다는 사실을 인식했다. 그것도 하나가 아니라 둘이나. 교육자가 아닌 내가 그들의 교육과 훈련 방식을 평가할 수는 없지만 한 가지는 분명하게 피력할 수 있다. 그곳에서 그들은 관용과 규율과 정신을 그들만의 독특한 형태로 조합한다고.
 나에게는 모든 게 기이했다. 끼니마다 레몬즙을 마시는 것은 명령이었다. 그들은 내가 그들 몰래 그 즙을 화분에 붓지 못하도록 감시했다. 그들이 부르는 '레몬즙'이라는 명칭은 일종의 수사(修辭)였다. 사실 그것은 여러 식물의 뿌리에서 추출한 즙과 벌꿀에 더 이상은 알 수 없는 다양한 성분을 섞어 만든 액체로서, 다방면에 걸쳐 석학인 보방에 따르면 잠재된 뇌의 능력을 일깨우고 근력을 강화시키는 미묘한 탕약이었다.

성채의 상부에 위치한 기이한 '구면체 공간'은 레몬즙보다 오히려 현실적이었다. 순백색에 돌출된 각이 없는 평평한 벽과 바닥까지 오목하게 파인 거대한 계란 형태의 실내로 들어서면 등 뒤로 문이 닫히면서 거대한 동굴에 갇히는 기분이 들었다.

"딱 5분이야." 뒤크루아 형제가 뒤에서 나를 떼밀었다.

나는 그 공간에 들어서자마자 흠칫 놀랐다. 내가 놀란 것은 불길한 어떤 게 나를 기다리지 않아서가 아니라 과연 나를 기다리는 것이 무엇인지에 대해 아무것도 몰랐기 때문이다. 그랬다. 나에게 바조슈는 처음부터 끝까지 경이로운 세계였다. 낯선 서적들, 쌍둥이 현자들, 아름다운 여자들. 그런데 이번에는 천장의 채광창을 통해 밝은 빛이 쏟아져 내리는 타원형 공간이라니. 그 공간이 영문도 모르는 나를 짓누르고 있었다.

그런데 무엇인가가 보였다. 하얀 줄이었다. 천장에서 수십 개의 하얀 줄이, 하얀 벽면으로 인해 그 형태가 불분명한 줄들이 내려오고 있었다. 길이가 일정하지 않은 각각의 줄에는 각양각색의 사물이, 예를 들어 편자, 연극용 가면, 못 등이 달려 있었다. 가발도 보였다. 하얀 벽면과 겹쳐 백색으로 보이는 거위 깃털도, 줄에 매달린 채 빙그르르 돌고 있는 금장 시계도 보였다.

5분 뒤에 문이 열렸다.

"뭘 봤나?" 아르망이 물었다.

"잡다한 것들이 걸려 있던데요." 나는 여전히 얼떨떨한 기분으로 대답했다.

누군가의 손이 내 목덜미를 때렸다. 내 뒤에 있던 제노였다. 나는 즉각 고개를 돌려 따지듯이 소리쳤다.

 "왜 때립니까?"

 "때린 게 아니라 정신을 차리라는 거야." 제노가 담담하게 대답했다.

 "지원자 수비리아!" 아르망이 덧붙였다. "지원자는 아직까지 장님이나 다름없다. 공병은 여러 가지 사물을 한눈에 식별해야 하는데 지원자가 만일 정신을 집중했으면 '잡다한 것들이 걸려 있다'는 얼빠지고 비참한 대답보다는 훨씬 더 멋진 대답을 했겠지. 다시 묻는다. 어떤 것들이었지? 몇 개였지? 그 순서는? 각각의 크기와 두께는?"

 나는 다시 구면체 공간으로 들어갔다. 정확히 표현하면 그들은 나를 구면체 공간으로 다시 떼밀었다. 나는 정신을 가다듬고 최대한 동공을 확대한 채 가까운 것부터 관찰했다. 그리고 5분 뒤에 밖으로 나가서 내가 보고 기억했던 사물들의 특징과 위치를 풀어놓았다. 그들은 도중에 끼어들지 않고 내 대답을 경청했다.

 "눈물겹군." 아르망이 말했다. "사물은 전부 22점이었는데 15점을 기억한 것에 그쳤고, 각 사물에 대한 세밀한 관찰은 하나같이 엉망이야. 자, 하나만 묻겠다. 그중에 편자가 하나 있었을 텐데, 구멍이 몇 개였지? 어느 쪽에 걸려 있었고, 그 높이는?"

 나는 어안이 벙벙한 채 벌린 입을 다물지 못했다.

 "왜? 이해가 안 가?" 제노가 끼어들었다. "보루를 공격하거나 반대로 보루를 공격당할 때, 주어진 시간은, 그러니까 도면을 작성할 수 있는 시간은 불과 몇 초밖에 주어지지 않을 텐데, 그땐 어떻게 할 셈이야? 자기 손에 달린 목숨들을 어떻게 책임질 거냐고?"
 "집중해." 아르망이 거들었다. "언제 어디서든 항상 집중해야 해. 그렇지 않으면 아무것도 볼 수 없어. 아무것도 보지 못하면 아무 쓸모가 없겠지. 그러니 항상 집중하도록. 눈을 뜨고 있어도, 잠을 자고 있어도 마찬가지야. 무슨 말인지 이해하겠나?"
 "그런 것 같습니다."
 "진짜로?"
 "네."
 "진짜로 이해했나?"
 "네!" 나는 확신보다는 체념에 가까운 심정으로 소리쳤다.
 그런데 내 입에서 나왔던 '네!'라는 대답이 사라지기도 전에 제노가 입을 열었다.
 "내 신발의 걸쇠를 묘사하도록. 당장."
 본능적으로 나는 그의 신발을 보기 위해 고개를 숙였다. 제노가 손가락으로 내 턱을 치켜 올렸다.
 "봤던 걸 얘기하라고."
 나는 대답하지 못했다.
 "눈을 똑바로 뜨고 사물을 주시하지 않을 거야? 나는 줄곧 똑같은 신발을 신고 있었지만, 지원자는 내 신발에 걸쇠가 없다는 사실조차 모르고 있었어."
 나는 순식간에 눈앞에 나타났다가 사라지는 사물을 세세하게 구별하는 교육을 통해서 그들의 말처럼 평소 우리 인간의 눈이 장님이나 다름없다는 사실을 깨달았다. 찰나의 순간에 눈에 들어오는 사물을 무심코 흘려보낸다는 것을, 천진난만한 어린애처럼 사물이 마음에 들거나 들지 않는다는 일차적 본능의 판단에 그친다는 것을, 그럼으로써 사물의 본질을 깨닫지 못한다는 것을. 뒤크루아 형제는 우리 인간을 두 가지 범주로 구분했다. 멍청이냐, 마가논이냐. 그들에 따르면 100명 중에서 99명은 멍청이였다. 출중한 마가논은 멍청이들이 1년 동안에 보는 것보다 더 많은 것을 단 하루 만에 볼 수 있었다. (발트라우트, 이 두더지 같은 년아. 내 손가락이 몇 개지? 네 눈에는 이게 안 보여? 그토록 오랜 세월을 함께했건만, 아직껏 내 손가락이 없다는 사실조차 모르고 있었다니. 지브롤터에서 기관총이 떼어 간 내 새끼손가락을. 아, 나는 자부하고 싶구나. 내가 참 좋은 용병이었다고. 요새전에서 적들의 애간장을 태우던 시절이, 부르봉가를 능멸하던 시절이 참으로 행복했다고.)

그날 그들은 천장에서 22점의 사물들을 내려 보냈다. 사물들은 날이 바뀌면서 30점, 40점, 50점으로 늘어났다. 어떤 날은 장난 삼아 딱 하나만 내려 보내놓고서 없는 것을 들먹이거나 미세한 부분까지 캐물으며 고소해했다. 나의 최고 기록은 하얀 밧줄에 매달려 내려오는 사물 198점을 포착하고 묘사한 것이었다. 각각의 사물이 지닌 세세한 특징까지, 예를 들어 플루트에 뚫린 구멍의 개수, 목걸이에 달린 진주의 개수, 톱에 파인 톱날의 개수까지. 혹시 여러분은 이런 일을 시도한 적이 있는가? 당장 실천해보라. 장담컨대 그 훈련을 반복하다 보면 여러분도 우리 주위를 에워싸고 있는 세상의 엄청난 복잡함을 아무렇지 않게 찾아낼 수 있을 것이다.

바조슈에서의 모든 교육은 그들의 독창적인 방식으로 이루어진 '야전 교육'이라는 과정이 없으면 그저 그림을 쳐다보듯 시각적이고 즉흥적인 학습에 그쳤을 것이다. 야전 교육을 야외에서 체력을 단련하는 과정 정도로 여겼던 나의 상상은 첫 시간부터 깨졌다. 뒤크루아 형제는 성채에서 500미터쯤 떨어진, 오래전부터 경작지로 사용하지 않은 사각형 들판으로 나를 데려갔다. 그들은 들판 한복판에 서서 눈에 들어오는 풍경을 서술했다. 그것 역시 바조슈의 전형적인 교육 방식, 즉 우리 인간의 삶에서 벗어나지 않는 선에서 이루어지는 지극히 자연스러운 방식이었는데 일단 그들은 나로 하여금 새의 비행을 지켜보거나 석양의 아름다움을 향유하게끔 내버려두었다.

"지원자." 아르망이 나를 주시했다. "일단 지원자가 공병대 장교가 되었다고 가정하자. 다시 말하지만 이건 가정인데, 만일 지금 당장 참호가 필요하다면 지원자는 어떻게 하겠나?"

"제 생각으로는 공병대에게 참호를 파도록 지시하겠습니다." 나는 생각 없이 막연히 입에서 나오는 대로 대답했다.

"아주 좋아요!" 제노가 비꼬는 투로 칭찬했다.

그때쯤에 성채 소속의 일꾼 네 명이 짐을 가져왔다. 그들은 말뚝과 밧줄, 석회 자루, 나중에 알았지만 '파히나스'라고 불리는, 버들가지로 빵빵하게 엮은 원통형 광주리, 참호 작업에 필요한 삽과 망치 같은 다양한 연장과 도구들을 내 발밑에 펼쳐놓았다. 그중에는 200년 전에나 사용했던 것처럼 보이는 철모와 가슴받이, 총이 있었다. 나는 망치만 해도 그 종류가 훨훨 날아다니는 나비보다 더 많다는 사실을 그때 알았다.

"뭘 망설이나?" 아르망이 물었다.

"저 총은?" 나는 께름칙한 기분으로 물었다.

"아, 그건 신경 쓰지 마." 제노가 그렇게 말하고는 저만치 걸어가

53

도구들

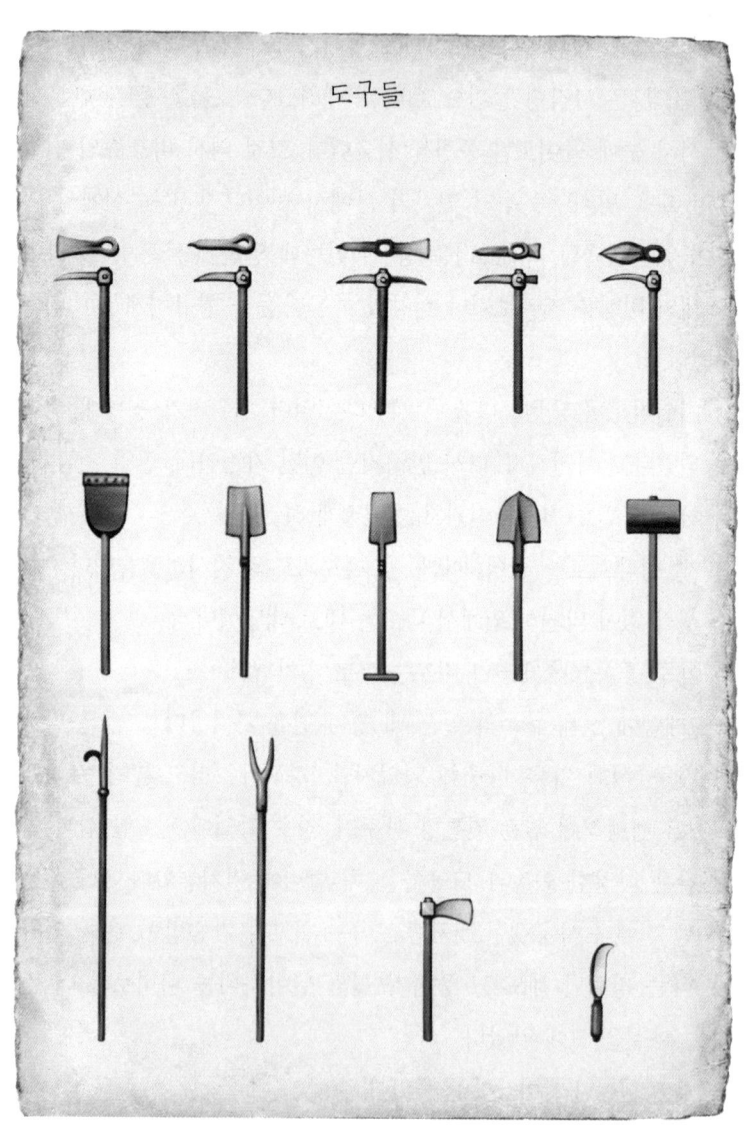

더니 장전을 했다.

첫 야외 강의는 참호술이었다. 나는 그들의 지시에 따라 망치로 말뚝을 박기 시작했다. 이어 말뚝에다 밧줄을 감은 뒤에 그 밧줄을 늘어뜨려 20미터 거리에 박힌 다른 말뚝에 묶었다. 그리고 밧줄에 석회를 뿌렸다. 그렇게 뿌려진 석회는 직선으로 파게 될 참호를 나타내는 표식으로 쓰일 참이었다. 그때였다. 총성이 울리는가 싶더니 땅벌이 앵앵거리는 소리가 나면서 무엇인가가 내 철모를 스치듯 지나갔다. 총알. 순간 내 입에서 외마디 소리가 터져 나왔다.

"교관님!"

도저히 믿을 수 없었다. 제노가 나를 향해 방아쇠를 당긴 것이다. 그가 30걸음 정도 떨어진 곳에서 내 외침을 무시한 채 다시 화약을 장전했다.

"순서가 바뀌었군." 그 와중에도 아르망이 아무 일도 없다는 표정으로 지적했다. "먼저 밧줄에다 석회를 골고루 묻히고, 그 밧줄을 쭉 늘어뜨려 저쪽 말뚝에 묶도록 해. 밧줄에 석회를 제대로 묻혀야 줄을 칠 때 표식이 뚜렷해질 터이고, 그래야 반복할 필요도 없고, 덕분에 실전에서 적에게 노출되는 위험도 절반으로 줄어들게 아냐."

그리고 이렇게 덧붙였다.

"제노가 2분 간격으로 총을 쏠 텐데, 지원자는 운이 좋은 거야. 제노보다 젊고 능숙한 저격수는 재장전 시간을 절반으로 줄일 수 있거든. 따라서 내가 지원자 같으면 이것저것 따질 시간에 곡괭이질을 한 번이라도 더했을 거야."

별수 없었다. 나는 마치 말없는 시체처럼 무거운 곡괭이를 양손으로 힘껏 쥐고서 석회가 뿌려진 선을 따라 미친 듯이 땅을 파기 시작했다.

"이봐!" 아르망이 다시 지적했다. "그 철모 턱끈하고 가슴받이를 단단히 추스르도록. 그게 날아드는 총알로부터 목숨을 지켜준다는 거 잊지 말고."

"그런 줄 알면서 총질은 왜 합니까?" 내가 투덜거렸다.

"그건 제노에게 가서 물어보라고." 그는 그렇게 대답하고 제노를 향해 걸어갔다.

나에게 지급된 철모는 15세기에 사용하던 것으로 엄청나게 무거운 데다 챙과 기다란 귀마개까지 달려 있었다. 내가 거추장스러운 철모와 씨름을 벌이고 있을 때 다시 총성이 울렸다. 이번에는 제노에게 총을 넘겨받은 아르망이 방아쇠를 당겼다.

나는 제자리에서 펄쩍 뛰며 소리쳤다.

"제발이지 총알은 빼고 방아쇠만 당기라니까요!"

형제가 대답 대신 씩 웃기만 했다.

"교관님들!" 나는 양손을 들어 올리며 제안했다. "자꾸 이런 식으로 나오면 저로선 땅 파는 작업을 포기할 수밖에 없습니다. 그러니 총질은 그만하시고, 아까 말씀하신 그 '미스테어'가 뭔지 그거나 좀 가르쳐주십시오."

"그래?" 아르망이 내 말을 받으며 반문했다. "지원자는 그 '미스테어'가 뭐라고 생각하지?"

그러더니 그는 내 대답도 안 기다리고 다시 총을 쏘았다. 나는 다시 곡괭이질을 시작했다. 아까보다 빠른 속도였다. 별수 없었다. 땅을 팔 수밖에. 그 깊이가 충분해지면 미친 듯이 날아드는 총알만큼은 피할 수 있으리라. 나는 곡괭이를 내려놓고 삽자루를 집어 들었다.

"이봐, 지원자, 그게 아냐!" 아르망이 다시 소리쳤다. "삽으로 뜬 흙을 그렇게 아무 데나 버리는 게 아니라 적을 향해 쌓는 거야. 그래야 효과적인 위장막이 될 거 아냐!"

다시 총성이 울렸다. 나는 삽질을 서둘렀다. 사람들은 모를 것이다. 자신의 몸이 들어갈 웅덩이를 판다는 게 얼마나 힘든 일인지를.

"뿌리가 나왔는데 어떡할까요?" 나는 땅속에 박혀 있던 뿌리를 제거하느라 한참을 낑낑거리며 소리쳤다.

그들이 대답하기 전에 킥킥거렸다.

"땅에서 뿌리가 나오는 건 당연한 일인데 뭘 어떡하긴." 아르망이 꽂을대로 총구와 약실을 닦으면서 비아냥댔다. "지원자, 혹시 지원자는 지금 프랑스 땅이 이상하다고 생각하는 건 아니겠지? 뿌리란 게 본래 밑으로 자라지, 위로 자라지 않잖아, 안 그래?"

"가위가 없나?" 제노 역시 비아냥댔다. "뭐, 없다고? 그거 안됐군! 아무튼 지원자는 잠자리에 들기 전에 해야 할 일이 무엇인지 알게 되었잖아. 그 삽을 성스러운 도구로 쓰기 위해선 뾰족하게 갈아야 한다는 걸!"

나는 그들의 오발 사격의 표적이 되지 않기 위해, 아니, 총에 맞아 개죽음을 당하지 않기 위해 무릎을 꿇고 다시 땅을 파기 시작했다. 그사이에도 총성이 이어졌다. 한번은 총탄에 튀긴 흙이 철모에 떨어지기도 했지만 마침내 나는 내 몸뚱이를 숨길 만한 크기의 매복 공간을 만들었다. 그러나 더 이상은 무리였다. 내가 거친 숨을 몰아쉬고 있을 때 아르망이 다가왔다.

"지원자, 옷을 갈아입고, 얼굴과 겨드랑이를 잘 씻도록. 강의실에서 보자고."

나는 체념했다. 모든 것을. 그러나 그렇게 해서 하루가 끝난 게 아니었다. 저녁 수업이 남아 있었다. '복종과 명령'은 퀸투스 엔니우스와 아피아노스* 그리고 그리스와 로마인들의 명문장을 되새기는 시간이었다. '명령하기 전에 복종하는 법을 배우라.' 그 과목은 야전 교육의 연장선상으로 거기에는 숱한 참호 작업에서 누군가가 부상을 당했을 때 어떻게 대처할 것인지를 고민하는 내용이 담겨 있었다.

'역사'. 뒤크루아 형제에게 '세계사'는 곧 프랑스 역사였다. 프랑스를 제외하고 나면 또 어디가 있지? 옳거니! 역사는 프랑스부터 시작하고, 프랑스 너머로 후미진 구석이, 이른바 '세계'로 알려진 하찮은 변방이 있는 거야. 그들에게 나머지 세계는 그 과목에서 다루는 전체의 10분의 1밖에 안 되는 무의미한 것이었다. 그들의 관심사는 파르티아가 팔미라를 포위했던 사실 혹은 집정관 카토가 로마 상원에게 카르타고에서 질 좋은 사보텐 버섯을 구하기 위해서는 소금을 섞은 씨앗을 뿌려야 한다고 했던 이야기 정도를 빼놓고는 온통 프랑스였다. 나는 긴가민가하다가 아쉬메득스(글쎄, 그들은 그렇게 발음하고, 그 이름의 마지막 철자에 'X'를 붙였다니까.)**가 갈리아 지방 출신이라고 단언하는 순간에 따지고 드는 것을 포기해버렸다. 사실 프랑스인들은 흔히 생각하는 것보다 훨씬 더 열린 마음을 갖

---

* Quintus Ennius(BC 239~BC 169)는 고대 로마 초기의 시인으로 '라틴 문학의 아버지'라 불린다. Appianos(95?~165?)는 2세기 로마 제정시대의 그리스인 역사가.
** 프랑스어로, 본래는 '아쉬메드(Archimède)'로 읽는다.

고 있다. 그러니 여러분은 어쩌면, 그냥 어쩌면 그럴 수도 있지 않느냐고 설득하려 들지 말라. 프랑스 파리가 일부 필경사들 의견에 의하면 지리적으로 지구의 중심이 아니지만 그래도 그들은 그 문제로 여러분과 다투지 않으려 할 것이고 여러분을 그저 불행한 영혼으로 생각할 터이니 말이다.

여하튼 뒤크루아 형제는 프랑스 호인들답게 알레시아 요새전을 꺼냈다. 그들에 따르면 카이사르는 무려 30킬로미터에 이르는 울타리로 알레시아를 포위한 것도 부족했는지 구원군의 도착을 저지하기 위해 외부에도 이중으로 울타리를 쳤다고 한다. 하지만 그들이 말하는 알레시아든, 카이사르든, 베르킨게토릭스든 그게 나와 무슨 상관이란 말인가. 나는 끝날 줄 모르는 일과에 지칠 대로 지친 나머지 눈꺼풀이 스르륵 감기고 온몸이 납덩이처럼 무거워졌다. 마침내 저녁 시간이 찾아왔다. 아, 얼마나 행복한 순산인가! 나는 주방으로 가기 전에 뒤크루아 형제에게 따졌다.

"교관님들, 야전에서는 진짜로 저를 겨냥했습니까?"

"우리로서는 포연에 휩싸인, 아수라장으로 변한 전쟁터를 상상할 수밖에. 생생한 전투가 벌어지는 연극 무대라고나 할까. 우린 자네 몸뚱이를 겨냥하지 않아."

"하지만 그 총질이 저를 죽일 수도 있었다고요! 교관님들은 30미터 거리에서 날아드는 총알이 아무것도 아니라는 겁니까?"

그러나 그들은 어깨를 흠칫 들썩이며 그들만의 대화를 이어나갔다. 아, 뒤크루아 형제여!

식사는 나 혼자 했다. 내가 자리를 잡고 앉았을 때 주방을 담당하는 하인은 이미 침실로 간 뒤였다. 식당 한쪽에 작은 솥단지와 과일이 놓여 있었다. 식탁은 내가 직접 차렸다. 무지막지한 삽질과 곡괭이질로 손가락이 떨리고 가시 월계관 같은 철모 가장자리에 스친 두피가 지독하게 쓰라렸다. 사과를 집어 껍질까지 우걱우걱 씹고 있을 때 아르망이 나타났다.

"지원자, 야전 훈련장으로 가야지."

"농담 마십시오." 내가 소리쳤다. "이젠 죽을 지경이라고요."

"나는 지원자가 우리들의 교육시간표에 동의한 걸로 알고 있어. 지원자는 적군이 상대의 정신 상태나 몸 상태를 걱정해줄 걸로 생각하나?" 그는 내 두피를 살피며 덧붙였다. "철모를 쓰기 전에 머리에다 가제를 얹는 게 나을 거야. 가제는 그러라고 발명된 거잖아. 안 그래? 알레!*"

나는 다시 야외 훈련장으로 돌아갔다.

일단 구덩이가 만들어지자 나는 석회 가루로 표시한 선을 따라 곡괭이질을 시작했다. 나는 한 시간에 1미터도 못 나갔을 거라고는 생각하지 않는다. 곡괭이, 삽, 군모. 그들이 '파히나스'라고 부르는 버들가지로 엮은 광주리. 파히나스, 파히나스, 파히나스. 뒤크루아 형제의 무차별한 총질. 흙더미로 채워진 파히나스를 흙벽 형태로 쌓아 올릴 때마다 빗발치듯 날아드는 총알. 덕분에 나는 상대의 표적이 되지 않기 위해 파히나스 뒤로 몸을 감추는 방법을 터득했다.

다음 날도 반복된 일과였다. 도면, 학습, 야전 훈련, 학습, 야전 훈련. 반복, 반복, 또 반복. 그렇게 하루가 흐르고, 일주일이 흐르고, 또 일주일이 흘렀다. 나는, 나 선량한 수비는 녹초가 되었다. 꿈에

---

* Allez! '자, 어서!'라는 뜻의 프랑스어.

그리던 잔을 만나고 싶다는 치기 어린 욕정조차 사라졌다. 밤마다 납덩이가 되어 침대에 엎어졌다가 성채의 종소리에, 귀청을 파고드는 종소리에 부스스 눈을 떴고 그때서야 내 방이 왜 꼭대기에 배정된 것인지 그들의 의도를 깨달았다. 그러나 모든 것은 여전히 시작에 불과했다.

뒤크루아 형제는 당대 최고의 훈련 교관이었다. 그들의 교육 방식은 끈질겼다. 집중! 구면체 안에서도, 구면체 밖에서도 오로지 집중이었다. 기하학, 탄도학, 광물학, 야외 교육장에서도 집중이었다. 알레!

바조슈에 들어간 지 보름 만에 반발심이 일었다. 하루 종일 비가 내렸다. 야전 훈련에서 비는 어떤 장해물도 되지 못했다. 비로 인해 곡괭이는 응집된 흙을 부수지 못한 채 참호 벽에 꽂혔다. 온몸에 진흙이 더덕더덕 달라붙었다. 벽에서는 끈적끈적한 흙더미가 무너져 내렸다. 격렬하게 쏟아지는 빗방울이 철모 끝에서 폭포수처럼 떨어지고 바닥에 고인 한 뼘이 넘는 물이 신발 속으로 파고드는데 참호 속에 가득 찬 물을 퍼내다 보니 훈련 시간이 평소보다 반시간 이상 지체되었다. 고개를 들었다. 하늘에는 시커먼 비구름이 드리워져 있었다. 나는 지금도 기억하고 있다. 무시무시하게 달콤하면서 무시무시하게 잔혹하던 프랑스의 잿빛 하늘을. 그러나 다시 총성이 울리고 파히나스에 박히는 총알이 무심한 하늘을 지켜보던 나를 현실로 되돌려놓았다.

하루하루가 바뀌면서 참호는 더 깊어지고, 더 넓어지고, 더 길어진 데 반해 내 몸은 가누지 못할 정도로 허물어졌다. 그러나 아르망은 도움의 손길 한 번 내밀지 않았다. 나는 겨우 몸을 일으켰지만 참호에서 빠져나올 힘조차 없었기에 연신 빗방울을 튕겨내고 있는 무거운 철모에 짓눌린 머리와 양손을 참호 밖으로 내밀며 소리쳤다.

"이게 교관님들이 원하는 집중이란 겁니까? 하지만 이러다가 죽으면 그럴 수 없다는 건 모르십니까?"

아르망은 참호 언저리에 웅크리고 앉아 나를 주시했다. 첫 만남에서 느꼈던 노인의 허약함은 찾아볼 수 없었다. 비마저도 그를 존중하는 것 같았다. 벗겨진 머리와 얼굴을 때리는 세찬 빗방울이 염소수염을 타고 뚝뚝 떨어졌다.

"살아 있는 동안에는 집중이야. 집중해야 살아남을 수 있거든. 어서 나와!"

"안 됩니다." 나는 한 손을 내뻗었다. "혼자서는 도저히 빠져나갈 수 없으니 도와달라고요."

그는 어깨를 흠칫 들썩이더니 총을 어깨에 고쳐 메고 벌떡 일어났다.

"그렇게 어리광을 부리면 나에게 주어진 교관의 권한으로 자네를 유급시킬 수밖에. 생각하는 머리에는 지시할 수 있어도, 배 속이나 등짝에는 그럴 수 없어서 유감이군. 배는 저녁을 굶고 싶고, 등짝은 진흙탕에 발라당 눕고 싶나 본데, 잘 자게, 지원자."

뇌성벽력이 지축을 흔들었다. 그는 떠나고 나는 수렁으로 변한 참호 속에서 스르르 잠이 들었다. 철모를 벗을 힘조차 남아 있지 않았다.

이튿날 아침이었다. 누군가가 발끝으로 나를 깨웠다. 나는 비몽사몽간에 눈을 떴다. 그러나 그때 기운 도는 꿈을 꾸고 난 것처럼 한결 거뜬하게 새로운 하루를 시작할 수 있었다.

도면. 그 잉크 자국이 뭐야? 손찌검. 집중, 항상 집중하는 거야! 이 두더지 새끼 같은 녀석아! 물리. 수학. 풀어! 이것도, 그리고 저것도! 언어. 그중에서 언어는 뒤크루아 형제의 가증스러우면서도 필수적인 과목으로 그들은 영국, 에스파냐, 오스트리아 그리고 세상의 구석진 나라들이 아직까지 프랑스어를 모른다는 사실을 의아하게 여겼다. 또한 바조슈에서는 모든 게 그렇듯 훈련 과목의 이름도 은밀하게 위장하기 위해 영어나 독일어와 별도로 공병 언어를 가르쳤다.

마가논들에게는 공개적인 곳에서도 자기들끼리만 비밀리에 의사를 소통하는 언어, 즉 수신호가 존재했다. 그들이 약속한 기호는 워낙 정교해서 기술적인 분야든 세속적인 분야든 원하는 표현을 못 할 게 없었다. 나는 처음에 그다지 내키지 않는 기분으로 시작했지만 차츰 그것들의 실용적 의미를 인식하게 되었다.

청각을 마비시키는 전쟁터에서 제스처만으로 소통한다는 것은 실로 유용한 수단이다. '후퇴', '탄약 공급', '엎드려, 우측에 저격수다!' 마가논들에게 최소한의 표식으로 시작된 수신호는 뒤크루아 형제의 설명에 의하면 그들만의 고유한 신비스러움에 도달할 때까지 더욱더 위장되어왔다.

자, 여기서 여러분은 근무지에 배속된 어떤 신참 공병을 상상해 보라. 선임이 신참을 요새의 지휘관에게 데려가 소개하자 요새 지휘관이 공개적으로 신참에게 이렇게 말한다. "그 어떤 장군도, 아르메니아 요새를 포위한 코르불로도 빛은 차단하지 못할 것이다." 그러나 그의 육성과 달리 그의 손과 손가락은 이렇게 말하고 있다.

"귀관이 보고 있는 내 우측의 인물은 척척박사지만 아무것도 아니다. 그가 지시하는 어떤 어리석은 명령이든 동의하되 불복하라. 그 이유는 나중에 얘기할 것이다."

나는 날마다 수신호 20개를 습득해야 했다. 그것도 처음에만 그랬다. 나중에는 30, 40 그러다가 50개까지 늘어났다. 하지만 어떻게? 아직까지도 메시지를 정확하게 전달하지 못한다는 거야? 포병대에 탄약이 떨어졌을 경우에는 어떻게 할 거야? 손찌검. 기상! 훈련장으로! 구면체 공간으로! 알레!

나는 이 세상에 그런 식으로 정신적이고 육체적인 노력의 조합을 끊임없이 체계화시키는 것보다 더 파괴적인 것이 존재한다고 생각하지 않았다. 그러나 내 눈을 가리더라도 나는 그 상태에서 정신을 집중하는 평정심을 유지해야 했다. 손찌검. 집중! "다시 구면체 공간으로 들어간다. 이런 멍청한 녀석!" "지원자, 그렇게 해서 언제 눈으로 보기만 해도 이해할 수 있겠나!" "곧장 야외 훈련장으로! 알레, 알레!" 그렇게 시간이 가고, 그렇게 시간이 꼬리를 물면서 하루가, 또 하루가 흘러갔다.

5

 바조슈에서의 첫 몇 달은 잠에서 깰 때마다 허우적거리는 악몽 같은 나날의 연속이었다고밖에 달리 할 말이 없다. 누군가는 물을 것이다. 어떻게 견디었느냐고. 나는 참을 수 없는 것을 견디는 이상적인 형태는 사랑과 공포의 균등한 조합이라고 대답할 것이다.

 공포. 그것은 새삼 말할 필요조차 없다. 나에게 공포란 나의 부친에게서 온다. 당신은 그렇고 그런 분이었지만 나는 당신이 나를 자식으로 대했다는 느낌을 가져본 적이 없다. 어려서부터 나는 당신에 대한 반감에 사로잡혔다. 당신이 상품을 싣고서 지중해로 떠나면 그렇게 좋을 수가 없었다. 당신의 무뚝뚝한 성격의 계기를 이해하게 된 뒤에도 당신에 대한 기억은 씁쓰레할 뿐이다.

 페레트는 이렇게 말했다. 한 여자만을 사랑한 아버지 같은 남자를 본 적이 없다고. 그러나 나로서는 그 말을 믿기 힘들다. 왜냐하면 내가 아는 당신은 항상 화가 났든가, 화가 많이 났든가, 그 두

가지 모습뿐이었기 때문이다. 내가 기억하는 당신의 모습은 수염이 덥수룩하고, 말이 없고, 항상 인상을 쓴 채 일만 생각했다. 하물며 우리 부자가 우울한 촛불 밑에서 함께 식사할 때도 그랬다.

아버지의 삶은 당신의 자식이 세상에 나오면서부터 함몰되었다. 출산 중에 자식이 아니라 아내가 세상을 떠났던 것이다. 당신은 아내를 잊은 적이 없었다. 당신의 울분과 비통함을 마음속 밑바닥까지 꾹꾹 눌렀다. 그런 당신 앞에서 어린 나는 눈에 생긴 다래끼였다. 당신은 사업으로 피신했다. 당신은 서쪽 지중해와의 교역으로 활기찬 항구 도시 바르셀로나에서 회원 2, 30명이 운영하는 해운회사의 소주주였다. 홀아비라서 다른 회원들에 비해 가정에 대한 책임에서 상대적으로 자유로웠기에 발레아라스제도와 이탈리아, 이탈리아령 섬들의 고객들과 인간적인 우애를 돈독하게 유지하면서 사업을 지속적으로 혁신하는 데 전력했다. (글쎄, 이탈리아 사람들이 어떻다는 것은, 그러니까 그들이 항상 미소로, 키스로, 포옹으로 상대를 맞이하거나 알맹이 없는 영원한 우정에 대해 입으로만 떠든다는 것은 세상이 다 아는 사실이잖아.)

아버지는 당신의 자식을 세상에 도착한 자연적인 존재가 아닌 법률적인 존재로서 책임졌다. 나는 당신의 손찌검과 매질에도, 아니, 그것보다 더한 일에도 항변하지 않았다. 기이하게도 세상에는 몽둥이질을 안 당하는 것보다 포옹을 못 받는 것을 더 불평하는 자식이 존재한다. 내 기억에 당신이 나를 껴안은 것은 딱 한 번, 내 생일날이었다. 그것도 죽은 아내의 대용품으로 자식을 껴안았던 것이다. 그날 당신은 술에 취한 채 짐승처럼 울면서 죽은 아내의 이름을 되뇌었는데 나는 곰처럼 우악스러운 당신 품에서 숨이 막혀 죽을 뻔했던 기억밖에 없다.

나는 분명히 말한다. 비문명적인 세상은 교육을 위해 땡전 한 푼 저축하지 않았다고. 바르셀로나의 학교들은 이른바 좋은 학교들까지 포함해서 재앙이나 다름없었다. 선생들은, 그러니까 케케묵은 사제들은, 그들의 말을 빌리자면 우리를 '썩어 문드러질 운명을 지닌 죄인들'로 취급했다.

어린 나는 페레트의 손에 맡겨졌다. 논리적으로는 젖을 물릴 유모나 애정을 쏟을 만한 사람을 찾아야 했지만 당신이 페레트를 선택한 이유는 그가 가장 값싼 하인이었기 때문이다. 이탈리아의 경구에도 인용되는 우리 카탈루냐의 인색함을 누군가가 우리 아버지와 비교한다면 나는 그게 잘못된 비교라고 확신한다. 당신은 촛농까지 아꼈다. 어린 나는 손가락 절반 길이도 안 되는 몽당 양초를 쓰레기통에 버렸다가 봉눙이로 부시막시하게 얻어맞았다. 한번은 짐 때문에, 그러니까 배가 밑창의 여섯 번째 창고를 완전히 채우지 못한 채 출항했다는 사실이 뒤늦게 밝혀졌을 때 오리알 껍데기보다 더 시퍼렇게 변하던 당신의 안색을 다시 떠올리는 것조차 끔찍하다.

그 무렵에 페레트는 굶어 죽을 신세였다. 내가 태어나기 전에 항구의 짐꾼이었던 그는 내 아버지 회사에서 잡일을 했지만 그렇게 번 돈을 술로 탕진하다가 나이가 들고 기력이 다하자 쫓겨났다. 닭모가지처럼 축 늘어진 목덜미와 털 빠진 독수리 머리를 연상시키는 대머리에 버섯 따는 노인네들처럼 등까지 굽은 채 람블라스 거리를 돌아다니며 잡동사니를 팔아서 목구멍에 풀칠을 하던 그에게 아버지는 어린 나를 키우는 조건으로 쥐꼬리만 한 급여와 빈방을 하나 내주었다.

나는 불쌍한 페레트를 상대로 짓궂고 못된 짓을 일삼았다. 그가 잠이 들기를 기다렸다가 그의 신발에 똥을 채우거나 그의 매부리코에 빨강색을 칠하고서는 이튿날 아침에 신발을 신을 때까지도, 거리에 나설 때까지도 그런 사실을 모르는 그의 뒷모습을 지켜보며 킥킥거렸다. 그것만이 아니었다. 혹시라도 그가 나중에 내 악동 짓을 질책하면 나는 그가 생활비 일부를 슬쩍 빼낸다는 사실을 아버지에게 일러바치겠다고 위협하며 그의 속을 뒤집어놓기 일쑤였다.

그러나 버릇없는 어린 나에게 페레트는 어머니를 대신하는 유일한 존재였다. 내 머리를 빗기거나 단추를 채워주던 그를, 생부보다 훨씬 더 신경을 쓰는 그의 손길과 애정을 내가 어찌 모르겠는가. 그는 걸핏하면 울었는데 그의 울음은 내 악동 짓을 무마시키는 유일한 무기인 셈이었다.

내가 열두 살 되던 해에 아버지는 고민했다. 자식을 어떻게 할 것인가. 본래는 바르셀로나의 카르멜로 수도회 학교에 나를 입학시키는 게 정상이었지만 그 수도회는 상인의 자식에게 훨씬 나은 교육 환경이 갖춰진 프랑스 교구의 학교를 추천했고 당신은 나를 가까이 두고 싶지 않았던 터라 순순히 동의했다. 나는 아버지를 비난하지 않았다. 우리 부자는 떨어져 사는 게 서로에게 도움이 되었다. 열두 살 나이에 이미 다섯 살은 더 들어 보일 만큼 훌쩍 커버린 나와 함께 있다 보면 가뜩이나 불편한 부자 사이에 자칫 곤혹스런 불상사가 생길지도 모를 일이었다.

앞서 나는 여러분에게 프랑스의 카르멜로 수도회 학교에서 일어났던 일을 들려주었다. 나는 바조슈에서 받아들여지자마자 내가 왜 수도원 학교에서 쫓겨났는지 자초지종은 생략한 채 내 장래를 위한 결단으로 포장한 내용의 서한을 아버지에게 보냈다.

이내 당신의 답신이 도착했다.

빌어먹을! 그놈의 성채는 뭐고 후작은 또 뭐란 말이냐? 대체 무슨 연유로 공병이 되겠다는 거냐? 바다에 다리가 필요하면 배가 있고, 더욱이 배는 이미 우리 해운회사에서 갖고 있지 않느냐. 아무래도 네놈이 이제 겨우 숫자나 셀 줄 아는 모양이구나. 혹시라도 이 아비를 속이면, 그때는 네놈의 살점을 발라버리고 말 게다.

그 서간은 더없이 애정 어린 내용도 담고 있었다.

날이면 날마다 설익은 짓만 일삼더니, 이젠 아예 팔을 걷어붙이고 본격적으로 나서겠다는 건 아니렷다? 조심해서 처신해라. 그곳에서 후레자식이라는 소리라도 듣게 되면, 그때는 땡전 한 푼 안 보낼 것이다. 이 꼴통아, 무슨 말인지 알겠느냐?

카탈루냐어로 '꼴통'은 다른 언어로의 번역이 불가능하다. 문자 그대로 바꾸면 '멍청한 머리'지만 본래의 뜻보다 더 강한 '전혀 가망 없는 돌대가리'라는 의미를 지니고 있는 까닭이다.

그래도 답신 속에 드러나는 당신의 어조에는 놀랄 만한 자비심이 깃들어 있었다. 예전 같으면, 그러니까 진짜 화가 났으면 나를 즉시 바르셀로나로 불러들였을 테고 나를 기다리는 것은 죽도록 휘둘렀을 당신의 손에 쥐어진 가죽 허리띠였을 텐데 몇 달치 학비까지 동봉한 것이다. 사실 아버지의 의중이나 떠볼 심산으로 바조슈 학비가 카르멜로 수도회의 갑절이라고 썼던 나는 막상 그 돈을 보자 어안이 벙벙해졌다.

물론 나는 내가 과연 아버지를 속일 수 있을까 긴가민가하면서도 수업료는 걱정하지 않았다. 바조슈는 모든 게 공짜였다. 내가 뒤 크루아 형제에게 학비를 묻자 그들은 발끈하며 이렇게 말했다.

"지원자! 지원자는 후작께서 수입이 필요하다고 생각하나? 지원자가 여기서 지내는 동안의 학비는 그분이 지불하신다. 만에 하나 지원자에게 학비를 받았다가 까발려지면, 그분의 명성은 세상 사람들의 비난거리로 희화화될 것이다."

나는 그들의 고귀한 자세에 전적으로 동의했다. 귀족들의 명예가 다른 이들에게서 잇속을 차리는 것이라면 그들이 왜 그렇게 발끈하겠는가? 그리하여 바조슈에 있는 동안에 나는 보방에게서 카르멜로 수도회 학교 수업료의 곱절의 돈과 카탈루냐어로 '쪽방'이라는 거처를 제공받은 것은 물론이고 아버지가 보내는 학비까지 덤으로 챙겼다. 나는 어린 내 자신의 처지를 동정하거나 어떤 불평을 늘어놓자는 게 아니다. 오히려 바조슈는 나에게 짐승들 대신에 인간의 지성을 실은 노아의 방주가 되어주었고 나는 나대로 바조슈를 통해 내 자신을 깨달을 마음의 자세가 되어 있었다는 것이다.

부르고뉴의 태양 밑에서 나는 늠름한 청년으로 변했다. 나의 완력은 곡괭이와 삽을(그리고 탕약인 레몬즙을!) 대신할 정도로 담금질되었다. 참호 속에서 여러 달을 지내다 보니 땅 파는 도구나 장비를 포크질하듯 사용하게 되었고 더 중요한 것은 차츰 내 자신만의 노하우를 축적한 것이었다.

아마도 바조슈의 특별한 장비를 사용하는 데서 나를 뛰어넘는 자는 세상을 통틀어 기껏해야 100명, 많아야 200명 정도일 것이다. 뒤크루아 형제는 그들 고유의 교육과 훈련 방식을 지원자에게 최적으로 적용하는 장점을 지닌 교관이었고 지원자인 나는 그들에게 모든 것을 가르치도록 만드는 귀찮으면서 뛰어난 존재였다. 나에게서 극도의 고단함은 더 많은 것을 배우고 싶은 배고픈 욕구로 변했다. 나는 일단 기초적인 공병 과정에 익숙해지자 그 과정을 보다 신속하게 향상시킬 다른 어떤 것을 찾았다. 여기서 여러분에게 한 가지 언급할 게 있으니 사랑에 대해 거의 알려지지 않은 장점들 중의 하나가 배움의 욕망을 채찍질한다는 것이다.

잔과의 사랑이 그랬다. 바조슈에서 그녀의 존재는 내가 목숨을 지켜야 하는, 내가 잠에서 깨어나야 하는 중요한 두 번째 모티프였다. 인간의 욕망이 지니고 있는 교육적 가치에 대한 적절한 실례가 거기 있었다.

하루는 아르망과 함께 가까운 숲속을 거닐었다. 바조슈에서 '집중'의 배양은 시도 때도 없었다. 나는 들판을 걷다가도 귀에 포착되는 모든 소리를 구별하고 그 소리들의 수를 셌다. 일반인들이 집중하지 못하는 소리까지, 예를 들어 공기가 움직이는 소리, 어딘가에서 흐르는 샘물 소리, 눈에 안 보이는 벌레 소리, 멀리서 들리는 도구 소리까지…….

아르망이 작대기로 나를 툭 쳤다.

"새소리잖아! 무시할 참이야? 이봐, 귀머거리야?"

"전부 여섯 종입니다."

"흠, 또 하나는 배가 고파서 삶아 먹었나?"

"어딥니까?"

"후방, 좌측으로, 44미터."

그럴 때면 그들의 교육이 억지로 여겨졌다.

"뒤에서 들리는 작은 소리를 포착하는 것도 부족해서 굳이 거리까지 계산해야 합니까?"

"집중하는 거야. 그러려면 귀를 쫑긋 세우라고." 아르망은 그렇게 말하면서 소리가 나는 곳을 향해 귀를 움직였다. 마치 귀를 자유자재로 움직이는 짐승들처럼.

"근육 쓰는 법을 배우도록 해." 그는 놀란 내 얼굴을 쳐다보며 말했다. "기능이 퇴화되었다는 게 본래 기능을 회복할 수 없다는 걸 의미하진 않아. 자, 해보라고."

나는 침묵을 유지하면서 귀를 움직이려고 기를 썼다. 쉽지 않았다. 하긴 쉬운 게 없었다. 내 말을 못 믿겠거든 여러분도 직접 해보면 이해할 것이다. 움직이는 것은 귀가 아니라 얼굴 근육이고 이마였다. 포기했다.

나는 양손으로 머리를 감싼 채 나무 밑에 털썩 주저앉았다. 내 발끝에서 두 뼘 앞 우측으로 버섯이 피어 있었지만 무시했다. 내가 무엇을 포기한 것은 그때가 처음이었다. 나를 가장 힘들게 만드는 것들 중에서도 도저히 받아들일 수 없는 것은 내 눈에 어린애들 장난처럼 여겨지는 것이었다.

프랑스 촌구석에서 정신 나간 쌍둥이 노인네들과 무슨 짓을 하고 있는가? 쓸모없는 참호를 무너뜨리고, 머릿속에 기이한 형태의 도면이나 기하학을 가득 채워서 뭘 어쩌자는 것인가? 숲속의 부엉이처럼 귀를 움직이는 고상한 기술을 배워서 어디다 써먹는다는 말인가?

"절대 공병은 되지 않을 거야." 나는 뒤크루아 형제들처럼 속마음을 드러내며 큰 소리로 중얼거렸다. "절대로!"

"이봐, 마르티! 자네는 엄청나게 발전해오고 있어."

아르망이 그렇게 말하면서 내 옆에 앉았다. 뜻밖이었다. 평소 노골적으로 호칭하던 '지원자'나 '두더지'가 아니라 내 이름을 불렀던 것이다. 그랬다. 뒤크루아 형제는 어떤 한계의 순간을 파악하는 데 그치는 게 아니라 적절하게 대처하는 방법까지 터득하고 있었다.

"거짓말 마십시오." 나는 마치 어린애처럼 씩씩거렸다. "눈이 있어도 못 보고, 귀가 있어도 못 듣는데, 그런 제가 어떻게 성벽을 쌓고 허문다는 겁니까?"

"다시 말하건대 많이 발전한 거야." 그러더니 느닷없이 군대식 어조로 지시했다. "지원자, 일어섯!"

물론 나 역시 그들을 존경했다. 그의 단호한 명령은 나의 우울함을 단번에 떨쳐낼 만큼 강렬했다.

"등 뒤, 그러니까 방금 앉아 있던 나무 뒤쪽으로 무엇이 있나?"

나는 곧게 뻗거나 갈라진 줄기 형태를, 줄기에 달린 이파리 수와 색깔까지 세세하게 묘사했다. 내가 판단하기에는 엉망이었지만 아르망은 달랐다.

"좋았어. 그렇다면 등 뒤쪽 직선으로 250미터 지점에는?"

나는 즉시 대답했다.

"한 여자가 걸어가면서 꽃송이를 꺾고 있군요. 손에 노랗고 빨간 꽃봉오리들을 한 움큼 쥐고 있고요. 전부 43송이입니다. 고개를 숙이는 동작을 감안하면 이제 막 두 송이가 더 늘어 45송이가 되었고······." 그 대목에서 나는 한숨을 내뱉었다. "빨강머리군요."

자연이 만든 숲의 복도를 통해 내 눈에 들어온 것은 250미터 저쪽으로 펼쳐진 푸른 벌판과 그 벌판을 거닐고 있는 여자, 잔의 모습이었다.

"이제 이해하겠나?" 아르망이 말했다. "원하면, 집중하는 거야. 문제는 아름다운 여자 대신에 허리가 굽거나 다리를 저는 여자, 혹은 나이가 많거나 이가 빠진 여자였으면 지원자가 그렇게까지 주시하지 않았을 거라는 거야. 그래서 하는 말인데, 만일 적이 지켜보는 곳에서 어떤 메시지를 전달할 경우, 미녀보다는 허리가 굽은 여자를 선택해야겠지. 아무래도 덜 주시할 테니까."

뒤크루아 형제는 잔에 대한 나의 감정을 이미 눈치채고 있었다. 내가 바조슈에 들어선 첫날부터 그들은 내 속마음을 훤히 들여다보고 있었다. 아르망이 한숨을 내쉬고는 내 뺨을 가볍게 두 차례 때렸는데 나로서는 그게 위로인지 질책인지 헷갈렸다.

"공병이 되고 싶거든 언제 어느 때고 집중하도록." 그가 말했다. "하긴 영원히 집중하고 싶으면 사랑에 빠져야겠지."

그날 밤 나는 잔의 침실로 내려갔다. 손가락으로 침실 문을 가볍게 두드렸다. 두 번. 문을 열어주지 않았다. 다음 날도 침실 문을 가볍게 두드렸다. 세 번. 문을 열어주지 않았다. 하루 더 침실을 찾았다. 처음에 세 번, 그리고 잠시 틈을 둔 뒤에 다시 한 번 두드렸다. 열어주지 않았다. 다음 날은 내려가지 않았다. 그 뒤에는 다섯 번을 두드렸다.

이제 그 이야기를, 그러니까 잔과 나, 우리 두 사람이 어떻게 서로의 품에 안겼는지를 밝혀야겠다. 내가 그녀를 유혹했는지, 그녀가 나를 유혹했는지를. 사실은 그녀가 나를 유혹했는데 어떻게 해서 내가 그녀를 유혹했다고 생각했는지, 혹은 그 반대인지 혹은 동시에 유혹했는지를. 다들 이미 알고 있겠지만 사랑이란 그런 것이다. 무슨 말인고 하니 나에게는 서정시가 어울린 적이 없으며 그러기에 나는 사랑에 대해 멋지게 묘사할 능력이 없고 그럴 마음조차 없다는 것이다.

그러니 여러분은 내가 들려주는 이야기 대신에 야외 훈련장과 성채 사이에 있는 헛간을 상상해보라. 그리고 헛간 위층에 나 수비와 잔이 함께 있는 것을, 마른 짚단 위에 알몸으로 껴안은 우리의 모습을, 그녀의 몸 위에 있는 나를 혹은 반대로 내 몸 위에 있는 그녀를.

이 정도면 무슨 뜻인지 알아들었을 것이다.

○○○

보방 가문의 구성원들이 바조슈에 전부 모이는 일은 보기 드문 경우였다. 내가 그들의 만남을 반가워했던 이유는 모든 교육과 훈련으로부터 일시나마 벗어나고 무엇보다도 후작의 사촌인 뒤피 보방과 만날 수 있기 때문이었다.

뒤피 보방은 당대의 위대한 공병 다섯 명 중의 하나였다. 나는 세상이 그를 망각하는 게 부당하다고 생각한다. 아마도 후작과의 가까운 혈통이라는 사실이 오히려 그의 진가를 가렸던 탓이리라. 뒤피는 유별나고, 충직하고, 겸손하고, 신중한 인물이었지만 자신의 영광을 유리하게 만들지 못했으며 그의 군 경력은 온몸에 열여섯 군데의 상처를 남긴 채 끝났다.

뒤피는 나의 본보기이자 영감이었다. 또한 그는 위대한 보방 후작과 신참내기 공학도인 나 마리티 수비리아 사이의 연결고리였다. 비록 뒤피는 그의 사촌인 후작보다 훨씬 더 어렸지만 후작은 모든 면에서 그를 동등하게 대했다. 우리는 함께 어울렸다. 나는 천재들 사이에서 처음에는 어른들의 대화를 못 알아듣는 어린애처럼 공병에 관한 생소한 언어에 깜깜했지만 차츰 학업이 진전되면서 그들의 대화에 끼어들게 되었다. 바조슈에서 나를 가장 흡족하게 만들었던 일들 중의 하나는 그들과의 산책이었다. 하루는 산책길에서 걸음을 멈춘 뒤피가 후작에게 말했다.

"세바스티앙! 그 조항이 이 신출내기의 계약서에 꼭 명시되어 있기를 기대합니다."

"조항이라니, 무슨 조항 말입니까?" 내가 끼어들었다.

"뒤피가 참가하는 요새전에 자네는 절대 참전할 수 없게 해달라는 조항 말일세." 후작이 그 말을 받았다.

그러고는 그들이 웃었다. 나도 따라 웃었다. 설사 그런 경우가 생기더라도 감히 내가 어찌 그들을 상대로 총부리를 들이댈 수 있단 말인가.

한번은 보방 후작의 산책에 나 혼자 동반했다. 뒤피가 독일에서 벌어진 포위전에 참전하느라 가족 모임에 참석하지 못했던 날인데 후작은 이미 내가 자신의 산책 동반자가 될 만큼 성장했다고 판단한 모양이었다.

"어때?" 그가 물었다. "지원자 수비리아, 교육 과정은 잘 진행되고 있나?"

"그렇습니다, 각하." 나는 진지하게 대답했다. "뒤크루아 형제분들은 그야말로 특별한 선생들입니다. 불과 몇 달 사이에 저는 제가 살아오면서 배운 것보다 더 많은 것을 배웠습니다."

"이제 '하지만'이라는 부정적이 말이 이어지겠군." 그가 정곡을 찔렀다.

"불평은 아닙니다." 나는 진지하게 말했다. "저는 아직 라틴어와 독일어 그리고 영어 강독도 제대로 끝내지 못했습니다. 게다가 저한테는 물리와 측량술이 공병과는 거리가 먼 과목처럼 여겨집니다. 각하! 그런 제가 눈에 붕대를 감고서 제 손바닥에 놓이는 모래와 돌의 유형과 종류를 오로지 표면만을 만져서 알아맞혀야 합니다. 그건 손가락에 눈이 달려야 가능한 일인데, 제가 배우는 그 모든 게 대체 어디에 쓸모 있는 것인지……."

"그 모든 게 바로 자네의 것이 되겠지." 후작이 끼어들었다. "자, 산책이나 하자고."

보방에 따르면 모든 군사 기술의 역사는 공격과 수비에 대한 영원한 논쟁으로 요약될 수 있다. 몽둥이가 나오자 흉갑이 뒤따랐다. 검이 나오자 방패가 뒤따르고 활이 나오자 갑옷이 뒤따랐다. 발사체가 강해질수록 갑옷도 그만큼 두꺼워졌다.

우리 인간들은 자신을 지키고자 한다. 우리 인간이 자신의 몸보다 더 간절하게 지키려는 어떤 게 있다면 그것은 바로 자기 집이다. 아무리 큰 전쟁도 가만히 살펴보면 자신의 집으로부터 적을 멀리 떼어놓으려는 것에 지나지 않는다. 성경에서 카인은 아벨의 머리를 돌로 내리쳤다. 성경이 말하지 않은 것은 다음날 카인이 형제의 집을 습격하고, 돼지를 훔치고, 형제의 아내를 겁탈하고, 형제의 자식들을 노예로 삼았다는 것이다.

어두운 동굴에 맞선 불. 나무 울타리에 맞선 사다리. 성벽에 맞선 공격용 탑들. 이렇듯 모든 불안한 균형은 하루아침에 무너지면서 다른 형태로 변해왔다.

물론 방어가 공격을 제지한 경우가 없었던 것은 아니다. 이는 방벽을 쌓는 기술이 방벽을 탈취하는 기술보다 앞질러서 발전했기 때문이다. 방벽을 세우는 자원이 구비된 도시는 노포(弩砲)와 대형 석궁에 의해 발사된 돌이 아무리 크고 강해도 끄떡없었다. 콘스탄티노플이라고 불리는 도시가 그랬다. 동로마제국 최후의 찬란한 군사시설이었던 도시를 황제들이 대를 이어 방벽을 확장시키면서 세기의 요새로 발전시켜왔던 것이다. 보방 같은 군사공학자의 관점에서 보면 콘스탄티노플은 고대 문명의 절정이었다. 그 시대에 거석으로 쌓아 올린 방벽은 높이가 100미터에 이르고 그 방벽들 안쪽으로는 망루 역할을 하는 탑과 무기고가 배치되었다.

동서양을 막론하고 그 어떤 국가도 쇠락하는 비잔틴제국을 공략하지 못했다. 비잔틴제국은 수세기에 걸쳐 이루어진 25회의 포위전을 꿋꿋하게 견뎌냈다. 게르만인들, 훈족들, 아바르족들, 러시아인들의 공격을 막아냈다. 우리의 중세 카탈루냐인들도 그들의 거대한 방벽을 무너뜨리지 못했다. 그런데 1453년에 전쟁과 군사공학은 물론이고 인류적인 모든 것에 변화가 생겼다.

그 변화는 터키와 그 인근에서 콘스탄티노플 정복을 염두에 두고 있던 인물 무스타파 족장 술레이만에 의해 이루어졌다. 바조슈 성채의 벽에 걸린 초상화의 주인공이 바로 그다. 보방은 그에 대해 이렇게 말했다. 그를 존경하지 않지만 존경해야 하는, 찬사할 인물이 아니지만 찬사를 보내야 하는 인물이라고. 초상화에서 보듯 그는 머리 위에 커다란 터번을 두른 채 꽃향기를 맡고 있으며 그의 시선에는 상대를 질식시킬 것 같은 잔혹함이 서려 있다.

술레이만은 혈기 방장한 시절에 그리스 여자 포로에게 푹 빠졌다. 사흘 낮 사흘 밤을 야전 막사에서 나오지 않았다. 병사들이 수군대기 시작했다. 자신의 정력을 다 뽑아내고 난 뒤에 무슨 일이 일어났는지를 알게 된 그는 불쌍한 비잔틴 여자를 막사 밖으로 끌어내 신월도로 목을 뎅강 베고서 대형을 이루고 있던 병사들 앞에서 소리쳤다. "그대들 중에 누가 사랑의 연결고리까지 끊어버린 내 절대 권능의 검을 받겠는가?"

술레이만의 야만성은 항상 그랬듯 극에 달했다. 수천 명을 화살로 쏴 죽이기나 끓고 있는 역청에 집어넣거나 살을 토막 내어 성벽 밑에 던져버렸다. 그럼에도 헝가리 공병과 특히 이탈리아 공병들은 (이탈리아 놈들, 놈들이 항상 문제라니까!) 그들의 능력을 잔혹한 그에게 제공했고 그는 그들에게 상상할 수 없는 거대한 포 설계를 맡겼다.

그 시기에 포에 화약이 사용된다는 것은 이미 알려져 있었다. 그 때까지는 불꽃놀이에 지나지 않았으며 그 효력은 야전 전투 경험이 부족한 병사들을 놀래게 만드는 정도였다. 그러나 그들은 길이가 10미터에 달하는 거대한 포를 만들어냈다. 그 대포를 콘스탄티노플까지 운반하는 데는 황소 300두가 필요했다. 무게는 또 얼마나 무거운지 하루에 2킬로미터도 이동하지 못했다. 아무튼 도착했다.

새로운 대포는 한 번에 500킬로그램의 돌덩이를 발사했다. 거대한 포격 앞에서 비잔틴 사람들이 무엇을 할 수 있었겠는가. 속수무책이었다. 한 발, 또 한 발, 연속으로 포탄이 날아들었다. 게다가 수직으로 높게 쌓아 올린 방벽을 향해 쏘아대는 포격은 실패조차 거의 없었다.

나머지 이야기는 익히 알려진 그대로다. 술레이만의 터키인들은 방벽이 허물어진 틈을 향해 거칠게 몰려들었고 비잔틴 황제는 전면에 나서서 대응하다 전사했다. 유럽의 공학자들은 전율했다. 그들이 믿었던 굳건한 방벽은 무용지물이었다. 여기서 신중한 질문이 나왔다. 앞으로는 어떻게 할 것인가? 대도시 전체를 요새화하는 것은 엄청난 경비를 요구하는 일이었고 왕들은 무용지물이나 다름없는 사업에 돈을 쏟아부을 준비가 되어 있지 않았다. 앞으로는 도시를 어떻게 지킬 것인가? (동시에 공병들은 개인적으로 이렇게 물었다. 이제 우리 같은 왕의 직속 공병들에게 지불될 급료는 어떻게 될 것인가?)

그러나 당면한 문제를 풀 수 있는 예상된 공식이 없는 것은 아니었다. 유럽의 군사공학자들 대부분이 자신들의 과오와 혼동에 빠져들었지만 모든 차원에서의 문제를 해결할 유일한 지혜가 있었으니 그것은 지금 나와 산책하고 있는 보방의 머리에서 나왔다.

보방은 거대한 포가 주적이 된 상황에서 도시를 보호할 방도를 찾았다. 그 방도는 모든 것을 재구축하는 일이었다. 그 대목에서 보방은 마치 나를 심문하듯 주시하면서 이렇게 물었다.

"자, 지원자 수비리아, 이 상황에서 자네 같으면 어떻게 했을까?"

젠장, 나 같은 애송이한테 왜 이런 질문을?

"모르겠습니다, 각하." 나는 생각나는 대로 내뱉었다. "그 무지막지한 포공을 어떻게 피할 수 있겠습니까? 그래도 제 생각을 듣고 싶으시다면, 저는 이렇게 단순하게 대답하겠습니다. 적의 포를 공격하거나 아니면 적의 포공을 피해야 한다고. 물론 전자는 자살행위일 겁니다. 상대의 포가 굳건한 방벽을 파괴하는 마당에 방벽 뒤에 숨어서 뭘 어찌하겠습니까? 그렇다고 포공을 피해 방벽에서 멀리 피신하자니 목숨은 구하겠지만 도시는 쑥대밭이 될 겁니다. 그렇다고 해서 방벽 자체를 몽땅 감출 수도 없는 노릇이고…….”

"바로 그거야!" 보방이 손가락을 튕기며 맞장구를 쳤다. "아주 틀리지는 않았어."

나는 터져 나오는 웃음을 참았다.

"하지만 각하, 방벽으로 도시 전체를 어찌 감춘다는 말입니까?"

"감추는 게 아니라 아예 매장을 하는 거지."

6

 중세의 성벽은 높은 데다 수직 형태였다. 성벽의 두께가 두꺼울수록, 총안의 돌출부가 높은 곳에 위치할수록 강력한 방어가 이루어졌다. 여기에 성벽을 더 강화하고자 포탑을 세우기도 했다.
 중세 성벽의 위용은 한눈에 들어온다. 그 위용이 워낙 강력한 탓에 만일 아이들에게 성벽을 그리라고 하면 아이들은 오늘날의 현대식 성벽보다는 중세의 성벽을 떠올릴 것이다. 비록 눈으로 직접 확인해보지 않았더라도 말이다.
 보방은 전통적인 축성의 원칙을 바꾸어놓았다. 예를 들어 그는 성벽의 경사각을 60도까지 조정함으로써 포탄이 벽을 뚫지 못하거나 튕겨져 나가게 만들었다. 또한 성벽의 높이가 지나치게 낮을 경우에는 해자를 깊게 파서 그 단점을 상쇄했다. 그가 구축한 요새들 중에는 성벽의 높이가 광장의 건물보다 더 낮은 경우도 있는데 그로 인해 공격군은 방벽 뒤로 확연하게 드러나는 건물들을 확인

전통적인 막벽

하기 용이한 반면에 수비군의 위치를 파악하는 데 애를 먹었다.

나는 여러분의 이해를 돕기 위해 도안을 하나 덧붙인다. (이건 독일풍의 도안이야. 이봐, 여기 배치하라니까! 그래, 앞도 아니고 뒤도 아닌, 바로 여기!)

보루 전면
성벽
보루

　중세의 포탑은 보루로 대체되었다. 보루는 성벽에 일정한 간격을 두고 설치된 일종의 요새인데 일반적으로 오각형 형태를 취한다. 여기 이 도안에서 성벽에 돌출된 창끝 형태의 구조물이 보이는가? 그게 바로 보루다.
　위 도면의 보루는 기초적인 것으로 면적이 사뭇 협소하게 보일 것이다. 그러나 거대한 요새는 보루 역시 거대해서 수비대 천여 명과 포 수십 문에 탄약 창고가 들어갈 수 있다. 현대의 마가논에 의해 설계된 요새들에서 성벽은 보루에 의해, 보루는 그 자체에 의해 보호받는다.
　요새전을 가정해보자. 먼저 오각형의 보루는 그 자체로서 적의 공격 대상이 되지 않는다. 공격군이 돌출된 보루의 벽을 타고 올라오더라도 보루 자체에 의해 방어되는, 다시 말해 수비군이 인근 보루와 보루 사이의 막벽*에서 사격을 하거나 엄청난 양의 가연성 액체를 끼얹어서 적을 물리칠 수 있기 때문이다. 공격군이 보루 대신 막벽을 공략해도 마찬가지다. 아니 더 불리하다. 그 경우에는 공격군이 해자로 내려가야 하는데 3면에서 쏘아대는 수비군의 십자포화를 견디지 못하기 때문이다. 십자포화! 그것은 공병이 도면에 그린 선과 면이 현실로 변하는 순간의 지옥을 의미한다. 수백 혹은 수천 명의 공격군은 수비군의 십자포화에 해자를 오르내리다가 속수무책 신세로 남는다. 대부분의 해자 밑바닥은 물로 가득 차 있고 바닥으로부터 150센티미터 높이의 뾰족한 말뚝이 박혀 있다 보니 공격군은 자기들끼리 뒤엉킨 채 우왕좌왕할 수밖에 없는 탓이다.

보방의 요새 설계에 따르면 보루는 기하급수적으로 늘릴 수 있다. 월보나 반월보 같은 외보**는 요새를 강화하는 효과적인 방어 수단이다. 수비군은 적으로 하여금 성벽을 공략하기 전에 막대한 전력을 소비시키도록 만들 뿐만 아니라 외보를 내주더라도 다른 외보로 물러설 수 있다. 반면에 공격군의 입장에서는 막대한 희생을 통해 외보를 점령하더라도 기껏해야 무인도를 점령한 것에 지나지 않는다. 그러니 공격군이 무슨 힘으로 재공격을 감행할 수 있겠는가. 외보들을 점령하면 보루와 성벽의 수비군의 협공이 기다리고 있는데, 이렇듯 초보자가 아닌 전문가에게 요새를 강화시키는 축성

---

* 막벽(幕壁)은 중세 성관(城館)의 안뜰을 둘러싼 방벽이다. 중세 이후 요새에서는 성관이나 요새의 두 보루 사이에 있는 방벽을 가리키기도 한다.

** 외보(外堡)는 주요 방어시설의 외부에 만들어지는 부차적 방어 시설, 즉 외곽 보루다. 보루와 요새를 방어하기 위한 반월보, 안경보 등의 외보는 16세기에 발전했다.

술과 그에 따른 세부적인 기술은 무궁무진하다. 이는 다음과 같은 거의 완벽한 도면에서 살펴볼 수 있을 것이다.

요새 축성술은 자체적인 매력을 지니고 있다. 특히 금세기의 축성술은 유용성을 넘어 아름다움을 드러낸다. 기하학적이고 선명한 윤곽이 그렇다. 금욕적인 형태 역시 그렇다. 아무것도 감추지 않는다. 하나같이 고유적인 것을, 즉 방어를 나타낸다. 축약된 세계에서 모든 것은 모든 적의 공격 앞에서 안전의 의미를 찾는다. 그 세계에서 전쟁이 아닌 평화 시대의 거주자들은 행복하다. 마치 불변의 파수꾼처럼 웅크리고 있는 것 같은, 거대한 조각상 같은 보루가 제공하는 안전한 세계에 대한 감동에 젖는다. 보방의 요새화 과정은 아름다움 자체에 있는 게 아니라 차라리 그 형태에 가까워지는 아름다움이자 그 형태에 귀의하는 아름다움이다. 보방의 요새를 관조하다 보면 현실 세계에 대한 회의가 아니라 질서가, 그것도 선한 질서가 존재한다는 믿음이 생기게 된다.

그러면 다음의 도안에서 잠시 나로 하여금 시적인 묘사를 할 수 있도록 허용해주길 바란다. 물론 내 구술을 정리하는 산만한 앵무새가 그 도안을 제대로 배치하는지 지켜보고 나서 말이다.

보루의 상부 모서리에 위치한, 마치 뱃머리를 장식하는 선수상(船首像)처럼 생긴 조그만 망루가 보이는가? 프랑스어로 '에쇼게뜨'다. 망루 안에는 보초가 근무한다. 군사공학자들이 망루의 기능성 너머에 있는 자기 작품의 미적 가치에 대해 모를 리가 없다. 에쇼게뜨는 어딘가 케이크의 앵두 같은 느낌을 준다. 그것은 설계자의 진부한 허세가 용인되는 유일한 세부 항목으로, 지붕은 주로 흑색이나 적색 판을 덮은 원뿔형이며 석조 벽은 섬세한 조각으로 장식되

보루 평면도

- A 막벽
- B 보루
- C 통로
- D 반월보(외곽 보루)
- E 경사벽
- F 방공로
- G 외곽 막벽
- H 카발리어*
- I 에쇼게뜨

* '보루 위의 기사'라는 뜻을 지닌 방어 시설 명칭.

에쇼게뜨

기도 한다. 나는 어디 하나 무시할 게 없는 망루의 예술적 가치를 무척이나 사랑한다. 내가 아는 헝가리 출신의 공병은 에쇼게뜨 도안을 수집하는 취미를 지닌 데다 에쇼게뜨를 무척이나 잘 그렸다.

적이 다가올 때 수비군이 맨 먼저 해야 할 일은 무엇인가? 그것은 망루의 수직 꼭짓점을 적의 포병대가 기준점으로 삼지 못하도록 화약으로 에쇼게뜨를 날려버리는 일이다. 그런데 그 일은 나한테 말로 표현할 수 없는 양면의 고통을 안겨주었다. 도시는 도시대로 자신들의 보금자리를 방어할 준비를 해야 하지만 그때마다 방어의 서곡으로 가장 눈에 띄는 아름다움을 희생시켜야 했기 때문이다.

적의 포위망이 좁혀 들어오는 도시는 발에 짓밟힌 개미집처럼 부산해진다. "한니발이 성문에 당도했다Hannibal ad portas!"* 일순 모든 성당의 종루는 경계령을 타종한다. 농장에서 일하던 사람들이 가축을 부려 가족과 함께 방벽 뒤로 몸을 숨긴다. 수비대는 다급하게 자신의 위치를 찾아간다. 무기를 배급하고, 포문을 열고, 탄약고를 지킨다.

혼돈. 망루에서는 당직 장교가 보초들에게 소리친다. 에쇼게뜨로부터 몸을 피하라고. 그때마다, 그러니까 에쇼게뜨가 폭발되는 순간에는 항상, 내가 '항상'이라고 말하는 똑같은 일, 즉 사람들이 할 말을 잃고 망연자실해지는 일이 생긴다. 그들은 다들 눈시울 젖은 눈으로 에쇼게뜨를 쳐다본다. 일순 잦아드는 침묵 속에서 도화선이 타들어가는 소리가 들린다. 뻥! 폭발음과 함께 평화가 전쟁으로 변하는 순산석 선이가 이루어진다. 폭발음은 싱경의 칭세기처럼 포위전의 시작이다. 우리 같은 득점자들은(앞 뒤가 꽉 막힌 발트라우트 덕분에 여러분은 '득점자'라는 용어의 의미를 알게 될 것이다.) 일반인이 될 수 없다. 에쇼게뜨를 폭파시키는 것을 증오하는 것과 동시에 계승되는 고통과 불행을 반복해서 경험한 탓이다.

바조슈의 가장 큰 과오는 마가논 전사들의 행위를 존엄한 행위로, 나아가 성스러운 민간 예술로 승화시킬 수 있다는 믿음이었다. 보방은 전쟁을 기술화시켜서 인간의 목숨을 아낄 수 있다고 믿었다. 물론 지금은, 그러니까 세월이 흐르고 숱한 참상을 겪은 뒤에는 그의 이데아가 철부지 같다 못해 추악한 것으로 여겨지지만, 그

---

* 라틴어로, '적이 공격이 시작되었다'는 뜻.

럼에도 그는 믿었다. 굳게 믿었다. 나는 그런 보방을 책망하지 않는다.

이윽고 산책이 끝났다. 비로 축축해진 호젓한 푸른 벌판 위로 까마귀들이 날고 있었다. 비잔틴 역사를 들려주던 후작이 걸음을 멈추고 나에게 물었다.

"이보게, 자네는 이 끝없는 전쟁에서 어느 쪽이지? 포야, 아니면 보루야?"

"잘 모르겠습니다, 각하." 나는 흠칫 놀라며 대답했다가 잠시 고민한 끝에 이렇게 덧붙였다. "옳다고 판단하는 쪽에 서겠습니다."

보방이 내 오른손을 붙잡고 마치 손금을 들여다보기라도 하듯 거꾸로 뒤집더니 소매를 걷어 올렸다.

"뒤크루아 형제에게 문신을 새겨달라고 얘기하게. 첫 점수가 되겠군."

○○○

앞서 내가 보방의 교육에 관한 상당 부분을 개괄했지만 그렇다고 해서 그의 교육이 산보에 그쳤다고 생각하면 안 된다. 사실 그의 교육은 직접적인 만남과 연구실 방문, 그가 한가한 시간을 갖거나 갖고 싶을 때 미리 통보해서 이루어지는 모든 것을 포함한다. 그리고 어떤 경우든지 교육은 전적으로 뒤크루아 형제에게 달려 있었다. 그들이 텍스트를 구성하면 보방은 다듬었을 뿐이다.

여기서 다시 뒤로 돌아가자. 아무래도 방금 언급한 점수에 대해서는 간단한 설명이 필요할 것 같다. 코끼리가 울고 갈 거구의 발트라우트가 앵무새처럼 수선을 떨면서 그 장면으로 돌아가자고 떼를 쓰니 어쩔 수 없기도 하다.

쌍둥이 노인들은 실질적인 발전을 이룬 나에게 점수를 주겠다고 통고했다. 내가 오른팔을 테이블 위에 내밀자 그들은 고문할 때나 수술할 때 사용하는 메스처럼 생긴 쇠붙이를 내 팔뚝에, 정확히 말해서 손목 바로 위에 위치한 팔뚝에 찍었다. 나로서는 첫 점수가 각인되었다. '점수'. 그것은 지극히 피상적인 정의다. 문신 작업에는 무지막지한 고통이 동반되며 팔뚝에는 검보라색 잉크로 물든 원의 형태가 선명하게 새겨진다. 다음 점수는, 그러니까 2점은 더 정교한 것으로, 첫 번째 문신 위쪽으로 2센티미터 떨어진 부위에 새겨지는데, 그 형태가 '더하기', 즉 '+' 부호로 그 모습이 마치 바람개비 같다. 세 번째인 3점은 오각형이다. 새로운 점수는 이전보다 훨씬 더 노력한 결과를 나타낸다. 나섯 번쌔인 5짐부티는 그 형대기 각각 서로 다른 요새의 형태를 띤다. 완벽한 공병을 뜻하는 10점은 열 개의 문신이 팔꿈치가 접히는 부분까지 이어진다.

여러분의 궁금증을 감안해서 미리 말하겠다. 이 세상에 10점은 없다. 적어도 내가 아는 한 10점을 획득한 득점자는 없으며 그것은 최고 점수를 평가할 자가 존재하지 않는다는 뜻이다. 우리 마가논의 문신은 수십 년 전부터 그 표장(標章)을 양도할 자격이 있는 자들의 범위를 극도로 제한시켰다. 그러다 보니 그들은 어디선가 접시꽃이나 키우고 있다는 생각이 들 정도다. 그렇다면 나는? 나는 평생에 걸쳐 9점을 받았다. 그래서 어떻게 했느냐고? 뭘 어떻게 하긴. 글쎄 학생들을 키우기엔 나는 너무 늙었다니까. 그런데 무슨 일이든 참지 못하는 끔찍한 발트라우트가 그렇게도 경탄해 마지않는 파리의 혁명가들이 세상은 물론이고 전쟁의 전통적인 형태까지 바꾸어놓았다. 그러면 여기서 요새전에 대해 몇 가지 짚고 넘어가자.

금세기 초엽에 유럽의 군대는 직업군인 혹은 용병으로 구성되었다. 그러나 어떤 왕도 그들에게 급료를 무한대로 지불할 수 없게 되고 그들의 수가 날이 갈수록 줄어들자 상대적으로 보루가 설치된 요새가 더없이 중요해졌다. 그 결과 수비군이 공격군의 공격 루트를 전면적으로 봉쇄하게 되면서 공격군으로서는 요새를 에워싼 채 수비군의 통로를 단절시키거나 후미를 공격할 수밖에 없게 되었다.

그런데 오늘날에 이르면서 요새의 효용성도 사라져가는 추세다. 파리의 로베스피에르의 꼭두각시들이 집단살인으로 명명해야 할 '집단공격'이라는 방식을 찾아낸 것이다. 실제로 오늘날의 군대는 내가 활동하던 과거에 비해 수적으로 열 배 아니 백 배 정도 우위에 있다. 그리하여 그들은 요새를 봉쇄하는 것에 그치지 않고 요새를 순식간에 점령한다. 우리 시대에는 요새전을 치를 때마다 20여 회의 전투가 벌어지면서 그 목적이 요새를 포위하거나 수비군의 반격을 제지하는 데 있었지만 오늘날은 대규모 병사들을 마치 타오르는 불길 속으로 밀어 넣는 장작처럼 앞세우고 무작정 밀어붙이는 전투로 변해 있다. 물론 그 결과는 땔감이 많은 쪽이 승리한다. 요새전이 물량 공세를 앞세운 이른바 현대 과학전으로 변한 것이다. 오, 과학의 발전이여, 만세!

그러면 마가논에 대해 살펴보자. 공병의 성취도는 '점수'로 나타난다. 바조슈에서는 그 점수가 자신의 계급을 나타내는 것으로, 공병들 사이에서 주고받는 일종의 인사로 발전해왔다.

마가논은 아직도 정중하게 머리를 조아리는 게 인사법의 기초이

긴 하지만 그런 관례를 깨고 로마식 악수를 도입한 주인공이었다. 그들은 처음 만날 때 손을 내밀었다. 손목을 돌리고 서로의 손목에 각인된 문신으로 자연스럽게 계급을 설정했다. 덕분에 장황한 소개가 필요 없고 오해나 다툼이 생길 일이 없었다. 마가논에게도 계급은 무척 중요하다. 어떤 지역을 포위하는 공격 작전이나 포위된 지역을 방어하는 작전에서는 더욱 그렇다. 예를 들어 3점은 항상 4점에 종속적이며 그렇게 형성된 서열은 실용적이면서 폐쇄적이었다. 그래서 직업장교 아닌 병사들은 마가논들의 인사 방식이나 서열의 특성을 이해하지 못했다.

마가논의 서열에서 그 핵심은 범세계적인 우애다. 베를린에서, 파리에서, 광활한 헝가리 벌판에서, 눈보라가 몰아치는 안데스산맥에서 생전 모르던 자들이 뜻을 같이한다는 것, 각자의 조국과는 전혀 상관이 없는 사들이 만나서 팔뚝을 내미는 단순한 인사로 서로의 거리가 순식간에 용해되는 느낌을 갖는다는 것, 이 얼마나 아름다운 영혼들의 접합인가! 우리 마가논은 그런 식으로, 서로를 인정하는 것을 바탕으로 결합했다. 아마도 이 세상에서 그 어떤 시선도 우리끼리 주고받는 공범의 시선을 대신할 수는 없을 것이다.

끔찍한 내 사랑 발트라우트야, 너는 내가 하는 말을 이해하는가? 천만에, 너는 절대로 이해하지 못할 수밖에. 너무나도 쉬운 것인데도 말이지. 지금 네 등 뒤로, 고양이가 불 옆에서 무아지경에 빠져 있구나. 저 짐승이 나를 어떤 눈으로 쳐다보는지 너는 보고 있느냐? 우리 마가논들이 주고받는 시선의 교환이 바로 이런 거란다.

○○○

당시 나는 내 팔뚝에 새겨진 문신의 가치를 이해하지 못했다. 나는 병아리콩을 세고 난 뒤에 두 번째 점수를 부여받았다. 2점. 비웃지 마시라. 사실 나는 구면체 공간이 싫었다. 지긋지긋했다. 얼마나 지겨웠으면 그사이에 이룬 내 자신의 발전조차 자각하지 못했겠는가.

진정으로 집중하려면 넋이 나간 상태에서도 집중해야 한다. 무슨 말인지 이해하겠는가? 당연히 이해하지 못할 것이다. 나 역시 그때는 그랬으니까. 우리는 집중하는 데 그치지 않고 그것을 내면화시켜야 한다. 다시 말해 누군가가 어떤 순간에 도달할 때까지는 설사 제정신이 아니더라도 자기 내부의 경고 메커니즘 역시 능동적으로 유지된다는 점을 인식해야 한다는 것이다.

하루는 점심시간에 뒤크루아 형제가 내 앞에 병아리콩이 담긴 접시를 내려놓았다. 그런데 그들은 식사 중에 내가 딴 생각에 잠겨 있다는 사실을 눈치챘다. (빌어먹을! 그들은 병아리콩을 보면서 그 색깔과 잔의 머리 색깔이 똑같다고 생각하는 나를 가만두지 않았다.)

"지원자 수비리아!" 아르망이 수저로 내 이마를 톡 치며 물었다. "접시에 담긴 병아리콩이 전부 몇 개지? 미적거리지 말고 즉답하도록!"

나는 대답하기 전에 재빨리 콩을 한 수저 떠서 입에 넣고 꿀떡 삼켰다.

"처음에는 91개였는데, 지금은 81개가 남았습니다."

그들이 감탄했다. 물론 나는 그들을 속이지 않았다. 나는 그들이 질문을 던질 때까지 그런 대답이 나올 것이라고는 생각조차 안 했다. 내가 콩을 수저로 떠서 꿀떡 삼킨 것은 내가 어디서든 집중력을 잃지 않고 있다는 것을 보여주고 싶었을 뿐이다.

그때까지만 해도 그들이 강조하는 집중력은 한결같았다. 그들은 내가 구면체 공간을 빠져나올 때마다 항상 똑같은 질문을 던졌다.
"지원자, 뭐가 있었나?"
그리고 그들의 견해 역시 한결같았다. 내가 거기 걸려 있던 사물의 종류와 개수를 아무리 상세하게 기술해도 항상 똑같은 반응이었다.
"충분하군. 완벽하진 않지만."
그러던 어느 날 나는 그들의 질문에 잠시 뜸을 들였다가 이렇게 덧붙였다.
"그리고 제 자신이 있습니다."
그랬다. 그들은 나에게 관찰자도 대상의 일부가 되어야 한다는 충고를 수천 번이나 반복했고 나는 나대로 내가 그 공간 속에 있다는 것을 받아들일 때까지 수개월이 걸렸다. 나로서는 부끄럽고 참담한 고백이 여러분에게는 밋밋한 강의나 독창적이지 못한 말장난쯤으로 들릴지도 모르지만 어쨌든 그랬다.

우리 마가논은 요새전에서 모든 것을 보아야 하고 모든 것의 수를 세어야 한다. 여기에는 아군의 모든 것은 물론이고 적의 모든 것까지 포함된다. 방어의 입장에서는 적의 포의 수를, 적이 구축한 평행 참호와의 거리와 그것의 폭을 가늠해야 한다. 아울러 두려움도 헤아려야 하는데 그 이유는 두려움만큼이나 현실을 왜곡하는 게 없기 때문이다. 만일 내가 내 자신의 두려움을 자각하지 못하면 두려움이 나를 알아볼 것이다. 뒤크루아 형제의 지적처럼. 두려움이 네 눈을 가릴 것이고, 네 눈을 대신할 것이다. 세상은 스스로를 죽이고, 인간은 요새를 공격하거나 방어하면서 죽는다. 그러나 사실상 모든 것은 우주의 한 귀퉁이에 버려진, 우리의 불안과 고통에는 무관심한 미미한 백색 구면체 공간에 지나지 않는다. 바로 그것이 '미스테어'다.

내가 세 번째 점수를 획득한 것은 지난한 참호 작업 과정이 끝난 날이었다. 3점.

"지원자가 세 번째 점수를 받게 된 것을 축하한다." 아르망이 통고했다. "그러면 지원자의 훈련 과정을 정리하고 평가하겠다. 우선 지원자가 경계지점을 벗어날 때까지 곡괭이와 삽 작업 그리고 울타리 작업을 지속했던 점은 좋았다. 경계지점 울타리가 파손되긴 했지만. 그런데 여기서 한 가지 확인할 게 있다. 우리가 지원자에게 작업을 멈추라고 지시하지는 않았음에도, 지원자는 임의로 경계지점을 벗어났는데 혹시 지원자는 인접한 들판에 밀이 심어져 있다는 걸 모르고 있었나?"

"알고 있었습니다."

"옳거니! 전시에 민간인의 경작지나 땅을 임의로 파헤치는 건 비난받을 일이 아니다. 하지만 지원자가 참호 작업을 하다가 쟁기질하는 나귀와 나귀를 채근하는 농부와 맞닥뜨렸을 때 보여준 지원자의 행동이 훈련의 목적을 벗어났다고 생각하지 않았나?"

"생각했습니다."

"옳거니. 물론 훈련이 모든 사항을 감안해야 하는 것은 아니다. 하지만 지원자는 귀족인 농장주가 강하게 따지고 들자 삽으로 제압해서 참호 안으로 데려갔다. 지원자, 그게 적절한 대처였다고 생각하나?"

"그렇습니다. 농장주를 잠시 기절시킨 것은 시간 낭비였기 때문입니다. 일단은 날아드는 총탄으로부터 그자의 목숨을 지켜야 했고요. 공병이 할 일은 왕의 백성을 보호하는 일일 것입니다." 나는 그 대목에서 한숨을 내쉬었다. "하지만 나귀는 달랐습니다. 짐승 때문에 자칫 총탄에 노출될 수도 있었고, 짐승이 무겁고 덩치가 큰 데 반해 참호가 비좁아 보였습니다. 분명히 말씀드리지만 저는 공병의 목숨이 나귀보다 더 가치 있는 걸로 판단했으며, 짐승의 목숨은 운명에 맡겼습니다."

아르망과 제노가 의아한 눈빛을 교환했다. 나는 이렇게 덧붙였다. "여하튼 나귀는 문제의 본질과는 상관없다고 생각합니다."

내가 네 번째 점수를 획득한 것은 참호의 울타리 작업 훈련을 마쳤을 때였다. 4점. 그 점수를 받아든 날은 평생을 기회주의자로 살아온 내가 기억하는 가장 좋았던 순간들 중의 하나였다.

어느 일요일 오후에 헛간에서 잔과 나는 살을 섞었다. 종일 추적추적 비가 내리고 있었다. 여리고 달콤한 부르고뉴의 회색빛 사이로 드러나는, 누런 짚단 위에 알몸으로 누운 채 살짝 잠든 그녀의 자태가 아름다웠다. 붉은 머리칼, 붉은 빛이 감도는 살결……. 나는 벗어놓은 옷에서 서첩을 꺼냈다.

"시를 썼어." 나는 그렇게 말하고 도안 몇 장을 펼쳤다.

그녀가 눈을 떴다. 이내 그녀의 얼굴이 환해졌다. 고관대작 집안 출신 여자나 끔찍한 내 사랑 발트라우트처럼 냄새나는 시골 여자나 여자들은 다 똑같다. 자기를 위해 시를 썼다고 하면 그저 감격할 따름이다.

"이게 뭐야?" 그녀가 깜짝 놀란 표정을 지었다. 기쁨의 눈빛이 담겨 있었다.

"시. 한 편밖에 안 되지만, 어제서야 끝났고, 그래도 나한테는 네 번째 점수만큼이나 중요한 거야."
"이게 시라고? 그림이잖아."
"그림이 어때서?" 나는 즉시 반발했다. "뒤크루아 형제는 도면 수업을 했지 운문 수업을 했던 게 아니잖아. 어쨌든 시는 시야." 나는 그녀에게 바짝 다가갔다. "잘 봐. 내가 그린 요새야. 어때, 맘에 안 들어?"
그녀는 어떠한 식으로든 자신이 이해하지 못하는 것을 굳이 고집하지는 않았다.
"마지막 게 최고야." 나는 도안들을 짚단 위에 내려놓았다. "잘 봐. 자세히 들여다보면 다른 것들과의 차이를 눈치챌 수 있을 테니까."
그녀의 시선이 도안들 위에서 움직이고 있었다.
"잘 보라니까!" 나는 다시 채근했다. "당신은 보방의 여식이라고. 보방의 여식이 이해 못 하면, 누가 이해하지?"
그녀는 도안을 한 장씩 들여다본 뒤에 따로 떼어놓았다. 그 사이 나는 추적추적 내리는 비를 쳐다보고 있었다. 습기 많은 나라에서는 비가 포위해 오는 적에게 맞서는 무기로 사용될 수도 있다는 생각이 들었다.
"이거." 마침내 그녀가 말했다. "이게 좋아." 그녀의 선택은 정확했다. 그녀의 얼굴이 이제 막 글 읽기를 배운 어린애처럼 붉게 상기되었다. "다른 것들과 다르잖아. 얼른 보기에는 비슷하지만 똑같지 않고 뭔가 더 있어." 그러고는 나를 쳐다보며 물었다. "어떤 차이야?"
"그건 이거 때문이야." 나는 손가락으로 한 부분을 지적하며 대답했다. "이 요새를 도시에 잠들어 있는 당신을 생각하며 그렸거든.

내가 당신을 지키고 있었던 거야."

○○○

보방의 방대한 가족 중에서 성채를 방문하는 횟수가 가장 적은 사람은 잔의 남편이었다. 그들 부부는 늘 떨어져 살았다. 그는 자기 아내에 대해 전혀 몰랐다. 아내에 대한 반감도 없었다. 구박도 받지 않았다. 어쩌다가 그가 바조슈에 들르는 날이면 (나는 그의 등장에 크게 개의치 않았다.) 식탁에서 관례에 따라 그들 부부는 바짝 붙어 앉았지만 그는 아내보다 소금 통에 더 집중했다. 소금 없이 지낸다는 것을 두려워하는 것은 그의 강박관념들 중의 하나였다. 그가 내 곁을 지날 때면 나는 톱밥처럼 흩날리는 그의 생각들을 읽어낼 수 있을 정도였다.

그는 파리에서 혼자 지냈다. 그런 탓인지 몸도 씻지 않았다. 그의 손톱은 늑대의 손톱보다 더 길었다. 의상은 최고급이지만 너덜너덜했다. 하인들은 그를 숨기고, 몰래 씻기고, 새 옷으로 갈아입혔다. 후작의 불호령 때문이었다. 그러나 그는 항상 행복했다. 그야말로 행복한, 어쩌면 세상에서 가장 행복한 사람이었을 것이다. 그의 독특한 망상은 '현자의 돌'에 있었다. 그는 마치 현자의 돌이 지니고 있는 비밀을 찾아내기 직전의 순간에 있는 사람처럼 행동했다. 아마도 그는 과학 혁명이 일어나기 전에 자신을 천재보다 행복하다고 믿었던 사람들 중의 한 명이었을 것이다. 물론 그의 호언장담은 금방 누그러들었다. 그 여파로 깊은 우울의 웅덩이에 빠져 지냈지만 사흘 후면 언제 그랬냐는 듯이 먼지투성이인 책을 다시 뒤지기 시작했고 새로운 것을 찾아내면 마치 무슨 비법을 발견한 양 다시 호들갑을 떨었다.

세상일이 그렇듯 그는 서방질한 아내의 정부인 나와 금방 절친한 친구가 되었다. 나로서는 께름칙한 일이었지만 그렇다고 밝힐 수도 없는 일이었다. 사실 나는 그가 나와 잔의 관계를 전혀 눈치채지 못했다고 지금까지도 그렇게 믿고 있으며 설사 그가 알았더라도 별로 상관하지 않았을 거라고 생각한다.

"오, 수비리아!" 그가 나를 보자마자 소리쳤다.

그날은 그가 바조슈에서 지낸 지 일주일째였다. 아무 때나 왔다가 아무 때나 떠나던 그가 그렇게 오랫동안 성채에 머문 것은 보기 드문 일이었는데 그 기간에 마을을 돌아다니던 그가 마침내 죽은 자의 영혼과의 대화로 유명한 노파를 만난 모양이었다.

"찾았어! 드디어 우리를 현자의 돌로 데려갈 결정적인 단서를 찾아냈다고!" 그는 흥분을 감추지 못했다. "그것은 이 세상에 있는 게 아니라 다른 세계에 있더군. 마술사 노파 덕분에 나는 상위 영혼들과 대화할 수 있게 되었으니, 이제는 그들이 나를 다른 세계로 인도할 거야. 실제로 어제 나는 노스트라다무스와 샤를마뉴 대제와 대화를 나누었다네."

그의 언행이 전부 비논리적인 것만은 아니었다. 그러나 보방의 가족은 그를 피했고 하인들은 그의 상대가 되어줄 수 없었다. 반면에 유일한 생도인 나는 중간적인 위치였기에 그가 얼마든지 귀찮게 굴 수 있는 대상이었다. 나는 현자의 돌에 대한 그의 쉴 새 없는 입방귀를 견뎌야 했지만 그를 관대하게 대했다. 따지고 보면 그렇게까지 부담스러운 일도 아니었다. 나는 짐짓 눈을 휘둥그레 뜨면서 간간이 맞장구를 쳐주었다. "그게 정말입니까?" 혹은 "정말 재미있네요!" 혹은 "세상이 환희로 바뀌겠군요!" 그러면서도 마음속으로 중얼거렸다. "이제 그만하지 그래. 이 미친 자식아, 난 지금 헛간으로 갈 거야. 당신 마누라와 섹스를 하고 싶거든."

나에게서 그가 그토록 찾아 헤매는 진짜 현자의 돌은 바조슈였다. 아, 바조슈여, 즐거운 바조슈여! 바조슈에서의 하루하루는 내 생애에서 최고의 나날이었다. 애정과 희망이 넘치던 시절이었다. 나에게 바조슈는 행복이었다. 독자 여러분은 아흔여덟 살 먹은, 아직도 아흔여덟 해에 걸친 삶의 여정을 지속하고 있는 자의 들뜬 심경을 이해할 것이다. 물론 행복하기만 했던 그 시절에, 특히 그즈음에 어딘가 불길한 징조가 없었던 것은 아니었지만 말이다.

바조슈에서 은밀한 사랑에 빠져 있던 나는 잔과 함께 보병대장 앙투안 바르두에농슈를 방문했나. 나는 그가 후작에게 이떤 평기를 받고 바조슈에 들어왔는지는 모른다. 그는 젊고 기골이 장대한 검의 고수였으며 불굴의 정신을 지닌 인물이자 믿을 수 없을 만큼 순박한 인물이었다. 그의 이상향은 비록 비극적인 면을 즐거운 너털웃음으로 대체했지만 영락없는 편력기사의 그것이었다. 잔의 언니인 샤를로트는 세상에 알려진 것보다 더 완벽하고 늠름한 자세를 견지하는 자들 중의 한 명인 그에게 푹 빠져 있었다. 일요일에 우리 네 사람은, 그러니까 잔과 나, 바르두에농슈와 샤를로트는 바조슈를 에워싸고 있는 들판으로 산보를 나가곤 했다. 그들은 가짜 검술을, 작대기로 상대방을 찔러 쓰러뜨리는 장난을 치면서 킥킥거렸다. 나는 바조슈의 눈으로 전사의 피부 속에 숨겨진, 동시에 철부지 같은 그의 이면에 감추어진 면모를 유심히 지켜보았다. 아무것도 없었다. 그의 삶은 오로지 병기와, 그들이 '태양왕'이라고 부르는, 반면에 그들의 적은 '유럽의 괴물' 혹은 단순하게 '괴물'이라고 부르는 프랑스 루이 14세를 받드는 열정에 함몰되어 있었다.

하루는 바조슈에 후작이 부재하고 뒤크루아 형제 역시 부재중이었다. 그날 우리는 성채를 놀이터로 바꾸어놓았다. 나는 학업에 매진해야 함에도, 잔은 결혼한 몸이었음에도, 바르두에농슈는 보병대장교복 차림이었음에도 불구하고 어린애가 되어 숨바꼭질 놀이를 했다. 그들은 내 눈에 가리개를 씌웠지만 나는 거침없이 그들의 은신처를 찾아냈다. 구면체 공간에서의 훈련 덕분이었다. 나는 굳이 눈이 필요하지 않았다. 그들의 웃음을 코로 맡고 그들의 냄새를 귀로 들었다. 짐짓 허공에 손을 내저으면서, 그들이 한동안 나를 내버려두도록 만들면서 커튼 뒤로 감추어져 있던 문을 밀었다. 어떤 저의가 있었던 것은 아니다. 손에 닿는 감촉을 좇아 그저 문을 열었을 뿐이다. 나는 별 생각 없이 문 저쪽으로 발을 들여놓았다.

문 뒤로 비좁은 통로가 나 있었다. 나는 방향을 잡고자 벽에 붙은 지지대와 그 위에 설치된 구조물을 더듬었다. 불현듯 이상한 기분이 들었다. 나는 눈가리개를 풀었다. 내 손가락 끝에 감지되었던 그것들은 유럽의 모든 도시와 성채를 축소한 모형들이었다.

세상에! 그때서야 나는 내가 지금 어디에 있는지를 깨달았다. 그 시절에 '괴물왕'은 베르사유에 유럽 대륙의 모든 요새를 재현한 축소판 모형들을 보관했으며 유사시에 필요한 그것들은 공병들에게 요새 공격과 수비를 계획하는 최상의 자료가 되어주었다. 그런데 보방 역시 자신의 성채에 괴물왕 몰래 베르사유와 유사한 공간을 만들어두었던 것이다. 심장이 두근두근 뛰기 시작했다. 후작에 대한 충직함이 나를 채근했다. 당장 그곳을 벗어나라고. 그러나 나는 망설였다. 알 수 없는 어떤 힘에 이끌린 채.

그사이 내 눈은 가장 가까이에 위치한, 보루 열두 개로 이루어진 별 모양의 모형들에 머물렀다. 장인들의 손에 의해 석고와 나무와 자기로 만들어진 그것들은 유럽의 모든 경계선에 세워진 요새들을 재현해내고 있었다. 모형의 축소 비율은 정확했다. 보루의 경사각이나 참호의 깊이도 마찬가지였다. 강과 해변 혹은 늪지는 거리와 깊이에 따라 짙거나 옅은 청색으로, 고지대나 단애는 높이에 따라 농도가 다른 황색으로 나타내고 여백에는 모형 제작에 대한 기술적인 정보가 기록되어 있었다.

나는 마치 장님놀이를 즐기듯 눈을 감은 채 손가락 끝으로 정교한 축소 모형들을 만지기 시작했다. 아티아스, 네뮤, 덩케어크, 릴레, 페어피뇨……. 대부분의 요새는 보방에 의해 축성되거나 재축성된 것들이었다. 베장송, 투르네이, 괴물왕의 염탐꾼들에 의해 정보를 입수한 부어탕즈, 큐페르티누 광장 또한 마찬가지였다. 나는 마치 마술의 방에서 은하수를 지나가듯 그것들을 하나씩 더듬어 나갔다. 문밖에서 잔과 바르두에농슈의 목소리가 나를 찾고 있었다. 조금만 더 기라리라고. 딱 하나 남았으니, 조금만 더 기다리라고. 나는 그렇게 마음속으로 중얼거리며 다시 눈을 감고서 마지막으로 남아 있는 모형을 만졌다. 손가락 끝에 감지되는 그것은 천년 고도의 특징을 지니고 있었다. 흥미로웠다. 온 신경을 집중했다. 항구였다. 성벽이 바다를 막고 있지는 않았다. 일순 모골이 송연해지면서 전율이 일었다. 입안에 침이 고였다. 침을 꿀떡 삼켰다. 나는 이미 그 형태를 익히 알고 있었다.

바조슈에 들어온 이후에 처음으로 대하는 불길한 예감, 그것은 바로 거기서 연유했다. 바조슈는 모든 게 유용성에 의해 지배되는 곳이었고 그러기에 그것들이 그곳에 있다는 것은 언젠가 실전에서 그대로 적용된다는 의미였다. 그때서야 나는 눈을 떴다. 그리고 방금 마지막으로 만졌던 모형을 내려다보았다. 바르셀로나였다.

7

 누군가를 처음 보자마자 증오한 적이 있는가? 지난한 삶 속에서 나는 악마가 초대하는 저주의 모임에 기꺼이 참석할 자들을, 지중해를 가득 채우고도 남을 망나니나 사기꾼 혹은 태어나지 말았어야 할 악당들을 두루 만났다. 그런데 그중에서도 귀에 못이 박히도록 들었던 이름이 하나 있으니 그가 바로 요리스 판 프어봄이다. 보라, 그의 공식 초상화를. 어떤가? 누군가는 매력적인 인물이라고들 하는데 진짜 그런가?
 내가 그를 알았을 때 그는 마흔 살이 안 된 나이였다. 나는 야비한 느낌이 담긴 그의 얼굴과 살찐 볼을 쳐다보면서 무정한 푸줏간 주인을 떠올렸다. 과장이 아니다. 그는 마치 오랫동안 배 속을 비워내지 못해 안달이 난 것처럼 잔뜩 찌푸리고 있다. 눈빛도 그렇다. 규율과 정의가 절제된 보방 후작의 준엄한 시선과 달리 프어봄의 눈에는 하급자로 하여금 반감이 들게 만드는 냉혹함이 번득인다.

Joris Prosperus van Verboom

프어봄에게 있어서 과거를 헤아려보면 세상은 참 좋은 곳이었을 것이다. 만일 그가 고향을 떠나지 않고서 소시지 가공업자로 살았더라면 그랬으리라. 그러나 그는 고향을 떠났다. 그는 무엇보다도 누군가를 섬기는 비루한 야심, 즉 남에게 자신을 바치는 행동을 자물쇠의 열쇠로 정당화시키는 본능에 충실했다. 그래서 많은 권력자들이 그를 원했고 그는 그들에게서 보수를 받았다. 그렇다고 해서 왕들이 모를 리가 없었다. 매가 아무리 높이 날더라도 독수리 발톱 밑에 위치한다는 것을.

아마도 누군가가 프어봄에게는 웃는 법을 가르치는 것을 잊었던 모양이다. 그래서 그의 얼굴은 부하들을 겁먹게 만드는 데는 유용했지만 여자들에게는 재앙이었다. 그가 신사다운 모습을 연출하는 것을 지켜본다는 것은 기괴하다고 말하지 않으면 고통스러울 뿐이다. 그의 여성적인 것에 대한 결핍은, 명령 아니면 복종이라는 단순함으로 지배되지 않는 모든 계층과의 동조에 대한 결핍은 그로 하여금 겁먹은 사슴 같은 불안감을 낳았고 그런 그를 지켜보는 구경꾼들에게 그는 한심하고, 익살스럽고, 우스꽝스러운 인물로 비쳐졌다. 무슨 말인고 하니 그는 어떤 여자에게 꽂히면 철없는 어릿광대처럼 행동했다. 그날도 그랬다. 바조슈의 연병장 한복판에서 그는 한 여자를, 아니 나의 잔을 꼬드기고자 푸줏간 주인의 흉측한 주둥이를 알랑거리고 있었다.

그날 야전 훈련을 마친 나는 삽과 곡괭이를 어깨에 메고 성채로 돌아오다가 그들과 맞닥뜨렸다. 바조슈에서 습득한 집중과 관찰은 공병에게 필요한 것 말고도 훨씬 더 많은 것들을 이루어내도록 해준다. 게다가 나는 이미 4점을 취득한 예비 공병이었기에 반쯤 뜬 눈으로도 그자가 원하는 게 무엇인지를, 아니 그자가 어떤 존재인지를 단박에 알아맞힐 수 있었다.

안트베르펜의 소시지 가공업자 프어봄은 보방의 지휘하에 이미 두 번이나 공성전을 치른 적이 있었다. 그런 보방과의 인연이 그로 하여금 성채 방문을 정당화시키고 왕의 공병을 나타내는 제복 차림으로 거드름을 피울 수 있는 적절한 핑계거리가 되어주었다. 그는 사냥터에서 돌아오는 길이었고 보방의 여식인 잔은 부와 미를 갖춘 데다 마음만 먹으면 남편을 자선기관의 골방에 가둘 수 있었다.

내가 그들에게 다가갔을 때 프어봄은 잔에게 부친의 안부를 묻더니 잔이 부재중이라고 대답하자 이렇게 말했다.

"아쉽군요. 제 여정을 바꿔서라도 후작님에게 예를 지키고 싶었습니다."

이런 사기꾼 같으니! 그즈음에 보방이 파리에 머무르면서 괴물 같은 '태양왕'의 대신들과 만나고 있다는 사실은 모든 프랑스가 알고 있었다. 따라서 프어봄이 바조슈 근처로 사냥을 떠난 것은 후작의 부재를 노려 잔에게 접근하려는 수작이었다.

나는 미친놈처럼 그들 앞에 바짝 다가섰다. 그는 땟물이 줄줄 흐르는 하인 놈이 시건방지다고 여겼지만 방문 중인 데다 숙녀 앞이라서 애써 나를 무시했다. 그러나 심상찮은 낌새를 알아차린 잔이 나섰다.

"마르티, 어서 가서 씻도록 해요."

그러고는 방문자에게 간단한 요기라도 하지 않겠느냐고 물었다. 나는 눈 한 번 깜박이지 않고서 그를 노려보고 있다가 목구멍에서 나오는 대로 내뱉었다.

"아무것도 내놓지 말아요. 이자는 모든 걸 원하고 있거든요."

아마도 내가 그런 식으로 말한 것은 뒤크루아 형제의 영향일 것이다. 실제로 그들의 수중에서 종일 지내는 것이나 다름없는 나로서는 자신의 생각을 큰 소리로 말하는 그들의 방식에 물들어 있었다. 그들이 거듭 반복하며 떠들어대는 잔소리처럼. "어린애들은 생각할 줄 알기 때문에 말하지 않고, 말하기 때문에 생각할 줄 안다." 그들에 따르면 현실에서 누군가를 지적할 때면 솔직히 터놓고 얘기하는 것을 두려워하지 말아야 한다는 뜻이다. 그러나 내가 잊고 있었던 것은 위선적인 검열로 제어되는 상류사회의 소통 방식이었다.

프어봄의 얼굴이 벌겋게 달아올랐다. 나는 극명하게 드러나는 신체적 현상을 언급하고 있다. 인간의 분노는 안면 근육을 극도로 팽창시키는데 그의 두터운 안면 껍질이 마치 붉은 거품처럼 부풀어

올랐다는 것이다. 그러나 나는 응당 느꼈어야 할 두려움 대신에 내 자신을 억제해야 했다. 그때였다. 나에게서 어떤 조짐을 예견한 잔이 다급하게 소리친 것은.

"마르티!"

이미 나는 삽과 곡괭이를 우측 어깨 위로 들어 올렸다. 그런데 그 바람에 땀과 흙에 찌든 지저분한 소매가 올라가면서 팔뚝의 문신이 드러났다. 4점. 일순 프어봄의 시선이 의구심으로 바뀌었다. 그가 왼손을 내밀어 내 오른손 손목을 꽉 붙잡더니 내 귀에 대고 말했다.

"이건 잘못된 게 틀림없으렷다."

그의 말과 동시에 내 오른손에 쥐고 있던 삽과 곡괭이가 바닥에 떨어졌다. 그러나 나는 당황하지 않고 재빠르게 비켜서면서 왼손으로 그의 우측 소매를 걷어 올렸나. 3점이있다. 위급한 순간에 도미뱀이 꼬리를 자르듯 순식간에 상대의 공격에 대처한 나는 혀를 끌끌 차며 약을 올렸다.

"이건 잘못된 게 아닌 게 틀림없으렷다."

"당장 이 손을 치우지 못해!" 그가 소리쳤다. "인분을 만지는 정원사 주제에 감히 나를 건드리다니!"

"기꺼이 그렇게 해주겠지만 이번에는 당신이 먼저 치워야 할걸."

그의 자존심이 그를 용납하지 않았다. 그는 내 손목을 풀어주는 대신에 사정없이 꺾었다. 그의 손아귀에서 바위덩어리처럼 단단한, 타고난 골격에서 나오는 특유의 근력이 느껴졌다. 반면에 내 몸은 고양잇과에 속하는 맹수처럼 군살 하나 없는 데다 거친 참호 작업으로 다져진 팽팽한 근육질이었다. 그때부터 터키풍의 레슬링을 상기시키는 기이한 대결이 시작되었다. 아니, 그것은 기이한 대결이 아니라 부나 명예 혹은 다른 어떤 것도 아닌, 흔히 사내들이 계집을 차지하기 위한 본격적인 힘겨루기였다.

나는 안트베르펜 출신의 푸줏간 주인을 그렇게 가까이서 본 적이 없었다. 그의 코와 내 코가 밀착될 만큼 가까워졌다. 그의 얼굴이 끈적끈적한 탐욕으로 만들어낸 지형도 같았다. 깊게 파인 모공에서 끈적끈적한 달팽이 침 같은 굵은 땀방울이 분출되고 있었다.

사실 프어봄 같은 자와 힘을 겨루는 것은 산을 오르는 것이나 다름없는 일이다. 나는 결코 올라설 수 없는, 끝없는 산등성이로 이루어진 산을 오르고 있었지만 차마 굴복하지 못한 채 용케 버티고 있었을 뿐이다. 저기, 내 자신도 모르게 정상에 오를 때까지.

마침내 그가 무너지기 전에 고막이 터질 만큼 크고 짧은 비명을 토해냈다. 그러더니 바닥에 무릎을 꿇고서 두려운 눈빛으로 나를 올려다보았다. 내가 참호용 장화로 그의 면상을 걷어차기 직전에 하인들이 달려들어 나를 떼어놓았다. 잔이 비참한 몰골로 씩씩거리는 그를 챙겼다. 그녀는 그에게 나를 한낱 질투에 눈이 먼 문지기라고, 제정신이 아니라고 둘러대면서 하인들에게 결박당한 채 소리 지르며 발버둥치는 나를 책망했다.

"마르티, 프어봄 경에게 용서를 구하도록 해요, 당장!"

그 말에 나를 결박하고 있던 하인들의 완력이 약간 느슨해졌다. 나는 그 틈을 놓치지 않고 다시 그를 덮쳤다. 그는 이미 싸움닭이 아니었다. 그는 나를 피하려고 다급하게 몸을 돌리다가 재수 없이 바닥에 쓰러졌다. 나는 하인들에게 양다리가 붙잡힌 상태에서 그의 발목을 붙잡고 늘어졌고 하인들에게 끌려가기 전에 기어이 그의 왼쪽 엉덩이를 이로 사정없이 물어뜯었다. 아마도 그날 온 성채가 그의 목구멍에서 터져 나오는 화급한 비명 소리를 들었을 것이다.

○○○

젊은 호기에서 나온 충동적인 행동이 그 결과를 예측 못 하는 것은 당연하다. 그러나 그런 행동은 후견인이자 급료까지 내주는 주인의 은총을 받는 생도가 방문객의 엉덩이를 물어뜯은 일과 다르며 그 일로 주인이 분노하는 것은 지극히 논리적이다.

설상가상으로 그 일은 최악의 순간에 벌어졌다. 유럽의 괴물 루이 14세의 대신들과의 만남을 통해 보방은 자신이 도편추방에 처해졌음을 확인했다. 그들은 단순한 형식적 절차일 뿐이라고 말했지만 앞으로 전쟁을 어떻게 이끌 것인지, 어떻게 평화를 누릴 것인지에 대한 그의 제안을 일부 또는 전부 거절했던 것이다. 그런데 그들에게 구박을 받고 쫓겨난 개의 심정으로 바조슈에 돌아온 후작에게 전해진 첫 소식이 성채 주인의 명성을 허물어뜨린 불상사였으니 그의 심사가 어떠했겠는가.

뒤크루아 형제가 우울한 표정으로 입을 열었다.

"마르티, 후작께서 찾으셔."

후작은 자신의 부재 시에 성채를 이끌어가는 잔에게 책임을 물었다. 내가 후작의 집무실로 들어섰을 때 모녀는 언쟁 중이었다.

"프어봄이 그럴 만한 인물이라고 수천 번이나 말한 사람은 바로 아버지였어요."

"난 지금 그자에 대해 얘기하는 게 아니다!" 후작이 언성을 높였다. "누군가가 내 문을 들어섰으니, 나로서는 빵과 소금을 내줄 수밖에! 그런데 빵과 소금은 고사하고 물어뜯었으니……." 그러다가 나를 보자마자 비꼬았다. "아, 드디어 짐승이 나타나셨구먼!"

그러고는 곧장 나에게 다가왔다. 나는 그가 내 뺨을 후려칠 거라고 생각했다.

"그 병든 상상력으로 어떤 변명을 늘어놓을 셈이지? 대답하게! 무슨 연유로 내 집에 들어선 방문객을 물어뜯었는지?"

"그자는 나쁜 사람이었습니다." 나는 거침없이 대답했다.

진실의 힘은 최정상의 자리를 고수하고 있는 자의 마음도 동요하게 만든다. 그의 언성이 다소 누그러졌다.

"호의와 악행 사이에 예절이라는 완충제가 존재한다는 거, 안 배웠나? 어찌하여 왕의 공병의 바지를 물어뜯을 수 있단 말이지!"

내가 그 말을 받으려 했지만 가만두지 않았다.

"그 입 다물게! 더 이상은 보고 싶지 않으니, 자네 방으로 돌아가서 내일 아침까지 나오지 말도록 해! 마차가 도착하는 대로 자네 집으로, 아니면 자네가 정한 곳으로 보내줄 거야. 어디든, 바조슈에서 멀리 떨어진 곳이 되겠지. 뭐하고 있나? 내 눈앞에서 당장 사라지지 않고!"

나는 방으로 들어서자마자 벽에 머리를 찧었다. 집으로 가야 하다니! 학위도 없이, 신임장도 없이. 아버지는 보나마나 눈에 쌍불을 켜고 나를 죽이려 들 것이다. 더욱이 당신은 이미 내가 누리는 특권을 감지하고 있었다. 인생은 나에게 그 어떤 행운의 여신도 줄 수 없는 많은 것들을 선물했다. 내가 바조슈의 생도라는 것을, 결코 존재한 적이 없는 요새전의 공격과 방어 분야에서 최고의 재능을 지닌 유일한 공병이라는 것을. 그러나 나는 아직 내가 바조슈에서 제공할 수 있는 것들의 절반밖에 끝내지 못했음을 알고 있었으며 무엇보다도 견딜 수 없는 것은 잔과 헤어지는 일이었다.

나는 결정적인 실수를 저질렀다. 흔히 그릇된 생도들이 저지르는 특유의 잘못을 범했다. 만일 내가 뒤크루아 형제의 가르침에 집중했으면, 눈먼 열정에 집착하지 않았으면 프어봄이 잔의 사랑을 받지 못한다는 것을 진작 깨달았을 것이다. 그러나 나 수비리아는 스스로 모든 것을 망가뜨리고 말았다.

그날 이후 나는 프어봄을 증오했다. 그가 죽을 때까지 증오했다. 나중에는 그와의 잘못된 만남으로 인해 고문과 추방까지 당했지만 그날만큼 치명적인 상처를 받은 적이 없었다. 그 일로 나는 끝없는 증오에, 그에 대한 순수한 크리스털 같은 증오를 위한 증오에 매달렸다. 그리고 그에 대한 나의 증오는, 동시에 나에 대한 그의 증오는 그가 최후를 맞이하면서 끝났다. 그러나 지금으로선 그와 나의 증오에 대한 마지막 이야기를 더 이어갈 수 없어 유감이다. 나로선 어떻게 그를 죽음에 이르게 만들었는지 내막을 털어놓고 싶어 안달이 나 있지만, 한 가지 분명한 것은 그가 자기 눈에 터키탕처럼 보였을 지옥에 도착했을 때 그는 이미 무지막지한 고통을 겪은 후였다는 것이다.

끔찍한 내 사랑 발트라우트야, 나머지 자초지종은 네가 내 말만 잘 들으면 나중에라도 간간이 해줄 텐데, 하지만 네가 그 얘기를 들으면서 잔혹하다고 토악질을 해대면 나는 네년의 골통을 쪼개버릴 것이다. 비엔나에는 "이승에서 친구 다음으로 가질 수 있는 가장 좋은 것은 좋은 적이다."라는 오래된 경구가 있더구나. 하지만 그런 개 같은 경구는 집어치우라고 해! 그게 진실이라면, 이 세상에는 좋은 적(敵)이 있을 수 없다는 것이고, 오로지 살아 있는 적과 죽어 있는 적밖에 없다는 거잖아. 하긴 그런 자들이 살아 있는 한 너한테 빌어먹을 짓을 포기하진 않겠지.
 아, 카스텔라가 먹고 싶구나! 이봐, 뭐하고 있는 거야! 냉큼 카스텔라 좀 갖다주지 않고!

○○○

 천사들이 좋은 것은 밤에 잠을 자지 않는다는 것이다. 밤새 내가 방에 처박혀 있는 동안에 쌍둥이 노인들은 보방에게 자신들이 설계한 아라스 요새에 대한 설명을 이어나갔다. 그사이 보방은 상체를 바짝 숙인 채 도면 위를 스르르 미끄러지는 조그만 바퀴 세 개가 달린 확대경으로 설계도를 들여다보고 있었는데, 그 모습이 흡사 미지의 원석을 감정하는 보석상 같았다.
 보방이 애착을 갖고서 뒤크루아 형제에게 설계를 맡긴 아라스 요새는 이런저런 사정으로 미루어졌지만 그들이 상상할 수 있는 요새보다 훨씬 더 막강하고 완벽한 요새였다. 평소 중요한 전략이나 전술을 짤 때면 보방의 주위에는 열 명, 많게는 스무 명까지 참석해서 각자의 의견을 개진했고 그럴 때면 그는 특유의 소리로 자신의 의견이나 호불호를 나타냈다. 예를 들어 그가 그들의 의견에 대해 아무 반응을 하지 않고 침묵을 유지하면 불만족스럽거나 틀렸다는 뜻이었고 반면에 그의 목구멍에서 '엉!'이나 '엥!' 혹은 '에이잉!' 같은 기이한 소리가 나오면 흡족하다는 뜻이었다. 물론 그날도 그랬다.

"한데, 이건 뭐지?" 확대경으로 도면을 살피던 그가 한 지점에서 고개를 들지 않은 채 물었다. "여기, 모서리마다 세 개씩 튀어나온 거 말일세."

"그건 포탑입니다, 각하." 그들이 동시에 대답했다. "요새화된 포탑 말입니다."

"이해를 못 하겠군."

"박격포는 보루에겐 최악의 적입니다." 그들이 그 말을 받았다. "따라서 이 포탑은 공격군의 박격포와 똑같은 무기로 맞서겠다는 생각에서 나온 것입니다."

"보루에 설치된 수비군의 포는 단단한 석조에 의해 보호받는 장점을 지닙니다."

"공격군은 자기들의 포가 드러나는 순간에 요새로부터 포격을 받는 반면, 요새 안에 설치된 수비군의 포대는 철골이 보강됨으로써 어떤 피해도 입지 않을 겁니다."

"에이이이잉……!"

"보시다시피 포탑은 반달 형태의 상부에 조그만 틈이 나 있으며, 받침대는 톱니바퀴가 장착되어 있어 180도 내에서는 어떠한 각도에서도 포격이 가능합니다. 다시 말해 요새화된 포 3문이면 모든 방향의 표적을 겨냥할 수 있다는 겁니다."

"에이이이이잉!"

후작의 입에서 반복되는 기이한 소리는 뒤크루아 형제의 설계도를 인정하는 호의적인 반응이었다. 그런데 마지막 도면을 유심히 들여다보던 아르망이 한참 만에 상체를 꼿꼿이 세우더니 제노에게 쏘아붙였다.

"이런 멍청이 같으니! 이봐, 대체 후작님에게 뭘 보여드린 거야?"

보방은 제노가 머리를 조아리며 용서를 구할 때까지 영문을 몰랐다.

"후작님, 용서하십시오. 방금 제가 설명한 도면들은 마르티 수비리아 생도가 연습 삼아 작성했던 것입니다. 제가 잠시 착각했나 봅니다."

쌍둥이 형제는 그렇게 얼버무리면서 화제를 넘겼다. 그러나 보방은 씁쓰레한 표정을 지으면서도 내심은 쌍둥이 노인네들의 눈을 완벽하게 속인 햇병아리 생도의 재능에 감탄했다.

이튿날 저녁 식사가 끝나고 잔과 보방은 따로 시간을 가졌다. 부녀는 하인들과 샤를로트까지 물리치고 나서 긴 식탁을 사이에 두고 마주앉았다.

"네가 뭘 원하는지, 난 이미 알고 있어!" 보방이 손에 쥔 포크로 그녀를 가리키며 언성을 높였다. "그러나 대답은 '노'야! 나는 프랑스군의 원수로 수천, 아니, 수만 명의 생사를 결정하는 우울한 일을 해왔지. 한데 내 주위는, 내가 폭력적인 애송이 한 놈을 집에 돌려보내기로 결정했다는 이유 하나로 다들 나와 맞설 계략을 꾸미고 있어. 병영의 장교들 사이에서도 그런 의견이 나오다니, 이게 말이나 될 짓이야?"

"그런 소소한 일에 아버지가 어떤 결정을 내려도 전 반대하지 않아요." 잔이 말했다. "저는 지금 다른 얘기를 하고 싶어요."

"난 네 말을 안 믿는다. 넌 지금 나를 속이고 있어. 모든 걸! 만일 네가 그런 식으로 나를 기쁘게 만들 작정이면, 내가 그 아이를 사륜마차로 보내버릴 힘이 있다는 것도 알도록 해주마. 애야, 규율 없는 훈련은 없단다. 명예도, 문명도 마찬가지야. 젠장, 내가 왜 내 방문객의 엉덩이를 물어뜯은 녀석 하나 때문에 귀중한 시간을 허비해야 하지?" 그는 손에 쥐고 있던 포크를 식탁에 내려놓았다. "절대로, 난 절대로 그런 자를 인정해본 적이 없다!"

"저는 다른 얘기를 하고 싶다고 그랬잖아요." 잔은 그렇게 말하고 자리에서 일어나 후작에게 다가갔다. 그리고 그의 무릎에 다소곳이 앉아서 목을 껴안았다. "아빠, 그건 좋은 생각이에요."

"좋은 생각이라니, 지금 무슨 말을 하자는 거냐?"

"판 프어봄과의 혼인 말예요."

"하지만 갑자기 그 일은……." 그러나 후작은 말을 잇지 못했다.

잔이 후작의 입술에 손가락을 갖다 대더니 환하게 웃으며 덧붙였다.

"그 사람이 니힌데 잘 보이려고 한다는 거, 아빠도 아시잖아요. 바조슈에 나타난 게 처음도 아니고요. 아빠, 그 사람이 보낸 서간을 보여드릴까요?" 그녀가 한숨을 내쉬었다. "아빠, 제 결혼생활은 한 편의 희극이나 다름없어요. 처음에는 불행하지 않았지만, 지금은 달라요. 남편이 미쳤으니, 저는 부부관계의 무효를 요구할 수 있어요. 사실 아빠의 영향력이면 바티칸도 굴복할 거라고요. 아빠! 잘 생각해보세요. 프어봄은 타고난 공병이잖아요. 그러니 제가 그 사람과 결혼하면 왕궁으로 들어갈 거고, 덕분에 저는 이 세상에서 가장 운 좋은 여자가 될 거라고요."

보방은 여식의 허리를 안아서 옆으로 밀쳐냈다. 그리고 마치 악마의 삼지창에 엉덩이를 찔린 것처럼 벌떡 몸을 일으키더니 한 손으로 뒷짐을 지고 다른 한 손을 세차게 흔들어대며 긴 식탁 앞을 거닐었다.

"프어봄은 개새끼보다 더 음흉한 영혼의 소유자란다. 내 말을 듣고 있는 거냐? 권력과 돈과 허영심에 속이 썩어 문드러진 인간이 바로 그자야. 그래서 이 보방의 딸과 결혼하려는 거고. 내가 죽으면, 기다렸다는 듯이 내 이름과 집과 재산과 명예와 영광을 몽땅 가로채겠지. 내 딸자식까지! 그자는 후안무치한 인간이자, 모든 악마들을 섬기는, 어떤 원칙도 없는 용병일 뿐이야!"

잔이 턱을 치켜 올리며 분노를 드러냈다. 눈에 불똥이 튀었다.

"그 사람이 악마를 섬긴다고요? 방금 그렇게 말씀하셨어요?"

"그래, 그렇게 말했지!"

"양심이라곤 털끝만치도 없는 용병, 명예를 더럽히는 배신자……."

"바로 그거야! 너도 알고 있구나."

"여자들을 길바닥에 내다버리는 똥자루처럼 취급하는 남자."

보방이 신랄하게 박수를 쳤다.

"옳거니! 네가 이제야 내 말을 이해한 모양이구나."

"개자식보다 더 음흉한 영혼의 소유자겠네요. 개들에게도 영혼이 있다면 말예요."

"브라보!" 백작이 소리를 지르더니 더 이상은 말해봤자 이골이 난다는 표정을 지으며 다시 박수를 쳤다.

그 대목에서 잔은 한숨을 쉬면서 담담한 어조로 확언했다.

"그런데 그 사람은 아빠를 미치도록 존경하고 있어요."

"그런 음흉한 놈이 나를 존경하든 말든 나와는 상관없는 일이다! 나는 그자를 단지 신사들끼리 지켜야 할 관습적인 예절로 대했던 것뿐, 결코 그자를 신임한 적이 없다. 그럴 만한 가치도 없었고, 앞으로도 없을 것이고……."

그러자 잔이 낫으로 내리치듯 후작의 말을 잘랐다.

"아빠, 전 지금 마르티 얘기를 하는 거예요."

후작이, 프랑스군의 원수가, 남자가 입을 다물었다. 그때서야 그는 딸자식의 덫에 걸려들었음을 깨달았다.

"그 사람은 아빠를 존경해요. 저는 그 사람이 아빠에게 경의를 표하는 게 아빠의 작위나 공훈이 아니라, 아빠가 평생에 구축했던 모든 것이라고 확신하고 있어요." 그녀는 그 대목에서 그에게 바짝 다가서더니 턱을 한껏 세운 자세로, 그러나 훨씬 더 차분한 어조로 덧붙였다. "그런데도 아빠는 그 개자식보다 더 음흉한 영혼을 지닌, 후안무치한 자를 물어뜯었던 그 사람을 내치려고 하고 있어요."

그녀는 그렇게 말하고서 식당을 나섰다.

○○○

한편 나는 방에 처박힌 채 내 자신을 저주하면서 벽에 머리를 찧어댔다. 그랬으니 아래층 식당에서 무슨 일이 일어났는지 상상조차 할 수 없었다. 나는 그렇게 그날 밤을 뜬눈으로 지새웠다.

여러분은 이튿날 아침의 내 모습을 어렵지 않게 상상할 수 있을 것이다. 나는 풀이 죽은 채 계단을 내려갔다. 따로 챙길 짐은 거의 없었다. 연병장에는 마차가 나를 기다리는 중이었다. 아르망이었는지 제노였는지 기억은 나지 않지만 그들 중의 한 명이 나를 찾았다.

"후작께서 기다리시네."

후작은 그의 집무실에 들어서는 나를 무시했다. 마치 글 읽는 법을 배운 적이 없는 사람처럼 양손으로 잡은 책을 소리 내어 읽었다. 그의 뒤로, 거의 모든 벽을 차지한 창문으로 밝은 빛이 들어오고 있었다. 방문객을 맞이하는 단순하면서도 효과적인 술수였다. 그 빛으로 인해 방문객은 눈부시게 빛나는 존재를 대하는 착각에 빠지면서 저절로 주눅이 들게 되는 것이다.

이윽고 그가 눈을 들어 올렸다.

"앉게." 심기가 상한 어투였다.

나는 당연히 그의 말에 따랐다.

"그건 그렇고, 미래를 위해 세운 계획은 어떤 것들이지?"

"아직은 아무 계획이 없습니다, 각하." 실제로 내 머릿속에 떠오르는 것은 그게 전부였다.

"그래?" 그는 필요 없는 말을 만들어내고 있었다. "그렇더라도 어떤 계획을 세워본 적은 있었을 게 아냐?"

비꼬는 그의 어조와 답답한 내 상황이 나를 충동질했다.

"그렇습니다, 각하! 요즘 저는 제 자신을 진정한 공병으로 탈바꿈하는 데 매진했습니다. 각하께선 그런 저를 거들떠보지도 않으셨으리라 생각합니다만."

"무례하군!" 그가 소리쳤다. "방금 그 말이 '무례'라는 낱말의 완벽한 정의에서 나온 게 아니라면, 대체 뭐라는 건가?"

나는 참았던 울음을 터뜨렸다. 내 나이 기껏해야 만 열다섯 살이었다. 안 그런가? 그런 내 앞에 보방이, 보방 후작이, 프랑스군 총사령관이 턱 버티고 있는데, 내가 무엇을 더 생각할 수 있단 말인가. 살아 있는 전설, 요새 68개를 탈취한 위대한 공병이자 군사 전문가 앞에서. 그랬다. 세상의 모든 것을 지닌 자 앞에 있는 나는 그나마 가던 길마저 도중에 포기해야 할 운명에 처한 애송이에 지나지 않았다.

"지금 울고 있나!"

나는 자세를 반듯이 고쳤지만 고개를 들지 못했다.

"각하께서는 못된 저를 너그럽게 받아주셨으니, 제 마지막 간절함도 부디 받아주십시오."

그는 대답하지 않았다. 나는 그의 침묵을 내가 이야기를 계속해도 좋다는 허가증으로 해석했다.

"잔과의 작별인사를 허락해주십시오."

영원 같은 시간이 흘렀다. 나는 그의 대답이 들릴 때까지 허수아비처럼 땅바닥만 내려다보았다.

"일단 이 상황에 대한 타개책부터 찾아야겠지." 그가 마침내 입을 열었다. "치욕스러운 오점을 남긴 채 집으로 돌아가기로 결정한 이상, 네가 원하면 디혼 왕립학교에서 학업을 계속할 기회를 줄 참이다. 내 추천서도 필요하겠지. 그 대신에 내가 원하는 것은 딱 하나, 바조슈는 물론이고 내 집에서, 내 여식에게서 반경 50킬로미터까지는 얼씬도 하지 말아야 한다는 거. 아울러 나는 네가 학업을 마칠 때까지 필요한 학비와 생활비도 보낼 것이다. 무슨 뜻인지 알아들었으면, 내 제의를 받아들이도록 하라."

"잔을 만나게 해주십시오." 나는 물러서지 않았다. "잠깐이면 됩니다."

그가 노기를 참지 못하고 벌떡 일어났다.

"넌 네가 카탈루냐 사람이라는 것은 물론이고, 남쪽 출신이라는 것마저 감추려 들지 않는구나. 하지만 나는 너희 나라 사람들을 잘 알고 있지. 거기 국경지대에서 요새를 구축하면서, 반란을 꿈꾸는 그들의 천성적인 열정에 맞서면서 무려 10년을 보낸 사람이 바로 나야. 그런 나로 하여금 이 상황은 너에게 기본적인 질문을 던질 권리를 허하는바, 너는 반드시 대답해야 한다. 자, 선택하라. 그대가 어느 왕에게 복종하는지를. 프랑스 왕이냐, 아니면 에스파냐 왕이냐?"

"각하." 나는 주저하지 않고 대답했다. "불과 이틀 전까지도 소인은 공병의 왕을 섬겼습니다."

"흠, 그럴싸한 말로 나를 현혹시키려 드는구나. 하지만 너는 내가 비천한 자들의 공짜 술 같은 알랑방귀에 이골이 나 있다는 것을, 게다가 나같이 신중한 사람들은 비루한 자들이 쳐놓은 덫에 빠지지 않는다는 것을 알아야 할 것이다."

나는 자신이 원하는 대답을 기다리는 후작에게 더 이상 무슨 말을 해야 할지 암담했지만 막상 진퇴양난에 빠지자 느긋해지면서 갈 데까지 가보자는 오기가 생겼다.

"각하, 제가 잔과 작별인사를 나누는 게 그렇게까지 이상하고 위험한 일입니까?"

"작별은 나에게 하라." 그가 내 눈을 똑바로 주시하며 다소 누그러진 어조로 말했다. "게다가 네가 디혼에 들어가는 것과 내가 보내줄 생활비와 작별하면, 당장 너는 네 마음대로 쓸 수 있는 돈 천 프랑을 받게 될 것이다."

나는 다시 눈물이 그렁그렁 차올랐지만 자세가 흐트러지기 직전에 마음속에 담긴 말을 토해냈다.

"잔을 사랑합니다."

그의 눈빛이 흔들렸다. 물론 지금 나는 알고 있다. 그날 후작이 나를 부른 것은 내가 프어봄과는 다르다는 것을 판단하고자 했다는 사실을. 그러나 당시만 해도 안트베르펜 출신의 소시지 가공업자는 파충류 같은 인물로 혼인을 최정상을 향한 면허증으로 여긴 반면에 나는 작별 앞에서 모든 것을 체념한 상태였다.

그랬다. 모든 것을 잃은 내가 원한 것은 잔이었다. 그때였다. 후작이 한결 누그러진 목소리로 나를 다독인 것은.

"자, 거기 앉게. 이런 애송이 같으니라고."

그는 손가락으로 금속 모형을 만지작거렸다. 그것은 그가 창조한 꼭짓점이 24개인 별 모양의 네프 브리작 요새를 축소한 것이었다. 그사이 그의 눈은 창문 너머 바조슈의 정원을, 정원을 지나 먼 들판을 주시하고 있었다.

"어쨌든 프어봄을 물어뜯은 것은 사실이렷나?" 그가 고개를 돌리지 않은 채 물었다.

"그렇습니다."

"엉덩이를?"

"왼쪽입니다."

"기별이 왔더군. 송곳니가 워낙 깊숙이 박혀서 아직까지 말을 타지 못한다고."

"죄송합니다."

"거짓말."

"각하, 저는 지금 후작님과 모든 바조슈 사람들에게 그자가 야기했던 문제에 대해 말씀드리고 있습니다."

그는 한참 뜸을 들였다가 다시 다그쳤다.

"말하게. 자네는 내가 사리분별도 못 한다고 생각하나?"

"아닙니다!" 나는 한 발 앞으로 나서며 소리쳤다. "후작님, 그게 아닙니다!"

"난 저녁 식사 때 가끔 자네 등에 묻은 지푸라기를 보았지. 그런 날이면 우연찮게 잔의 옷에도 묻어 있더군."

나는 모든 규율에 의거해서 책임을 물어주길 기다렸다. 하지만 그의 입에서 나온 것은 탄식이었다.

"부부란 게……, 그래……, 일종의 포위된 도시라고 할 수 있겠지. 밖에 있는 자들은 들어가고 싶어 하고, 안에 있는 자들은 나가고 싶어 하는 도시……." 그가 내 눈을 똑바로 쳐다보았다. "하지만 지원자 수비리아, 자네는 모든 요새가 인간에 의해 만들어졌다는 것을, 성스런 부부는 난공불락의 요새라는 것을 명심해야 해. 무슨 말인지 알아들었나?"

"하지만 만나면 안 됩니까?"

"자네가 해야 할 일은 강의실로 가는 것이고, 거기서 가르치는 전술에 전념하는 거야. 남보다 곱절로 말이지. 가장 최근에 일어난 경우에서 증명되었듯 자네는 전술적으로 너무 느슨했어. 기왕에 등 뒤에서 공격했으면 엉덩이가 아니라 숨통을 끊었어야지."

8

 뒤크루아 형제는 훌륭한 선생들이었다고 말할 수 있다. 보방에 대해서는, 그는 말할 것도 없이 유일무이한 신생이다. 이튿날 새벽에 나는 나에게 사면을 내린 후작과 함께 성채 주변으로 산책에 나섰다.
 후작은 지팡이를 짚고 걸었지만 위엄을 잃지 않았다. 간간이 사과나무 앞에서 걸음을 멈추고 손으로 딴 사과를 두어 번 씹다가 내버렸다. (그럴 수도 있잖아. 어쨌든 사과나무는 자기 것이었으니까.) 연신 기침을 하거나 가래침을 내뱉고선 그때마다 제복 호주머니에서 가장자리가 금테로 장식된 커다란 백색 손수건을 꺼내 입술을 훔쳤다.
 "지금까지는 도시의 요새화를 배웠다면서?" 그가 말했다. "뒤크루아 형제들이 그러더군. 눈에 띄는 발전을 이루었다고. 그렇다면 앞으로는 도시를 탈취하는 전술 과정에서도 전문가가 돼야겠지."

"하지만 각하," 나는 계면쩍은 표정을 지으며 대답했다. "제가 배 웠던 게 각하의 요새 방어술인데 그렇게 완벽한 요새를 뚫는다는 것은 아무리 공부해도 불가능할 겁니다."

후작은 걸음을 멈추더니 짧은 동조의 웃음을 지었다.

오늘날까지 나는 모든 분야에서 당대의 천재들을 만났다. 그들과의 만남은 나와는 걸맞지 않은 행운이나 다름없었다. 불쌍한 모차르트를(나는 그와의 당구 게임에서 두 번이나 이겼다.), 충직한 워싱턴을(그는 대구보다 더 비쩍 말랐다.), 특히 누구보다도 루소를, 그리고 볼테르를, 아! 천만에! 볼테르는 아니다. 그자는 이방인이자 불경스럽고 천박하기 이를 데 없다. 프랭클린과 당통까지는 범세계적인 천재들의 전당에 얼마든지 들어설 만한 인물들이다. 그런데 곰곰이 따져보면 그들은 우리 인간에게 위대한 이데아를 품게 만드는 데 공헌했지만 그래봤자 한 분야에 국한된다. 반면에 보방은 어마어마한 장점을, 그것도 하나가 아닌 두 가지를 지니고 있다. 하나는 완벽한 체계를 구축하여 요새를 방어하는 것이고, 다른 하나는 완벽한 방어 체계가 구축된 요새를 탈취하는 것이었다.

그날 보방은 손가락을 다급하게 까닥이며 내가 한쪽 겨드랑이에 끼고 있던 도면철을 가리켰다.

"그거 안 꺼내고 뭐하고 있나!"

나는 그의 눈앞에 도면을 펼쳤다.

"에이이이이잉, 14일······, 아니, 15일. 길어야 15일이군." 그가 잠시 도면을 들여다보더니 중얼거리듯이 내뱉었다.

"네?"

그가 나를 쳐다보았다.

"요새전에서 포위된 상태로 15일을 견딘다는 건데, 하루, 단 하루라도 더 견딜 수 없으려나."

"하지만 각하, 그건 불가능합니다."

그는 내 코앞에 검지를 들어 올리며 경고했다.

"내 면전에서 '불가능'이란 표현은 절대 입에 담지 말도록."

그러고는 도면을 설계한 당사자로서 어떻게 하면 보루, 월보, 반월보, 막벽 등을 점령할 수 있느냐고 캐물었다. 나는 그때마다 고개를 저었다.

"모르겠습니다, 각하. 딱 하나 떠오르는 것은 포병대의 총공세로, 수개월 동안 포격을 가한 지점에 포 500문을 집중하는 것입니다. 하지만 어떤 왕국이 그런 야포 진지를 고스란히 유지하도록 허용하겠습니까? 아울러 여기에는 필요한 병참의 지원과 유지, 또한 천문학적인 경비나 탄약 등은 포함되지 않았습니다."

후작은 금색 가발을 벗었다. 혼자 있을 때나 잔 앞에서만 허용하는 본모습을 내 앞에서도 드러낸 것이다. 나는 잔을 통해 그가 젊은 시절에 이미 머리가 벗겨졌다는 사실을 알고 있었지만 막상 놀란 기색을 숨길 수는 없었다.

"병참? 천문학적인 경비?" 그가 한숨을 내쉬며 덧붙였다. "필요한 것은 삽과 곡괭이에다 가용 인력, 그게 다야."

○○○

보방의 요새전 방식은 사실상 그의 말대로 곡괭이와 삽 같은 그야말로 일반적이고 통속적인 도구에 기반을 두고 있다.

일단 포위망이 설정되면 공격군은 공격 지점을 정하고, 그때부터 공격 지점과 적절한 거리를 두고서, 다시 말해 수비군이 쏘아대는 포의 사정거리 밖에서 참호 작업에 들어간다. 이를 두고 '참호를 연다'고 부르며, 도면에는 '공격 참호'로 표시한다.

뒤크루아 형제들이 나를 그토록 헤매게 만들었던 참호를 생각하니 마치 복잡한 퍼즐 조각을 짜 맞추기 시작한 것처럼 뒷골이 땅긴다. 보방의 참호 작업 방식은 곧 땅파기 공사나 다름없기 때문이다. 찬란하게 빛나는 그의 공격용 참호의 작업 방식, 즉 도시를 탈취하는 방식은 여기에 잘 나타나 있다.

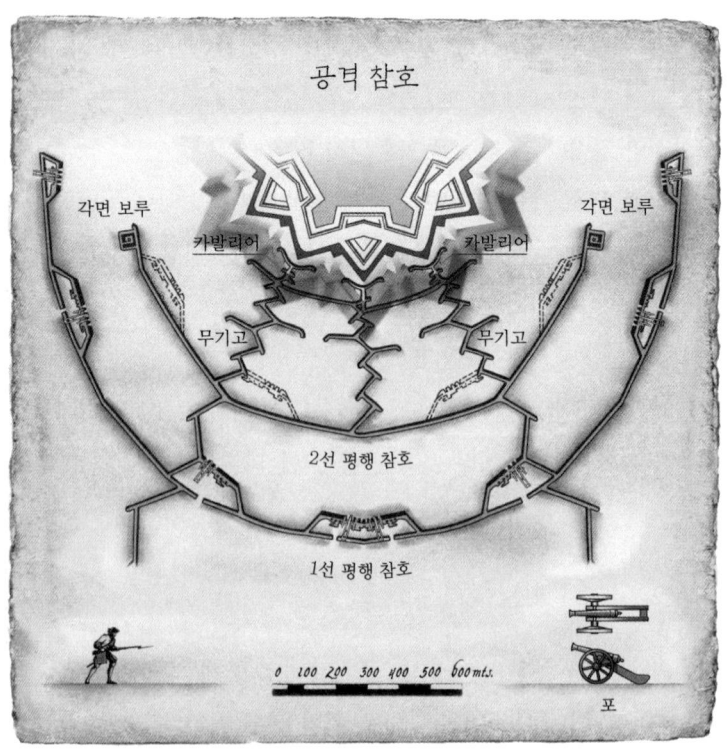

공격 참호의 목적은 수비군의 보루에 최대한 가까이 접근하는 데 있다. 참호 작업은 수비군의 포공으로 인해 중단되지 않아야 한다. 공격 참호는 수비군의 보루와 평행을 이룬다고 해서 '평행 참호'로 불리는데 흔히 3선으로 형성되며, 각각의 평행 참호는 지그재그 형태의 지선 통로로 연결된다. 여기서 가장 중요한 것은 독창성으로, 완벽한 도면을 바탕으로 구축된 수비군의 보루를 무너뜨리려면 참호 작업도 그만큼 완벽해야 한다.

참호 작업은 거인의 작업을 연상시키지만 전투가 끝나면 아무짝에도 쓸모없다. 참호는 방치하면 몇 달도 못 되어 흙더미만 남는다. 보방의 요새전에 연대기 사가(史家)로 파견되었던 라신느는 이러한 기록을 남기고 있다. '우리의 위대한 공격용 참호의 모퉁이는 파리 전체의 모퉁이보다 그 수가 더 많았다.' 그러나 그렇게 만들어진 참호는 요새를 함락시킨 순간에 그 수명을 다한다.

참호 작업은 내가 바조슈에서 배웠듯이 과학에 대한 완벽한 숙달을 요구한다. 여기에는 총체적으로 수천 명의 인원이 투입되며, 대규모 군대가 움직일 통로를 충분히 확보하기 위해서 수백만 평방미터의 공간 확보와 밀리미터 단위의 정교함이 필요하다. 또한 인근의 숲 전체를 벌채하는 작업도 포함되는데, 벌채된 나무는 참호 바닥이 침수되거나 벽면의 토사가 흘러내리지 않도록 지지대를 만드는 자재로 사용된다. 참호에는 탄약고나 수비군의 포 공격에 대비한 대피호와 수비군의 포공 지점을 응징하는 구포(臼砲)나 야포가 설치되며, 그렇게 구축된 1선과 2선의 평행 참호는 수많은 지선을 통해서 결정적인 순간에 수비군의 보루를 공격하는 3선의 평행 참호로 연결된다.

그런데 공격 참호 작업이 도면처럼 정확한 루트가 아니라 몇 도 정도 벗어난 루트로 진행되면 어떻게 될까? 그 경우 선두에서 작업 중인 공격군은 요새의 수비군에게 노출되기 십상이다. 참으로 불행한 일이 아닐 수 없다. 나는 그런 경우를 수십 차례에 걸친 공격과 방어를 번갈아 수행하면서 익히 보아왔는데, 성미 급한 지휘관은 거드름을 피면서 저격수에게 지시한다. 공격군 참호 작업자가 노출되는 즉시 대갈통을 날리라고. 그러나 앞서 말했듯 신중한 관찰자(바로 나 같은 자)는 공격군의 참호 작업을 느긋하게 지켜보면서 표적들이 차츰 불어날 때까지 사격 명령을 늦추는 기지를 발휘한다.

물론 공격군이 참호 작업을 하다 보면 평행 참호가 궤도를 벗어날 때도 있다. 그 경우에 공병 지휘관은 평행 참호를 수직 참호로 대처하기도 한다. 반면에 수비군의 공병 지휘관 중에는 버드나무 광주리에 흙을 담아 나르는 공격군의 작업 모습이 고스란히 눈에 들어오는데도 불구하고 보루의 후위 별채에서 세월이나 낚고 있는 자들도 없지 않다. 프랑스인들이 왕의 목을 베었음에도 그들에게는 세상이 여전히 계급사회로 남아 있는 것이다. 사실 공병 지휘관은 최상의 마가논에게 교육받은 경우를 제외하면 대부분이 좋은 집안에서 버릇없이 자라난 자들이라 평민 출신을 무시하기 일쑤다. 그러다 보니 최고 중의 최고에게 교육받은 나로서는 당연히 그들이 어떤 부류인지를, 그들 중에서 똥오줌도 제대로 가리지 못하는 자들이 누구라는 것을 판단할 수 있다.

공격군의 참호 작업에 대응하는 수비군의 행동을 예로 들어보자. 수비군의 공병 지휘관은 보루에서 망원경을 통해 공격군의 동태를 살핀다. 그런데 적의 공병대가 평행 참호가 궤도를 이탈한 줄도 모른 채 정신없이 곡괭이질과 삽질을 할 경우, 수비군 지휘관은 어떻게 해야 하는가? 저격병에게 사격을 지시할까? 아니다. 그 경우에는 기왕이면 적의 작업이 계속되도록, 그리하여 표적이 최대한으로 불어나도록 기다리면서 대구경포 3문을 적당한 위치로 옮기는 것이다.

먼저 야포 3문 중에 하나는 5킬로그램 포탄을, 나머지 2문은 산탄을 장전한다. 그러고는 포탄 하나를 미리 겨냥한 참호의 갱도로부터 좌측 5미터 지점에, 또 하나를 우측 5미터 지점에 떨어뜨린다. 그러나 한참 참호 작업 중인 적의 공병대는 밖에서 무슨 일이 일어났는지, 왜 포탄이 떨어졌는지도 모른다. 일단은 상체를 잔뜩 웅크리고서 나무 울타리 벽 뒤로 피신하거나 주인 없는 땅에 피어오르는 포연 속에 고립된 채 동료들의 비명 소리를 듣는다. 그런가 하면 수직 참호로 모여들다가 보부에서 노리고 쏘아내는 포탄과 산단을 맞기도 한다. 결과는 참담하다. 참호 속 공병대의 몸은 수만 조각으로 해체된다. 참호는 갱도 형태를 이루는데, 해체된 살과 뼈와 내장은 어마어마한 포격의 후폭풍으로 인해 갱도 벽에 박히거나 최악의 경우에는 반경 100미터 너머로 흐트러진다.

수비군의 입장에서 보면 그 효과는 실로 지대하다. 상상해보라. 만일 공병대 지휘관이 장탄식을 늘어놓으면서 예정보다 지체된 작업을 무작정 재개하라고 명령하면 간신히 살아남은 부하들의 사기는 어떻겠는가? 어쩌면 탈영이나 폭동이 일어날지도 모를 일이며, 따라서 어떤 경우든지 포위전은 늦추어질 수밖에 없다. 결국 수비군은 자신들의 소기의 목적, 즉 시간 벌기를 달성한 것이다. 한편 불쌍한 참호 공병대는 네 발로 뻘뻘 기어 작업 위치로 돌아간다.

공병대

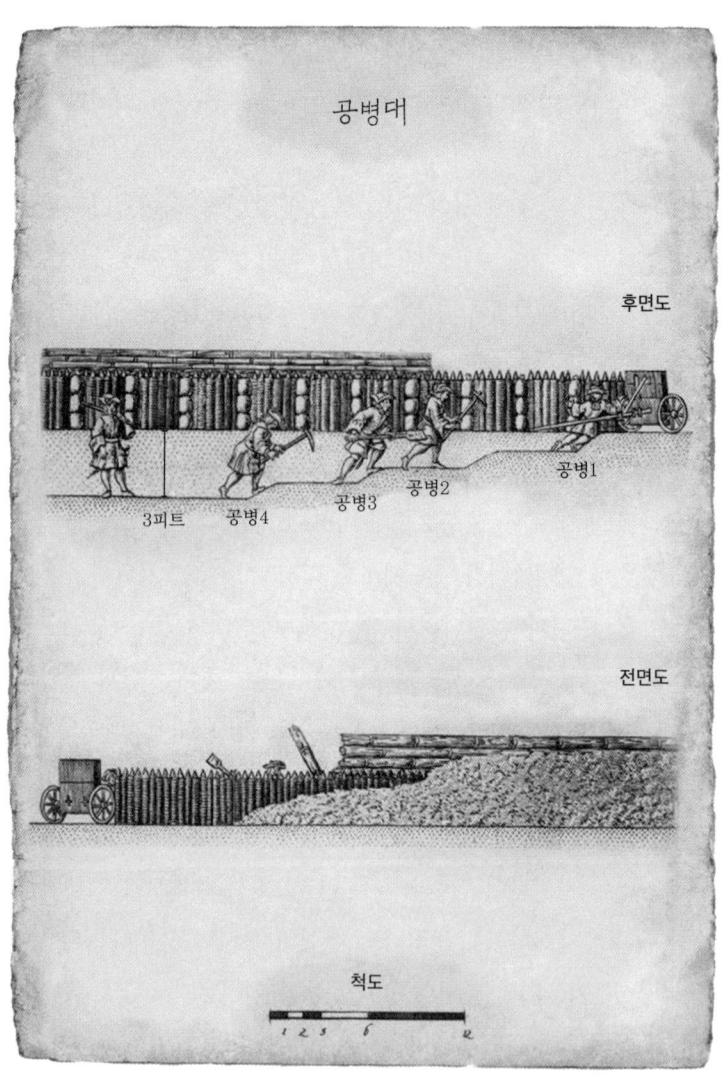

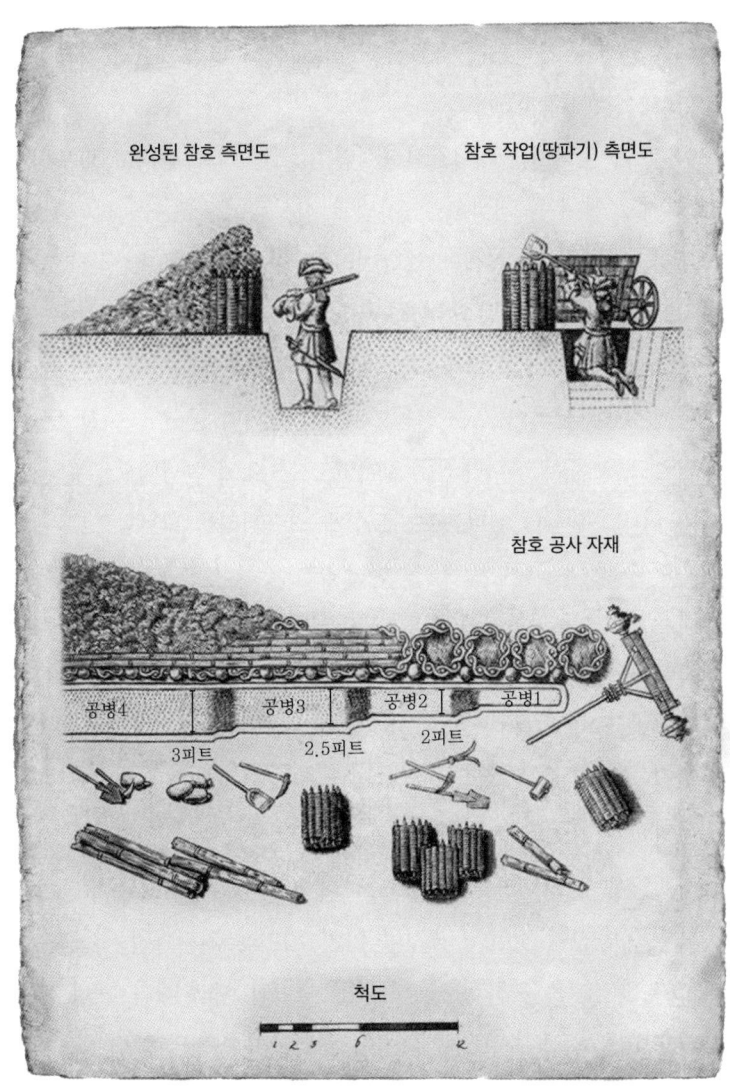

그들의 처참한 몰골은, 두개골과 가슴이나 대퇴부의 뼛조각이 도처에 박힌 벽과 묘한 조화를 이룬다. 여기서 분명한 것은 인간의 내장이 스파게티 가락처럼 나무 울타리에 찰싹 달라붙으려는 습성을 지녔다는 것이다.

이봐, 왜 훌쩍이는 거야? 서사적인 어조가 맘에 든다고 씨부렁댈 땐 언제고 왜 우는 거냐고? 그야말로 서사적이잖아.

그렇지만 언급한 실례는 보방이라는 천재에게는 어울리지 않는다. 보방 앞에서는 어떤 수비군도 앞서 언급한 행운을 기대할 수 없다. 보방은 실수가 없었다. 그가 설계한 평행 참호 작업은 다른 경우들과 달리 전혀 생소한 리듬으로, 마치 개미 군단을 이끌 듯 진행되었고, 보름이 아니라 일주일이면 모든 요새의 성벽으로부터 20미터 이내까지 접근했다. 그는 그렇게 최단거리를 확보함으로써 요새를 공격할 유리한 조건들을 만들었던 것이다. 그 조건들 중에서 하나는 20미터 거리에서 보루 밑으로 잠입하는 지하갱도를 뚫는 일이다. 갱도가 뚫리면 그 속에는 어마어마한 양의 폭탄이 채워진다. 꽝! 엄청난 폭음과 함께 보루의 방어벽이 무너지고, 그 잔해는 방어벽을 에워싼 해자 위로 피라미드 형태를 이룸으로써 공격군이 수월하게 기어오를 수 있도록 해준다. 물론 요새의 수비군도 그냥 당하지만은 않을 것이고 적어도 적의 지원군이 더 이상 접근하지 못하도록 응전할 것이다. 그러나 이미 20미터 거리까지 접근한 공격군이 뚫어놓은 지하갱도는 하나가 아니라 여러 개다. 게다가 보루의 방어벽이 무너지고 난 뒤에는 공격군의 마지막 공격, 즉 수류탄부대의 공격이 전개된다.

수류탄부대! 젠장, 나는 그 말만 떠올려도 차가운 전율이 흐른다. 내가 경험한 역대 최고는 살인로봇 프랑스 보병의 수류탄부대였다.

사실 수류탄부대에게 20미터 거리는 의미가 없다. 그들은 가장 강한 자들, 특히 프랑스 왕국에서 최장신에 골격이 우수한 자들을 골라 뽑은 이른바 선택된 자들이기 때문이다. 통상적인 삼각모 대신에 끝을 뾰족하게 세운 모자를 쓰고 새벽빛만큼이나 하얀 제복을 입은 그들은 요새전을 통해 제복이 누더기로 변한 병사들과 달리 티끌 하나 묻는 것을 용납하지 않을 정도였다.

여기서 보루 위에 있는 수비군 병사들을 상상해보라. 그들은 날마다 계속되는 지난한 포위전으로 인해 병사로서의 면모가 사라진 허수아비 같은 몰골이다. 그들의 얼굴은 포연과 매연으로 인해 검게 그을고, 뜨겁게 달구어진 총기를 식히느라 오줌 누는 일조차 귀찮아지고, 음식이라곤 야채수프뿐이라 배가 고파 죽을 지경이다. 귀는 총성과 포성으로 인해 멍멍해지고 눈은 연기와 먼지로 인해 핏발이 서 있다. 그런데 그런 그들 앞에 지하갱도를 빠져나온 백색 제복들이 나타난다. 그들은 마치 땅속에서 불쑥 솟아오르듯 나타난 냉혈한의 살기가 감도는 수류탄부대를 보고서 방아쇠를 당기는 대신에 그들을 멍하게 쳐다볼 수밖에 없을 것이다. 아직까지는 목숨이 붙어 있는 30초, 적어도 수류탄부대가 그들 앞에서 공격대열을 이루는 30초 동안은 말이다.

수류탄부대는 다급해진 보루의 수비군이 쏘아대는 집중사격으로 5, 6명이, 많게는 30명까지 죽어간다. 당연한 희생이다. 그러나 그들 대부분은 지휘관의 명령이 떨어질 때까지 무시무시한 괴조(怪鳥) 형태의 석상처럼 꿈쩍하지 않는다. 수류탄부대의 명령과 반응을 순서대로 기술하면 이렇다.

하나, 준비! 그들은 최대한 꼿꼿한 자세를 취한다. 그사이에도 그들의 귓전으로 총알이 지나간다. 슝, 슝, 슝……!

둘, 수류탄! 그들은 각자 가죽 부대에서 수류탄을 하나씩 꺼낸다. 공 모양에 짧은 도화선이 달린 수류탄은 철과 동으로 만들어져 크기에 비해 상당히 무겁다.

셋, 발화. 그들은 수류탄 심지에 불을 붙인 다음에 수류탄을 쥔 손을 머리 뒤쪽으로 쭉 뻗어 던질 자세를 취한다. 그런데 그 장면은 그들을 지켜보는 상대로 하여금 섬뜩한 공포감과 묘한 호기심을 불러일으킨다. 다시 말해 수비군은 적의 손에서 수류탄의 심지가 타들어가는 것을 보면서 대체 무슨 일이 일어날지 궁금해진다는 것이다. 뱀과 마주친 토끼처럼. 그러나 그런 호기심도 순간일 뿐 수비군 병사들은 마음속에서 자신을 다그치는 다급한 경고를 듣게 된다. 위험하다고. '명예'니 '조국'이니 '왕'이니 하는 것들은 잊으라고. 뭐해? 도망치지 않고! 뎅강, 모가지가 잘려 나간 닭처럼 정신없이 도망치라니까!

넷, 투척! 마지막 명령과 동시에 100여 개의 검은 쇳덩어리들이 허공에 포물선을 그리며 날아가 수비군의 머리 위로 떨어진다. 다급한 경고가 현실로 펼쳐진 것이다.

그때부터 보루는 무지막지한 비명 소리와 살점이 사방으로 튀는 아비규환 사육제로 변한다. 수류탄부대 병사들은 착검된 소총으로 부상자와 패자의 대우를 호소하는 수비군을 정리하기 시작한다. 혹시 여러분은 공격군이 마지막까지 저항하던 자들을, 죽기 전에 손을 들고 항복하는 자들을 용서할 거라고 생각하는가? 천만에.

그들은 착검된 소총으로 패자의 복부를 찌르거나 개머리판으로 안면을 짓이기며 앞으로 나아간다. 무방비 상태인 도시로 입성한다. 집과 교회와 창고를 털고, 양민들의 목을 베고, 치마 속의 모든 것을 즐기는 승자의 권리를 행사한다.

여기까지 과정을 통해 우리는 한 가지 사실을, 즉 요새의 허점을 확인할 수 있다. 그것은 요새전에서 공격군이 요새의 외곽 전체를 공격할 필요가 없다는 것으로, 보루 하나만 점령하면 요새를, 도시 전체를 짓밟을 수 있기 때문이다. 따라서 요새전에서 공격군이 3선의 평행 참호 작업을 완료하는 순간에, 보루가 함락되기 직전에 통상적으로 수비군이 항복 협상에 나서는 것은 바로 그런 이유다. 앞에서 확인했듯 수비군의 입장에서는 명예로운 협상을 통해 체면을 지키고 더 많은 피해를 방지하기 위해서다. 나는 승자와 패자의 장엄한 협상 장면을 수없이 보아왔다.

먼저 패자 쪽에서의 나팔 소리와 함께 총성이 멈춘다. 아수라장이던 전쟁터에 침묵이 감돈다. 잠시 후에 정제된 제복 차림에 허리에 검을 찬 패자의 대장이 적의 포격에 의해 연극 무대로 바뀐 파괴된 성벽 한복판에 나타난다. 그 과정에서 예기치 못한 위험천만한 일은, 예를 들어 패장을 죽이는 파렴치한 행위 따위는 일어나지 않는다. 만일 패장이 달변가라면 손짓으로 명예로운 굴복을 표시하기 전에 당당한 어조로 이렇게 외칠 것이다.

"자, 적장이여, 모든 것을 대화로 풀어봅시다!"

이어 양군의 대표는 절차에 따라 협정을 맺는다.

이 책은 군사용 입문서가 아니다. 따라서 나는 요새전에 관한 모든 기술적 특징이나 방법, 대책, 자원, 책략 같은 다양한 것들(바조슈에서 귀에 못이 박히도록 들었던 것들)을 상세하게 다루지 않을 것이다. 요새전은 굳이 요약하면 게임의 법칙이다.

보방이 일반적인 요새전의 매뉴얼을 만들어냈던 유일한 인물은 아니다. 젊은 시절 보방의 위대한 맞수는 얼굴이 오이보다 긴 네덜란드인 메노 판 쿠호른이다.

보방과 쿠호른 사이의 논쟁은 내가 세상에 태어나기도 전에 종결되었다. 내가 바조슈에 들어갔을 때 그들은 이미 역사였고 그들의 삶은 거의 완성기였다. 그들의 이름은 상이한 학파로, 포위전에 대한 개념이 서로 상반된 형태로 변한 뒤였다.

쿠호른은 보방과 반대 입장에서 자신의 체계를 개념화했다. 요새전에 대해 합리적인 보방이 인류가 세상을 형성하는 거의 모든 분야의 규율을 담고 있는 데 반해, 쿠호른은 무엇보다도 조급하고 지나치게 폭력적이다. 쿠호른은 기습공격을 어금니를 빼는 과정, 즉 고통스럽지만 짧으면서 최대한 신속하게 처리하는 행위에 비교했다. 그의 견해에 의하면 공격군은, 즉 요새를 포위하는 쪽은 요새에서 더 취약하거나 덜 견고한 지점을 정하고, 바로 그 지점에 모든 병력과 화력을 집중시켜 급습하되, 기습공격은 주로 수비군이 취약성을 드러내는 한밤중에 돌발적으로 이루어져야 한다는 것이었다.

유럽의 이론가들은 두 그룹으로, 즉 보방의 공격 방식을 추종하는 쪽과 쿠호른의 방식을 선호하는 쪽으로 나뉘어 열정적인 토론을 주도했다. 내가 보방 쪽임은 말할 필요조차 없을 것이다. 그 이유는 누구나가 스승의 지적인 자식이 될 수밖에 없다는 불가피성 때문이기도 하지만, 그것보다는 내가 쿠호른 파에서는 배울 게 많지 않았다는 것과 그의 공격 방식이 적을 제압하기 위해서는 몽둥이로 머리 부위를 가격해야 한다는 살인자들의 방식에 가깝기 때문이다. 쿠호른을 옹호하는 자들은 전쟁을 단순한 급진적인 현상이라고 주장한다. 그러나 나는 그들의 주장을 2천 년에 걸쳐 이루어진 전쟁에 대한 학문을 부정하는 것으로 생각한다. 보방의 등 뒤에는 인문학적인 건축물이 우뚝 솟아 있는 반면, 쿠호른 뒤에는 그때마다의 긴박한 상황뿐이다.

또한 쿠호른 추종자들은 보다 과학적인, 그로 인해 보다 묵직한 주장을 내세운다. 보방의 방법론이 요새전을 지연시킬 뿐이라는 근거 아닌 근거에 기초한 그들의 주장은 이렇다. '물론 포위된 요새가, 보방의 방식에 의하면, 10일이나 20일 혹은 30일이면 필연적으로 무너진다는 데 동의한다. 하지만 그 기간이면 예기치 못한 상황들, 예를 들어 요새를 포위한 공격군 진영이나 인근에 전염병이 돌 수도 있고, 수비군에게 지원군이 나타날 수도 있고, 수비군이 오히려 공격군의 요새를 포위함으로써 상호간에 맞교환이 이루어질 수도 있고, 외교 문제로 인해 공격이 지체되는 변수가 생길 수도 있다는 것이다.'

한편 쿠호른을 비난하는 자들은 그의 조급한 밀어붙이기 공격을 동전 던지기 놀이에 비교한다. 그의 방식이 성공하면 요새전에서 상대가 전투 형태를 갖추기도 전에 도시를 접수한 것이나 다름없지만, 반대로 실패하면 도시는 고스란히 살아남는다. 후자의 경우, 수비군은 사기가 하늘을 찌르지만 공격군은 줄줄이 시체들로 엮인 양탄자 꼴이 되고 만다.

보방과 쿠호른, 양 지지자들의 논쟁은 끝이 없었다. 그들은 타협하지 않고 단지 몇 가지 원칙들을 고수하며 그 주위를 맴돌았다.

그들은 시대의 마지막까지 맞섰다. 쿠호른 추종자는 쿠호른을, 보방 추종자는 보방을 영원히 추종할 수밖에 없었다. 그들의 갈등은 해소되지 않았고, 그들의 이론은 호불호가 갈렸다.

예를 들어 젊고 야심적인 장군들은 쿠호른주의 쪽으로 기울었다. 하긴 500명의 병사들이, 아니 수천 명의 병사들이 저돌적으로 공격하다 죽어간들 그들과 무슨 상관이겠는가. 그들은 영광을 찾아 나선 자들이다. 그들은 돌로 만든 미로를 헤매고, 참혹한 참호를 파헤치고, 가파른 성벽을 기어올라야 하는 병사들이 아니다. 반면에 보방주의자들은 합리적이며 개개인의 이익을 구했다.

사실상 보방은 군인이 아니었다. 결코 아니었다. 그는 공병의 입장에서 병사들을 다스렸다. 그는 자신이 이끌던 첫 포위전에서 이러한 명언으로 장군들의 반대를 물리쳤다. "당신들의 땀을 나에게 주면, 나는 당신들의 피를 아끼겠노라."고. 땀으로 피를 바꾼 인물, 그가 바로 보방이었다. 쿠호른은 보방을 결단성이 없다고, 보방은 쿠호른을 야만적이라고 지적했다. 사적으로, 그리고 참고 문헌에 의하면 네덜란드인 쿠호른은 어금니를 뽑는 '치과의사'로 불렸다. 내가 그 둘을 위대한 맞수라고 부르는 것은 지적인 능력에서의 단순한 경쟁 이상을 말하는 것이다. 1692년에 보방은 쿠호른에 의해 방어되던 나뮈르 요새를 포위했다. 그런데 그들의 결투를 특별하게 만든 것은 공성전이 괴물왕 앞에서 전개되었다는 것이다. 당시 루이 14세는 왕이자 원수로 참전했다. 왕은 지휘권을 이미 보방에게 위임했던 터라 천막 밑 이동식 소파에 엉덩이를 갖다 붙인 편안한 자세로 음료를 마시면서 전투를 지켜보았는데, 만일 결과가 좋지 않았으면 그 책임을 위임받은 지휘관에게 전가했을 것이다. (왕들은 하나같이 이기적이며 양심 없는 돼지들과 다를 바 없다. 그때나 지금이나, 아니 영원히 그럴 것이다.)

그 전쟁에서 쿠호른은 수비군의 병력과 용맹성을 믿었지만 패배했다. 요새전이 시작된 지 정확히 22일째였다. 단 하루도 더 걸리지 않았다. 사상자는 보방 쪽이 쿠호른에 비해 20분의 1도 안 됐다. 불과 27명에 불과한 사상자만 내고서 도시를 탈취했던 것이다. 군대는 보방을 경배했다. 나뮈르가 항복했을 때 화약을 뒤집어쓴 병사들이 목숨을 연장시켜준 공병을 향해 열띤 환호성을 보내자, 왕은 부엉이를 연상시키는 우거지상을 지었다. (병사들은 단순하되 바보가 아니다.)

나무르쿰 카프툼.* 과연 요새전에서도 가장 완벽한 승리가 존재할 수 있고, 가장 비참한 패배가 존재할 수 있을까? 물론 존재할 수 있다. 보방은 요새진에서 강직한 영혼들의 유일한 방식을 고집하는 쿠호른을 상대로 끝없는 자비와 아량을 베풀었다. 도시의 열쇠는 쿠호른의 손에 의해 보방에게 전달되었는데, 오이보다 긴, 아니, 평소보다 훨씬 더 긴 쿠호른의 얼굴은 새하얗게 질려 있는 것처럼 보였다. 보방은 패자에게 굴욕적인 인수 절차를 절제했고, 덕분에 패자는 명예를 지키면서 나뮈르를 포기했다. 나아가 보방은 적이 최후의 저항을 꾀했던 도시를 '쿠호른 요새'라고 명명하는, 패장에 대한 최대한의 호의를 베풀었다. 가히 기념비적인 신사도였다. (한편으로는 그렇게 함으로써 위대한 적수에게 패배의 기억을 심어주려는 저의가 명백하게 깔려 있다고 생각하지 않는가?)

* '나뮈르 점령'이라는 뜻의 라틴어.

그러나 보방의 배려에는 또 하나의 미세한 의도가 숨어 있었다. (아직 눈치채지 못했는가?) 그것은 보방이 그 요새를 '루이 14세 요새'로 명명하지 않았다는 것이다. 그가 섬기는 왕 루이 14세가 야산 정상에서 요새전을 주재했음에도 불구하고.

그들은 절친했다. 내가 말하는 그들은 보방과 쿠호른이다. 그들은 상반된 각도에서 출발하는 동일한 영혼의 원칙들을 공유했다. 그들의 대립에는 지적인 경쟁에서 파생되는 어떤 게 있었다. 사실 건강하지 못한 경쟁의식은 피를 보고 만다. 그러나 서로 다른 기술적 이데아를 지닌 그들은 그것을 피를 아끼기 위한 원칙으로 믿었고, 그러기에 그들에게 도덕적 잣대를 들이대기는 무척 힘든 일이다.

깃발과 왕과 조국을 뛰어넘는, '미스테어'에 대한 그들의 염원은 모든 대립과 계급을 초월하는 은밀한 우애 속에서 그들을 통합시켰다. 패자인 수비군의 퇴각은 명확했다. 승자가 항복한 도시를 대하는 관례는 상식의 한계를 벗어났으니, 나뮈르 출구에서 두 줄로 늘어선 프랑스 병사들이 사열식으로 패자를 배웅했다.

패자의 선두는 얼굴이 오이처럼 긴 쿠호른이었다. 깃발을 든 부하들이 그의 뒤를 따랐다. 보방과 쿠호른은 각각 자신의 검을 서로의 얼굴 한복판을 가르듯 코앞에 갖다 대며 인사를 나누었다. 불과 이틀 전까지만 해도 상대의 복부를 찌를 때 사용하던 검이었다.

"À la prochaine!" 쿠호른이 대담하게 작별을 고했다. (자, 다음에 봅시다.)

"On verra." 보방이 차분하게 그 말을 받았다. (그럴지도.)

멋진 작별인사였다. 그러나 그들의 싸움은 거기서 끝나지 않았다. 우리는 누구에게나 공평한 존재가 되어야 하지만 나로서는 호의적이지 못했던 얼굴이 오이처럼 긴 쿠호른의 통고가 결과적으로 적중된 예언이 되었다는 사실에 놀란 입을 다물 수 없다. 하긴 모든 영원한 싸움이 그러하듯 균형이란 어느 쪽으로든 다시 기울어지는 법 아닌가.

그랬다. 그로부터 몇 년 후인 1695년에 쿠호른의 군대는 나뮈르를 공격했다. 그 공격에서 쿠호른은 자신의 '방식'을 취했다. 다시 말해 야만적이었다. 그리고 승리했다. 그러나 불행하게도 상대는 보방이 아니었다. 따라서 두 거인들 사이에 벌어졌던 싸움의 진정한 승부는 역사가 다하는 날까지 미지의 승부로 남을 것이다.

아무튼 보방의 승리에도 불구하고 그 뒤로 요새전을 이끌었던 공병들이 항상 합리적인 보방주의자들이 아니었다는 것도 사실이다. 지극히 드물긴 하지만 쿠호른 추종자들이 나타났던 것이다. 그들 중에는 한때 후작에게 무례하고 모욕적인 내용의 서간을 보냈던 야심만만한 지휘관이 있었으니 그가 바로 제임스 피츠-제임스 스튜어트, 일명 베릭 공이다. (부탁하건대, 여러분은 그 이름을 기억하길 바란다. 불행히도 그는 이 이야기에서 다시, 그것도 한 번이 아니라 여러 번 등장할 것이다. 아울러 그가 없는 바르셀로나의 비극적인 결말은, 동시에 나의 비극적인 결말은 결코 완성되지 못할 것이다.)

베릭은 프랑스 군대의 총사령관 자격으로 니스 요새전을 지휘했다. 1705년이었다. 그때 나는 그를 처음 알았다. 그 무렵에 보방은 요새전에 투입되는 시간과 돈, 특히 병력의 낭비에 대해 진지하게 고민했다. 그는 쿠호른 추종자들 중에서도 누구보다 야심가인 베릭이 도시를 포위하고 있는 동안에 틈나는 대로 서간을 보내 우려를 표명했다. 자신의 전략에 지나치게 집착하지 말라고. 그러나 베릭은 후작의 충고를 달갑게 받아들이지 않았다. 하루는 전선에서 보낸 베릭의 서간이 바조슈에 도착했다. 서간에는 그의 허영심과 음흉한 속내가 잔뜩 묻어나왔다.

보시다시피, 후작님, 니스는 점령되었습니다. 귀하가 난공불락으로 여겼던 요새전이 지극히 짧은 시일에 끝난 것입니다. 본인은 귀하가, 지상에서 공격을 이끄는 지휘관들이 요새와 200레구아 거리를 두어야 한다고 고집하는 자들보다 우선시되어야 한다는 결론에 이르기를 기대합니다.

그것은 승리에 도취한 자가 보내는 보방을 향한 경멸과 모독이었다. 지금도 나는 바조슈의 성벽을 오르던 후작의 모습을 똑똑히 기억하고 있다.
"그자는 자신이 누구라고 생각한단 말인가? 감히 나한테 그런 식의 글을 쓰다니! 사생아에 또박또박 말대꾸나 해대는, 기껏해야 피로 물든 대야에 손 씻는 일밖에 할 수 없는 주제에 말이지."
이틀 동안 후작에게서 살벌한 냉기가 흘렀다. 식당에 얼굴조차 내밀지 않았다.
보방에게는 불가능한 역설이었다. 앞서 내가 지겨울 정도로 전쟁의 기술을 부정하는 자들을 언급한 것은 그것을 보방의 언어로 이해할 수 있었기 때문이다. 전쟁이란 무엇인가? 인간의 복부를 빠져나온 내장, 그리고 파괴와 약탈이다. 바조슈의 개념에서 역설이란 극단적으로 발전된 전쟁 기술이 전쟁 자체를 궤멸시켰다는 점이다. 궁극적인 목표로서의 규율이 스스로 해체된 것이다.

보방은 자신이 섬기는 괴물왕과 달리 모든 팽창주의자들의 욕망을 증오했다. 그는 그것을 땅을 숭배하는 우스꽝스러운 개념으로 보았다. 그에게 프랑스는 좋은 나라가 아니라 완벽한 나라였다. 그래서 아무런 야망도 품지 않았던 것일까? 모든 그의 에너지는 선조들이 남긴 지리적 유산의 보존을 지향했다. 나아가 어떠한 적이든 적으로 하여금 사전에 공격을 포기하도록 만드는 것을 포함해서 적의 의도마저 철저하게 무산시키고자 국경을 강화했다. 그의 국경은 'pré carré'라고 불리는 '세력권'이었다. 그것은 개구리를 잡아먹는 자들이 자신들의 땅을 부르는 것이자, 자신들의 땅을 영원하고 견고하고 평화로운, 완벽하게 정의된 거대한 단일 암석으로 부르는 것이다. 그는 천재 건축가였지만 체제 순응적인 부르주아 정신을, 나에게 다른 표현을 허락한다면, 근시안적인 어떤 것을 지배하고 있었다. 보방은 베세티우스*의 경구를 완성해니갔다. Si vis pacem castrum(평화를 원하거든 요새를 구축하라). 전쟁 억지력이 최상의 단계에서 수행되는 상황에서 과연 누가 누구를 공격하겠는가? 전쟁은 종말을 고할 수밖에.

보방은 악을 끝장냈다. 다양한 측면에서 그는 범세계적인 힘을 지닌 자의 광기에 의해 통치되던 나라의 강고한 보수주의자였다. 한편으로 그는 지극히 담대한 개량주의자였다. 그는 자신의 저작에서 신앙과 사상의 자유를 옹호했는데, 여기서 사상은 개인을 평면적인 차원으로 여기는, 즉 개인을 전제군주에게 전적으로 맡기는 전제정치를 말한다. 그는 기존의 세습귀족을 개인의 장점이 바

---

* Vegetius. 로마의 군사 전략가이자 저술가.

탕이 된, 새로운 틀로 주조된 귀족으로 대체하길 원했다. 또한 그는 페르시아 왕 다리우스 시대부터 알려진 완벽한 군주제를 희구했다. 괴물왕의 대신들은 그를 자기들에게 해를 끼치지 않는 인물로 여겼다. 그러나 그는 왕이 아니라 왕실을 비판했다. 왕을 혁명이 아니라 이성으로 인도했다. 그의 계산에 의하면, 프랑스인들은 24명당 1명꼴로 땅을 경작했으니 결과적으로 나머지 23명이 그들의 노력으로 먹고사는 셈이었다.

그들은 그를 반미치광이 노인으로 궁지에 몰아넣었지만 그가 너무 노쇠한 데다 쇠락한 복고주의자라서 박해하지는 않았다. 충직함이라는 진부한 개념이 그로 하여금 왕에 맞서지 못하도록 제지했을 것이다. 아니, 정반대였다. 오히려 그는 왕의 통치 방식과 과오를, 왕이 희구하는 바를 혐오했지만 왕을 위해서 자신의 목숨을 내놓았을 것이다. 수천 번이라도 그랬을 것이다. 그는 정치란 본래 그런 것이라고 믿을 만큼 고지식했다. 그의 논리는 기하학적이지만 지나치게 단순했다. 인간 세상에는 예측할 수 없고 감추어져 있는, 악의를 품은 무한한 매개체가 작동하고 있다는 것을 다들 이해하지 못했다.

전쟁의 종말! 얼마나 멋진 풍자인가. 플라톤은 이미 이렇게 말하지 않았던가. 전쟁이 끝난 뒤 당신들이 보게 되는 유일한 것은 전투에서 죽은 자들뿐이라고.

9

 인생을 시기로 나누어보면, 당시 나는 내 인생에서 가장 유용하고 아름다운 마지막 시기에 도달하고 있었다. 가혹하고 절망적인 시점이었다. 모든 게 한꺼번에 무너졌다는 표현이 정확할지 모르겠다. 그 파국은 정신병자였던 잔의 남편이 기적적으로 제정신을 차린 순간에 나타났다.
 누군가가 광기를 부리면 일단 주변은 마치 광기라는 악이 주변에 공격성을 전염시킨 것처럼 그에 대한 의혹과 분노가 뒤섞인 불안한 반응을 보인다. 전쟁터에서도 그렇다. 다들 자신의 목숨이 걸린 절체절명의 순간에 탈영병은 대열을 이탈함으로써 동료들의 사기를 떨어뜨린다. 그런데 흥미로운 것은 광기를 일으키던 사람이 제정신을 차리면 주변의 불안감은 사라지는 게 아니라 더욱 커진다는 것이다. 탈영했던 병사가 부대에 복귀해서 동료들을 의아하게 만드는 것처럼. 잔의 남편과 그의 주변이 그랬다.

그가 건강을 되찾았다는 소식들이 멀리 파리에서 들려왔다. 당시 이론 교육과 실전 훈련에 매진하던 나는 바조슈에 나타난 그를 보고 믿을 수가 없었다. 말끔한 모습에 언행이 확고했다. 눈에 보이지 않는 벌들의 비행을 좇던 예전의 그가 아니었다.

"아, 내 좋은 친구 수비리아!" 그가 예전처럼 내 어깨를 붙잡으며 소리쳤다. "반가워. 이게 얼마 만이야? 정말 많이 변했군. 키가 한 뼘은 더 자랐잖아. 이러다가 천장에 닿겠는걸." 이어 손가락 바닥으로 내 턱을 가볍게 툭툭 치며 덧붙였다. "이제야 겉보다는 속이 꽉 찬 어른처럼 보이는군."

"제가 더 반갑군요." 내가 그 말을 받았다. "확 변한 사람이 저만 아니니까요."

그의 눈이 언뜻 흐릿해졌다. 마치 과거의 회한에 잠긴 것 같았다.

"친구, 자네 말이 맞아."

나는 그를 회복시킨 약물과 치료법에 대해 묻지 않을 수 없었다.

"치료라니? 천만에. 아주 단순해. 하루는 골방에 처박힌 채 파라켈수스를 떠올리며 시간을 죽이다가 불현듯 한 번도 생각해본 적이 없는 질문을 내 자신에게 했지." 그 대목에서 그는 마치 누가 우리 대화를 엿들을까 두려워하는 사람처럼 바짝 다가서더니 눈을 크게 뜨며 덧붙였다. "나는 백만장자야. 나는 백만장자 상속자와 결혼한 몸이잖아. 그런 내가 소금을 황금으로 바꿔도 부족한 판국에 왜 쓸데없이 허송세월을 보내야 하지?"

나는 잔이 남편의 방문으로 나와 거리를 두는 느낌이 들었다. 하지만 돌아오는 일요일을 생각하며 애써 무시했다. 그런데 그녀는 역시 예전의 그녀가 아니었다. 헛간에서 만난 그녀는 전혀 다른 여자였다. (그 순간에 내 기분이 어땠는지는 꿔다놓은 감자 자루만큼이나 눈치 없는 발트라우트도 입을 다물 정도였으니 생략하자.)

"당신 남편이 제정신을 차렸다고 해서 우리 마음이 바뀌는 것은 아니잖아." 내가 말했다.

"내 마음이 당신한테 있다는 건 안 바뀌었지만, 내가 그 사람한테 해야 할 일은 바뀌었어."

내가 확신하는 것은 위대한 연인들은, 진실한 연인들은 절대로 극장에서나 나오는 장면을 보이지 않는다는 것이다. 혹시 여러분은 그 이유를 아는가? 극작가들이 무슨 얘기를 어떻게 하든 세상에서 가장 합리적인 것은 사랑이기 때문이다.

나는 할 말이 많았지만 돌아올 대답을 예감하며 말을 아꼈다. 그녀는 부자였고, 행복한 (혹은 전혀 불행하지 않은) 아내이자 후작의 여식이었다. 그런 그녀가 믿을 섯노 없는, 한낱 시골 출신 애송이로 인해 모든 것을 포기하는 짓은 안 할 것이다. 그녀가 화제를 돌렸다.

"뒤크루아 형제가 그러대. 조금만 더 다듬으면 당신이 위대한 공병이 될 거라고. 그 양반들은 진짜로 당신에게 푹 빠져 있었어."

나는 대답 대신 그녀를 응시했다. 그녀는 나의 무력함을, 침묵의 비난을, 말없는 고통을 알고 있었다.

"마르티, 만일 당신이 왕의 공병이 되는 것과 내 곁에 영원히 남아 있는 것 중에서 하나를 선택해야 한다면, 어느 쪽이지?"

나는 두 번이나, 아니 세 번이나 입을 열다 말았다. 결국 아무 말도 하지 않았다. 설사 내가 한 여자를 위해 바조슈에 들어왔더라도 공병의 길로 들어섰을 것이다.

아무튼 모든 것은 끝을 향했다. 1707년 3월의 위대한 파국은 그렇게 시작되었다. 보방은 그러지 않았던가. "부부란, 밖에 있는 자들은 들어가고 싶어 하고, 안에 있는 자들은 나가고 싶어 하는 도시" 같은 거라고. 뒤크루아 형제는 내 등을 다독이며 나를 위로했다.

"그런 고통에 맞설 만한 공학은 없어. 그럴 때는 숨을 깊게 들이마시는 거, 그게 다야."

그들은 내 팔뚝에 문신을 새겼다. 5점. 나는 그들이 내 기운을 북돋아주기 위해 새로운 점수를 주었다고 생각한다.

그러나 나의 파국은 그렇게 일단락되지 않았다. 또 다른 일이, 아직은 아무도 몰랐지만 나보다도, 바조슈보다도, 나아가 절반의 세상보다도 훨씬 더 초경험적인 일이 생겼으니 보방이 죽어가고 있었다는 것이다.

보방의 심장은 더 이상 뛰지 않았다. 아르망은 특유의 어조로 마치 내뱉듯이 그 소식을 전했다.

"지원생도, 보방 후작님이 세상을 떠나실 모양이야."

이제 다시 바조슈로 돌아오지 못하겠지. 그 말이 죽음 자체보다 더 결정적인 통첩처럼 여겨졌다. 나는 얼어붙었다. 나에게 보방은 인간의 우연 그 너머에 존재하는 인물이었다. 그랬기에 그 소식은 마치 이제 벽난로에 불을 붙이는 일이 불가능해졌거나 저 달이 즉시 추락할 것임을 통보받은 것 같은 충격으로 와 닿았다.

제노는 이미 후작 곁에 가 있었다. 아르망은 나를 데리고 파리로 향했다. 낯선 마차 여행이었다. 나는 그때까지 전쟁을 숭배하는 본산에, 프랑스라는 매혹적인 종교의 본산 파리에 가본 적이 없었다. 동시에 잔에 대한 생각을 떨쳐낼 수가 없었다. 불길한 전조가 느껴졌다. 마치 어떤 행성들의 결합이 잠시 이루어졌다가 곧바로 분리되는 것 같은 예감이었다.

"후작은 모두한테, 생전에 가까이 지내던 이들과 일일이 작별인사를 나누기 전까지는 돌아가시지 않을 거야."

이른바 명문가의 인물이 사망할 때 적절하지 못한 관례들 중의 하나가 각계각층의 인물들이 임종에 참석하는 것이다. 관례는 순서를, 하물며 헬스폰트 기사단이나 알코올 중독자인 사위의 집안까지 서열을 요구했다. 그로 인해 후작은 조문객들의 무수한 수다를 견뎌야 했는데, 평소 내 눈에는 전혀 불필요한 잔혹한 짓으로 보였지만 나 역시 그들 중의 한 명이었다. 내 경우에는 삶의 문제였지만.

나는 내가 취득한 점수를 후작에게 인정받고 싶었다. 아르망은 후작이 피리에 있는 동안에도 내 시험에 관심을 표명했다고 전해주었던 것이다. 마가논은 완벽한 10단계의 토대 위에서 평가되며, 각각의 단계는 마가논의 권위 그 자체 아닌가.

보방이 임종을 맞이한 곳은 아담한 성채였다. 응접실에는 50여 명의 조문객들이 순서를 기다리는 중이었다. 엄격한 서열에 따르다 보니 내 순서는 밤늦게나 돌아올 참이었다. 나도 모르게 불만이 터져 나왔다.

"빌어먹을, 내가 후작이었으면 저 많은 조문객들과 접견하는 꼴을 보기 싫어서라도 서둘러 죽어버렸을 텐데."

"그 입 다물고, 날 따라와." 아르망이 그렇게 말하고는 앞장섰다.

우리는 조문객들 사이를 지나 침실 앞으로 갔다. 그러나 하인이 가로막았다.

"이거 날 못 알아본 게 아냐?" 아르망이 대뜸 화를 냈다. "후작님의 개인 비서 자리가 침실 머리맡인 것도 모르냐고?"

"아, 그렇군요. 용서하십시오." 제노와 쌍둥이인 줄 모르는 하인이 서둘러 사과했다.

"멍청하긴……, 멍청한 세상이야. 모든 게 하나같이 멍청한 세상이라니까." 아르망이 안으로 들어서며 투덜거렸다.

위대한 보방은 사각 기둥이 천장까지 쭉 뻗은 침대에서 상반신을 세운 자세로 누워 있었다. 죽어가는 그를 생의 마지막 순간이 지탱하고 있었다. 끊어질 듯 이어지는 거친 숨소리가 내 귀에는 사자가 으르렁거리는 소리로 들렸다. 잔 역시 그의 곁을 지키고 있었다.

관례에 따라 침대 끄트머리에서 위대한 인물에게 고개를 숙여야 했지만 그럴 수 없었다. 지난 2년 동안 철부지 같던 내 삶과 인격을, 내 운명을 빚진 나는 그의 손을 덥석 붙잡아 내 뺨에 갖다 댄 채 어린애처럼 울었다. 누구도 나를 제지하거나 비난하지 않았다. 후작 가족의 호의였다. 내가 고개를 들었을 때 후작이 나를 내려다보고 있었다. 아버지가 아들에게 눈으로 말하는 것 같았다. '내가 너를 키웠다'고. 그때까지 한 번도 느껴보지 못한 아버지의 눈길이었다. 그가 천천히 입을 열었다.

"자네는 생도 자격으로 이 방에 들어온 거야. 이 방을 나갈 때는 진짜 공병이 되어주길 바라마지 않겠네."

이어 주위를 잠시 물리쳤다. 나는 순간적으로 아르망과 나를 막아섰던 문지기가 어떤 표정을 지을지 궁금했다.

"상황이 상황인지라 간단한 시험을 치를 생각일세." 후작이 나지막이 내뱉었다. "딱 한 가지만 묻겠네." 그러더니 입을 벌린 상태에서 천장을 올려다보았고, 천장에서 눈을 떼지 않은 채 다시 입을 열었다. "자, 간략하게 대답하게. 포위된 요새의 최상의 방어 전략이 뭘까?"

사실 단순하기 이를 데 없는, 그러나 나로서는 상상조차 못 한 질문이었다. 후작은 단순한 시험을 치름으로써 자신이 죽기 전에 마지막 공병을 세상에 내놓고 싶었던 것이다. 나는 평소 그가 내색을 안 했지만 반항적이고 캐묻기 좋아하는, 동시에 재능을 타고난 나에 대한 긍지가 대단하다는 사실을 알고 있었다. 나는 요새의 보루와 그 보루를 지지하는 기둥부터 시작했다. 경사벽, 덮개가 씌워진 통로, 보루와 보루 사이의 직선거리, 보루로 올라가는 입구에 대한 나름의 분석에 이르렀다. 그런데 내가 막 보루의 입구가 비좁아서 더 넓혀야 할지 모르겠다고 말하던 참에 그가 끼어들었다.

"대체 요점이 뭐야?" 그가 채근했다. "아니, 그게 아니라고!"

나는 당황했다. 그러니까 내가 틀렸다는 것인가. 초조했다. 이어 나는 성벽의 두께에 대해, 경사각에 대해, 방어진지를 구축하는 데 적합한 지형과 토질에 대해, 해자에 대해, 파괴된 성벽을 틀어막는 방식에 대해 설명했다. 그러나 그사이에도 불만족스러운 그의 눈이 그게 아니라고, 자기가 듣고 싶은 것은 다른 것이라고 말했다. 그러더니 한 손으로 이마를 쓸어내렸다. 역시 불만족스럽다는 표시였다. 나는 다시 수비군에 대해, 요새의 크기에 적합한 수비군의 인원에 대해, 필요한 무기와 탄약과 식량의 비축에 대해 덧붙였다. 콘스탄티노플의 헤론이 광장을 지키는 장군에게 말했다는 현명한 충고도 인용했다. 일순 어떤 날카로운 통증이 후작의 눈을 절반쯤 감기고 입을 경련에 떨게 만들었다. 그는 마치 잠시만 죽음을 연기해달라고 청원하듯 천장을 올려다보더니 입을 열었다.

"아냐, 아냐, 그게 아니라니까! 곧장 본질적인 것으로 들어가도록 해. 이제 우리한텐 시간이 없어." 그가 거친 숨을 내뱉었다. "한마디, 딱 한마디면 충분해. 완벽한 요새 방어를 요약하는 딱 한마디."

죽어가는 자들은 시간을 막연하게 흘려보낼 여유가 없다. 보방은 나를 어리숙한 존재로 여기고 있었다. 나는 마음이 흔들렸다. 내가 배웠던 모든 것에 대해 회의가 들었다. 내가 전술한 요약은 정확해! 군살 하나 없잖아! 대체 뭐가 빠진 거야? 그렇다고 멈출 수는 없었다. 어쩌면 요새 방어술에서 수동적인 방식을 원하고 있는지도. 그래서 나는 요새가 포위되어 있는 동안에 시민들을 안전하게 보호할 수 있는 수단들을 일일이 열거했다. 그러나 그것도 아니었다. 나는 입을 다물었다. 그가 무슨 대답을 원하는지 도무지 알 길이 없었다.

그때였다. 검지를 들어 올린 보방이 내가 무덤까지 가져가야 할 무엇인가를 말하기 위해 다시 입을 연 것은.

"한마디. 딱 한마디면 충분해."

나는 그의 침대로 한 발짝 더 가까이 다가서서 상체를 기울였다. 그리고 내가 아는 가장 애정이 담긴, 동시에 가장 존경이 담긴 목소리로 입을 열었다.

"하지만 각하, 소인은 방금 바조슈가 저한테 주었던 모든 것을 말했습니다."

이번에는 그의 차례였다. 그가 한 손으로 자신의 눈을 지그시 눌렀다.

"아냐, 그건 주지 않았어. 하지만 아직도 이해하지 못했으니, 이쯤에서 그만두자고." 그는 나를 쳐다보지 않고 거친 숨을 몰아쉬었다. "양심을 걸고 말하자면 나는 자네를 축복해줄 수 없어. 유감이야. 그러니 나보다 더 효율적인 선생을 찾도록 해. 나는 실패했어." 이어 자신의 판결을 통고했다. "자넨 적합하지 않아."

나는 죽어가는 사람이 그가 아니라 내 자신이라고 생각했다. 그가 축 처진 손을 저어 나를 물리쳤다.

"이제 나는 다시 나도 어쩔 수 없는 마지막 접견을 해야 하니 자리를 비켜주게."

나는 석고보다 더 새하얗게 질린 채 방을 나섰다. 뒤크루아 형제가 눈치를 채고서 사람들의 눈을 피해 나를 다른 데로 데려갔다. 나는 팔뚝을 내보이며 간신히 입을 열었다.

"5점! 5점이 이 살점에 새겨졌지만 제 것이 아닙니다. 이제 누가 저를 인정해주는 겁니까? 누가요?" 그들이 나를 데리고 가는 동안에 나는 주인에게 무자비한 몽둥이질을 당한 강아지처럼 서럽게 훌쩍거렸다. "그런데 후작님이 저한테 대답하라고 했던 말이 뭡니까? 그게 무슨 말이냐고요?"

나는 내 인생에서 가장 중요한 시험을 치르기 위해 파리로 갔다. 그러나 나의 여행은 그렇게 씁쓸한, 그렇게 무익한 교훈을 깨닫기 위한 여행이었던 것인가. 기껏해야 이런 교훈 하나를 얻기 위해? '과연 우리가 모든 것을 잃어버렸음을 알게 되는 때는 언제인가? 그것은 사랑하는 사람들마저 입을 다물 때다.' 뒤크루아 형제는 한숨을 푹푹 내쉴 뿐이었고, 그들이 나에게 제공할 수 있었던 유일한 위안은 다른 이들의 눈을 피해 죽어가는 자의 침실에서 멀리 떨어진 한적한 곳으로 나를 데려가는 것이었다.

1707년 3월 5일. 세바스티앙 르 프레스트르 드 보방이 세상을 떠났다. 그의 임종과 장례식에서 내게 남은 유일한 기억은 현기증처럼 어지러운 그의 말 한마디다. "자넨 적합하지 않아."

 나는 바조슈의 마지막 작품이었다. 아마도 가장 공을 들였다고, 2년 동안의 엄격한 규율과 혹독한 훈련으로 만들어진 완벽한 기계였다고 말할 수 있으리라. 사실상 나는 모든 과정이 끝나갈 쯤에는 무엇이든 해낼 수 있다는 기분이 들었다. 콘스탄티노플은 무려 25번이나 포위당했지만, 나는 25차례의 공격을 한꺼번에 막아낼 자신이 있었다. 반대일 경우에는, 그때는 당연히 반대쪽 주군을 섬기겠지만, 평행 참호 3개를 구축하는 데 딱 보름간의 시간을 달라고 요구했을 것이다. 그러나 나에게서 모든 것은 아무것도 아닌 게 되어버렸다. 나에 대한 후작의 부정적인 판결은 나로 하여금 영원한 지옥의 변방에 갇히도록 만들었다. "한마디, 딱 한마디면 충분해." 하지만 한마디라니, 대체 그 한마디가 무엇이란 말인가? 그의 판결은 나를 기이한 괴물로, 조산한 일각수의 자식으로 바꾸어놓았던 것이다.

 고인의 장례식에는 보병대 지휘관인 앙투안 바르두에농슈도 참석했다. 나와 잔은 그와 그의 누이와 종종 바조슈의 복도나 실개천 주변에서 숨바꼭질을 하며 지내던 사이였다. 내가 복도 벤치에 앉아서 무릎에 팔꿈치를 괴고 양손을 깍지 낀 채 공허하면서 고통스러운 상념에 잠겨 있을 때 말쑥한 백색 제복 차림의 그가 다가왔다.

 "친구, 우울해 보이는군." 그는 엄숙한 장례 중에도 평소처럼 유쾌했다. "다들 자네에게 유익한 미래가 열릴 거라고 수군대는데도 말이지."

나는 대답할 힘도 없었다.

"공학을 공부했으니 습득한 지식을 실전에 적용해야겠지." 그가 내 의향을 물었다. "어때, 공병대 부관으로 합류해볼 생각은 없나? 거기서 실전을 경험하다 보면 왕의 휘하로 들어갈 거야."

후작의 죽음과 함께 바조슈는 이전과는 확연히 다른 어떤 것으로 변하고 잔이 실권을 쥐게 될 것은 분명했다. 나는 어떻게 할 것인가? 그 상황에서 더 이상은 바조슈에 머무를 수 없었다. 내가 막연히 고개를 끄덕이자, 바르두에농슈가 왼손 주먹으로 오른손 손바닥을 툭툭 치며 생글거렸다.

"우리, 왕의 군대가 되어 다시 만나자고!"

그의 말이 내 귀에 들어오지 않았다. 내 머릿속은 온통 보방과 잔에 대한 생각뿐이었다. 돌이켜보면 보방은 망치고, 잔은 모루였다. 그 사이에서 나는 생쥐 신세였다. 내 존재는 아무에게도 중요하지 않았다. 만일 두 사람이 나에게 아나톨리아*에 터키인을 막는 요새를 만들라고 하면 응당 나는 그렇게 하겠다고 대답했을 것이다. 심란했다. 잔과의 마지막 대화가 내 마음을 갈기갈기 찢어놓고 있었다.

"나를 바조슈로 받아들인 건 당신이야." 나는 내가 처음 바조슈에 들어섰던 날을 상기시켰다. "당신은 당신의 부친을 속였어. 내가 준비가 잘된 지원자라고. 하지만 그건 사실이 아니잖아. 어쩌면 거기서 모든 게 잘못 시작되었는지도. 그러지 않았으면 당신 부녀를

* Anatolia. 터키령으로, 아시아와 유럽을 잇는 입지 조건으로 인해서 수많은 문화적 교류와 충돌이 이루어지던 곳이었다.

만날 일이 없었을 것이고, 그랬으면 우리 모두가 행복했을 텐데."

"하지만 마르티, 난 아버지를 속이지 않았어." 그녀가 반박했다. "나는 당신을 포함해서 세 명의 지원자에 대해 내가 파악한 정확한 사실을 밝혔을 뿐이야. '돌꽃'이라고, 당신은 우리 아버지의 요새를 그렇게 묘사했잖아. 그러자 아버지는 그러셨어. '그 아이가 장차 내 생도가 될 게다. 그 아이가 공병의 심장을 갖게 될 거란 말이다.'라고."

바조슈와의 모든 인연은 그렇게 끝났다.

보방은 파리에서 죽었지만 바조슈에 묻혔다. 육신과 분리된 심장은 납골로 남았다. 그는 질서를 존중했던 인물이며 시대의 인습에 맞서는 것을 원하지 않았다. 그는 그를 보고 싶어 하는 자들을 위해 모든 것을 거기에, 육신은 사제들에게, 심장은 '미스테어'에게 남겼다. 혹시라도 여러분이 신앙인이라면 내가 감히 이렇게 맹세할 수 있는 유일한 인물임을 명심해야 한다. 보방은 세상이 시작되었던 때부터 존재한 모든 인간들 위에 위치했다고. 나는 하늘이 그를 보자마자 하늘의 문들을 거침없이 활짝 열었다고, 성자 베드로가 위험을 무릅쓰고서 그를 공병대와 함께 오도록 불러들인 것이라고 장담한다. 나는 그가 기껏해야 7일 만에 하늘을, 하늘의 요새를 접수할 거라고 믿는다. 몽상가들의 해석을 빌리자면 물론 그는 자비로운 인정을 베풀었을 것이다. 그 모든 똥을 창조했던 자에게 모욕을 주지 않기 위해 딱 하루 정도만 접수했다가 이튿날, 그러니까 8일 째 되는 날에 내놓았을 것이다.

10

 프랑스에서 에스파냐까지의 여정에서 기억나는 것은 애꿎은 내 발이 선부나. 나는 저음부터 끝까지 고개를 늘지 못했다. 마차가 제멋대로 흔들리고 있었지만 헐거운 가죽처럼 축 처진 내 육신은 그 흔들림조차 느끼지 못했다. '미스테어'가 포기한 존재, 그게 바로 나였다. 보방이 죽기 직전까지 내 머릿속은 온통 '미스테어'로 가득 차 있었지만 그의 죽음과 함께 모든 게 사라졌다. 내가 아무리 많은 이야기를 해왔고 앞으로 더 이야기하더라도 그때의 공포를, 동시에 그 공허함이 함축하는 무기력을 설명할 수 없을 것이다.
 나는 내가 황폐한 인간임을 알고 있다. 나는 날마다 모래 언덕을 만들어내는 모래알 같은 존재다. 그때부터 그야말로, 그야말로 긴 세월이 흐른 지금 이 순간, 나는 마치 타인처럼 여겨지는, '마르티 수비리아'로 불리던 애송이를 떠올린다. 나는 그 시절의 그에게 관대할 수 없지만 그렇다고 일말의 동정심마저 없는 것은 아니다. 그의 미래, 그의 사랑, 그의 기대, 그를 지도하던 선생들까지 졸지에 사라진 마당에, 한마디, 오로지 그 한마디 '말'을 구하고자 모든 것을 내걸었던 그가 아니고선 누가 상처 하나 입지 않고 그런 상황을 고스란히 빠져나올 수 있었겠는가.

지금 내 나이 아흔여덟 살이니, 옛날, 그러니까 1707년에 내 나이는……, 젠장, 이 돼지같이 생겨먹은 년아, 뭐하고 있는 거야. 얼른 계산 좀 해보지 않고서……. 그렇지, 열여섯 살이었어. 바르두에농슈 연대는 긴 대형을 이루며 국경을 넘었고, 일단 나바라로 들어서자 남쪽을 향했지. 참으로 기나긴 행군이었어. 나는 보병대와 달리 긴 띠를 이루며 이어지는 호송대 마차에 타고 있었는데 그렇게 가다가 다른 부대와 합쳐지면 공병대 참모로 들어갈 예정이었거든.

그런 처지였기에 당시 나는 날이면 날마다 그렇게 긴 행군을 치렀다 해도 당연히 감수했을 것이다. 병사들은 두 줄로 대오를 이루면서 태양이 떠서 질 때까지 걸었고, 호송대가 그 뒤를 따랐다. 그들은 1초에 한 걸음을 떼는, 유럽을 통틀어 행군 속도가 가장 빠르다는 프랑스 군대였다. 하나 둘, 하나 둘, 하나 둘……. En route, mauvaise troupe!* 양국의 국경을 넘은 뒤부터는 병사들이 쓰러졌다. 더이상 움직이지 못하는 병사들을 호송대가 실었다. 낙오병들은 여정의 끝에서 자신들이 겪을 수모를, 다시 말해 행군 못지않게 힘든 야영지 작업이 기다리고 있다는 사실을 알면서도 뒤로 처질 수밖에 없었다.

바르두에농슈는 보병대 행렬의 선두와 후미를 끊임없이 오가면

---

* 나쁜 부대여, 출정하라!

서 그들을 독려했다. 그의 준마는 주인의 발 노릇을 완벽하게 수행했다. 앞서 내가 그를 상냥한 인물이라고 소개했듯 그는 틈틈이 호송대까지 물러났다가 마부 옆에 앉은 나를 격려해주었다. 나바라는 습도가 높았다. 카스티야 지방 북쪽은 천지가 푸른색이었지만 남쪽으로 내려갈수록 건조지대로 바뀌었고, 계절이 봄인 탓인지 숨이 턱턱 막혔다.

바르두에농슈는 당대 최고의 검객이었다. 실제로 그는 검에 대한 환각에 빠진 채 하찮은 것은 쳐다보지도 않았다. 검에 대한 그의 철학은 확고했다.

"젠장, 뭘 어쩌긴? 찔리기 전에 먼저 찌르는 거지."

그는 화약이나 부싯돌로 동력을 구해 발사되는 모든 종류의 무기를 경멸했다.

"총알은 아무 데나 꽂히지만 내 검은 딱 한 군데, 적의 심장을 겨냥할 뿐이지."

내가 검술가와 공병대 사이에서 유사점을 발견한 것은 바조슈에 있을 때였다. 나는 마가논들 중에도 완벽한 요새를 꿈꾸던 자를 떠올리면서 그에게 물었다. 완벽한 검이나 완벽한 찌르기 혹은 완벽한 검객이 존재한다고 생각한 적이 있는지를. 그러자 그는 마치 삼위일체의 미스터리를 물어보는 얼빠진 앵무새를 대하듯 어이없다는 표정으로 나를 쳐다보았다.

"나는 완벽했어." 그는 불쾌한 어조로 대답했다. "목숨을 건 열아홉 번의 결투가 끝났을 때, 나를 상대하던 자들은 아무도 입을 열지 못했거든."

당당한 그의 대답에 나는 내심 안도했다. 그가 나와 같은 부대에

속해 있다는 것과 덕분에 그의 분노의 칼끝 앞에 설 일이 없다는 생각이 들었던 것이다.

우리가 가는 곳마다 에스파냐와 프랑스 군대가 남긴 잔재가 이 정표를 대신했다. 쓸모없는 잡동사니, 통나무, 파손된 마차 축, 마모된 끈, 햇볕에 내어 말리는 말편자 등등 대규모 군대가 지나간 흔적은 믿을 수 없을 만큼 많았다.

우리는 동쪽으로 접어들면서 라만차 지방을 지나고 있었다. 춥고 지저분한 곳에서 이틀을 머물렀다. 하루는 낯선 마을에서 길을 잃은 채 야영에 들어갔다. 벼룩이 득실대는 곳에서 맛이 간 포도주에 취했다. 병 바닥에 깔린 해충들까지 마셨다. 이튿날 세상모르게 잠들어 있는 나를 바르두에농슈가 깨웠다.

그는 다시 길을 나서기 전에 마을 사람과의 대화에 통역을 부탁했다. 나는 졸린 눈을 부비며 프랑스와 에스파냐 군대가 위치한 곳을 물었다.

"이제 곧 멋진 일이 벌어지겠군. 베릭 원수는 동맹군을 뒤쫓고, 동맹군은 베릭의 군대를 찾고 있으니 말이지." 그는 그렇게 말하고선 손가락으로 서쪽을 가리켰다. 멀리 언덕 위로 오래된 성이 우뚝 솟아 있고 언덕 자락으로 마을이 보였다.

"저기가 어딥니까?" 나는 눈곱을 떼며 물었다.

"알만사."

○○○

아무튼 그렇게 해서 '뻔뻔한' 나 마르티 수비리아는 그 시대의 가장 복잡한 분규, 즉 에스파냐 왕위계승전쟁으로 불리는 소용돌이에 휘말렸다. 온 세상이 기억하게 될 전쟁이었다. 10여 개 나라가 끼어들어 무려 25년 동안 여러 대륙에서 전투를 벌였다. 전쟁의 원인에 대해서 감히 거드름을 피울 만한 역사가로서의 권한은 없지만 그렇게 어마어마한 역사적 현상을 다루노라면 결정적으로 나에게 영향을 끼쳤던 중요한 일들을 기술해보는 것 외에 달리 방도가 없다. 그렇다고 골치 아플 것까지는 없다. 간략하게 정리할 테니까.

1700년에 에스파냐 황제 카를로스 2세가 죽었다. 덜 떨어진 외모에 침을 질질 흘리는 그는 왕이 아니었으면 수도원에 파묻혀 평생을 보냈을 것이다. 그런 그를 카스티야 신민들은 '마법에 걸린 왕'으로 불렀다. 그러나 그다지 인자하지 못한 나는 그를 '천치(天癡)왕'으로 부를 것이다. 그는 후계자가 없었다. 하긴 어찌 후계자를 둘 수 있었겠는가? 정신이 이상한 데다 죽을 때까지 양다리 사이에 달린 무 뿌리가 오줌 싸는 것 외에는 무용지물이었을 테니.

사실 왕들은 하나같이 천치거나 천치가 되고 만다. 여기에 유일한 논쟁거리가 있다면 백성을 위해서 똥구멍에서 기어 나온 자가 나은 것인지, 사생아가 나은 것인지를 아는 것이다. 어려서부터 나는 어리석은 왕들을 추종했다. 그들은 백성들에게 최소한 강낭콩이라도 먹게끔, 평온하게 살게끔 해주었기 때문이다. 그중에서도 '천치왕'은 카스티야에서는 무척이나 안타까운 존재였던 반면에 카탈루냐에서는 무척이나 대중적인 인물이었다. 왜? 그 이유는 그가 아무것도 안 했기 때문이다. 그의 위축된 뇌는 카스티야를, 나아가 그의 응고된 제국을 반영했지만, 카탈루냐 사람들은 왕이란 자가 덜 군림할수록, 멀리 떨어져 있을수록 좋은 지배자로 여겼던 것이다.

천치왕에게 자식이 생기지 않을 것이라는 이유로 그에 대한 주위의 면탈은 훨씬 이전에 시작되었다. 유럽의 모든 썩은 고기를 먹어 치우는 자들은 경계 상태를 늦추지 않았다. 당연한 일이었다. 그가 죽은 뒤, 나는 그 격변기에 마드리드 대사관에서 근무했던 프랑스 귀족을 만난 적이 있다. 그의 말에 따르면 그들은 첩자를 왕실에 심어 왕의 속옷까지 염탐했다. 천치왕 카를로스 2세는 잠자리에서 사정을 하지 않았다. 자연의 법칙을 따르면 정액이 없으면 후계자도 없다.

프랑스인들에게는 절호의 기회였다. 천치왕이 죽으면 그토록 원하던 에스파냐 왕관을 차지함으로써 두 가지 역사적 숙원을, 그중 하나는 피레네산맥 남쪽에 위치한 영원한 숙적 에스파냐와 동맹을 맺는 것이고, 그것보다 더 큰 보상 같은 다른 하나는 양국의 문장을 내세우고서 이탈리아와 아메리카는 물론이고 세계 구석구석으로 진출한 에스파냐제국의 통합을 이룰 수 있었던 것이다. 괴물왕 루이 14세는 흡족했다.

그러나 '행운은 그냥 주어지지 않는다.'라는 격언이 있다. 천치왕은 오스트리아 황실, 즉 합스부르크가였으며, 당연히 오스트리아인들 역시 프랑스 독수리들처럼 똑같은 의도를 갖고서 죽어가는 왕 주위를 맴돌고 있었다.

마침내 골골거리던 천치왕 카를로스 2세가 죽었다. 그러자 '미래의 카를로스 3세'로, 프랑스 괴물왕은 자신의 손자인 앙주의 필리

---

* 에스파냐 왕위계승전의 결과에 따라 카를로스 2세의 왕권을 물려받음으로써 '펠리페 5세'가 된다. 이 책에서는 '애송이 펠리페'라는 경멸적인 의미를 지닌 '펠리피토'라는 이름으로 불린다.

프*를, 오스트리아 황제 레오폴트는 자신의 둘째아들 카를 대공**을 왕좌에 천거했다.

영국과 네덜란드에게 앙주의 필리프는 큰 근심거리였다. 에스파냐와 프랑스가 통합되면(앙주의 필리프가 괴물왕의 꼭두각시에 지나지 않는다는 것은 명백했다.) 유럽의 힘의 균형이 여지없이 무너질 터였다. 그들의 눈에 에스파냐제국은 검버섯이 덕지덕지 피어난 다 죽어가는 노인 같고, 프랑스는 동네 허풍쟁이 건달 같았다. 게다가 괴물왕은 프랑스를 이미 현대사에서 전대미문인 전제적이고 군국주의적인 나라로 바꾼 뒤였으며 세계를 지배하겠다는 욕망을 감추지 않았다. 그런 프랑스를 상대로 영국과 네덜란드가, 당연히 게르만제국이 선전포고에 들어갔다. 괴물왕은 포르투갈과 사보이까지 동맹군에 가담한다는 게 두려웠다. 아시아의 중국이 끼어들지 않았는데 거리가 너무 먼 데다 배를 빌리는 경비가 너무 많이 들기 때문이었다.

내가 방금 언급했던 것들, 그러니까 금세기에 가장 거대한 흉계와 속옷들 말이다. 차라리 젊은 놈팡이를 왕비의 침실에 들여 넣어 씨를 받은 뒤 나중에 천치왕의 자식이라고 우기는 아이디어는 왜 아무도 떠올리지 못했던 것일까? 빌어먹을, 그랬으면 그렇게까지 길게 질질 끄는 전쟁은 없었을 게 아닌가!

아무튼 나는 모든 유럽의 모든 군대가 싸움터에 뛰어들었다는 이야기를 하던 참이었다. 당시 독일, 프랑스, 네덜란드 국경에서는

** 에스파냐 왕위계승전에서 밀려나자, 자신의 형 요제프 1세의 후계자인 '카를 6세'가 된다. '펠리피토'와 마찬가지로 이 책에서는 '비겁한 카를'이라는 경멸적인 의미가 담긴 '카를랑가스'라는 이름으로 불린다.

툭하면 멋들어진 싸움질이 벌어지고 있었다. 하지만 '모든 에스파냐'에서 분쟁이 일어난 진짜 이유는 무엇인가?

가만, 그 이야기에 들어가기 전에 끔찍한 내 사랑 발트라우트 같은 외국인들이 이해하기 힘든, 아니 이해하기 힘들 수밖에 없는 어떤 것에 대한 여담부터 해야겠다. 그 어떤 것이란 단순하게 표현해서 에스파냐는 존재하지 않는다는 것이다.

만일 카이사르가 세 부분으로 나뉠 수 있는 갈리아에 대해, 도이치 민족의 신성로마제국을 따랐던 에스파냐에 대해 말했다면, 갈리아는 북쪽에서 남쪽에 걸쳐 이루어진 세 개의 띠로 나뉘었다고 확신했을 것이다. 그 수직 방향의 띠들 중의 하나가 포르투갈이다. 포르투갈은 지도에서 반도의 대서양 쪽 3분의 1을 차지한다. 또 하나 반도에서 가장 넓은 띠를 이루는 게 한가운데 위치한 카스티야다. 나머지 하나는 지중해 쪽으로 띠를 이루는 곳으로, 오늘날의 지도에는 나와 있지 않지만 그곳이 바로 카탈루냐다. (지금은 아무것도 아니지만 당시는 카탈루냐왕국이었다.)

세 개의 왕국은 가톨릭교를 신봉했으며, 그들은 각자의 왕조를, 고유한 언어를, 고유한 문화를, 고유한 역사를 지니고 있었다. 그들은 서로를 전혀 신뢰하지 않고 항상 으르렁거렸다. 그렇다고 해서 이상한 것도 아니었다. 카탈루냐와 카스티야의 정신은 서로가 달랐다. 성인(聖人) 열전 외에는 공통적인 게 없었다. 카스티야는 천수답이고, 카탈루냐는 지중해였다. 카스티야는 귀족적이고 농지이며, 카탈루냐는 부르주아적이고 해상무역이었다. 굳이 차이가 있다면 카스티야는 몇 명의 폭군이 나왔다. 나는 출처가 의심스럽지만 양자의 입장에서 무척이나 납득할 만한 중세 설화를 하나 기억하고 있다.

카스티야 공주가 카탈루냐 왕자와 결혼한다. 공주는 바르셀로나로 간다. 객지에서의 둘째 날에 어린 신부가 보초를 서는 하인에게 물 컵(그게 요강이었는지는 모르겠다.)을 달라고 하자 하인은 직접 찾아보라고 대답한다. 공주가 남편에게 하인이 안하무인이라며 매질을 요구한다. 공주로서는 당연한 일일 것이다. 그러나 왕자는 어깨를 흠칫 들썩이며 이렇게 대답한다. "여보, 미안하지만 그대의 청은 들어줄 수 없어요." 공주가 재차 어떻게 그럴 수 있느냐고 따지자 남편은 안쓰러운 표정을 지으며 이렇게 대답한다. "여기 사람들은 카스티야와 달리 자유인이거든요."

1450년경에 두 왕국은 왕실 간의 혼인으로 왕좌를 통합했다. 하지만 양자의 통합은 누가 보더라도 나쁘게, 아주 나쁘게 끝장날 혼인 같았다. 내가 양사의 동합을 나쁜 혼인에 비유하는 이유는 서로 다른 목적으로 결혼한 부부의 어긋난 결말과 무척이나 유사하기 때문이다. 양자의 통합을 카탈루냐 사람들은 서로가 동등한 호혜의 통합으로 대했지만, 카스티야는 시간이 흐르면서 기본적인 통합의 원칙을 망각했던 것이다.

초창기만 해도 모든 게 좋았다. 두 왕국은 늘 그랬듯이 각자의 방식을 유지했다. 헤네랄리타트(카탈루냐 정부를 그렇게 불렀다.)에 의해 통치되는 카탈루냐는 상징적인 공동 왕좌에 공물을 바쳤다. 그런데 중세에 여기저기 옮겨 다니던 에스파냐왕국이 마드리드에 정착하면서 상황이 변했다. 그때부터 권력의 근거지가 카스티야로 이동했다.

가장 오래된 카탈루냐 헌법에 의하면 카탈루냐 사람들은 오로지 '카탈루냐가 공격할 때와 카탈루냐를 방어할 때'만 왕을 위해 싸울 의무가 있었다. 이는 마드리드가 플랑드르 전쟁에, 남미의 파타코니아 평야나 악취에 찌든 북미의 플로리다 구석에 파병할 병사를 카탈루냐에서 징병할 권리가 없다는 뜻이었다. 전쟁 지참금으로 왕에게 갹출하는 액수는 각각의 왕실이 독자적으로 승인할 사안이었다. 그러나 마드리드에서 카스티야의 전제군주 체제에 익숙해진 후안무치한 왕들은 절반의 세계와 전쟁을 치를 때면 반도에서 가장 부유한 카탈루냐를 가만 놔두지 않았다.

참으로 가당찮은 짓 아닌가! 15세기의 결합은 왕좌의 통합일 뿐 나라의 통합은 아니었다. 왕은 하나였지만 정부는 동일하지 않았기에 어느 한쪽이 다른 한쪽을 속박하는 게 아니었다. 그것은 약조였다. 그러나 한쪽은 그렇지 않은 다른 쪽을 불쾌하게 여기고 나중에는 반역으로 내몰았다. (방금 전에 언급한 서로 다른 목적으로 결혼한 부부의 어긋난 결말을 기억하는가?) 다시 말해 한쪽은 약속을 잊었고, 다른 한쪽은 날이 갈수록 속박당하는 기분이 들었다.

1640년에는 신물이 난 카탈루냐인들이 들고일어났다. 나라 전체가 봉기했다. 분노한 농민들이 바르셀로나로 몰려들었다. 그들은 다급하게 피신하려던 에스파냐의 부왕을 붙잡았다. 그들이 그를 제대로 다루지 못했다는 것은 사실이다. 불쌍한 그의 몸이 남긴 가장 큰 살점이 화병(花甁)에 들어갈 정도였으니 말이다.

1640년의 봉기는 프랑스가 중간에 끼어든 카스티야와 카탈루냐 사이의 전쟁으로 이어졌다. 잔인하고 무자비한 전쟁이었다. 전쟁은 애매한 협정으로 끝났다. 모든 게 예전과 거의 다를 바가 없었다. 그러나 카탈루냐가 계속해서 자신들의 제도와 자유에 의해 지배된 반면에, 카스티야는 위기의 나락으로 떨어졌다.

1640년 전쟁 뒤에 찾아온 평화는 일종의 긴 막간이었다. 카탈루냐와 카스티야 사이에 교차되는 시선들은 오로지 증오뿐이었다. 카스티야인들의 의구심은 노골적인 앙심으로 변했다. 만약 그렇지 않다면 카탈루냐를 대하는 프란시스코 데 케베도*의 생각을 들여다보라.

카탈루냐 사람들은 기괴한 정치적 미숙아다. 왕이고 백성이고 다들 천연두를 앓고 있다. 나라 전체가 용서받을 수 없는 범죄자들로 들끓는다.

이 부분에서는 우리가 충분히 들어줄 만한 견해를 피력하는 것으로 그치고 있다. 그런데 다른 부분에서는 그렇게 하찮은 것이 아닌, 우리를 배신자로 대하는 의중을 명확하게 드러낸다.

카탈루냐에 카탈루냐인이 한 명만 남아 있어도, 길바닥에 돌멩이 하나만 굴러다녀도 우리는 적과의 전쟁을 벌여야 한다.

얼마나 친절한가! '기괴한 정치적 미숙아……, 왕이고 백성이고 다들 천연두를……' 그러나 그런 악담보다는 차라리 카탈루냐 사람들이 왜 아무도 그들을 좋아하지 않느냐는 노골적인 표현이 더 나았을 것이다.

---

* Francisco de Quevedo. 1580년 마드리드 출생. 에스파냐의 '황금세기'의 풍자 작가.

카스티야는 아메리카 정복으로 황금기를 누렸다. 나중에는 나약해지고 혼수상태에 빠져들었다. 그 근거들이 기록되고 있었다. 카스티야의 그 유명한 인물 '이달고*'는 아직도 잔존하고 있는 중세 발명품이다. 그들은 극단적인 광기에 긍지를 갖고, 명예에 관심이 많고, 죽을 때까지 상대를 짓밟을 힘이 있지만 소소하면서 건설적인 것을 추진하는 데는 무능력하다. 그들에게 영웅적인 것은 우스꽝스러운 짓들을 벌이면서 잘났다고 우기는 아집에 지나지 않는다. 그들은 현재의 즉흥적인 것 너머를 보지 못하고 날아오르지 못해 제자리를 맴도는 잠자리처럼 빛나는 과거를 향해 몸부림칠 뿐이다. 그들의 손은 오로지 무기를 쥐는 데만 쓸 수 있으며 그렇지 않으면 더러워질 것이다. 그들은 인간이 다른 형태의 경험으로 산다는 것을 이해하지 못하고, 아니 묵인하지 못하고 근면한 것을 혐오한다. 그들은 번영을 추구하지만, 그들의 품위 있는 개념이 오히려 그들의 왕실로 하여금 무방비인 대륙을 약탈하거나 비굴한 아첨질에 나서도록 재촉한다.

에스파냐 시골 귀족은……, 에스파냐 시골 귀족은……. 젠장, 나는 그 잘난 에스파냐 시골 귀족에게 방귀나 한 방 시원하게 뀌어줄 참이다. 그렇게 비천한 시골 귀족에게 우리가 무엇을 바라볼 게 있었겠는가? 그 잘난 카스티야 사람들에게 일을 하는 것은 불명예고, 반대로 카탈루냐 사람들에게 일을 안 하는 것은 불명예다. 아직도 내 귀에는 아버지가 열 손가락을 펼쳐 보이며 내뱉던 말이 쟁쟁하다. "손바닥에 못이 안 박힌 자를 믿어선 안 된다." (흠, 내가 사는

---

* hidalgo. '시골 귀족'이라는 뜻. 카스티야의 하층 귀족을 일컫는다.

동안에 경험하진 못했지만 아무튼 그게 문제가 되진 않았다.)

그들의 제국은 천박하고 추악한 역사의 수렁에 빠졌다. 그들은 아메리카 광산에서 수백만 명의 인디오 노예들을 무지막지한 채찍질로 다스리면서도 자유로운, 적어도 건전한 경제조차 구축할 능력이 없었다. 그들이 집어삼킨 모든 주도권은 독단적인 아시아풍 색깔의 회귀적인, 무엇보다도 부패한 군주제로 인해 유산되었다.

1700년에 천치왕이 죽고 나자 카탈루냐와 카스티야 사이의 불일치는 명백해졌다. 카탈루냐인들에게 프랑스 왕은 정치적 착오이자, 두 나라의 자유와 나라 자체의 본질에 대한 종말이었다. 프랑스 군주제는 늦든 빠르든 모든 에스파냐에 적용될 것이고 모든 형태의 토착적인 권력을 파기할 터였다. 카스티야가 펠리피토로 결정되면서 두 나라 사이의 대립이 복원될 여지는 사라졌다. 그 반발로 카탈루냐는 에스파냐 왕관을 향한 또 하나의 지원자인 오스트리아의 대공 카를을 선택했다. (카탈루냐는 프랑스 부르봉가만 아니면, 신뢰만 확실하면 누가 되더라도, 설사 카슈미르의 마하라자**가 되더라도 선택했을 것이다.)

여기까지만 해도 충분하지 않은가. 나는 이제 여러분이 당시 반도의 상황을 보다 수월하게 이해할 수 있게 되었다고 사료한다. '에스파냐'라는 명칭도 그렇다. 카탈루냐인에게 '에스파냐'라는 이름은 단순히 국가들 간의 자유로운 연합이 이루어질 때 필요한 명칭이었지만, 반면에 카스티야인들은 '에스파냐'라는 이름에서 카스티야의 제국적인 힘의 확장을 보았다. 이를 달리 비유하자면 카스티

** 인도에서의 왕에 대한 칭호. 산스크리트어로 '대왕'이라는 뜻이다.

야 사람들에게는 '에스파냐'가 닭장이고 '카스티야'가 수탉이었던 반면, 카탈루냐 사람들에게는 '에스파냐'가 수탉을 내몰 때 사용하는 막대기에 불과했던 것이다. 바로 거기에 양자의 비극이 있었다. 이렇듯 카탈루냐 사람들과 카스티야 사람들이 '에스파냐'라는 명칭에 대해 서로 상반된 생각을 지니고 있었으니, 외국인들 입장에서는 두 나라를 혼동할 수밖에 없는 것이다. 이제 이해하겠는가? 지금 내가 무슨 말을 하는지를. 실제로 '에스파냐'는 존재하지 않는다. '에스파냐'는 누군가를 만날 수 있는 장소가 아니다.

그렇지만 내 이야기를 끝내기 전에 나로 하여금 내 나라 카탈루냐에 대해서 몇 마디만 더할 수 있도록 허용해달라. 어쩌면 여러분은 지금까지 전개된 내용 앞에서 보방의 추종자인 나를 피레네산맥 너머에 있는 나라들 중에서 하나만 편애하는 자라고 오해할지도 모른다. 하지만 그렇지 않다.

나는 어려서부터 익히 알고 있었다. 카탈루냐가 역사의 격랑에서 수세기 이전에 침몰해야 했던 정치적 난파선임을. 문제는 그 천부적인 허약함을 아무도 인식하려 들지 않았고, 하물며 살아날 방도조차 구하지 않았다는 데 있었다. 우리의 의회는, 다시 말해 카탈루냐 정부인 헤네랄리타트는 공개적인 가장행렬을 벌여왔다. 왕 앞에서 신분을 감추는 게 중요하다고 생각하고서 붉은 우단 의상에 모자를 쓴 연극 무대의 인형으로 변했다. 백성들은 그들을 '적색우단'이라고 불렀다. 우리는 무언극을 지나치게 좋아했던 것이다.

바로 거기에 우리의 나쁜 결점이 있다. 우리는 우리가 원하는 것을, 작은 것으로 만든 둑 안에서 우리끼리 기뻐하는 것 외에 다른 것을 모른다. 우리는 이것도 아니고 저것도 아니다. 프랑스도 아니고 에스파냐도 아닌, 우리만의 정치적 구조물을 구축하는 일에 무능력하다. 우리의 운명을 체념하는 것도 아니고, 그렇다고 운명을 바꿀 준비를 하는 것도 아니다. 우리는 프랑스와 에스파냐의 느긋한 아귀 사이에 끼인 채 그저 악천후나 피하고 보자는 식으로 순응하고 최종 정박지를 모르는 배처럼 부유했다. 지도층은 만성적인 우유부단함에서 벗어나지 못한 채 노예근성과 저항의식 사이에서 어정쩡한 태도를 견지했다. 일찍이 세네카는 뱃사람이 정박지를 모르면 그 어떤 바람도 자기편이 되어주지 못한다고 일갈했다. 우리의 역사를 생각할 때마다 내 머릿속에는 항상 이런 질문들이 짙은 번민처럼 떠오른다. 우리가 꼭 그랬어야 했는가, 우리가 그렇게 해서는 안 되지 않았는가? 우리는 그렇게 두 가지 질문 앞에서 우울한 고통에 시달렸다. 우리 카탈루냐인의 문제는 우리가 대체 무엇을 원했는지를, 농시에 십중석으로 원했는지를 전혀 몰랐다는 것이다.

1705년, 일군의 카탈루냐 지도자들이 부르봉가에 대항하여 동맹국들의 도움을 요청하는 모의를 꾸몄다. 이른바 카탈루냐와 영국 간에 체결된 '제노바 밀약'이 그것으로, 동맹군이 바르셀로나로 상륙한다는 내용이었다. 당연히 영국은 그 작전을 지원하고, 카탈루냐는 의용군을 일으켜서 정규군을 도울 참이었다. 계획대로라면 동맹군은 마드리드까지 진격해서 오스트리아의 늘보원숭이 카를 대공을 권좌에 앉히고 에스파냐의 카를로스 3세라는 칭호를 부여했을 것이다.

카탈루냐 지도자들은 영민한 변호사들이 그러하듯 모든 보증을 요구했다. 문서에는 하물며 동맹국들에게 공급해야 할 나귀와 나귀에게 먹일 건초까지 세세하게 기입했다. 그랬다. 그야말로 카탈루냐 식이었다. 아, 그리고 문서에는 짓궂은 우연의 장난처럼 '만일 (신이 허락하지 않는) 무력 전쟁에서 불리하거나 예기치 못한 상황에 처하면,' 영국 왕권의 카탈루냐 공국에 대한 약조, 즉 '그들의 인명과 재산, 법률, 특권은 최소한의 변경이나 손실 없이 영국 왕권의 안전과 보증과 보호 하에' 함께한다는 사항도 명기되어 있었다.

그러면 이제부터는 나로 하여금 분노를 폭발하도록 허락해달라.

대체 누가 믿겠는가? 나라 전체의 의견은 고사하고 헤네랄리타트의 견해조차 묻지 않은 채 나라를 대표한다는 소수의 지도자들을. 물론 당시에 바르셀로나는 부르봉군에 장악되어 있었다. 하지만 설사 그렇더라도 그들이 무슨 권한으로 우리를 들판에 산책 내보내듯 세계적인 전쟁에 개입시킨다는 말인가? 그들은 그것이 강낭콩 한 자루나 소금 한 자루가 아니라 나라 전체의 피와 미래를 파는 것임을, 우리의 모든 것을 문서 조각과 바꾸는 것임을 상상하지 못했다는 말인가? 소수의 그들에게는 시작이 잘못된 게 아니라 최악의 상상이 잘못된 것이었다. 우리는 전쟁에서 패배했다. 1713년에 우리의 마지막 군대는 바르셀로나 성벽으로 몰려들었다. 모든 외국 군대는 이미 떠난 뒤였고, 그럼으로써 우리는 텅 빈 허공에 남았다. 여러분도 한번 알아맞혀보라. 영국이 무엇을 했는지를. 영국은 우리를 속이는 데 신중함조차 무시했다. 누군가가 그 유명한 문서 조각을 들이대자, 영국의 귀족들은 만방을 향해 이렇게 일축했다. 'It is not for the interest of England to preserve the Catalan liberties.'*

어쩌면 그렇게 황당무계할 수가! 그리고 우리 카탈루냐 대사가

---

* '카탈루냐의 자유를 지키는 것은 영국의 관심 사안이 아니다.'

절박한 상황에서 끝까지 미치광이 부르봉군에 맞서는 바르셀로나를 도와달라고 호소하면서 그들의 우아한 여왕 폐하**의 발밑에 부복하자, 여왕은 뭐라고 했는가? 더도 덜도 말고 우리를 위해 밤새 고민하는 그들에게 감사해야 한다고 하지 않았던가!

1713년, 그러니까 바르셀로나 포위전이 시작되었던 바로 그해, 위트레흐트에서 모든 강대국들이 평화협정에 들어갔다. 영국의 사절단은 카탈루냐 문제를 포기하는 대신에 에스파냐와 프랑스로부터 테라노바***를 선물 받았다. 고작 그것이 영국의 눈이 바라본, 우리 민족이 천년을 지켜온 자유였으며, 불알 달린 자들이 깃털 펜으로 작성해서 해마다 허용하는 대구 20톤의 어획량과 맞바꾼 자유라는 가치였다.

에스파냐 왕위계승전의 마지막 해인 통한의 1714년에 바르셀로나를 사수하는 자들은 그들의 집과 그들의 도시를 위해 싸웠다. 그들은 카탈루냐의 자유와 헌정을 위해 목숨을 걸었다. 그들은 비야로엘, 돈 안토니오 데 비야로엘의 지휘하에 싸웠다. 이 책에서 여러분은 두 장(章)만 더 넘기면, 비야로엘이 내 인생에서 어떻게 나타났는지를, 진흙탕 속에서 장화를 빼내듯이 어떻게 나를 인생의 수렁에서 건져냈는지를 알게 될 것이다. 그렇지만 나에게 양자택일의 잔혹한 질문만은 삼가길 바란다. 어떤 스승한테 더 많은 빚을 지고 있느냐, 다시 말해 보방이냐 아니면 비야로엘이냐. 그럴 때마다 나로서는 차라리 죽는 게 낫다고 대답할 수밖에 없으니 말이다.

** 영국 여왕 앤을 지칭한다.
*** 뉴펀들랜드.

1714년 9월 11일, 최후의 돌격전에서 우리는 500명으로 시작했다. 아마도 2, 30명밖에 살아남지 못했을 것이다. 그 전투에서 비야로엘이 낙마했다. 적의 총격에 고통을 못 이긴 말이 그를 떨어뜨렸는데, 그는 한쪽 다리가 짐승의 몸뚱이에 깔린 채 가랑이 쪽으로 뼈가 튀어나오는 중상을 입었다. 그러나 그는 목숨을 걸고 그를 부축하는 자들을 물리치면서 마치 신들린 사람처럼 진격을 외쳤다.
"나아가라! 물러서지 말라!"
우리는 앞으로 나아갔다. 포탄이 날아들었다. 그 포탄에 내 얼굴 반쪽이 날아갔다. 나는 바닥에 쓰러진 채 사상자들 틈에서 바르르 떨리는 손가락으로 얼굴을 만졌다. 왼쪽 뺨이 사라지고 없었다. 왼쪽 턱도 으스러진 뼈와 흥건한 핏물이 웅덩이를 이루며 달아나고 없었다. 그날 나는 얼굴 반쪽을 잃었다. 그래서 나는 카탈루냐의 자유를 사수하던 최후의 순간들을 기억하는 데 좋은 증인이 되지 못한다. 흐르는 피에 시야가 가렸던 탓이다.
그날 이후 거의 70년 동안에 나는 20개 정도의 가면으로 얼굴을 가렸다. 즉흥적으로 만든 투구 같았던 첫 번째 가면은 살색에 내 얼굴 전체를 가린 데다 중국인 눈처럼 구멍만 살짝 뚫려 있었다. 그 뒤에는 아메리카 대륙에서 어떤 장인이 만든 가면으로 바꾸었는데 그 대가로 한쪽 콩팥을 떼어내야 했지만 비용에 비해 좋은 투자였다. 왼쪽 뺨과 눈 그리고 입을 절반만 가리고 절단된 부위와 맨살을 생고무로 정교하게 맞추어서 목덜미에 고정시킨 멋진 가면이었다. 나로서는 자연스럽게 솟아 있는 내 코가 달아나지 않는 것만으로도, 간간이 호기심을 못 이긴 여자들이 내 얼굴을 쳐다볼 때마다 새로운 인간으로 태어나는 기분이 드는 것만으로도 행운이었다.

그 뒤에도 나에게는 더 많고, 훨씬 더 정교한 가면들이 생겼다. 어떤 때는 그것들을 팔아넘겼고, 어떤 때는 열대지방에서 분실하거나 노름판에 판돈 대신 걸기도 했고, 몰수당하거나 도둑맞기도 했고, 길을 가다 넘어지거나 말에서 내리거나 사격을 하다가 부서지기도 했다. 여섯 번째 것은 유탄에 맞아 깨졌지만 도자기로 만든 덕분에 내 목숨을 살렸다.

뭐, 왜 내가 내 가면의 역사를 꺼냈느냐고? 그게 뭐가 그렇게 중요하냐고? 이 계집년아, 넌 내가 입을 다물어야 기분이 좋은 모양이지? 허나 내가 내 입을 다무는 게 이 책을 위해 좋은 게 아니라는 건, 왜 모르지?

11

 방금 전에 나는 카탈루냐 사람들이 자신들의 마지막 전쟁을, 자신들의 나라를 파괴한 전쟁을 어떻게 보았는지를 간략하게 훑어보았다. 그러나 1707년 4월만 해도 나 '긴 다리' 수비는 정치와 역사에는 전혀 문외한이자 애송이 상태에서 프랑스 부대와 함께 전쟁의 심장부로 향하고 있었다. 오로지 그 한마디 '말'을 만나기 위해.
 알만사에서 '쌍두왕관'의 군대, 즉 프랑스와 에스파냐의 연합군 주력부대와 합류했을 때 전황은 어느 한쪽으로 기울어지지 않았다. '쌍두왕관'의 군대와 그들에 맞선 동맹군은 보름간에 걸쳐 소소한 포위전과 국지전을 치르면서 전진과 후퇴를 반복했다.
 역사가들이 알만사 전투를 자주 언급하는 까닭은 양군을 이끄는 최고지휘관들의 아이러니한 운명 탓일 것이다. 동맹군의 최고지휘관은 프랑스 출신의 영국군 사령관 골웨이 백작이었다. 프랑스 이름이 앙리 드 마스인 그는 산전수전 다 겪은 베테랑으로 지난해에는 포르투갈 전투에서 팔 하나를 잃었다. 반면에 '쌍두왕관'의 군대는 영국 출신의 프랑스군 원수 베릭이 이끌었다. 물론 현실은 훨씬 더 복잡하다.

베릭은 사생아 출신으로 모든 유럽을 통틀어 최정상에 오른 인물이었다. 그는 영국의 마지막 가톨릭 왕으로 퇴위한 제임스 2세의 서자로 태어났지만 망명지 프랑스에서 성장하고 죽을 때까지 괴물 왕 루이 14세를 섬겼다. (1705년에 베릭이 니스를 점령한 뒤에 보방에게 보냈던 모욕적인 서간을 여러분은 기억하는가?) '쌍두왕관'의 군대는 거창한 이름이 암시하듯 프랑스인과 에스파냐인은 물론이고 베릭의 경호부대인 아일랜드인, 왈롱인, 나폴리인(어딜 가나 항상 그들이 있다!) 같은 용병에다 스위스 군대로 구성된 연합군이었다. 한편 동맹군은 영국, 포르투갈, 네덜란드 외에 광신도적인 카탈루냐인들과 프랑스 개신교 신자들로 이루어졌는데, 나는 아직도 개신교 신자들이 왜 알바세테 서쪽 구석에 위치한 그 슬픈 땅으로 갔는지 이유를 모른다.

그즈음 '쌍두왕관'의 연합군은 침체된 분위기였다. 그들은 동맹군과의 국지 전투에서 연거푸 패퇴했다. 우리가 알만사에 도착했을 때는 골웨이가 베릭을 '객줏집 주인'에 빗대어 조롱한다는 소문이 들렸다. 골웨이가 베릭이 잠을 잤던 숙소를, 따스하게 덥혀놓은 잠자리를 다음날이면 차지했던 것이다. 그런데 베릭의 군대가 패퇴한 진짜 이유는 이미 바닥난 보급품으로 인해 병사들의 사기가 떨어진 데 있었다. 베릭은 군수품 보급이 지연되자 모든 부대를 알만사로 집결시켰다. 나를 데려간 바르두에농슈의 부대 역시 그중 하나였다. 나는 거기서 한 가지 사실을 알게 되었으니, 기존의 병사들 대부분이 바르두에농슈의 부하들이 최정예 병사들인 것과 달리 에스파냐에서 강제로 징집된 신참들이었다는 것이다.

전시에 신참 병사들을 지켜보는 것은 괴로운 일이다. 우리가 알만사에 도착한 날도 훈련 중이었다. 군대란 게 떡갈나무 같아서 완벽한 모습을 갖추려면 20년의 세월이 필요하다. 전술적 측면에서 에스파냐군이 덩굴처럼 꼬인 형태를 이루며 나아가는 데 반해 프랑스군은 곧장 직진하는 형태다. 나는 동맹군의 포격에 놀라서 우왕좌왕하는 신참들의 모습을 떠올리는 것조차 싫었다. 에스파냐 군대 역시 프랑스 부르봉가가 제공한 회백색 제복 차림이었다. 당시 에스파냐는 프랑스의 괴물왕이 지정한 하도급자들에게 은밀하게 식량을 공급했다. 프랑스 군주에게 왕관을 선물한 것도 부족해서 나라 전체가 임차료까지 지불했으니, 괴물왕은 연합군의 반쪽인 에스파냐 군대를 상대로 이권사업을 벌이는 셈이었다. (반면에 카탈루냐는 영국인들에게서 땡전 한 푼까지 탈탈 털어내지 않았던가.) 망망대해 같은 광활한 야영지에 설치된 천막들도 프랑스에서 들여온 것이었다. 하지만 그 시간에도 가엾은 에스파냐군의 신참들 대부분은 도살장에 보내질 것이고, 리용의 직물공장은 제복 값을 받기도 전에 그들의 시신에 옷을 입힐 것이다.

베릭은 알만사 시장의 자택에 머물고 있다가 이제 막 도착한 부대들의 지휘관을 찾았다. 나는 바르두에농슈에 이끌려 천막을 나섰다.

베릭은 커다란 지도가 펼쳐진 테이블에 팔꿈치를 괸 채 앉아 있고, 그 주위로 고위지휘관 10여 명이 작전회의 중이었다. 다들 어깨와 팔에 철갑을 두른 갑옷 차림이었는데, 답답한 그들의 모습이 내 눈에는 그렇게라도 현 상황의 심각성을 인식하는 지휘자로서의 자세를 견지하려는 것처럼 보였다. 이윽고 베릭이 고개를 들었다.

베릭에게서 두드러진 것은 살벌한 군대와는 전혀 다른 분위기의 미소년 같은 얼굴이다. 나는 그를 처음 보는 순간에 이런 생각이 들었다. 젠장, 이런 애송이가 어찌하여 모든 병사들의 존중을 받는다는 거야? 당시 그의 나이는 37세였다. 나는 팽팽한 긴장감이 감도는 그곳에서 그의 얼굴을 찬찬히 뜯어보기 시작했다. 완벽한 타원형의 얼굴, 어린애처럼 여리고 매끄러운 볼, 가늘면서 오똑 솟은 코, 관능성이 흐르는 좁은 입술, 상냥한 미소가 번지는 입꼬리, 활 모양을 이루는 눈썹, 우측이 조금 더 닫힌, 나로서는 한 번도 본 적 없는 검은 눈까지.

제임스 피츠제임스 베릭. 그는 지인들 사이에서 '지미'로 불리며, 금세기에 가장 많이 그려진 초상화의 주인공이다. (아마도 허영심이 있을 것이다.) 나는 그의 초상화를 한 점, 아니 두 점을 여러분에게 선물하겠다. 그러니 초상화에 나타난 그의 모습에 대해서는 여러분들이 알아서 판단하라. (뭐! 맘에 든다고? 오, 끔찍한 내 사랑 발트라우트야, 진짜 그렇다는 거냐? 그렇다면 당장 꿈에서 깨어나도록 해줘야겠구나. 장담컨대 그자는 너한테 눈길 한 번, 아니 반 번도 주지 않았을 것이다. 네가 발 달린 항아리만큼이나 못생기기도 했지만 그에게는 또 다른 이유도 있었으니 말이다.)*

---

* 이 대목에서 이미 베릭이 성소수자임을 암시하고 있다.

그즈음 병영에는 영국인 혈통의 베릭이 배반을 꿈꾸고 있어 본국으로 소환될 거라는 소문이 파다했다. 가당찮은 소문이었다. 그러나 마드리드에서는 사안을 심각하게 받아들여 베릭의 지휘권을 이미 오를레앙 공작**에게 넘겼다. 실성한 펠리페 5세다운 조치였다. 한편 베릭의 상대인 동맹군 사령관 골웨이는 59살 나이에 거친 성격의 소유자였고 그의 오른팔은 63살의 노병인 포르투갈의 다스 미나스였는데, 그들은 베릭을 아직은 군것질이나 해야 할 애송이 사생아로 여겼다. 베릭의 병사들 역시 그를 그렇게 생각했다. 게다가 베릭의 군대는 대부분이 신참이었다. 대전투를 앞둔 베릭 휘하의 소수의 장군들마저 내심 암울한 전망을 품고 있었으니 베릭으로서는 사면초가에 내몰린 상태였다.

첫 만남에서 나는 베릭을 주시했다. 물론 바조슈의 눈으로. 베릭은 자신의 운명을 제어하기 위해 초인적인 노력을 기울이는 인물이었다. 그에게 닥친 딜레마는 단순했다. 전쟁을 치르더라도 그의 군대는 패퇴할 것이고, 전쟁을 피하면 이미 장도에 오른 오를레앙 공작에게 지휘권을 넘기는 것이었다. 따라서 어느 쪽이든 그에겐 숙명적인 선택일 수밖에 없었다.

베릭은 이제 막 합류한 고급지휘관들에게 가까이 다가갔다. 일일이 악수를 나누었다. 특히 바르두에농슈를 각별하게 대했다. 그런데 마치 오랜 지인을 대하듯 바르두에농슈와 대화를 주고받던 그가 뒤쪽에 서 있던 나를 가리켰다.

"여기 이 젊은이는 용모는 수려한데 침울해 보이는군."

** 루이 14세의 조카인 필리프 2세.

"아, 그렇습니다." 바르두에농슈가 그 말을 받았다. "마르티 수비리아라고, 프랑스 전체를 통틀어서 가장 장래가 촉망되는 공병입니다, 각하."

베릭은 나에게 디혼 학교 출신이냐고 물었다. 그러고는 내가 어떤 공병에게 사사했다며 얼버무리자 다시 그 공병의 이름을 물었다. 나는 굳이 바조슈를 언급하고 싶지 않아서 이렇게 에둘렀다.

"언젠가 각하께서 보낸 서간을 받았던 분입니다. 니스를 점령했다는 기쁜 소식이었습니다."

그가 휘둥그레 눈을 치켜뜨더니 얼버무렸다.

"영결식에 참석하지 못해 못내 안타까웠지. 요즘 내가 워낙 경황이 없는 터라."

그 말에 그의 주위를 에워싸고 있던 고급지휘관들이 의미심장한 웃음을 터뜨렸다.

"왜, 다들 내 말이 그렇게 우습소?" 그가 정색을 하며 으르렁거렸다.

베릭은 느닷없이 돌변하는, 동시에 나중에 알았지만 예측할 수 있는 성격을 지닌 인물이었다. 방금 같은 경우는 짐짓 부하들을 당황하게 만들어서 누가 양계장 주인인지를 상기시키는 적절한 방식이었다. 이어 그가 손을 거칠게 내젓자 다들 자리에서 물러나기 시작했다.

"거긴 아냐." 그가 나를 가리켰다. "내 자네에게서 위대한 보방의 마지막 순간이 어땠는지 듣고 싶어."

하, 둘이서만! 나를 가리켰을 때 이미 염두에 둔 모양이었다. 게다가 보방에 대해서! 하지만 그게 진짜 이유라면 그 자리에 남을 사람은 내가 아니라 그의 오랜 지인이자 귀족인, 동시에 보방의 임종을 지켰던 바르두에농슈였다. 그러나 베릭은 그의 거처로 자리를 옮기자고 말했다. 내가 어찌 거절하겠는가. 때때로 예측할 수 있는 일도 피할 수 없을 때가 있다.

그를 따라 계단을 올라갔다. 그의 침실이었다.

"이 갑옷 좀 벗겨주겠나." 상냥하면서 권위적인 어조였다. 그러더니 등을 돌리고 팔짱을 꼈다. 나는 뒤에서 그의 갑옷 버클을 풀었다. 그러다가 갑옷이 바닥에 떨어졌다. 그런 일에 익숙하지 못한 탓이었다. 그는 갑옷을 줍도록 지시하고는 덧붙였다.

"앞으로 나를 지미라고 부르도록."

일순 나는 격앙했다. 누군가의 지시에 순간적으로 반발하는 잠재된 폭력성이 꿈틀거렸다. 내가 사나운 눈으로 노려보자, 그는 전쟁터가 아닌 곳이라서 어색했든지 아니면 내 적의를 일부러 피한 것인지는 몰라도 뜻밖에 누그러졌다.

"어때, 그렇게 하겠나?"

나는 이미 어떻게 빠져나갈 것인지를 궁리하던 참이었다. 그런데 그가 자세를 완강하게 유지시키던 철갑을 벗자마자 휘청거리며 무릎을 꿇었다. 나는 바르르 떨며 경련을 일으키는 그를 부축했다.

"각하, 괜찮습니까?"

그는 여전히 무릎이 꺾인 상태에서 천천히 고개를 돌렸다. 그의 눈빛이 변해 있었다. 그 눈빛에는 최고지휘관으로서의 권위가 사라진 본연의 그가 들어 있었다. 비인간적인 한계를 안고 있는 유기물이자 애정이 결핍된 존재로 변해 있었다.

권능은 비밀스러운 것이 될 수 없다. 그 자체가 지닌 거대한 힘이 겉으로 드러나기 때문이다. 그런데 지미로서는 자신의 군대가 한계를 뛰어넘도록 단련시켜야 할 책무가 있었다. 눈짓 하나로 군대의 약점을 파악해야 했다. 그런 그가 자세만 헝클어져도 그의 권위는 사라질 것이고, 한순간만 오판해도 군대를 잃게 될 것이다. 그리하여 그날 밤에 알만사 전투를 앞둔 그는 거의 만신창이가 되어 있었다.

지금도 나는 내가 그를 잘못 판단했던 것인지 모르겠다. 아무튼 나로서는 그를 지켜보는 게 안타까웠다. 내가 그의 겨드랑이를 붙잡고 일으켜 세우자, 그가 나를 거칠게 뿌리쳤다.

"난 괜찮아."

"아닙니다. 괜찮지 않습니다. 보방께선 권력자들이 겪는 병과 그 병에 대한 치료법을 알려주셨습니다."

그가 증오에 찬 눈길로 나를 쏘아보았다. 그러나 나는 이렇게 덧붙였다.

"백리향 탕약이라고, 그걸 마시고 만사를 체념하는 겁니다."

그날 나는 깨달았다. 바조슈에서 습득한 규율과 배움이 나로 하여금 내가 원하는 것보다 더 자주 인간에 대한 애정을 느끼도록 만든다는 것을. 그로 인해 내 눈과 내 지각이, 내 모든 감정들이 제복 속에 감추어진 한 인간의 고통을 외면하고 지나치기에는 극도로 예민하다는 것을. 또한 그것은 나로 하여금 막강하면서도 무력하며 자신의 단점을 감추려 하는 그를 껴안아주도록 만들었다. 그러나 그는, 불쌍한 그는 자신이 강해서가 아니라 역설적으로 나약하기 때문에 내가 그를 애정으로 대했음을 끝내 알아차리지 못했다. 나아가 내가 그를 인간적으로 변모시키려고 했음을, 그것이 언젠가 우리 두 사람을 파멸시킬 악마임을 전혀 인식하지 못했다.

○○○

이튿날 지미는 나의 동행을 허락하지 않았다. 나는 어쩔 수 없이 마을에서 알만사 전투를 지켜보는 신세였지만 서운하지는 않았다. 굳이 용감하게 나설 필요도 없었다. 게다가 내가 바조슈에서 배웠던 전술은 요새전이지 개활지 전투가 아니었다. 나는 창문 너머로 보았다. 안개와 연기 사이로 총격과 포격이 일으키는 굉음과 흙먼지가 온 세상을 뒤덮는 장면을.

그날 지미는 간밤에 흔들리던 불안한 징후와 달리 동맹군을 궤멸시켰다. 그날 밤에 숙소로 돌아온 그는 먼지를 흠뻑 뒤집어쓴 데다 몹시 지쳐 있었지만, 나는 그의 모습에서 그를 지탱하는 악마적인 면모를 확인할 수 있었다. 그는 전투를 통해 마음의 병을 치유했다. 전투에서의 승리는 그에게 놀라운 묘약이었다. 어제와는 전혀 딴판이었다. 삶의 마법에 걸린 사람처럼 활기가 넘쳐흘렀다. 그가 나를 보자마자 이렇게 말했다.

"너는 여기서 계속 지내도록 해."

그렇게 해서 그와 나의 관계가, 그것을 어떤 식으로든 불러야 한다면 우리의 복잡한 우정이 시작되었다. 지미는 제임스 피츠 제임스, 피츠 제임스 공작, 베릭 공작, 리리아 공작, 헤리카 공작, 알만사 전투에 승리한 프랑스 귀족이자 원수, 황금양털 기사단 등등 누구나 얼마든지 원하는 대로 부를 수 있는 인물이지만, 한 가지, 그가 영국인 제임스 2세의 아들이자 서자라는 굴레는 영원히 떼어낼 수 없었다.
　사생아라는 굴레는 지미를 결코 이길 수 없는 길로 떼밀었다. 적을 격퇴하고, 요새를 탈취하고, 상대를 굴복시켜도 잘못된 태생으로 인해 사회적으로 거세된 존재였다. 만일 그가 짧은 생애에서 이루었던 것의 절반만이라도 순수한 특권으로 인정받았다면 올림포스 정상 너머를 구상했을 것이다. 그러나 폐위된 왕의 자식이자 서자였던 그는 자신의 적통성 회복과 왕위 탈환에 집착했다.
　참으로 이상한 것은 세상이 그를 탁월한 인물로 다루었다는 점이다. 그는 자신이 원하는 게 결코 저절로 주어지지 않을 것임을 뼈저리게 느꼈다. 명예와 헌사, 공작 작위, 막대한 재산, 사제들과 시동들의 합창이 울려 퍼지는 자리에서 왕에 의해 주어지는 것들을 획득했지만 내심 경멸했다. 나는 그를 잘 알고 있다. 그의 사생활만 해도 그렇다. 실제로 그의 지지자들 중에는 그가 두 명의 마누라와 열 명의 자식을 두었던 것은 전쟁터에 머물면서도 부부관계만큼은 외면하지 않았다고 주장하는 이들이 있다. 와우! 제발이지 나를 웃기지 말라. 대체 지미 같은 인물이 비록 열 명의 자식을 두긴 했지만 전쟁 중에 어떻게 나이 어린 마누라와 살을 섞었다는 말인가? (더욱이 천하에 못생긴, 늘보원숭이보다 더 못생긴 마누라를.) 1708년만 해도 그는 괴물왕 루이 14세를 섬기면서 에스파냐, 프랑스, 독일의 야전 병영에 머물렀다. 그런데도 그가 마누라를 찾아갔다고 설득할 셈인가? 그러니까 틈만 나면 집으로 쪼르르 달려갔고, 서둘러 일을 치렀고, 그런 뒤에 다시 병영으로 돌아갔다고? 적어도 나는 그 문제만큼은 분명하게 책임질 수 있다. 그 시절 나는 그와 함께 지냈던 장본인 아닌가.

좋아, 기왕에 꺼낸 얘기니, 이제부터는 진지해지겠어. 맹세컨대 진짜라니까.

우리는 밤마다 성미 급한 토끼들처럼 풀무질을 해댔다. 날이 새도 침실에서 뒹굴었다. 왜냐고? 전쟁 통에 거기보다 나은 곳이 어디 있었겠는가? 게다가 그에게는 권능이 있었다. 부하들이 다급하게 문밖에서 찾았지만 소용없는 일이었다. "각하, 알만사 시장이 기다리고 계십니다!" "각하, 마드리드에서 긴급한 전갈입니다!" "대령이란 자가 포로들의 숙박 문제로 각하의 지시를 기다리는 중입니다!" 나는 처음에 노커 소리에 화들짝 놀랐지만 나중에는 킥킥거렸다. 그게 지미였고, 그게 그의 권력인데 왜 귀찮게 응대한단 말인가? 권력이란 그런 것이다. 아쉬운 세상이 아무리 그를 찾아도, 침실 문 뒤에서 느긋하게 그런 세상을 비웃을 수 있는 힘이다.

가만, 넌 왜 그런 표정을 짓고 있지?

모든 걸 굳이 다 까발릴 것까지는 없었지만, 네가 졸랐잖아. 세세하게 얘기해달라고.

뭐, 별로 마음에 안 든다고?

하긴 그럴지도.

ooo

한때나마 행복을 손으로 어루만지는 기분이 들었다. '미스테어'가 보방을 대체할 스승의 품에 나를 안긴 것이라고 확신했기 때문이다. 지미는 모든 것을 지니고 있었다. 그는 2년 전에 서간을 통해서 니스 요새전의 승전보로 보방의 심기를 건드렸지만, 후방보다는 전방에서 전투를 치르는 자들을 높이 평가하며 보방을 비판했지만 최정상을 지키는 마가논이었다. 따라서 그런 지미와의 만남은 내가 구하고자 했던 것을, 즉 나로 하여금 그와 함께 요새전을 경험하게 만듦으로써 그 '말'을 찾도록 해줄 참이었다.

처음에는 특별한 것도 없었지만 마냥 좋았다. 지미와 그의 군대는 알만사를 되찾아야 했다. 그러나 겨울로 접어들면서 전투가 중단되었다. 나로서는 전투가 계절적 요인으로 중단될 수도 있다는 점을 깨달은 게 소득이라면 소득이었다.

지미는 당대의 가장 위대한 인물들 중의 하나였다. 말투에 품위가 있고, 고상하고, 대담하면서도 예민했다. 자기도취와 관대함이 뒤섞여 있었다. 그는 18세기에, 한 편의 대서사극 같은 어지러운 세상에서 극소수의 계몽적인 인물이었다. 그러나 나는 이내 깨달았다. 무료하고 공허했다. 1708년 봄부터 그와 함께하는 동안에 나는 실전의 맛조차 느껴보지 못했다. 알만사 전투는 크고 작은 싸움이 무려 열 번이나 치러진 유례없는 위대한 요새전이었지만 나에게는 어떤 기회도 주어지지 않았다. 공격이든 방어든 그 어떤 경우도. 누가 알겠는가. 혹시 그 포위전에 참전했다면 내가 찾던 그 '말'을, 그 '말'의 비밀을 밝혀냈을지도. 5점. 그는 내가 그 점수를 인정해달라고 하자 대수롭지 않게 반응했다.

"음, 그건 염려하지 마. 나로 하여금 전투를 즐겁게 치르도록 해주는 것만으로도 이미 중요한 군사적 역할을 수행하고 있으니까."

그 대답에 그와 나의 공모는, 그와 나를 연결해주던 고리는 끊어졌다. 그가 나를 인간으로, 특히 마가논으로 만들어줄 수 있을지도 모른다는 막연한 기대마저 사라졌다. 그에게서 위대한 스승의 관용을 원했던 나의 바람은 착각이었다. 그는 그의 공병을, 그의 연인을 병사를 대하는 방식과 똑같은 방식으로 이용할 줄 아는, 누구보다도 이기적인 최고사령관일 뿐이었다.

결국 나는 지미로부터 벗어나기로 작정했다. 그와의 동행은 나로 하여금 권력자로부터 벗어나야 한다는 이치를 깨우쳐주었다. 권력자는 거대한 나무 같다. 거목은 키가 크면 그늘을 드리우지만 그러다가 무너지면 그 주위를 깔아뭉갠다. 실제로 지미와 함께 있다 보면 그 깊이를 알 수 없는 어떤 힘이 내가 기어이 찾아내어 밝히고자 했던 '미스테어'로부터 나를 멀리 떼어놓는 기분이 들었다. 나는 입을 다물었다. 내가 어찌 감히 프랑스 원수에게 따질 수 있단 말인가. 잠자코 물러날 수밖에.

겨울이 가고 봄이 오면서 프랑스와 에스파냐 연합군은 두 개로, 하나는 베릭의 부대로, 다른 하나는 오를레앙 공작의 부대로 분리될 예정이었다. 나는 지미에게 오를레앙 공작의 군대로 보내달라고 요구했다. 귀족들 사이에서 생기는 질투는 일종의 미덕이다. 더욱이 기적을 만들어내는 보방의 후광이 나를 감싸고 있으니, 그런 나를 놓고 벌이는 양 지휘관들 사이의 경쟁의식은 당연한 것이다. 특히 오를레앙의 입장에서 베릭의 복숭아나무를 훔친다는 것은 영원히 그 열매를 따 먹는다는 것을 의미하지 않는가.

마지막 날 베릭이 나를 찾았다. 명색이 부르봉가의 최고지휘관인 그로서는 자신의 경쟁자를 선택한 나를 그냥 내보내자니 실로 황당하고 치욕적이었을 것이다. 나는 그를 잘 알고 있었고, 그랬기에 담담한 심정으로 그의 막사로 향했다.

베릭은 병영 막사 테이블 앞에 앉아서 무엇인가를 쓰고 있다가 주위를 물리쳤다. 그리고 나만 남게 되자 칼집에 칼을 꽂듯 잉크병에 깃털 펜을 꽂았다.

"작별인사조차 안 하겠다?"

일단 나는 부동자세를 취하며 정면을 응시했다. 군대에서 규율은 난처한 상황에서 피난처로 활용된다. 그런 다음에 격식을 차린, 동시에 거리감이 담긴 어투로 그 말을 받았다.

"원수님은 작별인사를 하도록 지시하지 않았습니다."

"그래서 어쩌자는 거지?" 그가 으르렁거렸다. "지금 여기는 우리 둘뿐이야. 그러니 그 뻣뻣한 자세부터 풀라고! 작대기가 서 있는 것 같잖아." 그러고는 문서를 내밀었다. "읽어봐. 나한테 고마워할 거야." 그리고 마치 위대한 혜택을 베풀듯 덧붙였다. "너는 나와 함께한다. 이미 결정 난 일이야."

문서는 나를 왕의 공병으로 임명한다는 내용이 담겨 있었다. 남은 것은 괴물왕의 재가였다.

권력을 쥔 자들은 항상 그런 식이다. 무슨 일이든 일단은 자기 뜻에 따라 기정사실로 정하고, 상대가 생각할 수 있는 것들, 예를 들어 상대의 관심사나 욕망 같은 필요한 것들은 철저하게 무시한다. 그러나 나를 교육시킨 것은 베릭도 마음대로 공략할 수 없는 난공불락 같은 바조슈였다.

"어느 누구도 저를 마음대로 임명할 수 없습니다."

그는 예상외로 완강한 내 저항 앞에서 고민했다. 협박할 것인가, 유화적으로 나갈 것인가. 만만찮은 상대였던 것이다.

"임명권자는 프랑스 왕이 될 것이다." 그는 자신의 책임을 비껴나갔다.

"왕이라도 그런 권한은 없습니다." 나는 소매를 걷어 올리고 팔뚝의 문신을 내보였다. "왕은 원하는 문서에 서명할 수 있지만, 이 문신은 그럴 수 있는 게 아닙니다."

"넌 지금 우리 둘 사이의 관계를 납득하려 들지 않는구나. 말해, 그 이유가 뭐지?"

나는 침묵을 지켰다. 그가 육체적인 관계를 내세워 군림하려 한다고, 나에 대한 그의 반감이 공격적인 공허함의 산물이라고 비난할 수도 있었다. 그는 늘 그런 식이었다. 사랑에 대한 절실함조차 없이 마음대로 사랑할 권리가 있다고 확신했다. 그런 그에게 내가 왜 무엇을 요구할 수 있는가? 아무튼 내가 입을 다문 것은 잘한 짓이었다. 왜냐하면 그는 내 침묵을 비난으로 받아들였고, 과거의 내가 아닌 힘과 충돌하고 있다는 것을 깨달았기 때문이다. 나아가 그는 어떻게 하면 그 힘을 꺾을 수 있는지 고민했지만 결국은 그 힘이 자신이 내세우는 지배 영역 너머에 있음을 납득한 모양이었다. 그는 다시 으르렁거리기 전에 한숨을 내쉬었다.

"적어도 나에게는 네가 왜 나와 함께하지 않으려는지 그 이유를 물을 권리가 있어. 난 너에게는 지휘관도 아니고, 원수도 아니야. 나는 너를 그냥 내 곁에 두고 싶은 것뿐이라고."

나는 예를 갖추고 말 것도 없이 곧바로 그 말을 받았다.

"각하께서 최고사령관이자 원수인 것은 분명합니다." 나는 그의 눈을 쳐다보았다. "언제 어디서든 말입니다. 설사 그게 다른 일이라고 해도 그렇습니다."

나는 그렇게 내뱉고 나서 그가 나를 제지하기 전에 밖으로 나갔다.

이튿날 '쌍두왕관'의 연합군은 하티바 요새전에 돌입했다. 베릭은 북쪽으로, 오를레앙은 동쪽으로 방향을 잡았지만, 안타깝게도 나는 그때까지 오를레앙의 부대에 들어갈 수 없었다. 지미가 나한테 작별인사로 독이 든 선물을 남겼는데 양측 보좌관들 사이의 불화로 문서 발급이 늦추어진 것이다. 그들이 내 문제를 카드 놀이하듯 주고받는 동안에 나는 알만사에 남았다. 좋은 기회였다. 하티바 요새전은 최상의 구경거리였다. 나는 천여 년 동안 죽음의 냄새가 흐르는 알바세테의 조그만 마을에서 부상자와 사제들 틈에, 교체 병력과 새로운 전투가 벌어질 때마다 제공되는 군수물자 사이에 엉덩이를 붙이고 앉았다. 상상해보라. 적과 적이 교전 중인, 그로 인해 만여 명의 사상자가 나오는 전쟁터를. 보방은 포위전에서 사상자가 열 명 정도에 그치는 최소한의 희생으로 도시를 점령하는 방식을 가르쳤다. 한데 사상자가 만 명이라니! 대학살극으로 인해 알만사 사람들은 얼음 창고를 무덤으로 사용했고 시신을 내던지기 전에 옷을 벗겼다. 그들의 생활이 시신의 지저분한 속옷까지 강탈해야 할 만큼 처참한 상황으로 내몰렸던 것이다.

말. 그 한마디 말을 이해하지 못한 것은 오롯이 나의 잘못이었다. 당시 보방 후작이 나에게 물었던 것은 무엇인가. 그것은 '완벽한 방어'에 관한 것이었다. 시간은 흐르는데 먼지에 파묻힌 야전막사 속에서 내가 원하는 것 이상의 것을, 바조슈에서 배운 것을 실전을 통해 경험하지 못한 나는 차츰 초조해졌다.

마침내 문서가 발급되었다. 하티바는 이미 부르봉가의 연합군에 함락된 뒤였고, 이어서 토르토사 요새전이 시작될 참이었다. 나는 그 상황을 받아들이면서, 보방이 물었던 '말'이란 게 모든 요새전 이면에 감추어져 있다고 마음속으로 중얼거리면서 토르토사로 떠나는 수송대 마차에 몸을 실었다.

수송대가 이동하는 동안에도 나는 바조슈에서 배웠던 요새 공격 및 방어 전술을 떠올렸다. 그런데 수송대가 반대 방향에서 길게 이어지는 피난 행렬을 피해 한쪽으로 비켜섰을 때, 낡고 헤진 의복에 지칠 대로 지친 수백 명의 여자와 어린애와 노인들로 이루어진 피난민 행렬을 보았다. 하나같이 침울하고 일그러진 얼굴과 무거운 발걸음에서 집단적인 체념이 묻어나오고, 간간이 들리는 어린애들의 보채는 울음소리가 그들 사이의 침묵과 정적을 깨트렸다. 내 눈앞에서 한 노파가 쓰러진 것은 그때였다. 나는 본능적으로 노파를 일으켜 세우고자 허리를 숙였는데 대열 사이에서 채찍을 휘두르던 경비병들 중의 한 명이 제지했다.

"반란자한테서 당장 떨어지시오."

"반란사라고?" 나는 깜짝 놀라 되물었다. "대체 언제부터 노파들이 반란을 일으켰다는 거야?"

그러나 그자가 노파와 나 사이에 말 머리를 들이댔다. 워낙 가까이 들이대는 바람에 나는 두 걸음 뒤로 물러섰다.

"왜? 방향을 바꾸고 싶은 거야? 차고 넘치는 게 아군이니 원한다면 그렇게 하시지!" 그가 비아냥거리며 거칠게 나왔다.

무기도 없이 걷고 있는 상태에서 무장을 한 채 말에 올라탄 자를 상대하는 것은 신중하지 못한 행동이다. 그는 여차하면 싸움을 벌여 상대를 죽이고 싶어 하는 자였다. 그가 생쥐 눈으로 나를 내려다보았다.

그런데 험악한 분위기를 파악한 나이 지긋한 마부가 살짝 내 팔을 잡아당기며 속삭였다.

"바보 같은 짓이야. 그만두게."

"그렇지만 어린애나 노인네들이 반란을 일으키다니, 그게 말이 됩니까?" 내가 언성을 높였다. "저들을 어디로 데려가는 겁니까?"

"자넨 뭐가 되고 싶나?" 마부가 다시 귀엣말로 반문했다. "좋은 공병이야, 좋은 사마리아인이야?"

이어 분위기를 바꾸려고 경기병을 향해 미소를 지으면서 이렇게 물었다.

"어이, 친구! 하티바 쪽 상황은 어때?"

"하티바는 이제 없어졌소." 경기병이 매몰차게 대답하고는 고삐를 당겨 짐승의 머리를 돌렸다.

나는 그 민간인들이 펠리피토의 의도에 따라서 카스티야로 끌려가던 하티바 주민들이라는 사실을 나중에 알았다. 점령군은 시민들과 인근에 거주하는 주민들까지 노예로 삼았으며, '하티바'라는 지명을 없앤 뒤에 '산펠리페 식민지'라는 새로운 이름을 부여했다. 아마도 나는 그 모든 것들을 내 눈으로 직접 목격하지 않았으면 믿지 않았을 것이다.

그날 이후, 나는 거의 입을 다물었다. 내가 배웠던 교육에 의하면 왕은 지배권을 구하거나 지키기 위해 싸우지 지배권을 파기하기 위해 싸우지 않았다. 따라서 내가 목격한 것은 왕이 실성하지 않고서는 벌어질 수 없는 일이자 모순이었다. 대체 도시를 없애서 무슨 이익을 취하겠다는 것인가? 아, 왕의 손가락 하나에 의해 천년의 근원인 하티바가 지도상에서 졸지에 사라지다니.

나는 그렇게 카탈루냐로 들어섰다. 하지만 수송대 마차를 타고 있는 나를 맞이한 것은 참혹한 광경이었다. 나무마다 시신이 걸려

『빅투스』의 주요 역사상 인물

✥ **골웨이**
영국군 사령관이자 귀족. 1707년 알만사 전투에서 베릭에게 결정적인 패배를 당했다.

✥ **괴물왕**
루이 14세 참조.

✥ **달마우**
바르셀로나 부호. 사재를 털어 방어군을 지원했다.

✥ **뒤피 보방**
세바스티앙 보방의 사촌으로, 군사공학자. 바르셀로나 포위전의 마지막 단계에 참가했다.

✥ **루이 14세**
프랑스 왕. "태양왕". 제국주의 정치를 펼쳐 스페인 왕위계승전쟁을 초래했다.

✥ **바르두에농슈**
프랑스군 대위. 바르셀로나 포위전에 참전했다.

✥ **바예스테르**
미켈레테의 두목. 농민군을 대표한다.

✥ **방돔**
프랑스 장군. 루이 14세의 지시로 황손 펠리페를 군사 지원하기 위해 에스파냐에 파견된다.

✥ **베렌게르**
카탈루냐의 군사위원. 부르봉군의 후미를 공격하기 위한 병력 규합을 위해 원정대가 꾸려졌을 때 그 지휘를 맡았다.

✥ **베릭**
프랑스군 원수. 알만사 전투를 승리로 이끌었으며, 바르셀로나에 대대적인 공세를 가한다.

✥ **보방**
프랑스의 귀족이며, 공학자이자 원수. 요새전 및 포위전을 혁신시킨 사람으로 유명하다.

✥ **부스케츠**
미켈레트의 지도자. 부르봉군 수중에 떨어진 마타로 마을을 되찾기 위해 분투한다.

✥ **비야로엘**
에스파냐인 장군. 전쟁 초기에는 부르봉군에서 복무했으나 진영을 바꾸어 바르셀로나군의 총사령관에 임명된다.

✥ **살라**
바르셀로나의 수교. 도시 항복을 위해 막후에서 활동했으나 부르봉 정권으로부터 외면당한다.

✥ **사아베드라**
친오스트리아파 지휘관. 산타클라라 전투를 비롯해 포위전의 가장 결정적인 순간에 등장한다.

✥ **소시지 업자**
프어봄 참조.

✥ **속전속결**
스탠호프 참조.

✥ **수비리아**
비야로엘 장군의 부관. 전쟁 후 비엔나로 탈출한다.

✥ **스탠호프**
영국 귀족이자 지휘관. 영국군 사령관으로 에스파냐에 파견되었으나 자신의 부대와 함께 포로 신세가 된다.

✤ **오르티스**
산타클라라 전투에서 중요한 역할을 한 친오스트리아파 대령.

✤ **오를레앙 공작**
프랑스 귀족이자 군인. 토르토사 포위작전을 지휘했다.

✤ **지미**
베릭 참조.

✤ **카를랑가스**
카를로스 3세 참조.

✤ **카를로스 3세**
에스파냐 왕좌의 후계 지원자였던 오스트리아 대공. 신성로마제국의 황권을 이어받기 위해 카탈루냐를 버린다.

✤ **카사노바**
카탈루냐 변호사. 포위당한 바르셀로나의 정치 조정자 역을 맡았다.

✤ **카스텔비**
바르셀로나 전투에 참전했으며, 에스파냐 왕위계승전과 바르셀로나 포위전에 관한 대연대기를 썼다.

✤ **코스타**
카탈루냐의 포병 장교. 그가 이끄는 마요르카 부대는 당대 최고의 포병대로 인정되었다.

✤ **쿠호른**
네덜란드의 군사공학자. 포위전 이론에서 보방 식과는 정반대되는 모델을 주장했다.

✤ **토메우**
바르셀로나군 중령. 산타클라라 전투 동안 프랑스-에스파냐군을 몇 차례나 물리쳤다.

✤ **티모르**
카탈루냐 장교. 전황이 최악으로 치달았을 때, 방어군 병사들이 산타클라라 보루를 포기하지 않도록 분투했다.

✤ **프어봄**
에스파냐 부르봉가를 섬긴 네덜란드 출신의 군사공학자. 바르셀로나를 강습하기 위한 공격 참호의 설계자로 지목되었다.

✤ **펠리페 5세**
루이 14세의 손자로 에스파냐 왕권 후계자로 지목되었다. 저항하는 카탈루냐인들을 폭동반란군으로 규정하고 "반란자"들을 아주 잔인한 방법으로 다루도록 지시했다.

✤ **펠리피토**
펠리페 5세 참조.

✤ **포폴리**
펠리페 5세를 섬기는 이탈리아 귀족. 바르셀로나인들에게 개인적인 악감정을 가지고 있었으며, 프랑스-에스파냐 연합군의 지휘권을 맡았다.

✤ **슈타렘베르크**
오스트리아 장군. 카를로스 3세를 대신해 카탈루냐의 총독이 되었고, 철수협정에 따라 에스파냐 땅에서 동맹군을 철수시켰다.

✤ **폴라스트홍**
프랑스군 고위 장교. 바르셀로나 포위전에서 사망했다.

✤ **피바예르, 카를레스 데**
카탈루냐의 연로한 의원. 카탈루냐 의회 전통의 상징과 같은 인물이다. 1713년의 논쟁에서, 그는 모두의 예상을 벗어나 자신이 도시 방어 안에 대한 열렬한 지지자임을 밝힌다. 이는 투표의 향방을 크게 바꾸는 계기가 되었다.

있었다. 한두 구도 아닌 무려 일곱 구나. 대부분이 청년부터 노인까지 남자였다. 저만치 서 있는 떡갈나무에는 여자 시신이 손을 등 뒤로 묶는 수고도 없이 아무렇게나 매달려 있고, 그 밑에서 어린 계집애와 개가 올려다보고 있었다. 나를 먹먹하게 만든 것은 풀무처럼 거친 숨을 토해내며 구슬프게 짖어대는 짐승과 달리 어린 계집애가 자기 어머니가 죽었다는 사실조차 모르고 있다는 것이었다.

역사가들은 이른바 공식적인 역사와 공식적인 군대에 대해 기술한다. 그해 1708년 전쟁에서 카탈루냐 사람들은 정규군 외에 수천 명이 비정규군에 가담했다. 역사는 그들을 '지원병', '민병', '유격대원' 등으로 기록할 수 있지만, 우리는 그들을 '미켈레테'라고 부른다. 내가 그들에 대해 이야기하지 않으면, 세상은 그들이 누구이고 그들에게 무슨 일이 일어났는지 이해하지 못할 것이다.

'미켈레테'라는 명칭은 카탈루냐어 '미켈네트'를 카스디야이, 즉 에스파냐어로 옮긴 것이다. 그 명칭은 산트 미겔*에서 유래한 것으로 추정되며, 전통적으로 수확기의 계약서에 그 명칭으로 명기된다. 그들 중에서 수확기에 일감을 구하지 못한 자는 프랑스군이나 에스파냐군으로 들어가기도 했는데, 실제로 프랑스는 신교도와 전쟁을 치를 경우에 미켈레테를 구하러 다녔다. 용병으로 말이다. 그러나 미켈레테는 자신이 들어간 군대의 제복과 신발 착용을 극렬하게 거부하고 무기도 자기 것만을 고집했다. 지휘자들은 훈련을 받지 못한 그들을 야산에서 성장한 야생인이나 반(半)야만인, 혹은 예측 불가능한 극단적인 개인주의 성향이 강한 부류로 여겼는데

---

* 성 미카엘 대천사.

그렇다고 그런 측면이 그들의 전사로서의 장점을 평가하는 데 장애가 되지 못했다. 그들은 경(輕)보병에 적합했다. 숲속에서의 전투나 저격수로의 능력이 출중하며 선두 역할을 마다하지 않고 적진을 휘젓고 다녔다. '미켈레테들은 기적을 만들어낸다.' 이는 프랑스 장교의 증언이다. 그래서 가능한 한 다수의 계약이 성사되었다. 그들에게 지급된 봉급이 직업군인의 절반에 불과하지만 그 효과는 곱절로 배가되기 때문이었다.

문제는 미켈레테 중의 일부가 남의 이름으로 약탈과 살육을 일삼았다는 것이다. 그들은 징병을 피해 주로 산지의 길을 돌아다니면서 도적질을 겸했다. 그래서 카탈루냐 사람들은, 특히 도시에 사는 시민들은 미켈레테 전체를 무법자나 도적으로 대하며 증오했다.

1708년, 부르봉가의 연합군이 처음으로 카탈루냐 땅을 짓밟자 미켈레테는 침략자를 급습했다. 처음에는 전쟁을 자신들과 상관없는 일로 여겼지만 땅을 빼앗기게 되자 싸움에 끼어들었으며, 나중에는 명목상 동맹군에 종속되긴 했어도 그들만의 방식으로 행동했다. 그들은 어떤 경우에도 제복을 입지 않았다. 그로 인해 그들과 그들의 소속이나 계급을 미처 알아보지 못한 부르봉군과의 전투는 유례없이 잔혹한 양상을 띠었다.

부르봉군과 미켈레테. 양자의 공통점은 사로잡은 포로를 나무에 매다는 것이었다. 미켈레테는 한술 더 떴다. 프랑스군이나 에스파냐군을 사로잡으면 포로들의 발에 불을 질러 훈련된 곰처럼 춤을 추게 만들면서 벼랑 끝으로 내몬 다음에 부르봉군의 이목을 집중시키고자 뿔 나팔을 불면서 포로들의 손목과 발목을 노끈으로 묶어 벼랑으로 떼밀었다. 나는 미켈레테들의 야만스러운 보복 행위를 지켜본 증인이다. 그들은 단 한 명도 면제 없이 줄줄이 엮인 채 벼랑 밑으로 떨어지는 백색 제복 행렬을 쳐다보며 킥킥거렸다. 모르긴 몰라도 적의 기를 꺾는 데 시각적 효과만큼은 최고였을 것이다.

기왕에 꺼낸 이야기니 미켈레테가 어떤 부류인지 명백한 증거가 될 만한 사례를 하나 소개하겠다. 그것도 내가 직접 체험한, 내 목숨이 경각에 달렸던 비참한 경우를.

그즈음 미켈레테 80여 명이 카탈루냐 경계지역에 위치한 베세이테를 덮쳤다. 그들의 전형적인 공격 방식인 급습이었다. 그들은 소규모의 부르봉군 파견대를 해치운 뒤에 평지인 그곳에서 여장을 풀고 며칠을 머물렀다. 그런데 그날, 그러니까 때마침 토르토사로 향하던 우리 수송대가 베세이테 인근에 접어들었을 때, 그들의 급습에서 가까스로 살아남은 에스파냐 병사 두 명이 우리 앞을 가로막더니 사색이 된 얼굴로 자초지종을 실명했다.

그날 에스파냐군이 베세이테에 머물고 있던 미켈레테 부대를 공격했다고. 그런 다음에 마을 광장에서 술을 곁들인 축하연을 벌였다고. 하지만 바로 그날 미켈레테 기병대가 반격을 가한 뒤에 사라졌다고. 결과는 참담했다. 그들의 반격으로 에스파냐군 30명이 죽은 반면에 미켈레테 1명이 생포되었다.

우리 수송대가 베세이테에 들어섰을 때는 모든 상황이 종료된 뒤였다. 광장 한쪽에는 마치 낡은 고철을 쌓아놓은 듯 미켈레테에 의해 무참하게 도륙된 에스파냐군 병사들의 시신이 쌓여 있었다. 날이 이미 기운 터라 우리 수송대는 베세이테에서 숙박을 해결하기로 결정하고 장교들이 말하는 '숙소 편성'에 들어갔다.

병사들이 집집마다 돌아다니면서 주민들을 광장으로 모이라고 지시했다. 한바탕 전투가 휩쓸고 간 뒤였지만 동요는 없었다. 주민들이 광장에 모이자 장교들이 서열 순대로 여자들을 골랐다. 그들이 말하는 '숙소 편성'이란 주민들 앞에서 처녀든 부녀자든 원하는 여자를 고르고 그렇게 고른 여자들의 집으로 가는 것이었다.

주민 대표가 그의 목에 칼을 겨눈 수송대 지휘관 앞에 무릎을 꿇은 채 그들은 항상 펠리페 5세에게 충성을 다했다고 읍소했다.

"거짓말." 지휘관이 내뱉었다.

"어떻게 그렇게 확신합니까?" 내가 끼어들었다.

지휘관이 대답 대신 종루를 가리켰다. 텅 비어 있었다.

"종이 없는 마을은 카를 대공을 추종한다는 거지." 지휘관이 대답했다. "포를 주조하는 데 필요한 공물로 바쳤거든." 그리고 한쪽 눈을 찡그리며 덧붙였다. "물론 그냥 내놓은 게 아니고 여느 카탈루냐인들처럼 팔아먹었겠지. 공짜로 내줬든 팔아먹었든 결과는 똑같지만."

그때 한 하사가 나를 찾더니 도움을 청했다.

"카탈루냐 말을 할 줄 알아요? 통역 좀 해주시오."

나는 하사를 따라갔다. 유일하게 생포된 미켈레테가 심문을 받는 중이었다. 바예스테르라는 성을 가진 소두목이었다. 찢긴 눈썹에서 붉은 선혈이 줄줄 흘러내렸지만 탁 트인 이마가 빛났다. 밧줄에 묶인 팔목 부위가 검붉은 피로 물들었다가 말라붙은 탓에 태어날 때부터 힘줄이 절개된 것처럼 보였다.

그의 젊음이 나를 당혹하게 만들었다. 나와 동년배로 보였다. 그 나이에도 소규모의 비정규군 부대를 이끄는 우두머리로서의 면모를 잃지 않은 당당한 자세였다. 주어진 상황을 담담하게 받아들이는 그의 모습 어딘가에 우울함과 고상함이 엿보였다. 나는 평소에도 그가 자기 자신에 파묻혀 지내는 인물이라는 느낌이 들었다. 그의 눈이 이렇게 말하는 것 같았다. 바위를 덮치는 파도처럼 늦든 빠르든 너를 굴복시키고 말 테다. 나로서는 하나의 세상에서 서로 상반된 입장이라는 현실이, 그런 입장에서 그를 다루어야 한다는 사실이 못내 불편했다.

나는 그를 심문하는 의도를 충분히 설명했다. 그러나 그는 내 말을 토끼가 풀 갉아 먹는 소리로 듣고 있었다. 갑자기 그가 고개를 돌려 입안에 가득 찬 핏물을 내뱉으며 단호하게 말했다.

"나는 죽을 거야. 그게 전부라고."

죽음에 대해 원망도 아쉬움도 없었다. 수모를 당하느니 순교를 받아들이겠다는 태도였다. 인간의 천성은 기이하게도 붙잡은 자보다 붙잡힌 자에게 더 관대하다. 물론 그의 운명이 나에게는 무의미한 것에 지나지 않았지만.

"현명하게 굴어." 내가 말했다. "네가 정보를 주면 살려줄 거야. 금방 드러나지 않을 그런 정보 말이야. 그사이에 무슨 일이 있어날지도 모르잖아. 누가 알아? 휴전 협정이 이루어질지도."

그러나 그는 밧줄로 묶인 양손을 비틀면서 나를 노려보았다. 그의 입에서 이를 가는 소리가 났다.

"이렇게 묶이지만 않았으면 당장 네놈의 혓바닥을 뽑아버렸을 거야. 더러운 보티플레르 같으니."

보티플레르. 친펠리페 5세, 친카스티야, 친부르봉파 카탈루냐인을 지칭한다. 즉, 나라를 배반한 자들이다. 카를랑가스, 즉 오스트리아 대공 카를을 추종하는 카탈루냐인 대부분이 일반대중 계층인 반면, 보티플레르는 주로 에스파냐의 펠리페를 추종하는 귀족이나 고위 성직자들로 이루어진 극소수의 카탈루냐인이었다. 흔히 부자들이 뚱뚱한 몸을 감추고자 의상을 소시지 모양으로 바꾸는 경향이 있는데, 그들을 빗댄 게 보티플레르다. 아무튼 문제는 바예스테르가 진짜 나를 모욕했다는 것이고, 나는 공개적으로 모욕을 당한 자처럼 행동해야 했다는 것이다.

"너를 지켜줄려고 하는데, 그런 나에게 욕설을 퍼부어서 어쩌겠다는 거야!" 내가 다그쳤다. "이런 식으로 나가면, 네가 이끌었던 음흉한 전투가 공병인 나의 명예와 어떤 상관이 있는지 그것까지 설명해야 할걸?"

나는 그와 몇 차례 모욕적인 언사를 더 주고받았다. 나는 실랑이를 통해 나와 그의 사이에 놓인 계측할 수 없는 거리감을 느꼈다. 나 같은 공병에게 전쟁은 바조슈에서 가르쳤던 것을, 즉 상대의 영혼이 고결하다거나 상대에게 적의를 품는다거나 하는 생각은 자제한 채 오로지 기술적인 것을 수행하는 것이었다. 이성적인 시야를 어지럽히는 뜬구름 같은 감정 없이, 반드시 그렇게 치러야 했다. 그러기에 전쟁은 이성적인 것이 지배해야 하며 무기로 싸우는 것보다는 체스 게임 영역에 속한다고 볼 수 있었다. 만약에 어떤 병사가 보방에게 적을 증오한다고 했다면, 보방은 어김없이 이렇게 대답했을 것이다. "젠장, 적이 그대에게 무슨 악행을 저질렀는가?"라고. 반면에 바예스테르 같은 이들에게 전쟁은 죽느냐 아니면 사느냐의 문제였다. 아니, 그가 이해하는 전쟁은 일시적인 삶의 과정이 아니라 그것보다 훨씬 상위에 위치한 자기만의 삶의 원칙들이 파기되는 것이었다. 물론 내 관점에서 볼 때 전쟁에 대한 그의 개념은 몽상에 지나지 않는다. 나 같은 공병은 시계 수리공처럼 미스터리와는 거리가 멀기 때문이다.

하티바에서 내가 이미 소나무 가지에 목이 매달린 채 발이 흔들리는 시신 수백 구를, 그리고 죽은 어머니를 쳐다보던 어린 계집아이와 개를 목격했던 것은 분명하다. 그러나 내가 바조슈에서의 교육과 훈련을 통해 쌓았던 성벽은 그 우울한 이미지에 허물어지기에는 워낙 강고했다. 그것과 달리 바예스테르의 경우 앞에서는 내가 굴복할 수밖에 없었다. 그와 다툴 만한 가치가 없는 일이었다. 내 판단에 그는 도적과 몽상가의 성향이 완벽하게 혼합된 인물이었다.

"좋아, 그렇다면 말하지 마! 넌 생명을 연장하는 것보다 단축시키길 원하는, 내가 아는 첫 번째 인간이거든."

그를 심문했던 에스파냐 장교가 더 참지 못하고서 우리가 주고받은 대화를 요약하라고 다그쳤다.

"이 지역의 미켈레테들은 토르토사에 주둔 중인 영국군 지휘관 존스 장군의 지휘를 받고 있습니다." 나는 없는 말을 즉흥적으로 지어냈다. "그들은 이 마을을 점령하기 위해 상부의 지시를 기다리는 중이고요. 이자의 얘기에 따르면, 내일 꼭두새벽에 상부의 지시 사항이 도착할 겁니다. 그나저나 아주 영악한 놈입니다."

장교의 반응은 내가 예상하던 바였다. 장교는 포로를 목매달기 전에 미끼로 이용할 심산이었다. 나는 그 내용을 생략한 채 포로에게 말했다.

"너는 하룻밤을 더 살게 된 거야. 그러니 죽기 전에 신변 정리나 잘하도록 해."

이튿날 아무도 올 리가 없었지만 걱정할 게 없었다. 에스파냐군은 미켈레테들이 그들의 계략을 알아챘거나 계획을 변경한 것으로 여길 테니까. 그건 그렇고, 내가 왜 그런 짓을 했는가? 나도 모르겠다. 어쩌면 지미가 나에게 베풀었던 식의 관용이나 그런 관용과는 상관없는 어떤 것에 감염된 탓인지도, 아니면 내가 패퇴한 적에게 자비의 형벌을 내렸던 보방의 문하생이었던 탓인지도 모른다. 아무튼 나는 그런 내 행동이 순수한 호의는 아니었다고 생각한다. 오히려 그 반대다. 그 이유는 내가 멀리서도 그 자체로 빛나는 지중해의 미녀이자, 바예스테르나 나의 연령대로 보이는 아가씨에게 범했던 나의 악행에서 드러날 것이다. 그날 나는 2, 30필의 군마를 관리하는 축사 앞을 지나다가 지저분한 손수건으로 머리를 감싼 그 여자를 보았다. 그녀는 문이 활짝 열린 축사 안에서 여물을 만들고 있었다. 그런데 나를 보자마자 외면했다.

사실 나는 여태껏 살아오면서 다양한 층위의 여자들과 수평적 관계를 공유해왔으며, 그중에는 흔치 않은 피부색의 여자들도 있다. 만일 내가 누군가와 함께 누가 가장 미녀인지 끝장토론을 벌인다면 당연히 프랑스 여자들을 선택할 것이다. 실제로는 흔하지 않아도 아직까지는 보편적인 사실이기도 하다. 그러나 지중해 출신의 미녀 앞에서는 견줄 만한 상대가 없다. 그 아가씨가 그랬다. 그야말로 매력적이었다. 손수건 밖으로 빠져나와 양어깨로 흘러내리는 검은 머리가 단박에 내 마음을 사로잡았다. 그런데 마침 내 앞을 지나가던 한 하사가 이렇게 경고했다.

"저 여자에게 다가가지 마시오. 병자거든요. 그래서 일을 맡기긴 했지만, 저 여자 때문에 짐승을 노리는 도둑놈들조차 얼씬거리지 않아요."

그러나 그것은 성격의 문제다. 다시 말해 절대 안 된다고 단단히 일러도 자기가 하고 싶은 일을 끝끝내 밀어붙이는 자가 있다. 나는 거대한 축사로 들어갔다. 그녀로부터 두어 걸음 정도 떨어진 곳에서 말 등에 팔꿈치를 기대고 선 채 건초 한 가닥을 씹으며 그녀를 지켜보았다. 그러나 그녀는 나를 아예 무시했다. 나는 더 기다리지 못하고 그녀를 불렀다.

그녀가 여물통에 건초를 담다 말고 내 앞으로 다가왔다. 실제로 내 나이 또래였는데 길게 굴곡진 콧잔등이 어딘가 부자연스러웠다. 나는 손가락으로 그녀의 뺨을 가리키며 내 손가락을 피하려는 그녀를 벽으로 밀어붙였다. 그리고 그녀의 뺨에 검게 착색된 부스럼에 스치듯이 갖다 댔다. 설사 환부를 만져 전염이 되더라도 사소한 것까지 밝혀내기 위해 주저하지 않는 게 마조슈 출신이다. 나는 그녀의 부스럼을 만졌던 손가락을 혀로 빨았다.

그랬다. 그 부스럼은 산딸기를 으깨어 얼굴에 붙인 것이었다. 하, 이렇게 감쪽같을 수가! 그녀는 병자로 위장해서 일감을 구했을 뿐만 아니라 뭇 사내들의 폭력을 피할 수 있는 방패로 삼았던 것이다. 그녀의 창백한 얼굴이 노기로 붉게 물들었다.

자, 여러분은 내가 군대의 적폐에 대한 논쟁을 꺼낸다고 예단하지 말라. 나는 절반의 세상을 돌아다니면서 무수한 병사들을 다루었지만 그들의 입장에 서자는 게 아니다. 병사들은 가난하게 태어나 가난하게 죽는다. 일반적으로 그렇다. 아울러 나는 병사들이 무기 없이 부를 가까이 둘 수 없다고 생각한다. 그래서 힘없는 자들은 권력자의 도덕률에 의해 보호받는 무방비 상태의 희생자이자 전리품으로 변한다. 덧붙여서 나는 무방비 상태의 여자를 욕보이는 게 추악한 짓이라고 생각한다. 하지만 문제는 그런 자들을 처벌하는 것은 쉬워도 약자들의 입장에서는 그런 자들에 맞서 저항하는 게 어렵다는 것이다.

아무튼 나는 그녀를 욕보이지 않았다. 아마도 바조슈에서 나온 지 얼마 되지 않은 내가 그녀를 쿠호른 식이 아니라 보방 식으로 대했기 때문일 것이다. 그런데도 내가 굳이 그런 이야기를 꺼낸 것은 부르봉가에 점령당한 카탈루냐 전역에서 그런 일들이, 다시 말해 이 순간에도 수백, 수천 명의 병사들이 한 손으로 칼을 들고 또 한 손으로 여자를 붙잡아서 곡물 창고로 들어가는 일들이 숱하게 발생하고 있기 때문이다.

카탈루냐는 그렇게 많은 병사들이 원하는 잠자리를 충족시키기에는 아주 작은 나라다. 일례로 나는 몇 년 후에 주민이 800명이 못 되는 바뇰레스라는 마을에서 주민 대표를 지냈던 자를 만난 적이 있다. 그의 증언에 의하면 전쟁 통에 그 마을의 모든 처녀들이 순결을 빼앗겼고, 그중에서 73명이 임신했다. 그 일로 주민 대표가 점령군인 부르봉군의 지휘관을 찾아가 항의하자, 그들은 주민 대표를 체포했다. 16세기에 알바 공작의 횡포에 시달렸던 네덜란드인들조차 겪지 못한 모욕적인 처사였다.

나는 그녀를 심문했다. 그녀의 이름은 아말리스였다. 그녀는 내가 머물고 있는 베세이테 마을 출신이 아니었다. 왜 여기에 있는가? 그녀는 이동하는 군대를 따라다니며 닥치는 대로 일해왔다고 대답했다. 나는 더 많은 것을 알고 싶었다. 그러나 내가 본격적으로 캐물으려고 하는 순간에 모든 게 시작되었다.

총성이 들렸다. 정규군의 집중사격이 아니라 야만적인 외침이 동반된 산발적인 총질이었다. 위급한 상황에서는 딱정벌레들의 신중함이 필요하다. 나는 밖으로 뛰쳐나가는 대신에 아말리스를 데리고 마구간 안쪽 건초 더미 속으로 몸을 숨겼다. 그러고는 한 손으로 그녀의 입을 틀어막은 채 숨을 죽였다. 시간이 흘렀다. 굳이 영웅적인 모험을 자초하지 않고서도 자초지종을 파악하는 데까지는 오래 걸리지 않았다. 갑자기 백색 제복의 병사가 들어오더니 피신처를 찾았다. 그러나 그 병사가 미처 몸을 숨기지 못하고 갈팡질팡하는 사이에 이번에는 미켈레테들이 나타나더니 몽둥이로 그의 대갈통을 개 패듯이 패서 죽이고 사라졌다. 그사이에 나는 그녀가 잔혹한 광경을 못 보도록, 그리하여 비명 소리를 지르지 못하도록 그녀의 눈을 가렸다. 나로서는 신중한 판단이었고 충분히 친절한 행동이었다.

 다시 말하지만 지금 나는 내가 직접 겪었던 일을 다루고 있다. 미켈레테들은 상대가 미처 예견하지 못하는 비합리적인 전술을 실전에 적용하는데, 베세이테에서 그랬듯이 그날의 싸움에서도 여실하게 드러났다. 그날 그들은 기습적인 타격으로 부르봉군에게 30명의 사상자를 안겨주었으며, 바에스테르를 포로로 남긴 채 도망쳤지만 한 시간도 못 되어 다시 돌아왔다. 그들이 존중하는 우두머리 바에스테르를 구출하기 위해서. 감히 누가 예상했겠는가? 더욱이 그들은 지휘관도 없었고 상대는 그들보다 훨씬 강한 병력을 갖춘 군대였다.

 이후에도 미켈레테들은 종종 군대에서 무시당하는 그들만의 전술을 실전에 적용했으며, 나는 그때마다 그들을 존중하고 그들의 전술을 장점으로 여겼다. 그리고 그날 그들은 승리했다. 그 시각에 에스파냐군 장교들은 각자가 차지한 집으로 흩어져서 바지춤을 내렸으니 지휘관 없는 군대가 속수무책으로 당한 것은 당연한 결과였다. 문제는 나였다. 나는 축사에서 창문을 통해 바깥에서 벌어지는 광경을 세세하게 목격했다. 온 세상의 모든 근심을 짊어진 사람처럼 초조했다. 다시 자유의 몸이 된 바예스테르가 부하들에게 에워싸여 있었다. 그는 그를 심문했던 에스파냐 장교를 무릎 꿇리고 턱을 들게 만든 뒤에 손에 쥔 칼로 목덜미를 찌르더니 그대로 쭉 그어버렸다.

내가 그 아름다운 장면을 훔쳐보면서 오금이 저린 이유는 굳이 설명하지 않겠다. 바예스테르에게 나는 친부르봉파였다. 내가 붙잡히면 나도 그의 손에 의해 목이 뎅강 잘려나갈 텐데, 그럴 바엔 차라리 상상하지 않는 게 나았다. 그러면서도 기이한 것은 그 지휘관의 죽음이 나에게는 평온하게 보였다는 것이다. 하긴 단칼에 선혈을 내뿜으며 죽는 것이 고문을 받다 죽어가는 것보다는 훨씬 더 달콤한 죽음이었으리라.

그 상황에서 내가 할 수 있는 것은 날이 어두워지기를 기다렸다가 축사를 벗어나는 일이었다. 나는 건초 짚단 속에서 아말리스와 함께 몸을 쭉 뻗고 누웠다. 그러다 보니 내가 그녀의 등에 바짝 밀착된, 마치 수저를 포개놓은 것 같은 자세가 되었다. 그런데 본의 아니게 그녀를 제압한 모순된 상황과 과정에서의 친밀감과 그녀의 목덜미에서 풍기는 향긋한 살 냄새가 나를 생생한 추억으로 이끌었다. 잔과 함께했던 은밀한 시간들. 밖에서는 여전히 병사들이 총과 칼에 죽어가고 나 또한 그렇게 될 신세인데도, 나는 잔의 벌거벗은 실루엣을 떠올리고 있었다. 그게 인간이고, 나는 그런 인간이었다.

마침내 날이 어두워졌다.

"지금 풀어주면 너는 나를 밀고할 테고, 나는 즉시 쫓기는 신세가 되겠지." 나는 그녀의 귀에 대고 속삭였다. "난 여길 무사히 빠져나가고 싶은 생각뿐이야. 그러니 그때까지는 내 말대로 해. 무슨 뜻인지 알겠어?"

그녀가 고개를 끄덕였다. 나는 그녀의 입에서 손을 뗐다. 물론 손을 떼기 전에 세상에서 가장 애용되는 다짐도 잊지 않았다.

"소리를 지르면 네 목을 졸라 죽여버릴 거야."

축사 입구가 거리 쪽으로 나 있어서 그쪽으로 나갔다가 미켈레테에게 발각되는 것은 시간문제였다. 반면에 축사 뒤쪽은 숲과 가까웠다. 나는 뒤쪽으로 나 있는 조그만 창을 빠져나가기로 마음먹었다. 하지만 어떻게 나가느냐, 그게 문제였다. 창이 워낙 비좁고 물매가 깊어서 둘이 한꺼번에 빠져나가기는 힘들어 보였다. 만일 그녀를 앞장세우면 바닥에 떨어지자마자 소리치며 도망칠 것이고, 반대로 내가 먼저 나가면 그녀는 그대로 돌아서서 도망칠 것이다. 그러나 그녀는 내 고민을 눈치챌 만큼 영악했다.

"당장 꺼져." 그녀가 적대감보다 혐오감이 더 짙게 묻은 어투로 쏘아붙였다. "네가 죽는 일에 왜 나를 끼워 넣는 거지? 난 누구를 만나든 모른 척할 거야."

"젠장, 나보고 그걸 믿으라고!"

나는 먼저 그녀를 창문으로 밀어 올렸다. 창문 폭은 생각만큼 비좁고 벽은 생각보다 훨씬 두꺼웠다. 축사를 서늘하게 유지하려고 그랬는지 워낙 두꺼워서 밖으로 빠져나가려면 1미터 길이의 관을 통과하는 것과 다를 바가 없었다. 그러다 보니 그녀와 나는 머리와 팔은 밖에, 다리는 안에, 복부는 물매 바닥을 깔고 있는 우스꽝스러운 꼴이 되고 말았다.

"걱정 마. 이런 경우를 대비하여 가르치는 곳에서 공부했으니까."

"아, 그래?" 그녀가 비꼬았다. "퍽이나 잘도 했겠네."

"해부학은 이렇게 말하지. 참호나 광산 구멍에 어깨가 들어가면 몸 전체가 빠져나갈 수 있다고. 따라서 통로가 여기처럼 좁은 경우에는 한쪽 어깨를 탈구해야겠지. 탈구된 어깨는 일단 이곳을 빠져나간 뒤에 맞추면 되고."

그녀의 커다란 눈이 더 커졌다.

"그러니까 네 어깨를 빼겠다는 거야?"

"천만에, 그럴 순 없지. 그래서 네 어깨를 뺄 거야. 나중에 다시 맞추면 되니까. 맞추는 것도 내가 잘 아는데 아주 쉬워."

그녀가 주먹으로 내 머리를 때리며 앙탈을 부렸다.

"여태까지 내 몸을 더듬더니, 이젠 어깨까지 빼겠다고? 안 돼! 어깨든, 어디든 더 이상은 내 몸에 손대지 마!"

나는 다시 손으로 그녀의 입을 단단히 틀어막았다.

어떻게 그곳을 빠져나왔는지 모르겠다. 기억을 더듬으면, 나는 일단 나무 물매를 뜯어냈다. 덕분에 약간의 공간이 확보되었고, 그래서 그녀와 한 몸이 되어 마치 뼈 없는 도마뱀처럼 빠져나갔고, 함께 땅바닥으로 떨어졌다. 나는 재빨리 그녀의 손을 잡고 숲속으로 들어갔다.

베세이테는 미로의 멋을 간직한 첩첩산중이라 미켈레테들이 피신하기에 안성맞춤인 곳이었다. 쌍두왕관의 연합군은 남동쪽을 향하고 있었다. 나는 그쪽으로 방향을 잡았다.

보름달 호박 빛이 소나무 숲을 감쌌다. 전쟁 없는 귀뚜라미 세상에 신선한 밤공기가 여름철 더위를 씻어내고 있었다. 적의 목을 댕강 잘라버리는 무지막지한 미켈레테들이 가까이 있지만 않았으면 비길 데 없이 호젓한 산책이었을 것이다.

"잘난 네 친구들 좀 보라고!" 나는 한참 만에 입을 열었다. "아까 축사로 들어온 그 불쌍한 에스파냐군 병사 봤지? 네 잘난 친구들이 실탄 한 발 아낀답시고 몽둥이로 패 죽였잖아."

"난 친구가 없어." 그녀가 어떻게든 내 손아귀에서 벗어나려는 속마음을 감추지 않고 대답했다. "그래, 설사 네 말대로 그랬다고 치자. 하지만 네가 왜 그들을 비난하지? 전쟁이 가난한 자들 때문에 일어났다는 거야?"

"가난할 순 있어도, 야만스러우면 안 되지."

"하지만 여자들을 겁탈하진 않아."

"나도 안 그래!" 나는 나를 옹호했다. "그리고 너, 넌 내가 공병이라는 걸 알아둬. 공병이든 병사든 우리 같은 직업인은 우리를 고용한 왕이나 고용인에게 계약기간 동안은 빚을 지고 있어. 그게 다야. 출생지에 묶여 어떤 나라에 속하는 일도 없다는 거, 그게 우리의 특권이기도 하고. 따라서 나는 오늘 프랑스 왕을 섬기지만, 내일은 스웨덴 왕이나 프러시아 왕을 섬길 수도 있어. 그렇다고 해서 나를 변절자나 이교도로 낙인찍는 사람은 없거든. 개구리가 돌과 돌을 뛰어 강을 건넌다고 해서 아무도 놀라지 않듯 말이지."

"그래봤자 미켈레테에게는 친부르봉파야." 그녀가 반박했다. "너는 친부르봉파들이 네 부모나 자식을 매달고, 너를 죽이고 싶어 하는데도 괜찮다는 거야?"

"그들은 공병인 나에게 돈을 지불해. 진지하게 말하건대, 그 빌어먹을 부르봉파든 오스트리아파든, 아니, 이쪽이든 저쪽이든 나한테는 다 똑같이 중요해."

그녀가 갑자기 걸음을 멈추었다. 그러더니 씩 웃으며 다시 입을 열었다.

"이 소리 안 들려?"

나는 잠시 당황했지만 이내 그 말을 받았다.

"그래, 들려. 소나무 숲을 걷는다는 것은 참으로 지겨운 일이야. 너에게 마른 솔방울을 피해서 걸으라고 해봤자 쓸데없는 짓이겠지. 마귀처럼 끽끽대는 소리가 맞은편 언덕까지 들릴 테니까."

"아냐, 그게 아냐." 그녀가 숲에 귀를 기울이며 말했다. "내가 말한 건 음악 소리야."

음악이라니? 분명 밤의 소리 외에는 아무 소리도 들리지 않았다. 미쳤나? 그녀의 창백한 얼굴이 여름철 밤하늘의 달빛 밑에서 비현실적인 색조를 띠었다. 문득 그녀의 마음에 공감대 같은 게 생겨났는지도 모른다는 생각이 들었다. 우리의 시작은 나빴지만 밤의 숲이 모든 것을 감미롭게 바꾸어놓았는지도. 나는 가만히 팔을 뻗어 그녀의 허리를 감았다. 그러나 그녀는 즉시 내 팔을 빠져나갔고 그대로 저만치 멀어져가면서 우울한 한숨 같은 작별인사를 건넸다.

"아냐, 너의 귀엔 들리지 않을 거야. 그럼, 안녕, 위대한 공병 나리."

그녀가 사라졌다. 한동안 그녀의 체취가 여운처럼 숲 사이를 떠돌았다. 그게 전부다. 그런데도 여러분은 무엇을 더 알고 싶은가?

당시 나로서는 그녀에게 조롱을 당했던 것인지, 아니면 다른 어떤 것이었는지 확신할 수 없었다.

나는 가능한 한 서둘러 베세이테를, 아니 미켈레테 소굴을 벗어나기 위해 밤새 길을 재촉했다. 새벽빛이 열릴 즈음에 그 지역을 조망할 수 있는 커다란 암벽에 올라섰다. 그리고 그때서야 그동안 일어났던 일들을 뒤돌아보았다. 홀연히 사라진 여자 아멜리스를 다시 보고 싶다는 생각이 떠오르는 것으로 보아 아직까지는 죽음의 공포보다는 사랑의 무한한 힘이 더 강한 모양이었다.

사실 잔과 헤어진 뒤에 아멜리스만큼 내 마음을 사로잡은 여자는 없었다. 지저분한 손수건과 역병에 걸린 것처럼 위장한 모습은 애당초 귀족 주변에 서성이는 잔의 모습과는 천양지판이었다. 그런데 아멜리스는 어디로 가고자 했을까? 나는 그녀의 마지막 말에서 여러 가지를 주정했다. 심지어 양쪽 군내와 내통하는 밀정일지도 모른다는 생각까지 들었다. 어느 쪽이든 그녀의 목을 매달고 말 것임은 분명했다.

저 멀리 지평선으로 먼지구름이 일기 시작했다. 내 인생에서 부르봉군 기병대를 그렇게 기쁜 마음으로 바라보던 것은 그때가 처음이자 마지막이었다. 적어도 그들은 미켈레테처럼 나를 다루지는 않을 것이다. 나는 바위 위에서 힘차게 모자를 흔들어대다가 밑으로 내려갔다.

"프랑스인인가, 에스파냐인인가?" 흙먼지를 뒤집어쓴 바람에 백색이 회색으로 변한 제복 차림의 지휘관이 말 위에서 물었다.

"세상에, 이런 기적이!" 나는 다급하게 소리쳤다. "어서 나를 이 이곳에서 벗어나게 해주십시오."

213

12

 토르토사를 공략할 군대는 괴물왕의 조카 오를레앙 공작이 지휘했다. 그가 이끄는 군대는 병력 25,000명과 강력한 포병대였다.
 그리하여 나 역시 공식적인 요새전에 참전하게 되었다. 나는 첫 참전을 앞두고 무척이나 고무된 상태였다. 바조슈에서의 실의를 극복하고 내 자신을 재정립하면서 진정한 공병으로 변모할 기회였다. 지난 2년은 내 삶의 여정에서 무엇인가에 가장 집중했던 기간이자 진정한 마가논이 되기 위한 필수적인 지식과 고결한 도덕을 구하고자 노력한 시기였다. 열여섯 살 애송이에게 24개월은 무척이나 유의미한 기간이었다. 나는 내 자신의 정체성에 대해 의문이 생길 때마다 오른쪽 팔뚝 소매를 걷어 올렸다. 때로는 새벽녘 여명 아래서, 때로는 휘영청 밝은 달빛 아래서, 때로는 정오의 태양 아래서, 때로는 황혼녘의 석양 아래서 내 팔뚝에 각인된 문신을 주시했다. 아, 이 얼마나 아름답고 성스러운 문신인가! 그때마다 나는 지난날의 실패를 인정할 수 없었다. 굴복할 수 없었다. 그런 나에게 토르토사는 실패의 원인을, 동시에 아직은 내가 구하지 못한 그 '말'을 발견할 수 있는 절호의 기회였다.

6월 12일, 부르봉군은 토르토사 공격을 앞두고 진영을 구축했다. 그다음 날 도착해 공병대에 합류한 나는 오를레앙의 부관으로 차출된 데다 에스파냐어와 프랑스어를 구사하는 덕분에 양 부대를 연결하는 참모 역할까지 담당하게 되었다.

프랑스군에게 가족관계는 유럽의 다른 어떤 나라들 군대보다 중요한 것이었다. 공병대는 오를레앙 공작의 사촌인 괴물왕의 직속 부대였다. 오를레앙 공작은 느긋하고 굼떴다. 호리호리한 체형에 멋이나 기호, 행동거지가 밋밋했다. 겉으로는 육욕도 없는, 공허한 행복을 좇는 인물로 보였다. 하루 종일 페르시아의 다리우스 대제에게나 어울릴 화려한 막사에서 지냈다. 전장이 그리스정교회 회당처럼 생긴 양파 형태의 막사는 내부에 캐시미어 직물과 각종 문양으로 장식되어 있었다. 그는 오케스트라가 들어가고 남을 널찍한 그곳에서 진탕 먹고 마시는 밤의 축제를 열었다. 그를 제약한 것은 사촌인 괴물왕의 경고가 유일했다. 종종 집단적이고 쾌락적인 향연이 펼쳐졌다. 부하들을 시켜 마을의 창녀들을 끌어모았다. 그중에는 나이 많은 수녀들까지 포함되다 보니 그 사실을 괴물왕에게 통보하겠다는 에스파냐 사제들의 압박을 받기도 했다. 특히 그는 가발과 향수에 매달렸다. 거울 앞에서 열 개가 넘는 가발을 쓰며 희희낙락했고, 특별우편으로 도착한 향수는 이국적인 아시아산으로, 그 향이 그가 나타나는 것을 먼저 알릴 정도로 강했다.

사실 오를레앙은 기이한 체념의 분위기가 감도는 원정에 나섰지만 속마음은 베르사유 궁전에 머물고 있었다. 그는 왕의 군대에 봉직했다는 찬사를 들으며 파리로 돌아가고 싶었다. 그가 공병을 대하는 자세는 연못에 사는 물고기가 물을 이해하지 못하는 것과 다를 바 없었다. 따라서 공병인 나에게 그의 존재는 내가 그의 이름을 잊었다는 의미에서 '망각된 대공'으로 남을 것이다.

망각된 대공에게 긍정적인 면모가 없었다는 것은 아니다. 그와 함께하는 동안에 나는 그가 프랑스 귀족들에게는 찾기 힘든 진실을 토로할 수 있었다. 그렇다고 해서 내가 소탈한 그의 관용을 고귀하게 여겼던 것은 아니다. 그는 왜 나의 모든 비판과 암시 혹은 책망을 순순하게 받아들였을까? 아마도 그는 나를 혹서에 득실거리는 파리 같은 미미한 존재로 여겼기 때문이리라.

아무튼 토르토사 포위전은 첫날부터 완전히 재앙이었다. 전쟁이란 항상 부족함과 불완전함을 관리하는 기술이며, 그렇게 되어야 한다는 것을 우선순위로 받아들이는 자가 바로 나다. 어떤 지휘관도 낙관적인 조건에서만 전투를 치르거나 포위전을 이끌 수 없다. 오히려 전쟁은 매번 부족하고 불완전한 상황에서 치러진다. 따라서 일반 부대나 공병대 지휘관은 사전에 예측할 수 없는 것을 미리 대비하고 주어진 상황에 순응해야 하며 상대가 자기보다 강하거나 약한지를 신속하고 정확하게 판단해야 한다. 보방이 그랬다. 그랬기에 바조슈에서 뒤크루아 형제는 나에게 전쟁에 필수적인 전술과 기술을 가르치는 한편, 내가 습득한 것을 실전에서 극대화시키고 상황에 따라 '스스로 대처할 것'을 주입시켰다.

그런데 토르토사 요새전은 그렇지 못했다. 전쟁에서의 돌발성이나 한계들을 고려한다고 해도 바조슈에서 배웠던 것과는 정반대였다. 교육적인 차원에서도 토르토사 포위전은 그렇게 되어서는 안 될 모든 것들을 가르쳤다. 포위전에서 무능은 피로 그 대가를 치른다는 것까지 포함해서.

예를 하나 들어보자. 바조슈에서의 첫날, 그러니까 '요새 공격 및 방어술'의 첫 수업에서 뒤크루아 형제는 나에게 요새 공격에 대한 보방의 '일반적인 30가지 격언'을 각인시켰다. 그 첫째가 무엇인가? '공격에 들어가기 전에 수비군의 군사력에 관한 정보를 충분히 숙지하라.'

그러나 오를레앙의 군대가 사전에 파악한 토르토사 요새의 방어 능력에 대한 정보는 무용지물로 드러났다. 오를레앙은 대략 4,500명의 병사들, 즉 알만사 전투에서 살아남은 영국인, 네덜란드인, 포르투갈인으로 구성된 동맹군이 요새를 방어한다고 확신했다. 오판이었다. 막상 전투가 시작되자 동맹군의 군사력이 눈에 띄게 증강했다. 현지의 거주민들 1,500명이 정규군에 합류한 데다 여자들은 부상자를 치료하고 어린애들은 보루까지 물 항아리를 날았다. 누구보다 놀란 사람은 바로 나였다. 왜 저들은 전투가 끝날 때까지 집에 머물러 있지 않는 것인가? 전투는 왕이 할 일인데, 게다가 패배할 경우에 돌아올 보복을 어떻게 감당할 것인가? 어안이 벙벙해졌다. 저들은, 그러니까 카탈루냐 사람들은 전쟁을 세상이 종말을 고하는 전쟁으로 받아들인다는 자세였다.

공병의 눈으로 볼 때 토르토사는 더없이 특이한 도시였다. 역사적으로 군사적 요충지가 되다 보니 외곽은 아랍풍의 성벽과 최근에 증축된 보루들로 다양하고 복합적인 형태를 띠었다. 토르토사의 전략적 가치는 지도를 보면 이해될 것이다. 에브로강을 사이에

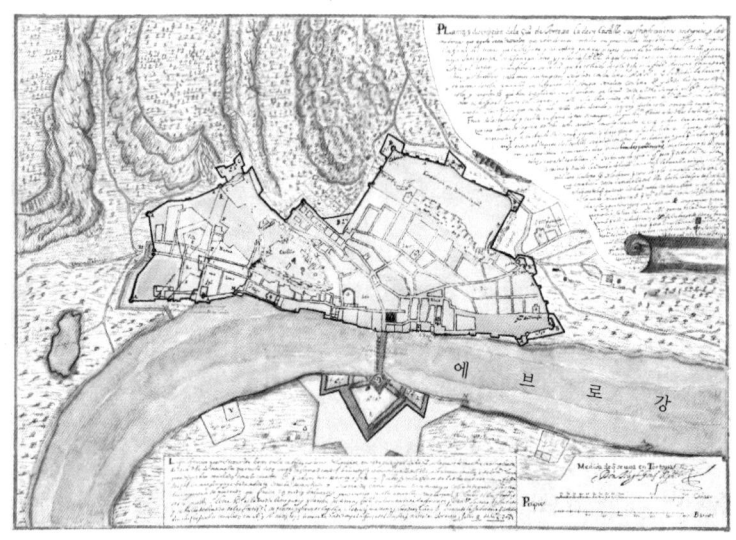

두고 서쪽은 그 차체로서 우뚝 솟아 있는 도시이며, 동쪽은 도시를 보호하는 거대한 보루가 버티고 있다. 오스트리아 정예 공병대가 알만사 전투 후에 이어질 불가피한 포위전을 예상했던 것은 적절한 판단이었다. 그들은 기존의 요새를 강화하기 위해 성벽 대부분을 현대적으로 재정비했으며, 그중 일부 지역 방어에는 방어벽을 교회 건물로 대처하는 기지를 발휘하고 있었다.

오를레앙은 나름 만반의 준비를 끝낸 토르토사 공략에 나섰다. 당연한 일이었다. 어차피 토르토사를 지배하는 자가 카탈루냐에서 가장 중요한 강을, 나아가 남쪽 경로 전체를 제어하기 때문이었다.

우리는 참호를 열었다. 7월 20일이었다. 첫 번째 장에서 기술했듯 '참호를 연다'는 것은 어떤 요새나 광장을 공격하기 위한 기본적인 작업에 들어간다는 것을 의미한다. 공격 지점이 정해지면 후퇴는 있을 수 없다. 그리고 그 결과는 둘 중 하나다. 포위당한 방어군의 완벽한 패퇴가 될 것인가, 반대로 포위한 공격군의 불명예로 남을 것인가.

나는 참호 작업에 들어가기 하루 전에, 그것도 밤에 그 사실을 알았다.

"각하, 지형에 관한 보고는 받았습니까?" 내가 물었다.

"지형에 관한 보고라니? 부관, 어떤 지형 말인가?"

할 말이 없었다. 그는, 아니 모두가 참호 작업에 대한 기본적인 자세가 결여되어 있었다. 처음에는 그들이 신참 공병관인 나를 조롱하는 것으로 생각했다. 다시 물었다. 역시 마찬가지였다. 나는 양손으로 머리를 감싸 쥐었다. 참호 작업 개시 시간을 늦추어야 했다.

"각하, 내일 오후 여덟 시를 기해 참호 작업에 들어간다는 통보를 받았습니다."

"그건 제대로 들었군." 그는 고개도 돌리지 않았다. "밤새 땅을 파겠지. 야음을 틈타서."

"하지만 각하, 지금은 6월이라, 오후 여덟 시면 아직 날이 훤한데, 그런데도 작업을 강행하면 아군의 희생이 예상보다 늘어날 것입니다."

"그래? 자네는 염세주의자로군. 부관, 일부러 사서 고민하는 짓은 안 해야겠지."

이럴 수가! 그 역시 골빈 부류이자 허수아비였다. 나로서는 더 이상 할 말이 없었다. 그러나 나는 그가 이제 곧 모든 것을 이해하게 될 것이라고 생각했다.

참호 작업은 그 어떤 일보다 미묘하고 복잡하다. 그 과정은 이미 설명했지만 이렇다. 일단 작업에 필요한 인원의 병사들을 소집한다. 그들을 막일꾼이나 다름없는 공병대 참호병으로 재편성해서 어둠을 비호 삼아 미리 정한 지점에 투입시킨다. 참호병들은 먼저 땅에 석회가루를 뿌려서 선을 긋고 그 위에 말뚝을 박는다. (나 역시 실탄이 날아드는 죽음의 공포 속에서 네 발로 기어 다니며 말뚝을 박았었다.) 참호 작업은 요새와의 거리가 가까운 지점에서 시작할수록 작업 시간을 절약할 수 있지만 반면에 요새의 성벽이나 보루에 가까워질수록 적의 공격에 쉽게 노출될 수밖에 없다. 통상적으로 참호 작업이 적의 사정거리 밖에서 시작되는 것은 그런 이유다. 그리고 그 지점에 참호병들의 안전한 작업을 위해 흉벽을 세우게 되며, 그때부터 본격적인 땅파기 작업에 들어간다.

이튿날 오후 여덟 시, 예정대로 참호 작업이 시작되었다. 개활지에는 이미 삽이나 곡괭이를 손에 쥔 참호병 수천 명이 미리 정해진 지점에 기다란 띠를 이루며 서 있고, 그들 앞에는 '파히나스'로 불리는 버드나무 광주리 수천 개가 놓여 있었다. 작업 개시 신호가 떨어졌다. 일제히 땅을 파기 시작했다. 가능한 한 소리를 죽이며 판 흙을 파히나스에 담아 참호 밖에 쌓았다. 불과 몇 분 사이에 여전히 미완성이지만 참호병을 보호할 첫 흉벽이 세워졌다.

한편 요새를 지키던 수비군의 움직임도 그만큼 바빠졌다. 예상했던 대로 적의 파수병은 아군의 동태를 지켜보면서 사소한 소리까지 귀를 기울였다. 아마도 그들은 망각된 대공의 파슬리 향까지 맡았으리라.

카탈루냐의 황혼은 해가 저무는 하늘 저편으로 파란 바다색과 붉은 호박(琥珀)색을 뿌려놓은 듯한 특유의 농밀한 빛깔을 띤다.

적의 포격은 서편으로 저녁노을의 검붉은 띠가 드리워져 있는 무렵에 시작되었다.

토르토사의 동맹군이 우리를 향해 쏘아대는 크고 작은 포는 대략 50문이었다. 그들이 포격을 가할 때마다 아군의 참호병 수가 2,200명에서 2,100명으로, 다시 2,000명으로 줄어들었다. 어떤 문헌은 그날의 포격을 이렇게 아름다운 문장으로 요약하고 있다. '포위된 자들의 행복한 대포 연주였다.' 그들의 포격을 행복한 결혼식 전야제에 비유했던 것이다.

세상의 모든 일은 나쁘게 만들어질 수 없다. 그러나 토르토사에서는 보방이 포위전에서 발생될 나쁠 수도 있다고 예견했던 일들이 현실로 드러났다. 내가 토르토사 포위전에서 겪었던 문제를 하나씩 살펴보자.

통상적으로 포병대 지휘관은 포격전 사체가 지니고 있는 광기에 익숙해진다. 특히 첫 포격이 그렇다. 마치 어린애가 장난질하듯 들뜬 마음을 억제하지 못하고 포문을 열자마자 포를 쏘아대는 것이다. 토르토사의 경우가 그랬다. 그날 포병대는 1선 평행 참호 작업이 끝나기도 전에, 아니, 땅을 파기도 전에 이미 대포 15문과 박격포 6문의 배치 명령을 끝낸 뒤였다. 문제는 우리 공병대가 적의 요새로부터 최대 1,200미터 거리를 유지하며 작업하는 것을 무시한 채 포병대 지휘관이 포격 명령을 내렸다는 것이다. 그 거리면 포탄이 적의 요새에 닿을 리가 없었다. 결과적으로 아군의 포격은 성벽이나 보루의 막벽에 타격을 가하는 것은 고사하고 수백 킬로그램의 포탄과 화약만 허비하고 말았다. 나는 포병대의 오판을 지적하며 언성을 높였다. 그러나 '망각된 대공'은 개의하지 않았다. 하긴 성대한 잔치판을 좋아하는 대공이나 지휘관으로서는 군비까지 걱정할 필요가 없는 일이었을 것이다.

문제는 또 드러났다. 참호 작업이 한참 진행되는 도중에 엄청난 크기의 바윗덩이가 나왔다. 마치 적들이 참호 작업을 더디게 할 목적으로 파묻어놓은 것 같은 찝찝한 기분이 들 정도였다. 거대한 바윗덩이는 주로 폭약의 힘을 빌려 제거한다. 그러나 그 경우에는 폭약이 터지면서 참호의 일부가 훤히 드러나 참호병의 목숨이 위태로워질 수 있으므로 신중해야 하며, 허물어진 흉벽을 다시 세우는 데 드는 작업 시간도 감안해야 한다. 이렇듯 그날의 참호 작업에는 지형에 관한 정보를 우습게 여긴 대가를 치러야 할 경우가 적지 않았다.

나는 참호병들이 독한 술을 짐승처럼 마셔대면서 죽어간다는 보방의 사적인 경고도 확인했다. 참호 작업을 하다 보면 선두는 항상 뒤에서 밀려드는 최대한 열 명의 동료들에 의해 떼밀리듯이 앞으로 나아가지만 참호 갱도가 좁아지면서 작업 속도가 더디어지게 되고, 그때를 기다리던 적의 집중포격으로 인해 사상자가 늘어나게 된다. 실제로 참호병들은 서너 시간마다 동료들과 교대를 했지만 고된 작업과 죽음에 대한 공포심으로 인해 초주검 상태였다. 그들이 참호 작업 전후에 꼭지가 돌 정도로 술을 마시는 이유가 거기 있었다.

또한 토르토사는 나 같은 신참 공병 지휘관에게 훈련과 실전 사이의 괴리감을 뚜렷하게 각인시켰던 곳이다. 일례로, 포위전의 참호 작업을 상상하다 보면 흔히들 목판으로 짠 몸통에 두 개의 바퀴가 달린 운반 장치, 즉 방탄용 수레를 떠올릴 것이다. 하지만 그 용도는 포위전을 겪지 못한 자들의 순진한 상상일 뿐이다. 그날도 막 임관한 신참 장교가 그 수레를 사용했다. 그러나 베테랑 참호병은 방탄용 수레를 몹시 싫어한다. 왜냐고? 이유는 요새의 수비군이 그 수레를 보는 순간 눈깔이 확 뒤집히면서 무지막지한 집중사격을 가하기 때문이다.

방금까지 언급했던 것들이 전부가 아니다. 이론과 실제 사이의 모순들 중에서도 가장 놀라운 것은 어쩌면 뒤크루아 형제조차도 언급한 적이 없는, 자발적으로 전쟁터에 끼어드는 민간인들이다. 물론 보방의 세계에서는 군사적인 것과 민간적인 것의 거리가 서로 분리된 것만큼이나 밀접하다. 나는 거미줄처럼 복잡하게 얽히고설킨 참호 속에서 민간적인 것이 군사적인 영역을 부단하게 침범하는 장면에 놀랐다. 참호는 마치 땅속에서 우후죽순 피어오르는 무수한 꽃봉오리들처럼 민간적인 것들이, 예를 들어 온갖 잡상인과 창녀들로 붐볐다. 여느 도시나 마을의 거리 혹은 골목의 풍경과 다를 바가 없었다.

사실 공격용 참호가 성벽에 가까워지면서, 동시에 수비군의 포격이 늘어나면서 군사적인 것과 거리가 먼 민간적인 것들이 줄어드는 것은 당연한 이치일 것이다. 그러나 대체 무슨 일을 벌이는지 알 수 없는, 상식을 초월하는 수십 가지 유형의 유별난 짓이나 사기 행각이 오히려 기승을 부렸다. 사제들은 말할 것도 없었다. 모든 부류의 군상들이 무엇인가를 제공하고 있었다. 창녀들은 후미진 모퉁이에서 엉덩이를 까거나 가랑이를 벌렸다. 장사치들은 끼니를 대신할 간식을 지겹도록 팔았다. 신발이나 옷 수선공, 투전꾼, 이발사, 강도, 동성애자, 집시 등등 우리가 상상할 수 있는 모든 부류가 모여들었다.

만일 보방의 경우라면 어떻게 했을까? 결코 포위전에서 발생할 수 있는 과오나 구경거리를 용납하지 않았을 것이다. 그는 자신이 원하는 대로 할 수 있는 권능 있는 인물이었다. 반면에 오를레앙은 포위전 자체를 달갑게 여기지 않는 쿠호른의 추종자였다. 더욱이 그의 목적은 포위전을 통해 괴물왕에게 잘 보여서 베르사유로 다시 돌아갈 기회를 얻는 것뿐이었다.

아무튼 그 모든 것들이 나에게는 실전 강의였다. 나는 인간이 참호라는 세계에서 어떻게 기생하고, 어떻게 살아가는지를 똑똑히 지켜보았다. 내가 이 세상에서 적응할 수 있는 다른 세계의 피조물과 흡사한, 그야말로 끔찍한 피조물들을 만난 것도 그 참호였다.

그중 한 명은 꼬마였다. 나이는 많아야 예닐곱 살이었다. 어떤 짐승도 그렇게까지는 헐벗지 않았을 모습이었다. 맨발이었다. 바지는 닳아 헤지고 찢어져서 무릎 밑으로 살이 드러났다. 흙먼지에 때가 타서 흑회색으로 변했을 셔츠는 너덜너덜했다. 긴 금발은, 세상에, 기름때가 끼어서 가닥가닥 갈라진 봉두난발이었다. 다른 한 명은 그 꼬마에게 길들여진, 낡고 우스꽝스러운 장돌뱅이 옷차림의 난장이였다. 그들 특유의 얼굴. 변비에 걸린 듯 찌푸린 인상. 아, 무엇보다도 눈에 띈 것은 마치 자신만의 긍지를 나타내듯 머리에 씌어져 있는 기다란 깔때기였다. 아마도 그를 보는 사람은 그의 머리가 솟아올라 깔때기로 변한 것인지, 깔때기가 그의 머리에 박힌 것인지조차 헷갈릴 것이다. 그 둘에게 한 가지 공통점이 있다면 엇비슷한 키였다.

나는 지금도 그 꼬마에게 건넸던 첫 마디를 기억한다. 그리고 영원히 기억하게 될 것이다. 나는 셔츠의 목덜미 깃을 붙잡고 물었다

"얘! 네 아버지는 어디 계셔?"

아버지? 그 꼬마는 마치 중국어를 들은 사람처럼 빤히 나를 쳐다보았다.

꼬마가 쓰는 카탈루냐어에는 약간의 카스티야어와 꽤 많은 프랑스어가 뒤섞여 있었다. 이름은 앙팡이었다. 그들의 이름에는 그들만의 자서전이 담겨 있었다. 앙팡은 프랑스어로 '어린이'라는 뜻의 '앙팡'을 음성학적으로 차용한 이름이었다. 그의 이름으로 보아 더 어려서부터 프랑스군 야영지에서 뛰어놀았고, 그런 그를 어른들이 그렇게 부른 모양이었다. 하긴 수십 년에 걸쳐 전시 상태인 카탈루냐에서 부모들이 자연사하거나 희생되어 어쩔 수 없이 떠돌아다니는 고아거나 사생아가 얼마나 많은가. 한편 난장이의 경우는 거의 말을 못하는 데다 으르렁대는 소리로 자신을 표현했다. 그의 이름 난은 카탈루냐어로 '난장이'라는 뜻이었지만 출생과 행적까지 모든 게 미스터리였다. 두 아이에게서 확실한 것은 꼬마가 난장이를 절대적으로 믿고서 집요하게 따라다닌다는 것이었다. 참호 속에서 꼬마는 난장이를 보호했으며 어떤 때는 절망적인 눈빛으로 난장이를 찾아 미로 속을 헤맸다. 다시 만나 마구 껴안고 행복한 울음을 터뜨릴 때까지.

하루는 참호를 돌아보다가 멍석을 침대 삼아 껴안은 채 세상모르게 잠들어 있는 녀석들을 발견했다. 빈 탄약 상자를 보관하는 지하 무덤 같은 갱도가 나 있는 1선 참호 속이었는데 참호 밖에서 들리는 포성에도 아랑곳없었다. 나는 녀석들을 깨워 혼을 내주려다가 내 발끝에 걸린 앙팡의 발을 들여다보았다. 바조슈의 구면체 공간에서 갈고 닦았던 눈으로 말이다. 녀석의 발바닥에 보이는 크고 작은 상흔들이 짧은 삶의 여정을 대변했다. 순간 울컥했지만 공병으로서 그들에게 애정을 품는 것도, 그들을 귀찮게 만드는 것도 제어해야 했다.

세상모르게 잠든 아이들의 숨소리에는 어떤 신성함이, 마치 그들에게 위해를 가하면 결코 용서하지 않으리라는 자연의 경고 같은 게 깃들어 있다. 나는 탄약을 싸는 부드러운 천으로 아이들의 발을 덮어주고 가만히 빠져나왔다.

○○○

3선 평행 참호를 앞두고 2선 참호 작업이 한창이었다. 참호를 무단으로 침입하는 민간인 대부분은 1선 참호에 머물렀다. 통상적으로 2선 참호는 적에 쉽게 노출되어 그만큼 위험하기 때문이었다.

하루는 선두에서 잠망경으로 전황을 살폈다. 아, 잠망경! 두터운 렌즈와 'Z' 형태의 관이 결합된 잠망경은 성벽을 관찰하는 데 요긴하지만 상대적으로 적의 집중포화의 표적이 되기 십상이다. 따라서 적의 동태를 살필 때는 망태와 망태 사이로 난 구멍을 통해 신중하게 사용해야 한다. 하지만 그날은 재수가 없었다. 성벽에서 어떤 동맹군 후레자식이 망원경으로 우리 쪽 참호의 움직임을, 특히 내 잠망경을 주시했던 것이다. 잠망경과 망원경. 사실상 참호전은 그 둘의 격돌이다. 나는 반평생을 잠망경에, 나머지 반평생을 망원경에 맞서며 보냈다. 그날 나를 표적으로 삼은 적의 지휘관은 부하들에게 한 번에 스무 발이 터지는 산탄포 발사를 지시했다.

뻥! 두 개의 파히누스 사이로 정확하게 떨어진 포탄이 오렌지 빛

섬광과 함께 폭발했다. 나는 잠망경으로 측량한 거리를 계산하고자 목판 위에 고개를 숙이고 있다가 화를 면했다. 운이 좋았다. 참호병 두 명이 흉벽의 잔해와 흙더미에 깔린 나를 끄집어냈다. 나는 그들에게 고맙다는 인사는 고사하고 툴툴거리면서 그들을 거칠게 밀쳐냈다. 젠장, 고가의 잠망경은 깨져 있었다. 몹시 속상했다. 늙은 참호병의 위로가 아니었으면 미쳐버렸을 것이다.

"젊은이, 진정하라고. 살아난 것만도 기적일세. 자, 잠시 후진으로 물러나서 독한 걸 마시게. 곧 좋아질 거야."

늙은 참호병이 현명했다. 나는 그의 충고처럼 참담한 기분을 무작정 억누르지 않았다. 얼굴이 흑판보다 더 새까맣게 변한 줄도 모른 채 발걸음을 뗐다. 그런데 참호 안을 걷다가 꼬마와 난장이를 보았다.

참호는 수많은 지선들로 연설된다. 쓸모가 많다. 탄약이나 토목자재를 저장하는 임시 창고로, 빗물을 빼는 배수 시설로, 적 관측병의 눈을 속이는 위장 통로로, 장비를 나르는 운송로로, 휴식처로 그야말로 다양하게 활용된다. 그런데 그 많은 공간들 중의 한 곳에서 꼬마가 무릎을 꿇은 채 어떤 병사의 아랫도리에 얼굴을 파묻고 있었다.

피가 거꾸로 솟구쳤다. 내 입에서 쌍욕이 터져 나왔다.

"왜! 노예선에 태워줄까? 이런 추잡한 놈 같으니!"

병사가 화들짝 놀랐다. 붉은 흙이 묻은 짙은 얼굴 사이로 허연 망막이 열렸다. 그 병사 뒤로 난장이가 서 있었다. 꼬마 녀석이, 이어 난장이가 잽싸게 튀었다. 난장이의 손에 무엇인가가 쥐어져 있었다.

"멍청한 자식!" 나는 병사를 나무랐다. "호주머니가 털렸잖아. 당해도 싸지!"

나는 꼬마와 난장이를 뒤쫓았다. 그러나 이미 사라지고 없었다.

2선 참호가 열린 뒤부터 양쪽의 야포와 박격포가 하루 종일 불을 뿜었다. 낮과 밤이 없었다. 수비군은 보루에서 우리의 참호 작업을 지연시키고 장비를 파괴하는 게, 우리는 참호에서 적의 무기를 파괴하고 성벽에 돌파구를 뚫는 게 목적이었다. 특히 도시 쪽에서 날아드는 총탄 세례는 그 위력이 대단했다. 파히나스로 쌓아 올린 흙벽에 맞을 때마다 파편과 함께 우박 떨어지는 소리를 내며 사방으로 튀었다.

연일 숨이 턱턱 막혔다. 어쩐 일인지 카탈루냐 남쪽의 여름이 안달루시아 남쪽보다 더 푹푹 찌는 날씨였다. 참호 밖에 나뒹구는 시신들이 부패했다. 악취를 맡은 해충들이 구름떼처럼 몰려들었지만 누구 하나 수습할 엄두를 못 냈다. 나는 그럴 때마다 수신호의 필연성을 깨달았다. 아, 얼마나 위대한 발명인가! 우리 공병들은 우리만의 방식인 수신호로 소통했다. 왜냐고? 입술을 떼는 순간 파리 떼가 날아들었기 때문이다.

그사이에 나는 앙팡과 난을 찾아다녔다. 헛수고였다. 녀석들을 붙잡는다는 것은 사실상 불가능했다. 저만치 떨어진 곳에서 조심스럽게 다가가면 눈 깜박할 사이에 발이 여섯 개 달린 도마뱀처럼 빠져나갔다. 그 일대의 참호 통로를 훤히 꿰뚫고 있어 나를 따돌리는 것쯤은 일도 아니었다.

나는 고민 끝에 협상을 선택했다. 하루는 상당히 길게 뻗은 일자형 통로에서 마주쳤다. 게다가 막다른 통로였다. 나는 미리 준비했던 삼각형으로 접은 종이를 땅바닥에 내려놓았다. 그러고는 통행증이라고, 그 통행증으로 내 막사를 찾아오라고, 막사에 오면 초콜릿 과자를 내놓겠다는 말을 남기고 돌아섰다.

부질없는 짓이었다. 그들이 나를 못 믿어서 그럴 수도 있었지만, 그것보다는 그들의 타고난 성향, 즉 훔치고 도망치는 생쥐 근성 때문이었다.

다시 며칠이 지났다. 그날은 운이 좋았다. 통로가 확 꺾이는 곳에서 마주쳤다. 난장이는 가까스로 빠져나갔지만, 꼬마는 그렇지 못했다. 내가 겨드랑이를 붙잡자 녀석은 소리를 지르며 발길질을 해댔다.

"입 다물어! 다시는 이 근처에 얼씬거리지 못하도록 해주마."

녀석은 고분고분 굴면서 기회를 엿보다가 용케 내 손아귀를 빠져나갔다. 그러나 나 '긴 다리' 수비는 녀석의 발목을 낚아채듯 붙잡았다. 이번만큼은 놓칠 수가 없었다. 그렇게 참호 바닥에 뒹굴며 실랑이를 벌였다. 어떤 걸걸한 목소리가 호통을 칠 때까지.

"이봐! 이놈의 군대는 장군에게 인사도 안 하는 거야?" 그러더니 그가 손가락으로 계급을 표시하는 허리에 두른 띠를 가리켰다. 그는 에스파냐 장군이었다. 그러나 나는 멀뚱하게 그를 쳐다보며 일어섰다. 50대 나이였다. 우락부락한 인상을 지닌 거구가 해를 등지고 서 있었다. 그 순간에 내가 만일 그가 내 삶에서 그렇게까지 중요한 인물이 될 줄 알았더라면 확신컨대 이런 식으로 어설프게 대답하지는 않았을 것이다.

"아차, 제가 장군님을 못 보았습니다. 용서하십시오. 장군께서 허용하신다면 이 참호의 질서를 바로잡겠습니다."

사실 나는 주로 프랑스인들과 사적인 관계들을 맺어왔던 터라 그들의 편견에 대해 잘 알고 있었다. 그들은 그들의 연합군인 에스파냐 군대를 경시했다. 에스파냐군의 조직 체계와 전투를 이끄는 방식이 엉성하다고 여겼다. 그리고 그들의 판단은 맞았다. 그랬으니 에스파냐 장군인 그가 프랑스군의 공병인 나의 언행을 곱게 보았을 리가 없었다.

아무튼 나는 그렇게 말하고 나서 꼬마의 목덜미를 움켜쥐고 그 자리를 벗어났다. 그러나 그 장군이 한 손을 뻗더니 나를 가로막았다. 나는 잠시나마 혼란스러웠다. 신음 소리를 내면서 발버둥 치는 꼬마를 꽉 붙잡은 상태에서 장군의 눈을 쳐다보았다. 대체 무슨 생각을 하는가? 그리고 그의 생각을 읽어냈다. 아니나 다를까, 그가 한 손으로 내 멱살을 잡고서 참호 벽으로 나를 밀어붙였다.

"난 네놈들이 참호에서 고아들을 추행한다는 걸 잘 알고 있지!"

"제가요?" 나는 한 손으로 그의 팔목을 붙잡으며 대답했다. "천만에요! 군대에서 어린애들을 상대로 벌어지는 추악한 짓을 막겠다고 나선 자가 있다면, 그자가 바로 접니다."

하지만 설상가상이라고, 꼬마가 마치 남편을 여읜 과부처럼 서럽게 울기 시작했다. 사실은 가짜 눈물이었지만, 다른 상황이었더라면 나 역시 속았을 것이다. 완벽한 연기였다. 녀석은 굳이 필요하지 않는데도 카탈루냐어와 프랑스어와 카스티야어를 뒤섞어 말했다. 녀석에 따르면 나는 어린애를 상대로 성추행을 일삼는 색마였다. 녀석은 무릎을 꿇은 채 내 기억에 남을 만한 완벽한 마무리까지 놓치지 않았다. 두 줄기 눈물이 때가 잔뜩 낀 뺨에 고랑을 내며 흘러내렸다. 하늘을 향해 고개를 들고선 불행한 삶에서 벗어나게 해달라고 조물주에게 빌었다. 더덕더덕 떡이 진 데다 생쥐꼬리처럼 가닥가닥 갈라진 봉두난발이 처연한 녀석의 모습을 뒷받침했다. 이제 겨우 여섯 살 먹은 꼬마가 어찌 그렇게 완벽한 철면피일 수가! 나는 더 들을 필요조차 없다고 항의했다. 그러나 장군은 황소 같은 완력으로 내 목을 움켜쥐며 다시 소리쳤다.
"그 더러운 주둥아리를 다물지 못해? 추악한 돼지자식 같으니라고! 신성한 아이들을 못살게 굴다니, 이런 비열한 놈이 또 어디 있단 말인가!" 그러고는 마치 판결하듯 덧붙였다. "왜, 변명이라도 하고 싶나? 네놈은 처단될 것이다."
그는 그의 겉모습만큼이나 강압적이었다. 그의 뒤에서 몰래 몸을 숨기고 있던 부하들이 나타나더니 곧장 나를 덮쳐 포박했다.
"날이 저물기 전에 네놈의 목을 매달 것이다." 그가 손가락을 흔들면서 으르렁거렸다.
그의 어조는 진지했다. 내가 항변하고 청원했지만 소용없었다. 내가 온전하게 살 수 있는 실낱같은 기회는 프랑스 장군이 중재에 나서는 것인데, 아무리 뜯어봐도 그가 프랑스 장군들에게 호의적일 리가 없었다. 한편 꼬마는 더없이 행복한 표정을 지었다. 그들이 나를 데려가자, 녀석은 폴짝폴짝 뛰며 기뻐하는 것도 부족했는지 익살스러운 표정과 손짓으로 나를 골려댔다.
"이게 무슨 꼴이야!" 녀석은 나를 포박한 병사들이 알아듣지 못하도록 카탈루냐어로 말했다. "어때, 내가 도와줄까? 나한테 잘 보이면 살려줄 수도 있어. 아, 세상 사람들이 이 멍청한 당나귀가 목 매달리는 꼴을 꼭 봐야 할 텐데."
그런데 그 순간에 기적 같은 일이 벌어졌다. 누군가가 고함을 질렸던 것이다.

"장군! 장군! 저길 보십시오! 저 위를 말입니다!"

실제로 토르토사 요새 위로 무엇인가가 보였다. 그것은 눈에 익은 총탄이나 포탄이 아니라 허공에 불꽃을 일으키며 터지는 신호탄이었다. 붉고 노란 색깔의 불꽃 연기가 하얀 구름이 떠 있는 한여름의 파란 하늘과 어우러지는 장면이 마치 4색으로 그린 풍경화 같았다. 내가 그 장면을 감상할 처지가 아니라는 게 안타까울 뿐이었다.

"적색과 황색 신호탄입니다!" 그의 부하들이 흥분해서 소리쳤다. "적황색 신호탄은 동맹군들이 사용합니다!"

"가자!" 그가 명령했다. "자, 나를 따르라!"

그러더니 사령부 막사를 향해 앞장을 섰다. 그는 타고난 지휘관으로서의 음색과 우렁찬 목소리를 지니고 있었다. 그가 "나를 따르라"고 지시하면, 그의 지시 외에는 아무것도 중요하지 않았다. 나를 포박한 자들 역시 머뭇거리지 않고서 그를 따라 나섰다. 나의 존재까지 잊은 채.

우리가 파악하는 동맹군의 신호 코드에 따르면 적색과 황색 신호는 외부의 동맹군에게 긴박한 지원을 요청하는 신호였다. 오를레앙은 망설였다. 그 신호탄은 요새의 수비군에게 최후가 임박했음을, 동시에 그들의 동맹군인 오스트리아 군대가 가까이 왔음을 의미했다. 따라서 오를레앙의 선택은 둘 중의 하나였다. 적의 지원군을 막기 위해 개활지에서 전투를 벌일 것인가, 아니면 아직은 참호 작업이 완성되지 않은 상태에서 이른바 쿠호른의 방식으로 요새를 급습할 것인가. 물론 어느 쪽을 선택하든지 지금까지 이루어진 참호 작업은 쓸모없게 될 것이다.

 나는 들소의 콧방귀보다 더 우렁찬 안도의 한숨을 내쉬면서 적황색 신호탄을 향해 신의 가호를 빌었다. 개활지 공방전이든, 요새를 공격하는 기습전이든 나와는 상관없는 일이었다. 다리가 후들거렸다. 여전히 가시지 않은 죽음의 공포에 떨며 무릎을 꿇었다. 그곳에는 다시 꼬마와 나만 남았다. 나는 녀석을 향해 으르렁거렸다.

 "이 녀석아! 거기 꼼짝 말고 서 있어! 이번에는 아주 콩가루로 만들어주마!"

 이봐, 끔찍한 내 사랑 발트라우트야, 네년은 어떻게 생각하지? 내가 그 녀석을 붙잡았을까, 또 다시 놓쳤을까?

 묻고 말 것도 없다. 예배당 틈새를 유유히 빠져나가는 생쥐를 붙잡는 게 차라리 더 쉬웠을 테니.

13

 요새를 급습하는 것은 공병대가 아닌 보병대의 몫이다. 보병대 수천 명이 기습공격 대형을 갖추기 시작하면서 우리 공병대는 2선 참호 작업을 중단했다.
 나는 후방인 1선 참호에 머물고 있었던 터라 기습전을 눈으로 본 게 아니라 귀로 들었다. 보병대의 기습전은 평소 공병대가 참호 작업에 들어가던 황혼녘에, 정확히 오후 여덟 시에 개시되었다. 보병대 병사들이 소총수들의 엄호사격을 받으며 성벽으로 접근해서 기울기 45도의 경사벽을 기어올랐다. 민간인들이 가세된 토르토사 수비군은 성상까지 내던지며 저항했지만 역부족이었다. 에스파냐 보병대가 보루 하나를 점령할 때까지 꼬박 네 시간이 걸렸다. 그러나 교전은 새벽 두 시까지 계속되었다.
 토르토사 전투에서 나는 전쟁에 대해 미처 깨닫지 못했던 의문점들이 생겼다. 그중 하나는 대부분의 사상자들이 프랑스어가 아닌 카스티야어를 사용하는 에스파냐 병사들이라는 사실 앞에서 품었던 의문이다. 대체 이런 전쟁은 왜 하는가? 프랑스 군주는 에스파냐 왕좌를 차지하고 싶고, 에스파냐 군대는 그를 섬기고자 한다. 문제는 중대한 전투가 벌어질 때마다 프랑스군 지휘부는 자국의 군대보다 에스파냐 군대를 앞장세웠고, 그때마다 에스파냐 병사들은 상부의 명령을 거절하지 못한 채 기꺼이 희생되었다는 것이다. 아무리 생각해도 모순이었다. 호전적인 터키인들조차도 그런 식의 전투는 단호하게 거절했을 것이다.

아무튼 오를레앙은 기습전에 앞서 그 어떠한 희생도 감수할 심산이었다. 그날 기습전의 결과는 동맹군의 휴전 제의로 나타났다. 그는 동맹군이 시간을 벌기 위한 협상에 나선 것일지도 모른다고 의심했지만 휴전을 받아들였다. 어떤 식으로든 토르토사를 점령하는 게 목적이었기 때문이다. 그는 아무것도 잃지 않았다. 일단 보루 하나를 점령한 데다 동맹군을 지원할 원정대는 아직 멀리 있었다.

토르토사 전투에서 또 하나 품었던 의문은 휴전 기간 중에 생겼다. 아직은 깜깜한 밤인데 어디선가 날카로운 구슬픈 탄식과 절규가 뒤섞인 여자들의 울음소리가 들렸다. 마치 구약성서의 한 장면처럼 모든 이들의 이목을 집중시킨 그 소리는 성벽 안쪽에서 나는 소리였다. 나중에 알았지만 그것은 휴전 협정을 자기들이 아닌 외국인들이 주도한다는 사실에 절망한 토르토사 주민들의 한 맺힌 원성이었다. 그날 나는 많은 것을 생각했다. 전쟁은 왕조 간의 다툼 아닌가. 하지만 싸움이 벌어지면 전면에 나서지 않고 뒤로 숨는 이유는 무엇인가. 나로서는 이해할 수 없는 일이었다. 지금도 나는 기억하고 있다. 내 입에서 흘러나오던 신세타령을. "수비, 넌 오랫동안

집을 떠나 살았어. 한데 이게 뭐야? 지금 여기서 뭐하고 있는 거냐고?"

그러나 나 같은 신참 공병관에게는 지나친 감상에 빠질 틈이 주어지지 않았다. 에스파냐 지휘부와의 관련 업무를 담당하던 프랑스 장교가 나를 찾더니 사령부와 보루를 점령한 선발대와의 전령 임무를 맡겼다.

"일단은 씻고 제복을 걸치도록." 장교가 참담한 내 몰골을 보며 덧붙였다. "군화도 좀 닦고."

"대령님, 이런 임무는 본래 고급 장교에게 시키는 게 아닌가요?" 나는 무슨 이유로 나 같은 신참을 전령으로 선택했는지 찜찜해하면서 능청스럽게 물어보았다.

"당연하지. 이번 임무는 귀관에게도 위대한 명예가 될 거야." 그가 내 등을 토닥이며 격려했다.

위대한 명예라! 여기서 나에게 주어진 '위대한 명예'란 게 어떤 것인지 잠시 소개해야겠다.

날이 밝았다. 해가 뜨면서 살아 있는 자들은 몸을 덥히고 죽은 자들은 썩어가기 시작했다. 온통 시신이었다. 선발대가 점령 중인 보루도 마찬가지였다. 내가 파괴된 축성의 경사로를 내딛을 때마다 부패한 시신에 새까맣게 달라붙어 있던 파리 떼가 들썩였다.

보루에는 병사들 백여 명이 파괴된 성벽 사이로 몸을 숨긴 채 정적이 감도는 도시를 향해 무기를 겨누고 있었다. 만일의 사태에 대비한 경계 근무였다. 나는 선발대의 지휘관인 장군을 찾았다. 그러나 메시지를 전달하는 순간에 나는 내 눈을 의심했다. 그도 그럴 것이 기습전 직전에 나를 목매달려고 했던 자가 아닌가! 다행히 하늘이 도왔는지 그자는 나를 알아보지 못했다.

"장군님, 드디어 만났군요." 나는 프랑스어로 적힌 문서 내용을 읽어주었다. "퇴각하시랍니다."

그러나 그는 내 말을 못 알아들었다. 아니 프랑스어를 한마디도 못 알아들었다. 그가 잠시 주변을 두리번거리다가 화강암처럼 딱딱한 카스티야어로 말했다.

"이 피레네산맥 촌뜨기가 대체 뭐라고 지껄이는 거야?"

나는 마치 전쟁의 승자를 대하듯 다시 예를 갖추고 억지웃음을 흘리며 이번에는 카스티야어로 그 말을 받았다.

"사령부의 지휘 서신입니다, 장군님. 그대들에게 영예롭게 주어진 의무를 수행했기에 퇴각을 허락한다. 종전 협정이 끝날 때까지 우리 프랑스군이 그 임무를 대신할 것이다."

그의 경멸이 분노로 바뀌었다. 그가 고개를 한쪽으로 꺾고서 게슴츠레한 눈으로 나를 응시했다.

"뭐? 우리더러 어떻게 하라고?"

"장군님, 저자를 우리에게 맡기십시오." 한 병사가 착검된 소총을 휘저으며 나섰다.

나는 적잖이 당황했다. 겉으로는 외교적인 웃음을 흘렸지만 그들이 왜 화를 내는지 이해할 수 없었다.

젠장, 이게 대체 무슨 일이란 말인가? 그들은 이미 많은 사상자를 내지 않았는가. 따라서 그 임무를 새로운 부대가 접수하겠다고 하니 응당 따르면 될 일이 아닌가. 그러나 그들의 반응은 전혀 달랐다. 착검된 소총을 휘젓고 나섰던 병사가 내 창자를 긁어내겠다고 위협했다.

이미 얼굴이 벌겋게 착색된 장군이 내 멱살을 움켜쥐고는 시신들이 널린 보루 바닥을 억지로 보게 만들며 소리쳤다.
"저걸 봐! 보라고! 우리 병사들이 왜 죽었다고 생각해? 프랑스 놈들이 모든 걸 가져갈 수 있게 해주려고? 혹시 네놈도 그렇게 생각하는 거야? 동맹군이 오를레앙 공작의 사촌이라는 작자한테 순순히 열쇠를 내주도록 내가 허락할 것 같아?"
나는 물러서지 않았다. 한편으로는 순진하기 이를 데 없는 자의 분노를 지지하면서도 어쩔 수 없었다.
"장군께선 제가 이런 불행한 일에 연관이 있다고 생각하십니까? 참으로 답답합니다. 전 일개 전령일 뿐이라고요!"
일순 그가 멈칫했다. 그러더니 나를 똑바로 응시했다. 감히 장군 앞에서 그런 식으로 대꾸하는 자를 어떻게 처리할 것인가, 잠시 고민하는 눈치였다.
"그래? 그렇다면 네놈에게 지시한 작자한테 가서 내가 했던 말을 그대로 전하도록! 알았나?"
그러면서 그가 나에게 했던 짓은 어떤 역사가도 목격하지 못했을 것이다. 역사가들은 그 포위전의 연대기를 눈으로 확인할 수 없었을 테니까.
그는 내 엉덩이를 사정없이 걷어찼고, 불행히도 나는 기적이라는 궤도에 진입하지 못했다. 불같은 성질과 분노가 실린 그의 발차기에 내 몸은 붕 떠서 경사벽 위를 날았다가, 널브러진 시신들에 부딪혀 튕겼다가(그때마다 시신들은 되살아났다가 다시 쓰러졌다) 결국은 저 아래 땅바닥에 처박혔다.
나는 온몸이 욱신거리는 충격을 간신히 가누며 돌아섰다. 그리고 귀대하자마자 제복이 찢겨진 몰골로 나에게 전령 역할을 맡겼던 프랑스 장교를 찾았다.

"어때, 잘됐어?" 그가 조심스럽게 물었다. "왜 그래, 무슨 일이 있었나?"

그때서야 나는 그가 왜 나를 보냈는지를 깨달았다. 다들 그 장군의 불같은 성미를 잘 아는 터라 신참인 나를 보냈던 것이다.

"무슨 일이 있었느냐고요? 그 돼지 같은 에스파냐 장군이 어떤 인물인지는 알고 있습니까?"

"그게, 그러니까……." 그가 얼버무렸다. "안토니오 데 비야로엘 장군이라고, 성깔이 더럽다는 소문이 자자해서……."

그렇다. 독자 여러분도 이제 알게 되었다. 안토니오 데 비야로엘을. 그와 나의 첫 대면을. 비야로엘은 그로부터 몇 년 후에 나 선량한 수미를 지옥에서 전당까지 끌고 산 상본이다. 또한 그는 카스티야 출신임에도 불구하고 1713년에 카탈루냐의 수도 바르셀로나를 방어한, 그러니까 우리 카탈루냐인들을 위해 최후까지 자신을 희생한 인물이다.

끔찍한 내 사랑 발트라우트가 내 이야기에 자꾸 끼어든다. 하긴 몸무게가 갤리선의 닻보다 더 무거운 그녀로선 이해하기 힘든 일일 것이다. 1708년 여름만 해도 부르봉가의 왕을 섬기던 안토니오 데 비야로엘이 1713년에 나와 다시 만났을 때는 다른 왕을, 그러니까 합스부르크가의 왕을 섬기고 있었으니.

아, 끔찍하기 이를 데 없는 발트라우트야, 네 머릿속에 든 지식이란 게 반딧불 똥구멍에서 나오는 빛만큼도 못 된다는 거, 내 이미 알고는 있었다만, 책을 제대로 이해하려면 처음부터 끝까지 유기적으로 읽어야 한다는 것조차 모를 줄은 내 정말 꿈에도 상상하지 못했구나.

○○○

엉덩이를 걷어찬 발차기도 위대한 치료약이 될 수 있다! 나는 그 성깔 더러운 장군에게 감사해야 할 것이다.

그건 그렇고, 대체 나는 여기서 무엇을 하고 있었는가? 바조슈에서 쫓겨난 뒤에 나는 무기력한 삶을 이끌고 왔다. 그리고 이제는 토르토사 포위전까지 끼어들었다. 그래서 그것은, 그러니까 그 '말'은 찾았는가? 아니다.

그런 나를 곧장 집으로 돌려보냈던 것은 내 엉덩이를 걷어찬 그자의 발차기다. 물론 나는 집에 돌아가서 필요하면 무릎을 꿇고 아버지에게 용서를 빌어야 할 것이다. 하나도 남김없이 모든 것을 몽땅 털어놓아야 할 것이다. 당신은 불같은 성질이지만 나를 용서할 수밖에 없을 것이다. 나는 당신의 외아들이니까. 나는 마음속으로 중얼거렸다. 설사 아무리 나쁜 아버지라도 가장 좋은 포위전보다 더 나쁠 리는 없다고. 세상의 모든 '망각된 대공'들과, 남의 엉덩이를 걷어차기 좋아하는 장군들은 전쟁과 함께 지옥으로 꺼지라고!

나는 활기찬 발걸음으로 막사를 향했다. 내 결심은 단호했다. 필요한 짐만 챙겨 바르셀로나로 떠나는 것이었다. 그러나 양측에서 항복 협상이 끝나기를 기다리는 판국에 혼자 부대를 이탈하는 게 적절한 상황은 아니었다.

막사는 말뚝을 박아 세운 울타리 안쪽으로 빙 돌아가며 설치되어 있었다. 막사를 전체적으로 놓고 보면 천장이 구근 모양인 '망각된 대공'의 막사는 한복판에, 그리고 그 주위를 고급 장교들의 개인 막사와 나 같은 부관들이 사용하는 공동 막사가 에워싸고 있는 형태였다. 평소에는 막사 주위로 2인 3개조로 구성된 병사들이 보초를 서는데, 그날 오전은 휴전에 들어간 탓인지 어린 신참 병사 한 명만이 어깨에 총을 멘 채 근무 중이었다.

막사에서 나를 기다린 것은 전혀 예기치 못한 일이었다. 누군가가 내 사물을 뒤졌고, 내 돈이, 그러니까 바조슈에서 저축했던 돈과 프랑스 군대가 지불한 임금까지 몽땅 사라지고 없었다. 나는 머리끝까지 치미는 분노를 감추지 못한 채 밖으로 나갔다.

"병사!" 나는 신참 보초를 불렀다. "눈은 어디다 둔 거야? 도둑이 들었잖아!"

그러나 보초는 그다지 놀라지 않은 표정으로 내 말을 받았다.

"부관님, 죄송하지만 그 두 놈이 확실합니다."

"그 두 놈이라니? 어떤 놈들?"

"머리에 깔때기를 쓴 난장이와 머리가 생쥐꼬리를 엮은 것처럼 보이는 꼬마 녀석 말입니다."

나는 어이가 없어 언성을 높였다.

"녀석들을 봤다고? 그런데 왜 그 녀석들 마음대로 들어가게 놔두었지? 겉모습을 보고서도 의심조차 안 했다는 거야?"

"그게 아니라, 통행증을 보여주기에 들여보냈던 겁니다. 저는 글을 읽을 줄 모르는데, 마침 지나가던 장교가 그걸 보더니 문제될 게 없다더군요. 통행증에 그놈들 이름은 물론이고, 부관님 서명도 찍혀 있었고요."

나는 참호용 장홧발로 막사 기둥을 걷어찼다. 영혼이 맑아야 할 어린놈들이 어찌 그런 짓을! 나는 내 선량한 친구 루소가 교육에세이를 쓰기 전에 앙팡의 개망나니 같은 악행에 대해서 짤막하게나마 다루어야 했다고 생각했다.

두 녀석은 치밀한 계략으로 움직인 게 틀림없었다. 부대 전체의 시선이 토르토사로 향해 있는 상황에서 야전 막사가 텅 비는 때를 노렸던 것이다. 일순 어떤 직감이 나의 뇌리를 스쳤다.

"녀석들이 언제 막사를 찾아왔지?"

"방금요. 기껏해야 몇 분밖에 안 됐을걸요." 병사는 손가락으로 야전 막사 밖을 가리키며 덧붙였다. "저쪽입니다."

나는 병사가 가리킨 방향으로 뛰었다. 맨 끝 막사 너머로 듬성듬성 작은 숲을 이루는 들판이 펼쳐지고, 500걸음 저쪽으로 유카탄반도 개미들보다 더 많은 전리품을 챙겨 달아나는 녀석들이 보였다.

그러나 확 트인 개활지는 사방이 은신처나 다름없는 참호와 달랐다. 나는 긴 다리로 속도를 내기 시작했다. 녀석들 역시 뒤쫓고 있는 나를 보자 속도를 냈지만 자기들 몸통보다 더 큰 물건을 갖고 뛴다는 것 자체가 무리였다. 녀석들은 작은 오르막길이 나오자 마치 길섶으로 스며들 듯 들어갔다.

내가 그 지점에 도착했을 때 녀석들은 보이지 않았다. 젠장, 어디로 숨은 거야? 나는 숨을 고르며 잠시 휴식을 취했다.

주위를 두리번거렸다. 수비, 잘 생각해봐. 나는 주변을 샅샅이 살피면서 중얼거렸다. 네게 보는 것을 가르친 자는 바조슈의 주인이었잖아.

우측으로 어떤 석조 구조물이 눈에 들어왔다. 농기구나 허드레 물건을 보관하는 창고 같았다. 거기 아니면 숨을 데가 없었다.

나는 창고 안으로 들어가기 전에 녀석들이 빠져나갈 수 있는 틈부터 살폈다. 창문 하나가 유일한 탈출구였다. 나는 문 앞에서 소리쳤다.

"거기 숨은 줄 알고 있으니, 어서 나와!"

곧장 문이 열렸다. 하지만 내 눈에 들어온 것은 녀석들이 아니라 프랑스 병사였다. 지저분한 백색 제복에 단추와 버클을 느슨하게 풀고 있는 모습이 영락없는 문제 사병이었다. 그 병사가 문에 기댄 채 단검으로 이를 쑤시며 무슨 일이냐고 물었다. 게슴츠레한 눈이 여전히 숙취 상태였다. 나는 대답 대신 그를 밀치며 안으로 들어섰다.

빈징이는 힝깊으로 입이 틀어 막힌 재 들보에 묶여 있고, 꼬마 역시 팔목과 발목이 묶인 데다 입에 재갈이 물려 있었고 상반신에 두건이 씌워진 채 낡은 의자에 앉아 있었다. 프랑스 병사는 공범이 하나 더 있었는데, 그는 무릎을 꿇은 채 앙팡의 끈을 단단히 동여매는 중이었다. 파리가 날아다니고 있었다. 난은 공포에 짓눌린 눈으로 나를 바라보았다. 그들이 엉겁결에 들어선 곳은 하필이면 전쟁이 만들어낸 지옥이었던 것이다.

사실 나는 내 물건만 되찾아서 돌아설 생각이었다. 어린 녀석들의 악마 같은 행각을 더 이상은 간섭하고 싶지 않았다. 그들이나 나나 다들 어지러운 전시에 살고 있으니 모른 척하고 떠나면 그만이었다. 하지만 그럴 수는 없었다. 역겨운 장면이 내 속을 뒤집어놓았다. 어린애를 포박하고 있던 병사의 눈을 보는 순간에 극도의 혐

오감이 되살아났다. 살다 보면 사소하고 하찮은 것들이 어떤 행동을 취하도록 요구할 때가 있다. 그날이 그랬다. 몹시 재수 없는 날이었다.

나는 땅바닥에서 돌멩이를 하나 집어 들었다. 그리고 천장에 달린 굵고 녹슨 쇠사슬을 챙겨 문을 열어준 병사에게 다가갔다.

"병사, 이 돌 좀 들어주겠나?"

"그러죠." 그가 단검을 손에 쥔 채 양손을 내밀었다. "한데, 왜 이걸 들어달라는 거요?"

대답은 간단했다. 나는 쇠사슬로 그의 면상을 내려쳐서 쓰러뜨렸다. 나의 살기등등한 기세에 몸을 웅크린 채 양손으로 얼굴을 감싼 그의 동료도 같은 방법으로 초주검을 만들어놓았다. 이어 쇠사슬을, 동시에 지겨운 토르토사를, 전쟁을, 이 세상을 바닥으로 내팽개쳤다.

나는 난장이와 꼬마를 결박하고 있던 끈을 풀어주고 밖으로 나섰다. 어린 녀석들이 나를 따라나섰다.

"나리, 신사 나리!"

나는 대꾸하지 않고 길을 재촉했다. 그러나 녀석들은 포기하지 않고 내 뒤를 졸졸 따라왔다. 마치 물에 빠진 자를 구해주고 나서 보따리까지 내주어야 할 것 같은 상황이 마음에 걸렸다.

"당장 참호로 돌아가." 한참 만에 나는 걸음을 멈추지 않고 쏘아붙였다. "그래, 너희들 생각이 옳을 수도 있어. 요즘 같은 때는 거기가 훨씬 더 안전하겠지."

그러나 녀석들은 내 주위를 빙빙 돌며 계속해서 따라붙었다.

"썩 꺼져! 네놈들은 도둑질을 했어. 그러니 내가 마음만 먹으면 네놈들 목을 매달 수도 있어. 내가 이렇게 급작스럽게 바르셀로나로 돌아가는 것도 다 네 녀석들 탓이라고."

그러나 '바르셀로나'라는 말이 오히려 녀석들을 부추긴 꼴이 되었다.

"나리!" 꼬마가 소리쳤다. "우린 진작부터 바르셀로나에 가고 싶었어요! 거기 갈려고 돈도 모았고요."

돈을 모았다니! 그것은 내 아버지 같은 어른들이 할 말이었다. 그런데 내가 녀석들을 억지로 쫓아버리려던 순간에 지축을 흔드는 말발굽 소리가 들렸다. 그들은 미겔레테들의 급습에 대비해서 경계를 펴거나 탈주병 수색에 나서는 기병대였다. 어떻게 할 것인가? 일순 어디론가 피신해야 한다는 본능이 나를 이끌었다. 숲이 보였다.

"나리, 안 돼요!" 꼬마 녀석이 소리쳤다. "숲으로 들어가기엔 시간이 없어요. 그러니 우릴 따라오세요."

그러더니 포도밭으로 들어가며 줄곧 손짓했다.

"뛰어요. 뛰라니까요."

관목들은 키가 무릎을 겨우 넘을 정도였다. 따라서 짐승들이 들어오는 데는 별문제가 없어 보였다. 꼬마 녀석이 뭘 안다고. 미친 짓이라고 생각하는 마음과 달리 몸은 꼬마 녀석들 뒤를 따랐다.

기병대와의 거리가 차츰 좁혀졌다. 나는 절망적으로 뛰었다. 자루를 두 개나 들고 뛰는 터라 여간 힘들지 않았다. 온몸이 땀범벅이었다. 내 자신을 저주했다. 그런데 무섭게 뒤쫓아오던 기병대가 포도밭 앞에서 멈추었다. 마치 어떤 보이지 않는 힘에 가로막힌 것처럼.

꼬마가 자랑스럽게 웃었다.

"말은 포도밭을 싫어해요. 포도덩굴에 걸려 다리가 부러지거든요."

기병대가 고삐를 당기며 짐승들을 채근했다. 그 사이 우리는 그들의 추적에서 벗어났다. 깊은 숲속에서 일단 한숨을 돌리는데 꼬마녀석이 다시 입을 열었다.

"나리, 우리가 나리를 구해주었잖아요. 그러니 나리는 우리한테 빚을 진 거라고요."

나는 그 말을 받기 전에 씩 웃었다.

"그건 내가 할 소리야. 빚을 진 건 내가 아니라 너희들이지. 그 생지옥 같은 곳에서 빼주었으니까."

"그럼 협상해요!" 꼬마가 당돌하게 제안했다. "타고 갈 건 우리가 구할 테니, 나리는 우리를 바르셀로나로 데려다줘요."

"타고 갈 거라니?" 나는 귀가 솔깃해졌다. 막상 빠져나오긴 했지만 그 이후는 생각해본 적이 없었다.

"따라와요."

녀석들이 앞장서서 샛길로 빠져들었다. 숲은 발걸음을 뗄수록 더 깊어졌다. 이윽고 꼬마가 손짓과 함께 입을 열었다.

"여기요."

숲이 벽을 이루는 한쪽 구석에 쌍두마차가 서 있었다. 운전석에 앉아 있는 마부는 부르봉군 병사로 이미 죽은 뒤였다. 아마도 후방을 교란하던 미켈레테들과의 국지전에서 부리나케 도망치다가 변을 당한 모양이었다. 하얀 제복의 등 쪽에 난 총구멍과 총구멍 언저리에 검붉게 말라붙은 선명한 핏자국이 그 상황을 대변했다.

나는 죽은 마부의 어깨를 밀어냈다. 마치 깊은 잠에 빠진 사람처럼 가슴팍까지 목을 축 늘어뜨린 시신이 바닥으로 떨어졌다. 짐승들은 인간의 출현에 다소 흥분했다가 내가 평평한 곳으로 마차를 끌어내는 동안에 다행히 고분고분해졌다.

"이제 바르셀로나로 가는 거예요?" 꼬마 녀석이 들뜬 목소리로 물었다. 그 눈빛에는 배고픔보다 바르셀로나 여행에 대한 간절함이 담겨 있었다.

일단 나는 짐승들을 살폈다. 한 필은 우측 엉덩이 부위에 총알이 스쳤고, 다른 한 필은 갈기가 반쯤 불에 그슬린 상태였지만 바르셀로나까지 150킬로미터 거리를 움직이는 데는 별 문제가 없어 보였다. 나는 자루 하나를 열었다. 마른 빵이 가득 차 있었다. 두 개를 꺼내 녀석들에게 던져주었다. 이어 50센티미터 높이의 원통을 열었다. 그러다가 손이 미끄러지는 바람에 수레바닥 위로 내용물이 쏟아졌다. 총일이었다. 너석들이 달려들었다. 왕이든, 서기든, 상교는 세상 사람 모두를 벌벌 떨게 만드는 총알이 아이들에게는 구슬에 불과했다. 생존의 곡예를 부리며 목숨을 부지해왔지만 아이들은 아이들이었다. 나는 마차 위에서 구슬치기를 하는 녀석들을 내려다보며 잠시나마 상념에 젖었다. 그리고 보니 참호 작업에 들어간 지 20일 만에 갖는 여유였다. 곡괭이질과 삽질 소리, 귀를 찢는 총성과 포성, 포연 대신에 청량한 숲과 새 울음소리가 눈과 귀를 채웠다.

나는 나머지 짐들을 살폈다. 마차 한쪽 구석에서 덮개를 걷어내는데 상당히 큰 궤짝이 눈에 들어왔다. 숨을 죽였다. 자물쇠가 세 개라는 의미를 누구보다 잘 아는 까닭이었다.

포위전이 전개되는 동안에 우리 공병대 막사를 함께 사용하던 병참 담당 병사가 있었다. 우리는 그가 평소 장교들과 어울렸고, 근무라고 해봐야 일주일에 한 번이라 다들 중요한 직책을 담당한다고 생각했으며, 한순간도 입을 다물지 않고 떠들어대는 그를 떠버리라고 불렀다. 아무튼 그 떠버리가 하루는 나한테 열쇠를 보여주면서 하나는 군사령관이, 또 하나는 대장이, 마지막 하나는 관리자인 자신에게 있다고 자랑하면서 직무 덕분에 사령관을 독대하는 영광을 누린다고 으스댔다.

그러니까 그 궤짝이 바로 그가 관리하던 것이었다. 나는 열쇠 대신 망치와 끌로 자물쇠를 열었다. 궤짝 속에는 2단으로 포개진, 부르봉가의 꽃문양으로 밀봉된 자루들이 들어 있었다. 열두 개였다. 그중 하나를 열었다. 맙소사. 최소한 연대 병력에게 지급할 만한 액수의 동전이었다.

여러분은 미아로 남은 보물과 마주친 적이 있는가? 그 순간은 첫눈에 들어온 여자와 사랑에 빠진 기분일 것이다. 가슴이 방망이질 치고 손가락이 바르르 떨렸다. 그것을 소유하는 행복과 그것을 숨겨야 하는 두려움이 교차했다.

나는 다급하게 뚜껑을 닫았다. 그리고 고민 끝에 여전히 구슬치기에 빠져 있는 녀석들을 불렀다.

"얘들아! 저기 죽은 마부의 호주머니 좀 뒤져보렴."

녀석들을 떼어놓기 위한 술수였다. 실제로 녀석들이 눈치챘을 때, 나는 이미 마차를 몰고 그 자리를 뜬 뒤였다.

"나리, 나리!" 꼬마가 다급하게 소리쳤다. "우리를 바르셀로나로 데려다줘요."

나는 고개를 돌렸다. 꼬마 녀석은 포기하지 않고 봉두난발을 흩날리며 죽자 살자 뛰어오고 있었다.

이 대목에서 잠시 이야기를 중단해야겠다. 멍청이 같은 발트라우트가 나더러 피도 눈물도 없는 인간이라고 비난하면서, 눈물 콧물을 훔치면서 훌쩍훌쩍 울고 있기 때문이다.

이봐, 잘 보라고. 그렇게 우는 네년이 얼마나 사치스런 감상주의자인지! 그러니까 네년은 아직도 그 녀석들을 모른다는 거야? 앙팡은 도둑이라는 낙인이 찍힌 채 태어난 녀석이라고. 그런 녀석과 내가 어찌 함께 여행을 하지? 더욱이 돈도 있는데……. 그래, 좋아, 네 기분도 꿀꿀할 테니, 조금만 더 나가자고. 너에게 위로가 되어줄 만한 대목이 나올 테니까.

나는 고삐를 잡아당겨 마차를 세웠다. 양심의 가책도 없지 않았다. 교통편과 전리품을 손에 넣은 것은 꼬마 녀석들 덕분 아닌가. 마차가 서자마자 녀석들은 희망을 되살리며 뛰어왔다. 나는 마차로부터 대여섯 말길음 떨어진 곳까지 나아온 녀석들에게 농전 몇 개를 던져주었다.

"그걸로 빵과 포도주를 사 먹도록 해!"

그러고는 다시 길을 떠났다.

여러분이 보다시피 나는 항상 온후한 사람이다.

ㅇㅇㅇ

마차가 상처 입은 짐승들이 허용하는 속도만큼 토르토사로부터 멀어지는 동안, 나는 내 자신이 사지에 발을 들여놓았다는 사실을 받아들여야 했다. 도처에서 쌍두왕관의 연합군과 동맹군 사이에 벌어지고 있는 산발적인 국지전은 물론이고, 전쟁으로 피폐해진 카탈루냐 남쪽 지방의 어지러운 상황, 다시 말해 예닐곱 개 나라 출신의 탈영병이나 강도들, 특히 나와는 악연인 미켈레테들의 출몰이 나를 궁지로 몰아넣었다. 그러나 나는 혼자였다. 총 한 자루가 유일한 방어수단이었고 끔찍한 욕망을 자극시키는 동전으로 가득 찬 궤짝이 유일한 동행이었다.

어느덧 하루가 저물고 있었다. 나는 잠시 마차를 세우고 주위를 둘러보았다. 우측으로 야생 밀밭이 펼쳐지고, 그 밀밭 사이로 오솔길 같은 조그만 길이 나 있었다. 하룻밤을 보내기에 적당한 곳이었다. 더 이상 바랄 게 없었다. 수확기를 놓쳐서 제멋대로 자라난 이삭들은 밤의 장막이 되어줄 것이고, 그 끝에 방치된 관개수로는 짐승들에게 먹을 물을 제공해줄 참이었다.

그런데 그가 나타났다. 내가 야영 준비를 채 마무리하기 전이었다. 그는 내가 왔던 길로 오고 있었다. 크고 검은 외투를 걸치고 삼각모자를 눈썹까지 푹 내려쓴 채 걸어오고 있었다. 흡사 밀밭 사이를 부유하는 것 같았다. 나는 마차에서 권총을 꺼내 화약을 장전했다. 저자는 누구인가? 무엇을 원하는가? 인간과 멀리 떨어진 곳에서, 동시에 전쟁과 가까운 곳에서……. 나는 그를 향해 무기를 겨누며 소리쳤다.

"누구야? 정체를 밝혀라!"

그러나 그는 걸음을 멈추지 않았다.

"파우."

나는 그 말이 나에게 건네는 인사인지, 자신에 대한 소개인지 확신이 서지 않았다. (카탈루냐어로 'pau'는 '평화'라는 뜻과 '파블로'라는 이름을 의미하기 때문이다.) 그래서 무기를 거두지 않은 채 중의

적인 질문을 던졌다.

"왜, 길을 잃은 거요?"

그는 걸음을 멈추지 않고 씩 웃으면서 외투 앞섶을 열었다. 무기를 소지하지 않고 있다는 뜻이었다. 그런데 바로 그 순간, 그러니까 그가 양팔을 들자 헐렁한 셔츠의 소매 섶이 겨드랑이까지 미끄러져 내리면서 그의 팔뚝이 드러났는데, 그의 팔뚝에는 그날 이후 내가 다시는 보지 못했던 10점 문신이 선명하게 박혀 있었다. 인간의 표정보다 훨씬 더 오래되어 보이는, 정신적으로나 육체적으로나 절정의 완숙함이 담겨 있는 문신이었다. 10점! 공병의 이상향, 완벽한 마가논. 나의 의구심은 기겁과 감탄으로 변했다. 그는 내 앞에서 걸음을 멈추더니 여전히 드러나지 않는 미소를 흘리며 담담한 어조로 물었다.

"그린 그쪽은?"

나는 할 말을 잃었다.

"선생의 분부를 기다리고 있습니다." 그게 나의 대답이었다.

나는 즉각 오른팔 소매를 걷어 올렸다. 5점이 박힌 문신이 드러났다. 그가 한 걸음 더 다가섰다.

"어디서 오는 길인가?"

"토르토사에서 오는 길입니다."

"어디로 가시는데?"

"바르셀로나입니다."

"거긴 무슨 일로?"

"부친이 계시고, 거기가 소인의 집입니다."

"사실인가?"

"그렇습니다."

"전혀 사실 같지 않군."

대화라기보다 심문에 가까웠다. 마가논의 세계에서 하급자는 상급자에게 아무것도 묻지 못하는 반면, 상급자는 하급자의 모든 것을 알 필요가 있다. 언제든지 물을 수 있다. 그사이 내 눈은 그의 팔뚝에서, 그의 문신에서 떨어지지 않았고, 그는 그런 내 눈길에 아랑곳하지 않은 채 내 여장을, 마차를, 마치 식물 벽처럼 우리를 에워싸고 있는 밀밭과 수로를 주시했다.

역시 최고다웠다. 그는 주위의 모든 사물과 대기의 흐름을 눈으로 보는 게 아니라 그것들이 자발적으로 이야기하고 행복해하는 것을 귀로 듣는 것 같았다. 이윽고 그가 마치 오케스트라의 연주를 멈추기라도 하듯 한쪽 손을 들어 올리더니 마차를 가리켰다.

"무엇을 싣고 있나?"

"아무것도 없습니다." 나는 거짓말을 했다.

"그렇군."

그러나 나는, 바조슈에서 배웠던 나로서는 의외로 담담한 그의 대답에 내심 전율했다. 진짜 모른다는 것인가, 아니면 모른 척하는 것인가.

그는 찌는 날씨 탓인지 흘러내리는 소매 섶을 간간이 추켜올렸는데, 나는 그때마다 드러나는 그의 문신에서 눈을 떼지 못했다. 공병의 세계는 상징적인 것과는 전적으로 상반된 실용적인 것으로, 여기에는 큰 것이 작은 것을 허용하는 자세가 담겨 있다. 최상급자의 영광 역시 하급자가 선행자의 것을 받아들이는 데서 이루어지기 때문이다. 그런 뜻에서 완벽한 존재가 된다는 것은 초심자의 자세로 돌아가는 것과 비슷하다고 할 수 있을 것이다.

"선생은?" 그가 다시 물었다.

"세바스티앙 르 프레스트르 보방입니다. 하지만 이미 세상을 떠나셨습니다."

"아주 좋은 공병이었지. 암, 그렇고말고." 그가 혼잣말로 중얼거린 뒤에 덧붙였다. "항상 자네와 함께하겠군. 그러니 기억하시게."

"안타깝게도 소인의 점수는 제 것이 아닙니다." 나는 가슴 아픈 사연을 밝히고 싶었다. "소인은 어떤 '말'을 찾는 데 실패했습니다."

"그렇다면 반드시 찾도록 하시게."

"하지만 소인은 모든 것을 단념했습니다. 설사 억지를 부린다 한들 누가 인정해주겠습니까? 보방께서는 이미 세상을 떠나셨습니다. 게다가 아는 스승도 없고, 저 역시 더 이상은 원하지 않습니다."

그가 씩 미소를 지었다.

"다들 그렇게 말하겠지. 나중에 손가락 끝으로 하늘의 문을 두드릴 때까지는. 그러나 영광의 손을 떼기도 전에 이미 죽고 만다는 것도 알아야겠지."

나는 그에 대한 존경심과 더불어 일말의 의구심이 빚어내는 미소를 피할 수 없었다. 그는 그런 내 속마음을 읽고서 위엄에 찬 어조로 목소리를 높였다.

"스승이 필요하면 만나게 되겠지. 그가 누가 되든. 아무튼 그 '말'을 찾는 탐색은 피할 수 없는 일이고, 그 '말'을 찾으면, 그때서야 자네의 점수가 지닌 가치를 깨닫게 되겠지."

나는 무슨 말이든 더하고 싶었다. 그에 대한 존경심을 전하고 싶었지만 방도가 없었다. 그리하여 이야기를 시작해서 끝낸 쪽은 내가 아니라 그였다.

"모포를 펼치시게."

나는 순순히 그의 말을 따랐다.

"몸을 눕히고 눈을 감으시게. 그리고 잠을 청하게."

나는 그의 말이 채 끝나기도 전에 이미 꿈을 꾸고 있었다.

그날 밤의 꿈을 여기에 첨부하는 것은 그 자체로 무척이나 흥미로운 일일 것이다. 그러나 안타깝게도 그 꿈의 기억은 나를 거부했다. 그 대신에 공허한 흔적을 남겼는데, 그것은 타오르는 불길을 배경으로 자줏빛 살결과 검은 살이 나신으로 드러나는 어떤 여자의 이미지였다. 나는 그 이미지를 고스란히 되살려내려고 애썼다. 그녀가 처연한 눈으로 나를 쳐다보고 있었다. 어디선가 나타난 하얀 딱정벌레 부대가 그녀를 에워싸며 발목을 타고 오르자, 그녀는 나에게 도움을 청했다. 거기까지였다. 그 이미지는 완벽한 형태로 되살아나기 직전에 녹아내리고 말았다. 그 뒤에도 나는 수백 번이나 다시 그 꿈을 떠올렸지만 그때마다 허사였다. 그즈음 내가 꾼 꿈들은 마치 코 없는 낚싯바늘에 걸린 물고기처럼 쏙쏙 빠져나갔다. 참담하기 이를 데 없는 나날이었다.

날이 샜다. 나는 마차를 몰아 바르셀로나로 향했다. 궤짝이 제자리에 있는지 확인하지 않았다. 문신에 대한 생각도 아예 없었다.

물론 나는 그 황혼녘에 나타났던 자가 누구였는지 알고 있다. 그러니까 그때부터 80년이 지난, 해가 무려 80번이나 바뀐 지금 말이다. 하지만 독자 여러분은 내가 잠시 한숨을 돌릴 수 있도록 허용해주길 바란다.

그는 인간이 아니었다. 그가 바로 '미스테어'였다. 그는 온통 들쑤

서놓은 벌집을 무심하게 바라보는 양봉가처럼 세상을 떠돌고 있었다. 마치 호기심 많은 벌들을 담담하게 지켜보면서 내심 흐뭇해하는 사람처럼.

그랬다. 그의 눈에는 세상이 지겨울 수밖에 없었을 것이다.

14

 오전 내내 소나무가 우거진 산길을 달렸다. 정오가 되어서야 내가 찾고 있던 것을, 다시 말해 내가 필요한 것과 구원의 손길을 만났다.
 우측으로 펼쳐진 대평원에 역참이 보였다. 갈대로 엮은 지붕에 길고 각이 진 돌로 벽을 쌓아 올린 건물이 본채였다. 그 앞에서 한 노인이 땅을 파고 있었다. 죽은 나귀를 파묻을 모양이었다. 나는 마차를 세우고 말에서 내렸다. 그리고 가는귀가 먹어 잘 알아듣지 못하는 그에게 나를 장사꾼으로 소개하며 마차를 호위할 민간인을 찾는다고 둘러댔다.
 "뭐, 호위할 사람을 찾는다고?" 노인은 한 손을 귀로 갖다 대며 소리쳤다. "아, 그건 걱정 말아요. 저 안에 사내들이 있거든. 대상(隊商)들을 호위하는 자들로, 여행객이 많을수록 비용은 적게 들어요. 저치들은 병사들과 통행증도 거래하는데, 혼자든 패거리든 상관없어요!"

"일단 마실 것 좀 주시겠습니까?" 나는 동전 두 개를 내밀었다. "목이 마르군요."

"안으로 들어가 포도주를 마시도록 해요. 날씨 탓에 미지근하고 텁텁한 맛이겠지만." 노인이 본채를 가리키며 덧붙였다. "그건 그렇고, 젊은이, 이 노새를 파묻는 일을 도와주면 내 그쪽에서 원하는 포도주를 몽땅 공짜로 내놓겠소. 다들 어찌된 게 이곳에 도착하면 나를 도와주지 않고 하나같이 쉬려고만 한단 말이야." 이어 그가 손님들에 대해 불평을 늘어놓았다. "짐승들이 지쳐서 쓰러지고, 그러다 죽어가는데, 대체 날더러 어떡하라는 건지. 이봐요, 당신도 그럴 거요?"

아, 물론이지요. 나는 대꾸도 않고 본채로 들어갔다.

실내는 싸구려 반찬상 같았나. 술에 취한 자들이 테이블을 하나 차지한 채 정신없이 떠들어댔다. 전부 열두 명. 그중 절반은 나를 등진 데다 나머지 절반 역시 맞은편에서 들어오는 빛으로 인해 얼굴을 알아보기 힘들었다. 그들은 누가 들어오든 말든 신경조차 쓰지 않는 눈치였다. 나는 술통 위에 긴 판자를 올려 만든 바로 갔다. 기둥에 끈으로 묶은 포도주 병이 매달려 있었다. 나는 연거푸 두 잔을 마셨다. 시금털털한 맛이 고약했다. 바로 그때 등 뒤에서 누군가가 말을 걸어왔다.

"이봐, 친구, 이리 오시오! 그 시큼한 식초보다는 우리가 마시는 아과르디엔테가 훨씬 나을 거요."

나는 잠자코 그들과 합석했다. 그들의 청을 거절할 수 없는 분위기였다. 내 맞은편에 여섯, 좌우로 셋, 도합 열두 명이었다. 나는 그들의 얼굴을 자세히 뜯어보았다. 흉터. 귀걸이. 화강암을 갈고닦을 수도 있을 만큼 뻣뻣한 턱수염. 밑으로 처진 눈자위. 상대의 약점을 찾는 예리한 눈빛. 그들은 여행객을 안내하는 민간인이 아니라 최소한 다섯 번 이상은 교수형에 처해졌어야 할 인물들이었다. 게다가 맞은편에는 내가 평생 잊을 수 없는 지인까지 앉아 있었다. 바예스테르.

나는 곧 사색이 되었다. 내 얼굴은 끓인 물에 데친 아스파라거스보다 더 하얗게 변색되었을 것이다. 바예스테르가 나를 사납게 노려보며 묵직하게 내뱉었다.

"베세이테에서 만났던 보티플레르."

딱 세 마디였다. 끔찍한 내 사랑 발트라우트는 아마도 그를 기억하지 못하는 모양이다. 불과 한 장(章) 전에 다루었던 인물인데도 말이다. 나는 지금 부르봉군에게 붙잡혀 고문을 당하던 미켈레테의 광신적인 젊은 소두목 이야기를 하고 있다.

바예스테르가 내뱉은 세 마디는 만찬의 끝을 의미했다. 촌뜨기 사도 열두 명의 시선이 일제히 나에게 꽂혔다. 나는 이미 할 말을 잃은 뒤였다. 정상적인 상황이었으면 바조슈의 직감이 실내에 들어서기 전에 이미 바예스테르의 존재에 대한 경고를 주었을 것이다. 그러나 부르봉군 공병대를 탈영한 다급함이, 그리고 횡재한 돈을 지키려는 탐욕이 나를 천박한 두더지로 만들어버렸던 것이다. 나는 두려움만큼이나 참담한 수치심에 치를 떨었다.

바예스테르가 검을 뽑았다. 예리한 날로 보아 베세이테에서 에스파냐 대장의 목을 칠 때 사용했던 장검이었다. 도망칠 수도 없었다. 아니 두 걸음도 떼기 전에 그들에게 붙잡혀 무릎이 꿇렸다. 바예스테르가 칼을 허공으로 들어 올렸다.

"잠깐만!" 나는 그의 칼이 내 목을 치기 직전에 외쳤다. "보여줄 게 있소."

독자 여러분은 나와 유사한 경우에 처하거든 반드시 나같이 대처하길 바란다. 다시 말해 쓸데없는 짓으로 귀중한 시간을 허비하지 말 것과 그들의 신경을 건드리지 않도록 최대한 육질이 부드러운 언어를 골라 쓰는 것이다.

"보물입니다!" 나는 내 목덜미에 닿은 차가운 금속과 죽음의 공포에 거의 넋이 나간 채 외쳤다. "여기서 가깝다고요!"

나는 그의 부하가 내 목에 들이댄 단검으로 인해 턱을 높이 쳐든 채 밖으로 떠밀려 나왔다. 노인은 여전히 노새를 묻을 구멍을 파고 있었다. 나도 모르게 뜨거운 눈물이 주르륵 흘러내렸다.

"쉽게 하자고." 바예스테르가 채근했다. "빨리 말하면, 죽는 방법만큼은 선택하도록 해주지."

"내 마차요! 그리스도를 걸고 맹세할게요."

바예스테르의 부하 세 명이 마차 위로 올라갔다. 그사이 노인은 땅을 파면서 무슨 뜻인지 알 수도 없는 혼잣말을 중얼거리고 있었다.

"500자루군!" 마차를 뒤지던 자가 동전 한 줌을 바예스테르에게 던지며 외쳤다. "그걸로 소총 500자루를 살 수 있을 겁니다!"

"그건 내가 부르봉가 돼지 새끼들한테서 훔친 겁니다!" 나는 그의 구미에 적당한 말을 찾아 소리쳤다. "나는 위대한 애국자라고요! 나는 애송이 펠리페와 그의 할아비에 맞서 싸울 궁리만 했다고요!"

나의 필사적인 노력은 거기서 멈추지 않았다. 그들이 하늘에서 떨어진 행운을 만끽하고 있는 동안에 무척이나 난해한 이야기를 하나 꾸며냈다. 대충 이런 내용이었다. 나는 헤네랄리타트에서 파견한 스파이자 합스부르크가에 충성서약을 한 요원으로 악랄한 부르봉가에 맞서 파괴 활동을 벌이다가 발각되었다. 나는 도망쳤고, 그들은 나를 추적하다가 실패했다. 나는 비밀 임무를 수행하는 중이다. 바르셀로나에서 헤네랄리타트의 각료들이 나를 기다리고 있다. 만일 나를 호위하면 나중에 후한 보상을 받게 될 것이다.

그러나 바예스테르는 대답 대신 주먹을 뻗었다.

"이놈을 매달도록."

나는 신음 소리를 토해냈다. 울면서 간청했다. 나를 포박하는 그의 부하들을 뿌리치며 그의 발끝 앞에 무릎을 꿇었다. 내 가족은 모두 죽었다고, 나는 혼자 남은 아버지의 유일한 자식이라고 말했다. 불쌍하다고, 평화주의자라고, 성실하다고, 애국자라고 주장했다.

사실 우리가 사형 집행자에게 동정을 구하는 것은 그야말로 부질없는 짓처럼 보인다. 그런데도 막상 그 상황에 처하게 되면 동정을 구하는 이유는 무엇일까? 나의 대답은 이렇다. 그것이 먹혀들어가기 때문이다.

"나리!" 나는 눈물로 호소했다. "베세이테에서 그놈들이 나리의 목을 매달지 않았던 사실을 기억해보십시오. 그건 저의 관대한 통역 덕분이었습니다. 그때 나리에게 베풀어진 그 은혜의 시간은 이제 나한테로 돌아와야 합니다. 그렇게 해서 나리는 은혜를 갚는 거고요. 나리, 나리께서는 생명을 주었던 자에게 죽음을 주겠다는 겁니까?"

그는 땅바닥에 코를 박고 있는 나에게 침을 뱉었다.
"좋아, 오늘은 저 궤짝이 내 기분을 달랬다고 치자고! 하지만 더 이상은 함께 있고 싶지 않으니 당장 꺼져! 나까지 추해지는 것만큼은 진짜 싫거든."
나는 아직도 돌팔매질을 해대는 것 같은 그의 건조한 목소리가 떠오른다.
"어서 꺼져! 이 개자식아!"
그들은 내 옷을 벗겼다. 미켈레테에게서 죽이지 않는 자의 옷을 벗기는 것은 그들만의 상징적인 행위였다. 그들은 20여 일 동안의 참호 작업을 통해 흙과 똥으로 범벅이 된 속옷까지 벗겼다. 나는 양손으로 고샅을 막았다. 본능적인 반응이었다. 그리고 엉덩이를 깐 채 그대로 뒤돌아서자마자 뛰기 시작했다. 그들의 자지러지는 웃음소리가 나를 따라오고 있었다. 그런데 이제 막 사정거리를 벗어날 때쯤에 바예스테르가 나를 불러 세웠다. 그것도 반말이 아닌 존댓말로.
"이봐요! 글을 쓸 줄 압니까?"
나는 양손으로 고샅을 막은 채 고개를 돌리고서 벌벌 떨며 입을 열었다.
"네, 몇 개 언어를 할 줄 압니다!"
그러자 그가 손짓으로 나를 불렀다. 나는 즉각 되돌아갈 수밖에 없었다. 잠시 후에 그의 동료들이 그의 지시에 따라 마차에서 판자를 하나 빼내더니 내 손에 끝이 날카로운 철사를 쥐어주었다.
"여기 이 판자에 이렇게 쓰도록. '나는 매국노 개새끼다.' 물론 프랑스어와 에스파냐어로."

"한 가지 물어봐도 될까요?" 나는 침을 삼키며 조심스럽게 속삭이듯 물어보았다. "이건 왜 필요한 겁니까?"

"생각이 바뀌었거든." 그는 아까와는 전혀 다른 어투로 나긋하게 대답했다. "밧줄로 네 목을 감아 나무에 매달 거야. 그리고 이 판자를 네 가슴팍에 걸 거야. 온 세상 사람들이 그 이유를 알아야 할 게 아냐."

그는 그렇게 말하고 나서 판자와 쇠붙이를 내 앞에 떨어뜨렸다. 나는 다시 울면서 무릎을 꿇었다. 그는 대답 대신 한숨을 내쉬며 하늘을 올려다보았다. 나는 그의 마음이 다소 누그러졌다고 생각했지만 그의 입에서는 이런 말이 흘러나왔다.

"라틴어도 알아? 그렇다면 그 옆에다 라틴어도 쓰라고."

그들이 다시 웃었다. 나는 세 개의 언어로 그가 지시한 문구를 쓰는 동안에도 눈물을 뚝뚝 흘리며 목숨만큼은 살려달라고 애원했다.

"다 썼으면 번쩍 들어 올리라고!"

그들이 판자를 보고 다시 웃었다. 그러더니 내 손을 뒤로 묶고 겨드랑이를 붙잡았다. 그 근방에서 가장 크고 높은 나무는 무화과나무였다. 그들이 내 목에 판자를 걸었다. 한편 여전히 구멍을 파고 있던 정신 나간 노인이 불평을 터뜨렸다.

"젠장, 장정이 수십 명이면 뭐해! 어느 누구 하나 이 불쌍한 늙은이를 도우지 않는걸!"

그들은 노인의 불평을 들은 척도 않고서 나무 위로 밧줄을 던졌다. 그러나 술에 취한 탓인지 뜻대로 되지 않았고, 그때마다 웃음을 터뜨렸다.

"노새를 구덩이에 파묻으려면 얼마나 깊이 파야 하는지는 알고들 있나?" 노인이 다시 소리쳤다. "이 뙤약볕에 땅을 파다니, 이건 말도 안 되는 짓이라고!"

누구나 단번에 죽을 수 있다. 하지만 나는 하필 술에 취한 처형자들의 손아귀에 내맡겨진 꼴이었다. 마침내 그들은 가장 높고 튼실한 나뭇가지에 밧줄을 걸쳤고, 내 목에 올가미를 건 다음에 밧줄을 잡아당겼다. 죽음에 대한 의식도, 절차도 없이. 그 사이에도 노인의 불평이 이어졌다.

"난 자네들이 좋은 젊은이들이란 걸 잘 알아! 자네들은 여행객을 안내할 때 값도 잘 쳐주고, 가난한 사람들한테는 돈을 안 받기도 하잖아. 한데 나는 왜 안 도와주지? 나도 가난하고 늙은 데다 지친 몸이라고. 게다가 이 노새는 너무 뚱뚱해!"

갑자기 내 몸이 붕 떠올랐다. 바닥에서 2미터 높이였다. 그들이 밧줄을 더 바짝 당기자, 내 혀가 입 밖으로 빠져나왔다. 사실 사람들은 자기 목이 매달릴 때까지 자기 혀의 길이를 모른다. 올가미는 피를 몰리게 만들고 얼굴을 빨갛게 변색시킨다. 나는 옷이 홀라당 벗긴 채 오줌을 질질 흘렸고, 그들은 그런 내 모습에 배꼽을 붙잡고 웃으면서 땅바닥을 뒹굴었다.

그들은 만취 상태였다. 게다가 무화과나무가 지닌 배반의 속성을 생각하지 못했다. 본래 쩍쩍 갈라지는 속성을 띤 무화과나무가 내 몸이 맨 꼭대기까지 올라갔을 때 뚝 소리를 내며 부러졌고, 동시에 내 몸도 나뭇가지와 이파리에 치이면서 땅바닥으로 떨어졌다. 쿵.

아마도 그날은 그들의 웃음소리가 토르토사까지 들렸을 것이다. 웬일인지 그들은 그대로 돌아섰고 그대로 떠났다. 내가 아는 미켈레테는 그런 부류였다.

"피가 토바! 피가 토바!"

내 마차와 돈 궤짝을 싣고 떠난 그들이 남긴 말이다. ('피가 토바 figa tova'는 번역이 안 된다. 카탈루냐어 'figa'는 여성명사로 '혹', 'tova'는 '부드러움'이라는 뜻이다. 그러나 두 낱말은 합쳐지면 일종의 욕설로 변한다. '아는 것은 쥐뿔도 없으면서 잘난 체하는 비실비실한 애송이.' 예를 들어, 끔찍한 내 사랑 발트라우트야, 바로 너 같은 년을 두고 하는 말이란다.)

그들이 떠나자, 실성한 노인이 나를 쳐다보며 소리쳤다.

"어이, 거기, 게으름뱅이 양반! 그렇게 누워 있지만 말고 어서 와서 나 좀 도와줘!"

vidi

제 2 부
보 았 노 라

1

바르셀로나로의 나의 귀환은 율리시즈의 귀환보다는 조금 덜 영광스러웠다. 4년 만에 귀환하는 내 모습은 구걸해서 얻어 입은 넝마 차림에 전쟁터에서 도망친 비참한 신세였고, 내 꼬락서니보다 더 쓸쓸한 것은 내 팔뚝에 새겨진 문신이 쓸모없게 되었다는 것이다.
 그러나 나 '긴 다리' 수비의 개인적인 비극은 잠시 잊고 본격적인 이야기로 들어가자. 나는 나의 고향인 오래된 바르셀로나로 돌아왔다. 바르셀로나의 소리들로, 냄새로, 골목으로 돌아왔다. 항구로 돌아왔다. 무질서로 돌아왔다. 나에게 바르셀로나는 어머니에 대한 기억보다 더 아득한 추억들이 만들어내는 창조물 같은 곳이었다. 그러나 내 눈에 보이는 도시는 내 머리가 기억하고 있는 어린 시절의 모습이 아니라(내가 어렸을 때 집을 떠났다는 사실을 잊지 말라.) 바조슈에서 단련되고 강화된 인지 능력으로 인해 전혀 달라 보였다. 모든 것들이 새로운, 마치 이방인의 눈에 비치는 낯선 풍경 같았다.

일단은 18세기 초의 바르셀로나부터 두루 살펴보자. 다소 지루해지지 않을까 염려되는 바가 없지 않지만 내가 지금도 갖고 있는 당대의 지도를 들여다보면 이렇다.

위 도판에는 그 당시 도시를 에워싸는 성벽이 보이지 않는다. 그런데 성벽이 없다는 것은 그 무렵의 나한테는 크나큰 행운이었으니, 왜냐하면 내가 공병이라는 것에 대해서 다시 생각해볼 마지막 기회였기 때문이다. 나아가 바조슈에 대해서, 잔에 대해서, '자네는 적합하지 않다'는 보방의 지적에 대해서, 그리고 그 '말'에 대해서도.

보다시피 바르셀로나는 대로(大路)인 람블라스를 기준으로 양분

되어 있었다. 람블라스 우측은 좌측에 비해 도시의 집중화가 이루어지고, 좌측은 주로 채소밭으로 포위전에 유용한 지역이었다.

나는 어렸을 때 바르셀로나를 떠났고, 어른이 되어 돌아왔다. 실패했지만 어른이었다. 그럼에도 분명한 것은 내가 시끌벅적한 항구를, 무수한 이방인들이 거주하는 도시를 몰랐다는 것이다. 머나먼 아메리카에 대해서도 그 정도는 아니었을 것이다. 바르셀로나에서 이방인들은 다수에게 녹아들고, 그러다가 정착을 결심하면 그때부터 카탈루냐 사람으로 변한다. 바르셀로나에서는 누군가의 요람이 어디였는지, 이탈리아였는지, 프랑스였는지, 카스티야였는지 혹은 먼 이국이었는지 아무도 모른다. 카탈루냐 사람들은 무어인이나 유대인을 대하는 카스티야인들의 강박적인 순혈주의와는 달리 이웃의 출생지에 대해 그다지 개의치 않았다. 이방인이 경제적으로 자립되어 있고, 주위에게 상냥하고, 종교 문제로 분란을 일으키지 않는 한 귀찮게 굴거나 배척하지 않았다. 이러한 환경은 이방인들로 하여금 한 세대가 지나기도 전에 스스로 바뀌도록 만들었다. 나의 아버지도 그랬다.

카탈루냐는 가톨릭 유산 덕분에 이틀에 한 번꼴은 축제였다. (교황은 전 세계의 추종자들을 감안해서 무엇인가를 해야만 한다.) 그 과정에는 그럴듯한 은총들이, 예들 들어 왕이 건강을 되찾거나 만취한 자의 눈에 에울랄리아 성녀가 나타나는 기적 같은 일이 생기기도 했다. 그렇다고 그런 기적에 현혹될 것까지는 없다. 카탈루냐 사람들이 축제를 장려하는 것은 그것 역시 위대한 사업으로 여기는 것이니.

달력에 넘쳐나는 축제는 무지막지한 경비를 쏟아붓는 일이다. 특히 바르셀로나의 축제와 사육제는 세계적으로 유명했다. 정절을 중시하는 카스티야 귀족들도 시끌벅적한 바르셀로나를 다시 방문했다. 거리마다 남자와 여자가, 부자와 빈자가 뒤섞여서 새벽까지 춤을 추거나 참을 수 없는 욕구를 분출했다. 엄격한 카스티야의 귀족은 검은 옷만 입었다. 1710년에 마드리드에 들렀던 나는 검정색 옷만 입는 그들을 보고 놀랐는데, 그도 그럴 것이 바르셀로나 사람들이, 특히 부자들이 300종 이상의 천을 수입하는 것도 부족해서 더 다양한 것을 찾는 것과는 지극히 대조적이었기 때문이다.

바르셀로나 항구는 온갖 상품들로 넘쳐났다. 예를 들어 생강은 그 종류만 12종이었고, 내가 어렸을 때 아버지가 지시한 품종 대신 다른 품종을 가져왔다가 몽둥이로 혼났던 쌀은 40종이었다. 그런가 하면 전매점에서 취급하는 담배는 그 종류가 쌀보다 더 많았는데 주교는 성직자들에게 예배 시간만큼은 흡연을 금지하도록 지시했다. 건강보다는 연기 때문이었지만.

1714년 이전의 바르셀로나는 미로적인 도시이자 관용적이면서 무질서에 의해 지배되는 도시라는 인상이 강했다. 다들 죽도록 일하고 죽도록 놀았다. 헤네랄리타트 정부는 대중적인 모임에 대한 간섭을 자제했는데 그중 하나가 돌팔매질이다.

대중적인 잔치와 집단적인 폭력 사이의 한계 차이는 종잇장 차이에 불과하다. 돌팔매질은 내 부친의 어린 시절만 해도 바르셀로나 전역에서 펼쳐지는 위대한 도락이었다. 그것은 양 패거리의 대결로, 각각 100명 이상의 참가자가 탁 트인 평지에서 미리 주어진 신호와 함께 돌을 던지기 시작한다. 양쪽으로 수천 개의 돌멩이가 날아가고 날아든다. 아마도 누군가는 이렇게 물을 것이다. 그렇게 고상한 도락에 어떤 규칙은 없느냐고. 대답은 간단하다. 규칙은 없다고. 그러다가 한쪽이 겁에 질려 도망치면 패퇴한 것으로 간주되고 그 자리를 끝까지 지킨 쪽이 승자가 된다. 물론 결투다 보니 생사가 오락가락하는 중상자나 사망자가 나오는 것은 당연한 일이었다.

교회는 보다 못해 자제를 호소하고 나섰다. 그게 불가능하면 돌멩이 대신 오렌지로 대체하면 어떻겠느냐고 제안했다. 학생들은 협상에서 카탈루냐인의 전형적인 자세인 존중 없는 동의로 그 제안을 받아들였다. 그러나 양쪽의 대결에서 오렌지가 바닥이 나면 다시 돌팔매질로 이어졌다. 집단적이고 당파적인 대중의 도락 앞에서 교회는 결국 설득을 포기했고, 편을 나눠 돌팔매질을 하던 학생들은 구경꾼들이 비웃기라도 하면 학생 특유의 근성으로 서로 힘을 합쳐 그들을 향해 총공세를 퍼붓는 일이 비일비재했다.

대학생들은 학교 근처에 그들만의 명예의 전장(戰場)을 정했다. 시도 때도 없는 돌팔매질로 인해 건물 안팎에 남게 되는 불상사를 피한다는 명목이었다. 그러나 건물이 재정비될 때까지 수업이 연기되는 일은 끊이지 않았고, 특히 시험 직전에 돌팔매질이 벌어지는 것은 꼭 우연으로만 볼 수 없는 일이기도 했다. 따라서 아버지가 툭하면 사고를 치는 나를 일찌감치 프랑스로 보낸 게 이상한 일이 아니었으니, 성질 급한 내가 돌팔매질에 앞장설 것이고 그러다가 대갈통을 깨뜨릴 것이라는 당신의 우려 때문이었으리라. 아무튼 내 유년 시절에 성행했던 돌팔매질은 사양길로 접어들었지만, 확신하건대 만일 그리스도가 성스러운 창녀를 군중들의 돌팔매질에서 구원했다면, 그것은 유대인들 중에 바르셀로나 대학생들이 끼어 있지 않았기 때문에 가능했을 것이다.

창녀 이야기가 나왔으니 한마디만 더 하자. 그 시대 매음은 바르셀로나의 어두운 일면들 중의 하나로, '흑색우단(검은 사제복 차림의 주교들을 지칭하는 은어다.)'들은 주민들에게 매음굴의 출입을 엄격하게 금지시켰다. 여관이나 선술집에서도 거동이 의심스러운 여자들에 대한 특별 감시와 검문이 행해졌다. 내가 알기로 가난하고 불쌍한 창녀들에 대한 흑색우단의 과도한 처사는 부분적으로 '적색우단(전통적인 암적색 법복 차림의 카탈루냐 사법관을 지칭하는 은어다.)'들에 의해 이루어졌다고 볼 수 있다. 왜냐하면 부자와 권력자들이 사치와 방종을 경고하는 교회의 설교를 무시하자, 정부가 나서서 불만스러운 교회로 하여금 그들 대신에 애꿎은 창녀들을 억누르도록 만들었기 때문이다.

그렇다고 카탈루냐에 매음이 없었다는 것은 아니다. 당연히 있었다. 매음굴이 있는 도시는 창녀들이 밖으로 나오지 않는 반면, 매음굴이 없는 도시는 아무 때나 아무 곳에서나 나타났다. 설사 매춘이라는 오래된 직업을 궤멸시키더라도 그 일을 생업으로 삼는 창녀들은 그들만의 은신처를 찾아다녔던 것이다.

나는 4년 만에 돌아온 바르셀로나 거리를 방황하듯 돌아다니고 있었다. 그런데 이제 진짜 집으로 돌아가야 한다고 마음을 다잡는 순간에 어디선가 예사롭지 않은 북소리가 들려왔다. 람블라스 쪽이었다. 거리에서 군중들이 무릎을 꿇고 있었다. 토르토사가 함락되었다는 소식을 듣고서 (그 소식은 나보다 먼저 도착했다.) 모여든 시민들이었다. 그들은 자신들이 가장 성스럽게 추앙하는 에울랄리아 성녀의 깃발을 앞세우고 고난의 행렬에 들어갔다. 여기서 잠시 바르셀로나인들이 받드는 성녀의 깃발에 대해 언급하도록 허용해주기를 바란다. 충분히 그럴 만한 가치가 있는 일이기 때문이다.

에울랄리아 성녀의 깃발은 다른 세계의 깃발과 달랐다. 모든 현대적인 표식과는 전혀 다른 그것은 커다란 사각형 비단 전체가 자주색 바탕에 슬픈 눈을 지닌 어린 소녀의 초상으로, 그 모습에는 이단적인 무엇인가가 깃들어 있었다. 전통에 따르면 카탈루냐 왕들은 그 깃발을 장자나 피상속자에게 손수 양도하도록 되어 있으며, 그 깃발을 든 군대는 절대 패배하지 않는다고 전해진다. (그것은 거짓이다. 앞서 말했지만 카탈루냐 역사는 한 번의 승리에 열 번의 패배로 이루어졌다.) 분명한 것은 에울랄리아 성녀의 깃발이 군사적인 것을 넘어 바르셀로나인들의 염원을 담고 있다는 것이다. 모두가 하나같이 무릎을 꿇고서 성호를 그으며 성녀의 비호와 은총을 기원했다. 여기서 나는 성녀에 대한 경배가 종교적인 것과는 전혀 상관없는 것이라고 말하고 싶다. 그것은 성녀 이상의 어떤 것이자, 도시 자체의 표상이기 때문이다.

나는 무릎을 꿇지 않았다. 성녀에 대한 불경이 아니라 함락된 토르토사의 고통을 달래는 북소리와 행렬의 호위를 받으며 지나가는 자주색 성녀를 본 순간 나에게 '미스테어'를 안내했던 꿈속의 성녀를 상기시켰기 때문이다. 그리고 성녀의 눈이 내 눈과 마주쳤을 때, 나는 그 눈이 마치 나에게 무엇인가를 묻는 것 같았다.

나는 아무 말도 하지 않았지만, 마치 다른 세상의 존재를, 아니, 마치 현실에서 오랜 친구를 만난 것 같은 기분에 사로잡혔고, 그 자리에서 입을 헤벌린 채 멍하게 서 있었다. 아마도 여러분은 답답하기 이를 데 없는 끔찍한 내 사랑 발트라우트처럼 궁금증을 참지 못한 채 이렇게 묻고 싶을 것이다. 대체 그녀가 나에게 무엇을 물어보았느냐고. 나는 이렇게 대답하겠다. 아무 말도 안 했지만, 자신을 보호하기 위한 깃발들은 불필요하지 않느냐고.

그때였다. 낯익은 목소리가 나를 부른 것은. 페레트였다. 다들 무릎을 꿇고 있는 것과 달리 혼자 서 있다 보니 멀리서도 내 모습이 눈에 띄었던 것이다. 나는 이미 페레트를, 생모 대신에 유모처럼 나를 돌보던 인간 유물 같은 노인을 여러분에게 소개했던 것으로 기억한다. 아무튼 그는 성녀 행렬이 지나가자마자 나를 덮치듯이 껴안으며 울기 시작했다. 그 시절의 울보처럼. 그러고는 내가 울음을 그치라고 하자, 여전히 울먹이며 이렇게 반문했다.

"내가 우는 건 너 때문이란다. 내가 보낸 편지를 진짜 못 받았다는 거냐?"

나는 편지를 받지 못했다. 나라는 놈의 인생이란 게 워낙 꼬이다 보니 시간마저 지옥의 번방에서 길을 잃어버렸던 모양이다. 내가 대답 대신 멍하게 쳐다보자, 노인네는 더 참지 못하고 편지 속에 담긴 내용을 말로 털어냈다.

"네 아버지가 돌아가셨단다."

그러고는 반신반의하는 나에게 이미 변해버린 내 처지를 알려주었다. 다시 말해 나는 제법 돈깨나 있는 부자가 아니라 가난뱅이였다. 집은 고사하고 거처조차 없었다. 나는 바르셀로나 상인의 자식이 아니라 고아였다. 아버지는 갑자기 죽었다. 당신은 죽기 직전에 사업 여행 중에 만난 나폴리 출신 과부와 재혼했는데, 당신의 죽음과 함께 집과 모든 재산은 그 여자와 그 여자 자식들의 몫이 되었다.

망연자실했다. 허탈감은 분노로 바뀌었다. 그날 이후 나는 내 집을 강탈해 간 그들을 상대로 법적 소송에 나섰다. 그간의 과정을 대략 정리하면, 나는 내가 할 수 있는 모든 것을 유능하다는 변호사 라파엘 카사노바를 선임하는 일에 소진했으며, 그때부터 80년이 지금까지도 법원의 최종 판결을 기다리는 중이다.

하긴 모든 일이 기병대의 임무만큼이나 빠르게 진행된다면, 지금쯤 이 세상은 온통 사람들로 차고 넘칠 것이다.

2

 아버지의 하인이었던 페레트는 졸지에 고아로 변한 나를 거두어주었다. 항구 근처에 있는 그의 집은 대문을 지나 계단을 내려가면 나오는, 생쥐들이 자기 영역에 대한 기득권을 주장할 만한 반지하였다. 말이 집이지 사각 형태의 구멍 같은 창문을 통해 거리를 지나가는 행인들의 발목이 보이고, 침실 하나에 식당과 주방 겸 화장실로 사용되는 공간은 눅눅한 습기로 인해 사방에 기이한 형태의 얼룩이 번져 있었다.
 페레트는 똥구멍이 찢어지게 가난했다. 나는 그가 동정심으로 건네는 동전을 모든 것을 잊고 취할 수 있는 싸구려 술을 사는 데 썼다. 세상에서 가장 불행하고 비참한 공병이 바로 나였다.
 나는 일단 습득하면 꿈속에서도 지배하는 바조슈의 합리성에서 벗어나고자 바동거렸다. 바이올린 연주자들이 발로 탁자를 밟으면서 조율하는 통속적인 노래의 음정과 화음을 구별해서 듣지 않았다. 아예 듣지 않았다. 병사들의 함성도, 독일인인지 영국인인지 포르투갈인인지 카탈루냐인인지 단번에 알 수 있는 자들의 웃음소리도, 술 취한 자들의 고함 소리도 듣지 않았다. 원형 천장을 거무스름하게 탈색시키는 독한 궐련과 파이프 담배 연기도, 주점에서 천장을 뚫고 방울방울 떨어지는 어둡고 밝은 빛도, 웃고 마시고 춤추는 사람들도 외면했다. 인간의 여흥이 빚어내는 혼란으로부터, 아니, 인간의 모든 조건으로부터도 안타깝게 멀어졌다.

고통. 그랬다. 그것은 고통이었다. 보방과 마지막으로 만났던 순간이 나를 고문했다. "대답은 딱 한마디야." 한마디. 내 젊음은 그 한마디 '말'로 인해 소진되고 있었다. 한마디라니, 대체 그 한마디가 무엇인가? 나는 날마다 절망에 굴복했다. 후미진 구석에 처박힌 채 마시고 또 마셨다. '말'이라니, 대체 그 '말'이 무엇인가? 나는 모든 '말'을 씹고 또 씹었다. '참호병'에서 '사랑'까지. 하지만 그 '말'이 아니었다. 나는 취하고 또 취했다. 만취한 채 모락모락 타오르는 담배 연기를 보노라면 공격용 참호 속을 돌아다니던 날이 떠올랐다. 그럴 때면 담배 연기를 뿜어대는 술꾼들의 입을 들이받았고, 그때마다 흠씬 두들겨 맞고서 밖으로 내동댕이쳐진 채 현대의 바빌로니아나 다름없는 바르셀로나의 비좁고 더러운 골목길에 대자로 뻗었다. 세상으로부터의 부재를 위하여, 우리의 육신을 포기하기 위하여! 자, 마시라고, 우리 모두 다 함께 마시는 거야. 이 우주의 하찮은 변방에 기생하는 벌레들을 위하여! 우리가 토해낸 것들이 개처럼 충직한 것들을 생성해내는 날을 위하여! 하지만 내 문신은? 나는 처참한 순간들 앞에서 오른손 팔뚝을 걷어 올리고 그 미묘한 형태를 지켜보면서, 내 살갗에 각인된 불행을 지켜보면서 울고 또 울었다.

하염없이 울었다.
 잔은 어디서 무엇을 하고 있을까? 그녀는 나를 생각조차 하지 않을 것이다. 그렇다고 비난할 수도 없었다. 나는 이렇게 말해야 했었다. "나는 공병대보다 당신을 더 사랑한다."고. 그러나 나는 그렇게 하지 못했고 둘 다 잃었다.

○○○

 그날도 술병을 들고 거리를 방황하던 나는 한 행상인 앞에서 걸음을 멈추었다. 양배추에 튀긴 고기소를 넣어 만든 요깃거리로 텅 빈 속을 채울 요량이었다. 그런데 저만치 한 여자가 서 있었다. 우물을 향해 쭉 늘어선 대열 끝에 서 있는 그 여자는 내가 결코 잊을 수 없던 인물이었다.
 인간 문명의 위대한 발견들 중의 하나는 공동우물이다. 공동우물에서 여자들은 줄을 서서 차례를 기다리는 동안에 자신의 매력을 드러낼 수 있고, 사내들은 여자들을 후리기 위해 물을 날라다 주는 호의를 베푼다. 자, 이쯤에서 여러분은 항아리에 물을 채우고 있는 여자가 누구인지를 눈치챘는가? 그랬다. 그녀는 다름 아닌 내 여자 친구 아멜리스였다.
 그녀 역시 나를 힐끗 쳐다보았다. 우리에 갇힌 산비둘기 같은 눈빛이 이 마르티 수비리아의 마음을 움직이지 않았다면 나를 죽여도 좋다. 베세이테에서 일어난 일에 대해서는 더 이상 언급하지 않겠다. 나는 그녀에게 항아리를 들어주겠다고 제안했는데, 분명한 것은 그녀가 그것을 받아들였다는 것이다. 그것은 우리의 대화를 시작하는, 적어도 소나무 숲으로 사라진 뒤에 다시 만나 대화를 재개하기 위한 완벽한 구실이었다.

한편 아멜리스와 함께 걷던 나는 열 걸음도 떼기 전에 내 상의의 아랫단을 슬쩍 비집고 들어오는 손길을 감지했다. 그 손의 주인공은 나의 또 다른 지인 두 명 중의 하나인 꼬마 앙팡이었다. 아까부터 내 주위를 어슬렁거리던 녀석들을 적절한 기회에 붙잡고자 모른 척하고 있던 나는 손에 들고 있던 항아리를 아멜리스에게 건네자마자 재빠르게 양손으로 녀석들의 멱살을 잡았다.

"드디어 걸려들었군!" 내가 소리쳤다.

녀석들이 울부짖었다. 누가 보면 내가 애꿎은 아이들을 괴롭히는 꼴이었다.

"놔둬!" 아멜리스가 끼어들었다. "아직은 어린애들이잖아."

"하!" 나로서는 어이가 없었다. "아직도 이놈들을 잘 모르고 있군. 난 이놈들을 순찰대에 넘길 거야."

"그러지 마." 그녀가 그들을 방어하고 나섰다. "순찰대 손에 넘어가면 채찍으로 스무 대는 맞을 테고, 그렇게 맞다 보면 뼈도 못 추리고 죽게 될걸."

나는 어깨를 흠칫 치켜 올렸다. 일순 이탈리아 여자가 강탈한 아버지 집에 대한 송사 문제가 떠올랐다.

"나는 법을 만들진 않지만 꼭 지켜야 한다고 생각해. 명예를 지키는 사람은 위험에 처해 있는데, 구제할 수 없는 도둑놈들에게 관용을 베풀어야 하다니, 나로선 그 이유를 모르겠군."

아멜리스가 비호를 하고 나서자 내 팔목을 붙잡은 채 울고불고 애원하던 앙팡이 더 큰 소리로 울었다. 그러나 나는 금세기의 위대한 광대 짓을 벌였던 장본인으로서 내 본래의 성깔을 죽일 수는 없는 노릇이었다. 게다가 세상물정 모르는 애송이의 버릇만큼은 기어코 고쳐주고 싶었다.

"자, 가볼까? 이 애송이 녀석들아!"

아멜리스가 내 팔꿈치를 붙잡았다.

"어린애들은 그런 식으로 다루는 게 아냐!"

그녀의 모습이 마치 버림받은 아이들의 성녀 같았다.

"제발!"

"미안해, 아가씨." 나는 그렇게 말하고 양손에 녀석들을 한 명씩 붙잡고 걸음을 옮겼다. 그러자 그녀가 팔짱을 낀 채 내 앞에 버티고 섰다.

"풀어줘." 그녀가 단호하게 말했다. "왜 그러는데? 원하는 게 뭐야?"

나는 그녀의 당돌한 물음에 내심 당황하면서 그녀의 눈을 쳐다보았다. 그녀의 눈빛에는 측정할 수 없는 우울함과 관대함이 공존하고 있었다. 대체 왜 그렇게 이 아이들에게 집착하는가? 그러나 더 생각하고 말 것도 없었다. 그녀는 예뻤고, 나는 예쁜 여자의 말을 거부할 이유가 없는 속물이었다.

"다음에 또 걸리면, 그때는 네놈들 목을 매달게 만들 거야!" 나는 녀석들을 풀어주며 호통을 쳤다. "네놈들 목이 거위 목보다 더 길어지게 해준다는 거야. 무슨 말인지 알아들었어?"

내 호통이 끝나기도 전에 녀석들은 이미 모퉁이를 돌아섰다. 나는 고개를 돌려 그녀에게 물었다.

"이제 어디로 가지?"

○○○

아멜리스는 나를 리베라 구역으로 데려갔다. 바르셀로나를 통틀어서 가장 복잡하고 비위생적인 그 구역은 아우구스투스 대제 시절부터 낡기 시작한 건물들이 대부분이었다. 4층에서 6층 높이의 회색 건물들 사이로 햇빛이 들지 않는 골목에는 개들이 제멋대로 돌아다니고, 발코니에는 닭들이 홰를 치고, 담벼락에는 묶어놓은 양들이 울고, 문 앞에서는 사람들이 한가로이 담배를 태우거나 주사위놀이로 무료한 시간을 때우고 있었다. 인간과 동물이 뒤죽박죽 공존하는 그곳에서 시메오 성자를 연상하게 만드는 한 인물이 내 시선을 붙잡았다. 앙상한 갈비뼈 탓인지 마치 살아 있는 시체 같았다. 한 30년을 기둥 위에서 떨어지는 새똥을 집어 먹으며 연명한 것 같았다. 고개를 앞으로 숙인 채 속요를 부르며 행인들의 동정을 구하고 있었다. "하느님의 사랑으로, 하느님의 사랑으로."

어떤 건물로 들어간 아멜리스가 계단을 통해 3층으로 올라갔다. 여러 개의 문이 보였다. 그녀가 발을 들여놓은 곳은 방이 딱 하나였다. 창문도 하나였다. 건물들 사이의 간격이 얼마나 좁은지 창문에서 손을 뻗으면 맞은편 건물이 닿을 정도였다. 바닥에는 짚단을 채운 요가 깔려 있고, 한쪽 구석에는 흘러내린 촛농이 겹겹이 굳어서 산(山) 형태로 변한 촛대가 놓여 있었다. 그녀가 변기 같은 의자와 그 의자 위에 놓여 있는 물이 담긴 대야 위에 쪼그려 앉았다.

"여기서 사는 거야?" 내가 물었다.

"나는 어디서도 살지 않아." 그녀가 옷을 벗으며 대답했다.

나의 눈길이 한쪽 바닥에 놓여 있는 조그만 목재 상자에 꽂혔다.

그곳 분위기와 전혀 어울리지 않는 고상한 상자였다. 내가 호기심을 못 이기고 뚜껑을 열자 경쾌한 선율의 기계음이 흘러나왔다. 나는 조심성 많은 고양이처럼 흠칫 반걸음 물러섰다. 생전 처음 보는 물건이었다. 음악상자였다.

"무슨 짓을 하는 거야?" 그녀가 다그치면서 나를 밀쳤다.

나는 그녀의 벗은 몸을 보는 순간 다시 놀랐는데, 그녀는 자신의 아름다운 몸을 자각하지 못하는 게 분명했다. 그녀가 뚜껑을 덮자 음악 소리도 사라졌다.

"나는 그런 발명품이 있다는 사실조차도 몰랐어." 내가 변명했다.

그녀가 다시 뚜껑을 열자 똑같은 경쾌한 선율이 흘러나왔다.

"서둘러." 그녀가 건조한 목소리로 내뱉었다. "이 음악이 끝날 때까지야."

좋아, 본론으로 들어가자고. 나는 그녀를 끌어당겼다. 자신의 몸보다 음악상자에 더 집착하는 그녀의 몸을 덮쳤다.

"잠깐만." 그녀는 그렇게 말하고 바닥에 아무렇게나 벗어놓은 내 옷을 주워 의자 위에 올려놓았다. 하긴 말이 바닥이지 진흙탕이나 다름없었다. 나는 곧바로 본론으로 들어갔고, 그녀는 그녀대로 마치 불구덩이에 빠진 마녀처럼 괴성을 질러대기 시작했다.

나는 여자들과의 잠자리에서 도시를 점령하는 보방의 전략, 즉 서두르지 않고 느긋하게 공략하는 성향이었다. 그런데 나의 전리품은 그런 전략을 적용하게끔 허용하지 않았다. 음악상자의 선율이 끊기자마자 자신의 몸에서 내 몸을 떼어낸 것이다.

"나는 약속을 지켰고, 너는 만족을 구했고, 아이들은 살았어." 그녀가 천장을 쳐다보며 단호하게 말했다. "그러니 어서 꺼져."

달리 할 말이 없었다. 나는 의자 위에 놓여 있던 옷을 챙겨 입고 모자까지 쓰고서 작별인사조차 없이 계단을 내려갔다. 그런데 내가 막 거리로 나섰을 때, 아까 만났던 절반쯤은 죽어가던 선지자가 아까와 똑같은 속요를 부르면서 손을 내밀었다.

"하느님의 사랑으로, 하느님의 사랑으로……."

한바탕 멋진 섹스를 치르고 나면 세상이 달리 보인다. 한층 기분이 좋아진 나는 선행을 베풀고자 발길을 멈추고 호주머니를 찾았다. 한데 호주머니에 넣어둔 지갑이 없었다. 순간 무엇인가가 나의 뇌리를 스쳤다. 그 창녀 같은 계집이!

나는 분노를 참지 못하고 발길을 돌려 계단을 올라갔다. 감히 나를 노골적으로 구워삶다니! 내가 아무리 불경스러운 놈이라고 하지만 그녀의 몸을 탐하기 직전까지만 해도 죄를 짓는 기분이 들었는데……. 지갑을 잃은 것보다도 그녀가 나를 속였다는 사실이 나를 더 화나게 만들었다. 이런 경우에 뒤크루아 형제는 나에게 무슨 말을 해주었을까. 그러나 그녀의 방에 들어서던 나는 그 자리에서 얼어붙었다.

한 사내가 멍석 위에 누운 아멜리스를 깔고 앉은 채 그녀의 뺨을 사정없이 후려치고, 그때마다 그녀의 입에서 날카로운 비명 소리가 터져 나왔다. 팔뚝이 쇠망치 같은 자의 무지막지한 손찌검이 이어졌다. 음악상자가 닫혀 있는 것으로 보아 그녀의 고객은 아닌 모양이었다.

"이봐요!" 나는 반사적으로 소리쳤다. "지금 무슨 짓을 하는 겁니까?"

그가 고개를 돌려 나를 쳐다보았다. 식인귀, 이른바 외눈박이 식인귀였다. 그때까지만 해도 나는 키클롭스가 에게해의 섬에만 살고 있는 것으로 믿고 있었다.

"왜?" 그가 딱 하나뿐인 눈으로 나를 노려보며 으르렁거렸다. "네놈 눈에는 내가 지금 장미 향수 목욕을 하는 걸로 보이나? 지금 네놈에게 돌아갈 차례를 기다리겠다는 거야? 이 멍청한 자식아, 당장 꺼지지 못해!"

혹시 독자 여러분은 빈민가 출신 외눈박이의 위협에 내가 잔뜩 겁을 먹었을 것이라고 생각하는가? 물론이다. 나는 아무 생각 없이 그대로 돌아섰다. 그리고 속으로 중얼거렸다. 아, 지갑을 잃어버리고 말다니, 이렇게 괴로울 수가! 그러면서 마지막 계단을 내려서는데, 한 노파가 항아리를 머리에 이고 건물로 들어섰다. 내가 아까 손으로 들어주었던 아멜리스의 항아리만 한 크기였다.

"할머니, 그기 내려놓으세요." 나는 사근사근하게 말했다. "제가 올려다드릴게요."

나는 그 항아리를 들고 계단을 올라 그녀의 방으로 들어갔다. 내가 왜 다시 돌아왔는지, 그 이유는 묻지 말라. 그 이유는 나도 모르니까. 나는 정의로운 편력기사가 아니고, 그녀는 단순한 매춘부 절도범일 뿐이다.

외눈박이 키클롭스의 구타는 계속되고 있었고, 그 골목에 사는 사람들은 그녀의 처절한 비명 소리를 듣고 있을 터이지만 모른 척 했다. 동정심이라고는 털끝만치도 없었다. 나는 그녀가 온몸을 비틀어대면서 외눈박이의 남은 눈을 파내려고 작정한 것처럼 손톱을 세워 저항하는 사이에 항아리를 머리 위까지 들어 올려서 문을 향해 등을 지고 있는 외눈박이의 목덜미를 내려쳤다. 순간 마치 돌무더기가 무너지는 소리가 나면서 외눈박이가 한쪽으로 꼬꾸라지더니 입을 벌린 상태로 바닥에 쭉 뻗었다. 온몸이 물과 피로 범벅이었다. 그녀 역시 물과 피로 범벅이었다. 나는 입술이 터진 채 손을 바들바들 떨고 있는 그녀를 안타까운 눈길로 지켜보았다.

"혹시 무게가 나가는 거 갖고 있어?" 나는 내가 할 수 있는 가장 부드러운 목소리로 물었다.

"왜, 네 눈에는 내가 항구의 짐꾼으로 보여?" 자신의 다리를 감싸 안은 그녀가 분을 삭이지 못하고 치를 떨며 되물었다.

"네 친구가 곧 깨어날 거야." 내가 살짝 비꼬는 투로 그 말을 받았다. "가만 놔두면, 놈은 깨어나자마자 우리 목을 베고 말겠지. 그것도 양배추 자르듯 단칼에."

그녀는 손가락으로 양초를 가리켰다.

"바보 같은 자식, 저거, 저걸 보라고!"

나는 그녀의 막말에 화가 치밀어 올랐다.

"저건 그냥 촛농이잖아. 왜, 나보고 저걸 처먹고 체해서 죽으라는 거야?"

그녀는 여전히 무릎을 감싸 안은 채 마치 더 이상은 길들이지 못할 바보 앞에서 망연자실한 사람처럼 허탈한 눈빛으로 천장을 쳐다보았다.

"아니……, 저건 단순한 촛농이 아니야. 그러니까 확인해보라고!"

그랬다. 겹겹이 흘러내린 촛농은 단순한 촛농이 아니었다. 촛농 덩어리 속에는 포탄이 숨겨져 있었다. 1691년의 프랑스 함대 포격이었는지, 1697년의 포위전이나 1705년의 동맹군 상륙전이었는지, 아니면 다른 어떤 전투였는지 확실하지는 않지만, 그 포탄은 누군가에 의해 촛대로 사용되었고, 흘러내린 촛농이 겹겹이 굳으면서 본래의 형태를 상실한 것이었다.

나는 양손으로 포탄을 집어 들고 외눈박이에게 다가갔다. 그러나 그의 목이 한쪽으로 삐딱하게 비틀려져 있어서 그녀를 다그쳤다.

"이놈 목 좀 돌려봐! 네 눈에는 각도가 안 나오는 게 안 보여?"

"각도라니, 무슨 각도?" 그녀가 반문했다.

"이놈 목을 반듯하게 돌리라고!"

그때서야 그녀가 외눈박이 머리를 잡아당기자, 나는 외눈박이 위에 양발을 벌리고 서서 포탄을 머리 위로 들어 올렸다. 그 순간에 외눈박이가 눈을 떴다. 하나밖에 없는 눈을. 동시에 그녀가 다급하게 소리쳤다.

"기다려!"

왜 갑자기 일말의 동성심이라노 생겼다는 것인가?

"그러다가 터지면 어떻게 되는 거야?" 그녀가 포탄을 가리키며 물었다.

그사이 긴박한 상황을 눈치챈 외눈박이가 휘둥그레 눈을 뜨며 내 발목을 붙잡았다.

그러나 이미 때는 늦었다. 그가 세상에서 간직한 마지막 기억은 하나밖에 없던 자신의 외눈을 향해 떨어지는 24구경 포탄이었다. 어떤 전략가들이든 이렇게 말한다. 최고의 전략은 항상 후미에서 날아드는 포격에 있다고.

나는 손에 잔뜩 묻어 있는 촛농을 털어냈다.

"깔끔하군! 이놈 대갈통에 제대로 터진 거야."

그녀가 포탄에 맞아 죽은 외눈박이를, 이어 나를 쳐다보았다.

"설마 날 여기다가 혼자 놔두는 건 아니겠지? 사람들이 알게 되면 나를 죽이고 말 거야!"

물에 빠져 허우적거리는 사람을 살려놓았더니 보자기까지 내놓으라는 꼴이다. 아, 여자들이여!

"내가 여기 온 건 그 일 때문이 아냐." 나는 냉담하게 거절하며 손을 내밀었다. "내 지갑 내놔!"

그녀는 소리 내어 웃더니 지갑은 없다고 말했다. 다 뒤지라고, 아무것도 나오지 않을 거라고 확언했다. 하긴 황량한 방에는 구석진 곳은 고사하고 무엇 하나 숨길 공간이 없었다. 도둑이 들어왔다가 주인에게 환대를 받을 그런 집이었다.

나는 미련 없이 돌아섰다. 살다 보면 잃을 때도 있는 법이다. 그렇게 생각하며 막 방을 나서는데 그녀가 담담하게 나를 불러 세웠다.

"기다려."

그녀는 뒷물로 쓰던 물을 바깥으로 쏟아버리고 헝겊 조각으로 얼굴에 묻은 피를 닦아내더니 옷을 입었다. 나는 그녀와 함께 밖으로 나갔다. 그녀는 이전처럼 말 한마디 없이 무뚝뚝한 표정으로 나를 이끌었다. 어디를 간다는 거야? 피Pi 성당이었다. 성당 계단에 앉아 있던 난과 앙팡이 나를 보자마자 줄행랑을 놓으려다가 그녀의 휘파람 소리에 그 자리에 섰다. 그녀가 앙팡의 옷을 뒤지더니 가죽 지갑을 꺼내서 나에게 건네주었다. '이제 너한테 진 빚은 없다'는 표정으로.

그랬다. 모든 게 처음부터 끝까지 철저하게 계획된 각본이었다. 공동우물에서 젊은이들이 트로이의 갈색 미녀 헬레나에게 정신이 팔린 채 무거운 물 항아리를 양손으로 들고 나르면, 때를 기다리던 난과 앙팡이 그들의 호주머니를 털었다. 그러다가 실패하면 그녀가 중재에 나서는데, 그녀는, 열여덟 살 꽃다운 나이에 미녀인 그녀의 간청을 들어주면서 후안무치한 보상을 요구하는 사내들을 리베라의 자기 방으로 데려가 몸을 내주었고, 그사이에 도마뱀처럼 기어든 난과 앙팡이 그들의 주머니를 뒤졌다. (자, 그녀가 내 옷을 입구 옆에 놓인 의자에 올려놓았다는 사실을 기억하라. 그리고 그녀가 일을 치르는 동안에 내지르는 교성은 꼬마 녀석들의 은밀한 도둑질을 도와주는 음향 장치였다.) 물론 결과는 완벽했다. 전리품은 챙기고 흔적은 남지 않는, 그로 인해 그녀가 자신의 결백을 얼마든지 주장할 수 있는 이른바 완전범죄였다. 실로 아름답기 그지없는 삼인조 절도범이었다.

ㅇㅇㅇ

아멜리스는 앙팡과 난을 데리고 내가 기거하는 라발 구역의 반지하방으로 거처를 옮겼다. 그것은 세 명의 모습이 리베라 구역에서 당분간 눈에 띄지 않게 되는, 적어도 외눈박이 키클롭스의 죽음이 잊힐 때까지는 적절한 조처였다. 나중에 알았지만, 포탄에 맞아 죽은 자는 사창가나 변두리 출신이 아니라 사악한 열정에 푹 빠진 채 아멜리스를 미치도록 쫓아다니던 귀족 출신으로, 그날도 항아리 물을 날라주다가 호주머니가 털리는 짓이 지겨워지자 그녀를 죽이려고 했다.

세 사람은 본래의 모습 그대로, 그러니까 아멜리스 외에는 빈털터리였다. 그녀의 유일한 재산 목록인 음악상자는 삶의 무의미에 맞서는 문장(紋章)으로, 그녀는 그것을 마치 어린 예수 대하듯 성스럽게 다루었다.

처음에는 다들 귀찮은 장애물이었다. 페레트와 함께 지내던 가뜩이나 비좁은 반지하방에 세 명이 더 늘었으니 당연한 일이었다. 하나뿐인 침실은 아멜리스와 내가 차지하고, 멍석이 깔린 주방이자 식당인 공간은 페레트와 꼬마 녀석들이 함께 쓰다 보니 그들의 끊이지 않는 성화와 장탄식을 듣느라 골이 깨질 지경이었다. 난은 무엇이든 자신의 마음에 내키지 않으면 창에 찔린 멧돼지처럼 날카로운 괴성을 질렀고, 누군가가 자기를 무시하면 무작정 머리부터 들이밀고는 빙글빙글 돌아가는 팽이처럼 온 집 안을 돌아다니며 벽이든 문이든 닥치는 대로 찧어댔다. 난이 괴짜라면, 앙팡은 더는 묘사할 수 없는 범주에 속했다. 녀석을 정의할 낱말은 도둑이 아니라 도벽강박증 환자였다. 밤낮 가릴 것 없이 남의 호주머니를 손댔다. 나는 바조슈의 구면체 공간에서 체득한 학습 덕분에 전광석화 같은 녀석의 손놀림을 제지했지만, 불쌍한 페레트는 번번이, 어떤 날은 다섯 번에 걸쳐 애꿎은 희생양이 되었다. 하루는 페레트가 입고 있던 옷이 홀라당 벗겨진 채 촛불에 코를 들이박은 모습으로 새벽에 눈을 떴는데, 녀석들은 식전에 거리로 나가 그 옷을 처분했다.

나는 앙팡을 어떻게든 설득하고 싶었다.

"우리가 함께 있는데, 여기서 우리가 함께 쓰는 것들이 네 거라고 생각 안 해?"

"안 해."

심각한 문제였다.

당연히 페레트는 몽둥이를 들었다. 녀석들을 때리고 싶어 죽을 지경이었다. 하지만 그때마다 아멜리스가 녀석들을 등 뒤로 숨기면서 소리를 질러댔고, 그때마다 페레트는 비난의 화살을 나에게 쏘아댔다.

"계집과 살다 보니 이젠 아예 각시로 삼을 권리라도 생긴 모양이로구나. 차라리 그럴 바엔 어서 제자리를 찾고, 그러려면 가끔은 몽둥이질도 해줘야지!"

우리들의 반지하방은 하루도 편할 날이 없는 불화의 소굴이었다. 그렇지만 나는 아멜리스가 떠나도록 재촉하지 않았다. 그녀는 그날의 구타로부터 빠르게 회복되었다. 처음 그녀를 만났을 때보다 훨씬 더, 말로 형언할 수 없을 만큼 예뻤다. 침실에서 함께 자는 일이 쾌락을 넘어 소소한 행복을 안겨주는 일상으로 변해가고 있었다. 사랑? 그것은 모르겠나. 숨 쉬는 공기를 사랑하느냐고 묻는 사람은 없을 것이다. 누구든 공기 없이는 살 수 없으니까. 그 시절에 그녀가 보여주는 언행은, 예를 들어 그녀가 어린 녀석들과 엄마보다는 누나 같은 관계를 유지하면서 녀석들의 지붕이 되어주려는 것은 일종의 미스터리였다. 분명한 것은 어느 날부터 그녀가 나와 살을 섞기 전에 음악상자를 열지 않더니, 이후에도 나와 함께 있는 동안 만큼은 다시 열지 않았다는 것이다.

한편 나는 앙팡의 도벽에 대한 강박증을 더 두고 볼 수만은 없었다. 녀석이 변하지 않으면 모두가 미쳐버릴 것 같았다. 그러나 내가 어떤 계획을 세우든 무용지물이었다. 사실 커다란 변화들은 외모에서 시작되는 경우가 허다하다. 일례로 병적으로 청결에 집착했던 보방은 일주일에 한 번씩 목욕을 했다. 물론 나는 그렇게까지 과도함을 지향하는 부류는 아니었지만 황무지의 돌멩이들보다 더 물을 가까이 해본 적 없는 앙팡과 난을 씻기고 싶었다.

일단 나는 아멜리스를 설득했다. 그녀와 함께 앙팡의 봉두난발을 싹둑 자르고 난의 머리에 달린 고깔모자를 벗길 생각이었는데, 녀석들은 가위와 펜치를 보자마자 도망치더니 이틀 동안 코빼기도 내밀지 않았다. 그래서 앙팡에게는 봉두난발을 반대하지 않는다고, 기름때로 꼬인 금발의 머리를 깨끗이 감고 나서 머리를 땋아주겠다고 약속했다. 실제로 아멜리스가 땋아준 녀석의 금발은 빛이 날 정도였다. 이어 우리는 녀석의 몸을 씻기고 하얀 셔츠에 구멍이 나지 않은 바지를 입혔는데, 녀석은 비로소 해적선의 어린 견습 선원이 아닌 본연의 아이 모습을 되찾았다. 난도 마찬가지였다. 서커스 옷을 태우고 다른 옷으로 갈아입혔다. 한 달에 한 번은 고깔모자를 벗기로, 머리를 감는 동안에는 고깔모자를 빼앗지 않기로 약속했다. 나는 녀석의 머리카락 속에 기생하는 해충이며 화농에 대해서는 언급하지 않겠다. 코를 찌르는 지독한 악취에 대한 서술 또한 생략하겠다.

앙팡과 난 그리고 아멜리스는 떼려야 뗄 수 없는 삼인조였다. 과연 누가 누구를 언제 어떻게 받아들였는지는 분명하지 않았다. 앙팡에게 과거를 물으면 녀석은 그때마다 기억의 구멍이 뻥 뚫린 것 같았다. 세상이 그를 포기했을 때, 세상이 그의 부모를 죽였을 때 녀석은 갓난아이였음이 틀림없었다. 어쩌면 아무것도 기억하지 못하는 게 나을지도 몰랐다. 녀석은 자신의 삶이 떠돌아다니고 있음을, 카탈루냐라고 불리는 지중해의 길목에서 벌어지는 전쟁의 격랑에 내맡겨져 있음을 인식하지 못했다. 아울러 자신의 이름이 프랑스어와 카탈루냐어와 카스티야어가 혼합된 선원들의 언어에서 나온 것임을, 그것이 자신의 모든 것을 말하는 것임을 자각하지 못했다.
　어린애는 항상 어린애다. 여기에는 앙팡의 망나니짓도 포함된다. 앙팡은 거부된 부모의 애정을, 애정의 부재를 어린 난쟁이에게서 채웠다. 앙팡이 난에게 구한 것은 그에게 소리를 질러달라는 것이었다. 나는 그 녀석을 이해하면서 나의 무력함을 깨닫기 시작했다.
　내가 아는 바에 따르면, 어린 녀석들과 아멜리스의 만남은 토르토사 포위전이 끝난 직후에, 그러니까 베세이테와 토르토사에서 바르셀로나로 가는 길에 이루어졌다. 우리는 지붕 있는 집을 가정이라고 부르는데, 그게 아니면 포장지나 다름없다. 지붕 있는 집에서 공동의 가정이 형성되며, 따스한 열기가 없는 경우에는 단순하고 원시적인 구성원끼리의 껴안음이 대신한다. 그들 셋에게 가정은 그들 자신이었다. 어린 난과 앙팡은 아멜리스와 떨어져서 잠을 이루지 못했다. 그들은 밤마다 아무 때나 그들의 잠자리를 벗어나 우리 방으로 기어들었으며 우리 사이에 끼어들어 고양이 새끼들처럼 잠을 청했다. 처음에 나는 아멜리스에게 역정을 냈다.
　"우리 일이 끝날 때까지만이라도 밖에서 좀 기다리면 안 되나?"
　아멜리스의 대답은 간단했다.
　"뭘 더 원하는 거야?"
　문명화된 나의 척도는 그들 셋의 방식과 충돌했다. 그들에게는 팔꿈치와 무릎이 서로 뒤엉키고, 발이 서로의 얼굴에 올려 있고, 서로의 배를 배게 삼아 자는 게 정상적인 잠자리인 모양이었다. 젠장, 그 빌어먹을 고깔모자 꼭지가 아무 데고 쑤셔대는데도 아무렇지 않다는 것인가.

물론 나는 그 녀석들이 끼어든 잠자리에서 아멜리스와의 섹스가 옳지 않다는 것을 잘 알고 있다.

그리고 독자 여러분이 더 많은 이야기를 원하는 것도 잘 알고 있다.

3

 그 무렵에 예기치 못한 방문이 있었다. 짐꾼 네 명과 중무장을 한 수행원 세 명이 북쪽 국경 너머에서 오는 길이라면서 나에게 서간과 트렁크를 건네주었다.
 서간은 바르두에농슈가 쓴 것으로, 보방 가족이 자기에게 믿고 맡긴 트렁크를 직접 전달하지 못해서 미안하다고, 아름다운 바르셀로나를 방문하고 싶지만 불행히도 국경에서 동맹군들에게 제지를 당해 어쩔 수 없이 인편으로 보낸다는 내용이었다. '세상이 쇠락하고 있어. 적을 포함해서 모두가 불신에 빠져 있는 오늘날의 현실이 증명하듯.' 끔찍한 내 사랑 발트라우트는 깜짝 놀라는 눈치였다. 하지만 독자 여러분에게 확언하거늘, 그 시대에 직업군인들끼리 정중한 예를 갖추는 것은 전혀 생뚱한 일이 아니었다.
 아무튼 트렁크가 열리자 나는, 아니, 우리 모두는 할 말을 잃었다. 그 반응을 굳이 순서대로 열거하자면, 처음에는 할 말을 잃었고, 그러다가 환호성을 질렀고, 그러다가 실신했다. 그도 그럴 것이 그 속에는 정확히 1,200리브르*가 들어 있었던 것이다. 보방 후작이 유언장에 남긴 돈이었다. 나는 마지막까지 나를 챙긴 보방의 호의에 마음 깊이 감동했음을 독자 여러분에게 고백한다.

나는 뜻하지 않은 행운을 자축한답시고 밤마다 기념비적인 술판을 벌였다. 그러나 그 여파로 내가 꼬박 이틀이나 숙취에 시달리는 동안에 뜻하지 않는 일이 생겼으니, 아멜리스와 페레트가 동전까지 깡그리 챙겨서 주거 밀집 지역인 리베라 구역에 위치한 건물 5층에 새로운 거처를 마련한 것이다. 아멜리스는 나 대신에 페레트의 명의를 빌렸으며, 나머지 부족한 액수를 채우기 위해 차용증에 내 이름을 도용해서 돈을 꾸었다. 그건 그렇고 명색이 성을 부수고 쌓는 기술을 배웠던 내가 벽에 회반죽을 바른 건물을 보고서 무슨 생각이 들었겠는가? 나는 아멜리스가 새로운 보금자리를 보여주는 동안에 부글부글 끓는 속을 어떻게 가라앉혔는지 기억조차 나지 않는다.

천장에 조악한 그림들이 그려진 그 집은 방이 세 개에 주방이 딸려 있었다. 5층이라서 많은 계단을 오르내리는 탓에 상대적으로 저렴한 편이었지만 층이 높은 만큼 빛은 잘 들었다. 방 세 개는 아멜리스와 나, 난과 앙팡, 채권자들에게 내 이름을 도용한 행위를 벌충한다는 의미에서 식객들과 함께 방을 쓰기로 약속한 페레트가 각각 하나씩 차지했다. 또한 후면 발코니는 바로 옆에 산타클라라의 삼각형 보루가 있어서 축성의 연병장과 보초가 교대하는 장면이

---

* 프랑스에서 1795년까지 유통되던 화폐와 동전.

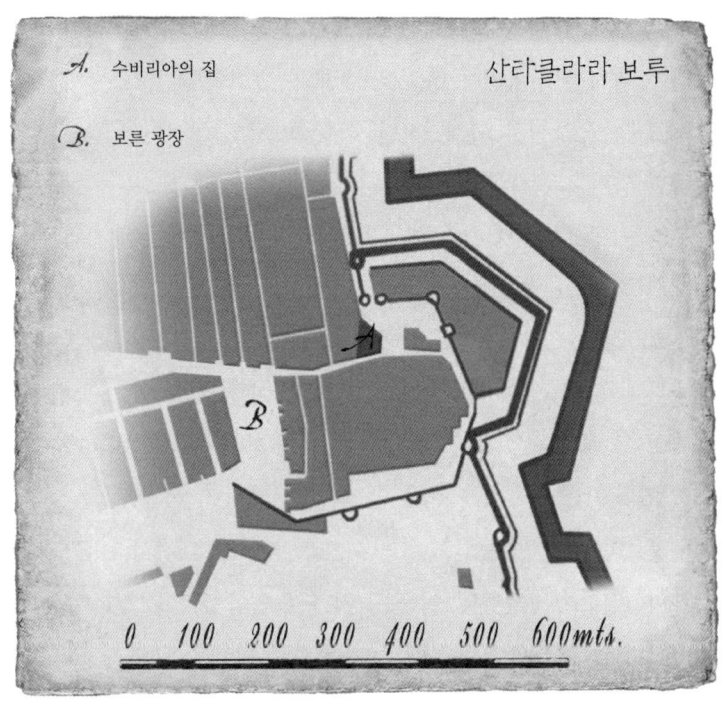

A. 수비리아의 집
B. 보른 광장

산타클라라 보루

한눈에 들어왔고, 우리 방은 침대 바로 위쪽으로 열린 채광창을 통해 지중해보다 더 빛나는 쪽빛 하늘을 바라다볼 수 있었다.

새로운 집은 아멜리스가 자신의 음악상자를 우리 방에 놓은 날부터 진정한 보금자리로 변했다. 채광창을 통해서 지중해 빛이 하얀 모포 위로 쏟아지는 날이면, 그녀는 벌거벗은 채 침대에 앉아서 구슬픈 노래를 흥얼거리며 길게 늘어뜨린 검은 머리를 빗었다. 자아에 도취된 그녀의 자태는 전율을 느끼게 할 만큼 아름다웠다.

공동생활은 이미 많은 것을 바꾸어놓았다. 도저히 믿기지 않는 변화였다. 아멜리스만 해도 그랬다. 그녀의 음악상자가 과거에는 무

295

거운 현실에서 벗어나기 위한 도구로 쓰였다면, 지금은 그녀의 아스라한 과거를 되살리는 용도로 변했다. 그녀의 과거라는 게 아무것도 없는 음악상자 자체였지만, 아니, 마치 경계선도 국경도 없는 삭막한 사막 같은 것이었지만.

우리는 새로운 주거지의 새로운 소유주였다. 문제는 새집을 사는 데 정확하게 1,612리브르가 들었고, 보방의 트렁크에 담겨 있던 돈은 1,200리브르였다는 사실이다. 따라서 우리는 돈 많은 행복한 가난뱅이에서 집 있는 행복한 가난뱅이로, 이른바 집 있는 빚쟁이로 바뀌었다. 우리는 그 빚을 갚아야 했지만 전시에 돈과 일은 전쟁터에 있었다.

무엇보다 돈이 필요했다. 내가 카스티야 땅으로 잠시나마 모험을 떠나야 한다고 고민했던 이유는 거기서 연유한다. 그리하여 나는 1710년의 전쟁터로 나서야 했고, 마찬가지 이유로 인해 마드리드의 권좌를 노리는 카를랑카스의 영욕을 지켜본 증인이 되었다. 또한 거기서 나는 내가 감히 상상조차 못 했던 보방을 대체할 스승을, 더 이상은 존재할 리 없는 이 세상의 마지막 스승을 만났다.

그런데 이 대목에서 독자 여러분이 허락한다면, 내 모험에 앞서 최근에 겪은 여담을 하나 이야기해야겠다. (젠장, 끔찍한 내 사랑 발트라우트는 곧장 본론으로 들어가자고 성화다.)

아멜리스는 나를 주점에서 떼어놓으려고 고민하다가 하루는 나를 초콜라타다로 이끌었다. 초콜라타다는 적당한 돈을 내면 마차가 바르셀로나에서 십여 킬로미터 떨어진 곳으로 데려가서 일정한 시간을 자유롭게 만끽하도록 내버려두었다가 도시로 다시 데려오는 일종의 소풍이었다.

그 무렵에 유행처럼 번져나가던 초콜라타다는 단지 초콜릿을 먹는다는 것만을 의미하는 게 아니었다. 경험자의 말에 따르면 뜨겁게 끓여 만든 달콤한 초콜릿 속에는 사악한 흥분제 성분이 포함되어 있었다. 초콜라타다가 유행하면서 사회적 문제로 대두되자 사제들은 초콜라타다와의 전쟁을 선포하고 그것에 맞선 설교를 멈추지 않았다. 사실 초콜릿은 어두운 색깔이라 그 속에 무엇이 담긴 것인지는 요리사 외에 아무도 알 수 없다. 과도하게 섭취하면 정신착란을 일으키거나 죽음까지 야기할 수 있지만 잠재된 위험을 감수하고서라도 자극적인 것을 찾는 사람들 대부분은 카카오에 설탕을 첨가한 것 이상은 아니라고 믿고 싶어 한다. 그리하여 그들은 독극물일지도 모르는 의구심을 떨쳐내지 못한 채 초콜라타다에 참여하고, 그 난장판에서 설사 자기 며느리 엉덩이를 만지더라도 모든 책임을 초콜릿 탓으로 돌린다. (글쎄, 모든 잘못은 초콜릿에게 있다니까!) 아무튼 그게 판타지든 아니든 초콜라타다는 두 번째 잔을 돌린 뒤에 분위기가 바뀐다. 다들 손에 손을 잡고서 웃고 노래하며 원을 그려나간다. 그들에게 이미 체면 따위는 없다. 남녀노소가 성별이나 나이에 관계없이 뒤섞인다. 바이올린 연주가 축제의 흥을 돋우는 동안에 껴안고 춤을 추던 커플들이 하나둘 자리를 뜨기 시작한다. (그 이후의 장면은 독자 여러분이 상상하길 바란다.)

초콜라타다가 어떤 것이든, 거기서 초콜릿을 마시든 안 마시든 나와는 상관없는 일이었다. 내 머리에는 온통 아멜리스 생각뿐이었으니까. 그런데 막상 아담하고 푸른 언덕에 마차가 정차했을 때 찜찜한 기분이 들었다. 뭇 사내들이 아멜리스에게 연정을 품을 게 뻔했던 것이다. 나는 지금도 내 마음속에 일던 강렬한 질투심을 기억한다. 나는 아멜리스가 푸른 잔디 위에 내려서도록 도와주면서 마치 무엇인가를 놓치는 것 같은 허전함을 떨치지 못한 채 자조 섞인 푸념을 내뱉었다. 젠장, 정녕 내가 이 여자를 사랑하고 있단 말인가.

보아하니 3, 40명 정도가 여러 대의 마차에서 내렸다. 나는 잠시 주변을 살폈다. 꽤 높은 언덕배기에 지붕이 절반쯤 내려앉고 문이 없는 황폐한 농가 한 채가 눈에 띄었다. 본래 카탈루냐의 산악지대에서 전통적인 가옥은 가족을 보호하기 위한 소규모 요새이자 침입자에 맞설 수 있는 형태를 취했다. 그곳에 나름의 진지를 구축했던 것이다. 실제로 그 농가는 멀리서 다가오는 모든 것을 사방 360도 방향에서 조망할 수 있었다. 나는 그 농가를 보면서 내가 바조슈에서 습득한 것만이 방어술의 시초가 아니라는 것을 깨달았다.

아침을 먹고 나자 초콜릿이 나오고 본격적인 여흥에 들어갔다. 격렬한 바이올린 연주와 함께 사람들이 원형을 그리며 모여들었다. 아멜리스가 춤을 추기 위해 내 손을 잡아당겼지만, 나는 앙팡이 뒤에서 내 목을 힘껏 껴안는 바람에, 아니, 가슴이 먹먹해져서 응대하지 못했다. 꼬마 녀석과 그렇게 가까워지는 데까지 꼬박 한 해가 걸렸다니. 그러나 다음 대목에서 독자 여러분은 실소를 금치 못할 것이다. 이어 녀석은 자기 볼로 내 볼을 문지르면서 귀엣말을 속삭였다.

"대장, 훔쳐도 돼? 다들 취했잖아."

"안 돼, 그래선 안 돼. 다들 취하긴 했지만 좋은 사람들이야."

"난에게 고깔모자를 사줄 수 있잖아."

"난이 고깔모자를 부탁했다고? 안 돼. 난이 원하는 건 건강하게 잘 지내는 거야. 그러니 네가 데려가서 춤을 춰. 위험한 짓 말고도 얼마든지 재미있다는 걸 너도 알게 될 거야." 그러고는 마치 보방이 내게 그랬던 것처럼 짐짓 힘주어 강조했다. "앙팡, 아직은 이해하지 못하겠지만 혹시라도 누가 난을 데려가면 그 책임이 너에게 있다는 거, 명심해."

　병사들도 그렇지만 아이들도 항상 자신에게 보상이나 형벌이 따르는 임무가 주어지는 것을 좋아하지 않는가.

　그건 그렇고 독자 여러분이여, 이제 내가 감동에 젖도록 해달라. 나는 느닷없이 행복이란 그런 것임을 깨달았다. 푸른 언덕. 경쾌한 바이올린 연주. 마음껏 웃고 즐기며 손에 손을 잡고 원을 그려나가는 사람들. 그들 틈에서 작은 키에 허리가 구부정한 페레트가 춤을 추며 어떤 과부에게 귀엣말을 속삭인다. 앙팡과 난도 춤을 춘다. 난은 늘 그렇듯 무표정이다. 앙팡은 나와의 약속을 지키느라 난이 사람들 발길에 치이지 않도록 각별히 챙긴다. 아멜리스 역시 춤을 춘다. 그녀의 흑발이 바람에 흩날린다. 행복하다. 시간이 흘러가도록 내버려두고 싶다. 영원히.

　그러나 행복은 오래가지 못했다. 갑자기 페레트가 바지춤을 끌어올리면서 헝클어진 머리를 매만지는 과부와 함께 덤불을 빠져나오더니 얼굴이 사색이 된 채 소리쳤다.

　"바예스테르다! 바예스테르가 오고 있어!"

　바예스테르! 내가 알던 바예스테르는 그 일대에서 가장 잔혹하고 가장 유명한 미켈레테였다. (앞서 말했지만 카탈루냐에서 미켈레테는 다양한 뉘앙스를 지닌 무리였지.)

　나는 즉각 사방이 한눈에 들어오는 거대한 바위 위로 올라갔다. 멀리 열댓 명으로 이루어진 기병대가 먼지를 일으키며 다가오고 있었다. 아직은 피신할 여유가 있었다.

다들 집단적인 공포감에 사로잡혔다. 비명을 내지르며 뛰기 시작했다. 돈이 많은 자들은, 그러니까 자신의 교통수단으로 왔던 자들은 연인들을 내팽개치고 부리나케 도망쳤다. (아, 불쌍한 내 사랑아, 그들은 최소한의 양심마저 저버렸다니까!) 나머지는 우왕좌왕하면서 동물적인 본능으로 쓰러져가는 농가로 피신했다. 우리 역시 그들 뒤를 따랐다. 다들 농가의 공간이 충분함에도 불구하고 마치 짐승들이 그러하듯 두려움을 견디지 못한 채 서로 밀쳐댔다. 여자들은 부둥켜안으며 울음을 터뜨리고, 남자들은 머리칼을 쥐어뜯었다. 나는 분위기를 바꿀 필요가 있다고 판단했다. 그래서 좌중이 차분해질 때까지 두 번이나 소리를 질러댔다.

"무슨 생각이든 해야 합니다. 다들 도살장에 끌려온 돼지처럼 이대로 당할 겁니까?"

한쪽 구석에서 옷치장이 요란한 사내가 내 말을 받았다.

"이런, 아직 수염도 다 안 난 애송이 친구, 자네가 무슨 말을 하는지는 알고 있나? 지금 바예스테르가 오고 있다고!"

"말을 타고 오는 자가 베드로 성자가 아니란 것쯤은 나도 압니다." 나는 그렇게 대답한 뒤에 모두를 향해 외쳤다. "자, 다들 어떻게든 해볼 겁니까, 포기할 겁니까?"

"거, 대단한 대장님이 나타나셨군!" 옷치장이 요란한 사내가 다시 비꼬았다. "저자들은 자네 같은 애송이를 아침 식사로 잡아먹을 놈들이라니까."

나는 낡은 탁자 위로 올라섰다.

"다들 내 말을 들으시오. 내가 말하는 대로 하면, 여기를 빠져나갈 가능성이 있습니다."

옷치장이 요란한 사내도 지지 않고 목소리를 높였다.

"저자들은 병기로 무장한 살인자들이지만, 우리는 벽이 허물어진 이 집과 벌벌 떨고 있는 여자들과 아이들 그리고 노인네들뿐인데, 대체 뭘 어쩌겠다는 거야?" 이어 출구를 가리키며 덧붙였다. "게다가 여긴 문도 없다고!"

어떤 섬광이 머릿속을 스쳤다. 만일 내게 생각할 시간이 주어졌더라면 조목조목 반박했겠지만 워낙 다급한 데다 전혀 예기치 못한 상황이라 그럴 수가 없었다. 나는 길게 한숨을 내쉬고 나서 힘주어 말했다.

"우리가 바로 문입니다."

"그래봤자 소용없어." 사내가 이미 체념한 듯 소리쳤다. "저자들은 우리 목을 치고, 그다음엔 여자들을 욕보일 거야!"

"그러니까 싸우자는 겁니다." 내가 다시 소리쳤다. "저자들은 우리에게 전리품은 고사하고 빼앗을 말 한 마리조차 없다는 것을 알게 되면 우리 목을 칠 것이고, 우리 여자들을 깔고 앉는 말안장으로 쓰겠지요." 나는 그 대목에서 아멜리스를 가리키며 덧붙였다. "이 여자는 내 아내인데, 나는 여러분에게 맹세합니다. 저자들이 내 아내를 건드리도록 가만히 놔두지 않겠다는 것을."

잠시 침묵이 흘렀다. 그 침묵 속에는 체념과 상념과 차분함 말고도 진한 의구심이 묻어 있었다. 그때 한 여인이 당당하게 앞으로 나섰다.

"오래전에 나는 저자들에게 당했답니다." 그러면서 손가락으로 옷치장이 요란한 신사를 가리켰다. "만일 그날 이런 철부지라도 있었으면 참 좋았을 거예요." 그러고는 나를 쳐다보며 덧붙였다. "나는 다 낡은 포대자루나 다름없는 몸이지만, 돌을 던지라면 던질 테고, 무슨 일이든지 할 거예요. 이 나이에 내가 더 잃을 게 뭐가 있겠어요?"

침묵이 술렁임으로 바뀌었다. 겸손한, 그러나 단호한 그녀의 목소리가 두려움을 분노로 바꾸는 힘이 되었다. 그런데 이번에는 얼굴이 여전히 사색인 페레트가 따지고 나섰다.

"하지만, 마르티, 아무것도 없는 우리가 대체 뭘 어떻게 한다는 거야?"

나는 거침없이 그 말을 받았다.

"먼저, 여러분은 자신이 소지하고 있는 무기를 이 탁자 위에 내려놓으세요."

내가 탁자에서 내려서자 몇몇이 감추고 있던 무기를 탁자 위에 내려놓았다. 세상 일이 그렇듯이 무기를 가장 많이 소지한 자가 겁쟁이였는데, 그 주인공은 권총 두 정과 단검을 꺼내놓은 옷치장이 요란한 사내였다. 탁자 위에는 권총 여섯 정과 다양한 모양과 크기의 칼 열다섯 자루가 모였다. 참담했다.

"굉장하군요!" 나는 과장된 몸짓으로 소리쳤다. "봤습니까? 우리는 이걸로 사군토*도 방어할 수 있을 겁니다."

앞서 나는 카탈루냐 산악지대의 전통적인 농가들이 사방을 경계할 최소한의 요새 형태를 띠고 있다고 언급했다. 그 농가 역시 담벼

---

* 고대 성곽도시로 오늘날 에스파냐의 발렌시아 주에 속하며, 발렌시아 시에서 30 킬로미터 떨어져 있다.

락이 두껍고 바닥에서 수직으로 뻗은 벽에 총안처럼 비좁은 창이 나 있는 데다 절반쯤 허물어지긴 했지만 불에 타지 않는 돌 지붕이라 방벽으로 쓰일 만했다.

내 지시에 따라 여자들은 쓸 만한 크기의 돌멩이를 모았다. 절반쯤 무너진 지붕의 잔해는 쓸모가 많았다. 남자들은 잔해와 가재도구를 이용해서 지붕으로 올라가는 통로를 만들었는데, 거기서 사격은 물론이고 돌팔매질이 가능했다. 나는 상징적인 의미로 문 앞에다 바리게이트까지 세우고 나서 앙팡을 찾았다.

"내 말 잘 들어." 나는 그의 눈높이에 맞춰 한쪽 무릎을 꿇고 가만히 일렀다. "여기 바닥 밑을 뒤지면 뭔가 나올 거야."

역시 모든 농가는 개인 무기고를 구비하고 있었다. 침소로 쓰던 바닥을 살피던 앙팡이 조그만 문짝을 발견했다. 그 밑에는 단총 네 자루가 보관되어 있었다. 그중 두 자루는 녹슬고 개머리가 없었다. 그때 누군가가 끼어들었다.

"그 고철 덩어리로 어쩌겠다는 거야?"

"일단 총구를 닦는 겁니다." 나는 짤막하게 대답했다.

그때였다. 우리에게 여분이 있다면 그것은 미켈레테들의 움직임을 지켜보는 수십 명의 눈이었는데, 그렇게 경계 근무를 맡은 남자들 중에서 한 명이 다급하게 소리쳤다.

"놈들이 코앞까지 다가왔어."

그랬다. 미켈레테들이 농가 주위를 빙빙 돌기 시작했다. 한참 만에 나는 농가의 양단에서 경계를 서고 있는 이들에게 되물었다.

"어떻습니까?"

"우리 쪽 냄새만 맡고 있군."

방어하는 입장에서 적의 움직임을 무작정 기다린다는 것은 피를 말리는 일이다. 언제 시작될지 모르는 적의 공격에 대한 막연한 공포 탓이다. 나는 고심 끝에 밖에 나가 담판을 짓기로 마음먹었다. 그런데 아멜리스가 막아섰다.

　"협상을 해야 하는데, 이 판국에 누가 나서겠어?" 나는 아멜리스를 설득했다. "저 미남이? 아니면 페레트 아저씨가? 아멜리스, 넌 여기서 난과 앙팡이 제멋대로 날뛰지 못하도록 해줘."

　"저자들은 악당이야! 악당과 협상이란 없잖아!" 그녀가 내 가슴을 주먹으로 치며 눈물을 뿌렸다. 분노의 눈물이자 연인에게 자신의 사랑을 고백하는 눈물이었다. "저자들이 널 죽일 거야! 죽이고 말 거라고!"

　(무슨 말인지 알겠어? 협상이란 여자들보다 악당들과 하는 게 훨씬 더 쉽다는 거. 이봐, 그런 눈으로 날 쳐다보지 말고, 내가 하는 얘기나 잘 받아 적도록 해.)

　나는 문 뒤에 상징적으로 세워두었던 바리게이트를 치우고 밖으로 나갔다.

　미켈레테 한 명이 열 걸음 정도 떨어진 곳까지 다가오더니 내 기색을 살폈다. 나는 그를 무시하는 뜻으로 손가락 두 개를 삼각모자 끝에 가볍게 갖다 대며 썩은 미소를 지었다. 그러자 그자가 물러났고, 잠시 후에 그들의 대장이 좌우로 각각 네 명의 호위를 받으며 나타났다. 바예스테르였다.

　베세이테에서의 만남 이후에 이루어진 농가에서의 만남이었다. 그사이에, 그러니까 거의 한 해 사이에 많이 변해 있었다. 기습과 피신으로 점철된 일상으로 인해 훨씬 더 완숙한 모습이었다. 다른 사람들보다 두 배는 더 깊어 보이는, 그래서 추악함보다는 잔혹함이 매력적인 움푹 팬 눈자위가 그의 얼굴에서 가장 두드러진 반면, 소극적이면서 회피하는 듯한 눈빛에 노끈처럼 짙고 검은 눈썹과 덥수룩하고 시커먼 턱수염이 그를 실제 나이보다 더 들어 보이게 만들었다. 그의 골반 양쪽에는 여차하면 양손을 교차시켜 불을 품을 권총 두 자루가 빛을 발하고 있었다.

나는 죽을 때까지 바에스테르의 눈길을 기억할 것이다. 그의 눈은 특유의 모순적인 표현을, 그러니까 '널 죽이겠어'라는 뜻과 '이야기나 해볼까'라는 뜻을 동시에 담고 있었다. 그로 인해 그의 눈을 제대로 읽어내지 못하는 상대는 그를 피했다. 일단 나는 인사부터 건넸다.

"날씨가 좋군."

"그렇지, 좋은 날씨야." 그는 마치 지혜로운 농부가 그러하듯 하늘을 올려다보며 자연스럽게 인사를 받았다. "아주 좋은 날이라고."

"여긴 무슨 일로?" 내가 캐물었다.

그가 대답 대신 노기를 드러냈다. 그는 말에서 내리지 않고 자못 위협적인 모습으로 내 주위를 빙빙 돌았다. 내 귀에는 농가 안에서 안타까운 눈으로 나를 지켜보는 사람들의 심장 박동소리가 들렸다.

"신사 양반," 나는 일부러 목소리를 높였다. "안장 위에서 상대를 내려다보며 대화를 하자는 것은 어디서 배운 거지? 예절을 잘못 배웠군."

그가 그의 동료들 쪽으로 고개를 돌렸다.

"신사! 다들 방금 들었나? 이제 난 신사야!"

그의 동료들이 폭소를 터뜨렸다. 그러나 의외의 일이 벌어졌다. 마치 그가 관용을 베풀겠다는 듯이 말에서 내리는 게 아닌가.

왠지 낌새가 나쁘지 않았다. 이상한 기분이 들었다. 어릴 때부터 나는 나랏일에는 등을 돌리고 살던 해상무역업자의 자식으로서 완벽한 주입식 교육에 물들어 있었고, 그들에 의하면 미켈레테들은 지옥의 유황 단지 같은 부류였던 것이다. 그런데 지금 내 앞에 버티고 선 바예스테르는 선입견과 달리 담백한 재나 백리향 혹은 로즈메리 향을 풍겼다. 그의 동료들도 마찬가지였다.

이윽고 그가 입을 열었다.

"우리는 아는 사이지." 그의 말에는 1년 전의 만남을 정확하게 기억하는 확신이 담겨 있었다.

"그랬지." 나는 담담하게 그 말을 받았다. "물물교환을 했는데, 나는 남는 게 하나도 없었고. 그쪽이 몽땅 쓸어갔거든."

그가 내 말을 무시하고 농가를 가리켰다.

"저렇게 막은 이유가 뭐야?"

"그건 그대의 명성 탓이지."

"젠장, 명성이라니, 지금 나를 두고 하는 말이야?"

우리는 이미 각자가 자기방어 태세를 갖추고 있었다. 나는 단호하게 나갔다.

"사람들이 그러더군. 에스테베 바예스테르는 살상과 도적질을 일삼는 괴물이라고. 조국 카탈루냐를 위한다는 그럴듯한 명분을 내세우고는 가난한 여행자들을 노린다고. 그들을 납치하거나 물건을 강탈한다고. 일방적으로 정한 시간에 몸값을 지불하지 않으면 희생자들의 발바닥을 불에 지진다고. 그나마 기분이 좋을 때나 그 정도라고."

 그는 내가 풀어놓는 자극적인 선동을 제지하고 나섰다.
 "그러니까 너는 세상 사람들 말을 다 믿는다, 그거야?"
 "분명한 것은 네가 사람들의 옷을 벗기고, 목을 매달고, 시신마저 유기한다는 거야."
 그가 너털웃음을 터뜨렸다.
 "내가 알기로, 난 네 물건을 가져간 적이 없어." 그는 그렇게 말하고 잠시 말을 끊었다가 이전보다 훨씬 음울한 어조로 덧붙였다. "이봐, 부역자, 부역자 주제에 누구에게 감히 도둑이라는 거야?"
 나는 내심 협상을 고대했지만 더 이상은 무리였다. 모자를 벗었다. 그것은 농가의 대문과 창과 지붕을 통해 모든 무기들을, 나중에 여자들이 침과 걸레로 닦아 광을 낸 녹슨 단총까지 드러내놓는 신호였다.
 "신사 양반, 보다시피 스무 개의 총구가 그대의 대갈통을 겨누고 있다네." 나는 자연스럽게 모두가 들을 수 있도록 큰 소리로 공갈을 늘어놓았다. "물론 순찰대도 오고 있겠지. 이미 사람을 보냈거든. 아무리 세상이 각박하기로서니 우리처럼 가난한 자들을 노리다니, 그대들은 실수한 거야. 이 협상이 총질로 끝난다면, 그건 전부 네 책임일 수밖에."
 사실 나는 내 말의 절반만 믿어도 최대한의 효과를 거둔 것이라고 예상했는데 그가 의외의 반응을 나타냈다. 그의 깊은 눈이 더 움푹 들어가고, 그의 음성이 음침한 중얼거림으로 변하고, 우측 관자놀이의 시퍼런 정맥이 지렁이처럼 꿈틀거리며 부풀어 올랐다. 동시에, 내가 몇 년 후에 알게 된 사실이지만, 살기가 도사린 그의 몸에서 과도한 살 냄새가 풍겼다.

"이런 멍청이 자식 같으니! 내가 네놈들에게 죽으면, 네놈은 내 부하들에게 죽을 수밖에!"

"물론이지." 나 역시 중얼거림 같은 목소리로 맞섰다. "일종의 무승부라고나 할까."

그때였다. 공포에 질린 어린애의 외침이 내 귀를 파고든 것은.

미켈레테 한 명이 말을 몰고 내 앞으로 다가왔다. 그의 억센 손아귀에 붙잡힌 앙팡이 절망적인 몸부림으로 바동거렸다. 상황이 바뀌었다. 아까와 달리 의외의 반응을 나타낸 쪽은 그가 아니라 나였다. 그가 썩은 미소를 흘렸다.

"그놈의 무승부는 개뿔이 되고 말았군."

어릴 때는 누구나 악몽을 꾼다. 무시무시한 촉수를 날름거리는 웅덩이 속으로 빨려 들어가는 꿈도 그중 하나다. 그러나 앙팡에게는 악몽이 아니라 현실이었다. 그 아이가 붙잡혀 있는 열 발짝 저쪽은 구원받을 수 없는 딴 세상이었다.

앙팡과 함께했던 지난 시절이 뇌리에 스쳤다. 나는 그 아이에게 옷을 입히고 음식을 먹였다. 그 아이는 나와 함께, 내 여자와 함께 잠을 잤다. 나는 그 아이를 나무라거나 달랬다. 그사이에 그 아이에게는 미미한 변화가 생겼다. 말 그대로 미미한……. 나는 돌연 내 시야를 가리는 붉은 커튼 같은 장막을 느끼면서 내 자신도 모르게 걷잡을 수 없는 말을 토해내기 시작했다.

"그 아이를 풀어줘! 지금 당장 풀어주지 않으면, 성녀에게 맹세하건대, 다 죽여버릴 거야. 네놈은 물론이고 네놈을 태운 그 짐승까지." 그러고는 최후의 다짐도 놓치지 않고 중얼거렸다. "반드시, 반드시 말이지."

얼마나 흘렀을까. 바예스테르는 바동대는 앙팡과 미쳐가는 나를 뚫어지게 응시하다가 말을 타고 있는 동료에게 고갯짓으로 지시했다. 아이를 풀어주라고. 그는 대수롭지 않은 표정을 지었지만 눈깔이 뒤집힌 자에게 협상은 없다는 것을 파악한 모양이었다.

앙팡은 말에서 내리자마자 냅다 뛰기 시작했다. 뛰다가 넘어지고 넘어지면 다시 일어나 뛰었다. 그러다가 적당한 거리에 이르자 걸음을 멈추더니 말을 타고 있는 자를 향해 혀를 메롱 뽑아서 주먹으로 만든 감자를 날린 다음에 다시 비명을 내지르며 내 허리를 붙잡았다.

바예스테르는 나를 무시했다. 아니, 그는 그를 겨누고 있는 수많은 총구들이 한 발도 발사되지 않는 상황을 눈치챘을 터인데 어떤 소저 대신에 바리게이트를 진 분을 향해 분노의 눈길로 노려보며 소리치기 시작했다.

"네놈들은 평온하고 행복한 삶을 누리면서 달콤한 초콜라타다 같은 세상을 상상하겠지. 하늘이 곧 무너질 줄도 모르는 멍청한 자식들 같으니!"

그러고는 손을 내밀어 자신을 겨냥하고 있는 총구들 중의 하나를 거리낌 없이 만지작거렸다. 그러나 나는 그의 행동에 반응하지 않는 한편, 사람들에게 그의 무모함을 무시하라는 눈짓을 보냈다. 나로서는 그의 열변이 끝나기를, 그래서 가만히 물러나기를 바랐던 것이고, 그의 입장은 자신의 부하들 앞에서 담대한 모습을 보여주고 싶었던 것이다. 그의 말이 이어졌다.

"네놈들은 헤네랄리타트가 떠들어대는 공갈을 믿고 있겠지. 공식 문서에 써 있다는 이유 하나로 말이지. 하지만 그런 네놈들은 불쌍한 자들이 얼마나 되는지 알고 있나? 그동안 나는 수백 번의 미사에 헌금을, 고아원에 양육비를 대왔다고……. 정작 나를 두려워해야 할 놈들은 네놈들이 아니라 부역자와 적색우단들이라고!"

(젠장, 헤네랄리타트의 고관대작들이 붉은 색깔의 우단으로 만든 옷과 모자 차림이라고 해서 그들을 적색우단이라고 부르는 거라니까! 글쎄, 요전에 이미 설명했잖아!)

그런데 바로 그때 농가 안쪽에서 익명의 목소리가 흘러나왔다.

"네놈은 내 사위의 사촌 계집애를 욕보였어! 천하에 불한당 같으니! 그때 네놈 사지를 발기발기 찢어발겼어야 했는데!"

"그건 모략이오!" 바예스테르가 목소리가 들려오는 쪽으로 고개를 돌리더니 정색을 하며 반박했다. "여기저기 내 이름을 들먹이면서 도적질하는 놈들이 있다더군. 그런가 하면 이 바예스테르가 계집질을 일삼는다고 생각하는 자도 있을 텐데, 여러분도 그런가요?"

순간 농가의 바리게이트 너머로 억센 중년 여자가 얼굴을 드러냈다. 그녀의 손에는 돌이 쥐어져 있었다.

"당신이 다른 미켈레테들과 무슨 차이가 있는데? 당신은 화덕 옆에서 잠을 자고 사슴고기로 만찬을 즐기니 스스로를 위대한 자로 여기겠지. 하지만 당신은 그저 자기 이익을 구하기 위해서 평화를 지키는 사람들을 공격하는 자에 불과해. 기껏해야 술에 취한 부르봉가 놈들 몇 명 처단한답시고 당신을 산속의 성자로 여겨주길 바라는 모양인데, 두고 봐! 반드시 당신 목을 매달고 말 테니까!"

바예스테르는 그녀를 향해 검지를 거칠게 흔들면서 부정했지만 그의 목소리는 한결 누그러진 뒤였다.

"아주머니, 혼동하지 마세요. 이 전쟁에서 내가 죽인 프랑스 놈들과 카스티야 놈들이 왕의 군사들이 죽인 것보다 더 많을 겁니다."

그 대목에서 나는 내 목을 찰거머리처럼 달라붙은 앙팡 때문에 숨이 막힐 지경이었지만 재빠르게 끼어들었다.

"조국에 대한 열정이 차고 넘치는 것 같은데, 그렇다면 어째서 카를로스 왕의 부대에 가담하지 않는 거지?"

"양쪽 군대가 똑같거든. 적색이건 청색이건 제복만 다를 뿐, 하나같이 똑같은 짓을 저지르며 돌아다니기 때문이지."

그러고는 발걸음을 돌리다 말고 내 쪽으로 바짝 다가오더니, 내 귀에 대고 말했다.

"나 역시 맹세라는 게 뭔지 잘 알고 있지. 잘 들어. 또다시 만나게 되면, 그때는 네놈을 한 방에 날려 보낼 거야. 알겠나?"

나 대신에 앙팡이 그의 맹세를 받았다. 녀석은 자신의 얼굴을 바예스테르 얼굴에 바짝 갖다 대면서 볼이 가득 차도록 바람을 채우고서 입방귀를 뀌었다. 그런데 무슨 일인지 바예스테르가 불같은 역정 대신 악의 없는 웃음을 터뜨렸다. 그날 그가 터뜨린 웃음은 내가 처음이자 마지막으로 보았던 그의 웃음이었다.

"아, 꼬마야, 그 머리 많은 꼬마원숭이에게도 전해줘. 예의범절을 배우지 않으면 내가 데려가겠다고."

그러고는 그 역시 눈을 크게 뜨고 앙팡을 빤히 쳐다보며 입방귀를 뀌었다. 푸! 그러자 깜짝 놀란 앙팡이 내 목을 와락 끌어안았다. 그사이 동료들의 웃음소리를 들으며 말에 오른 바예스테르가 고삐를 쥐고는 모자에 손을 갖다 댔다. "다들 남은 시간 잘 보내십시오." 이어 그를 힐난했던 노파를 향해 예를 갖추며 덧붙였다. "할머니, 사랑합니다."

그들이 떠났다.

그런데 그들이 떠난 자리에서 앙팡이 무엇인가를 발견했다. 바예스테르가 떨어뜨린 채찍이었다. 마치 나무를 타듯 내 품에서 내려선 앙팡이 그 채찍을 주워서 나에게 가져다주었다.

나는 그 채찍을 나한테 건네며 행복해하던 그 아이의 표정을 무덤까지 가져갈 것이다. 그것은 선물이 아니라, 말로는 완벽하게 표현할 수 없는 어떤 것이었다. 태어나면서 도둑이 된 그 아이는 자기가 훔친 물건을 남과 공유한다는 사실로써 자신의 모든 것을 표현했던 것이다.

나는 그 아이가 건네준 채찍을 허공에 휘두르며 말했다.

"앙팡, 내가 분명히 말했지! 아멜리스 치마를 꼭 붙잡고 있으라고!"

ㅇㅇㅇ

그날은 거기서 끝나지 않았다. 비록 거짓말 같은 사실이지만 그날 진짜 영웅적인 일은 집으로 돌아온 뒤에 일어났다. 나는 저녁 식사 뒤에 식탁을 사이에 놓고 앙팡과 대면했다.

"앙팡, 네가 바닥 밑에서 단총을 발견했을 때 내가 그랬지." 나는 아이에게 다짐을 받을 요량으로 짐짓 정색을 하며 말했다. "아멜리스한테 가 있으라고. 하지만 넌 내 말을 안 들었어."

그러자 꼬마는 상대의 지적에 항변하는 천부적 본능으로 반응했다.

"하지만 그 무법자들은 도둑놈들이잖아!" 그러면서 의자 위로 올라서서 화를 내며 자신을 방어했다. "왜 내가 그런 도둑놈들 것을 훔치면 안 되는 건데?" 이어 눈을 부릅뜨며 덧붙였다. "그치들은 도둑놈들이었다고!"

"이런 바보!" 페레트가 끼어들었다. "이 녀석아, 넌 어른한테 그렇게 대드는 게 나쁜 짓이라는 걸 언제 배울 거야? 지금도 이 자리에 마르티가 없으면, 그 미켈레테들은 네 녀석을 산 채로 구워 먹고 말걸. 에이, 바보 같으니!"

그런데 더 결정적인 것은 의자에 앉아 있던 난이 양다리를 흔들어대며 페레트의 말을 반복했다는 것이다.

"바보!"

나는 앙팡에게 벌을 주겠다고 말한 뒤에 내 방으로 가서 바예스테르의 채찍을 갖고 돌아왔다.

"앙팡, 이리 와."

이 세상에 무척이나 특별한 눈길이 있다면 아마도 배신당한 인간의 눈길도 그중 하나일 것이다. 그것도 한 지붕 밑에서 한 해 동안을 한 침대에서 함께한 사이에 오가는 매질 앞에서는 더욱 그럴 것이다. 꼬마 녀석은 무심하게 다가섰다. 네 걸음. 녀석의 눈에는 나를 잊고 싶은 자의 눈빛이 담겨 있었다.

나는 녀석의 손에 채찍을 쥐어주고 내 손바닥을 펼쳤다.

"자, 때려."

녀석은 처음에 내 말을 이해하지 못했다.

"때려!" 내가 반복했다.

녀석이 때렸다. 가볍게.

"더 세게!" 내가 채근했다.

녀석은 어리둥절한 표정으로 다른 사람들을 쳐다보았다. 나는 한 손가락으로 녀석의 턱을 돌려 나를 쳐다보도록 만들었다.

다시 채찍질이 시작되었다.

"네가 할 줄 아는 게 그게 다야? 더 세게!"

녀석은 더 세게 때렸다. 내 손바닥이 벗겨졌다. 녀석은 피를 보자 깜짝 놀라며 뒤로 한 걸음 물러섰다.

"아직 안 끝났어. 더 때려." 나는 피가 번지는 손바닥을 내밀었다. 채찍질이 이어졌다. 채찍이 벗겨진 살점을 파고들었다.

"이제 그만 해." 아멜리스가 만류했다.

"입 다물어!" 나는 앙팡을 쳐다보았다. "계속해! 아니면 나가버려!"

녀석은 채찍을 다시 들어 올렸고, 나는 녀석의 눈앞에 피로 물든 손바닥을 내밀었다.

"자, 다시 때려!"

녀석이 울기 시작했다. 눈물을 뚝뚝 흘렸다. 그렇게 우는 적은 한 번도 없었다. 미켈레테들의 손아귀에서 무서워 떨던 녀석이 흘리는 격렬한 눈물은 세상의 악을, 우리 시대가 접종한 모든 악의 담즙을 게워내는 참회의 눈물이었다. 더 이상 보다 못한 아멜리스가 녀석을 힘껏 껴안았다.

"이제 알겠어?" 나는 녀석의 귀에 대고 속삭였다. "이제 알겠냐고?"

그날 밤 앙팡은 그의 고통이 우리 모두의 고통임을, 우리의 고통이 그의 고통임을 깨달았다. 그리고 녀석은 내가 배운 것을, 그러니까 우리 네 명의 존재는 개개인을 합한 것 이상의 총체적 사랑이 될 수 있음을 배웠을 것이다. 그날 밤 나는 다들 함께 잠든 우리의 침대를 다른 방식으로 쳐다보았다. 우리의 눈을 덮었던 우리의 팔꿈치가, 깔때기가, 길게 땋은 머리가 거추장스럽지 않았다. 그것들은 우리의 모든 것이었고, 구면체 공간에 있었던 것들과 똑같은 방식으로 거기에 있었다. 다시 말해 내 눈에는 그것들이 내가 바조슈에서 무심하게, 동시에 집중적으로 보았던 것들처럼 내 시야를 어둡게 보이도록 만드는 구름 같은 것들에 지나지 않았다는 것이다. 그럼에도 나는 그것들을 나도 모르는 어떤 방법론적인 애정의 방식으로 쳐다보다가 나도 모르게 깜짝 놀라는 순간을 포기하지 않을 것이다. 그날 밤에 나는 쌔근쌔근 잠든 앙팡의 코 고는 소리를 들으면서, 어떤 꿈을 꾸고 있는 난의 찡그린 얼굴을, 아멜리스의 닫힌 눈까풀을 지켜보면서 중얼거렸다. 그 침대는, 그 작은 사각 공간은 모든 우리의 우주에서 가장 가치 있는 천체라고.

4

 한동안 나는 이상한 우리 가정을 포기해야 했다. 왜 그렇게 오랫동안 집을 떠나야 했느냐고? 그 이유를 설명하려면 1710년 중엽의 전황부터 살펴봐야 할 것이다.
 바르셀로나 사람들은 경솔했다. 그들은 마치 전쟁이 라인강 유역에서 일어나는 일처럼 여겼지만, 분명한 것은 전쟁이 차츰 가까워지고 있었고 사실상 1710년에 이미 포위되었다는 것이다. 당시 그 중심에 바르셀로나가 위치하는 삼각형 형태의 카탈루냐 영토는 카를랑가스의 통제를 받았고, 에스파냐 제국의 거의 모든 영토는 펠리피토 지배하에 있었다. 양군을 비교하면 쌍두왕관의 군대가 집중적이고 체계적인 전략을 펼치는 반면, 그들에 맞선 동맹군은 거의 무기력하게 방치된 상황이었다.
 전황이 최악으로 치닫자 동맹국 지도자들은 타개책을 모색해야 했다. 전쟁의 주요 무대인 에스파냐에 원정군을 내보내는 것 말고는 뾰족한 대안이 없었다. 그런 상황에서 마지막으로 도착한 인물이 영국인 제임스 스탠호프였다. 우리 쪽에 '지미'가, 그러니까 풋내기 제임스 스탠호프가 아니라 '제임스 베릭'이 있었으면 더 나았을 것이라는 생각을 들게 만든 인물이었다. 스탠호프는 거만하고 충동적이었다. 오만방자함의 결정체였다. "그건 내가 속전속결로 처리하지!" 모든 것을 혼자 알아서 처리하겠다니, 그런 자가 무엇을 배우겠는가. 속전속결 장군이여! 그렇게라도 역사 속으로 들어가겠다는 것인가!

제임스 스탠호프는 영국 정부의 의중을 충분히 인지하고서 바르셀로나에 도착했다. 당시 전쟁에 신물이 났던 런던이 그에게 맡긴 임무는 단번에 전쟁을 끝내는 것이었다. 그리하여 그의 원정에는 그가 직접 이끄는 막강한 영국군 기병대 외에 새로운 부대, 즉 네덜란드와 오스트리아 보병대가 함께했다. 그들은 카탈루냐에 남아 있던 동맹군과 합세하여 알만사를 되찾고, 마드리드에서 카를 6세를 에스파냐 왕으로 즉위시킬 확고한 발판을 구축할 참이었다. 속전속결로.

바르셀로나에서 영국 원정대에 대한 기대는 예사롭지 않았다. 흔히 역사책은 전쟁에서 군대와 함께하는, 군대의 꽁무니를 따라다니던 엄청난 수의 민간인을 망각하기 일쑤지만 이발사에서 구두장이까지 그들이 군대에 제공하는 것은 필수적이고 방대하다. 더욱이 1710년의 원정은 결정적인 원정으로 기록될 것인데, 그 이유는 원정대에 오스트리아 가를 추종하다가 카탈루냐로 망명했지만 승전과 함께 고향으로 돌아가는 순간을 열망하던 수천 명의 에스파냐인들이 가담한 데다 상인들이나 추방된 자들도 그 기회주의적인 대열에 함께했기 때문이다. 그러나 더 중요한 것은 카탈루냐가 카를랑가스의 대의에 가장 충직한 땅이라는 것이었고, 혹시나 마드리드의 왕위를 차지하면 공직에 등용되는 영광을 얻게 될 참이었다. 한편 그런 그들과 달리 생계를 위해 가담한 부류도 있었는데, 여러분은 혹시 눈치챘는가? 그렇다. 그 대열에는 나 '선량한 수비'도 끼어 있었다. 나는 바르셀로나를 떠나기 전에 아멜리스에게 그 원정이 나에게는 유일한 기회라고, 운이 좋으면 우리 빚을 청산할 목돈을 마련할 호기라고 변명했다.

그러나 나를 동맹군의 꽁지에 따라붙도록 충동질한 것은 돈과는 전혀 상관없는 일이었다. 나는 그 사실을 아멜리스에게 실토하지 않았다. 설사 내가 속마음을, 내가 그 '말' 때문에 목숨을 걸겠다고 털어놓는다 해도 그녀가 결코 이해하지 못할 거라고 판단했기 때문이다.

보방이 사후에 나에게 보낸 트렁크는 저승의 메시지인 셈이었다. 그는 그 메시지를 통해 이렇게 질타하는 것 같았다. "이런 식으로 소일하는 너를 보고자 가르쳤다는 말인가?" 그날 나는 후작이 남긴 마지막 한마디를, 그 '말'의 의미를 찾아내지 못하면 그가 보낸 돈을 절대 받아들이지 않기로 작심했다.

'완벽한 방어에 대해.' 보방이 생전에 나에게 물었던 질문이다. 바야흐로 유럽의 군대 절반이 에스파냐제국의 심장부를 공격할 예정이었다. 이제 카를랑가스가 권좌에 오르기를 원하는 자들은 마드리드를 탈취해야 할 것이고, 에스파냐와 프랑스는 그들에 맞서 불가능한 것을 가능하게 만들어야 할 것이다. 양 군대의 최고지휘관들은 마드리드 방어를 축으로 삼는 카스티야 황무지에서 자웅을 겨룰 것이다. 그곳에서 나는 세기적인 충돌과 그 과정의 비극적이고 장엄한 장관을 지켜볼 것이다. 어쩌면 그 무대에서 나는 보방 후작의 작품을 지속적으로 공연할 어떤 스승을 만날지도, 그리하여 그의 도움으로 그 '말'의 의미를 찾을지도 모를 것이다. 한편 나는 나를 향한 아멜리스의 비난이 나를 행복하게 만들었는데 그녀가 나의 원정을 반대하는 유일한 이유가 사랑이었기 때문이다. 그러나 나는 그녀의 사랑과 동일한, 위대한 사랑에 빚을 지고 있었다. 보방에게 진 빚을.

○○○

나는 원정군을 뒤따르기로 결정하고서 한 상인과 계약했다. 그 상인은 질이 형편없는 아과르디엔테를 술통에 담아 두 필의 말이 끄는 수레에 싣고서 군대를 따라나설 참이었다. 그는 군대가 황량하고 메마른 카스티야 광야를 횡단할 때쯤이면 포도주 공급이 불가능해지면서 술 가격이 천정부지로 치솟을 것이라고 예상했다.

우리는 원정 기간 동안에 상호간의 이익을 도모하기로 합의했다. 나는 교통수단과 숙박지가 필요했고, 그의 마차는 밤에 지붕이 되어줄 천막을 갖추고 있었다. 밤이면 상인은 천박하기 이를 데 없는 그의 아들과 함께 운전석 바로 뒤편에, 나와 또 한 명의 승객인 디에고 데 수니가는 꽁무니 쪽에 잠자리를 마련했다.

그때부터 80년이 지난 지금에도 나는 수니가를 특출한 인물로 기억하고 있다. 왜, 그가 다른 사람들과 다르다고 할 수 있는 무언가를 지녔기 때문에? 아니다. 오히려 그는 두드러진 그 무엇을 아무엇도 지니지 않았다. 말이 많지 않고, 아니, 거의 없었다. 그렇다고 탐욕스럽지도, 너그럽지도 않았다. 큰 키도, 작은 키도 아니었다. 우울하지도, 유쾌하지도 않았다. 사람은 누구나 자신만의 모습을 지니고 있다. 손가락을 자기만의 방식으로 튕기는 것도, 하물며 웃거나 침을 뱉을 때도 그렇다. 그러나 그는 침도 뱉지 않았고, 그의 웃음도 항상 다른 이들의 웃음에 파묻혔고, 손가락도 튕기지 않고 오히려 감추려고 했다. 어쩌면 그의 주위에는 항상 손에 잡힐 것 같은 환영이 함께했을지도 모른다. 한마디로 그는 우리의 시야를 벗어나는 즉시 잊히는 유형으로, 실제로 내가 그의 모습을 재구성하려고 하면 그때마다 내 기억으로부터 사라져버렸다.

그의 가족은, 그의 이야기에 의하면, 전쟁으로 힘들어진 평범한 가정이었다. 마드리드 출신임에도 카를을 추종한 극소수 카스티야인이었던 그의 부친은 전 재산을 부르봉가에 몰수당했고 끝내 그 고통을 감내하지 못한 채 죽었다.

우리 두 사람은 서로의 공통점으로 인해 쉽게 친해졌다. 우리는 엇비슷한 가정에서 자랐다. 부자도 아니고 극빈층도 아니었지만 다양한 층위의 삶의 곤경에 처한 신세였다. 우리는 나이도 비슷하고 성(姓)도 비슷했다. 원정 중에 우리는 꼭 붙어서 웅크린 자세로 잠을 잤고 여행 첫날부터 빵과 포도주를 나누어 먹고 마셨다. 다시 말하지만 그가 너무나 말이 없었던 게 안타까울 뿐이다.

우리를 실은 마차는 레리다에 도착하기 직전에 영국인, 네덜란드인, 포르투갈인, 카탈루냐인으로 이루어진 동맹군을 따라잡았다. 그 잡종 군대(내 눈에 그들은 광신도적인 무리로 보였다.)는 뱀처럼 긴 행렬을 이루며 앞서 나가고, 우리 같은 민간인들은 마치 어선의 후미를 뒤따르는 갈매기 떼처럼 그 뒤를 잇고 있었다.

나는 원정길 내내 책을 읽었다. 여행이 길다는 것을, 아직까지는 카스티야어가 부족하다는 것을 스스로 판단하고서 준비했던 책들, 동시에 그전에 읽었던 책들 중에서는 가장 긴 분량의 책이었다. 나는 잠이 들기 전에 화톳불 옆이나 마차 안에서 그 책을 읽을 때마다 폭소를 터뜨렸는데 무의미한 에피소드로 채워졌음에도 독자의 영혼을 기쁘게 만드는 독창성이 빛나고 있었기 때문이다.

원정 행렬은 나아가고 멈추기를 반복했다. 나는 발라게르 너머에 있는 에스파냐의 공허함을 대변하는 대평원에서 무료함을 달래고자 그 책을 펼쳤고 책장을 넘기는 순간부터 웃기 시작했다. 그런데 나의 잇따른 감정 분출이 여행 내내 거의 말이 없던 수니가의 비위를 건드린 모양이었다.

"뭘 읽는데 그래?" 그가 그렇게 묻고는 책표지를 쳐다보더니 금세 심드렁한 표정을 지었다. "아, 그거."

나는 그의 반응에 아랑곳하지 않고 흥겹게 외쳤다.

"아, 이렇게 마음껏 웃어본 게 대체 얼마만이던가!"

"아이러니가 신성한 것이라면, 풍자는 악마의 것이렷다. 그 책이 온통 풍자로 넘쳐난다는 건 너도 인정할 거야."

"작가가 나를 웃길 수 있다면, 나로선 그게 어떤 것을 담고 있든 상관없는 일이야."

"비꼰다는 것은 작가가 자신의 천박함으로 누군가의 공적을 깎아내리는 거지. 예를 들어 이 전쟁을 이기고 싶으면 조롱하지 말고 칭찬할 필요가 있어."

"이렇게 신나고 익살스러운 이야기를 그런 식으로 매도하다니 이해할 수 없군. 지금 읽고 있는 대목은 주인공이 염주처럼 줄줄이 묶인 죄수들을 풀어주는 장면인데, 여기서 주인공의 논리는 명쾌해. 인간은 자유로운 피조물이다. 그러기에 다른 인간에 의해 묶이는 건 견딜 수 없는 일이고, 그러기에 모든 고결한 영혼은 맞서야 한다. 하지만 사악한 죄수들은 풀려나자마자 주인공에게 돌을 던지는 거야. 고맙다면서 말이지." 나는 다시 폭소를 터뜨렸다. "아, 이렇게 우울하고, 우스꽝스럽고, 명쾌할 수가!"

그러나 수니가는 웃지 않았다. 미간조차 꿈틀거리지 않았다.

"그 말이 나를 비난하는 게 아니라 오히려 내 주장을 격려하는 것으로 들리는군. 문학가의 존재 이유는 고귀한 사상을 전달하고, 언어를 고양하는 문체를 만드는 데 있어. 하지만 거기에는 온통 야유와 천박함뿐이라고. 그런데도 너는 작가가 그런 것에만 매진해야 한다, 그거야?"

"문학은 자체로서 위엄을 지닌 교훈들을 우리에게 가르칠 수 있고, 가르쳐야 해. 누군가는 '광기 속에 명철함이 번득인다'고 말하는데, 그런 지혜로운 말의 근거가 합당한지 아닌지는 고민해야겠지. 하지만 그것과 똑같은 말이 연극적인 것들과 함께하면, 그 말에 동감할 수밖에 달리 방도가 없잖아." 나는 두꺼운 책을 양손으로 흔들어대며 덧붙였다. "그게 바로 이 책에 담긴 진실이라고. 이성은 불합리성에 있다는 거."

이튿날 우리의 문학 토론은 스탠호프와 그의 기병대가 주인공으로 등장했다. 그날 우리는 알메나르라는 조그만 도시 근교에서 야영을 준비하다가 동맹군이 쌍두왕관 군대와 대치 중이라는 소문을 들었다. 나는 궁금증을 참지 못하고 수니가와 함께 민간인 행렬을 지나서 원정군 후위로 걸어갔다. 마차에 설치된 의무대에서 환자 사병들이 동쪽을 가리켰다.

"들리는 얘기로 스탠호프가 부르봉군을 친다더군."

나는 인근에 위치한 언덕을 가리켰다. 호젓한 나들이였다. 사실 마차로 돌아가도 딱히 할 일은 없었다. 게다가 뜨거운 태양이 기울어진 덕분에 그다지 힘들지 않게 황토색 언덕을 올랐다. 코끝에 스치는 로즈메리 향기가 감미로웠다.

언덕은 낮았지만 한눈에 전망이 들어왔다. 언덕 너머로 펼쳐진 분지의 좌측은 산들이 병풍을 두르고 우측에는 강이 흘렀다. 한쪽으로 '속전속결' 스탠호프의 기병대가 보였다. 평소 말을 타지 않을 때면 아무 데서나 맥주를 들이켜며 오줌을 갈긴다고 해서 카탈루냐 사람들이 '맥주오줌싸개'들이라고 부르는 그들은 4천 명으로 구성된 최정예부대인 반면, 그들에 맞서 밀집된 형태를 이루고 있는 부르봉군은 총검으로 무장한 보병대였다. 일정한 거리를 두고 공격 명령을 기다리는, 양 군대가 연출하는 전선의 광경은 장엄했다. 물론 바조슈에서 다져진 나의 눈은 그들에게서 육신과 제복 이상의 무엇인가를, 마치 시시각각 다가서는 폭풍을 감지하며 흔들리는 촛불처럼 바르르 떨고 있는 그들의 연약한 영혼을 간파해냈다.

지금도 나는 수니가의 입에서 새어나오던 탄식을 잊을 수 없다.

"오, 주여, 어떻게 하시겠다는 겁니까?"

우리 시대에 흥미로운 것은 보병대 이론가들 역시 공병대 이론가들처럼 보방주의와 쿠호른주의로 나뉘어 있었다는 것이다. 보병대에서 쿠호른은 말버러였다. 그렇다. 지미의 사촌인 말버러 공작 말이다. 이런 노래가 있다. 'Malbrough s'en va-t-en guerre, mironton, mironton, mirontaine.'*

그때까지만 해도 기병대는 적진에 최대한 접근하되 적군의 총알이 미치지 못하는 유효거리를 지키면서 지속적인 사격을 가했고, 그로 인해 적이 집중력을 잃으면 일제히 검을 빼들고 적진으로 내달리는 신중한 전술을 고수하고 있었다. 그러나 위험을 감수하지 않는 여우 사냥은 말버러에 의해 바뀌었으니, 그는 3백 년 전에 사용하던 이른바 중세의 기병대 전술을 적용하여 그 자체로 막강한 무기인 말을 단순한 운송수단이 아니라 적의 전열을 흐트러뜨리면서 적에게 결정적인 타격을 가했다.

말버러에 의해 재창조된 전술은 실제로 영국군 기병대에 적용되었다. 그들은 적진으로부터 백 미터 거리에서 멈추지 않았고, 그대로 돌진하여 적진을 휘저었다. 말 그대로 속전속결에 부합한 전술이었다.

(이 독일 계집아, 너는 '속전속결' 스탠호프가 어떤 전술을 선택했을 거라고 보느냐? 옳거니, 바로 그거라고. 넌 영악하기도 하구나.)

해는 이미 반원의 오렌지 형태에 보랏빛 후광을 남기면서 지평선 너머로 기울고 있었다. 그러나 한여름 뙤약볕 밑에서 흐느적거리던 에스파냐군은 별다른 움직임이 없었다. 마치 풀리지 않는 미지수 앞에서 전전긍긍하고 있는 것 같았다. 어쩌면 그 분지가 어떤 전술을 펼치기에는 지나치게 좁은 탓이었을까. 아니면 전쟁터에서 심심찮게 그래왔듯 변변찮은 지휘관이 영국군 기병대 전술에 당황

* 프랑스 민요로 그 뜻은 이렇다. '말버러가 전선으로 떠났다니, 에고, 에고, 안됐어라.'

했던 것일까. 종잡을 수 없는 모습이었다.

마침내 동맹군이 선제공격에 나섰다. 스탠호프가 이미 두 개로 분리시킨 기병대의 선두 부대가 검을 빼들고 목이 쉰 늑대 울음 같은 함성을 내지르며 적진을 향해 내달렸다. 대포 여섯 문이 쏘아대는 엄호포격을 받으면서.

독자 여러분은 내 말을 믿으시라. 이 세상에서 황혼녘을 내달리는 기병대보다 더 깜짝 놀라게 만드는 일은 없다. 나는 수백, 수천 개의 말발굽이 지축을 흔드는 전쟁터를 지켜보면서 전율했다. 그 진동이 얼마나 컸으면 내 발밑의 흙과 돌 부스러기가 비탈길을 타고 굴러 떨어졌겠는가.

당시 백색 제복의 부르봉군 병력은 절대 열세였다. 부르봉군의 한 축인 프랑스군 대부분이 올해 초에 이미 라인강 방어선 강화를 위해 본국으로 돌아갔고, 나믄 하나인 에스파냐군은 사기가 뚝 떨어져 있었다. 게다가 그들은 유능한 지휘관이 부족해서 전황 파악마저 불확실했던 터라 말을 타고 진격해 오는 적색 제복의 영국군을 지켜볼 뿐이었으니 누가 봐도 결말은 명약관화했다.

에스파냐 병사들은 사시나무 떨듯 벌벌 떨고, 장교들은 우왕좌왕 정신이 없었다. 징병한 지 나흘밖에 안 된 병사들이라 영국군 정예부대에 속수무책으로 당했다. 그사이 나의 뇌는 재빠르게 산술적 계산에 들어갔다. 말 4천 필, 말 한 필의 평균무게 300킬로그램, 경기병 한 명의 평균몸무게 70킬로그램……, 그렇다면 4천 곱하기 370은 148만……, 그러니까 에스파냐 풋내기 병사들이 시속 30킬로미터로 달려드는 영국군 기병대에 맞서서 고스란히 감당해야 할 공포의 무게는 적어도 140만 킬로그램이 넘는 셈이었다. 아,

나는 그 참상을 목도하느니 차라리 고개를 돌리고 싶었다.

부르봉군의 보병대는 간간이 놀랄 만한 기개를 보여주기도 했지만 전투가 지속되면서 그 대형이 낡은 울타리처럼 와르르 허물어지고 있었다. 그 와중에도 나는 그 알메나르 전쟁터에서 나중에 교훈으로 삼아야 할 것을 하나 습득했으니 그것은 전투에서 대부분의 패각이 선두 아닌 후미에서 시작된다는 것이었다.

승패가 일방적으로 갈린 전투의 결말은 인간 사냥으로 변했다. 기병대에게는 도망치는 적의 등에 자석처럼 착 달라붙는 무엇인가가 있었는데 그것은 끝끝내 쫓아가서 단칼에 적의 두개골을 열어버리고 마는 본능이었다. 반면에 적에 대해서, 그러니까 검을 피해 피신하는 그들의 모습을 순교적 행위로 묘사할 적합한 표현은 없는 것 같았다. 잔혹한 칼부림을 용케 피한 자들마저 말발굽에 밟혀서 죽어가고 있었다.

앞서 나는 그 전쟁터가 좌측은 산이고 우측은 강이 흐르는 분지라고 소개했다. 전투에서 가까스로 살아남은 부르봉군은 경사가 급한 절개지로 향했지만 수백 명이 한꺼번에 몰리면서 자기들끼리 밀고 떠밀리다가 일부는 돌출된 바위에 부딪혀 쓰러지고, 일부는 강물로 뛰어들어 건너편 기슭을 향해 헤엄치고, 강물로 뛰어들지 못한 자들은 동쪽으로 흩어졌다.

부르봉군은 무기와 군수물자를 포기한 채 도망치기에 바빴다. 그 와중에 내 눈은 지평선 끝자락에 움직이는 한 무리의 부르봉군을 놓치지 않았다.

"저길 봐!" 나는 수니가 옆에서 다급하게 손짓하며 소리쳤다. "저 뒤쪽으로 돌출된 숲이 안 보여? 펠리피토가 왕실 수비대의 호위를 받으며 도망치고 있잖아!"

그들을 스탠호프의 기병대가 뒤쫓고 있었다.

앞서 말했듯 우리가 원정대를 따라나선 목적을 달성할 절호의 기회였다. 모든 것을 포기하고 도망치는 부르봉군이 남긴 것은 그것을 먼저 차지하는 자들의 몫이었다. 나와 수니가가 노린 것은 마차였다. 한편 사방으로 죽어가는 자들의 신음 소리와 웅덩이 물의 개구리 울음소리가 차츰 커지는 가운데 열댓 명의 남녀가 나타나더니 어둠을 보호막 삼아서 죽은 자들 사이를 바쁘게 돌아다니며 돈과 보석은 물론이고 신발과 옷가지를 챙겼다.

"일단은 찢어졌다가 다시 만나자고. 무슨 일이 생기면 휘파람을 세 번 부는 거야." 나는 수니가에게 그렇게 말하고 절개지 쪽으로 방향을 잡았다. 왕궁에서 사용하는 물건을 나르던 마차의 마부라면 직에게 나자를 내주느니 강물에 수장시키는 게 낫다고 판단했으리라.

그러나 나의 기대와 달리 마차는 보이지 않았다. 달빛이 강물을 비추는데 강가에는 여기저기 쓰러진 시신들뿐이었다. 나는 발길을 돌렸다. 그때였다. 숙소용 마차로 돌아가는 길에 조그만 창고를 빠져나오는 수니가를 보았던 것은.

"디에고, 여태 여기 있었던 거야?"

수니가는 대답 대신 흠칫 놀랐다. 혹시나 해서 창고로 들어갔는데 아무것도 없었다면서 말끝을 흐렸다. 하지만 바조슈에서 숙달된 나의 오감이 작동하기 시작했다. 수니가가 슬그머니 닫고 돌아선 문 뒤로 무엇인가가 도사리고 있었다. 이어 후각과 청각에 무언가가 포착되었다. 어디선가 마른 곡식 알갱이가 흐트러지는 미미한 소리와 지푸라기 같은 냄새가, 그것도 머리가 아니라 코가 기억하는 독특한 냄새가 났다.

"내가 잠시 들여다봐야겠어."

"아무것도 없다고 했잖아." 그가 내 말을 막으며 길을 재촉했다. "자, 어서 돌아가자고."

그러나 나는 그를 한쪽으로 비껴 세우고 창고 안으로 들어갔다. 불쾌하면서 역겨운 냄새에 대한 기억. 과연 내 코가 기억하는 것은 무엇인가. 깜깜한 공간에 은빛 섬유 같은 달빛이 흘러들었다. 녹슨 연장들이 널브러져 있고, 옥수수 이삭 썩는 냄새가 확 풍기는가 싶더니 더 안쪽으로 낡은 자루에 덮인 익숙한 형태의 물체가 눈에 들어왔다. 거기였다. 우리 인간은 자신만의 독특한 체취를 지니고 있으며, 특히 두려움에 사로잡혀 있을 때는 그 냄새가 더 강하다. 일순 어떤 섬광이 나의 뇌리를 스쳤다. 반들거리면서도 끈적끈적한 기공에서 발산되는 냄새.

나는 주저하지 않고 자루를 걷어냈다. 거기, 그자는 마치 돌덩이 밑에 숨어 있는 전갈처럼 잔뜩 웅크린 자세로 누워 있었다. 요리스 판 프어봄. 나는 마치 지네를 다루듯 그가 반응하기 전에 발로 짓눌렀다.

"당신은 붙잡힌 거야." 나는 그렇게 말하고 누워 있는 그의 몸을 바로 돌린 뒤에 주먹을 날리기 시작했다.

"마르티!" 수니가가 제지했다. "그러다 죽이겠어!"

나는 가쁜 숨을 몰아쉬었다.

"디에고, 넌 저자를 몰라서 그래." 나는 다시 그의 얼굴을 가격했다. 프어봄은 프랑스어로, 에스파냐어로, 네덜란드어로 비명을 질러댔다. 수니가가 나를 감싸 안았다.

"너는 나에게 수없이 말했어. 보통 사람들은 왕조들 간의 전쟁과는 아무런 상관이 없다고. 마르티, 말은 그렇게 해놓고서 불쌍한 사람을 죽이려고?"

"뭐, 불쌍하다고?" 나는 주먹질을 중단하고 거친 숨을 몰아쉬면서 수니가를 노려보았다. "방금 불쌍하다고 한 거야? 저자는 보통 사람이 아니라 판 프어봄이라고!"

사실상 프어봄은 수니가가 구원했다. 그는 프어봄이 거물이라는 사실을 알게 되자 죽이지 말라고 애원하며 체포해서 보상을 받자고 제안했다. 멍청한 나는 못 이긴 척하며 동의했고.

프어봄은 포격으로 낙마해서 경상을 입었고, 도망치던 군대 틈에 끼었다가 그 창고로 피신했던 것이다. 덕분에 그를 체포한 우리는 열렬한 환내와 보상을, 무엇보다도 '속전속결' 스탠호프의 개별적인 관심을 받기에 이르렀다.

심장이 벌렁거리는 벅찬 감동이 목으로 차올랐다. 아, 이게 그 '미스테어'의 신호라는 것인가? 스탠호프는 기병대 이전에 어쩌면 공병대였는지도 모른다. 그러니까 나의 미래의 스승이 되기 위해서? 아니었다. 절대 아니었다. 그것은 내 자신을 위로하려는 또 다른 내가 만들어낸 기대감에 지나지 않았다. 기병은 말을 타고 있을 때 거한으로 보이다가도 말에서 내리면 참으로 왜소하게 보인다. 스탠호프도 그랬다. 키가 보기보다는 머리 하나 정도 더 작았고 능청스럽게 우쭐댔다. 그가 어쩔 줄 모르고서 굽실거리는 우리를 동맹군의 지휘관들이 모여 있는 막사로 데리고 간 이유는 딱 하나, 알메나르 전투에서 승리하고 게다가 프어봄 같은 거물을 생포한 요인이 동맹군과의 협공도 아니고 카를왕도 아닌 자기 같은 천재 지휘관이 참전했기에 가능했다는 것을 내세우려는 목적이었다.

스탠호프의 막사를 나온 뒤에 수니가가 프어봄에 대해서 물었다.

"마르티, 네가 그렇게 증오하는 그자와 무슨 일이 있었던 거지?"

나는 무슨 말을 어떻게 꺼내야 할지 먹먹해졌다. 돌이켜보면 바조슈에서 프어봄과 실랑이를 벌인 지도 꽤 오랜 세월이 흘렀다. 잔의 얼굴이 떠오르면서 비수에 찔린 것 같은 통증이 되살아났다. 네덜란드 출신의 정육업자에 대한 반감은 개인 차원의 보복을 넘어서는 어떤 것이었기 때문이다.

프어봄은 사악한 자였다. 독자 여러분도 이 책의 1부에서 전술했던 대목을 다시 읽으면 그자가 진짜 나쁜 인간이라는 사실에 동의할 것이다. 그 대목에서 내가 이렇게 말했던 것처럼. "당신 없는 세상이 훨씬 더 나을걸." 그는 정당한 세상에서 존재할 여지가 없는 자이며, 아직은 불완전한 세계가 더 나빠지지 않기 위해 반드시 사라져야 할 인물이었다. 그러나 나는 그를 제거하지 않았다. 그리하여 나중에 땅을 치며 후회할 것이다. 겉으로는 정의를 내세우며 속으로는 영리를 취하는 자들이 그러하듯.

(넌 어떻게 생각해? 뭐, 이 장의 마지막 부분이 지나치게 도덕적이라고? 아하, 그러니까 네 맘에 든다, 그거야? 좋아, 그렇다면 당장 삭제해야겠군. 아무리 생각해도 그게 훨씬 낫겠어.)

5

 알메나르 전투에서 동맹군은 결정적인 승리를 거두었다. 그러나 쌍두왕관 프랑스와 에스파냐가 다시 전쟁에 나설 것을 의심하는 사람은 아무도 없었다. 그 전투에서의 사상자가 그간의 고통을 반영할 만큼 많지 않았던 것이다.
 펠리피토는 프랑스군의 원정대 없이 독자적으로 병사들을 징집했다. 말이 병사들이지 파릇파릇한 잔디보다 더 새파란 젊은이들이었다. 새로운 전투는 에브로강 유역의 사라고사에서 벌어졌다. 그 결과는 알메나르보다 참담했으니 에스파냐 보병대가 빼앗긴 깃발이 80개, 포로들 중에서 장교만 60명, 사상자가 만2천 명이었다.
 사라고사에서 승리한 동맹군은 향후 계획을 세우고자 칼라타유드에 모였다. 동맹국 국적의 장군들 9인이 참석한 전쟁 평의회에서 포르투갈 측은 그대로 진군하여 포르투갈까지 연결하자는 논리적인 의견을 개진했다. 리스본과 바르셀로나를 통합하자는 것이었다. 북쪽으로 진군하자는 의견도 나왔는데, 그들은 나바라를 수중에 넣으면 프랑스 국경이 차단되면서 펠리피토가 조부인 '괴물왕' 루이 14세로부터 군사 지원을 받지 못할 것이라고 주장했다. 카를랑가스가 고민에 빠지자 영국인 '속전속결' 스탠호프가 나섰다. 북쪽으로, 나바라? 서쪽으로, 포르투갈? 대체 무슨 소리들을 지껄이는 거요? 스탠호프는 카를랑가스를 에스파냐의 '카를로스 3세'로 등극시키고 영국으로 귀국한다는 지시하에 원정길에 나섰던 터라, 동시에 자신이 염두에 두었던 계획이 틀어지는 것을 우려해서 주먹으로 테이블을 내리쳤다. 마드리드로 진군하자고. 그렇지 않으면 '맥주오줌싸개'들을 데리고 영국으로 돌아가겠다고. 그리하여 동맹군은 마드리드로 향했다.

합스부르크 군대는 사라고사 전투에서 보여주었던 모습만큼이나 정확한 군사 조직이 아니었다. 한니발 시대부터 그렇게까지 이질적인 다국적 군대들이 모인 적이 없었다. 나는 수개월을 동맹군과 함께하면서 그들을 나름 파악할 수 있었는데, 영국군은 장교들이 진짜 신사인 데 반해 병사들은 유럽을 통틀어 가장 난잡한 부랑아였다. 포르투갈군은 영국군과는 거꾸로 장교들이 노예상인 같고 병사들은 온순하고 멋졌다. 한편 네덜란드군은 두 가지 부류, 즉 술을 마시는 쪽과 술을 고약하게 마시는 쪽으로 나뉘었다. 국적이 다른 자들이 상대를 대하는 행동은 이런 선에서 정의될 것이다. '술을 주되, 술병을 통째로 내놓지는 말라.' 그러나 영국인은 포르투갈인을 철저하게 경시하며 에스파냐인보다 더 나쁜 부류로 보았고, 반면에 포르투갈인은 그렇게 부유하고 박식한 영국인들을 전쟁에서 최후의 승리를 거둔 적이 없는 이유가 무엇인지 자문해보라는 식으로 대했다.

처음에는 동맹군의 승리가 눈앞에 보이는 것 같았다. 1710년 가을만 하더라도 동맹군은 카스티야 심장부인 마드리드까지 거침없이 진군했다. 그렇다면 이 대목에서 동맹군은 점령한 마드리드를 어떻게 했느냐고 물을 수도 있을 것이다. 대답은 간단하다. 동맹군은 마드리드를 지켜내지 못했다.

9월 19일. 영국군 용기병은 마드리드 외곽까지 당도했지만 아연실색했다. 군대의 저항은 고사하고 시민군조차 안 보인다는 보고가 들어왔다. 나 역시 어이가 없었다. 그러니까 전투를 치를 의도가 아예 없었다는 말인가? 그랬다. 전투는 없었다. 총 한 방 쏘지 않다니! 그 꼴을 보고자 반도의 절반을 횡단했다는 말인가? 수니가에 따르면 마드리드는 요새 도시가 아니었다. 석벽으로 에워싸이긴 했지만 그 용도는 빙이풀이 아니라 물품을 싣고 도시로 들어오는 운송차량을 세관으로 안내하는 데 사용되었다. 세금만큼은 철두철미하게 징수했던 것이다.

카를랑가스는 마드리드 입성을 준비했다. 나는 수니가와 함께 그들보다 한 발 앞서 도시로 들어섰다. 텅 빈 거리와 휑하고 살풍경한 분위기. 그게 마드리드에 대한 첫인상이었다. 그런데 그때까지 우리가 모르는 게 하나 있었으니 동맹군이 도착하기 전에 마드리드를 빠져나간 펠리피토의 퇴각에 3만 명의 신하와 추종자들이 함께했다는 사실이었다.

수니가는 마드리드로 들어서자마자 고향으로의 귀환을 자축하겠다면서 술집으로 갔다. 마드리드에서 가장 유명하고 대중적인 선술집이었는데, 우리가 술잔을 기울이며 나누는 대화를 듣고 있던 주인이 끼어들었다.

"신사 양반들, 아직 그건 모르셨나? 동맹군이 곧 마드리드로 입성한다는 소식." 그는 좌우를 살피며 목소리를 낮추었다. "열흘 전에 프랑스 신하들이 도시를 포기하라는 지시를 받았다는데, 손님들은 어디 계셨나? 어디 있었기에 그것도 모른다는 거요? 동맹군은 프랑스인들을 곱게 보지 않아요."

그 말에 수니가와 나는 서로를 쳐다보았다. 보아하니 선술집 주인이 내 억양을 듣고서 프랑스인으로 착각한 모양이었다. 수니가가 마치 주인을 실망시키면 어떡하느냐고 말하듯 어깨를 흠칫 들어 올렸다.

"젠장!" 내가 대답했다. "난 내 억양이 전혀 티 나지 않을 거라고 생각했는데."

"천만에! 확 티가 나는걸요." 주인이 나섰다. "앞으론 손님에게 골치 아픈 문제들이 생길 수도……."

"문제는 내가 마드리드를 떠날 수 없다는 겁니다." 내가 그 말을 받았다. "사실 난 이제 막 도착했거든요. 무슨 말인지 이해하시겠어요?"

나는 그렇게 말하고는 주인이 자기 입맛대로 해석하도록 내버려 두었다. 사람들은 자기 생각이 더 확실하다고 믿고 싶어 한다. 마침내 그의 눈이 빛났다. 그 눈이 이렇게 말하고 있었다. 흠, 펠리페 왕이 보낸 밀사였구먼. 나는 슬쩍 이렇게 덧붙였다.

"쉿! 이 도시는 곧 합스부르크 추종자들로 가득 찰 거요. 하지만 우리는 다급하게 들어오는 바람에 아직 숙소조차 못 구하고 있으니……."

선술집 주인은 애국심을 발휘해서 우리에게 다락방을 제공했다. 한쪽 천장이 바닥을 기어야 할 정도로 기울어진 데다 창문 하나에 가구라곤 짚방석과 대야 두 개씩이 전부였지만 동맹군이 입성을 앞둔 마당에 선술집 주인이 아니었으면 그것조차 구할 수 없었을 것이다. 그는 펠리페가 현대전에서는 알려지지 않았던 비장의 무기, 즉 매음굴을 설치하기로 작정했다며 세상에서 가장 믿을 만한 어조로 덧붙였다.

"마드리드의 패배가 불가피하다는 사실이 알려졌을 때, 카스티야와 안달루시아는 물론이고 엑스트라마두라까지 그 지역에 거주하던 병든 창녀들을 불러 모았지요. 눈에 안 보이는 전염병을 퍼트려서 동맹군들의 목숨을 노리겠다는 겁니다. 그러니 매음굴엔 절대 가선 안 돼요!"

ooo

마드리드는 사람들이 방문하고 싶어 하는 수도들 중에서 가장 아름다운 곳은 아니다. 도시의 거리는 온통 제멋대로 뚫려 있고, 지형 자체의 높낮이 편차가 크다 보니 전망이 엉망이고, 그 기반 위에 세워진 건물과 건물의 정문 장식이 나 같은 공병의 눈으로는 쳐다보기가 민망할 정도다. 대중적인 장식물 역시 지극히 단출하다. 그들은 오래된 유물을 고려하거나 도시의 성격을 새롭게 설정하는 데도 인색하다. 물론 그럴 만한 사정이 없었던 것은 아니다. 벽촌이었던 마드리드를 수도로 정한 뒤에(마드리드가 왕궁도시로 바뀐 것은 내가 그곳에 도착하기 한 해 전이다.) 도시로서의 면모를 다급하게 갖추려다 보니 도시 계획은 고사하고 즉흥적으로 비좁고 경사진 곳이나 구불구불한 길에 거리와 도로를 확보해야 했던 탓이다. 여기서 짚고 넘어갈 것은 그 기간에 공병대가 카리브해에 요새를 구축하는 데 매달렸다는 사실이다. 방치된 거리 역시 지저분하고 바닥이 깨지거나 갈라져 있다. 오죽하면 마드리드 사람들이 이렇게 말하겠는가. 종교재판소가 고안한 최악의 고문이 죄인을 수레에 태워 돌이 깔린 마드리드 거리를 돌아다니는 것이라고.

그러나 내가 전술했던 것은 마드리드의 우울한 이미지일 뿐이다. 바조슈에서 체득한 나의 오감은 새로운 것들 앞에서 더없이 흥분했고, 특히 내 눈과 귀는 도시 전체의 새로운 향연 앞에서 생기를 띠었다. 그랬다. 내가 여전히 바조슈에서 학습 중이었다면 이번 방문은 단순한 방문이 아니라 탐사였을 것이다. '미스테어' 모범생의 신중한 눈에는 모두가 빛나고 모든 게 반짝인다. 마드리드 하늘은 축복이라고 원주민이든 이방인이든 똑같이 말한다. 대기는 항상 신선하다. 겨울 빛은 달콤하고 아름답다. 여름의 태양은 바르셀로나의 지중해 태양과 달리 망막에 상처를 입히지 않는다. 보통 사람들은 얼음 음료를 좋아해서 엄청난 양의 눈을 실어다 나른다. 얼음 사업이 바르셀로나에서 번성한다면, 마드리드에서는 차고 넘치도록 번창한다. 손에 얼음을 쥐고 도시를 가로지르는 아름다운 만사나레스 강변을 산책하는 것보다 더 즐거운 시간 낭비는 없다. 파라솔 밑으로 혼기에 접어든 아가씨들이 꽃 같은 모습으로 앉아 있으면 지나가는 청년들이 걸음을 늦추며 인사를 하거나 추파를 보낸다.

마드리드의 마요르 광장은 축제의 연속이다. 제국의 수도로 모든 우편물이 속속 도착하고 새로운 소식을 듣거나 전파하기 위해 사람들이 모여든다. 그곳에서는 이단 심판소의 화형식과 투우 경기와 사형 집행이 이루어진다. 이러한 일련의 의식이 행복한 삼중주로 불리는 것은 어떤 면에서는 구경꾼들이 즐거운 의식처럼 받아들이기 때문이다. 그것만이 아니다. 삼중주에 대한 대화가 끊길 때쯤이면 이번에는 제국의 전령들이 전하는 카리브해 항구의 습격이나 마푸체족의 학살 같은 사건들에 대한 소식이 귀를 다시 쫑긋 세우게 만든다.

카스티야인들은 그들의 식민지 지배에 대해 그다지 열정적이지 않다. 식민지는 멀리 있고, 실제로 그들에게 돌아오는 혜택이 지극히 적다 보니 좋은 소식이든 나쁜 소식이든 담담하게 받아들인다. 마드리드는 바르셀로나에 비해 더없이 평온하다. 카탈루냐는 잠재적이면서 동시에 지속적인 전쟁이 발발한다. 부자와 빈자가, 풍요로운 해안지대 사람들과 그들을 두렵게 만드는 산악지대 사람들이, 이방인과 미켈레테가, 순찰대와 도적들이, 예를 들어 해상에서 여행자들을 납치하여 몸값을 요구하는 베르베리아*의 해적들이 끊임없이 대치하며, 그것들은 학생들이 패를 나누어 벌이는 투석전으로 완성된다. 물론 역사가들이 유일하게 기술할 가치가 있다고 여기는 왕조 간의 대치는 여기에 포함되지 않는다.

그러나 내가 보고 있는 마드리드는 그렇지 않았다. 그럴 만한 동기가 많거나 다양하지 않았다. 왕실은 모든 폭력을 제압하고 도시는 모든 침입의 경로로부터 동떨어져 있었다. 모든 왕실이 그러하듯 마드리드 왕실 역시 벌떼를 끌어당기는 벌집 같은 곳이었다. 마

* 북아프리카 지방.

드리드 사람들은 욱하지 않고, 불온하지 않고, 낙천주의자들처럼 싸움이 아니라 서로 어울리는 것에 더 관심을 두었다. 특이한 게 있다면 그것은 아마도 대중적인 공격성을 띠는 사회 계층, 즉 얼굴과 몸을 망토로 가린 채 결투의 명분을 찾아 나서는 복면 차림의 하급 귀족일 것이다.

 복면 차림의 하급 귀족들은 도시에서의 삶이 위험하지 않아서 야밤의 자칼과 편력기사의 이미지를 합성한 미친 짓들이 필요했다. 그들에게서 누군가에게 수모를 당한다는 것은 이유를 따지거나 변명을 내세울 여지를 주지 않는, 곧바로 죽음에 도전하는 계기가 되었다. 밤은 그들의 것이었고, 그로 인해 해가 지면 마드리드는 바르셀로나와 달리 그들이 지배하는 지루한 도시로 변했다. 나는 그들이 나를 죽일 어떤 명분도 갖지 못하게끔 천박하고 불쌍한 존재로 지내는 법을 서둘러 배웠다. 게다가 나는 '긴 다리' 수비답게 평소에도 수염이 덥수룩한 인디오보다 초라한 행색이라서 여차하면 돌변하는 그들의 변덕으로부터 별다른 문젯거리 없이 자유로울 수 있었다.

 자, 그러면 가장 중요한 이야기로 들어가자. 만일 누군가가 나에게 신참 병사가 가장 관심을 갖는 곳이 어디냐고 물으면 두 군데를 대답할 것이다. 하나는 제임스 쿡이 다녀간 타히티고, 다른 하나는 1710년 가을의 마드리드라고. 사실 세상이 잘못되었다는 결정적인 증거는 창녀들이 풀무질로 돈을 받는다는 것이다. (넌 독실한 신자니까 입 닥치고 받아 적기나 해.) 그런데 그 창녀들이 부르봉가 요원들이라는 소문이 퍼지면서 화대를 내리고 또 내릴 수밖에 없게 되었다. 이른바 똥값으로 떨어졌다. 물론 그 소문은 점령군인 동맹군을 교란하기 위한 허위 정보였지만, 동맹군은 불경스러운 짓을 일삼는 펠리피토의 사악한 의도를 감안하여 병영 외출을 통제하면서 매음굴 대신에 술로 병사들을 위로했다. 병사들의 마음이란 게 예측 불허지만.

반면에 나 긴 다리 수비에게 그 며칠은, 그러니까 마드리드에 동맹군이 입성하고 카를랑가스가 외곽에 머물면서 성대한 입성식을 준비하는 동안은 행복의 바다 같은 시간이었다. 싸구려 미녀들을 얼마든지 찾아 돌아다닐 수 있었으니 말이다. 기왕에 모든 것을 낱낱이 밝히자면, 처음에는 이방인이 범하기 쉬운 실수를 저질렀다.

첫날이었다. 나는 서민적인 동네를 찾아 남쪽으로 발길을 옮기다가 정문에 창문조차 없는 끔찍한 건물에 눈길이 꽂혀 서성거리고 있었다. 그때 한량으로 보이는 한 사내가 다가와 나긋나긋한 목소리로 물었다.

"뭘 그렇게 똑바로 쳐다보시나? 왜, 당신도 사악한 집을 지으시려고?"

"짓거나 관리하는 건 관심 없고 그냥 즐기려고요." 나는 그 '사악한 집'이 무슨 말인지도 모른 채 순진하게 대답했다. "매음굴을 찾는 중인데 비쌉니까?"

"천만에. 왜 그렇게 생각하실까? 우리 마드리드는 달라요. 그러니 일단 들어가서 손님이 원하는 걸 주인한테 물어봐요."

그 건물의 문은 어수선한 전시였지만 허술하게도 살짝 열려 있었다. 나는 비좁은 계단을 올라갔다. 그런데 내가 2층이라고 생각한 곳은 창문 하나 없었다.

"안녕하세요!" 나는 한쪽 구석에서 옷을 수선하던 여자에게 단

도직입적으로 물었다. "여자가 몇 명이나 됩니까?"

그 여자는 대답 대신 나를 이상한 표정으로 쳐다보았다. 아마도 나를 순찰대로 여긴 모양이었다.

"아, 걱정 마세요." 나는 그녀를 진정시켰다. "나는 말 그대로 손님일 뿐이니까."

그때 한 사내가 나타났다. 나는 똑같은 질문을 던졌다. 그러자 여자가 재빠르게 나서서 황당한 표정을 짓는 사내를 납득시켰다. 어딘가 실성한 손님 같다면서.

"그래?" 사내가 여전히 황당한 표정을 떨쳐내지 못한 채 대답했다. "난 당신이 이미 알고 있는 내 아내와 딸 셋 그리고 어머니도 있소. 그런데 당신은 누구요? 뭐 때문에 우리 집 여자들에게 관심을 갖는 거요?"

"이봐요, 여긴 딸자식도 고용하나요? 마드리드에선 그게 정상적인 일인가요?" 이번에는 내가 황당한 나머지 화를 냈다. "좋소, 그게 당신들 관습이라면, 내가 상관할 바는 아니겠군. 자, 그럼 여자들을 보여주겠소? 그건 그렇고, 화대는 얼마요? 별 요상한 짓은 필요 없고 섹스만 할 거요. 보시다시피 먼 길을 오느라고 굶주려서 그러니 이해하시오."

그런데 그의 얼굴이 새하얗게 변했다. 아, 이게 어찌된 일인가.

"이봐요, 돈을 낸다니까." 나는 다급하게 말했다. "당신은 흥정할 때 화를 내는 모양인데, 그러지 말고 액수를 말해요. 참, 카탈루냐 돈도 받습니까? 서둘러 오느라 환전상한테 갈 시간이 없어서……."

그가 도끼를 집어 들었다. 나는 여전히 영문도 모른 채 다급하게 설득했다.

"이봐요, 카탈루냐 장사꾼 자식보다 더 끈질긴 협상가는 없으니 고정하세요. 내가 원하는 건 당신 딸들인데, 기왕 이렇게 된 거, 그쪽에서 돈을 좀 깎아주면 한꺼번에 세 명도 좋다고요."

그러나 씨도 안 먹혔다. 나는 그의 도끼가 내 머리를 갈라놓기 전에 뒷걸음질 쳤다. 일단은 피하는 게 상책이었다.

"당신은 호기를 놓친 거라고!" 나는 비좁은 계단을 내려가면서도 여전히 영문을 모른 채 외쳤다. "아니, 이건 당신도 알아야 할걸. 당신이 지금 이 도시가 자랑하는 범세계적인 명성에 똥칠을 했다는 거!"

나중에 수니가는 내 이야기를 듣고 난 뒤에 웃음을 멈추지 못했다. 마드리드에서 말하는 '사악한 집'은 매음굴이 아니라 세금을 피해 만든 2층집을 시칭하는 일종의 법석 용어로, 마드리드 법률에 의거해서 왕이 모든 건물 2층에 세금을 부과하자 시민들이 기술적으로 천장을 높여 2층을 만들다 보니 외부로 통하는 창문이 없는 집을 말했다. 젠장! 대체 누구 머리에서 세금을 부과하겠다는 몰상식한 아이디어가 나왔을까? 그것은 결코 좋은 사업이 될 수 없었을 것이다.

아무튼 생소한 방문지에서 피할 수 없었던 사소한 오해들이 풀리자 나는 마드리드의 달콤한 유혹에 빠져들었다. 내가 대낮에 꽃들을 찾아다니다가 숙소로 돌아오면 나를 동포로 여기는 술집 주인이 기다리고 있었다.

"이렇게 날마다 녹초가 돼서 돌아오다니 대체 무슨 일을 하는 건지! 난 누구처럼 첩자 노릇 한답시고 직업 바꾸는 짓은 절대 하지 않을 거야. 그 눈 좀 보라고! 시커먼 기미가 끼었잖아. 모르긴 몰라도 그 일이 당신 살과 영혼을 좀먹고 말걸."

이 대목에서 끔찍한 내 사랑 발트라우트가 씩씩거리면서 나를 사악하고 정신 나간 남편으로 몰아세운다. 여자들을 이해하지 못하는 짓이란다. (이 쥐며느리 같은 년아, 그러니까 네 말은 뜨개질을 하던 페넬로페처럼 아멜리스가 애타게 나를 기다렸을 텐데 어찌 그런 못된 행각을 벌일 수 있느냐, 그거렷다? 하지만 우리는 그 어떤 일에도 불구하고 서로를 사랑했다는 거, 그건 네년의 그 붉은 산비둘기 털 같은 머리로는 곧 죽어도 이해할 수 없는 어떤 거란다.)

9월 28일, 마침내 카를랑가스가 마드리드에 입성했다. 그는 아토차 신전 미사에 참석한 뒤에 승리의 입성 의식을 치를 예정이었다. 승리의 입성이라! 하! 자, 여기에 이렇게 적으라고. 야유와 조롱과 비웃음이 왕창 쏟아졌다고!

우아한 흑색 의상 차림에 백마를 탄 카를랑가스의 안색이 어두웠다. 거리에는 아무도 없었다. 나, 선한 수비 외에는, 그리고 미처 몸을 숨기지 못한 절름발이 한 명 빼고는 개미 새끼 한 마리 안 보였다.

그는 그들의 왕이 아니었다. 마드리드 사람들은 바르셀로나 사람들이 펠리피토를 증오하듯 카를랑가스를 증오했다. 전날 거리에 물을 뿌리고 발코니를 장식하라는 지시가 떨어졌지만 거리는 평소처럼, 아니, 그보다 훨씬 더 많은 똥오줌으로 뒤덮이고, 발코니는 텅 비고, 대문과 창문은 굳게 닫혀 있었다. 종소리는 울리는 게 아니라 억지로 두들겨 나는 소리 같았다. 그는 왕궁에 도착하기 전에 알칼라 거리에서 행렬을 세운 채 이렇게 말했다고 한다.

"마드리드는 사막이나 다름없군!"

나는 그가 진짜 그런 말을 했는지는 확인해줄 수 없다. 그 시간에는 이미 결사적으로 안겨 드는 창녀와 노닥거리는 중이었고, 나로서는 카를랑가스 기분이 좋든 말든 상관없는 일이었기 때문이다. 한편 카를랑가스를 '속전속결' 스탠호프가 뒤따르고 있었는데, 그의 얼굴은 왕보다 더 감동적인 웅변이 담겨 있었다.

항상 그랬듯이 외국군 장군들은 그 상황을 이해할 능력이 없는 것처럼 보였다. 아니, 그들은 카스티야와 카탈루냐가 프랑스와 영국처럼 항상 대치 상태라는 것을, '에스파냐'라는 나라 이름이 양국의 정치와 상업, 심지어, 나에게 이런 표현을 허용한다면, 상식까지 독점하는 현실을 감추고 있는 이름이라는 것을 이해하고 싶어 하지 않았다. 그들은 세상과 삶을, 모든 것을 상반된 형태로 받아들이는 양국 사이의 전쟁터에 위치했다. 영국인 스탠호프의 경우, 내가 살펴본 바에 의하면, 그는 자기가 멋진 분쟁에 끼어든 것으로 이해했다. 그런데 결과적으로 주어진 임무를 그렇게까지 완벽하게 수행한 뒤에 그렇게까지 철저하게 좌절하는 지휘관은 결코 없었다. 그는 마드리드를 정복했지만 동시에 침략자가 됨으로써 카스티야를 잃었다. 카를랑가스에게 왕관을 씌어주었지만 그 왕관은 무효였고 수증기처럼 증발해버렸다.

영국인들은 런던에서 그들을 다스리는 프랑스 왕조를, 거꾸로 프랑스인들은 파리에서 그들을 다스리는 영국 왕조를 인정하게 될 것이다. 그러나 마드리드인들은 카를랑가스를 결코 왕으로 인정하지 않을 것이니, 그가 합스부르크가의 왕이어서가 아니라 카탈루냐인들의 왕이기 때문이다. 그런데도 스탠호프는 자신이 거느리는 두 개의 기병대로 모든 것을 정리할 수 있다고 생각했다. 맙소사! 끔찍한 내 사랑 발트라우트야, 바로 그거란다. 그는 그 싸움을 너희 나라 사람들 말마따나 '멋진 분쟁schöne Schweinerei'으로 봤다는 거지.

전쟁 기간 내내 부르봉군은 전략적 우위를 지켰다. 동맹군이 분별없는 중세 기병대로 마드리드를 점령한 사이에 부르봉군은 항상 방법적인 척도를 좇아 마치 덫을 놓듯 느릿하면서도 세세하게 움직였다. 동맹군이 마드리드를 점령하고 있는 동안, 에스파냐군과 프랑스군은 토르토사, 레리다, 헤로나를 확고하게 지켰다. 나는 스탠호프의 '속전속결' 전략을 속전속결로 뜯어고쳐야 한다고 판단했다. 그렇게 하지 않으면 동맹군의 운명은 비극으로, 그 비극은 우리의 비극으로 끝장날 게 뻔했다.

마드리드 입성 이후, 카를랑가스는 마드리드 사람들의 마음을 움직이고자 온갖 설득과 아첨을 늘어놓았다. 도시를 위해 선물과 찬조금을 내놓았다. 투우 경기를 공짜로 제공하고 등불 축제를 후원했지만 아무도 참석하지 않았다. 나는 구경꾼 없는 폭죽놀이가 얼마나 끔찍한 짓인지 그때까지 몰랐다. 왕들은 망각한다. 국가의 위엄이 사고파는 데에 있는 게 아니라는 것을.

카를랑가스의 회유책은 거기서 그치지 않았다. 카이사르 방식까지 동원했다. 경기병들이 도시를 돌아다니면서 자루에 가득 담은 동전을 길바닥에 뿌렸다. 마드리드 사람들은 몸을 굽혀 동전을 주웠다. 지극히 당연한 일이었다. 왜냐하면 그들은 합스부르크가의 추종자가 아니었고, 바보가 아니었기 때문이다. 그들은 카를랑가스의 회유책을 녹슨 유머로 받아들이며 동전을 주웠던 것이다. 카를랑가스가 스스로를 '에스파냐의 카를로스 3세'로 천명했을 때, 그들은 동전에 입을 맞추면서 간사하게도 이렇게 화답했다.
"돈을 뿌리는 한, 카를로스 3세 만세!"

○○○

마드리드 정복과 점령은 독자 여러분도 보다시피 서사적이지 못했다. 아울러 최상의 방어에 관한 보방의 질문을 받았던 나에게도 스승을 만나거나 그 '말'을 찾는 데 최적의 어떤 게 되어주지 못했다. 마드리드에서는 카를랑가스에 맞서는 불온한 움직임이 점차 확대되었다. 그렇다고 반란을 모의했던 것은 아니다. 어떤 면에서 마드리드 사람들 대부분은 바르셀로나 사람들 대부분과 공통점이 있었는데, 그들이 생활이 그런 식으로 지속되는 동안에 합스부르크가의 카를로스 3세를 반대하는 것도 아니고 그렇다고 부르봉가의 펠리페 5세 편에 서서 싸우는 것도 아니었다. 동맹군은 외출이 통제되고 병사들 특유의 도발적 행위까지 절제된 상태에서 병영에 틀어박혀 지냈다. 그러나 마드리드 시내는 카탈루냐인들로 구성된 치안대에 대한 악평이 점차 늘어나고 있었다. 실제로 치안대는 범죄자는 물론이고 길을 걸어가는 죄 없는 행인을 검문했고, 인상만 안 좋아도 몽둥이찜질에 '카를로스 3세 만세!'를 외치게 한 뒤에 지하 감옥으로 연행했다.

그 와중에서 전시에 군복무를 회피한 부르봉주의자들과 광신적인 사제들은 불화를 조장했다. 그들은 내가 이해하는 바에 따르면 자신들의 우월함을 악용했다. 한편으로는 이미 자신들의 편인 마드리드 주민들의 충직함을 굳이 매수할 필요가 없었고, 다른 한편으로는 다분히 신중하거나 책임감이 강한 마드리드 주민들이 정규군에 맞서 궐기하는 광기를 부리도록 허용하지 않았다. (하긴 돈 자루가 비 오듯 떨어지는데 무엇 때문에 들고일어나도록 권장하겠는가?) 가톨릭계에서 가장 사악한 무리는 에스파냐 사제들이었다. 그들의 관심은 항상 어리석은 인간의 관심과 결부되어 있으며, 그들의 설교는 조롱도 아니고 이성적인 것도 아닌, 어느 쪽도 아니었던 터라 제지당하는 경우가 없었다.

하루는 어떤 선술집에 걸인이 들어와서 구걸 대신에 소책자를 나누어 주었다. 탁자마다 두 권씩, 내 테이블 위에도 내려놓았다. 나는 달리 할 일도 없고 해서 그것을 읽었는데 세 번째 행에 이르기도 전에 터져 나오는 웃음을 참을 수 없었다. 어처구니없는 내용이었다.

펠리피토 측에서 걸인을 고용하여 배포하는 소책자에는 부르봉가의 정신을 강조하면서도 영국이나 포르투갈 혹은 합스부르크주의자들을 공격하는 내용은 없었다. 전혀 없었다. 수사적인 공격 대상은 '반란자'들, 즉 카탈루냐인이었다. 그 책자에 따르면 마드리드가 점령당한 주요 요인은 동맹군의 무기도, 부르봉가의 무능도 아닌 카탈루냐의 계책 때문이었다. 카탈루냐인이 한가로운 시간에 사면발니와 무지외반증, 치질 같은 병을 만들었다는 대목에서는 나도 납득이 될 정도였다. 또한 카탈루냐인들이 그런 질병으로 고통받는 것은 예수에게 저주받은 유태인들처럼 그들의 배신행위를 면제받지 못했기 때문이었다.

나는 그 책자에 담긴 내용을 정확하게 기억하지는 못한다. 차라리 그게 나을 것이다. 그래도 몇 가지 주된 내용을 소개하면 이렇다. 종전이 되면 카탈루냐군은 카스티야 아녀자들을 겁탈하고 남편들을 죽이거나 노예선에 태울 것이다. 카탈루냐는 아메리카와의 (카탈루냐는 아메리카를 왕국의 일부에서 배제하자는 입장을 견지했지만) 무역을 탈취하고 독점하려는 모의를 획책해왔고 그렇게 할 것이다. 그들이 카스티야에 부과하는 세금은 과중하다 못해 주민들을 노예로 전락시킬 것이며 징수된 세금은 바르셀로나 금고로 들어가 모반자들의 향락에 쓰일 것이다. 카스티야의 군통수권은 사법행정권과 함께 카탈루냐 출신에게 주어질 것이다. 그들은 마드리드를 통제하고 주민들을 끝까지 억압하기 위해 요새를 세울 것이다.

내 입에서 폭소가 터져 나왔다. 그렇게 되어서는 안 될 일이었다. 내가 웃었던 이유는 그 종이나부랭이가 단순히 적에 대한 악의로 가늘 차 있어서가 아니라 인간으로서 최악의 것들을 담고 있었기 때문이다. 그러나 시간은 결국 그 속에 감추어져 있던 지독하게 끔찍한 것을 증명해냈다. 다시 말해 그 종잇장에 담겼던 악마적인 것은 몇 년 후에 현실로 변했으며, 카스티야가 아닌 카탈루냐에서 성경에서나 볼 수 있는 규모로 적용되었다는 것이다.

실제로 부르봉가는 해묵은 자신들의 두려움을 보상받기 위한 호전적인 상상들을 완벽하게 구체화시켰다. 그들의 대규모 살상은 전쟁이 끝나기도 전에 이미 시작되었다. 1714년 9월 11일 이후, 카탈루냐의 모든 법령은 붕괴되고 카스티야 법령으로 대체되었다. 카탈루냐는 수십 년 동안 그들의 군사 점령지로 간주되었다. 카탈루냐의 통치자는 카스티야가 지명했다. 그들은 과도한 과세로 부유했던 재정을 파탄내고 국민들 대부분을 기아로 내몰았다. 그리고 마침내 바르셀로나를 영원히 통제하려고 성채를 축성했다. 그것도 전혀 고려한 적 없는 보방식 요새를, 그것도 지극히 부실한 방식으로. 이 대목에서 독자 여러분은 그 성채를 지은 자가 누구였는지 맞춰 보라. 그렇다. 그는 바로 안트베르펜 출신의 정육업자 요리스 판 프어봄이었다. 성채 축성, 그것은 바르셀로나 포위전에 참전한 그에게 주어진 일종의 보상이었다. (가만, 내가 그자를 어떻게 죽였는지 아직 너에게 얘기하지 않았던가?)

그러나 1710년에 카를랑가스가 마드리드에서 동맹군과 함께 모든 에스파냐의 왕이라는 칭호를 과시하던 시점에 과연 누가 카탈루냐의 암담한 미래를 내다보았겠는가? 악이 지닌 불가시성으로 인해 나는 어떤 반감도 감지하지 못했다. 주민들은 친절하게 환대했다. 전쟁은 왕조와 위정자들의 문제일 뿐 에스파냐에 거주하는 상이한 민족들의 비참한 일상과는 상관없는 일이었다. 나는 그 소책자를 북북 찢어버렸다. 처음에는 어처구니없어 웃었지만 다시 읽고 나자 화가 치밀었다. 베세이테에서 수없이 목격했던, 에스파냐군이 목에 올가미를 씌워 나무에 매달아놓았던 희생자들의 모습이 떠올랐다. 그리고 비로소 그들의 잔혹한 살인 충동이 어디서 연유했는지를 이해할 수 있었다.

나는 술집을 나와 숙소로 향했다. 치솟는 분노가 격렬한 소용돌이를 일으켰다. 누군가의 대갈통을 박살내고 싶었다. 하지만 누구를, 대체 누구를 박살낸다는 말인가? 누군가는 책임져야 할 일인데 그 누군가는 눈에 보이지 않는 수증기였다. 악은 검은 구름 같은 것이다. 저 위에, 우리가 닿지 않는, 우리가 감지하지 못하는 저 너머에 드리워져 있다가 느닷없이 폭우로 쏟아지지만, 그때까지도 우리는 그 구름을 보지 못한 채 비에 흠뻑 젖고 만다.

나는 저녁 식사에 나온 빵과 건치즈를 챙겨 다락방으로 올라갔다. 식탁에서 사람들의 얼굴을 대면하는 것조차 싫었다. 수니가가 안 보였다. 차라리 다행이었다. 적들보다는 친구가 낫겠지만 그날 저녁만큼은 혼자 있고 싶었다. 나는 짚단 침대 위에 걸터앉았다. 건치즈를 자를 칼이 없었다. 평소에 수니가가 가죽 자루에 넣어 다니는 단검이 떠올랐다. 남의 자루를 뒤지는 게 무례였지만 친구 사이라고 스스로를 변명하며 자루를 뒤졌다. 그러나 손에 잡힌 것은 딱딱한 것 대신 종이 뭉치, 아, 그것은 소책자였다. 그것도 수백 장. 선술집에서 걸인이 건넸던 그 종이나부랭이와 똑같은 것이었다. 그때 수니가가 들어섰다.

한때 나에게는 친구가, 디에고 수니가라고 불리는 친구가 있었다. 그런데 그 분으로 다른 사람이, 온 세상의 비난이 집중된 세기의 인물 펠리페 5세를 위해 목숨을 건 임무 외에는 자기가 무슨 짓을 저지르고 있는지 아무것도 모르는 낯선 자가 들어오고 있었다. 그때서야 비로소 물에 물 탄 듯 술에 술 탄 듯했던 그의 우유부단한 성격이, 남의 눈에 드러나지 않게 남을 바라보는 그의 시선이, 깃털처럼 가벼운 그의 실루엣이 이해되고 있었다. 그리고 지나간 그의 모습들이 내 뇌리를 스쳤다. 그러니까 알메나르에서 프어봄을 농가 창고에 숨겨준 자가 바로 수니가였다. 이 세상에 첩자가 되려고 태어난 자는 없다고 생각한 것은 틀린 것이었다.

나는 소책자 한 뭉텅이를 그의 얼굴에 뿌리며 소리쳤다.

"이 쓰레기가 네 거란 말이지!"

그는 안색조차 변하지 않았다. 그런 그가 바로 보이지 않는 인간

349

수니가였다. 그런 것들이 그가 배신하지 않는 열정이었다. 그는 대답 대신 바닥에 떨어진 소책자들을 주워 모으다가 내가 계속 몰아붙이자 이렇게 대꾸했다.

"그러니까 내가 왜 왕을 섬기는지 그걸 묻는 거야? 내가 왜 그 많은 세월 동안 적들 틈에서 목숨을 걸었는지 그걸 묻는 거냐고? 그건 딱 두 마디 때문이야. 충성과 희생."

"그래? 왕들의 특권은 우리보고 그들을 위해 죽으라는 거지, 증오하라는 건 아니지. 그런데도 어떤 야만스러운 영혼은 나라와 민족에 맞서 싸우길 원하는군. 마치 군대나 된 것처럼."

그가 씩 웃었다.

"너희 카탈루냐 정부의 대신들이 펠리페 왕에 대한 충성서약을 파기했을 때, 카탈루냐 국민들이 원했던 것은 자기 왕이 그렇게 되기를 바랐던 것일까? 당시 너는 뭘 기대했지? 우리 카스티야가, 너희가 어떻게 군주를 공격하는지 점잖게 지켜보길 바랐던 거야? 왜, 너희가 에스파냐에 전쟁을 불러오고 등 뒤에서 우리를 찔러도, 우리가 그냥 팔짱만 끼고 있길 바랐나? 마르티, 우리 카스티야는 유지해야 할 제국이 있지만, 바르셀로나는 그 제국을 망치고자 혈안이 되어 있어. 우리 카스티야가 3백 년 동안 홀로 제국을 지켜오는 동안, 너희 카탈루냐는 다른 쪽만 쳐다보았어. 너희들의 헌법과 자유라는 치맛자락 속에 숨은 채 말이지."

"제국이라, 제국이라……. 대체 세계를 정복해서 얻는 게 뭐지? 아메리카 인디오들은 너희를 증오해. 유럽의 이웃 국가들은 너희를 부러워하기는커녕 경멸하는데, 너희는 해외 영토를 유지하느라 국고가 바닥이야. 그게 현실인데도 너희는 다른 왕국들에게 불법적인 침략에 가담하라고 요구하는 걸 권리인 양 착각하고 있다니까. 카스티야의 영광을 위해서 그렇게 해달라고 말이지. 그리고 디에고, 너 역시 네 자신을 지적인 인간으로 착각하고 있는 거라고."

"물론 내겐 그런 면이 있지." 그가 솔직담백하게 나왔다. "하지만 그런 내가 카탈루냐 영혼을 이해하지 못한다는 게 괴로워. 그러니, 수비, 네가 그 불합리한 이유들이 뭔지 설명 좀 해봐. 대체 너희는 왜, 우리를 강력하고 존중하게 만드는 무력 통합을 깨트리려고 하지? 너희는 왜, 수세기 전부터 추진해온 이베리아반도 통합을 증오하는 거야?"

"왜냐하면 너희가 말하는 통합이란 속박이거든. 자, 대답해봐. 통합하면 너희 왕실을 바르셀로나로 옮길 거야? 디에고, 넌 카스티야가 카탈루냐 법에 의해 통치되는 것을 인정하겠다는 거야? 너희 재상이 카탈부냐 대신들 중에서 뽑히는 걸 인정하겠어? 너는 너희 여자들이 희생되더라도 마을과 도시가 우리 카탈루냐 군대에 점령당하는 게 좋다는 거야?" 나는 소책자를 그의 면전에 흔들어대며 소리쳤다. "이걸 읽은 나로서는, 분명히 말하지만, 너희는 아냐!"

"큰 것들이 작은 것들을 먹어 치우고 약한 것들이 강한 것들 앞에 굴복하는 건 삶의 법칙이야. 그럼에도 카스티야는 그렇지 않아. 누구나 모든 특권을 누릴 수 있는데도 너희는 아무것도 아닌 걸 선택한 거야. 도대체 이해가 안 돼."

"정작 이해가 안 되는 건 너희가 호전적인 본능을 명예로 본다는 거야. 그게 너희를 패퇴와 파국으로 데려간 거고. 그런데도 너희는, 번영하는 나라들이 무기와 화약이 아니라 땀 흘려 얻은 돈으로 번영의 길을 닦는 반면, 여전히 그 아둔한 영웅의 완고함을 고집하고 있다는 게 문제야. 다시 말하지만 통 대신 무기를 가득 실은 배는 항로를 잃은 무역선이나 다름없고, 훈련과 무장을 한 군대는 국력을 낭비하는 산업이나 다름없어. 적어도 우리들은 그렇게 생각해."

나는 수니가가 남의 말을 경청할 줄 안다고 생각했는데 그게 아니었다.

"이제 알겠군." 그가 말했다. "너희는 위대한 존재가 아니라 부자가 되고 싶은 거야. 영광이 아니라 부유함을. 시바리스를 좋아하는 방식으로 스파르타를 증오하고."* 그는 내 쪽으로 한 걸음 다가섰다. "하지만 마르티, 민족적인 서사시가 없는 삶이, 후세에 전할 위업이 없는 삶이 무슨 의미가 있을까? 너희가 세운 활기찬 계획이란 지렁이들의 꿈틀거림이나 다를 바 없어. 그것들은 빛도 없고 환상조차 없는 땅속에 머무르며, 절대로 자기가 사는 시대로 올라온 적 없거든. 하지만 야비한 곳에서 자신을 낭비하는 것보다 차라리 전쟁에서 목숨을 잃는 게 나을걸." 그리고 판결처럼 덧붙였다. "너희의 그 영혼의 평범함, 그건 악이라고."

"그렇지만 너희는 기사도 책에 중독된 거야. 악당들 이야기에."

그의 입가로 오만하기 이를 데 없는 미소가 흘렀다. 그는 첩자임을 숨긴 것도 부족해서 나를 위장막으로 이용한 인간이었다. 하긴 누가 그를 의심했겠는가? 나 '긴 다리' 수비 같은 적의 없는 방탕아의 동료를. 나는 배신감에 치를 떨면서 그의 멱살을 잡으며 벽으로

---

* 시바리스(이탈리아 남부에 있는 고대 그리스의 도시)인은 나태와 향락으로, 스파르타인은 근검과 절제로 유명했다.

밀어붙였다.

"그래, 누군가가 숨어서 그런 종이나부랭이를 만들면 숲이란 숲은 온통 올가미에 매달린 자들로 넘쳐나겠지. 난 봤어! 내 두 눈으로 똑바로 봤다고. 누군가가 그런 거짓말을 뭉텅이로 지어내면, 누군가는, 속임수가 뭔지도 모르는 순진한 사람들은 결국 참수를 당하거나 벼랑으로 내던져질 수밖에. 자, 어서 말해. 넌 그 종이에 적힌 야만적인 내용들을 믿지 않는다고……. 어서 말하라니까!"

그의 눈빛이 떨고 있었다. 나는 그의 눈을 보며 그의 정체를 알아보지 못한 나의 무능을 저주했다. 그의 눈빛 속에 담긴 미소가 그가 바로 그 종잇장 작성자임을 깨닫게 해주었다.

"카스티야는 세상을 정복했지." 그가 말했다. "그런데 이제 막 바르셀로나로부터 네 명의 흡혈귀가 나타난 거야. 카를로스 대공의 방패 뒤에 숨어서. 그들은 우리 선조들이 남긴 유산을 차지하고 싶겠지. 하지만 그들 뜻대로는 안 돼. 절대로. 그러니 마르티, 나를 믿어. 많은 것을 보상할 거야. 우리 왕의 손길이 비엔나나 런던까지는 아니더라도 에스파냐 끄트머리까지는 닿을 테니까."

나는 그를 풀어주었다. 나 선량한 수비는 어떤 결정이나 결단을 좋아하진 않지만, 아주 드물지만 단호한 목소리로 이렇게 내뱉을 줄도 알았다.

"디에고, 우린 이제 친구가 아냐."

○○○

기분이 더러운 날이었다. 나는 밤새 마드리드 선술집들을 전전했다.

창녀들이 아니라 술에 취하기 위해서, 아니, 사실대로 말하자면 싸움판을 찾기 위해서였다. 나는 위대한 싸움꾼은 아니지만 그렇다고 싸움의 미덕까지 거부한 적은 없다. 모든 게 엉망인 날은 더욱 그렇다. 만만한 상대를 만나서 그 얼굴을 묵사발로 만들면 더 이상 바랄 게 없지만 그런 자를 못 만나면 맨 먼저 눈에 띄는 자를 상대할 수밖에 없다. 그럴 때면 누가 싸움을 걸든 누가 받아들이든 그것은 대수가 아니다. 싸움판을 벌인 것만으로 충분하니까.

게다가 나는 극심한 자격지심에 사로잡혀 있었다. 원정대를 따라 나설 때만 해도 악이, 그러니까 전쟁이 나에게 선을, 다시 말해 스승을 만나게 해줄 것이라고 내심 기대했는데 그게 아니었다. 대체 어떻게 해야 마드리드에서 마가논을 만난다는 말인가? 나는 만취한 채 문신을 확인한답시고 손님들의 오른팔 팔뚝을 걷어 올렸다. 그러나 불행히도 그들은 나를 상대하지 않고 회피했다. 그들 중에는 바르셀로나 억양으로 펠리페 5세를 저주하는 나를 부르봉가 첩자를 색출하기 위해 술에 취한 척하는 동맹군 비밀요원으로 여기는 자가 있는가 하면, 나를 합스부르크가를 선동하는 추종자로 의심하는 얼빠진 자도 있었다. 나는 나를 위안해주는 자도, 나의 상대가 되어주는 자도 만나지 못했다. 참담했다. 나는 바에 팔꿈치를 기댄 채 술잔을 기울이며 소리쳤다.

"아, 어찌하여 이 마드리드 하늘 밑에서 친구는 고사하고 대결할 상대조차 못 만난다는 말인가?"

나는 다른 선술집을 찾았다. 꼭두새벽이 다 되어 들어간 그 술집에는 떠들썩한 술판이 벌어지고 있었다. 거기서도 상대를 못 만나면 더 이상은 만날 길이 없는 것 같았다. 서 있기도 힘들었다. 빈

자리 하나 없었다. 그때 한 술좌석이 눈에 들어왔다. 사내들이 다섯 명인데 그중에서 거대한 체구에 눈빛에서 권위가 번득이는 50대 사내가 좌장이었다. 만일 내가 만취 상태만 아니었으면 즉석에서 그를 알아보았을 것이다. 그러나 포도주는 나를 위한 기억의 친구가 아니었다. 아, 뒤크루아 형제여, 이런 나를 용서하시길.

나는 다짜고짜 체구가 가장 작은 자의 목덜미를 붙잡아 옆으로 밀쳐냈고, 빈자리에 앉자마자 탁자 위로 양다리를 올린 채 50대 거한을 노려보았다.

"잠시 앉아도 되겠습니까?"

그는 동요하지 않았다. 여차하면 주먹을 날리려는 그들에게 나를 무시하라고 고갯짓으로 지시했다. 그러고는 군사 전술을 화두로 전개되던 열띤 토론을 다시 이끌었다.

"이봐." 나는 요새 방어술에 대한 의견을 열심히 개진하던 자를 똑바로 쳐다보며 끼어들었다. "지금 무슨 말을 하는 거야? 뭐? 글라시스*에 말뚝을 박겠다고? 그건 적에게 사다리를 내주는 꼴이지. 젠장, 멍청한 대갈통에서 멍청한 이야기가 나올 수밖에."

그러나 이번에도 50대 거한은 내 도발을 무시하며 좌중을 제어했다. 술에 취한 내 눈에도 그의 권위가 확고한 것만큼은 분명해 보였다. 그가 나를 쳐다보며 입을 열었다.

"여기 우리 친구와 주먹질을 교환하기 전에, 그래서 누군가의 골통이 깨지기 전에 그쪽이 왜 시비를 거는지를 터놓는 것도 재미있을 것 같군."

* glacis. 경사벽.

"어르신," 나는 즉각 반응했다. "방금 내가 했던 말은 위대한 보방의 말이었고, 단지 내 입을 통해 나온 것뿐입니다."

"제기랄!" 그가 비웃음이 섞인 투로 반문했다. "그러니까 그쪽이 프랑스 후작들과 조찬을 함께했다, 그건가?"

"그렇습니다." 나는 당당하게 대답하고는 금방 얼버무렸다. "뭐, 가끔이었지만."

그러고는 다시 그를 똑바로 쳐다보았는데, 그때서야 나는 알코올이 흔들어놓는 시야에도 불구하고 그를 기억해냈다.

"잠깐! 그럼 그렇지. 난 알아. 당신을 안다고. 오늘은 제복 차림이 아니어서 잠시 내 시야에서 벗어났을 뿐이야." 그 대목에서 손가락으로 그를 가리키며 소리쳤다. "토르토사! 맞아, 토르토사였어! 당신은, 당신은 툭하면 엉덩이를 걷어차던 그 장군!" 나는 벌떡 일어나 주먹을 쥐고서 결투 자세를 취했다. "자, 덤벼! 그 빌어먹을 제복을 입지 않고서도 나를 걷어찰 수 있는지 어디 한번 붙어봅시다!"

그가 마치 성가신 말파리를 대하듯 나를 쳐다보았다.

"돈 안토니오, 당장 이놈의 아가리부터 닫아놓을까요?" 그의 동료가 나섰다.

"좋아, 어디 맘대로 해보라고!" 나는 지지 않고 웃었다. "동맹군이 마드리드를 점령했다는 거 아직 눈치채지 못했나 본데, 내가 밖에 나가서 휘파람만 불면 당신들은 끝장이야. 치안대가 카탈루냐 군인데, 내가 토르토사 일까지 싹 다 불어버리면 어떻게 될까?"

그러나 그들은 나를 쳐다보며 일제히 폭소를 터뜨렸다. 이게 어찌된 영문인가. 나는 머쓱해져서 불끈 쥐었던 주먹을 풀고 목덜미를 긁었다.

"허허, 그 성질머리 좀 죽였으면 좋겠구먼." 장군이 타이르듯 말했다. "자, 내 옆에 앉아서 방금 했던 그 포위전 얘기나 더 해보게."

나는 그렇게 했다. 거푸 잔을 비워가면서 누군가를 두들겨 패며 앙금을 풀어내듯 꼬박 한 시간에 걸쳐 토르토사 포위전의 단점과 약점을 토하듯 풀어냈다. 그 포위전의 공격용 참호는 미완성 광대극이었다. 참호 깊이가 너무 얕았는데 지나치게 서둘렀던 탓이다. 작업 장비가 적합하지 않고 과정 또한 철저하지 못했다. '정상적인 en règle' 공격용 참호는 피라미드보다 더 복잡한 작업 아닌가! 그런데도 갱도는 삐딱하게 벗어났고, 울타리는 판자 대신 소나무로 엮었고, 단단하게 뭉쳐져야 할 흙더미는 허물어졌다. 총체적 부실. 그 결과는? 개죽음이었다. 빌어먹을! 장정들 수천 명이 적보다는 전략적 실패로 죽어갔다. 성벽까지 도달하는 것은 참호만으로도 충분했다. 그랬으면 그 신중한 영국인 사령관은 굴복했을 것이다. 그런데도 그 오를레앙 출신의 돼지는 영광스러운 승리를 원했다. 하긴 그 돼지에게 수천 명의 사상자가 난다고 한들 그게 무슨 대수겠는가! 빌어먹을!

나는 이미 만취 상태였다. 다시 잔을 비우고 장군을 쳐다보았다. 취기가 확 올랐다.

"게다가 당신은 내 똥구멍까지 걷어찼어!"

나는 다시 잔을 잡았다. 그러나 내가 잡은 것은 잔이 아니라 허공이었다. 그중 한 명이 내 옷깃을 움켜쥐고 흔들어댔다.

"이봐, 그런 것들은 어디서 귀동냥한 거야? 그리고 말끝마다 그 프랑스 공병을 언급한 이유는 뭐지?"

나는 알코올에 푹 젖은 눈으로 그를 쳐다보았다. 그리고 천천히,

아주 천천히 입술을 열었다. 바조슈에 대해 말하고 싶었다. 그러나 곧장 단념했다. 얘기할 수가, 아니, 얘기하고 싶지가 않았다. 내가 왜 그런 이야기까지. 오히려 내가 필요한 것은 장군의 대답이었다.

"청컨대, 당신은 그 '말'을 아십니까?"

장군이 인상을 찌푸렸다.

"'말'이라니? 대체 무슨 얘기를 하는 거야?"

그러고는 다시 나를 쳐다보았다. 그러나 나는 이미 통제 불능 상태였다.

"다들 똥이나 처먹으라고."

나는 그 말과 함께 마치 단두대 밑에 머리를 들이민 것처럼 머리가 앞으로 꼬꾸라지면서 탁자에 이마를 찧었다.

얼마나 지났을까. 누군가가 나를 깨웠다. 영업이 끝난 술집에는 나 혼자뿐이었다. 포도주가 엎질러진 탁자에 오른쪽 뺨이 찰싹 달라붙어 있었다. 나는 비틀거리는 몸을 이끌고 밖으로 나갔다. 마침 지나가던 치안대가 나를 불러 세웠다.

"이봐, 저 꼴 좀 보라고." 그들은 카탈루냐어로 주고받았다. "웃음이 안 나올 수가 없군."

이어 그들은 나에게 내 귀에 익숙해진 구호를 외치게 만들었다. "카를로스 3세 만세!"라고.

"마드리드 코시도* 만세!" 내가 소리쳤다.

"다시 해! 이건 왕을 존경하는 자세가 영 아니잖아!"

"존경?" 내가 소리쳤다. "왕은 다 똑같아! 하나같이 이기적인 허

---

* cocido. 찌개 형태의 대중적인 스튜 요리.

수아비라고! 이런 생각이 드는군. 무엇이 당신들을 마드리드에서 길을 잃게 만들었을까? 자, 어서들 고향으로 돌아가라고. 괜히 선량한 술꾼들 괴롭히지 말고!"

나는 죽도록 얻어터졌다. 나 선량한 수비의 몸뚱이는 길바닥에 쭉 뻗었다. 세우타 산(産) 양탄자만큼이나 납작하게. 신발까지 사라졌다.

나는 동이 튼 뒤에야 애국자 선술집 주인에게 길바닥에서 발견되었다.

"젠장, 내가 진작 주의를 줬잖아." 그가 힐난했다. "어쩌자고 자꾸 카탈루냐 사람들과 엮이는 거야?"

6

 짚단으로 엮은 침상에 쭉 뻗은 채 꼬박 이틀을 보냈다. 그사이 수니가 다락방을 떠났다는 사실을 확인한 게 그나마 위안거리였다. 물론 수년 뒤에 그를 다시 만났고, 그 뒤에도 수십 년 동안 그는 나를 찾아 세 개 대륙을 돌아다녔다. 그는 항상 나를 증오했다. 그러나 그 이야기는 접어두자.
 나는 여전히 뼈마디가 욱신거리는 통음과 뭇매의 후유증을 가까스로 견디며 침대를 빠져나와 옷을 입었다. 그런데 상의 주머니에 통행증이 들어 있었다.

  톨레도에 도착하는 대로 돈 안토니오 데 비야로엘 장군에게 출두하시오.

 나는 통행증을 보고서야 토막토막 끊긴 선술집에서의 상황을 대충이나마 재구성할 수 있었다. 선술집에서 그들은 내가 치안대에 고발하겠다고 협박했지만 오히려 느긋하게 웃어 넘겼는데 그럴 만한 이유가 있었다. 그들은 일부 카스티야인들처럼 펠리피토의 위압에도 불구하고 동맹군의 마드리드 점령을 기회 삼아 동맹군에 가담한 자들로, 우두머리는 비야로엘, 그를 에워싸고 있던 자들은 참모들이었다. 그날 그들은 카를랑가스의 합스부르크 군대와의 협상을 통해 자신들에게 부여될 적절한 계급과 급료를 정한 뒤에 선술집에서 축배를 들고 있던 참이었다.

나는 톨레도로 향했다. 아무것도 고민하지 않았다. 그 거한과의 면접은? 어차피 그자는 내 똥구멍을 걷어차서 나를 비탈길로 굴러 떨어지게 만든 장본인 아닌가. 게다가 그런 유형의 인간은 성깔이 노새처럼 고약하고, 목구멍으로 쇠망치를 삼키고 똥구멍으로 못을 싸는 무지믹지한 군바리들 중의 하나임에 틀림없을 것이다. 그런데도 그런 인물과 나 선량한 수비가 어떤 일을 도모하겠다고? 젠장, 내가 뭘 더 말해주길 원하는가? 나는 곧장 톨레도로 갔다. 좌고우면하지 않고 인디오의 화살보다 더 곧게.

나는 톨레도 성에서 돈 안토니오 데 비야로엘을 만났다. 그의 집무실은 수수했다. 그는 합스부르크 군대의 장군으로서 요새의 공격 및 방어 전술 분야 전문가를 참모로 두고 싶었던 참에 선술집에서 보방에 대한 내 논평을 귀담아들었고, 그 자리에서 나를 점찍어두었다고 말했다. 나는 그 제안을 받아들이고 급료 흥정에 들어갔다. 정작 내 관심은 급료가 아니라 다른 어떤 것이었지만.

독자 여러분은 내가 관심을 가졌던 것을 직관 혹은 '미스테어'로 불러도 좋다. 나는 급료를 흥정하는 짧은 시간 동안에 바조슈에서 터득한 오감의 촉수로 그의 내부를 들여다볼 기회를 가졌다.

비야로엘에게는 무엇인지 모르지만 어떤 게 있었다. 내가 스승을 만나는 게 필연적이라면 팔뚝에 문신이 있든 없든 만나게 될 것이다. 그를 설사 만나더라도 그가 과연 보방에 이어서 나의 스승 역할을 해줄 것인가? 하지만 그와 나는 병과가 다르고, 그가 카스티야 출신인 데 반해 나는 카탈루냐 출신인데도? 왜 안 되겠는가? 가만, 혹시 보방 후작은 프랑스가 카탈루냐를 증오했기 때문에 끝내 나를 인정하지 않았던 것은 아닐까?

결국 나는 머리와 가슴 사이의 고민을 비야로엘에게 기회를 주겠다는 스스로의 다짐으로 풀었다. 다시 말해 그가 보방에 버금가는 품격을 지키면 그의 뒤를 따를 것이되, 그렇지 않고 나를 기만하면 그를 포기할 것이라고.

그런데 그 대목에서 끔찍한 내 사랑 발트라우트는 늘 그랬듯 무엇인가를 곰곰이 생각하더니 이야기를 중단시킨다. 그러고는 내가 그런 식으로 그를 따르는 게 위험한 생각이 아니냐고 묻는다. 그 질문에 나는 그렇다고, 그러나 무지한 그녀가 생각하는 것과 달리 전혀 위험한 게 아니라고 대답한다. 당시만 해도 군대에서는 나 같은 경우를 포함해서 병적을 옮기는 자들이 많았다. 따라서 그녀는 오히려 이렇게 묻는 편이 나을 것이다. 그렇지 않는 자들도 있었느냐고. 물론 그들은 일부 교활한 자들을 포함하여 생계 때문에 급료를 더 주는 군대로 병적을 바꾸었다. 그 결과 새로 창설된 군대는 절반으로 감소된 병력을 충원하느라 골치를 앓았다. 최고지휘관인 장군들의 경우도 마찬가지였다. 비야로엘 역시 한 무리의 파벌을 이끌고 전투에 나서다가 한계에 봉착하자 다른 파벌로 옮겼다. 그 대목에서 다시 나의 뚱보 발트라우트가 깜짝 놀란다. 그러나 그것은 하나도 이상한 게 아니었다. 하긴 오늘날의 프랑스 군대가 프랑스인으로, 영국인 군대가 영국인으로 충원되고 있으니 놀랄 만도 하겠지만 그 시절은 그렇지 않았다. 전문적인 직업군인은 어떤 면에서 전문의와 별반 다를 게 없었다. 프랑스인 의사는 영국 왕과 계약할 수 있었고, 그렇다고 해서 프랑스 사람들이 그를 비난하지 않았으며, 마찬가지로 모든 군주는 자국은 물론이고 다른 나라 출신 용병과 계약할 수 있었다. 아무튼 1710년에 비야로엘은 펠리피토와의 계약을 파기함으로써 보다 나은 조건을 제공하는 군주를 섬길 수 있는 자유 신분이 되었다. 이봐, 붉은 해마 같은 발트라우트야, 이제 뭐가 뭔지 이해하겠어? 그렇다면 다시 우리 이야기로 돌아가자고.

처음에는 사령관으로서의 비야로엘이 부시무시한 폭군으로 보였다. 그는 기병대를 톨레도 밖으로 출정시켰다. 출정하라! 마케도니아 왕궁수비대보다 출중한 용사들이여! 나 역시 공병 자격으로 그 대열에 끼었다. 그런데 종일 말을 타다 보니 납작해진 엉덩이에 못이 박힐 정도였다. 대열을 이탈하거나 경로를 벗어나면 그곳에는 반드시 비야로엘이 있었다. 영락없는 양떼몰이용 개였다. 그는 사방을 살피면서 길을 헤매는 기병들을 으르고 달래면서 여정을 늦추거나 재촉했다. 그러나 승마에 익숙하지 못한 나는 툭하면 말에서 떨어졌다.

"나는 공병이지 용기병으로 계약한 게 아닙니다!" 한번은 내가 말안장 위에서 힘들게 균형을 잡으며 투덜댔다.

"내가 무슨 말을 해주길 바라나?" 그가 소리쳤다. "힘들면 포기하게. 하느님은 자네를 병사보다는 사제로 키웠나 보군. 그렇다면 하느님에게 고맙다고 해야겠지. 더 이상은 이런 데서 용을 쓸 필요조차 없게 되었으니까."

비야로엘은 점심 식사에 포도주를 곁들였다. 딱 한 잔. 설익은 음식에 익숙했다. 다른 여자들을 자기 아내보다는 더 좋아하지 않았다. 부부용 침실을 사용하지 않는 날이 한 해에 364일이었으며, 매트가 깔린 침대보다는 판때기 침상을 선호했다. 그런 그와 나 선량한 수비가 어찌 죽이 맞았겠는가?

사실 공병은 군대라는 조직 앞에서 절대 편한 기분이 들지 않는다. 나는 군대식 인사나 상관에 대한 존중 같은 것을 거의 받아들인 적이 없었다. 가능한 한 피했다. 나에게 톨레도는 지겨운 곳이었다. 나는 악행을 찾아 술을 마신 게 아니라 할 일이 없어서 술을 마셨다. 한번은 포도주를 통음하다가 참모회의에 늦었는데 안토니오의 싸늘한 묵언의 시선이 나를 맞이했다.

참모회의는 암운이 드리워진 전황에 대해 토론 중이었다. 우리 동맹군이 톨레도에서 썩고 있는 동안, 부르봉가의 펠리피토는 수천 명의 지원군 모집에 나섰다. 그것도 부족해서 손자의 안위를 우려한 괴물왕은 방돔 공작이 지휘하는 증원병까지 파견했다. 비야로엘은 톨레도가 거대한 덫으로 변할지도 모른다는 우려를 피력하면서 내 의견을 구했다. 톨레도가 포위전에 견딜 수 있겠는가? 그렇지만 나는 이미 포도주의 포로로 변한 뒤였다.

"하하하, 돈 안토니오, 아니, 죄송합니다, 장군님, 그건 당치도 않는 질문입니다요. 헤헤헤, 부르봉군이 톨레도를 포위하고 있지만 서두르지는 않을 겁니다. 보급품은 끊기고, 주민들은 우리를 증오하고, 성벽은 말이 성벽이지 돌을 손으로 잡으면 으깨어질 정도니, 지렁이 먹이로나 딱 어울릴 거란 말입니다. 흐흐흐, 이 상황에서 우리가 제아무리 통박을 굴려본들 승산은 적들이 3 대 1로 우세하니, 우리로선 도망칠 힘이라도 남아 있을 때 도망치는 게 최선의 선택입니다요. 크크크……."

비야로엘은 나를 독방에 가두라고 지시했다. 한 주일 동안 빵과 물만 주었다. 내 정세 판단의 착오나 그와 견해가 다르다는 이유가 아니라 참모로서의 자세를 질책했던 것이다. 덕분에 지하 아닌 공간에서 가혹하지 않은 감금 기간을 통해 다이어트가 아니라 때 묻은 정신을 비워내는 숙려 기간을 보냈다.

그런데 그 짧은 기간에 중대한 상황 변화가 발생했다. 카를랑가스가 은밀하게 톨레도를, 그리고 카스티야를 벗어나 바르셀로나로 돌아갔던 것이나. 그가 군내보나 앞서 버냐나는 것은 그가 사신의 군사적 승리를 어떻게 받아들이는지를 여실히 보여주는 것이었다. 그는 누구보다 먼저 바람과 함께 홀연히 떠났다. 참으로 대단한 거사였다. 그러나 바르셀로나로 가는 길에는 쥐도 새도 모르게 불알까지 따 간다는 카스티야의 비정규군이 득실거렸던 터라 강력한 경호가 필요했을 것이다.

카를랑가스는 마드리드에 있는 동안 카스티야인들을 향한 불만과 비난을 늘어놓기 일쑤였다.

"마드리드는 다들 나에게 요구만 했지, 나를 섬기겠다는 자는 아무도 없구나."

카를랑가스는 무엇을 기대했던가? 카스티야와 카탈루냐가 전쟁 중인 상황에서 카탈루냐 사람들의 왕이 카스티야 사람들의 왕이 되는 것을 배제하는 것은 당연지사 아닌가. 그는 그것을 분명히 알아야 했고 사실상 알고 있었다.

그러나 카를랑가스는 바르셀로나에서 가져온 산양 젖만 마셨다. 그의 빵 역시 카탈루냐에서 가져온 밀가루를 반죽해서 오븐에 구워냈다. 빵에 넣는 설탕도 마차가지였다. 그가 먹는 모든 음식은 카탈루냐인들 중에서도 강경한 합스부르크가 추종자이자 그가 뀌는 방귀 소리조차 '카를로스 3세'로 듣는 광신도들로 구성된 엘리트 부대, 즉 카탈루냐 왕실경비대가 감시하고 시식했다.

그랬던 카를랑가스는 카스티야에서 카탈루냐로 넘자마자 왕실용 마차에서 내려 이렇게 소리쳤다.

"아, 마침내 내 왕국으로 돌아왔노라."

카스티야에서 카를랑가스는 카탈루냐에서 애송이 펠리페가 그러하듯 백성들의 지지와 애정을 구하지 못했다. 만일 그가 그런 사실들을 일찍 깨달았다면 서둘러 싸움을 끝내는 종전 협상에 들어갔을 것이다. 그랬더라면 나에게도 내 뼈를 묻은 나라가 있었으리라. 그러나 합스부르크가의 카를 황제이자 우리의 허약한 얼굴 카를랑가스는 통치할 제국이 필요했기에 그 정도로 만족할 수는 없었다. 그리고 결국은 자신의 제국을 손에 넣었다. 비록 그의 기대와는 달리 지중해 일대를 희생시키는 대가를 치렀지만 말이다. 그러면 이 대목에서 다시 톨레도를 점령하고 있던 동맹군의 마지막 날로, 동맹군의 고단한 퇴각 장면으로 되돌아가자.

나 선량한 수비는 독방에서 나왔다. 그런데 이 대목에서 나는, 물론 독자 여러분이 허락한다면, 고백할 게 있으니, 그 기간에 나를 감금하도록 지시한 인간 비야로엘에 대해서 차분하게 숙고할 기회를 가졌다는 것이다. 그는 장군으로서 엄격하고 공정했다. 그가 나를 가둔 것은 잘한, 아주 잘한 짓이었다. 당연히 보방도 그랬을 것이다. 덕분에 나는 바조슈 이후로 내가 행한 짐승 같은 짓들에 대해 많은 것을 깨달았다. 그런 의미에서 나에게 비야로엘은 움직이는 바조슈인 셈이었다. 나는 감방에서 나오자마자 비야로엘을 찾았다. 그는 나의 변화를 알아챘고, 나를 대하던 강고한 태도를 다소 누그러뜨렸다.

돈 안토니오 데 비야로엘. 그와 함께했던 이들은 항상 어떤 식으로든지 자신의 잘못을 보상하게 된다. 그의 휘하에서 내가 저질렀던 젊은 날의 죄는, 그 마지막 죄는 나로 하여금 하마터면 목숨을 내놓게 만들 뻔했다.

나는 한 주일 만에 되찾은 자유를 만끽하고 싶어 병영을 빠져나갔고, 나와 뒹굴었던 창녀가 외치는 소리에 눈을 뜰 때까지 매음굴에서 보냈다.

"대공의 군대가 떠나고 있어요! 아무도 눈치채지 못하도록 야밤을 틈타서……." 그녀의 외침 소리가 더 커졌다. "만세! 펠리페, 만세!"

빌어먹을, 동맹군이 고향으로 돌아가는데 나만 눈곱을 달고 있다니! 바조슈에서 배운 대로 잠든 상태에서의 경계를 늦추지 않았지만 병영 밖이라서 까맣게 몰랐던 것이다. 나는 부랴부랴 옷을 챙겨 입었다. 얼마나 다급했으면 셔츠에 발을 쑤셔 넣는지도 몰랐을까.

톨레도의 분위기가 뜨겁게 달아오르기 시작했다. 시민들이 깨어나면서 그들의 원한도 함께 깨어났다. 서서히 늘어나던 군중들이 즉석에서 챙긴 무기들을 머리 위로 들어 올리며 외쳤다. "만세! 펠리페왕 만세!" 당장 무슨 일이든 벌어지고 말 기세였다.

나는 알카사르를 향해 걸음을 재촉했다. 아직은 예비부대가 잔류 중일지도 모른다는 생각이 들었다. 그러나 내가 거기서 만난 자들은 지극히 일부이긴 했지만 지시를 어기고 술을 마시다 취해서 깨어나지 못한 병사들이었다. 영국인, 포르투갈인, 네덜란드인 등등 역시 국적을 차별하지 않는 것은 알코올이었다.

"여기서 뭐하고 있는 겁니까? 다들 바르셀로나로 떠났다고요!" 내가 소리쳤다. "여기 있다간 톨레도 주민들에게 당하고 말 겁니다!"

소용없었다. 반응하지 않았다. 나는 대서양의 무시무시한 소용돌이 속으로 빨려 들어가는 기분에 사로잡혔다. 그사이에도 나를 구출할 유일한 배나 다름없는 동맹군은 점점 더 멀어져가고 있었다. 나는 곧장 밖으로 나갔다. 여기저기서 고함 소리와 총소리가 들렸다. 주민들이 눈에 쌍불을 켜고 동맹군의 잔류병을 찾아다녔다. 그들에게 발각된 영국인 병사가 발길질을 당하다 칼에 찔려 숨졌다. 다들 제정신이 아니었다.

톨레도는 상대적으로 작은 도시다. 나는 동쪽으로 방향을 잡고 비좁은 거리를 내달렸다. 신분이 들통나지 않도록 그들만큼이나 광신적인 구호를 외치면서. "만세, 펠리페왕, 만세! 자유를 되찾았다! 만세, 만세!"

한데, 발트라우트야, 네 안색이 왜 그래? 아하, 네년은 내가 이렇게 소리쳤어야 한다고 생각하는 모양이구나. '카를랑가스, 만세! 나는 반역자다! 나는 카스티야의 어린애들과 트루파*를 먹기 위해 카

---

* trufa. 초콜릿크림.

탈루냐를 배반한 놈이다! 이렇게?' 하지만 너도 좀 생각해봐. 그 상황에서 내가 대포알만 한 대갈통으로 무슨 생각을 했겠는지.

아무튼 그렇게 죽자 살자 달리다 보니 거리가 끝나고, 과수원이 나오고, 그 너머로 황량한 들판이 펼쳐졌다. 그때서야 걸음을 멈추고 뒤를 돌아보았다. 어렴풋이나마 알카사르궁의 총안들 사이로 총을 든 동맹군 병사들이 보였다. 그러나 불쌍한 그들로서는 어떻게 해볼 도리가 없을 것이다. 부르봉군에 생포되어 산 채로 도륙되기 전에 총알을 자기 머리에 쏴서 박는 게 차라리 나을 것이다.

그들과 달리 나 선량한 수비는 항상 운이 따랐다. 이번에는 때마침 도시로 들어가던 한 사제가 나를 살렸다. 그는 치렁치렁한 사제복 때문에 여자들처럼 양다리를 한쪽으로 모은 자세로 말을 타고 있었다. 나는 그 사제를 낚아채 바닥으로 떨어뜨리고 나서 원숭이가 코코야자나무에 오르듯 안장으로 기어올랐다. 그리고 흡사 발이 여덟 개 달린 말처럼 부리나케 내달리기 시작했다. 톨레도여! 나, 그 사제를 그대에게 선물로 남기노라.

7

 동맹군은 톨레도에서 퇴각했다. 나는 지평선을 관망할 수 있는 어느 교차로에서 비야로엘의 경기병 부대를 만났다. 그들은 후위에서 본대를 호위하며 천천히 이동하고 있었다. 때마침 휴식 시간이었고, 비야로엘은 참모들에게 에워싸인 채 호젓한 나무 밑에서 식사를 하던 중이었다.
 나는 초조감과 두려움으로 땀에 흠뻑 젖은 무거운 몸을 간신히 가누면서 말에서 내렸다. 아니, 듬성듬성 자라난 누런 풀포기 위에 떨어졌다. 그리고 죽어가는 물고기처럼 입을 벌린 채 숨을 가다듬었다. 사제에게 빼앗은 짐승 역시 지칠 대로 지쳐 있었다.
 "이런, 애송이 공병님이 납시었군." 비야로엘이 냉담한 목소리로 내 인사를 받았다. "우린 어디로 사라져버렸나 했는데."
 잠시 뒤에 그는 참모가 부어주는 항아리 물로 손을 닦으며 지시했다.

"자, 그만 출발하자고."

"장군님, 전 이제 막 도착했습니다." 나는 다급하게 항의했다. "제 영혼의 그림자까지 버거워할 정도로 지쳤단 말입니다."

그가 어깨를 흠칫했다.

"원한다면 여기 남도록 해."

"잔류병들은요?" 내가 다시 항의했다. "톨레도에는 수십 명의 병사들이 죽어가고 있는데, 왜 그들을 포기하는 겁니까?"

"왜냐고? 잡것들이거든."

그러더니 곧바로 늠름한 백마에 올라탔다. 이어 그의 참모들 중의 한 명이 그의 말을 대신했다.

"방돔이 따라붙고 있는데, 빌어먹을, 군대가 술 처먹다 처진 놈들까지 기다려야 한다고 생각하나? 그들은 기회가 있었지만 스스로 포기한 거야. 어차피 잘됐지 뭐. 자체에 정리할 수밖에."

돈 안토니오 데 비야로엘은 그런 인물이었다. 아, 과연 나는 그를 보방의 대리자나 스승으로 삼아야 하는지!

여기서 잠시, 독자 여러분은 어떤 지휘관이 최고 지휘관인지 알고 싶지 않은가? 그러고 싶으면 그들에게 피비린내 나는 전투에서의 승리 대신에 퇴각을 지시해보라. 그것도 겨울에 말이다. 사실 전쟁에서 방어는 승리보다 어렵다. 퇴각은 공격보다 훨씬 더 어렵다. 퇴각에는 월계관도 없고 장식도 없다.

퇴각하는 군대는 공황 상태이자 한계 상황에 직면한다. 게다가 적의 영토를 빠져나갈 때까지는 전열을 확고하게 유지해야 하는 당위성을 깨닫게 만든다. 앞서 언급했듯 카스티야 사람들이 점령군이던 동맹군을 곱게 대할 리가 만무했다. 대열을 이탈했다가는 그들의 칼에 목이 잘려나갔다. 현 상황을 요약하자면, 우리 주변은 카스티야의 비정규군이 에워싸고 있고, 뒤로는 괴물왕이 손자인 펠리피토를 돕고자 카스티야로 파견한 방돔 공작의 군대가 따라붙고 있었다.

동맹군은 고립무원 상태에서 추위와의 싸움까지 치러야 했다. 그해 1710년 겨울은 세기적인 맹추위가 기승을 부렸다. 하루는 호젓한 나무 밑에 말을 세웠다. 나뭇가지에는 수정 같은 결정질이 피워 올린 얼음 꽃이 매달려 있고, 그 위로 겨울해가 무지개 빛깔의 햇살을 내려 보내고 있었다. 그때였다. 무언가가 땅바닥을 세차게 내려치는 소리를 들었던 것은. 아, 그것은 새였다. 꽁꽁 얼어버린 새들이 무더기로 떨어지고 있었다.

우리 인간도 마찬가지였다. 다들 동상에 걸려 있었다. 참혹했다. 나 역시 손톱이 검푸르게 변하고 입술이 쩍쩍 갈라졌다.

나는 톨레도를 경황없이 빠져나왔던 터라 외투가 필요했다. 장갑과 모자와 모포도. 설마 동료들 것을? 하! 어떻게든 구할 수밖에! 나는 모든 것을 훔쳤다. 목도리도 훔쳤다. 낡았지만 목을 세 번이나 감고도 남아서 복면처럼 코까지 덮었다.

결코 끝나지 않는, 카스티야를 빠져나오는 지난한 행군이 이어졌다. 사방이 들판보다 더 평평한, 황무지보다 더 메마른 불모지였다. 겨울 추위에 안개도, 비도 그 땅을 촉촉하게 적시지 못했다. 세상에, 카스티야 땅이 그렇게 질길 줄이야! 그 어떤 침입자의 군홧발도 보드랍게 다지지 못했다는 그 장대한 땅을 우리가 관통하고 있었다. 저만치 마을들이 마치 대서양 너머 수평선에 띠를 이루고 있는 산호초처럼 보였다. 카스티야가 무엇인가? 황무지를 구하고 거기에

폭정을 심으면, 그때서야 얻게 되는 것이 카스티야다.

부르봉군의 방돔은 위대한 무관이었다. 그의 군대는 휴식 없이 우리를 추적하면서 기습할 호기를 노렸다. 서두르지 않았다. 반면에 우리 동맹군에서 그들의 예고 없는 기습을 저지할 수 있는 군대는, 내 판단에 따르면, 비야로엘이 이끄는 기병대가 유일했다.

비야로엘은 예외를 인정하지 않았다. 덕분에 직책이 공병인 나는 말을 몰아야 했고, 순찰에다 전투병 역할까지 겸했다. 하루는 내가 병과의 전문성을 내세우자 이렇게 대답했다.

"우리는 병력이 남아돌지 않아."

나는 지지 않고 따졌다.

"톨레도에서는, 그래서 병사들을 저버린 겁니까? 술 좀 마셨다고?"

"그러나 바로 그런 인간의 과오가 나로 하여금 채찍질을 강요한 거야." 그는 내 손에 고삐를 쥐어주며 지시했다. "말에 오르도록."

나 선량한 수비는 지긋지긋한 퇴각을 통해서 전문적인 기병으로 변했다. 내가 말이라는 짐승을 사랑한 게 아니라 실재하는 힘, 즉 배우지 않으면 나를 죽이는 무시무시한 힘 때문이었다.

나는 비야로엘을 부당하다고 생각했다. 어쩌면 믿지 않겠지만 가증스러운 마드리드에서 바르셀로나까지의 묵시록적인, 다시 말해 베테랑들에게나 가능한 퇴각은 나로 하여금 그를 존경하도록, 나중에는 그를 찬탄하도록, 결국에는 그를 좋아하도록 가르쳤다.

그는 자세를 배척해도 의견을 배척하지는 않았다. 나는 한낱 말대꾸나 해대는 신참이었고, 그는 용광로에서 무쇠와 흙먼지로 벼려진 완벽한 장군이었다. 그와 논쟁하는 나는 누구였던가? 그때만 해도 나는 그가 나에게 허용하는 관용의 바다를 관망하는 방법을 몰랐다. 내 젊음과 직무는 그의 관용 속에서 면제되었다. 그 어떤 장군도 그렇게까지 관대한 적이 없었다.

그의 가르침은 바조슈에서 가르치던 것과 똑같았다. 해야 할 것을 하는 것과 있어야 할 곳에 있는 것. 그는 오로지 군대였다. 다른 것에 눈을 돌리지 않았다. 보방이 숫자로 생명을 구했다면 비야로엘은 본보기로 생명을 구했다. 단순하게 표현하면 나에게 보방은 이론이고 비야로엘은 실제인 셈이었다. 실전에서 공병은 수많은 역할을 담당한다. 여기에는 교량에 접근할 수 없을 때 수심이 가장 낮은 개울을 찾는 일과 부교를 설치하거나 임시 방어선을 구축하는 일도 포함된다. 나는 내가 습득했던 것을 실전에 적용하면서 위대한 장군의 신임을 받았다.

예를 들어 우리는 사방을 내다볼 수 있는 방벽과 총안을 갖춘 산간의 성채를 지날 때면 거기에 발 빠른 소규모 용기병 부대를 남겨둔 채 앞서갔다. 이는 바조슈에서 습득한 퇴각 전술 중의 하나로, 용기병 부대는 우리를 뒤쫓던 방돔의 군대로 하여금 성채 주위를 맴돌면서 공격할 것인지 포위할 것인지를 고민하도록 만들다가 야음을 틈타 재빠르게 빠져나오는 것이었다. 이튿날 부르봉군은 성채가 텅 빈 사실을 알고서 땅을 쳤지만 덕분에 우리는 그들이 지체한 만큼의 시간을 벌 수 있었다.

바조슈의 두 번째 계략은 적의 혼을 빼놓는 전술이었다. 우리 기병대 일부는 비야바호의 주민들을 소집하여 비야리바*로 보내고

---

* 비야바호(Villabajo)는 아랫마을, 비야리바(Villarriba)는 윗마을.

같은 시간에 다른 일부는 비야리바의 주민들을 비야바호로 보냈다. 남북으로 위치한 두 마을을 적절하게 이용한 것이었다. 전쟁 통에 가끔 있는 일이라 세간살이와 가축을 챙겨 마을을 떠난 주민들은 도중에 마주치고서야 속았다는 사실을 알고서 허탈해했다. 그사이 부르봉군 정찰대는 다급하게 말을 몰아 그 사실을 상부에 보고했다.

"원수님, 비야바호 일대 주민들이 전부 비야리바로 떠났습니다."

방돔은 우리 동맹군이 그 마을을 항전지로 삼기 위해 주민들을 내쫓은 것으로 추정했다. 그런데 그게 아니었다. 잠시 후에 다른 정찰대가 도착했다.

"원수님, 비야리바 일대 주민들이 전부 비야바호로 떠났습니다."

대관절 이게 무슨 조화란 말인가? 전모는 노심초사하던 부르봉군이 두 마을의 광장으로 들어섰을 때 확연히 드러났다. 그들은 마을 청사 정문에 붙어 있는, 나 선량한 수비가 완벽한 프랑스어로 작성한 글을 발견했다.

À bas Villabajo

Le maraud!

À bas Villarriba,

Le gros verrat!

À bas Vendôme,

Ce sale bonhomme!

대충 이런 뜻이다.

비야바호도 아니고, 비야리바도 아니로다. 방돔이여, 그대는 참으로 어리석도다!

아무래도 프랑스어가 더 나았다. 각운까지 맞추었으니 말이다.

ㅇㅇㅇ

1710년의 기나긴 '퇴각'은 무엇보다도 군대의 병참 측면에서 악몽으로 요약될 것이다. 바르셀로나로 가는 길은 참으로 멀었다. 나중에 지리학자들은 달리 말하겠지만, 퇴각이 끝난 뒤에 헤아려보니 바르셀로나에서 톨레도까지의 거리는 토성까지의 거리보다 더 길었다.

스탠호프의 영국군은 주력군과 평행을 유지하며 이동하기를 고집했다. 그러나 군대가 서로 근접해서 움직이면 모든 게 복잡해진다. 전진하든 퇴각하든 광대한 지역을 한꺼번에 휩쓸어버리면서 지나가야 하는 까닭이다. 더욱이 카스티야는 가난하고 혹독한 겨울이라 일정한 거리를 두며 퇴각하는 게 이치에 맞다. 전쟁규범은 이렇게 말한다. '전투는 집중적으로, 이동은 산개해서 한다.' 그런데도 너무 거리를 두지 말라니!

12월 8일. 그 교만한 고집불통 스탠호프는 브리우에가라는 조그만 도시에서 사흘을 머물렀다. 추격해 오는 적과의 거리도 무시했다. 결과적으로 차 한잔 마시고자 군대를 쉬게 만든 꼴이었다. 그 사이에 따라붙은 방돔은 기습전에 들어가고, 다급해진 스탠호프는 주력군에게 전령을 보내 여섯 차례나 원군을 요청했다.

스탠호프는 왜 그렇게 쉽게 당했는가? 답변은 간단하다. 그 영국인은 비야로엘의 혜안을 지니지 못한 탓이다. 그의 기병대는 적의 양동작전이나 기만전술에 대처하기엔 발이 무거웠고 그의 경험은 전면전에서 무용지물이었다.

동맹군의 최고지휘관 회의를 마친 돈 안토니오의 표정이 어두웠다. 전망을 묻는 질문에 가망이 없다는 뜻으로 고개를 저었다.

"적의 전면적인 기습전에 대비하기에는 영국군 병력이 너무 적어. 그걸 아는 방돔은 모든 화력을 집중할 텐데, 거기서 빠져나오기 힘들 거야."

동맹군은 원군을 결정했다. 트럼펫 소리가 출정을 알렸다. 영국군을 잃는다는 것은 정치적이고 군사적인 측면에서 막대한 타격이었다. 우리는 그동안 적절한 거리를 유지하면서 어떻게든 피하고자 했던 최악의 상황에서의 노력을 포기하고 결국은 자발적으로 진로를 바꾸었다. 시나리시오, 대단히 고마운 '속전속결' 스탠호프 경(卿)이여!

우리는 스탠호프가 조금만 더 버텨주면 협공을 펼쳐서 부르봉군을 궁지에 몰아넣을 참이었다. 우리가 다급하게 말을 달리는 동안, 방돔은 영국인들에게 항복을 요구하며 브리우에가를 포위했고 스탠호프는 방돔에 맞서 용맹한 항전 의지를 천명했다. '방돔 공작에게 이르거늘, 나 그리고 우리 영국군은 최후의 일각까지 싸울 것이다.'

스탠호프의 영웅적인 결사항전 의지가 그를 향한 영원한 비웃음으로 변한 것에 대해서 반드시 누군가는 설명해야 할 것이다. 영국인은 세 번째 기습을 당하자 이렇게 생각했다. 적장인 방돔과 꿩고기 만찬을 즐길 수도 있는데 내가 왜 이 우울한 카스티야 산간 지방에서 죽어가야 하는가? 우리가 브리우에가 근처에 이르렀을 때 포성 소리가 들리지 않은 것은 그런 이유였다. 영국인들은, 영국군은 이미 항복을 한 뒤였다.

영국군 베테랑 병사들 4천 명이 그들의 무기와 탄약과 함께 포로가 되었다. 기고만장한 자세로 기병대 선두에 서서 에스파냐에 도착했던 스탠호프도 마찬가지였다. 속전속결로! 그들은 고개를 숙인 채 적의 호위를 받으며 브리우에가를 떠났다. 속전속결로.

따라서 우리가 브리우에가 근처에 도착했을 때 우리를 맞이한 것은 영국군이 아니라 부르봉군, 그러니까 완벽한 전투 태세를 갖춘 방돔과 쌍두왕관의 군대였다.

부르봉군의 병력은 우리 병력의 곱절이었다. 게다가 우리는 '속전속결'을 구원하고자 밤낮으로 달려왔던 터라 인간은 인간대로 짐승은 짐승대로 지쳐 있었고, 적군과의 거리가 워낙 가까워 퇴각마저 불가능했다. 결국 우리는 브리우에가 전투를, 우리로선 원하지 않았던, 그러나 피할 수 없는 전투를 치러야 했다.

공병은 절대 무관이 될 수 없다. 우리 공병의 정신은 이러한 기본적인 회의적 관점에 바탕을 두고 있기 때문이다. 즉, 인간이라는 종족은 참호나 보루 같은 경이로운 보호 수단이 있음에도 왜 굳이 야전에서 서로를 죽이고자 하는가. 기왕에 '야전 전투에서 살아남기 위한 마르티 수비리아의 간략한 지침'을 소개하면 이렇다.

하나. 전투 대형에서 분리될 수 있는 적당한 명분을 구한다.

둘. 주변에 있는 가장 큰 바위나 돌덩어리를 찾아 그 뒤에서 죽은 척하고 엎드린 다음, 전투가 끝났다는 소리를 들을 때까지 움직이지 않는다.

셋. 끝.

나는 그 지침이 무척이나 유용했다고 확신한다. 그것은 비록 내 얼굴이 반쪽밖에 남지 않고 엉덩이에 총구멍이 세 개나 나 있음에도 아흔여덟 살까지 죽지 않고 살아남았다는 것으로 증명된다. 어찌 그것뿐인가. 덕분에 지금 나는 끔찍한 내 사랑 발트라우트에게 내 과거를 구술하고 있지 않은가. 그러나 브리우에가에서 그랬던 것처럼 그 지침을 사실상 적용하기 힘든 경우가 있는데 혹시 그 이유를 알겠는가? 그것은 세상의 모든 장군들을 섬기느라 자신의 몸을 드러내야 하는 참모로서의 계급과 위치 때문이다.

아무튼 브리우에가 전투는 누가 봐도 사전에 이미 패배한 전투였다. 우리 병사들은 둘째 치고 병사들의 발이 되어줄 짐승들은 혹독한 추위와 부족한 군수품으로 인해 양쪽 가슴팍의 갈비뼈가 마치 풀무 주름저럼 야윈 모습이었다. 그러나 논 안토니오는 제복을 입고 태어난 인물로, 그에게 전투에서 죽는 것은 일종의 도전에 지나지 않았다. 그는 나를 쳐다보지도 않고 이렇게 약을 올렸다.

"수비리아 대위, 상체를 빳빳하게 세우도록! 모든 병사들이 선봉에 선 장교들을 지켜보고 있는데 귀관의 꼬락서니가 그게 뭐야. 마치 시들어버린 푸성귀 같잖아."

이어 채찍으로 내 옆구리를 툭 치면서 덧붙였다.

"장교는 군대의 영혼이자 거울이야. 장교가 주저하면 병사들은 무너질 수밖에."

나는 상체를 살짝 세웠다. 마치 우리 두 사람이 말을 탄 채 고해성사를 주고받는 것 같은 기분이 들었다. 나는 나 역시 그를 쳐다보지 않고 입을 열었다.

"제가 장교가 아니라는 것은 장군님도 잘 아실 겁니다." 나는 내 신세를 한탄하며 카탈루냐어로 한마디 덧붙였다. "메르다!"*

그가 씩 웃었다.

"내가 바르셀로나에서 태어났다는 걸 아직 모르는 모양이군."

나는 멍한 눈으로 그를 쳐다보았다. 내가 아는 비야로엘은 카스티야의 미덕을 대표하는 전형적인 존재였다. 엄격하고, 강직하고, 정의로운 인물.

"내 부친 역시 군인으로 아름다운 바르셀로나에 배속되었고, 모친은 거기서 나를 낳았지."

비야로엘이 카스티야인의 눈으로 본 바르셀로나의 아름다움을 이야기하는 동안, 전투는 전면전으로 확대되었다. 그러나 말이 전면전이지 아군은 일방적인 수세에 몰렸다. 사방에서 전선을 유지하려는 장교들의 외침이 터져 나오고, 후위로 밀려나는 부상병 숫자가 늘어났다.

"돈 안토니오, 이건 미친 짓입니다." 나는 참다못해 소리쳤다. "이번 전투에서 이길 수 없다는 것은 장군님이 누구보다 잘 아시지 않습니까!"

그는 대답 대신 채찍으로 내 턱을 밀어 올리며 외쳤다.

"지금부터 귀관이 내 부대를 이끈다. 장군처럼 말이다. 내 참모들은 내 앞에서 이미 자신들의 용기를 증명했기에 본관의 뜻을 이해할 것이다. 이건 그들의 일이 아니다."

---

* merda! 본래는 '똥'이라는 뜻의 비속어다. 여기서는 '똥이나 처먹을 수밖에!'라는 뜻으로 해석할 수 있다.

그때 말을 타고 온 전령이 가쁜 숨을 몰아쉬었다.
"장군님! 적들이 좌측으로 밀려들고 있습니다! 슈타렘베르크 원수께서 장군님에게 선두로 나서랍니다!"
비야로엘이 채찍을 내던지고는 검을 뽑아 들었다.
"제기랄, 드디어 때가 되었군!"
동맹군 기병대의 절반이 그를 뒤따랐다. 나 역시 안타까운 마음으로 따라나섰다.
그때부터 우리는 모든 일정을 함께 겪었다. 부르봉군이 공격해오는 곳마다 비야로엘의 기병대가 달려가 뚫린 곳을 막았다. 나는 한시도 그의 곁에서 떠나지 않았다. 한번은 그의 속을 떠보고 싶어 농을 걸었다.
"돈 안토니오, 저는 장군님의 충직한 방패입니다."
"그래?" 그가 씩 웃었다. "자네는 적이 우리 우측에 나타나면 내 좌측으로 붙고, 좌측에 나타나면 우측으로 붙던데, 왜 그러지? 혹시 내 몸뚱이를 움직이는 파히나스로 삼을 요량은 아니렷다?"
혹시 꼬박 다섯 시간 지속되는 악몽에 시달린 적이 있는가? 브리우에가 그랬다. 정오부터 일몰까지 부르봉군은 우리 동맹군의 전열을 깨트리려고 했고, 우리는 간격을 좁히면서 총검으로 무장한 방어벽을 재정비했다. 아군은 완강하게 버티었다. 10분의 1에 불과한 병력은 극도의 피로감과 긴장감에 녹초가 되어 있었다. 오후 세 시경, 동맹군의 보병대는 전혀 예상하지 못한 방어 태세를 형성했다.
끔찍한 내 사랑 발트라우트는 그게 뭐냐고 설명해달란다. 전쟁이나 전투에 대해 아예 무지한 탓이다. 그것은 보병대 병사들이 총검을 밖으로 향하는 자세를 취하면서 사각형의 인간 울타리를 만든 뒤에 장교나 북 치는 병사와 부상자들을 그 안에 넣고 보호하는 방어 형태를 말한다. 아울러 그것은 적의 기병대에 맞서는 최후의 저항 방식으로 공격은 단념한다는 뜻을 내포하고 있다. (사랑스러운 금발의 암곰아, 이제 좀 이해가 됐으렷다?) 그러나 집요한 부르봉군의 공격에 여기저기서 틈이 생겼고, 그때마다 돈 안토니오가 이끄는 기병대는 여윈 짐승들을 채근하여 빈 공간을 막아내기에 바빴다.

　한편 여러분이 기병대로 참전할 경우에 대비해서 한 가지만 덧붙이겠다. 기병대가 전투에서 가장 중요하게 여기는 것은 충돌 위험을 피하는 것이며, 그 방법은 마지막 순간에 말의 목 뒤로 고개를 바짝 숙이면서 고삐를 힘껏 당겨 짐승을 정지시키는 것이다. 막상 전투가 벌어지면 전혀 지켜지지 않지만 말이다. 또 하나 중요한 것은 위치 선정으로, 가장 좋은 것은 선두와 후미의 중간 사이에 위치하는 것이다. 그리하여 선두가 공격을 해서 적이 물러나면 박차를 가해 쫓아가면서 적의 전열을 깨뜨렸다고 목이 터지도록 함성을 지르고(나중에 그 순간을 반추하면서 거드름을 피울 것이다.), 반면에 적이 물러서지 않고 저항할 경우에는 검을 머리 높이 들어 휘두르면서 자기와 적 사이에 끼어드는 동료들에게 욕을 퍼붓는다. 자기가 맡을 테니 다들 물러서라고. 어느 쪽이든 분명한 것은 절대 나서지 말라는 것이다. 퇴각할 경우에도 무리를 이루며 자기보다 앞에 있는 동료들을 방패 삼아 뻔뻔스럽게 물러나야 한다.

　브리우에가 전투는 전력이 완전히 소진되는 싸움으로 결정되었다. 아니, 결정되지 않았다. 부르봉군은 모든 화력을 쏟아부었지만 동맹군의 응집력을 깨트리지 못했다. 그 과정에서 아군의 몇몇 부대는 무려 열두 번에 걸친 적의 맹공을 견뎌냈다. 기회를 노리던 돈 안토니오는 기병대를 이끌고 잠시 주저하고 있던 부르봉군을 향해 돌진했다.

최후의 반격전이 끝났을 때, 우리 주위는 온통 적의 시신이 뒤덮고 있었다. 나는 흡사 백색 제복으로 만든 양탄자가 펼쳐진 것 같은 장면 앞에서 어린애처럼 소리쳤다.

"와, 이렇게 멋진 구경거리는 처음이잖아!" 나는 말에서 뛰어내렸다. 걸음을 옮기기 힘들 만큼 많은 시체가 바닥을 덮고 있었다. "돈 안토니오, 결국은 장군님 말씀이 맞았습니다. 우리는 지지 않았다고요! 방돔은 우리가 끝장날 것이라고 생각했을 것 아닙니까!"

돈 안토니오가 말없이 말에서 내리더니 나를 쏘아보며 내 뺨을 사정없이 갈겼다. 그러고는 훌쩍 돌아섰다.

황당했다. 치욕스러웠다. 그를 이해할 수 없었다. 그는 군인으로서의 해이한 정신 상태와 결핍된 열정을 지적하며 나를 부끄럽게 만들었고, 이제는 손찌검으로 겨우 열의에 차 있는 나를 다시 무시했다. 아니다. 사실은 그게 아니었다. 그러나 그때만 해도 그가 자신의 직무로 인해 겪는 모순적인 고통을 이해하지 못했던 나는 얼얼해진 뺨을 어루만지며 혼잣말로 투덜거렸다.

"대체 내가 뭘 잘못했지?"

그때 참모들 중의 한 명이 내 말을 받았다.

"이런 속없는 친구 같으니! 돈 안토니오는 그전에 여기 쓰러져 있는 백색 제복들을 지휘했었잖아."

8

 브리우에가 전투에서의 퇴각 나팔이 불고 난 후에 처음으로 갖는 느긋한 휴식 시간에 돈 안토니오가 나를 찾았다. 한겨울 밤의 날씨는 더없이 혹독했다. 나는 외투를 껴입고 막사를 나섰다.
 그날 참모본부 분위기는 화기애애했다. 그러나 만족스러운 전투 결과에 대한 공식 보고에도 돈 안토니오의 안색은 어두웠다.
 그의 야전 막사는 스파르타 왕 레오니다스의 막사보다 더 수수하고 단출했다. 판때기보다 얇은 매트가 깔린 야전용 침대와 접이식 의자와 탁자가 전부였다. 게다가 막사 안은 닳아 헤어진 천막 사이로 스며드는 냉기에 양촛불이 흔들릴 정도였다.
 그의 모습이 어두웠다. 야전 침대에 걸터앉아 술을 병째 마시는 중이었다. 그가 전쟁터에서 술을 마시는 것은 극히 드문 일이다. 그랬다. 그 역시 싸움 뒤에 밀려드는 전사의 고독에 젖어 있었던 것이다. 세찬 바람이 흡사 부엉이 울음소리 같은 소리를 내며 막사를 휘감고 있었다.

"내가 자네 뺨을 때리다니, 그건 잘못된 거야."

나로서는 딱히 대꾸할 말이 없었다.

"난 귀관의 어리석은 언행이 아니라 제복 앞에 사과를 구하는 것일세. 아무리 자네가 임시 장교라고 해도 그렇지, 장교에게 뺨을 때려선 안 돼. 그건 계급을 모독하는 일이야."

"알겠습니다, 돈 안토니오."

"제기랄! 난 장군이라니까! 귀관은 나를 대할 때 내 잘난 계급에 맞추란 말이야."

그가 고개를 들었다. 상당히 취해 있었다.

"알겠습니다, 장군님."

"그래, 난 이기적이고 쩨쩨한 자와 계약한 거야. 남들은 다 엉덩이에 물집이 잡힌 정도인데, 누구는 뚱뚱해서 그런지 살이 짓눌러서 고름이 나오더군."

그 말에는 비야로엘 특유의 '사과'에 대한 개념이 담겨 있었다. 그는 사과를 한다면서 나를 갖다 붙이고, 나를 고름이 찬 물집으로 취급한 것이다. 그가 술병 주둥이로 다시 나를 가리키며 덧붙였다.

"그자를 매달았어야 했어."

"지당하신 말씀입니다, 돈 안토니오."

"명색이 공병이라면 어떤 능력을 모아야겠지. 나는 그자가 용맹함이 결여된 술책들을 쓰는 걸 지켜보았어. 우스꽝스럽더군." 그는 그 대목에서 한숨을 내쉬었다. "모든 게 내 탓이야. 공병은 말을 탈 일이 없는데 말을 타게 만든 건 도마뱀을 물속에 집어넣는 거나 다름없었겠지. 도마뱀은 바윗돌 틈에 숨는 게 당연하니까."

"그렇습니다, 돈 안토니오, 그게 바로 제가 말씀드리고 싶은 것입니다."

그는 다시 물끄러미 나를 쳐다보다가 손바닥으로 매트를 탁탁 쳤다.

"여기 앉게."

그는 내 어깨 위에 한 팔을 올려놓았다. 독한 포도주 냄새가 확 풍겼다. 그가 뜻밖에 호감이 담긴 속내를 털어놓기 시작했다.

"그렇다고 걱정하진 말게. 자네가 겁쟁이란 건 내 이미 알고 있었지. 그러나 태어날 때부터 용감한 자는 없어. 용기는 가르치는 거야. 어린애에게 말하는 것을 가르치듯. 무슨 말인지 알겠나?"

"확신이 서질 않습니다, 돈 안토니오."

그는 내 어깨를 마구 흔들어대고 나서 내 코앞에 주먹을 들이밀었다.

"하느님은 모든 인간과 운명 사이에 보이지 않는 울타리를 쳐놓았지. 그래서 우리 인간의 임무는 그것을 옮기고, 그것을 넘어서고, 그것 너머의 것을 찾는 거라고 할 수 있겠지." 그는 그 대목에서 잠시 생각에 잠겼다가 덧붙였다. "그게 무엇이 되었든."

"하지만 돈 안토니오, 그 임무란 게 제 귀에는 위험한 것으로만 들립니다." 나는 지극히 위축된 기분으로 반박했다.

그러나 그 말은 하지 않았어야 했다. 그가 알코올에 흠뻑 젖은 눈으로 나를 뚫어지게 쳐다보더니 걸걸한 카스티야어로 지금도 내가 침을 삼킬 때마다 기억하는 말을 토해냈다.

"젠장, 그 프랑스 공병이 대체 뭘 가르친 거야?"

나는 무심코 그 말을 받았다.

"성을 요새화하는 방법과 요새를 탈취하거나 방어하는 방법을 가르쳤습니다."

"또 뭐가 있지?"

나는 잠시 망설였다.

"뭐가 더 있느냐고요?"

그는 내 몸을 흔들어댔다.

"그래, 그래! 뭐가 더 있지?"

종일 지천에 널린 죽은 자들과 떠나온 고향 생각에 울적하던 나를 엄습하는 냉기와 흡사 야수들의 울음 같은 바람 소리가 휘저어 놓고 있었다. 그래서일까, 왠지 그 앞에서는 솔직해지고 싶었다.

"돈 안토니오, 제가 장군님을 속였습니다. 저는 공병이 아닙니다. 사실 그 프랑스 후작은 저를 좋은 눈으로 본 적이 없었습니다. 제가 받았던 5점이라는 점수는 아무것도 아니었던 것입니다."

그러니 그는 이미 내 말을 듣지 않았다. 아니, 내가 무슨 말을 해도 듣지 않았을 것이다.

"빌어먹을." 그가 중얼거렸다. "그놈의 전쟁으로 이 세상은 5천 명의 무게만큼 가벼워졌겠지. 하지만 그래서? 그래봤자 모든 게 그대로인데."

그는 내가 생각했던 것보다 훨씬 더 많이 취해 있었다. 그가 노인처럼 양팔로 무릎을 감싸 안은 채 야전침대로 쓰러졌다. 나는 잠이 든 위대한 승리자를 내려다보며 자문했다. 바조슈에서 보이지 않는 실에 매달린 사물들을 보는 법을, 나아가 그것들의 암호를 풀고 이해하는 법을 배운 내가 어찌하여 그의 인간적인 면모를 파악하지 못했단 말인가.

나는 강렬한 연민을 느꼈다. 그날 밤에 코를 고는, 마치 태아 같은 모습으로 잠이 든 그를 지켜야 했다면, 나는 기꺼이 내 목숨도 내놓았을 것이다. 그의 삶은 섬김이고, 규율이고, 엄격한 공정함이었다. 나는 원숙한 그의 얼굴을 뚫어지게 쳐다보면서, 내가 알고 있는 그에 대한 모든 것을 헤아리면서 마음속으로 중얼거렸다. 이 기병대 장군은 미스테어를 향한 길을 선택했던 것이라고. 그리고 그때서야 그의 마음속에 감추어진 비밀을 어쩌면 그 자신보다 더 자세하게 이해할 수 있었다. 그것은 그가 체념 속에서 아름답고 영웅적인 기사도의 책무인 죽음을 찾아 나선 것이었다.

그가 찾는 죽음은 단순하고 무분별한 죽음에 대한 욕망이 아니었다. 지대하고 헌신적인 기사도 정신을 소유한 자가 동료들 앞에서 쓰러진다는 것은 존재의 최후가 아니라 존재를 완성시키는 것이리라. 그는 브리우에가에서, 모든 동맹군이 지켜보는 곳에서 선제공격과 반격전에 나섰다. 그러나 죽음은 그를 끈질기게 비웃으며 피해갔다. 우리는 서로가 무형의 아치 사이에서 대척점에 위치했지만, 나는 바조슈에서 발전시킨 감각들 덕분에 꺾이지 않는 그의 강직함을, 그가 지닌 강직함의 코드를 이해했다. 적어도 존중했다. 그는 삶 자체만으로도 아이러니하고 비극적인 인물이었다. 그는 1705년에 부르봉군으로, 1710년에 합스부르크군으로 전쟁을 치렀다. 적에 대한 관점이 뒤바뀌고 사라지는, 의미 없는 길이나 다름없는 전쟁을. 그는 전쟁에서 오늘의 동료를 지키고자 어제의 동료를 죽였다. 슬프고, 슬프고, 슬픈 일이었다. 아마도 내가 찾던 그 '미스테어'는 모든 드라마의 정점이었던 1714년 9월 11일의 바르셀로나를 위해서 그를 지켰는지도 모른다. 마치 나를 지켰던 것처럼.

영혼 없는 바람이 막사를 흔들어대던 그날 밤, 나는 그의 군화를 벗기고 막사에 한 장밖에 없는 모포를, 얼른 밖에 나가서 챙긴 모포 두 장을 더 덮어주었고, 돌아가기 전에 그의 볼에 존경의 키스를 해주었다. 나는 그가 남긴 술을 말끔히 비워내고 취한 걸음으로 막사를 나섰다.

돈 안토니오. 전장의 장군, 선량한 돈 안토니오 데 비야로엘 펠라에스는 우리 시대 최고의 영웅으로, 아니, 불행히도 익명의 영웅으로 남았다. 돌이켜보면 금세기의 비극적인 전쟁에서 홀가분하게 살아남은 자는 극소수다. 그런 의미에서 '속전속결' 스탠호프는 행운아들 중의 한 명이었다.

스탠호프는 나흘 만에 런던으로 돌아갔다. 소풍 길에 나섰다가 길을 잃어버린 철부지 아이를 대하듯 그를 비단 장갑을 낀 손으로 다루던 부르봉군의 배려였다. 그로서는 영광도 없었지만 불명예도 없었다. 영국인들은 그를 올가미에 매다는 대신에 칭송했다. 어쩌면 그들은 그들의 대륙에 대한 전략 실패를 포장하고 싶었는지도 모른다. 그는 마드라스*의 총독 여식과 혼인했고 정치적으로 성공했다. 세상에는 무형의 녹청 기름에 감싸여 태어나는 자들이 있는데, 그들은 불행 앞에서 유유히 빠져나가기도 하지만 그들이 만지는 모든 것들이 더럽혀지기도 한다. 10년 후에 그의 정부 영국은 그들에게, 비틀거리는 국가 경제의 고삐를 쥐어주는 그들만큼이나 어리석은 짓을 저질렀다. 그는 그들이 원하던 직책에 오르자 이렇게 천명했다. "내가 그것을 속전속결로 해결하겠다!"고.

그랬다. 우리가 알고 있듯 영국 재정은 그의 원정대가 그랬던 것

---

* 1996년 첸나이로 바뀐 인도의 도시.

과 정확하게 똑같은 식으로, 즉 속전속결로 붕괴되었다. 그들이 아메리카 무역을 맡아서 백만 명의 주식을 날리고 해운업과 금융, 무역, 공장의 절반이 파산될 때까지, 이른바 '남해거품사건*'을 가져오는 데는 불과 2년이면 충분했다. 나는 영국에서의 망명 시절에 스위프트나 뉴턴 같은 매력적인 인재들을 기억하고 있다. 그들 중에서 방탕한 사제 같은 인상을 풍기던 박식한 천문학자 뉴턴은 항상 한쪽 눈으로 하늘을, 다른 쪽 눈으로 주식을 주시했지만 결국은 주식으로 수천 파운드를 잃고서 신중하게 고민했다. 스탠호프의 목을 매달 것인지를. 아직도 내 눈에는 이렇게 외치던 천문학자의 모습이 선명하게 남아 있다. "재무성 관리들의 미친 짓보다 천체의 움직임을 예견하는 게 훨씬 더 쉬운 일이다!"

그렇다면 방돔은 어떠했는가. 그해 1710년 말, 펠리피토는 브리우에가 전투에서 우리의 적이었던 그를 카탈루냐 총독으로 임명했다. 그러나 그의 임명은 섣부른 짓이었다. 그때까지만 해도 카탈루냐 대부분은 여전히 헤네랄리타트의 수중에 있었으니까. 확실한 것은 방돔이 그 직책을 수행하지 못했다는 사실이다. 1712년, 카탈루냐의 남쪽 해안 지방을 지나던 그는 비나로스에서 저녁을 먹었는데, 그곳 사람들이 지휘관 시절에 무시무시했던 그의 비위를 맞추고자 특산물인 바다가재 튀김을 식탁에 내놓자 호들갑을 떨었다.

"아, 이게 정녕 바다가재란 말인가!"

---

* South Sea Bubble. 1720년 영국에서 일어난 투기 과열 열풍에 의한 주가 급등과 급락 및 연속적인 혼란을 가리킨다. 튤립 버블(네덜란드), 미시시피 계획(프랑스)과 함께 근대 유럽의 3대 버블로 꼽힌다. 뉴턴도 이때 약 7천 파운드의 거금을 벌었지만, 추가 투자를 했다가 거품 붕괴 후 2만 파운드의 손실을 봤다.

사람들은 두려움에 떨었던 터라 바다가재를 연거푸 내놓았다. 당연한 일이었다. 그는 한자리에서 무려 바다가재 예순네 마리를 해치웠다. 그사이 주눅이 든 사람들은 바다가재를 껍질을 벗겨 먹는다는 말을 감히 꺼내지 못했고, 고관대작인 그는 하인이 껍질을 안 벗긴 것은 생각조차 못 하고서 열 손가락에 비린내를 풍기며 껍질을 벗겨 먹었다.

그날 밤 방돔은 소화불량으로 죽었다.

ㅇㅇㅇ

"바르셀로나로 돌아가느냐, 아니면 죽느냐!" 우리는 톨레도를 벗어나면서 그렇게 외쳤었다. 그러나 브리우에가 전투 후에 확실해진 것은 우리의 목숨을 장담할 수 없다는 것이었다. 그리고 우리의 절멸을 노렸던 부르봉군을 물리친 뒤부터 우리의 퇴각은 차츰 처지기 시작했다.

카스티야만큼이나 황량한 동맹국 아라곤 땅에 들어섰을 때, 돈 안토니오 휘하에는 네덜란드, 포르투갈, 팔츠, 헤센 출신의 용병들이 수백 명씩 모여들면서 다국적 군대가 형성되었다. (아, 이탈리아 용병들도 마찬가지였는데, 그들은 도처에서 나타났다.) 그러나 대부분이 브리우에가 전투의 부상자나 환자라는 게 문제였고, 그로 인해 우리 기병대는 주력군과의 평행 대열을 유지하고자 악전고투했다.

나는 모든 것이 마음에 들지 않았지만 돈 안토니오와 동행했다. 우리가 본대와 분리된 채 부상자들로 이루어진 부대를 보호한다는 것은 좋은 아이디어가 아니었다. 나는 거한인 돈 안토니오와 지

근거리에서 말을 타고 가는 동안에 과연 내가 무슨 짓을 하고 있는지 자문했다. 그 대답은 그를 향한 나의 신망이 나를 보방과 엮어주는 신망과 너무 흡사하다는 것이었다. 보방이 내가 해야 할 것을 가르친 선생이었다면, 돈 안토니오는 한 걸음 더 나아가 도의(道義)가 충만하도록 만들어준 선생이었다. 돈 안토니오의 참모습은 퇴각의 여정을 통해 여실히 드러났다.

우리는 차츰 주력군으로부터 뒤처졌다. 그것은 우리가 적의 사냥감이라는 것을 의미했다. 우리가 호위하는 부상자의 열에 아홉은 무기조차 휴대하지 못했다. 징조가 좋지 않았다. 우리 입장에서는 부르봉군이 부상병 일색인 우리를 무시하기를, 그래서 우리가 샛길로 무사히 빠져나갈 수 있기를 기대할 뿐이었다. 그러나 뜻대로 되지 않았다.

비정규군인 카스티야군은 양쪽에서 우리를 노렸다. 그때마다 돈 안토니오는 소규모 기병대로 그들을 공격했지만, 그들은 목자의 손아귀를 벗어나는 늑대들처럼 용케 빠져나갔다가 언제 그랬냐는 듯이 반격했다. 그들은 계속해서 치고 빠졌으며, 그때마다 병력이 불어났다. 돈 안토니오는 멀리 지평선 근처에 위치한 조그만 마을 이유에카로 피하라는 지시를 내렸다.

나는 그 결과가 어떤 것인 줄 빤히 알지 않느냐며 반대했다. 돈 안토니오는 묵묵부답이었지만 논리는 간단했다. 부르봉군의 병력이 증가되는 상황에서 기병대마저 피신하면 부상자를 호송하는 부대는 궤멸당하고 말 것이다.

우리는 이유에카로 들어갔다. 쥐구멍을 찾는 생쥐 같은 기분이 들었다. 공병의 눈으로 볼 때 이유에카는 방어 기능을 충족할 만한 요새가 아니었다. 식량도 없고 병력도 없었다. 구원군을 기대할 처지도 아니었다. 돈 안토니오는 일단 방어 태세를 갖춘 뒤에 상황에 따라 연기를 피워 올리고 항복문서에 서명을 할 것인지, 그래서 최소한 부상자들의 목숨을 부지시킬 것인지를 결정할 참이었다. 그것은 평소 그가 생각하는 지휘자의 의무와 희생, 즉 용사로서의 신성한 선(善)인 자유를 잃음으로써 부하들의 목숨과 맞바꾸는 것이었다.

그러나 나는 환자도 아니고 부상자도 아닌 내가 포로가 된다는 것을 견딜 수 없었다. 재고를 요청했다. 기병대는 아직 피신할 수 있고, 적어도 항복에 관한 교섭은 다른 장교가 대신할 수 있는데 왜 포기하느냐고 따졌다. 군대가 부상자 백여 명 때문에 모든 것을 포기하는 게 과연 그만한 가치가 있는 결정인가?

방도가 없었다. 그는 이미 자신의 결정을 굳힌 뒤였다. 더 이상은 부하들의 목숨을 포기하지 않을 방침이었다. 한 명도. 세상에, 톨레도 궁전으로부터, 혹한기에 이루어진 퇴각으로부터, 브리우에가 전투로부터 용케 벗어났는데, 이제 와서 한 인간의 어리석은 명예 문제로 적에게 붙잡히는 신세가 되었다니! 그의 모범적인 결심은 경탄할 만했다. 아니, 영웅적이었다. 그러나 나는 여전히 그 '말'을 받아들일 채비가 되어 있지 않았다.

"장군님은 귀머거리 암노새보다 더 답답합니다! 듣고 있습니까? 당신은 장군 휘장을 두른 암노새라고요!"

아마도 다른 장군이었으면 그 자리에서 내 목을 매달았을 것이다. 그러나 그렇게 하지 않았다. 왜 그랬을까?

여기에는 그가 나를 아꼈다는 것 말고는 다른 설명이 있을 수 없다. 그의 참모들은 내 모자를 짓밟으면서 분노를 삭였다. 그게 전부였다. 한참 만에 그가 나를 찾는다는 전갈이 왔다. 나 역시 흥분이 가라앉으면서 내가 저지른 불복을 깨닫던 참이라 그에게 가는 길이 도축장에 들어서는 기분이었다.

그는 나선형 계단을 따라 올라가면 멀리 지평선이 한눈에 들어오는 호젓한 망루에서 망원경으로 적의 동태를 감시하고 있었다.

나는 원하지 않아도 저절로 떠오르는 그 장면을 결코 잊지 못할 것이다. 차갑고 매서운 돌풍이 무섭게 불어닥치는데도 닳아 헤진 쥐색 외투를 걸친 채 망원경을 들여다보던, 흡사 인간 망루 같던 그의 모습을.

"내가 귀관과 함께 뭘 해야 할까?" 그는 망원경에서 눈을 떼지 않은 채 물었다.

나는 이미 체념 상태였다. 그의 망원경이 향하는 곳에 에스파냐 비정규군의 움직임이 포착되었다. 그들은 프랑스군이 합류하는 대로 공격을 재개할 것이고, 그렇게 되면 우리가 피신한 이유에카는 곧 그들의 손에 들어갈 것이다.

"저도 똑같은 생각입니다, 돈 안토니오."

"가족이 있나?"

"그렇다고 생각합니다."

그가 눈에서 망원경을 뗐다.

"그렇게 생각하다니? 가족이 있다는 거야, 없다는 거야?"

"있습니다."

나는 그가 원하는 대답에 대한 생각을 끝내 내뱉지 않았다. 그저 모른 척하고 싶었다. 이윽고 그가 담담하게 입을 열었다.

"귀관, 나는 지금 작금의 상황을 왕에게 보고할 전령이 필요해. 자칫하면 누군가가 나를 배반자로 몰아붙일 수도 있어. 한때 부르봉가를 섬겼던 내 전력을 꼬투리 삼아서 말이지."

"하지만 돈 안토니오, 그렇게 생각하는 자체가 어리석다는 것을⋯⋯." 순간 나는 말꼬리를 흐렸다. 그가 방금 한 말이 나를 사지로부터 살려서 내보내기 위해 급조한 핑계임을 깨달았던 것이다.

"아, 용서하십시오, 돈 안토니오."

"장군이라니까! 다시 말하지만 귀관은 나를 계급으로 대하도록."

"알겠습니다, 장군님."

그는 다시 망원경을 들여다보며 입을 열었다.

"식량을 챙기도록. 그리고 내 짐승도. 아직은 최고야. 한 가지 당부할 게 있는데, 귀관은 귀관의 몸에 밴 프랑스 물을 빼는 게 훨씬 더 낫겠더군."

나는 미칠 듯이 기쁜 마음으로 고마움의 인사를 건네고 싶었다. 하지만 추상같은 그의 지시가 먼저였다.

"뭐하고 있는 거야? 내 마음이 바뀌기 전에 당장 눈앞에서 사라지지 않고!"

나는 그의 지시를 따랐다. 그러나 계단을 내려서기 전에 무엇인가가 그를 향해 고개를 돌리도록 만들었다. 그런 식으로 떠나선 안 된다고.

"돈 안토니오, 그날 밤의 말씀에 대해 제가 깊이 숙고했다는 점을 알아주셨으면 합니다. 하지만 저에게는 하느님이 정해놓은 보이지 않는 경계를 받아들일 용기가 없습니다. 그것을 불굴의 집요함으로 찾고 있는 당신과 달리 말입니다."

그가 내 위아래를 찬찬히 훑어보았다. 내 속마음을 읽고 있었다. 이윽고 무슨 말을 하는지 영문을 모르겠다는 표정을 지으며 입을 열었다.

"그게 무슨 말이지? 우리가 언제 그런 대화를 나누었다는 거야?"
"불과 며칠 전, 당신의 막사였습니다."
그는 모른 척했다.
"당신은 제가 이 세상에서 가장 존경하는 분을 대신하는 선생이십니다." 나는 진심을 털어놓았다. "그런 당신이 제게 첫날에는 모범을 선물하셨고, 오늘은 자유라는 선물까지 주셨습니다."
그로서는 내가 무릎을 꿇게 될 줄은, 총안 사이에 기댄 채 이런 말을 토해낼 줄은 상상조차 못 했을 것이다.
"하지만 저는 결정적인 시험에 실패했습니다. 오죽잖은 제 인생에서 두 번 주어진 기회였는데, 첫 번째는 저에게 요구되었던 것을 이해할 심장이 없었고, 이번에는 그것을 받아들일 용기가 없다는 게 안타까울 뿐입니다."
그런데 막상 그렇게 속마음을 드러내고 나자 터져 나오는 울음을 멈출 수가 없었다. 나는 내 얼굴이 물 먹은 스펀지처럼 눈물로 범벅이 될 때까지 울었다. 아라곤의 얼음장같이 차가운 총안의 돌출부를 붙잡고 엉엉 우느라 내가 무엇을 하고 있는지조차 잊어버렸다.
그는 다시 망원경을 들여다보며 자상한 어조로 말했다.
"흠, 드디어 적들이 포위망을 펼칠 모양이군. 그러니 어서 일어나게."
나 선량한 수비는 나의 긴 다리를 일으켜 세웠다. 그런데 수치심마저 내버리고 슬그머니 떠나려는 나를 그가 다시 불렀다. 순간 나는 보았다. 차가운 돌풍이 무섭게 불어닥치던 날 밤에 보방의 눈에서 나오던 광채를 내뿜는 돈 안토니오의 눈을.

"수비리아, 자신을 속이지 말게." 그가 진중하게 충고했다. "오늘은 도망칠 수 있겠지. 하지만 그게 선이든 악이든 여기서 끝나지 않아. 전쟁도, 영혼의 아픔도 마찬가지라고. 자, 이제 가보게."

나는 전혀 영웅적이지 않은 모습으로 유성이 날아가는 속도만큼이나 재빠르게 내달렸다. 비야로엘의 애마 역시 나 선량한 수비처럼 적의 포로로 남을 생각이 손톱만큼도 없었다. 게다가 내 몸은 원 주인의 몸보다 한결 가벼웠다. 그래서 우리는 탈주극의 공범이 되었다. 이유에카를 벗어나면서 포위전 준비를 마무리하던 적들의 눈을 피해 숲으로 들어갔고, 그때부터는 짐승의 목에 바짝 달라붙어서 짐승의 입을 막았다. 짐승은 고분고분했다.

그런데 부르봉군의 움직임이 심상찮았다. 에스파냐 비정규군이 프랑스군으로 대체되고 있었다. 나는 천만다행이라고 생각했다. 항복 협상을 할 바엔 에스파냐군보다는 개구리 요리를 좋아하는 프랑스군이 차라리 나을 것이다. 프랑스군은 비야로엘을 참수형보다는 포로로 삼는 게 더 낫다고 판단할 테니까. 프랑스군은 참수형 없이 포로로 삼는 것에 만족할 테니. 마침내 나는 이유에카 성채를 뚫어지게 감시하고 있는 부르봉군의 후미로 빠져나갔다.

자유를 찾아 말을 타고 나선 여정이었다. 그러나 생존의 기쁨은 내 마음 밖에 머물렀다. 내 뒤에 남겨둔 것과 내 앞에 갖게 된 것 때문이었다. 나는 환희와 행복이라는 존재 이유를 모르는 곳들을 가로질렀다. 달리는 말, 불쌍한 수비, 삼각모자와 딱딱한 목도리, 땀과 기름때로 범벅이 된 제복, 끊임없이 올라가는 길, 거칠고 뾰족한 땅, 몽골 봉분처럼 낮은 구릉, 입술을 쩍쩍 갈라놓는 사나운 바람……. 나는 달리고 또 달렸다. 간간이 바람이 잦아들 때면 내 자신이, 나를 태운 짐승이 화석처럼 굳어버리는 기분이 들기도 했지만 언제나 빛이 있었다. 내 머리 위를, 온 세상을 덮는 하늘이 있었다. 파랗고 청정한, 모든 에스파냐보다 더 광대한 하늘이. 그러나 한시도 안토니오 데 비야로엘에 대한 생각을 떨치지 못했다.

거기 카스티야 영토에서 내가 찾고자 했던 '말'에 대한 마지막 기대는 죽었다. 하긴 그 '말'을 빈 공간들에게만 관대한 나라에서 어떻게 만날 수 있었겠는가? 그러나 확실한 게 있으니 그것은 보방을 대체할 선생을 만났다는 것이다. 그것도 카스티야 출신을. 그러나 바로 그 땅은 그를 포로로 사로잡았고 그 안에 가두어버렸다. 어쩌면 영원히. 나는 그에게 자유를, 아니, 생명을 빚졌다. 나는 그와 운명을 함께할 수도 있었지만 그렇게 하지 않았던 반면, 그는 자신의 제자를 위해 목숨을 내놓는, 스승으로서의 지고의 희생을 실천했다. 그의 희생 덕분에 나는 앙팡과 난과 아멜리스 곁으로 돌아올 수 있었다. 비참하게, 그러나 자유롭게. 나는 뺨을 타고 흘러내리는 눈물을 주체하지 못한 채 밤새도록 울었다.

이유에카에는, 시답잖은 역사에 흥미를 갖는 자들을 위해 한마디 덧붙이자면, 14세기에 로마에 맞섰던 어릿광대 루나 교황의 무덤이 있었다. 부르봉군은 돈 안토니오의 조건부 항복 후에 그 무덤을 파헤쳤다. 막대한 유물을 기대했지만 거기서 나온 것은 인골이 전부였다. 개구리를 잡아먹는 그들은 시신을 훼손했고, 따로 분리한 해골을 발로 공처럼 차고 다니다가 창밖으로 던졌다.

9

동맹군의 원정대와 함께 마드리드로 떠났다가 바르셀로나로 귀향한 뒤부터 1713년 여름까지, 그사이에 일어났던 일들은 이야기할 만한 가치도 없다.

앞서 언급했듯 나는 리베라 구역에 집을 장만하느라 빚만 늘었다. 그 빚 때문에 아멜리스와 다투었다. 그녀의 형편없는 요리(위대한 연인들은 좋은 요리사가 되는 일에 익숙하지 않다.) 때문에, 온갖 시시콜콜한 일들 때문에 날마다 시끄러웠다. 그 빚 이야기가, 그리고 자비로운 20퍼센트 이자 이야기가 시작도 되기 전에 태풍 직전의 천둥소리 같은 고함 소리가 나면 페레트는 물론이고 앙팡과 난까지 계단 밑으로 슬그머니 사라졌다. 나는 집을 덜컥 장만한 아멜리스를 탓했고, 그녀는 그런 나를 비웃었다. 그녀는 글도 모르고 셈도 몰랐다. 그녀가 아는 것은 딱 하나, 이 세상에서 살아남기 위해서 깨진 유리 위를 걷는 법을 배워야 한다는 것이었다. 이 대목에서 세상의 남편들은 설사 호인이라도 자신에게 지극히 합리적인 질문을 할 것이다. 왜 매질을 하지 않느냐고. 그러나 그것은 이렇게 두 가지로 대답할 수 있었을 것이다. 하나는 일을 보고 있거나 모르는 사람을 상대할 때 폭력을 사용하지 않는 내가 어찌 그녀에게 폭력을 쓸 수 있겠느냐는 것이고, 다른 하나는 내가 그녀를 사랑하고 있었다는 것이다.

나는 아멜리스가 다시 매춘에 나섰다는 사실을 알았다. 살림살이가 궁해지면 어디선가 돈이 가득 든 지갑이 나타났다. 그녀는 나를 속일 수 있다고 생각하면서도 그 일에 지속적이거나 집중적으로 매달리지는 않았다. 그녀가 사라질 때면 일요일에만 입는 자주색 옷도 함께 사라졌다. 더 이상 의심하고 말 것도 없었다. 나는 모른 척했다. 적색우단들이 그녀를 사치스런 노리개로 삼고 있다는 것을.

오늘은 그만하자꾸나. 고양이를 내 곁에 데려다놓도록 해. 그 술병도. 그럼, 어서 가라니까!

○○○

일감이 없었다. 나는 난과 앙팡의 가정교사 노릇을 했다. 난쟁이는 마치 못 박힌 의자에 앉기라도 한 것처럼 한시도 가만있지 못했지만 숫자에 기막힌 재능을 보여주었다. 놀라운 일이었다. 그런데 여기서 전혀 생각하지 못했던 사실부터 하나 밝혀야겠다. 난과 앙팡의 우애에 금이 가기 시작하더니 하루는 이런 일까지 생겼다.

그날 앙팡은 내가 가끔 작업실로 사용하는 작은방에 들어섰다가 난이 돌리고 있던 팽이를 보자마자 빼앗으려 했고, 난은 안 뺏기려고 양손으로 팽이를 움켜쥐었다. 표면에 숫자가 그려진 그 팽이는 내가 선물한 것이었다. 결과는 뻔했다. 실랑이가 벌어지고 앙팡이 씩씩거리며 소리쳤다.

"야! 넌 숫자밖에 몰라? 넌 여우 굴에서 잠잘 때 내가 가져다준 빵조각은 계산 안 해? 벌써 다 잊어버린 거야? 더러운 새끼, 똥이나 처먹어!"

나는 앙팡의 상식을 벗어난 쌍욕 앞에서 어안이 벙벙해졌다. 난이 자책의 눈물을 뿌리며 발을 동동 구르더니 앙팡을 쫓아가서 커다란 팽이를 안겨주었다. 그러나 앙팡의 반응은 팽이를 만지작거리다가 무슨 생각이 들었던지 창밖으로 던져버렸다. 조금만 더 멀리 던졌으면 거리의 칼 장수가 팽이에 맞아 졸지에 횡사했을 것이다.

어떻게 보면 앙팡은 직관적이었다. 그 아이의 눈에는 지금의 편한 생활이나 근대적인 교육 능 모든 것들이 그들을 하나로 묶어주었던 과거의 환경을 파괴하는 것으로 비쳐졌다. 두 아이는 화해했지만 이전으로 되돌아가지는 못했다.

돌이켜보면 그동안 아멜리스와 나는 두 아이에게 지붕과 옷과 음식을, 나아가 애정까지 제공했다. 우리는 아이들이 가족처럼 보이게 만들고자 최선의 노력을 기울였다. 덕분에 아이들은 더 이상 총구와 굶주림에 노출되지 않았지만, 그렇다고 해서 살갗 속을 파고들었던 과거의 고통이 말끔히 치유된 게 아니었다. 그랬다. 예를 들어 토르토사 포위전에서 아이들은 슬퍼하지 않았다. 아이들은 나 못지않게 죽음을 농락했고, 늘 의기양양했다. 그랬던 앙팡은 이제 예전의 앙팡이 아니었다. 녀석은 더 이상 훔치지 않았고 우리 침대로 끼어들지도 않았다. 중참 때면 뒤쪽 발코니에서 난간 사이에 발을 걸친 채 무기력하고 체념에 빠진 자세로 앉아 있는가 하면, 기름을 잔뜩 발라 구운 빵을 먹는 동안에도 거리의 사람들을, 거리 너머 산타클라라 성채를, 더 멀리 세상 밖을 멍하게 바라다보았다. 그때마다 우리는 마치 밀림에서 데려다놓은 야만인을 지켜보는 것 같아 속이 상했고 그때마다 자문했다. 차라리 토르토사 포위전에서 빠져나오지 않았더라면 더 낫지 않았을까?

나는 산책 시간과 횟수를 늘렸다. 교육이란 게 집과 바깥 어디서나 가능하다는 생각이 들었다. 앙팡은 무엇보다도 자유로운 분위기가 필요한 어린 짐승이었다. 그런데 하루는 문명화의 과잉이 어떻게 올바른 인간을 얼빠진 인간으로 변모시키는지를 증명할 일이 벌어졌다.

그날 나는 난과 앙팡을 데리고 도시를 벗어났다. 내가 겪은 전쟁은 아이들에게, 특히 앙팡에게 큰 흥미를 유발했다. 녀석은 평소에 내가 반복하던 진흙탕에서 벌어지는 살육전 같은 이야기에 귀를 쫑긋 세웠다. 성채를 벗어나 농가와 채소밭으로 난 오솔길로 접어들 때쯤에 녀석들은 장군 이야기를 캐물었다.

"프랑스 장군 앞에서는 똑바로 서야 해. 이렇게, 빗자루를 세워놓듯!" 나는 반듯이 서서 양팔을 옆구리에 바짝 붙이고 턱을 치켜세웠다. "그리고 장군들이 말도 안 되는 소리를 지껄이더라도 무조건 큰 소리로 대답하는 거야. 이렇게!" 나는 그 대목에서 구두 뒤축을 딱 갖다 붙였다. "메 드보아, 몽 제네랄!"* 그러고는 장군이 어디를 공격하라고 명령하면, 그때는 훨씬 더 우렁차게 '아 보즈 오도어, 몽

---

* Mes devoirs, mon général! '네, 알겠습니다, 장군님!'이라는 뜻.

제네랄!'**이라고 외치면서 전쟁터를 향해 힘차게 나가는 거야. 장군들이 가리킨 곳만 빼놓고."

"에스파냐 장군들한테도 그래?"

"천만에. 에스파냐 장군들한테는 완전히 달라. 그들한테는 '아 수 세르비시오, 미 헤네랄!'***이라고 우렁차게 대답하고는 힘차게 내달리는 거야. 무작정 반대 방향으로."

녀석들은 부쩍 자란 게 틀림없었다. 내가 짐짓 심각하게 말하는데도 별로 놀라지 않고 농담으로 받아들였다.

"사실 나는 내게 미친 짓을 시켜도 무조건 따를 수밖에 없었던 위대한 인물 두 분을 모셨단다." 나는 화제를 바꾸었다. "그 이유는 그분들이 위대한 장군이 아니라 위대한 스승들이었기 때문이지."

"그 위대한 사람들 중에 누가 더 위대했어?" 난이 물었다.

앙팡에게 가장 위대한 자는 살아남는 법을 가르쳐주었던 자였다. 죽으면 그 어떤 비밀도 배울 수 없기 때문이었다. 반면, 자신의 약점을 잘 아는 난에게 가장 위대한 자는 삶의 은밀한 비밀을 가르쳐준 자로, 그 이유는 삶의 비밀을 모르는 자는 살아남지 못하기 때문이었다.

그사이에 앙팡은 채소밭과 농가를 에워싸고 있는 담장 위로 올라갔다. 녀석은 내가 나무들의 서로 다른 재질에 대해, 그중에서 삼나무가 다양한 일을 해내는 장인들에게 가장 값진 나무들 중의 하나라고 일러주었던 것을 기억하고서 담장 모퉁이에 솟아오른 삼

** A vos ordres, mon général! '네, 명령에 따르겠습니다, 장군님!'이라는 뜻.
*** A su servicio, mi general! 에스파냐어로, '네, 명령에 따르겠습니다, 장군님!'이라는 뜻.

나무를 손으로 만져보고 싶어 했다.

"똑같은 나무로 바이올린도 만들고 개머리판도 만드는 게 이상하지 않아?" 나는 원숭이처럼 삼나무를 타고 오르는 앙팡을 보며 말했다. "그러니까 저 나무에는 바이올린도 있고 총도 있다는 거야. 그런데 너희는 두 가지 중에 어떤 걸……?"

하지만 내 이야기는 농가에서 뛰쳐나오는 한 젊은 사내의 외침에 끊겼다.

"야, 이 도둑놈들아! 당장 꺼지지 못해!"

"난 아무것도 안 훔쳤어!" 앙팡이 평소와 달리 격앙된 목소리로 자신의 결백을 당당하게 밝혔다. 녀석의 입장에서는 생전 처음 생긴 일이었다.

그러나 젊은 사내는 막무가내였다. 몽둥이를 휘두르며 뒤따르는 개와 함께 담장을 넘더니 애꿎은 난을 덮쳤다. 나는 인간 세 명과 짐승 한 마리가 한데 엉켜 붙은 난장판을 잠시 방치했다가 떼어놓았다.

"자, 자, 그만들 합시다."

이어 나는 그 사내에게 과일나무와 잘 가꾼 채소밭에 대해 덕담을 던졌고, 그때서야 그 사내 역시 누그러졌다. 게다가 그의 부친이 나타나는 바람에 잠시 환담이 오갔다. 농장 주인은 생마늘과 잘 익은 토마토를 내놓는 호의까지 베풀었다.

집으로 돌아오는 길에 나는 슬쩍 앙팡의 마음을 떠보았다.

"정직함이 가져다준 혜택이 무엇인지, 이제 알겠어?"

"무슨 혜택?" 앙팡이 주먹으로 얻어터져 벌겋게 달아오른 얼굴을 문지르며 따지고 들었다. "난 그런 거 몰라! 훔치지도 않는데 그

덩치가 때렸어. 정직하면 그런 거야?"

"넌 지금 뭔가 잘못 생각하고 있구나." 내가 반박했다. "앙팡, 옛날에는 뭘 훔치면 맨 먼저 어떻게 했지?"

"어떻게 하긴 뭘 어떻게 해? 냅다 뛰는 거지. 총알처럼 빠르게."

"그래, 그랬지. 하지만 오늘 너는 너보다 다섯 살이나 많은 녀석이 몽둥이를 들고 사나운 개까지 덤벼드는데도 도망치지 않고서 너를 지켰잖아."

녀석은 그 지적이 효과를 발휘했는지 귀를 쫑긋 세웠다. 나는 내친김에 이렇게 덧붙였다.

"정직은 영혼의 근육에 기름칠을 해주는 거야. 또한 정직은 부정에 맞서 우리를 보호하고 투쟁심을 길러주기도 해. 앙팡, 넌 아까 상대보다 약했고 무기도 없었어. 하지만 네가 옳았고, 너는 그걸 알고 있어. 그래서 맞선 거야.

앙팡, 차분하게 주고받는 대화는 올곧은 영혼을 더욱 빛나게 해준단다. 지금 내가 손에 들고 가는 이 마늘과 토마토를 봐. 우린 이것들을 요즘처럼 각박한 세상에 찾아보기 힘든 서로의 믿음을 통해 공짜로 얻었어. 어떻게 그럴 수 있었을까? 너도 봤듯 나는 훔치지도 않았고, 속이지도 않았어. 대신에 그 양반의 채소밭을 보면서 위대한 진실을 말했던 것뿐이야. 그 양반의 부단한 노력이 세상을 바꾸고, 그것이 그들에게 먹을 것을 준 거라고. 그러자 그 양반은 전혀 모르는 낯선 자의 칭찬에 고마워서 자기가 키운 먹을거리를 나눠 주었어. 우리가 훔칠 수도 있었던 것보다 훨씬 더 많은 양을."

멋진 연설이었다. 안 그런가? 교육자로서 절대 루소는 못 되더라도 과히 나쁘지 않은 교육 애호가 정도는 되지 않을까.

그러나 그날은 그렇게 뿌듯하게만 마무리되지 않았다. 무심코 성문 쪽으로 지나가는 무장 치안대를 바라보던 내 눈에 안트베르펜 출신의 정육업자가 포착되었다. 치안대의 호위를 받으며 느긋하게 걸어가는 그는 분명 요리스 판 프어봄이었다. 나는 그가 포로 신세라는 것은 알고 있었지만(여러분은 내가 바로 그를 생포했던 당사자라는 사실을 기억하는가?) 설마 바르셀로나에 있으리라고는 꿈도 꾸지 않았다.

순간 내 눈에 불똥이 튀었다. 이 상황에서 적장이 어떻게 거리를 활보할 수 있단 말인가. 나는 앙팡과 난을 뒤에 남겨두고 그자에게 달려들었다. 이번에는 내 손으로 직접 숨통을 끊어놓을 참이었다. 하지만 치안대가 가로막았다.

"이봐, 젊은이!" 상황을 감지한 장교가 말했다. "보아하니, 그쪽은 살이 통통한 부르봉가 물고기를 좋아하지 않나 보군. 그래도 그렇지, 문명인답게 처신하라고. 곧 포로 교환이 이루어질 테니까, 그때까지는 아무리 적이지만 신사적으로 다루어야지."

"포로 교환을?" 내가 소리쳤다. "지금 무슨 말을 하는 거요? 이 쓰레기 같은 자는 교환해선 안 됩니다. 지금 여러분이 실수하고 있는 건데, 그자는 전쟁이 끝날 때까지 마음대로 돌아다니도록 해선 안 된다고요. 그러니 그자를 내 손에 맡기시오."

사실 대부분의 사람들은 전쟁이 완력의 문제가 아니라는 것을 이해하지 못하고 죽어간다. 그러나 전쟁의 결과는 그 위의 세계, 즉, 잉크와 도면의 부피와 계산으로 이루어진다. 프어봄 역시 팔뚝에 문신이 새겨진 공병이었다. 그는 우리의 방어망을, 무엇보다도 우리의 불안정한 축성을 살펴보고자 외출했을 것이고, 덕분에 그의 머릿속에 스무 개 부대 병력과 맞먹는 자료들을 저장했을 것이다. 내가 더욱 분노한 것은 그런 사실조차 눈치채지 못하는 정부의 무능함이었다.

그런데도 우리의 성은 그의 눈앞에서 자신의 모든 것을, 즉 성벽과 벽 사이의 거리, 두께와 높이, 해자의 깊이를 적나라하게 노출하고, 그는 염탐꾼이 되어 적들로 하여금 거대한 공격용 참호 작업을 벌이게 만들 최상의 요새를 아무런 제지 없이 마음껏 돌아다니는데, 주민들은 그런 적에게 비난보다는 아량을 베풀었다. 더욱이 그와 마주친 곳은 성채 바로 밑에 있는 우리 집에서 불과 몇 십 걸음 떨어진 곳이었다. 나는 다시 안트베르펜 정육업자에게 몸을 날렸다. 그러자 치안대는 또다시 나를 제지했으며, 내가 계속해서 달려들자 끝내는 개머리판으로 나를 구타했다. 그런데 앞으로 꼬꾸라지는 나를 보며 프어봄이 폭소를 터트리더니 치안대나 주위 사람들이 알아듣지 못하도록 프랑스어로 말했다.

"신중한 자는 포로 상태에서도 경계를 늦추지 않는다."

그가 던진 말은 바조슈에서도 자주 인용되었던 티투스 리비우스의 어록으로, 그는 그 문장에서 '수면(睡眠)'을 '포로'로 바꾸어 나를 능멸했다. 나는 아군에게 얻어터지는 수모를 당하는 데 반해, 포로인 그는 그런 나를 마음껏 비웃는 호사를 누리다니. 그리하여 나는 네덜란드 소시지업자에게 또 당했다. 그것도 세상의 악인 그를 절멸시켜야 할 필연성을 이해할 능력이 없는 자들이 끼어들면서 말이다.

그날 나는 창녀와 술주정뱅이, 절도범들이 득실대는 어두침침한 지하 감옥에서 밤을 샜다. 반면에 고스란히 2년 동안 바르셀로나에서 포로로 지낸 프어봄은 단 하룻밤도 바르셀로나 주민 대부분의 침대보다 더 안락한 침대에서 잠을 청하지 않거나 단 한 끼도 더 나은 음식을 먹지 않은 적이 없었다. 정부의 적색우단들은 백성들의 피를 뽑아 그를 먹여 살리고, 백성들이 짠 면과 비단으로 그를 감쌌다. 우리가 그들에게 해주던 말이 여기서 나왔다. 우리는 뱀이 낳은 알을 집으로 가져와서 독사가 태어날 때까지 품어주었다.

한편 치안대가 나를 구타하고 체포하는 광경을 처음부터 끝까지 지켜보던 앙팡과 난은 별일이 없다는 듯이 차분하게 집으로 돌아갔다. 아멜리스나 페레트는 내가 선술집에 들렀거나 다른 일을 보러 갔을 것으로 생각했다. 저녁 식사에서 아멜리스가 나에 대해 묻자 앙팡은 이렇게 대답했다.

"몽둥이로 흠씬 두들겨 맞고 감방에 들어갔어. 오늘 대장이 우리한테 일장연설을 했는데, 사람은 정직해야 한대. 좋은 말을 가려서 해야 하고, 정당하지 못한 폭력은 다 쓸데없는 짓이래. 한데 말은 그렇게 해놓고 자기는 어떻게 한 줄 알아? 무기도 없는 어떤 죄수를 보더니 주먹질을 하고, 치안대에 끌려갈 때도 꼭 짐승같이 굴었어. 성모도 욕하고, 정부도 욕하고, 카를왕도 욕했다고. 두고 봐, 치안대가 틀림없이 대장 목을 매달고 말 거야."

과연 철부지다웠다.

○○○

그 무렵에 나는 돈 안토니오의 석방에 신경을 곤두세웠다. 그를 부르봉가의 발톱에서 구출한다는 것은 일종의 강박증으로 변했다.

여전히 그 '말'을 구하지 못한 나를 위해서라도 보방의 계승자만큼은 자유로운 존재여야 했고, 나는 그렇게라도 해야 비참한 나를 위안할 수 있었다. 포로 교환이 지속적으로 이루어지는 상황에서 나는 네덜란드 포로 교환 대리인과 선술집에서 자주 만났다.

포로 교환은 흡사 비밀 경매와 체스 게임을 혼합한 것 같았다. 예를 들어 대위 세 명에 대령 한 명, 대령 세 명에 장군 한 명꼴이었으며 남거나 부족한 경우에는 일정한 액수의 돈으로 환산했다. 한편 양쪽은 가장 가치 있는 자들에게 관심을 집중했으며(나 같았으면 혓바닥과 눈깔을 뽑고 나서 돌려보낼 프어봄 같은 포로였는데, 그와의 악연을 생각하면 아직도 머리에 뚜껑이 열릴 정도다.), 협상 과정은 처음부터 끝까지 각자의 관심과 본색을 철저하게 감춘 채 진행되었다.

1712년 중엽, 돈 안토니오 비야로엘의 포로 생활은 이미 한 해 반을 넘어서고 있었다. 돈 안토니오 같은 대장군이 그렇게까지 오랫동안 적의 손에 잡혀 있다는 것 자체가 소문거리이자 가십거리였다. 나는 네덜란드 대리인의 입이 열리도록 내 능력이 닿는 한 최대한의 술값을 지불해야 했다. 자칭 '축소 외교'의 달인이라는 그가 돈 안토니오라는 이름이 나오자 가벼운 웃음부터 터뜨렸다.

"문제는 비야로엘이 너무 선량한 인물이라는 겁니다. 펠리페 쪽에서 좋은 자리를 제안했지만 본인이 버티고 있어요. 부르봉가에 대한 안 좋은 기억 탓이겠지. 나로선 이해하기 힘든 부분인데, 그 양반은 에스파냐와 프랑스, 이렇게 두 왕국을 섬겼고, 게다가 카를로스왕 군대에서의 병적이 적법이었으니, 마음만 먹으면 흠집 잡힐 일 없이 부르봉군으로 되돌아갈 수도 있어요. 물론 부르봉군도 바보가 아니지요. 그 양반을 풀어주면, 자기들을 향해 총구를 겨눌지도 모르거든."

또 한번은 혀를 끌끌 차면서 말했다.

"그 양반은 불쌍하게도 아군 내부에 적을 두고 있더군. 어찌된 게 자기 정부가 포로 교환을 원치 않으니, 자칫하면 포로 신세로 썩을 수밖에."

이어 그 말에 격앙된 나를 향해 어깨를 흠칫 세우면서 반문했다. "허허, 그럼 당신이 얘기해보세요." 그러고는 이렇게 덧붙였다. "이 문제에 대해 카를로스왕은 주위의 자문을 민감하게 듣고 있어요. 이런 사안은 헤네랄리타트의 동의 없이 결정되지 않아요. 헤네랄리타트는 관심조차 없고요. 그들이 그런다더군요. 비야로엘은 자기들 중의 하나가 아니라고."

그랬다. 그들이 무슨 말을 할 수 있겠는가? 그들 중에 과거에서 자유로운 자는 아무도 없었다. 그들은 기억하고 있다. 토르토사의 함락이 바르셀로나에 있던 그들을 초조하게 만들었다는 것을, 최후의 기습전에서 돈 안토니오가 부르봉군의 선봉에 섰다는 것을. 게다가 돈 안토니오는 카탈루냐 사람이 아니었다.

그러나 돈 안토니오는 풀려났다. 1712년 말이었다. 나는 그 소식을 아멜리스를 통해 들었다. 아까도 언급했지만 그즈음에 가뜩이나 심란해진 나는 아멜리스와의 동거를 후회했다. 식탁에서 다투지 않고 넘어간 날이 하루도 없었다. 그녀와의 불화는 모든 가족의 침묵을 강요했다. 앙팡과 난이 겪는 고통은 이루 말할 수가 없었다. 그때마다 아이들은 다툼을 원하지 않는다는 눈빛으로 우리 두 사람을 쳐다보았다. 하지만 그날은 그녀가 침묵을 깼다.

"진짜 모든 게 똥으로 보이는 거야? 제발이지 그 쿵쿵거리는 짓 좀 그만둘 수 없어? 그 잘난 장군도 풀려났다는데 대체 왜 그러는 거냐고!"

순간 나는 어안이 벙벙했다.

"그걸 네가 어떻게 알지?" 내가 물었다.

"왜, 뭘 더 알고 싶은데?" 그녀가 반문했다.

"그 포로 교환과 너 말이야. 너와 연관이 있는 거지?"

그녀는 한마디 한마디 비꼬는 말투에 잔뜩 힘을 주었다.

"당연하지! 너의 그 잘난 '미스테어'가 그렇게 하라고 부탁했거든."

나로서는 더 이상 캐물을 수가 없었다.

아무튼 안토니오는 포로 교환으로 풀려났다. 불길한 것은 프어봄 역시 풀려났다는 사실이다. 협상은 비밀에 부쳐졌다. 나는 그 과정에서 안트베르펜 출신 정육업자의 은밀한 제안이 먹혔을 거라고 추정했다. 프어봄은 포로로 잡혔을 때보다 더 살이 오르고 머릿속에 무수한 자료를 담은 채 풀려났다. 잘난 체하고 싶지 않지만 내 예언은 적중했으니, 그가 바르셀로나를 떠나 마드리드에 도착해서 맨 먼저 한 것은 마드리드 방어에 관한 완벽한 보고서를 썼다는 것이다. 정육업자 이야기는 이쯤에서 접고, 다시 우리의 돈 안토니오 이야기로 넘어가자. 돈 안토니오는 정육업자와 반대 방향으로, 즉 마드리드에서 바르셀로나로 향했고 그에게 주어진 기병대장이라는 직책을 받아들였다.

돈 안토니오는 항상 이마에 비극을 새기고 다닌 인물이었다. 나는 그가 단순하게, 그러니까 받아들일 수밖에 다른 방도가 없었기 때문에 새로운 지휘권을 수락했다고 생각한다. 그는 타고난 직업군인이었고 군대는 그의 삶이었다. 그런 그가 왜 펠리페 5세의 마지막 관대한 제안을 무시했을까? 아마도 자긍심 때문이었으리라. 사실 그는 진짜 에스파냐인이었다. 이미 알려져 있듯 완벽한 영웅주의와 숭고한 옹졸함이 교차하는 그의 천성 속에는 카스티야적인 자긍심이 내재되어 있었던 것이다.

10

 한편 우리들의 지평선 저 너머로 우리의 삶에 숙명적인 파탄을 가져올, '나'를 그 '말' 자체 앞에 세우게 될, 이른바 전쟁이 만들어낼 우리들이 전혀 예상하지 못한 일들이 벌어지고 있었다.
 1711년, '페피토'라고 불리던 젊고 병약한 왕이 죽었다. 눈부신 천연두 공격에 무덤으로 직행했다. 그의 죽음은 전쟁의 향방을 드라마틱하게 선회시켰고, 그로 인해 모든 카탈루냐인은 영원한 노예라는 형벌에 처해졌다. 다들 물을 것이다. 그렇게 진부한 일로, 다시 말해 천연두에 의한 왕의 단순한 죽음으로 어떻게 카탈루냐가 그렇게까지 극단적인 상황에 내몰릴 수 있는가.
 페피토로 불리던 병약한 왕은 요제프 1세다. 그는 오스트리아의 황제이자 카를랑가스와 형제였다. 그런데 그가 죽자, 그의 왕관은 카를랑가스에게 주어졌고, 카를랑가스는 여전히 모든 에스파냐 지배를 갈망하면서도 신성로마제국의 황제가 되었다. 주지하다시피 전쟁은 영국이 프랑스와 에스파냐제국의 통합을 반대하면서 시작되었다. 런던은 새로이 탄생할 강력한 권력을 인정할 수 없었기에 프랑스의 펠리피토를 대체할 후보로 카를랑가스를 지원했다. 그러나 영국이 염두에 두었던 이상적인 해결책 앞에 새로운 문제가 대두되었으니, 카를랑가스가 오스트리아와 에스파냐를 통합한다는 것은 프랑스와 에스파냐가 통합하는 것과 맞먹는 왕국을 갖게 된다는 것을, 결국은 어느 쪽으로 통합되든 양자의 힘이 똑같다는 것을 의미했다.

페피토의 죽음은 우리 카탈루냐에게 형벌이었다. 그가 죽자, 영국의 외교관들은 즉각 상황 타개책에 들어갔다. 어떻게 할 것인가. 그들은 속전속결로 해결책을 찾았다. 하나는 카를랑가스가 에스파냐를 포기하고 비엔나로 돌아간다는 것이고, 다른 하나는 펠리피토가 프랑스의 왕위 계승을 단념하고(물론 괴물왕이 죽은 경우였지만) 마드리드에 영원히 남는다는 것이었다. 종전. 다시 말해 각자가 본래의 자리를 되찾고, 아무 일도 일어나지 않게 되는 것이었다.

전술한 조건 앞에서 프랑스는 주저했지만 이미 지쳐 있었다. 반면에 카를랑가스는 항의했지만 그 목소리는 작았다. 그의 입장에서 영국의 군사 지원 없이, 특히 재정 지원 없이 전쟁을 해봤자 세 달 이상을 유지할 수 없을 터였다. 그리하여 얼렁뚱땅 영국의 제안을 받아들이고 그때부터는 지극히 사소한 것까지 챙기려고 기를 썼다.

그렇다면 카탈루냐인들은? 다들 비웃을 것이다. 카를랑가스마저도, 영국마저도 우리 카탈루냐에는 통보조차 하지 않았다. 오죽했으면 적색우단들까지 분노의 절규를 토했겠는가. 우리의 미켈레테들은 산지에서 죽어가고 선량한 시민들은 끝날 줄 모르는 전쟁을 견지하기 위해 세금을 바쳤지만, 왕은 자기 백성을 파묻을 웅덩이를 파고 있었다. 외교 협상은 더디다. 규모가 큰 세계전쟁일수록 더 더디다. 1711년부터 1713년까지 우리 카탈루냐인들은 이미 우리들을 처형자들에게 팔아넘긴 왕을 위해 싸웠다. 아무것도 모르는 멍청한 머슴들처럼.

여기서 나는 한 가지 의구심을 배제할 수 없다. 연대기에 따르면 페피토는 천연두로 죽었다. 그 부분에서 항상 악취가 감지된다. 만일 천연두에 감염된 환자가 없다면 전염병이 없거나 천연두가 아니라는 뜻이다. 그런데 페피토는 비엔나 전체에서 유일하게 그 병에 걸렸다. 그게 우연이었을까?

사실 두 형제 사이의 관계는 오래전부터 껄끄러웠다. 페피토는 형제간의 우애를 시기코자 원정 전쟁으로 막대한 자금을 사용한 데다 유럽의 분쟁에 이골이 나 있었다. 비엔나 궁의 한 늙은 궁인이 나에게 들려준 이야기에 따르면 페피토가 카를랑가스에게 보냈던 서간은 이런 내용을 담고 있었다.

아우님, 이 끝없는 전쟁을 그만두시게. **카탈루냐**인들은 그대를 좋아하지만, **카스티야**인들은 그대를 싫어한다고? 그래서 제안하는데 펠리페가 **카스티야**인들의 왕이 되고, 아우님은 **카탈루냐**인들의 왕이 되는 건 어떨까?

그 서간은 모든 오스트리아 정기간행물이 증명하듯 형제들 간에 단순한 안부 편지가 아니라 작금의 정치적 현안에 대한 결정적인 해결책으로서의 선택을 요구하는 공식적인 정치적 제안이었다. 그러나 그 제안은 카를랑가스에게 호의적인 게 되지 못했다. 카를랑가스는 이어지는 서간을 첩자를 통해 페피토에게 전달하도록 했고, 그 첩자는 페피토의 손톱에 비소를 묻혔다. 천연두라니! 끔찍한 내 사랑 발트라우트야, 넌 어찌 생각하느냐? 뭐, 카인이 아벨을 죽였던 것처럼 죽인 거라고? 빌어먹을, 넌 제발 그 입 좀 닥치라고.

가만, 우리가 어디까지 이야기했던가? 아, 그렇지, 우리 이야기는 이제 카를랑가스가 합스부르크가의 새로운 황제임을 선언하는 것으로 이어져야 한다. 카를랑가스는 대관식을 위해 서둘러 여정을 꾸려서 비엔나로 출발했다. 바르셀로나에는 합스부르크가의 황후가 될 어린 왕비를 카탈루냐인들과의 영원한 신뢰의 징표로 남겨둔 채.

이 대목에서 나는 이렇게 주장한다. 과도한 문명화가 올곧은 민족을 순진한 민족으로 바꾸어놓았다고. 왜냐하면 카를랑가스는 카탈루냐로 결코 다시 돌아오지 않을 것이고, 정치적 볼모로 남아 있는 황후는 바르셀로나를 벗어날 첫 번째 기회를 절대 놓치지 않을 것이 명백하기 때문이었다. 어린 황후는 오페라를 관람하면서 하품만 하다가 안녕을 고했다. 지금 이 순간에도 나를 소름끼치도록 격노하게 만드는 것은 그녀가 떠나게 된 동기로 내세웠던 그들의 궁색한 변명이다. 그녀의 입을 빌리자면, 그녀는 "절실하게 원했던 계승의 중요성" 때문에 떠나야 했다. 그러니까 그녀는 카를랑가스 앞에서 가랑이를 벌리는 게 다급했고, 그것은 한 국가의 명운보다 훨씬 더 중요한 일이었던 것이다.

그러면 독자 여러분도 이 대목에서 어린 왕비가 당당한 근거를 내밀며 바르셀로나를 떠나겠다고 통보했을 때 적색융단들이 어떻게 했는지 알아맞혀보시라.

적색우단들은 찍소리 없이 왕비를 놓아주었다. 소위 정부의 고관대작이란 자들이 말이다. 그녀는 왕 없는 나라가 쥘 수 있는 유일한 협상 카드였다. 온 나라가 눈 뜬 채 토막 나는 일이 생기지 못하도록 만드는 최후의 보증서였다. 그런데 그들은 자기들의 명예를 내걸며 그녀와 작별했다. 그들은 대대적으로 부두로 나갔으며 거기서 그들에게 중요한 것은 왕비의 눈에 잘 띄는 곳에 자리를 잡는 일이었다.

이번에는 내가 여러분에게 그들이 했어야 할 일을 말하겠다. 일단 그들은 왕비를 쥐가 득실대는 방에 가두겠다고, 카를랑가스가 유럽의 외교석상에서 카탈루냐가 자유롭고 안전한 나라임을 정치적으로, 외교적으로, 군사적으로 보장받도록 해주지 못하면 왕비가 갇힌 방에 화톳불을 바꾸어주지 않겠다는 내용의 서간을 비엔나에 보냈어야 했다. 그러나 그런 일은 일어나지 않았다. 적색우단들은 과도하게 문명화된 부류였다. 세상은 우리의 목을 노리는데 그들은 가발에 먼지가 묻을까, 그것을 걱정했던 것이다.

카를랑가스는 홀가분한 상태에서 부르봉가와 불길한 '철수 협정'을 체결했다. 조항에 의하면 동맹국들은 아직까지 이베리아반도에서, 다시 말해 반도에서 아직까지 통제되고 있는 유일한 영토 카탈루냐에서 모든 군대를 철수시켜야 했다. 그때부터 모든 게 다급해졌다. 왕비가 비엔나로 피신하면서 카탈루냐 부왕의 권좌는 오스트리아 출신 슈타렘베르크 제독이 차지했다.

슈타렘베르크의 어깨에 현대에서 가장 역겹고 기념비적인 집단

처형식의 책무가 얹어질 참이었다. 1713년 초에 완성될 그 드라마에 필요한 톱니바퀴는 이미 맞추어져 있고 남은 것은 손잡이를 조작하는 일이었다.

프랑스 괴물왕 루이 14세와 동맹국들 사이에는 사전에 이면 협정이 이루어졌다. 전령이 바르셀로나에 도착했다. 슈타렘베르크는 카탈루냐에서 동맹군을 철수시킨다는 협정을 이행하고 이끌어야 하는 역할이 주어졌다. 동맹군인 네덜란드, 독일, 포르투갈 군대가 바르셀로나에 정박된 영국 함대에 승선할 예정이었다. 동맹군들이 떠난다는 것은 동맹국들 중에서도 가장 충실한 나라를 대살육과 참수형으로 내모는 것을 의미하는 것이다. 'It is not for the interest of England to preserve the Catalan liberties.'(카탈루냐의 자유를 지키는 일은 영국의 관심사가 아니다.) 그들은 동맹국의 생사를 외면했다.

바르셀로나 사람들은 경악하고 망연자실했다. 아무도 그 소식을 믿으려 들지 않았다. 그러나 숙명주의의 파도가 도시를 휩쓸었다. 거리는 활력을 상실하고 술집에 모여든 사람들은 피할 수 없는 운명을 논하거나 술에 취해 오싹한 운문들을 토해냈다.

> 영국인들은 실패했다!
> 포르투갈인들은 서명했다!
> 네덜란드인들이 곧 동의할 것이니,
> 우리에게는 죽음의 시간이다!

바르셀로나 전역의 담벼락은 온통 풍자와 블랙유머가 담긴 낙서로 뒤덮였다.

배설 코미디

배역: 수도사 똥구멍에 에스파냐, 변소용 솔에 우리의 자유,
조연에 노예근성, 그리고 똥에 모든 동맹국들.

카를랑가스의 손에 의해 서명된 백성들의 직책과 업무와 임금은 하룻밤 사이에 그 가치를 상실했다. 어떤 자들은 조그만 종을 치고 색종이를 뿌리며 이렇게 외쳐댔다.
"쓰레기 가격에 직책을 팝니다!"
역사적으로 풍자나 해학 같은 행위는 시대의 두려움을 상쇄시키는 역할을 해왔다. 그 시절의 즉흥극도 그랬다. 하루는 집 근처에 위치한, 거리의 배우들이 공연하는 보른 광장에서 난과 앙팡을 만났다. 가관이었다. 벌거벗은 몸이라 머리에 씌워진 깔때기만 벗기면 영락없이 변형된 아담으로 보이는 난이 구경꾼들 앞에서 즉흥적인 연기를 벌이는 중이었다. 녀석은 왼쪽 무릎을 뒤로 꺾고, 그렇게 해서 없어진 무릎 밑 부위를 햄으로 만든 뼈를 갖다 붙여 전쟁 중에 다리가 잘린 불구자 같은 모습으로 위장한 다음, 흡사 돼지 넓적다리와 족발이 달린 창작물처럼 보이는 부위를 단검으로 발라내어 게걸스럽게 먹어치우는 동작과 동시에 쓰라린 통증과 달콤한 맛을 즐기는 듯한 표정으로 구경꾼들의 감탄을 자아냈다. 영락없는 연극배우였다. 그사이에 앙팡은 양손에 조그만 적선용 주머니를 들고서 구경꾼들 사이를 돌아다니며 저잣거리에서 가장 대중적으로 회자되는 운문을 흥얼거렸다.
"아, 카를로스 3세와 펠리페 5세 사이에서 나는 이렇게 벌거벗긴 채 남겨졌다네!"

아, 웃음이 나온다. 그것은 두려움에서, 땅에 묻더라도 절대 떨칠 수 없는 두려움에서 나오는 신호다. 그 뒤로 밀려드는 공포를 아는 신호 말이다.

그 공포는 여행자들에 의해 운반된 역병처럼 도시에 도착했다. 카탈루냐 전역에서 바르셀로나로 피난민들이 모여들었다. 그들은 성문을 통과할 때 어떻게 되었느냐고 묻는 시민들에게 이렇게 대답했다.

"모든 지평선이 불타고 있다."

사실이었다. 부르봉군에게 항복하지 않는 곳은 기습공격과 포격을 당했다. 부르봉군은 철수 중인 동맹군을 뒤쫓아 도시나 마을로 들이닥치는 것에 그치지 않고 시장이나 관리들을 출두시켜 복종을 강요했다.

공포는 두 가지 상반된 반응으로 귀착된다. 하나는 흔한 반응으로 협박 앞에서 복종으로 나타나며, 다른 하나는 위험한 만큼이나 흔하지 않은 반응인 집단적인 분노로 표출된다.

해안으로 퇴각하는 동맹군은 시민들로부터 더 남아달라는 청원 대신에 돌팔매질을 받았다. 시민들의 분노는 그들의 배신행위가 증명되면서 최고조에 달했다. 그들은 철수하면서 도시의 열쇠와 요새를 부르봉군 지휘관들에게 건넸던 것이다.

1713년 6월 말에 바르셀로나는 온통 격렬한 분노로 들끓었다. 바보가 아닌 시민들은 누가 자신들의 불행을 책임져야 하는지를 알고 있었다. 수백 명의 군중이 슈타렘베르크의 관사 앞으로 몰려가서 육중한 대문에 닭털과 닭발을 붙였다. 그러나 시민들이 미처 모르는 게 있었으니 슈타렘베르크는 겁을 먹거나 자신감을 상실하지 않았다. 마치 사형을 집행하는 자들이 겁쟁이도 아니고 용감한 자도 아닌 것처럼. 그는 비열했을 뿐이다.

적색우단들도 슈타렘베르크를 찾아갔다. 동맹군이 왜 철수하는지, 잔악한 적군 앞에서 왜 우리의 도시를 무방비 상태로 놔두는지, 전쟁이 시작될 때부터 카를랑가스를 충실하게 따랐던 모든 카탈루냐인의 처형을 막기 위한 방도가 무엇인지 그것들에 대한 해명을 요구했다.

슈타렘베르크는 견유철학사에 기억될 만한 답변을 남겼다.

"나의 깊은 감성과 애정은 당신들과 함께할 것입니다."

그게 마지막이었다. 그날 오후 그는 사냥을 간다면서 마차를 타고 뒷문으로 빠져나갔다가 다시는 돌아오지 않았다. 그의 마차는 동맹군과 합류하기 위해 도시 북쪽에 위치한 베소스강으로 갔다. 강어귀에는 항구에서의 시민들과의 충돌을 피해서 몰래 이동한 영국 함선이 정박하고 있었다. 오, 우리의 충직한 동맹군이여!

슈타렘베르크는 부왕의 직책마저 포기하지 않고 사라졌다. 참담한 불명예를 감당하기는 힘든 일일 것이다. 그러나 깨달아야 한다. 종부성사는 사형수에게도 주어진다는 것을.

○○○

동맹군들이 떠나면서 우리가 궁지에 몰려 있는 동안, 부르봉군은 어떤 결정을 내리게 될 우리의 적색우단들을 예의주시했다. 그때까지는 아무것도 결정되지 않았다. 그러나 부르봉군은 이미 짐을 싸고 있던 슈타렘베르크에게 마지막까지 서명할 문서를 보냈다. 그들의 비뚤어진 법적 논리에 따르면 카탈루냐에서 오스트리아 독수리 슈타렘베르크의 권좌는 지속적으로 유효했다. 따라서 슈타렘베르크는 본연의 모습을 유지해야 했고, 그랬기에 적과 공모관계를 지속하면서 그들에게 그의 눈에는 아무런 가치도 없게 보이는 우리들의 자유와 자산을 넘겨주었다.

영국 함선에는 동맹군들 중에는 많지 않은 카탈루냐인들도 근무했는데, 당시 카를랑가스 제국 군대에 병적을 두었던 그들은 법과 지옥의 중간에 위치한 미켈레테와 달리 오로지 정규군의 길을 선택한 자들이었다. 당연히 그들은 작금의 상황을 파악했으며, 중책을 맡거나 협상에 참여하지 않았지만 자신의 위치와 누구에게 충직해야 하는지를 명확하게 이해했다. 그래서 그들은 마지막 순간까지 동맹군의 철수 대열에 끼지 않고 바르셀로나로 돌아가기 위해 함선에서 뛰어내렸다. 슈타렘베르크는 무자비하고 가혹하게도 그들에게 전시에 탈영병에게 적용되던 형벌, 즉 사형을 지시했다. 그러나 우리의 선량한 젊은이들이 동맹군들이 퇴각하는 길을 따라 늘어선 나무에 점점이 매달려 죽어가는 동안, 적색우단들은 살인자들에게 굴복해가고 있었다.

1713년 6월 말, 적색우단들은 카탈루냐 의회 소집을 결정했다. 황당한 것은 의제가 유일하다는 것이었다. 부르봉가에 맞서 어떻게 할 것인가? 굴복할 것인가, 싸울 것인가?

여기서 나는 한 가지 밝힐 게 있다. 우리 의회는 세 그룹 혹은 '세력'으로 나뉘어 있었으니, 하나는 귀족으로 구성되고, 다른 하나는 서민들을 대표하고, 또 다른 하나는, 아, 어찌 빠질 수 있겠는가, 바티칸의 바퀴벌레들이었다.

이봐, 내가 사제들 얘기를 할 때는 끼어들거나 따지지 마! 글쎄, 나도 내가 무슨 얘기를 하고 있는지, 무슨 말을 할 것인지 훤히 알고 있다니까!

모든 사제들이 나쁘다는 것은 아니다. 내 말은 그게 아니다. 나는 포위전에서 두 눈으로 똑똑히 보았다. 그들을, 삼나무보다 더 빼빼한, 어쩌면 유리처럼 깨지기 쉬운 사제들이 적의 포화 앞에서도 꿋꿋하던 모습을. 그랬다. 그들은 유일한 지상의 재산인 사제복 차림으로 맨 앞에서 총알이 귀청을 때려도 침착하게 무릎을 꿇은 채 죽어가는 자들의 종부성사를 이끌었다. 그러나 그들의 주교들은 적색우단들과 다를 바 없는 흑색우단들이었다. 내 말이 틀리다고 생각하면 바르셀로나의 주교이자 추기경인 비천한 베네트 살라가 어떻게 처신했는지를 지켜보라.

첫 번째 바르셀로니 의회 소집에서 그에게 성직자로서의 역할을 물었다. 그들은 세 그룹 중에서도 가장 탄탄한 그룹으로서 논리적이어야 했음에도 두루뭉술한 대답을 늘어놓았다. 이것도 아니고 저것도 아니었다. 그들은 시종일관 신학적인 애매한 입장을 견지했는데, 그들의 주장에 따르면 전쟁은 그 자체로 악이었고, 그리스도인들끼리 싸웠을 때 전지전능한 하느님은 피를 흘리며 울었다.

그야말로 멋진 블레셋 무리 아닌가! 그러나 내가 아는 것만 해도 바티칸은 십여 개의 전쟁에 축복을 내렸고, 막상 전장에서 죽어가던 사람들에 대해서는 크게 신경 쓴 적이 없었다. 게다가 그때까지 세계적인 전쟁이 무려 3년 동안 지속되었지만 단 한순간도 전쟁이 몹쓸 짓이라고 생각하지 않았다. 그것만이 아니었다. 당시 그는 우리들 등에 비수를 꽂았다.

베네트 살라는 바르셀로나를 빠져나가기 위한 명분을 지니고 있었다. 그즈음 그는 이미 로마의 호출을 받아놓은 상태였다. 바티칸의 음흉한 술책들 중의 하나는 슈타렘베르크와의 결탁으로, 동맹군이 도시를 등질 때 베네트도 함께 떠나는 것이었다.

바르셀로나 사람들은 졸지에 자기들의 육신을 지켜주던 군대로부터, 영혼을 지켜주었어야 할 목자로부터 버림받았다. 베네트는 자신이 섬겨야 할 독실한 기독교인들을 포기함으로써 그들의 사기를 떨어뜨리고, 그들을 굴복하게 만들고, 그들을 속죄양으로 삼은 도살자나 다를 바가 없었다. 나는 죽어서도 행복할 것이다. 베네트를 만나 몇 마디 말을 나누게 될 테니까. 나는 그와 함께 페레트 보테로*의 가마솥으로 들어가겠지만, 그들에게 맹세하거늘, 거기서도 그들의 손에 목이 졸린 그는 가마솥의 수프 속에서 영원히 허우적거리는 형벌을 받을 테니까.

카탈루냐에 분노의 물결이 더욱더 거세어지고 있었다. 내일 당장 무슨 일이 일어날지 예측하기 힘든 나날이었다.

그래도 종교적인 것은 불능 상태에서 항상 좋은 안식이 되어왔다. 거리마다 도시의 구원을 구하는 수난 행렬이 줄을 이었다. 밤낮없이 소란스러웠다. 다수의 속삭임 같은 소리가 차츰 커지면서 도시 전체로 퍼져나갔다. 그중에 성녀의 개입을 주장하면서 성지인 몬세라트산으로 향한 열두 명 아가씨들의 충격적인 수난 행렬이 무엇보다도 이목을 끌었다. (몬세라트산은 바르셀로나 북서쪽에 위치하며, 끝이 뭉툭한 톱니바퀴 형태를 이루는 산꼭대기에는 피부가 검은

---

* 카탈루냐 지방 전설의 악마.

성모 마리아 상이 있다.)

나는 여러분들이 나를 신심 없는 자로 불러도 좋지만 수난 행렬에 자신의 몸을 채찍질하는 망토 차림의 성직자들보다 예쁘고 늘씬한 아가씨들이 더 많이 참여했다는 말은 꼭 해야겠다. 수난 행렬은 군중심리를 강하게 자극했다. 저 아리따운 아가씨들이 왜 희생양이 되어야 하는가? 그리하여 종교 행렬은 도시의 양도를 거절하는 시위로 바뀌었고, 나아가 도시의 성녀 에울랄리아를 지지하는 외침은 펠리페 5세에 맞서는 함성으로 변했다.

그즈음에 나 선량한 수비는? 온 도시가 혼란에 빠져 있는 동안에 대체 무엇을 했는가?

그즈음 나는 온통 유산 소송에 빠져 있었다. 남아도는 게 시간이었던 터라 변호사 사무실을 뻔질나게 드나들었다. 내 소송을 일사천리로 진행시킬 변호사는 사무실의 주인이자 고용주인 카사노바라는 인물이었다. 그러나 카사노바는 보이지 않았고 직원들은 그가 고위 정치가라 만나기 힘들다거나 소송을 서두르면 죽도 밥도 안 된다며 나의 애간장을 태웠다. 어떤 날은 문도 열지 않았다. 그런 날이면 마치 닭 쫓다 지붕 쳐다보는 개새끼처럼 기분이 잡친 채 다른 사무실을 찾았다가 악덕 변호사를 만나서 말씨름을 벌이기도 했다. 나는 속절없이 닫혀 있는 카사노바 사무실 앞에서 이렇게 되뇌었다. 만일 누군가가 나에게 우수한 참호병 부대를 맡긴다면 20일 만에 삼각형 보루 스무 개로 이루어진 요새를 탈취할 수 있다고 장담하겠지만 변호사 사무실만큼은 난공불락이라 사양하겠다고.

○○○

하루는 페레트가 나를 꼬드겼다.

"이봐, 마르티, 재밌는 일이 있는데, 구경 삼아 가지 않을래?"

의회가 열렸으니 가보자는 것이었다.

"경비가 세 겹으로 섰는데, 거길 들어간다고요?" 나는 턱도 없는 짓이라고 비꼬았다. "아저씨는 저 소리가 안 들려요?"

창문을 통해 산트 하우메 광장에 모인 사람들이 외치는 소리가 들려왔다.

"잔말 말고 따라와. 외출복으로 갈아입고."

나는 딱히 할 일도 없고 해서 그의 뒤를 따랐다. 산트 하우메 광장까지 걸어가는 것도 힘들었다. 무수한 인파가 광장을 뒤덮었지만 정문을 밀어붙이거나 경비대와의 무력 충돌은 없었다. 그들의 눈은 발코니로 향했고, 한목소리로 정부에게 촉구했다. 아니, 명령했다.

"크리다Crida! 크리다를 선포하라!"

시민들은 '크리다'에 의해 합법적인 무장에 들어간다. 비상시에 크리다만이 카탈루냐의 성인들을 소집할 수 있는 효력을 지니기 때문이다. 한편으로 미켈레테는 법의 굴레를 벗어나 자율적으로 무장하고 독자적으로 행동한다. 따라서 크리다를 선포하는 것은 오로지 법령만 따르겠다는 뜻이며, 그러기에 적색우단들이 반대하는 것은 당연한 일이었다.

페레트는 광장을 피해 비좁고 은밀한 산트 오노라트 거리를 끼고 돌더니 건물로 들어가는 문이 나오자 경비병에게 다가가 귀엣

말을 속삭였고, 그 경비병은 곧바로 문을 열어주었다.

"어떤 신사가 자기편이 되어달라고 동전 몇 푼 찔러주더구나." 페레트가 계단을 올라가면서 여전히 미심쩍은 표정을 짓고 있는 나를 보며 말했다.

의회는 양쪽 진영으로, 다시 말해 크리다에 찬성하며 독자적인 카탈루냐 군대를 창설해서 저항하자는 쪽과 부르봉군에게 굴복하자는 쪽으로 나누어져 있었다. 앞서 언급했듯 후자인 적색우단들은 헌정을 지킬 의지가 전무했고, 법적으로 발령된 크리다가 아니면 무장을 반대한다는 입장이었다. 나는 그곳에 들어서고 난 뒤에야 눈으로 실내를 둘러보았다. 그곳은 바로 산트 호르디* 전당이었다.

천장이 높고 사면이 돌벽인 기다란 사각 형태의 홀을 상상해보라. 실내는 융단을, 당연히 적색 융단을 씌운 고상한 의자들이 엄격한 열을 이루며 배치되어 있고, 단상의 탁자 위에는 선서문과 조그만 종이 놓여 있었다. 그 종은 이론상으로 발언권을 주거나 거두는 데 쓰이는데, 내가 '이론상'이라고 표현한 것은 발표자들이 한창 열을 올릴 때면 종 따위가 울리든 말든 귀에 들어오지 않기 때문이다.

본래 의회에는 모든 카탈루냐 대표자가 참석하지만 영토의 4분의 3이 이미 점령당한 상태라서 참석자는 일부에 불과했다. 게다가 그날은 찬반을 결정해야 하는 까닭에 자기 진영의 목소리에 힘을 얹어줄 용병 같은 존재가 필요했으며 페레트 같은 인물이 그런 역할에 제격이었다. 하긴 페레트는 원로원에 들어갈 나이인 데다 오

---

* Sant Jordi. 카탈루냐의 수호성자.

징어튀김 한 접시를 구하려고 마음만 먹으면 자기 모친의 무덤도 파헤칠 신세였다. 실내는 카탈루냐가 처한 정세만큼이나 혼란스러웠다. 정작 그 자리를 지켜야 할 자들(그들 대부분은 함선의 노를 젓고 있거나 죽어서 나무에 매달려 있었다.) 대신에 없어도 되는 자들이 더 많았고 자신의 책무를 방기하고 자리를 이탈한 자도 적지 않았다.

내 기억이 틀리지 않다면 그날은 무지막지한 폭염이 기승을 부리던 7월 4일 혹은 5일이었다. 부르봉가에게 굴복하자고 주장하는 측의 대변인은 니콜라우 데 산트 호안이라는 자로, 그가 말을 꺼내기도 전에 박수갈채가 쏟아졌다. 그는 좌중의 엄숙한 침묵을 촉구하며 입을 열었다.

"누군가가 힘들 때, 외부의 힘을 고려하는 것은 자연스러운 것입니다. 자연의 법칙과 가톨릭 법은 하느님을 섬기는 자를, 흠결 있는 연령대를, 신성한 전당을 가혹한 전쟁에 노출시키지 않도록 가르치고 설득합니다. 그런데도 군 통수권을 놓고 분노하는 것은 교회를 존중하지 않고, 나이를 헤아리지 않고, 성녀의 신성함마저 포기하는 것입니다."

그러나 어디선가 그가 요구한 엄숙한 침묵을 무시하는 비웃음이 터져 나왔다.

"훙, 그건 우리도 마찬가지라고! 자, 그 결과가 어떤 것인지를 보여줄 테니 처녀를 하나 데려오시오!"

그렇게 비웃은 자는 페레트로, 상식을 벗어난 그의 언행이 산트 호안을 잠시 어리둥절하게 만들자, 적색우단 쪽에서 페레트에게 삿대질을 하며 욕설을 퍼부었다. 그러나 산트 호안은 다시 자신의 말을 이어나갔다.

"우리 조국이 카스티야와 프랑스 사이에 끼여 있다는 현실을 직시합시다. 바다로 나가는 항구들은 프랑스 해군들에게 봉쇄되었고, 영국인들은 우리에게 두려움과 불신만 가져다주었습니다. 나는 여러분에게 묻습니다. 우리의 군주인 왕이 과연 그들을 뚫고 우리를 구원하러 올 군사력을 지니고 있는지를 말입니다. 설사 구원군이 도착한다고 해도 라인강 전투를 감안할 때 그 군사력이 얼마나 되겠습니까?"

"젠장! 우리한테 필요한 건 돈 많은 자들보다도 배짱 있는 사내들이오." 페레트가 다시 끼어들었고, 그 뒤에서 많은 이들이 그에게 응원의 함성을 보냈다. "와……!"

"닥쳐! 악당만도 못한 놈들아! 어서 꺼지지 못해!" 이번에는 적색우단들의 박수부대가 고함을 지르며 발을 동동 굴렀다. 천민들보다 차별을 조금 덜 받는 보통 사람들로 구성된 박수부대는 적색우단들이 결정한 사안을 밀어붙일 때 필요한 존재들이었다. 그러나 적색우단들은 모두가 똑같은 생각이 아니라는 것을 망각했으니, 그들 중에서 페레르가, 마치 황폐한 사막의 등대 같은 엠마누엘 페레르가 확연하게 도드라졌다.

페레르는 하층 귀족이자 행정 관리로 유명했다. 사람들은 말편자만큼이나 유용한 일들을 꼼꼼하게 처리하는 그를 인간 서생원이라고 불렀지만 그런 식의 명성이 저 광대한 지평에서 벌어지는 일들을 인식하는 그의 혜안을 막지는 못했다. 그는 안락하고 평온한 삶을 누렸으며 부자이자 행복했으나 반대쪽에, 그러니까 저항하는 쪽에 서면서 모든 것을 잃었다. 이윽고 차례를 기다리던 그가 자리에서 일어났다.

"묻습니다. 다른 시대에는 다른 카탈루냐가 되는 것입니까? 우리에게는 부당하게 우리를 억누르는 카스티야인들에게 대항할 법과 특권이 주어지지 않는 것입니까? 부르봉가가 그렇게까지 엄격하게 우리 카탈루냐를 속박하는 게 자유롭고 호방한 우리들을 노예화시키기 위한 목적이 아니라는 것입니까? 카스티야의 폭력과 오만방자함이 우리 카탈루냐를 짓밟는 것에 동의한다는 것은 인디오들과 똑같은 치욕을 당하겠다는 것에 동의하는 게 아니고 무엇이란 말입니까?"

"돌았군! 죄다 미쳐버린 거야!" 적색우단들이 격렬하게 반발했다. "당신들의 무책임한 처신이 온 나라를 불행하게 만들고 말걸!"

여기서 나는 어느 쪽도 아닌 중립을 지키고 싶다. 나는 항복에 찬성하는 귀족 모두를 나라를 팔아먹은 자들로 규정하지 않을 것이다. 절대로. 문제는 저항에 반대하지 않는 합리적인 논리보다 더 많은 계기들이 있었다는 것이다. 우리는 이미 방치되었고 두 왕국 프랑스와 에스파냐는 연합해서 우리를 공격해 왔다. 그런 차원에서 볼 때 협상으로의 해결에 투표한다는 것은 우리가 얻게 될 것이 거의 없다는 것이지만 그렇다고 우리가 펠리피토의 지배하에 들어가겠다는 것을 내포하지도 않았다.

페레르는 주장했다. 포르투갈 왕이 누구보다도 카탈루냐의 운명을 두려운 눈으로 예의주시하고 있기에 도울 것이라고, 카를랑가스 황제는 우리가 저항하면 자신의 국가적 권위 때문에 관여하지 않을 수 없을 것이라고, 영국과는 오래전에 협정이 체결된 상황이라고, 카탈루냐 대사들은 유럽의 왕실을 돌아다니면서 한 나라의 기본적인 권리를, 한 나라의 존립에 대한 간절한 열망을 피력해야 한다고. 이어 자기 진영과 상대 진영의 비난이나 제지를 무시한 채 카탈루냐 역사를, 카스티야와의 가증스러운 왕조 통합의 역사를 되짚고 나서 이렇게 강조했다.

"언급한 모든 이유들로 말미암아, 우리는 즉각 무기를 들고, 깃발을 올리고, 더 이상 미루지 말고 군대를 소집해야 합니다. 하느님이 우리에게 쥐어준 '충실한 총력los Fideliísimos Brazos Generales'은 유용합니다. 우리는 모든 유럽에 우리의 정의를, 후세에게 우리의 과정을, 그리고 적들에게 우리 카탈루냐의 혼과 존엄이 실추되지 않았음을 알리려거든 반드시 그 대가를 치러야 한다는 것을 표명해야 합니다."

그러나 그의 주장은 모두의 마음 밑바닥에서, 그렇게 말하는 페레르 자신마저 기대하기 힘든 환영(幻影)이었다. 극도로 절망한 귀족의 자해행위인 셈이었다.

"국가의 운명은 영광스럽게 끝내야 합니다." 그가 결론 같은 말을 덧붙였다. "영광스러운 종말이 무어인들에게도 적용하지 않았던 징세와 폭력을 인내하는 것보다는 가치 있는 일이니까요."

그 대목에서 끔찍한 내 사랑 발트라우트가 목초를 뜯어 먹지 않는 암소의 대갈통만큼이나 큰 머리를 들어 올리더니 그 시절에 내가 무슨 생각을 갖고 있었느냐고 묻고 또 묻는다. 내 생각이라는 게 하찮은 것에 불과하지만 그래도 짧게나마 정리하면 이렇다.

내 관점은 가능한 한 열정이 적은 쪽에 서고 싶었다. 양쪽이 다 옳았기 때문이다. 항복한다는 것은 천년을 이어온 우리의 자유를 잃고, 우리가 카스티야나 카스티야 제국의 한 지방으로 변하고, 그들의 멍에를 함께하는 것이고, 무자비한 탄압을 겪는 것이었다. 저항한다는 것은 적색우단들이 떠들어대듯 절멸과 대학살이었다. 따라서 선택한다는 것은 똑같이 나쁜 것들 중에서 하나를 선택하는 것이었다.

투표에 들어갔다. 결과는 투항파의 승리였다. 대다수였다. 페레르가 자리를 박차고 일어서더니 선거관리원에게 다가가 자신의 이름을 기입하라고, 자신은 반대했다는 것을 명기하라고 요구했다. 그것은 스스로가 사형 언도에 서명함으로써 나중에 부르봉군이 더 이상의 증거가 필요 없이 그의 목을 매달도록 만드는 행위였다. 그러나 그가 끝이 아니었다. 무슨 일인지 다른 귀족들도 자리에서 일어나 그의 뒤를 따랐다.

나는 어안이 벙벙해졌다. 지금 무슨 일이 일어나고 있는가?

독자 여러분은 동전의 이면을 보아야 한다. 내 눈에 그들의 행동은 존경심을 넘어 기이하게 보였다. 왜냐하면 프란세스크 알레마니, 발디리 바트예, 유이스 로헤르, 안토니 발렌시아 같은 귀족들은 자기들이 투항하는 쪽에 투표해야 한다는 것을 의식적으로 생각하고, 평소에 다수의 의견을 좇거나 총체적인 이익만을 헤아리면서 소수의 의견을 무시하고, 그날도 장내를 한 바퀴 돌면서 반대파의 의견을 묵살하는 인물들이었기 때문이다. 이 대목에서 발트라우트가 나에게 묻는다. 눈물은 왜 흘리느냐고. 그 이유는 이렇다. 그들이, 그러니까 항전에 대해서는 한 번도 염두에 두지 않았던 그들이 나중에는 기나긴 포위전에 참가하여 끝까지 싸웠기 때문이다. 그들은 자신들에게 맞서는, 자기들과 다른 자들의 견해를 지지했으며, 1714년 9월 11일 새벽에 자기들의 목숨을 기꺼이 희생시켰다.

그들 모두가. 아직도 나는 착검한 소총을 손에 꼭 쥔 채 성을 지키다가, 무자비한 백색 제복 물결에 휩쓸려간 발렌시아의 모습을 기억한다.

투표 결과의 중요성에 대한 통찰에 있어, 나는 우리 귀족의 힘이 영국 귀족의 힘과 유사하다고 말하겠다. 무슨 말인고 하니, 그들이 획득한 투표 수는 그 너머에 감지할 수 없는 도덕적 무게를 지니고 있으며 그 무게를 헤아리지 못하는 대중이 그들의 결정을 단순히 비준하게 된다는 공통점을 지니고 있다는 것이다.

"아저씨 편이 질 만하더군요." 나는 집으로 가는 길에 페레트에게 말했다. "그건 그렇고, 아저씨는 자신의 견해를 남에게 팔아넘기는 게 부끄럽지 않으세요?"

"천만에, 내가 왜?" 페레트가 대답했다. "나중에 적색우단들이 자기들의 박수부대가 되어달라고 돈을 주너구나. 하시만 기왕에 줄 거면 시작하기 전에 주었어야지."

"어쨌든 2 대 0으로 진 겁니다" 나는 인파로 가득 찬 산트 하우메 광장을 바라다보며 말했다. "사제들과 귀족들이 투항을 결정했으니 말입니다. 게다가 내일은 여기 있는 군중들이 귀족들의 판단에 따를 거고요. 결국은 이렇게 끝나는군요."

그러나 그게 아니었다. 나는 그렇게까지 오판을 해본 적이 없었다. 나의 오판은 산트 하우메 광장에서 발코니로 나온 투항파 대변인이 귀족들의 의견이 받아들여졌다는 것을 알렸을 때 더욱 확연해졌다. 광장 위로 얼음 소나기가 쏟아진 것 같았다. 아무도 항의하지 않았다. 수천 명의 목구멍에서 분노의 외침이 하나도, 단 하나도 새어나오지 않았다. 하지만 그들은 집으로 돌아가는 대신에 바로 거기 산트 하우메 광장에서 야영에 들어갔다.
 나는 결정적인 국면의 선회가 거기서 시작되었다고 생각한다. 반란이 아니라 침묵의 불복종 시위에서. 광장에 모인 군중들은 방금 들은 결정에 할 말을 잃었고, 발코니의 귀족들은 군중들의 무언과 침묵에 당황했다. 어떻게 할 것인가? 광장에서 군중을 내쫓는 것은 불가능했다. 누구도 선뜻 나서지 않았다. 그럴 만한 경비 병력도 없었다. 폭력으로 진압하겠다고 나섰다가는 자칫 더 큰 무질서를 야기할 수도 있는 상황이었다.
 밤새도록 군중들은 광장을 지켰다. 이튿날은 군중들의 수가 불어났다. 광장과 거리의 분위기가, 이어지는 페레르의 연설이 군중들을 흥분시켰고, 이튿날 투표 결과는 항전을 찬성하는 쪽의 승리로 바뀌었다. 압도적이었다. 산트 하우메 광장은 환희의 물결이었다.
 "크리다! 크리다를 선포하라! 선포하라!"
 군중들의 함성이 더욱 커졌다. 열정으로 충만한 함성이었다. 그것은 요구가 아니라 협박이자 명령이었다. 명령에 불복한다는 것은 전혀 예상하지 못한 돌발 사태를 내포한다. 그것을 모를 리 없는 귀족들은 대부분이 입장을 바꾸었다. 하지만 귀족들 중에서 비타협적인 강경파가 법적으로 소집된 회의장 안이 아니라 밖에서 결정된 것은 효력이 없다고 주장하며 제동을 걸었다. 그들의 목적은 군중들이 지쳐서 귀가할 때까지 의사일정을 지연시키는 것이었다. 그렇게 이틀이 지났다. 그러나 광장은 강경파의 기대와 달리 더 많은 사람들이 몰려들었다. 관용은 항상 고통스러운 양면성을 지닌다. 다시 말해 더 많은 것을 얻으려는 자는 승리할 경우에 적은 것을 얻게 되지만 패배할 경우에는 더 많은 것을 잃게 되는 법이다. 그 이틀 사이에 모든 의사일정과 토론은 중단되었다.

7월 9일. 페레트는 산트 호르디 살롱으로 가기 위해 집을 나섰다.

"또 간다고요?" 내가 소리쳤다. "투항파는 바보들이 아닌가요? 어떻게 된 게 마지막 순간에 배신한 자를 다시 불러서 돈을 주느냐고요."

"아냐, 아냐, 그게 아니라고. 너도 보게 되겠지만, 그날 내가 연기를 잘했다고 이번에는 항전파에서 돈을 주는 거야. 더 크게 악을 써달라고."

"하지만 투항파 쪽에서 이미 아저씨 얼굴을 알고 있으니 이번에는 못 들어가게 할걸요."

"천만에! 내가 항전파에서 제시한 것을 투항파에게 알리자, 투항파가 자기들 박수부대가 되어주면 두 배로 지불하겠다고 했거든. 그러니까 오늘 난 투항파가 될 거라고! 평화여, 만세! 수비, 넌 안 갈래?"

산트 호르디 살롱은 숫제 닭장이었다. 카탈루냐 의회주의의 성전이 청과물 가게로 변해 있었다. 양측은, 그러니까 투항파와 항전파가 서로 마주보고 앉은 채 삿대질을 해대며 고함을 질러대느라 정신이 없었다.

"헌정과 자유를! 크리다를 선포하라!" 항전파가 그들의 구호를 외쳤다.

"이 땅에 평화와 양식(良識)을!" 투항파가 그들의 구호로 맞섰다.

하! 적색우단들과 그들의 근거 없는 모략이 관전자인 나까지 분노하게 만들었다. 그들의 계략에도 불구하고 대세는 기울어지지 않았는가! 따라서 그들은 대다수의 자유로운 의지에서 표출된 크리다를 발령해야 했었다. (적색우단들은 누구보다 먼저 도시를 빠져나갈 게 뻔했고, 글쎄, 그 상황에서 그들이 나한테 요새 포위전에 대해 물을 리도 없었다니까!)

"세니Seny!" 투항파가 외쳤다. "당신들은 잃었는가? 세니를!"

'세니'. 그들이 느닷없이 불러낸 세니는 설명이 필요하다. (끔찍한 내 사랑 발트라우트야, 그렇지 않은가?)

카탈루냐인은 쓸모없는 영적인 것을 만들어내는 데 세계적인 전문가들이다. '세니'란 차분하고 합리적이고 평온한 상태를 말한다. 이는 '분별 있는' 인간이 심각한 문제에 직면할수록 평정심을 유지하는 것이며, 똑같은 상황에서 카스티야인들이 반응하는 기사도적인 열정과는 완전히 상반된 것이라고 할 수 있다. 문제는 카스티야의 이달고들이 지휘하는 소규모 군대에게 압도당한 우리가 처절한 고통을 당함으로써 본연의 정신이 붕괴한 상태에서 세니를 고수하자는 것은 담대한 용기는 고사하고 유태인이나 장사치들처럼 서로의 차이를 검이 아닌 입으로 해결하는 방도밖에 없다는 현실이었다.

산트 호르디 살롱은 시간이 흐를수록 한 치의 양보도 없는 기싸움이 전개되고 있었다. 그때였다. 최후의 일격을 위해 비장의 무기 두 개를 미리 준비했던 적색우단 쪽에서 그중 하나를 꺼내든 것은.

고성과 삿대질이 난무하는 살롱으로 장님이나 다름없는 한 신사가 지팡이를 짚고서 증손자의 부축을 받으며 들어섰다. 노인이? 그렇다. 상노인이었다. 한밤중에 적어도 네 번은 잠자리에서 일어날 나이였다. 오줌을 누기 위해서 말이다. 이 기회를 통해 밝히건대 요즘 나는 밤마다 똑같은 이유로 세 번 정도 잠을 깬다.

노신사는 카를레스 데 피바예르였다. 그의 도덕적 권위는 로마 공화정의 원로들이 그러했듯 직책에서 체득한 경험이나 긴 공직생활을 통해 성취한 경외감에서 비롯된 게 아니었다. 그는 명예의원으로 말년을 보내는 중이었다. 적색우단이 의회에서 격렬한 논쟁이 벌어지는 동안에 한 번도 나타나지 않았던 그를 침대에서 불러낸 목적은 불 보듯 빤했다.

등이 구부정하게 굽은 노신사의 등장. 그것은 단순한 등원 이상의 무엇인가가 있었으니 그가 카탈루냐 의회 그 자체였기 때문이다. 그는 자기 자리로 가는 대신에 홀 정중앙에 섰다. 그의 말이 커다란 반향을 일으킬 것에 대해선 이견의 여지가 없었다. 양측은 침묵으로 예를 갖추었다.

"여러분, 세월이 나로 하여금 조국에 유용한 존재가 되는 것을 세지하는구려." 그는 턱을 들어 모두를 향하는 동시에 장님이 그러하듯 공허한 시선으로 주위를 둘러보며 입을 열었다. "내 여러분에게 청원하는바, 이 장엄한 전당에서 내 마지막 소망을 호소하도록 허락해주길 바라마지 않겠소."

그는 자신의 목소리에 힘을 싣기 위해 잠시 말을 끊었다. 다들 숨소리까지 죽이며 그의 말을 경청하느라 전당은 정적에 휩싸였다. 뻔뻔스러운 나 수비 역시 침 삼키는 소리마저 죽여야 했다.

피바예르는 떨리는 손으로 눈가에 흐르는 눈물을 훔치고 나서 다시 입을 열었다.

"내 손은 이제 총 한 자루 무게조차 지탱하지 못합니다. 그러니 부탁컨대 여러분은 이번 전투에서 내 몸뚱이를 가져다가 파히나스로 써주었으면 하오. 부디."

일순 커다란 함성이 장내를 뒤흔들었다. 노신사의 결정에 일부 적색우단들도 감격스러운 분위기에 동참했는지 자신들의 뜻을 꺾었다. 어쩌면 피바예르는 그들이 생각했던 만큼 그렇게까지 얼빠진 노인네가 아니었는지도, 그렇게까지 귀가 먹은 것도, 그렇게까지 눈이 침침한 것도 아니었는지도 모른다. 그는 무시무시한 파열음으로 가득 찬 산 하우메 광장을 가로지를 때 이미 무슨 일이 일어나고 있는지를 간파했을 것이다.

항전파 중의 누군가가 발코니를 열었다. 광장에서 군중들이 의회의 결정이 나기를 목이 빠지게 기다리고 있었다. 그들이 원하는 것은 딱 하나였다. "크리다! 크리다를 발령하라!"

한편 적색우단에게는 비장의 무기가 하나 더 남아 있었다. 그들의 절친한 측근인 흑색우단과 함께 신학적이고 법률적인 논거를 바탕으로 미리 작성해두었던 문서였다. 이 대목에서 독자 여러분도 이 이야기가 어떻게 전개될 것인지 예측해보길 바란다.

적색우단은 일단 항전으로 돌아선 귀족들의 결정을 되돌릴 수는 없다고 판단했다. 그래서 그들이 최후의 수단으로 삼은 것은 흑색우단이었다. 그들은 신도들로부터 지대한 경의를 향유하는 바티칸 추기경들만이 자신들의 열세를 뒤집을 힘이 있다고 보았다. 실제로 사제들의 설교는 군중을 대표하는 자들의 마음을 뒤흔들어놓을 수도 있었다.

그들은 참석자들에게 최고의 감명을 안겨주고자 데모스테네스 같은 최상의 재능을 겸비한 웅변가에게 문서 낭독을 맡기기로 결정했다. 그들이 찾아낸 자는 그들의 동업자로, 법조계에서 존중받는, 정치계에 발을 들여놓은 지 얼마 안 되는 라파엘 카사노바였다.

내 사건을 수임한 변호사 카사노바 말이다. 그가 지금 내 눈앞에서 카탈루냐 사법관들의 제복인 적색 가운 차림으로 살롱으로 들어서고 있지 않은가. 나는 눈깔이 뒤집혔다.

"이봐요, 카사노바 씨!" 나는 성큼성큼 걸어 나가 그의 한쪽 어깨를 끌어당기며 소리쳤다. "이런 염병할, 난 아주 신물이 났다고요! 이봐요, 내 말 들려요? 당신 손에 우리 아버지의 유산이 달려 있다고요! 난 그럴 권리가 있다고요! 나는 그걸 지켜야 한다고요!"

그런데 교양 있는 참석자들 대부분이 내가 '우리 아버지의 유산'이라고 했던 말을 '우리 선조들의 유산'으로 해석한 모양이었다. 토론 중에 줄곧 등장한 주제어 말이다. 참석자들이 다시 들고일어났다.

"그 젊은이 말이 맞습니다! 백 세대에 걸친 우리 카탈루냐 영웅들이 하늘에서 우릴 지켜보고 있습니다! 당장 크리다를 발령합시다!"

순식간에 분위기가 이상하게 바뀌었다. 그때까지 열정적으로 야유를 주고받던 양측에서 각각 십여 명이 우리 두 사람을 향해 몰려오더니 한쪽은 우리를 떼어놓으려고, 다른 한쪽은 우리를 보호하려고 몸싸움을 벌였다. 그 바람에 균형을 잃은 카사노바가 자신의 법복을 제대로 여미려고 했으나, 나는 나를 제지하던 페레트를 뿌리치며 다시 그의 어깨를 붙들고 흔들어댔다.

"이건 폭력 행위요!" 카사노바가 더 이상은 못 참겠는지 마치 칼끝 앞에 버티고 선 카이사르처럼 호통을 쳤다.

"폭력? 개뿔 같은 소리!" 나는 물러서지 않았다. "나는 내 유산을 지키려고 당신한테 돈을 줬는데, 당신은 나를 피했잖아!"

"맞아, 우린 기다리는 데 이골이 났어! 이 젊은이 말이 맞아!" 항전파가 소리쳤다. "아직 어린 친구가 이렇게 우리의 길을 가리키고 있는데, 우린 부끄러워해야 합니다! 적들이 다가오고 있는데, 우리는 말싸움으로 시간만 낭비하고 있다, 이겁니다!"

엠마누엘 페레르가 주도권을 잡았다. 그 기회를 놓치면 절체절명의 위기에서 벗어날 수 없다고 판단했다. 그리하여 재빠르게 난장판을 벗어났고, 곧장 얼빠진 표정으로 자리를 지키고 있던 기록관에게 다가가서 검지를 곧추세우며 지시했다.

"기록하시오!"

기록관이 안경 너머로 그의 손가락을 주시했다. 일순 혼돈과 현실 사이에서 자아와의 싸움을 벌이는 눈치였다. 그러더니 깃털 펜에 잉크를 찍었다.

페레르가 다급하게 준비한 내용을 불러주었다. 그러고는 자신이 찍은 직인의 잉크가 채 마르기도 전에 기록관으로부터 문서를 빼앗듯이 낚아채서 허공으로 들어 올리며 소리쳤다.

"크리다! 크리다가 여기 있소!"

그 말과 함께 논쟁이 종료되었다. 그들은 페레르를 데리고 살롱 밖으로 나갔다. 무수한 군중들이 황홀한 표정으로 그를 맞이했다. 그들을 뒤따르지 않고 발코니로 나간 나는 산트 하우메 광장에서 벌어지고 있는 대소동을 생생하게 목도했다.

목말을 탄 페레르가 문서를 높이 들어 올렸다. 그를 축으로 군중들이 몰려들었다. 다들 감격의 눈물을 흘렸다. 승산도 없는 전쟁터에 나가게 되었다고 눈물을 쏟다니 나로서는 이해하기 힘든 광경이었다.

군중은 페레르와 함께, 아니 그것보다는 크리다와 함께 시가행진에 나섰다. 그들이 떠난 광장에는 그들이 머물렀던 흔적들이 뒹굴고 있었다.

카탈루냐인의 정신에는 감동적인 만큼이나 결점이 되는 유일한 도덕적 원칙이 하나 들어 있으니 그것은 자기들이 항상 옳다고 확신하는 것이다. 물론 카탈루냐인만 그런 게 아니다. 다만 그들이 유별난 것은 자기들이 옳기 때문에 세상이 자기들을 끝장내려 한다고 생각하는 데 있다. 그러나 세상일은 그런 게 아니고 그렇지 않다. 예를 들어 군대가 움직이는 것은 진실이 아니라 이익을 좇는 것이며, 그것은 다투는 게 아니라 짓밟느냐 짓밟히느냐, 둘 중의 하나일 뿐이다.

나는 크리다가 두 문장으로 이루어져 있었다고 기억한다. 내 눈에 첫 문장은 카탈무냐어로 쓰인 글 중에서 가장 선명하고, 가장 세련되고, 가장 아름다웠다.

금월 6일, 우리는 선조들이 피를 흘린 대가로 이루어낸 카탈루냐인의 자유와 특전과 특권을 지키기로 결의하고자 본 회의장에 모였던 바, 금월 9일을 기해 크리다를 발령하노니, 총력을 기울일지니라.

카탈루냐가 항전을 결의했다는 전갈이 슈타렘베르크 제독의 귀에 들어갔다. 제독이 이제 막 출항하려던 베소스강 어귀에서는 멀리 아스라하게 바르셀로나 서쪽 성벽이 보였다. 그는 그치지 않는 함성과 북소리, 트럼펫 소리를 들으며 중얼거렸다.

"무모한 계획이지만 그 용기가 가상하군."

그는 지팡이로 바닥을 두 번 내리쩍었다. 배가 출항했다.

그의 중얼거림은 이렇게 바뀌어야 했다. 용기 있는 계획이지만 무모하기 짝이 없다고. 아니, 이렇게 말하는 게 한결 나았을 것이다. "딱 거기까지야. 불쌍한 놈들 같으니라고."

11

 역사가들은 3차 카르타고 전쟁 초창기에 카르타고가 전쟁에 대한 열기로 살았다고 말한다. 카르타고 시민들은 확실한 미래조차 없는 상황에서 로마제국에 맞섰고 지칠 줄 모르는 열정으로 도시를 사수했다.
 1713년 바르셀로나가 비슷했다. 전쟁의 열기가 도시 전체를 뒤덮었다. 주물 공장은 쉴 새 없이 쇠를 녹이고 별러서 총과 검이며 포들을 만들어냈다. 어수선한 상황에서도 깜짝 놀랄 만한 것은 바르셀로나인들이 위급한 상황을 즐겁게 대처했다는 것이다. 아이들은 군대 주변을 쏘다니고, 여자들은 뒤바뀐 일상 속에서도 병사들을 돕는 일에 팔을 걷어붙였다.
 바르셀로나인들이 새로운 정신으로 무장한 데는 나름의 이유가 있었다. 평소에 바르셀로나 시민들은 합스부르크가와 부르봉가 간의 왕조 전쟁을 자기들과는 본질적으로 동떨어진 어떤 것으로 받아들였지만 막상 적이 코끝까지 다가오면서 카탈루냐인으로서 지켜왔던 자유로운 체제가 붕괴될 상황에 처하자 더 이상은 두고 볼 수 없다는 절체절명의 위기의식을 감지했던 것이다.

구체적인 예를 하나 덧붙이자면, 펠리페 5세는 바르셀로나를 공격하면서 아멜리스처럼 집 없는 사람들의 집을 파괴하는 용서할 수 과오를 저질러왔다. 그리하여 별다른 것을 소유하지 못한 그들은 마지막 보루 같은 가정을 지키기 위해 목숨을 걸고 집을 지켜야 했다. 더욱이 자신의 몸을 팔고 섹스를 유일한 피난처로 여기며 정처 없이 떠돌다가 빚을 내서 집을 장만한 아멜리스의 눈에는 전제군주가 그녀의 미래를 협박하는 미친 군주로 보였다. 비단 아멜리스만이 아니다. 바르셀로나는 카탈루냐 사람들은 물론이고 도처에서 모여든 극빈자들의 피난처이자 적어도 기댈 벽과 입에 풀칠할 돈을 구할 수 있는 곳이었다. 포위전에서 수많은 외지인들이 영웅으로 거듭난 것도 그런 이유였다. 그들에게 과연 이 싸움이 정당하고 필연적인가 하는 의구심은 사라졌다. 그들은, 모든 바르셀로나인들은 전쟁에 나섰다. 사육제에서조차 경험하지 못했던 전례 없이 활기차고 화기애애한 분위기가 형성되었다. 한 번, 딱 한 번 부자와 빈자들이, 남자와 여자들이 차별 없이 공동의 대의에 동참했다. 행복한 자들은 자신의 행복을 위해 나섰을 것이고, 불행한 자들은 싸움을 통해 자신의 곤궁한 처지가 사라지리라는 희망으로 공동의 대의에 합류했을 것이다.

여기서 우리는 공정해야 한다. 열정만이 열정을 지닌 자들을 보는 것을 허용한다. 바르셀로나 사람들 모두가 기이한 행복감에 동참한 것은 아니었다. 냉랭한 자들, 신을 두려워하는 자들, 우유부단한 자들, 반동주의자들, 그리고 친부르봉파들은 시간이 흘러가기를 기대하면서 입을 다물거나 몸을 숨겼다. 그러나 그들까지 포함한 통합의 분위기는 고조되었다. 두려움도, 희망도 함께 번져나갔다. 바조슈의 눈을 가진 나 수비처럼 깨어 있는 사람들은 불쌍하고 가난하고 굶주린 자들의 미소를 볼 때마다, 거기에 담긴 그들의 삶의 의미와 그들의 대의를 발견할 때마다 느끼는 감동을 포기할 수 없었다.

다시 말하지만 어느 누구도 바조슈 출신인 나처럼 우리 눈앞에서 일어나는 변형을 기적으로 인식할 수 없었다. 이제 막 폭력과 결합된 우리는 항상 열악한 소수였다. 평소에는 아무도 총을 들지 않는다. 사실상 인간은 인습적으로 겁이 많은, 자신의 목숨을 내걸거나 구원할 준비가 안 된 존재다.

대소동이 일어났던 그 며칠 사이에 항선에 소극적인 자들과 무유한 자들은 도시를 포기했다. 예상한 대로 거부들은 대소동에 대해 아예 알고 싶어 하지 않았다. 그들은 부르봉가와의 끈이 닿기를, 펠리피토의 용서를 구할 수 있기를 원했다. 물론 그들은 거부되지 않았을 것이다. 부자는 언제나 대환영이니까.

그들은 마치 인원을 세며 안도하는 호송대처럼 무리지어 만났다. 대체 무엇이 두려웠을까? 적색우단들의 정부는 항상 그들을 보호해왔다. 그들은 시민의 의무를 저버린 채 친부르봉파의 피난처로 알려진 마타로 마을로 떠날 참이었는데, 가뜩이나 이해할 수 없는 것은 적색우단들은 그들을 징집하는 대신에 그들이 비어둔 채 떠난 집을 지켜주기 위해 경비를 세웠다는 것이다.

그들이 피난을 떠나던 날에 호화로운 마차들이 코메르스 거리로 모였다. 그 소식이 알려지자 사람들은 그들이 시내를 벗어날 때까지 야유를 보내거나 썩은 채소들을 던지고, 발코니에서 그들을 비웃거나 우롱했다. 그러나 그게 전부였다. 폭력 행사는 없었다. 어디선가 날아든 썩은 감자에 애꿎은 마부들이 얻어맞는 것 외에는. 만일 그들이 부르봉가 사람들이었으면 집단 처형을 마다하지 않았을 것이다.

나는 천천히 이동하는 피난 행렬에 맞추어 걸었다. 여기저기서 아이들이 온갖 잡다한 놀림거리로 도망자들을 조롱했다. 따지고 들면 무시무시한 언행이었다. 그러나 축제적인 것은 처벌보다 상위에 위치하는 사회적 행동으로 받아들여지고, 아이들이 그럴 때마다 어른들의 폭소가 쏟아졌다.

나는 마음이 아팠다. 저 무자비하고 잔혹한 포위전을 피해 도망가는 사람들은 물론이고 나 역시 내 가족들과 함께 마차에 타고 있어야 했다. 그때였다. 그렇게 지나가던 부자들의 행렬 맨 끝에 가던 마차가 내 앞에 선 것은.

"마르티!" 마차 안에서 누군가가 나를 불렀다. "이봐, 넌 수비리아 씨의 아들 아니냐?"

호아킴 나달. 그는 아버지 회사에서 가장 부유한 투자가였다. 그가 내 얼굴을 알아보고서 마차를 세웠던 것이다.

"여기서 뭘 하고 있는 거냐?" 그가 마차 문을 열고 말했다. "자, 어서 타도록 해! 너도 봐서 알겠지만 내 마차가 마지막이란다. 이렇게 만나다니 넌 참 운이 좋은 모양이로구나."

그러나 내가 망설이자 그가 어이없다는 표정을 지었다. 그의 마차 위로 당근이며 무가 날아들었다. "친부르봉파다!" 주위에서 우리를 지켜보던 어른과 아이들이 한목소리로 외쳤다. "친부르봉파는 당장 꺼져! 꺼지라고!"

"얘야, 어서 타지 않고 뭐하는 거야?" 나달이 재촉했다. "이게 마지막 기회라니까. 지금 떠나지 않으면 넌 이 천민들과 똑같이 될 거야!"

나는 마음을 가다듬고 공손하게 대답했다.

"하지만 나달 씨, 이들은 천민이 아닙니다. 이 사람들은 항상 우리의 이웃들이었습니다."

그는 마치 미친 놈 대하듯 나를 쳐다보았다.

"알겠다." 그는 진짜 눈물을 흘리며 어떤 생각에 잠기는가 싶더니 힘없이 말했다. "알겠어." 그러고는 마부에게 출발하라고 지시하며 문을 닫았다.

그날 밤 서녁 식사에서 페레트가 교회에서 신의 축복을 받은 새로운 군대와 자기가 속한 군대의 깃발에 대해 자랑했다. 또한 군대마다 청색 제복이나 암적색 제복 혹은 레몬 빛이 감도는 황색 제복을 착용한다고 말했다. 나는 요새의 성벽을 개축한다는 대목에서 더 이상 듣고 있을 수만 없었다.

"그러니까 온 도시가 사태 파악도 제대로 못 한 채 무작정 들고 일어나겠다는 겁니까?" 나는 페레트와 아멜리스를 번갈아 쳐다보며 일침을 가했다. "아저씨나 아멜리스 같은 망상가들은 피레네산맥 저쪽 일에 대해선 전혀 모르고 있어요. 아니, 생각조차 없다고요. 자, 하나만 물을게요. 이 세상에서 카탈루냐 사람들이 얼마나 될까요? 한 50만 명쯤? 그래봤자 파리 인구보다도 적다고요. 게다가 프랑스인들은 손에 총검을 손에 쥐고 태어난 자들이라 어느 누구보다 호전적이고요. 그런데 지금 그런 프랑스 군대로 보강된 에스파냐군이 오고 있어요. 모든 동맹국이 포기해버린 우리, 바로 우리 바르셀로나를 향해서요. 자, 이제 어떻게 될까요? 얘기해보세요. 도시를 무장하고 항구를 닫으면 이 미친 짓의 결과가 어떻게 된다는 걸 상상이라도 해봤어요? 에스파냐군은 지상을, 프랑스군은 바다를 휩쓸겠지요. 그러니 나는 그들이 우리 집을 파괴하도록 놔둘 순 없어요."

잠시 불편한 침묵이 흘렀다. 그런데 예기치 않게도 아멜리스가 내 말꼬리를 붙잡았다. 전에 없이 나지막하고 침울한 목소리였다.

"그렇다고 항복하면 모든 게 잘될까?"

나는 목덜미를 쓰다듬었다.

"모르지. 그건 아무도 모른다고. 그러니까 가야 해. 너와 나, 난과 앙팡, 그리고 페레트 아저씨도. 그래서 모든 게 끝나면, 그래서 차분해지면 다시 돌아오는 거야."

나는 그렇게 말하면서도 내심 격렬한 반응이 되돌아오길 기다렸지만 아무도 반론하지 않았다. 아멜리스는 침실로 들어갔다. 페레트는 벽난로에 불씨를 살려 피망을 구웠다. 그들의 고분고분한 태도가 나를 허탈하게 만들었다. 마치 허공에 대고 주먹질을 해댄 기분이었다. 나는 침실로 들어갔다.

"앙팡은 아직 어린애고, 난은 정신착란 상태야. 페레트 아저씨는 바깥 구경이랍시고 초콜라타다에 나간 게 다야. 하지만 너는 알고 있어. 부르봉군이 온다는 게 무엇을 의미하는지를. 그건 너도 숲에서 봤잖아. 적에게 점령된 곳마다 새끼줄이 목에 감긴 채 나무에 매달려 있는 사람들을. 아멜리스, 넌 만일 내가 징집되면 너와 내 운명 어떻게 갈리는지 알고 있어?" 나는 그녀가 대답하기 전에 대답했다. "글쎄, 나만 죽게 된다는 거야."

제발 그게 아니라고 우기거나 반박이라도 해주길 바라는 내 기대와 달리 그녀의 얼굴이 슬픔으로 번지면서 할 말을 잃게 만들었다. 그녀의 표정이 마음속으로 울고 있는 것 같았다. 그녀는 음악상자를 열더니 채광창을 통해 하늘을 올려다보면서 입을 열었다.

"좋아, 그렇게 해. 네 말대로 우리도 가는 거야. 하지만 마르티, 어디로 가지? 나라 전체가 전쟁이야. 그러니 나폴리로 갈까? 그래, 갔다고 치자고. 하지만 이탈리아도 전쟁이야. 그러니 터키로 갈까? 아니면 더 먼 나라?"

"아냐, 그럴 필요까진 없어. 마타로까지만 가면 돼. 이틀도 안 걸릴 거야."

"친부르봉파들은?"

그녀의 말에는 비난의 어조가 전혀 담기지 않았지만 나는 격앙된 기분을 누그러뜨릴 수가 없었다.

"상관없어. 그들은 우리가 생각하는 것에 대해선 아무것도 알고 싶어 하지 않는 부류들이거든."

"마르티, 너는 합스부르크군이든, 부르봉군이든, 아니면 미켈레테들이든 그들이 왜 마타로를 공격하지 않을 거라고 자신하는 거야? 만일 합스부르크군이 이기면 우린 어떻게 바르셀로나로 돌아오지? 다들 우리에게 배신자라고 손가락질할 텐데." 그녀의 눈은 하늘이 보이는 채광창에 고정되어 있었다. "마르티, 나는 요전에 네게 내가 군대를 따라다니며 살았다고 말했지만, 그건 거짓이었어. 내가 따라다닌 게 아니라 군대가 나를 따라다녔거든. 나는 프랑스 병사에게 내 순결을 빼앗겼어. 열세 살 때였는데, 온몸이 피투성이가 된 채 8일을 보냈어. 그리고 9일째 되는 날은 에스파냐 대위가 나를 덮쳤어. 그 뒤로 내 몸을 거쳐간 남자들은 누군지 기억이 안 나. 아니, 기억하고 싶지 않아. 미켈레테들도 마찬가지였지만, 그래도 그들은 끝난 뒤에 먹을 거라도 챙겨주었어. 그게 다야. 난 그렇게 살아왔던 거야." 그녀의 시선이 집 안을 휙 돌아보고 있었다. "난 이런 집을 가져본 적이 없었어." 그녀는 슬픔이 깃든 눈빛으로 나를 쳐다보며 덧붙였다. "그래, 가자고. 하지만 마르티, 한 가지만 말해줘. 어디로 갈 것인지."

나로서는 할 말이 없었다. 그녀의 고백을 듣는 동안에 이미 무장이 해제된 상태였다. 나는 마음속으로 물었다. 왕이란 존재는 대체 무슨 권리가 있기에 나의 삶을 이토록 어지럽힌단 말인가? 미스테어를 찾고 말겠다는 나의 비루한 삶에서 진짜로 중요한 것은 무엇인가?

내가 세상에서 가장 사랑하는 것은 아침마다 잠에서 깨어난 아멜리스의 모습이었다. 그녀는 눈을 뜨면 검은 머리가 가슴까지 흘러내리는 맨몸으로 대야 위에 쭈그리고 앉아 가랑이 사이를 씻고 또 씻었다. 그러다가 침대 위에서 그녀를 바라보고 있는 나와 눈이 마주칠 때면 우리는 서로를 향해 웃음을 지어 보였다. 그것은 비록 우리의 일상이 비참했지만 누구도 끼어들 수 없는 행복이기도 했다.

한숨이 나왔다. 나는 팔을 바짝 들어 올려 손가락 끝으로 채광창 유리 표면을 만졌다. 그 10점은 뭐라고 말했었던가? '하늘을 손으로 만지면 다시는 하늘로부터 그 손을 거둬들일 수 없다.' 삶이

용기와 필연성이 만나는 바로 그 지점에 우리를 위치시키는 경우들이 있다. 왜 누군가는 절망적이고 운명적인 죽음의 싸움에 맞서려고 하는가? 영원한 영광을 구하기 위해서? 인간이라는 존재의 영원한 안락함을 위해서? 아니다, 그건 아니다. 미스테어는 그게 아니라고 말했었다.

사람들은 채광창 달린 집을 지키기 위해 테르모필레*에서 목숨을 건다.

ㅇㅇㅇ

돈 안토니오 비야로엘의 휘하에 있는 동안에 그를 자주 만나지는 못했다. 적색우단은 그를 총사령관으로 임명했다. 믿기 힘든, 예상하지 못한 결정이있다. 카달루냐 명문가 출신 후보자 누 명이 지원했으나 거부되었다. 돈 안토니오보다 작위도 더 높고 실전 경험도 부족한 게 아니었다. 더욱이 돈 안토니오는 우리의 불구대천 원수인 카스티야 출신이었다. 그런데 적색우단은 왜 돈 안토니오를 총사령관으로 임명했는가? 그것은 여러분이 직접 알아보기 바란다. 어쩌면 패배에 익숙한 적색우단은 승리의 꿈을 아예 접은 채 패배했을 때 그들이 감당해야 할 것들을 대신할 대리자로 그를 선택했는지도 모른다. 아니면 단순하게, 그러니까 그가 최고 지휘자 중의 최고라서 그들로서는 거부할 수 없었기에 그랬는지도.

* 그리스를 침입해 온 페르시아군에 맞서 스파르타를 필두로 한 그리스군이 항전을 벌였던 협소한 지역.

끔찍한 내 사랑 발트라우트는 내가 비야로엘을 만나러 간다고 하자 묻는다. 그가 자유의 몸이 된 지 1년 만에 그를 찾는 기분이 어떠냐고. 내 대답은 간단하다. 그의 귀환에 대한 기쁨과 그가 체포되기 직전에 그를 포기했던 수치심이 교차한다고.

돈 안토니오는 지나칠 정도로 예를 갖추며 나를 맞이했다. 그에게 있어 그런 모습은 과히 좋은 조짐이 아니었다. 왜냐고? 왜냐하면 그는 자신의 부하를 그렇게 대한 적이 없었기 때문이다. 결코.

"그러니까 우리 군대에 들어오겠다고?" 마침내 그가 입을 열었다. "그 제안에 무한한 감사를 드리지만 나로서는 정중하게 거절하겠네."

나는 온몸이 확 얼어붙는 기분이 들었다. 1710년에 동행했던 퇴각의 순간들이 떠올랐다. 나는 그에게 나의 가치를 증명하지 않았던가? 당시 바르셀로나에는 공병다운 공병이 전혀 없지 않았던가? 그런데도 3년 전에, 그것도 야전에서 자신의 눈으로 확인했던 나를 경쟁력 있는 지원자로 여기지 않겠다니?

"당연히 받아들여야겠지. 아직 젊긴 해도 공병으로서 예전에 보기 힘든 효과적인 전술을 터득하고 있으니까."

"그런데 왜 그러십니까?"

그는 잠시 생각에 잠겼다가 걸걸한 목소리로 대답했다.

"내 자네를 거절하는 것은 지녀야 할 것을 지니지 못했기 때문이야."

나는 벽을 치고 싶었다. 대체 무슨 일인지, 지금 무슨 말을 하고 있는지를 캐물었다.

"이유에카에서 마지막 대화를 나누었던 거, 기억하나? 그때 나는 자네에게 떠나라고 말했고, 자네는 그렇게 떠났지."

"물론입니다, 돈 안토니오." 나는 적극적으로 항변했다. "저는 장군께서 떠나라고 했기에 떠났던 것뿐입니다."

"옳거니, 그래서 자네는 불명예스럽지 않게 피신했지. 하지만 피신하지 않고 남았다면 자네는 영예로운 포로가 되었겠지."

나는 답답해서 미칠 지경이었다.

"돈 안토니오, 제발! 그들이 저를 붙잡아서 어디다 쓰겠습니까? 사실 저는 아직도 장군께서 지휘권을 내려놓고 스스로 포로가 된 게 실수였다고 생각합니다."

그가 씩 웃었다.

"수비리아, 자신에게 솔직해지게. 자네의 피신은 합리적인 게 아니라 이기적인 판단에서 나온 것일세. 삶에 대한 사랑이 아니라 죽음에 대한 두려움이었던 거야."

"그건 한쪽만 보신 겁니다!" 나는 즉각 항변했다. "돈 안토니오, 우울한 이야기 하나 들어보시겠습니까? 저는 바르셀로나로 돌아오자마자 도움을 요청했습니다. 하지만 아무도 내 이야기를 들으려 하지 않았고, 장군님과 제가 마차를 호위했다는 것조차 기억하지 못하더군요. 아무튼 무엇보다도 최악인 것은 아마도 그들의 판단이 맞았는지도 모른다는 것입니다. 장군께서 부상자를 실은 마차 네 대를 핑계로 전투를 포기한 것이나 다름없다고."

"이제 알겠나? 자네가 내 휘하에 있었지만 아무것도 이해하지 못한다는 것을 말이야."

나는 상심했다. 그가 내 마음을 몰라주었지만 입을 다물었다. 나는 그대로 돌아서기로 마음먹었다.

지금, 그러니까 숱한 세월이 흐른 오늘에서야 생각하건대, 그날 돈 안토니오는 이미 그런 상황을 예상했던 게 분명하다. 그렇지 않았으면 내가 문을 열기 전에 이런 말을 하지 않았을 것이다.

"한마디. 자네가 이유에카에서 딱 한마디만 했다면 난 자네를 공병으로 생각했을 거야."

나는 문고리를 잡다 말았다. 한마디. 아마도 언젠가 독주에 취한 내가 그 앞에서 내 속마음을 몽땅 털어내던 중에 흘러나왔을 것이다. 딱 한마디! 그의 말이 내 속에 불을 질렀다. 나는 울분을 참지 못한 채 그 자리에서 돌아섰고, 그의 떡갈나무 테이블을 주먹으로 내리쳤다.

"이 도시의 모든 사람들이 미쳐버렸다고요!" 나는 소리쳤다. "시의원부터 거지까지 다들 하나같이 방어전에 나서겠다는 겁니다. 저는 제 가족과 친구와 이웃과 논쟁을 벌였습니다. 그들은 저를 미친 방어전에 나서도록 납득시켰고, 저로 하여금 당신에게, 정확하게 당신에게 가도록 만들었습니다. 하지만 당신은 저를 거부하고 있습니다. 안 된다고! 하지만 당신에게는 그럴 권리가 없습니다. 여긴 내 도시고, 여기에 내 집이 있고, 따라서 당신은 나를 그 빌어먹을 당신 부대도 들어가도록 허용해야 합니다. 당신이 원하든 말든 상관없다는 겁니다!"

그는 나를 마음껏 떠들도록 내버려둔 채 내가 한숨을 돌리기를 기다렸다가 입을 열었다.

"이제 좀 나아졌군. 적어도 발전이라고 해야겠지." 그러고는 잠시 말을 끊었다가 이렇게 덧붙였다. "이유에카에서 자네에게 그랬지. 이 전쟁은 아직 끝나지 않았다고. 모든 고난과 시련도 마찬가지라고."

○○○

그날 저녁에 우리는 다 함께 식탁에 둘러앉아 평화와의, 아니, 거짓된 평화와의 작별을 나누었다. 후식이 나오자, 나는 내 말에 잠시 귀 기울여달라고 부탁한 뒤에 시가를 태우면서 비야로엘과의 면담 결과를 이야기했다.

"돈 안토니오와의 지독한 면담이 끝나자 계급을 주더군. 중령. 내가 우리 군대에서 가장 나이 어린 중령이 된 거야. 따라서 지금부터 나는 그 계급에 맞는 신분으로 부하들을 이끌 거야. 거기다가 급료도 10퍼센트 더 오를 거고." 그 대목에서 나는 득의만면한 미소를 지었다. "장군이 나를 자기의 전속부관으로 임명했거든."

"중령이라고?" 아멜리스가 소리쳤다. 그러고는 이내 캐물었다. "그게 뭔데?"

"잠시만 기다려." 나는 시가를 연거푸 빨고 나서 그 말을 받았다. "그러니까 군대에는 장군 밑에 대령이 있는데, 그들은 연대를 이끌지. 그러면 중령은 뭔가? 중령은 대령 바로 밑으로, 자기 연대가 생길 때까지 대기하는 장교라고 할 수 있어. 무슨 말인지 알겠어?"

"그럼 아직은 자기 부대가 없겠네?"

"그렇지 뭐. 하지만 그게 뭐 어때서?"

내 옆에 앉아 있던 앙팡이 내 팔소매를 끌어당겼다.

"대장, 대장 부하가 몇 명이야?"

"개인적으로는 아직 한 명도 없단다. 그러나 나는 중요한 임무를 수행하게 될 거야. 공병으로서 말이지. 그래서 돈 안토니오가 나를 높이 평가하고 그에 걸맞은 계급을 준 걸 거야."

"에이, 부하가 하나도 없으면 별거 아니잖아."

"앙팡, 그래도 난 앞으로 한 달에 126리브라를 벌게 된단다." 나는 자랑스럽게 말했다. "물론 부관으로서 따로 받는 10퍼센트는 빼고 말이지."

"마르티, 대체 그 부관이란 게 정확히 뭘 말하는 거냐?" 이번에는 페레트가 끼어들었다.

"아까 말했잖아요. 긴박하거나 위급한 상황을 대비해서 돈 안토니오 곁을 지키는 거라고. 그분은 나를 대단하게 평가하거든요."

"그러니까, 넌 비야로엘의 똘마니로구나." 그가 웃음을 터뜨렸다. "그거 골치깨나 썩겠는걸. 다른 장교들보다 곱절은 더 일해야 할 테니까."

"그 대가가 기껏해야 10퍼센트 더 받는 거잖아." 아멜리스가 못을 박았다. "그걸 협상이라고 한 거야?"

나는 마치 찬물을 끼얹은 기분이 들었다.

"그 말이 맞아. 어쩌면 나는 이 세상에서 최고의 장사꾼이 아닐지도 모르지!" 나는 풀이 죽은 채 아무런 논거도 없이 애국심을 들이댔다. "하지만 본격적인 전쟁이 시작되고 적들이 쳐들어오는 판국인데 그렇다고 다들 굴복하도록 지켜볼 수만은 없잖아."

"제복은?" 아멜리스가 물었다. "무슨 색깔이야?"

"없어. 난 제복을 입지 않아. 실전에서는 공병으로 근무할 거고, 공병대는 제복에서 자유롭다고 할 수 있어."

"뭐, 제복도 안 입는다고?" 페레트가 웃으며 끼어들었다. "제복을 안 입은 장군이 있다는 말을 들어본 적 있어? 급료를 제대로 챙기지 못할 게 뻔한데 제복조차 없다니, 이런!"

다들 나를 상대로 말장난을 즐겼다. 그것은 내가 상상했던 첫 출정이 아니었다.

"병적부에 등재한 소속 연대는 어디지?" 페레트가 다시 캐물었다.

"등재한다고요?"

"물론이지. 병적부에 병과와 소속 연대도 기록 안 해?"

나는 그깟 일은 무시한다는 뜻으로 손을 내저었다.

"아, 그거요. 하지만 난 그런 사소한 것에는 신경 쓰지 않아요. 물론 돈 안토니오는 누구보다 엄격하고 강직한 분이라서 병적부에 안 올릴 리가 없지만 말예요."

그러나 페레트는 끝끝내 물고 늘어졌다.

"그래? 그렇지만 자기가 소속된 연대는 알아야 하지 않겠어?"

"몰라요!" 나는 제풀에 꺾였다. "내가 프랑스에서 배운 건 짓고, 막고, 공격하는 것이었지 서류 나부랭이나 들여다보는 일이 아니었다고요!"

"정말이지 웃기지도 않군!" 다들, 이번에는 난까지 웃어댔다. "명색이 군인인데, 제복 대신 평상복을 입은 채 하루 종일 돌아다닐 거야? 마르티, 너는 지금 중령이라고 우기지만, 그건 임시 계급이야! 그러니 연대는 고사하고 무슨 직책인지조차 모를 수밖에."

"그래요! 하지만 나도 비야로엘이 제국의 연대에 대해 얘기했던 걸 기억한다고요. 그분이 그러더군요. 자기 직책의 추인을 요청하는 문서를 이미 비엔나로 보냈다고. 곁들여서 합스부르크 군대에 내 병적도 등재될 거라고. 아저씨도 생각해보세요. 황제란 자가 바르셀로나에 남아 있는 유일한 장군의 요구 사항을 거절하겠어요?"

그러자 이번에는 우레와 같은 폭소가 터져 나왔다. 얼마나 크게 웃어대는지 옆집에서 벽을 두드릴 정도였다.

"마르티, 넌 진짜 바보로구나! 합스부르크 군대에 병적을 등록해도 통보를 받는 데만 여러 달이 걸리게 되어 있어. 게다가 지금 급료를 지급하는 곳은 비엔나가 아니라 바르셀로나라고. 따라서 제국의 자금이 도착하지 않으면 한 푼도 못 받게 되는 거야. 게다가 저렇게 프랑스 함대가 항구를 틀어막고 있으니 급료를 받을 가능성은 전혀 없다고 볼 수밖에."

다들 내 속을 뒤집어놓았다. 하지만 문제는 그들의 말이 다 옳다는 것이었다.

"좋아요, 그러니까 난 부자가 될 수 없겠네요." 나는 페레트를 쳐다보며 이죽거렸다. "하지만 아저씨는 병적에 사병으로 올라 있는데, 사병은 급료라고 해봤자 집안 살림도 못 꾸릴 만큼 우스운 거잖아요."

"내 급료를 정부에서 지불한다고 누가 그래?" 페레트가 멍한 내 얼굴을 쳐다보고 싱긋 웃으면서 반문했다. "마르티, 너도 바르셀로나의 벼락부자들을 잘 알고 있을 거야. 넌 그자들이 군대를 양성할 거라고, 아니면 총알이 날아들고 포탄이 떨어지는 전쟁터에서 밤낮으로 보초를 서거나 보루에 올라갈 거라고 믿는 거냐? 천만에. 이 난장판에는 둘 중 하나야. 헌법과 자유를 수호하느냐, 아니면 목숨을 내놓느냐. 그래서 나는 마지못해 남은 자들의 집을 골랐지."

"돈벌이가 되겠네요." 아멜리스가 고개를 끄덕이며 거들었다.

"옳거니!" 페레트가 맞장구를 쳤다. "정부는 완벽한 군대를 원하지만, 이 상황에서 구성원들의 신분까지 신경 쓸 겨를은 없단다. 아무튼 나는 내가 고른 집에 가서 가장 한가한 자리를 차지했지. 물론 급료도 조금은 나올 거야."

"그러니까 싸우기를 싫어하는 부자들 대신에 목숨을 건다는 거군요!" 나는 경악을 금치 못하고 소리쳤다.

"그래도 선발 과정은 대단히 엄격하단다." 페레트가 못을 박았다.

오늘 밤 나 선량한 수비는 태우던 시가조차 끄지 못한 채 천박한 장삿속을 조롱하던 그날을 떠올리고 있다. 실제로 지난 70년 동안 내가 참전한 포위전에서 동전 한 푼 지불하지 않았던 유일한 정부는 내 조국이었다. 그랬다. 그날 밤, 그러니까 아멜리스와 두 아이들 그리고 페레트와 함께했던 식사는 사실상 우리들의 마지막 만찬이자 마지막 행복이었다. 우리는 자신이 가장 자신다울 때가 가장 행복하다는 것을 왜 그렇게 힘들게 깨우치는 것일까?

나는 아직도 고지식한 나를 보고 킥킥거리던, 그 나이에도 전쟁터로 나서고 싶어 하던 페레트를 기억한다. 나는 우리 인간이 자신의 운명을 모르고 지낼 때가 가장 행복한 때라고 생각한다. 나에게서 페레트를 앗아간 것은 모든 게 끝난 뒤였다.

바르셀로나 포위전이 끝날 즈음에 온전히 살아남은 바르셀로나인들은 영락없는 식인종이었다. 그들의 살갗은 반자연적인 장미색이었고, 그들의 눈동자는 생선 눈깔처럼 칙칙한 빛을 띠었고, 그들의 입술에는 석화된 미소가 흘렀다. 나머지 또한 영락없는 걸인들이었다. 하나같이 캄캄한 다락방에서 빠져나온 것 같았다. 포위전이 끝나고 나서 바르셀로나를 빠져나간 사람들은 사색이 된 납빛 얼굴과 고개를 푹 숙인 채 터벅터벅 걷는 걸음걸이만으로도 식별되었다. 하루는 페레트가 먹을거리를 찾아 거리로 나섰다. 그리고 죽었다. 어쩌면 앙심을 품고 있던 부르봉군 병사가 바르셀로나인이 었다는 사실 하나만으로 그에게 총구를 겨눴을 것이다. 아니, 거리를 통제하던 부르봉군이 그에게 정지 명령을 내렸을 것이다. 그러나 그는 그 소리를 듣지 못했고, 그들은 방아쇠를 당겼다.

ㅇㅇㅇ

요새란? 전투를 치를 사람과 공간과 깃발이 확보된 공간이다. 그런 의미에서 우리는 이미 요새를 갖추고 있었던 셈이다. 1713년 여름, 전쟁은 계속되고 있었다.

앞서 언급했듯이 적색우단은 돈 안토니오 비야로엘을 총사령관으로 임명했다. 총사령관 비야로엘을 기다리는 것은 존재하지 않았던 군대를 조직하고, 훈련하고, 지휘하는 것은 물론이고 방어 체제가 없던 도시를 사수하는 막중한 임무였다.

우리의 기존 병력에서 가장 뛰어난 부대는 금세기 최고의 포병 프란세스크 코스타가 지휘하는 포병대였다. 코스타에 대해서는 일화 한 토막으로 대신하겠다. 부르봉군이 바르셀로나에 입성했을 때 그들이 생포하지 못한 유일한 영관급 장교가 바로 코스타였다. (엄밀히 말하면 나 선량한 수비도 포함된다.) 양심이라곤 털끝만치도 없이 합리성만 내세우는 인물 지미는 포로가 된 그에게 프랑스군으로 병적을 옮기면 특별한 직책과 하루에 4리브르의 급료를 주겠다고 회유했다. 코스타는 루이 14세 군대를 위해 근무하는 것은 무척이나 영광스러운 일이라며 그 제안을 받아들였지만, 그날 밤에, 그러니까 9월 11일 밤에 사라졌다. 그때 나는 그가 발레아레스 제도로 피신했다고 추정했다. 그의 부하들 대부분이 마요르카 출신이었기 때문이다.

프란세스크 코스타는 작은 체구에 조용한 성격이었다. 그는 걷는 게 아니라 고개를 푹 숙인 채 사람들 사이를 미끄러지듯이 돌아다니고, 그의 얼굴은 팔자 눈썹으로 인해 용서를 구하는 것 같은 어두운 표정이 드리워져 있었다. 그는 누가 묻지 않으면 말을 하지 않았다. 그를 상대한다는 것은 몹시 지루하고 피곤한 일이었다. 그가 즐겨 쓰는 말은 '예' 아니면 '아니오'였는데, 그의 짤막한 언변은 고도의 화술로 자신의 모든 한계를 뛰어넘었다. 따라서 나는 우리가 사라진 그를 용서해야 하며, 그를 존중해야 한다고 생각한다. 왜냐하면 그를 이해할 수 있는 유일한 사람이 있다면 바로 나라고 믿기 때문이다.

코스타와 나를 묶어준 것은 역할의 유사성이었다. 다시 말해서 그는 바세트 장군의 포병대를, 나는 사제인 산타 크루스의 공병대를 맡았다. 실전에서 그는 적의 포병대를, 나는 적의 공병을 상대했다. 이러한 차원에서 공범의식 같은 연대감이 꿈틀거렸다. 코스타 같은 사람에게 현실은 포탄이 떨어지는 거리나 각도 내에 있었다. 그는 선천적으로 소심했다. 포전이 막바지에 이르면서 허기진 배를 속이고자 하루 종일 미나리를 씹으면서도 티를 내지 않았다. 그와 대화를 하려면 상대는 그의 혀를 억지로 끄집어내야 했다.

나는 그와의 첫 만남을 기억한다. 그는 아군이 배치한 포의 수를 묻는 나에게 이렇게 대답했다.

"92문입니다."

내심 나는 그의 불만이나 요구 사항을 기다렸지만 그게 전부였다.

"돈 안토니오의 지시대로 이행한 겁니까?"

"네, 어느 정도 조정만 했습니다."

"그것으로 충분합니까?"

"상황에 따릅니다."

나는 보다 상세한 설명을 기대했지만 그게 전부였다.

"상황에 따른다는 것은 귀관의 판단입니까?"

그는 그것이 내 판단이지 자기가 판단할 게 아니라는 듯이 부릅뜬 눈으로 나를 쳐다보았다.

"적의 상황에 따릅니다."

"우리가 알고 있는 것과 우리 첩자들의 보고 내용이 일치되지 않더군요. 적들의 수송 마차는 115대로 파악되었는데, 그건 적들의 전력이 증강된다는 거 아닌가요?"

"좋습니다."

"좋다고요?"

"네."

나는 그의 실어증에 화가 치밀었다. 그런데 그가 내 기분을 눈치챘는지 팔자 눈썹을 찡그리며 씹고 있던 시금치를 삼키고 나서 이렇게 덧붙였다.

"우리 마요르카 부대는 적과의 비율을 5 대 3을 넘지 않는 선에서 유지할 겁니다. 그 이상은 확신할 수 없습니다."

그게 다였다. 그는 배낭에서 시금치를 꺼내 입에 넣고 다시 씹기 시작했다. 마치 무료한 토끼처럼.

아무튼 총사령관 돈 안토니오 데 비야로엘이 이끌게 된 아군의 상황은 전반적으로 엉망이었다.

사실 수비할 군대가 없는 요새는 성벽이 없는 요새를 지키는 수비대나 다름없다. (끔찍한 내 사랑 발트라우트야, 그건 너도 이해할 수 있는 일이다.) 우리에게는 아무것도 없었다. 수비대도 없고 요새도 없었다.

처음으로 병참대장을 검토하던 나는 영혼이 땅바닥으로 곤두박질치는 기분이 들었다. 병참에 관한 세세한 항목이 요구되는 문서란 게 허술하기 짝이 없었다. 하루는 코스타와 답답한 말씨름을 벌이고 있는데 늘 그렇듯 불쑥 나타난 비야로엘이 전군(全軍)의 병적부가 없는 이유를 캐물었다.

"죄송합니다, 돈 안토니오, 착오가 생겼습니다." 나는 문서 하나를 내보이면서 터져 나오는 웃음을 겨우 참아야 했다. "당국에서 어떤 멍청한 관리가 이걸 보냈더군요. 병적부를 부탁했더니 무역 시장의 미래를 도모하는 계획서를 보낸 겁니다."

비야로엘이 문서를 들여다보며 혼잣말로 중얼거렸다.

"이럴 순 없어. 이건 장난이야."

사실 나는 우리가 (비록 왕은 없었지만) 유럽의 다른 왕국들처럼 그렇게 전쟁을 치를 것으로 생각했다. 직업군인과 계약하고, 합당한 조건을 제시하여 용병을 부르는 한편, 거주 지역의 민병대를 병력 지원과 병참 보급 역할로 한정하는 그들처럼 말이다. 대체 페레트 같은 사병에게 무엇을 기대한다는 말인가?

우리에게는 동맹군이 퇴각할 때 이런저런 이유로 배에 오르지 않고 잔류한 자들의 부대뿐이었다. 그들 중의 최고는 독일인 백여 명으로 구성된, 그들 나라 출신의 장교 열한 명이 지휘하는 그야말로 탄탄한 소수 정예부대였다. 나는 전령으로서 무수한 지시를 수행할 때마다 그들을 데려갔고, 그때마다 그들은 자기들이 맡은 역할을 시계 수리공처럼 정확하게 이행했다. 그런데 전쟁을 치르다 보면 직업을 갖고 있는 병사들 중에는 항상 모험적인 구성원이 있기 마련이다. 내가 불쑥 이런 이야기를 꺼내는 것은 상상력이라고는 개미보다 못한 발트라우트가 1713년과 1714년의 바르셀로나에서 그녀의 동포들이 무엇을 했는지 잘 모르기 때문이다.

당시의 전시 상황으로 인해 바르셀로나는 세상에서 가장 즐거운 장소는 아니었지만 그럼에도 그들은 신변의 안전보다는 짜릿한 감동을 찾았다. 그들 중에 많은 이들은 자기 조국으로 돌아가지 않을 분명한 계기가 있었으며, 헤네랄리타트는 그들에게 충분하게 보상했다. 그런가 하면 어떤 이들은 끝까지 거기 남게 된 이유가 있었으니, 끔찍한 내 사랑 발트라우트야, 너는 이 기회를 통해 이 세상에 남녀 생식기의 매력을 기반으로 삼는, 이른바 사랑이라고 알려진 현상이 존재한다는 것을 알게 될 것이다. 그랬다. 바르셀로나는 예쁜 여자들과 미혼녀들, 남편이 거의 집에 나타나지 않아 외국 선원들과 결혼한 생과부들, 그리고……, 아냐, 그것만으로도 충분하니 그만하자꾸나. 아무튼 그런 여자들로 가득 찬 곳이었다. 한편 독일인들 말고도 병적을 올린 나머지 외국인들은 그 수를 셀 필요도 없을 만큼 소수였다. 헝가리인들로부터 아일랜드인들까지(물론 나폴리 사람들은 어딜 가나 만난다는 걸 새삼 들먹이지 않겠다.), 그리고 그중에는 교황청 출신도 한 명 끼어 있었다.

한편 우리 군대는 방금 언급한 소수의 외국인 부대를 제외하면 단순한 민간인들로 구성되어 있었다. 이른바 '코로넬라'나 민병대가 그들이었는데, 길드에서 차출된 그들은 자신들에게 할당된 도시의 성문들 중의 하나를 맡았다. 그러다 보니 우리 군대는 13세기의 군사적 척도에 근거한 전통적인 방어 형태를 띠게 됨으로써 그로부터 5백 년 후의 전술, 즉 보방의 전술에 기반을 둔 것과는 판이하게 다를 수밖에 없었다.

나로서는 씁쓰레했던 당시 우리 군대 5대대를 구성하는 병사들을 직업군으로 분류하면 이렇다. (여러분도 어떤 기분이 드는지 느껴 보길 바란다.)

1중대: 법조인. (그들은 나의 유산 소송 하나도 제대로 다룰지 모르는 자들이다. 그런 그들이 어찌 총을 쏘거나 보루를 지키겠는가.)

2중대: 대장장이, 땜장이.

3중대: 채소 경작자.

4중대: 도공, 침구 세작사, 솥 장수. (솥 장수는 나른 분야보다 선생에 대한 이해가 폭넓다. 굶주림이 시작되면서 넘쳐나는 것은 텅 빈 솥일 테니 말이다.)

5중대: 벨트 제작자.

6중대: 정육업자. (일 없이도 오래 지속되는 직업군이 바로 그들이다.)

7중대: 신발 수선공.

8중대: 비단 직조 및 건조공

9중대: 신학도, 의학도, 철학도. (멋지고 아름다운 졸업식이 그들을 기다리고 있었다.)

우리는 그들과 함께 무수한 전쟁터에서 단련된 적의 용기병과 수류탄병에 맞서게 될 참이었다. 여기에는 통 장수, 선술집 주인, 융단 제조업자, 서적상, 장갑 제작자, 밧줄 제작자, 하역 인부, 공증인도 포함되었다. 나는 제6대대에 판매상이 아니라 재판매상으로만 이루어진 중대가 있었다고 기억한다. (그들은 징집되었을 때 무슨 생각을 했을까? 혹시 적들이 사용하던 총알을 수거해서 병참부대에 되팔겠다고 생각한 것은 아닐까?)

아무튼 그들을 다 합쳐도 무장한 인원은 6천 명이 못 되었다. 아군 6천 명이 적군 4만 명과 맞서게 된 것이다. 적군 4만 명 중의 일부는 미켈레테를 상대하느라 분주했는데 그들을 제외하고 3만 명만 치더라도 우리는 한 명이 적 다섯 명을 상대해야 했다. 산수는 거짓말을 하지 않는다. 문제는 병력만이 아니었다. 우리가 진영을 갖추기도 전에 적의 포위전이 시작되었다는 것이다.

군사 독재의 전횡이 인정되고 필수적으로 요구되는 유일한 무대는 적에게 포위된 도시의 경우다. 이는 정치적인 게 아니라 상식적인 문제다. 왜냐하면 도시 요새에서 밀려드는 적을 상대로 지휘권이 집중적이지 못하고 분리되면 최악의 결과를 가져오기 때문이다. 우리가 바로 그런 경우였다.

한편 에스파냐에 남아 있는 합스부르크군의 최고사령관으로는 비야로엘이 예상되었다. 문제는 앞에서 언급했듯 합스부르크군 대부분이 추기경의 통제를 받는 바르셀로나 군대에 속해 있다는 것이었고, 그 상황에서 비야로엘은 항상 적색우단이 임명한 총사령관이라는 굴레에 묶인 채 카탈루냐 정부를 섬기는 장군으로 간주되었다. 반면에 비야로엘의 입장은 그게 아니었다. 그는 자신의 직책이 카탈루냐가 아니라 비엔나의 비준을 받은 것임을 고집했고 끝내는 1713년 11월에 그 뜻을 이루었다. 그러나 그는 그 과정에서 심각한 딜레마에 처했으니, 적색우단에게는 이방인 출신의 신하로, 적이 된 에스파냐에게는 반란을 일으킨 카스티야인으로 각인되었던 것이다. 게다가 두 왕국과 동맹국들 사이에 이루어진 '철수 협정'에 따라서 제국의 군대들은 에스파냐에 남을 수가 없었던 터라 비야로엘은 최악의 상황에서 주어진 임무를 수행해야 했다.

한번은 이런 일이 있었다. 비야로엘은 그에게 주어진 특권들을 질투하며 견제하는 적색우단에게 절대 열세인 전력을 보충하고자 나이 든 '불구자'를 수용할 부대를 인가해달라고 요구했다. 그는 팔다리가 성하지 못한 불구자들이 누구보다도 유용한 존재라고 확신했다. 실제로 그들은 경험이 풍부하고 사기가 충천했다. 내가 기억하는 한 불구자는 한쪽 다리가 무릎 밑으로 잘려 나갔지만 자기 옆을 지나가는 비야로엘을 향해 목발을 들고 힘차게 외쳤다. "장군님, 자신하건대, 절대 물러서지 않을 겁니다!"

도시 요새 포위전에서 경계 근무는 군대의 병력을 끔찍하게 소모시킨다. 보루에서는 교대 근무를 가동하지만 반복되는 격무와 포격과 질병은 아무도 인정할 수 없었던 죽음의 유혹을 야기한다. 여기서도 불구자들의 역할이 빛을 발하는데 그들은 전혀 겁먹지 않는 모습으로 성벽과 보루를 지키면서 교대병들이 휴식을 취할 수 있도록 도와주는 것이다.

그러나 적색우단은 군사회의에서 불구자들 100명을, 최소한 50명이라도 양도해달라는 총사령관 비야로엘의 호소를 거부했다. 그 시점에 비야로엘에게 필요한 것은 그의 부관, 즉 세계적인 외교적 수완을 발휘하는 나 마르티 수비리아였다. 하지만 그들은 막무가내였다. 나는 한 번, 아니, 두 번 이상이나 시의원의 안경을 박살 낼 뻔했지만 그때마다 체념했다. 전시 상황에서의 어리석은 짓은 자칫 배신행위나 다름없기 때문이었다.

우리는 모든 것이 시작되었던 때를, 그러니까 적이 바르셀로나를 향해 다가오던 그 불길한 1713년의 여름을 기억하고 있다. 당시 카탈루냐에 주둔했던 동맹군은 도시들의 열쇠를 사형집행자들에게 건넸다. 참으로 황당하고 경악스러운 일이었다. 미켈레테들에게도 마찬가지였다. 그들로서는 꿈조차 꾼 적 없는, 등 뒤에서 칼을 꽂는 것 같은 엄청난 충격이었다. 그들은 산에서 내려와 부르봉군에게 점령된 지역들을 돌아다녔다. 그러나 그들이 할 수 있는 것은 지평선 자락으로부터 적들의 방화와 약탈과 처형을 지켜보는 게 전부였다. 어디를 가나 최후의 절규뿐이었다.

최악의 상황들이 밀어닥치면서 우리에게 최후의 결정을 요구했다. 우리가 할 수 있는 것은 크리다를 나라 전체로 확산시키고, 바르셀로나 정부의 정당성을 천명하고, 산재해서 싸우는 부대들을 하나의 깃발 아래로 뭉치게 만드는 것이었다. 마을과 도시들이 더 이상은 부르봉군의 손아귀에 들어가지 못하도록 제지해야 했다. 그러기 위해서는 뒤에서 이끄는 목소리로 어떤 상징적인 것을 보여주어야 했다. 비야로엘이 나섰다. 그는 전령에게 에울랄리아 성녀의 깃발과 은 망치를 들고서 온 나라를 돌아다니며 항전을 알리라고 지시했다.

"에울랄리아 성녀의 깃발을 뽑아서 바르셀로나 성벽 너머로 나가겠다는 거요?" 적색우단들은 의구심을 감추지 못했다. "워낙 미묘한 사안이니, 일단 논의를 거쳐야 합니다."

농담이 아니었다. 그들은 자못 엄숙한 태도로 의회를 소집했다. 에울랄리아 성녀의 깃발을 바르셀로나 성 밖으로 빼내 가는 게 유구한 헌법과 전통에 있어 정당하고 적법한가? 깃발을 호위하는 게 명예로운 일인가? 도시에 남아 있던 극소수의 귀족들은 자기들이 성녀의 깃발에 장식용 끈을 묶을 자격이 있다는 것을 과시하고 싶었을까? 논쟁은 길어지고, 하루 뒤로 연장되고, 법적으로 최종적인 결론에 이를 때까지 연장되었다. 비야로엘은 극도로 격앙했다. 최종적인 결정이 내려졌을 때는 바르셀로나와 카르도나처럼 현지의 지휘관이 제국의 명령을 단호하게 거부하는 도시를 제외한 카탈루냐 전역이 이미 점령당한 뒤였다.

자, 그러면 이제부터는 마지막까지 항전을 치르게 되는 바르셀로나의 요새를 살펴보자. 사실 나는 지금까지 바르셀로나 요새를 외면했는데 그 이유는 바소슈에서의 시절을 되살리고 싶지 않았기 때문이다.

비야로엘이 나에게 지시한 첫 번째 임무는 아군의 전반적인 방어 태세를 점검하는 것이었다. 나는 바르셀로나 요새 전체를 돌아다녔다. 처음이었다. 울었다. 수치스러웠다. 수사학적 고백이 아니다. 나는 공병이자 우연히도 바르셀로나인이다. 막상 누군가가 자신이 살고 있는 도시의 성을 조사할 때면 모든 게 다르게 보인다. 그의 눈에는 무력에 짓밟힌 도시의 모습이, 다시 말해서 집이 불타고, 부모와 자식들이 죽어가고, 아내가 겁탈을 당하는 장면들이 떠오르게 된다. 그러나 '미스테어'에 의하면 나는 사사로운 감성에 빠지면 안 된다. 머리가 차갑지 못한 마가논은 마가논도 아니고 아무것도 아니다. 그런데도 나는 왜 그렇게 망연자실할 수밖에 없었던

가. 나는 내 자신을 정당화시키기 위해 그 이유부터 밝혀야겠다.

일단 비교부터 해보자. 비교란 때때로 유용한 일 아닌가. 자, 독자 여러분도 이 도면을 잘 들여다보길 바란다. (뒤룩뒤룩 살만 찐 까치 같은 년아, 제자리에 똑바로 놔야지. 이렇게.)

만일 운명의 장난으로 나 선량한 수비가 바르셀로나 요새화 작업을 의뢰받았다면 확신하건대 방금 본 도면처럼 더없이 좋은 결과를 구했을 것이다.

보다시피 위 도면에 나타난 요새의 내벽과 보루들은 반달 모양에 3미터 높이의 연속된 지그재그 형태를 이룸으로써 완벽하게 보호된다. 또한 각각의 보루는 주요 방어선의 도움 없이도 독자적으로 적의 공격에 맞설 수 있다. 만에 하나 지미가 이 요새를 공격했더라면 그들의 주검은 쌓이고 쌓여 산봉우리를 이루었을 것이다. 실제로 보방을 엄격하게 좇다 보면 그런 요새들이 존재한다는 것 자체만으로도 침입자로 하여금 맥이 풀리도록 만들기 십상이다. 물론 지미는 영악한 여우라서 완벽한 포위전이라는 명예욕에 사로잡힌 채 무작정 공격했을 것이다. 하긴 지미가 아니면, 누가 감히 우리를 굴복시키고자 하겠는가?

그러면 이제는 앞 도면을 우리의 우울한 현실을 보여주고 있는 다음 도면과 비교해보자.

가히 충격적이나. 이 노년에 나타난 요새는 조화롭지 못하다. 위아래 턱이 들어맞지 않거나 형태가 없는 어떤 덩어리에 불과하다. 아마도 용의주도한 보방 같았으면 기술적인 측면에서 '복합적인 요새'로, 다시 말해 현대전에 필요한 것들로 뜯어고친 고대 요새로 정의했을 것이다.

실제로 바르셀로나 요새는 고대 성벽에 오각형 보루들을 갖다 붙인 형태였다. 보루의 수가 적지 않은 데다 각각의 보루가 고유의 명칭과 고유의 역사를 지니고 있었기에 바르셀로나 사람들에게는 그 자체로서 마치 친근한 인물 같았다. 한편 그 보루들은 계획도 없이, 제각기 상이한 시대에 마치 조각들을 맞춘 듯이 지어졌고, 어떤 것들은 그 사이가 너무 길어 교전 시에 인근 보루와의 소통이나 지원을 주고받기 힘들었다. 요새 발밑에 의무적으로 확보해야

할 해자에 대해서는 차라리 언급을 안 하는 게 나을 것이다. 오물과 잡동사니가 가득 차 있는 데다 깊이가 워낙 얕아서 그 속에 방목한 돼지들의 귀가 보일 정도였다. 물론 정부는 파산한 상태에서 한때나마 청소부들을 고용하느라 애를 쓰기도 했지만 막상 금세기 초엽과 말엽의 요새전으로 인해 주변 전체가 손상되었을 때는 전체적인 개축은 고사하고 부분적인 수리조차 무시했다. 아무도 신경 쓰지 않았다. 이제 우리는 바르셀로나 요새에 야만적인 '광고판'

을 하나 갖게 되었다. 그것은 '반역자'를 향한 불같은 적개심과 10년에 걸친 전쟁의 경험을 통해 닦인 파괴적인 군사용 도구로서, 적어도 보름 안에 바르셀로나 요새 밖에 세워질 것이다.

여기서 우리는 다음과 같은 정당한 질문을 공식화시킬 수 있을 것이다. 1705년부터 반도에서 시작된 전쟁이 1713년까지 계속되었으니 도시를 요새화할 시간이 충분했을 터인데, 어찌하여 카탈루냐인들은 고유의 정부가 있었음에도 도시 방어에 소홀했다는 말인가? 바로 여기에 나의 사적인 고뇌와 악몽의 근거와 철야의 비애가 있다. 대체 무슨 일이 있었던 것인가? 여기서 '만약에……'나 '혹시나……'라는 가정은 적용하지 말기를 바란다. 그런 식의 대답은 정치적인 것도 군사적인 것도 아니기 때문이다. 더불어 공학적인 것과의 연관도 없기 때문이다.

사실싱 진 세대에 걸쳐 가장 위대한 공병은 보방이었다. 그는 프랑스인이었다. 그는 자신의 집무실에서 지형의 아름다움에 푹 빠진 채 잉크와 종이만으로도 열정적이고 이상적이고 완벽한 방어 요새를 창조할 수 있었다. 보방의 요새화 방식에서 가장 불편한 것은 딱 하나로, 그것은 돈이 많이 든다는 것이었다.

우리 인간의 상상은 도급 업자를 만날 때까지는 공짜다. 그러나 한 도시에 방어 시설을 세운다는 것은 엄청나게 많은 돈이 드는 일이다. 무수한 양의 자재를 구할 뿐만 아니라 수천 명의 석수장이와 목수와 인부들, 수십 명의 토착인 혹은 외국인 전문가들을 고용하는 데에 천문학적인 액수가 들어간다. 도급 업자들은 정부를 상대로 사기나 배임으로 농간을 부린다. 작업이 늦어지면 공사비는 예상 견적의 서너 배로 불어난다. 하지만 이미 시작된 공사를 어떻게 중단시킬 수 있겠는가? 도중에 공사가 중단된 요새는 도중에 공사가 중단된 성당보다 쓸모가 없다. 감자밭에서 하느님을 공경할 수 있지만 보루 끝에 에쇼게트가 세워지기 전에는 도시와 시민을 지킬 수 없다. 겸허한 긍지로 강조하는 말이다. 채소장수도 벽은 틀어막아야 한다는 것을 이해한다. 공사 과정이 모두의 눈에 보임으로써 당국과 업자 사이에 일어날 수 있는 부정부패를 단념하게 만들지만 그 와중에도 거간꾼과 기술자들이 결탁한다. 전자는 부적절한 돈을 챙기고, 후자는 불법 '수수료' 영수증에 서명한다. 돈, 항상 돈이 문제다. 일찍이 테미스토클레스는 이렇게 말했다. 전쟁은 무기가 아니라 돈의 문제라고. 마지막 동전까지 내놓는 자가 승리한다. (글쎄, 테미스토클레스가 아니라, 페리클레스였던가? 기억이 잘 안 나는데, 그게 뭐 그렇게 대수야? 이름을 인용하는 건 네가 알아서 정리하라니까! 아, 볼테르는 빼고!)

바르셀로나가 무방비 상태로 남은 데는 또 하나의 이유가 있다. 1705년만 해도 다들 전쟁이 몇 달 안에 끝날 것으로 판단했다. 바르셀로나에 들어온 동맹군이 마드리드까지 진격하여 펠리피토를 끌어내릴 것이고, 그 자리를 카를랑가스가 차지할 것이고, 그리하여 카스티야는 자기들이 우리의 주인이 아니라는 현실을 깨달을 것이고, 카탈루냐는 영국 의회와 네덜란드 함대와 함께, 나라 재정을 쥐락펴락하는 부르주아들과 함께 모든 에스파냐를 번영시키는 현대적 연합왕국을 건설할 것이라고. 그러나 그런 일은 일어나지 않았다. 전쟁은 길어졌다. 바르셀로나에 왕실을 마련한 카를랑가스는 자신의 다국적군을 유지하고자 카탈루냐 정부에 차관을 요구했다. 전쟁은 공격하면서 승리하는 것이지 방어하면서 승리하는 게 아니다. 그러나 정부는 그 요구를 받아들였다. 1713년과 1714년의 드라마는 그렇게 만들어졌다.

그날 밤 나는 다가올 우리의 미래를 헤아렸다. 온 집 안이 전에 없이 차분했다. 아멜리스가 벽난로에 피망과 토마토를 굽는 동안에 난과 앙팡이 평온하게 놀고 있었다. 나는 흔들의자에 앉아 책을 읽고 있는, 그러나 눈으로 읽는 법을 배우지 못한 페레트의 목소리에 귀를 기울였다. 그가 수도사의 주문처럼 중얼거리는 로마게라[*]의 운문이 마치 우리가 처해 있는 상황을 대변하는 것 같았다. 내가 지금까지 그 구절을 기억하는 것도 그런 이유 때문이리라.

> 그녀가 너를 질투하는구나, 나비야
> 행복이란 그런 거라고,
> 너의 사랑은 커가는데
> 이제 곧 죽을 운명인 그녀의 사랑은……

아멜리스는 어느 때보다도 다정했다. 종이와 잉크가 놓여 있는 탁자를 한쪽으로 치우고 나를 침실로 이끌었다. 그러나 나는 타오르는 욕정을 자제하며 그녀를 떼어놓았다. 모든 게 우리가 기대하는 것을 받아들이지 않았다. 아니, 원하지 않았다. 그렇게 되면 마치 미래가 사라질까 봐 외면하는 것 같았다.

우리 바르셀로나는 누구보다 낙관적인 내가 아무리 계산해도 이번 포위전에서 불과 여드레를 넘기지 못할 게 자명했다. 거기서 단

---

* Romaguera(1642~1723). 바르셀로나 출신 작가.

하루도 더 견디지 못할 것이다. 그 이후는 암흑일 것이다.

12

 부르봉군이 바르셀로나 턱밑에 당도하기 보름 전까지의 기간은 우리에게 무척이나 ~~유용~~한 시간이있다. 코로넬라 부내는 람블라스 거리를 오가는 가두행진을 벌여 주민들의 사기를 높이는 한편, 사격 연습을 실시했다. 민병대의 사격은 군사적인 긴장감을 찾기 힘든 전쟁놀이 같았다. 그들은 인간 형태의 짚단 인형 두 개를 만들어 각각 유이스와 펠리페트라는 이름을 지었고, 그것들을 3미터 높이의 목재 벽 앞에 세워서 날마다 100명이 열 발씩 쏘았다. 솔직히 큰 성과는 거두지 못했다. 주민들의 반응은 주변의 모든 창문을 나무판으로 틀어막았다는 사실로 대변될 것이다.

 단기간에 주물을 다루거나 가죽을 무두질하던 자들로 구성된 부대를 직업군인으로 변화시키는 일은 불가능했다. 물론 그렇게까지 바랐던 것은 아니었다. 구성원을 통합시키는 유대감은 사격보다 훨씬 더 중요하다. 그리고 그러한 동지의식은 장교들과의 공고

한 신뢰를 필요로 한다. 그런 측면에서 돈 안토니오는 독보적인 존재였다.

오늘날 반란을 겪고 있는 프랑스의 혁명파 장군들은 온 세계로 흩어진 채 선술집 앞치마를 두르고서 제복 장식에 광을 내는 일로 하루하루를 소일하고 있다. 그러나 나의 시대는 달라도 아주 달랐다. 내가 지난 98년 동안 만났던 수십 명의 영관급 장교들이 자기 부대에 대해 알고 있는 모든 것은 자기들의 예복 색깔이었다.

돈 안토니오는 전투와 참호전으로 잔뼈가 굵은 군인이었다. 군대에 대한 그의 애정은 집안의 내력이었다. 사실 그가 바르셀로나에서 출생한 것은 우연이었는데, 앞서 내가 언급했듯, 그 시절에 그의 부친은 바르셀로나에서 근무했다. 그러니까 그는 이미 자신의 운명을 타고났던 것이다. 그는 적색우단들에게 자신이 침략자 카스티야인이라는 것을 포기한 적이 없었고, 그로 인해서 부르봉가는 그의 정체를 몰랐다. 나중에, 그러니까 바르셀로나 요새전이 끝나고 나서 몇 년 후에 지미는 나에게 포로가 된 주요 인물의 명단을 보여주었다. (지미는 자기가 탄압과는 전혀 상관없었다는 것을, 그들은 자기가 바르셀로나를 떠난 뒤에 체포되었다는 것을 나에게 납득시키고자 그 명단을 보여주었다. 거짓말이다. 어떻게 될지 알고 있었던 그가 지시하지 않았으면 탄압은 없었을 테니 말이다.) 그 명단에는 돈 안토니오의 신원이 '카스티야인'이 아니라 '카탈루냐인이 아님'으로 기입되어 있었다.

비야로엘은 급조된 군대가 기존의 다른 군대와 다르다는 것을 재빠르게 알아차렸다. 코로넬라 부대는 무장한 이웃의 차원을 벗어나지 못했고, 그런 그들에게 기존의 관습을 적용할 수 없었다. 따라서 엄격한 규율을 적용하는 것보다는 많은 격려가 필요했다.

나는 그렇게 많은 시간을 부대를 돌아다니는 데 보내는 총사령관을 본 적이 없다. 그는 예고도 없이 아무 곳에나 불쑥 나타났다. 병사들을 '내 아들'로 불렀고, 병사들도 그렇게 대하는 것을 좋아했다. 한번은 그를 에워싼 무장 시민들 대부분이 그와 동년배거나 연배인 줄 모른 채 한참 이야기를 하다가 도중에 그 사실을 눈치채고서 실례를 구하기도 했다. "내 아들들이여……, 아차, 용서들 하시오. 나는 형제라고 부르고 싶었소."라고.

민병대원들은 웃음을 터뜨렸다. 그의 연배들은 우정과 존경의 의미가 담긴 손으로 그의 등을 가볍게 때리기도 했지만 그는 개의치 않았다. 아마도 다른 군대였으면 적어도 회초리로 50대는 맞았을 것이다.

그는 나를, 내가 아주 젊다는 이유로 '피예트fillet'라고 불렀다. 그러니까 '내 새끼'라는 뜻으로, 그것도 공식적으로 불렀다. 그것은 과묵하고 어눌하기 이를 데 없는 그가 배운 유일한 카탈루냐어임이 분명했다. 게다가 발음까지 엉망이었다. 그러나 나는 그가 병사들을 웃게 만들고자 일부러 '피예트'를 카스티야 억양을 되살려 '피예fiyé'로 발음했다고 생각한다.

그로부터 수십 년이 지난 뒤에 나는 페데리킨Federiquín이라는 프로이센인의 휘하에서 근무했다. 그런데 바르셀로나 민병대와 프로이센 군대의 차이는 천양지판이었다. 페데리코*에게 병사는 개만도 못한 존재였다. 여러분에게 확실히 말하건대, 절대 과장이 아니다.

---

* Fedirico. 독일어로 프리드리히.

독일 병사들은 누구든지 개 취급만 해주었어도 기뻐서 폴짝폴짝 뛰었을 것이다. 소소한 예를 하나 들어보자. 프로이센 부대가 이동 중이었는데, 그들은 탈주를 막기 위해 대열에서 6미터 이상 떨어지는 것을 금지했고, 그들 주위를 기관총으로 무장한 기병대가 감시했다. 여차하면 방아쇠를 당기라는 지시와 함께 말이다. 어찌 그런 자들이 병사들을 '내 형제'처럼 이끌 수 있겠는가? 당시 우리 군대와 다른 나라 군대의 차이는, 위대한 차이는 바로 거기에 있었다. 돈 안토니오는 투박한 군인이었지만 진실의 속성을, 즉 코로넬라는 자유를 지키려는 자유로운 인간들에 의해 구성된 군대라는 것을, 그리고 그들을 격려하는 원칙들을 저지해서는 그들을 이끌 수 없다는 것을 꿰뚫고 있었다.

실없는 소리는 이쯤에서 그만하자.

돈 안토니오는 내가 원하는 것보다 훨씬 더 자주 나를 사령부 회의에 소집했다. 나는 내 고유 업무인 공병대 일에 필요한 시간을 빼앗기는 기분이 들기도 했지만, 앞서 기술했듯 이미 우리의 요새에 대한 현황을 파악했기에 기꺼이 참석했고, 되도록 말을 하는 것보다는 듣는 자세를 취했다. 그런데 하루는 절대 부족한 병력 문제를 논의하던 중에, 지금은 기억나지 않지만 누군가로부터 미켈레테들을 정규군으로 편입시키는 게 어떻겠느냐는 제안이 나왔다. 부르봉군이 턱밑까지 다가온 상황에서 적색우단들은 마지못해 동의할 준비가 되어 있었다. 그러나 바예스테르라는 이름이 천거되자, 나에게는 공병대의 직속상관이자 돈 안토니오가 참을 수밖에 없는 적색우단과의 연결고리인 산타 크루스가 군인의 명예를 내걸면서 맹렬하게 반대했다. 돈 안토니오는 내 의견을 구했다.

"저는 바예스테르가 단순한 도적이라고 생각하지 않습니다." 나는 주저 없이 확언했다. "광신도, 맞습니다. 흉악범, 역시 맞습니다. 그러나 밑바탕은 고상한 사내입니다. 적색우단을, 아, 죄송합니다, 벼락부자가 된 정부의 관리를 납치했을 수도 있습니다만, 사실 그를 지배하는 것은 돈벌이가 아니라 프랑스인이나 에스파냐인 같은 부르봉가에 대한 증오입니다."

"장군," 산타 크루스가 끼어들었다. "우린 이미 코로넬라 부대와 규율 문제로 골치를 썩고 있는 판국인데, 도덕적으로 방탕한 무리까지 합류하면 어떻게 되겠습니까? 여러분은 관대한 내가 '도덕적으로 방탕하다'는 표현을 쓸 수밖에 없는 이유를 잘 알 겁니다."

"바예스테르가 있든 없든 규율은 코로넬라의 강점이 되지 못할 것입니다." 내가 덧붙였다. "그리고 바예스테르가 우리와 합쳐지는 것에 동의하더라도 천성적으로 기마병으로 남을 것입니다. 우리는 그를 외부의 미켈레테들과의 연락책으로, 지형을 파악하거나 적의 목초 관리병을 괴롭히는 데 이용할 수 있을 것입니다. 게다가 우리는 그를 거의 만나지 못할 것입니다. 코로넬라 부대에 기병대가 없듯 보루에는 근무할 자리가 없으니까요."

돈 안토니오는 생각에 잠긴 채 말없이 허공을 응시했다. 그 순간 나 선량한 수비는 바예스테르의 합류를 원하고 있다는 것을 깨달았다. 어쩐 일인지 그와의 씁쓰레한 과거의 만남들이 의미를 잃고 있었다. 나는 바예스테르를 있는 그대로의 모습으로, 제복을 입든 안 입든 교활하고 능력 있는 두목으로 판단하고 있었다. 더욱이 지금 우리는 경험 많은 자들이 절대적으로 부족한 상태 아닌가. 비야로엘이 한참 만에 힘들게 입을 열었다.

"가뜩이나 병력이 부족한 판국인데, 그자에게 명예로운 합류를 제안한다고 해도 우리로선 잃을 게 없소. 만일 그자가 우리의 제안을 정중하게 거절한다면, 그것은 자신과 양심 사이에서 고민하고 있다는 것일 게요."

"지당하신 말씀입니다, 돈 안토니오!" 내가 소리쳤다.

그는 눈으로 나를 책망했다. 어떤 말보다 엄중한 그의 비난의 눈길을 견디는 것은 무척이나 힘든 일이었다. 참모회의가 끝났다. 산타 크루스는 비난의 뜻으로 고개를 세차게 저으며 사령부 회의실을 나갔다.

"수비리아." 이제 막 사령부 회의실을 빠져나가던 나를 비야로엘이 불러 세웠다. "한 가지 더. 귀관이 바예스테르를 직접 만나서 오늘 결정한 사안을 전하도록 하게."

순간 나는 기절할 뻔했다.

"제가요? 하지만 그건 안 됩니다, 돈 안토니오! 성채와 보루를 강화하는 데만도 엄청난 시간이 필요하거든요."

"난 귀관이 해낼 거라고 믿는다. 내가 상관으로서 그것을 지시하는 것은 귀관이 바예스테르의 가치에 대해 깔끔하게 정리할 필요가 있다고 판단하기 때문이지. 그자는 누구보다도 귀관의 제안에 가장 민감하게 반응할 테고."

뭐, 내 제안에 가장 민감하게 반응할 거라고? 아, 나는 차마 내 속사정을 털어놓을 수가 없었다. 바예스테르가 한 농가에서 나를 포박했다고, 내 돈을 빼앗고, 내 옷을 홀라당 벗기고, 내 목을 올가미에 걸었다고.

"아들, 얼굴이 왜 그 모양이야? 적들이 행군에 나선 지 딱 엿새

밖에 안 되는 시점에서 내가 수석 참모를 잃게 될까 봐 걱정하는 게냐? 내 적당한 호위병을 붙여주도록 하마."

그가 말한 '호위병'은 두 명, 말을 탄 삐삐한 사내와 노새를 탄 단신의 사내였다. 말을 탄 사내는 대충이나마 부르봉군 순찰대의 이동 경로를 아는 듯했고, 노새를 탄 사내는 바예스테르와 무자비한 그의 일당들의 은신처가 될 만한 곳을 알고 있었다. 그들 역시 나처럼 벌벌 떨고 있었다. 병참부대에서 보병대 중령의 제복을 빌려주었다. 협상 상대로 하여금 나를 존중하게 만들려는 돈 안토니오의 배려였다. 그러나 내심 암담한 기분이 들었다. 바예스테르는 상대가 누군지, 어떤 무리인지 신경 쓰지 않고 오로지 장교의 숨통을 끊으면서 행복해하는 인물 아닌가. 나는 심란한 마음을 달래지 못한 채 병참부대에서 받아든 제복을 걸쳐보았다. 작았다. 앞가슴 단추를 채우지 못했다. 그렇다고 양복쟁이를 찾을 수도 없는 노릇이었다.

나는 두 호위병과 함께 바르셀로나를 벗어났다. 여러 지역을 지나가는 동안에 특별한 일은 생기지 않았다. 주민들은 우리와 함께해주었고, 당시 포폴리 공작이라는 자가 지휘하는 펠리페 군대의 이동 경로까지 일러주었다. (포폴리! 그는 역사에서 화톳불처럼 되살아나는 이름으로 신성시된다. 왜 그러느냐고 이유를 물으면 그때 이야기하겠다.) 우리는 간간이 말을 타고 돌아다니는 부르봉군의 순찰대 외에 아직까지 보병대나 포병대는 발견하지 못했다. 부르봉군은 모든 지역을 일일이 확인하면서 서서히 이동하는 중이었다. 그들은 바르셀로나인들이 크리다를 발령하긴 했어도 설마 당당한 군대를 조직해서 요새를 지키는 미친 짓을 할 리는 없다고 믿었던 것이다.

바예스테르를 만나는 것은 생각했던 것보다 수월했다. 어디로 잠적해서 귀찮게 굴지도 않았다. 미켈레테들은 동맹군이 철수한 뒤에 바르셀로나로부터 멀리 떨어진 곳에서 자유롭게 움직이고 있었다.

바예스테르를 만난 곳은 친부르봉파가 피신하면서 방기한 사치스러운 별장이었다. 창문으로 야만적인 축제 소리가 흘러나왔다. 사내들의 떠들썩한 노랫소리와 여자들의 실성한 웃음소리, 포도주 병이 벽과 바닥에 부딪혀 깨지는 소리가 불협화음을 이루고 있었다.

"진짜 저 소굴로 들어갈 겁니까?" 두 호위병이 물었다.

"함께 들어갈 필요까진 없어요. 모든 게 잘 풀리면 다시 보게 될 거요." 나는 체념의 한숨을 내쉬었다. "혹시 잘못되면……, 바르셀로나에 알리도록 하시오."

대저택 안으로 들어서자마자 널따란 살롱이 나왔다. 그야말로 가관이었다. 바예스테르의 부하들이 흡사 술 취한 원숭이 떼처럼 몰려 있었다. 그중에서 목에 커튼을 망토처럼 두른 거한이 가장 취한 모습이었다. 그 곁에는 닭 한 마리가 몸통에 칼날이 박힌 채 죽어 있었다.

전부 열다섯 명, 그중에서 사내가 열 명이고 여자가 다섯 명이었다. 한 사내가 여장을 한 채 죽은 부르봉군 병사를 껴안고 춤을 추고 있었다. 죽은 자의 머리가 진자처럼 흔들리며 뒤로 축 처질 때마다 머리를 자기 어깨 쪽으로 끌어당기며 볼을 비벼댔다. 한편 나머지 부하들은 천장의 거대한 샹들리에에 매달린 채 비명을 질러대는 부르봉군 병사를 노리개 삼아 야유와 격려로 흥을 돋우고 있었다.

바예스테르는 여자 두 명을 거느린 채 발기발기 찢긴 소파에 앉아 있었다. 여자들은 마을에서 불러왔을 창녀들이었다. 한 여자가 술에 취해 그의 가슴에 고개를 파묻고, 다른 여자는 미친 듯이 웃어댔다. 그들 중에서 바예스테르가 먼저 나를 보았다. 나는 흠칫 한 발 뒤로 물러섰다. 그런데 그 순간에 샹들리에가 진자처럼 흔들리던 인간의 무게를 견디지 못한 채 낙하하는 웃기지도 않는 일이 벌어졌다. 바닥에 유리 파편이 튀는 것과 동시에 희생자의 몸뚱이가 내 발 앞에 곤두박질치듯 떨어졌다. 그들의 폭소가 터졌다.

술에 취한 거인이 칼과 몸통에 날이 박힌 닭을 높이 쳐들고 나를 향해 다가왔다. 그러나 그는 워낙 취한 나머지 협박할 말을 꺼내지도 못한 채 유리조각이 흩어진 바닥으로 꼬꾸라졌다.

바예스테르가 혀를 끌끌 차며 비아냥댔다.

"여기서 또 만나다니 더럽게 재수 없는 인간이군!" 그가 소파에 앉은 채 담담하게 말했다. "진무르봉과 친구들을 구하러 온 모양인데, 곧 만나게 될 거야."

"이미 만났는걸." 나는 즉각 그 말을 받았다. "내가 찾고 있던 바로 그자를 말이지."

그의 부하 한 명이 칼을 빼들었다. 내 목을 내리칠 기세였다. 나는 재빠르게 돌돌 만 문서가 들어 있는 기다란 원통을 머리 위로 들어 올렸다. 뚜껑에 헤네랄리타트의 직인이 찍혀 있었다.

"이건 우리 정부의 공식 임명장이다." 나는 외쳤다. "여러분은 내가 이걸 읽어주길 원하는가? 당연히 그러겠지. 내 목을 자르고 나면 여기선 이걸 읽을 사람이 아무도 없을 테니까."

그들이 서로의 눈치를 살피며 주저했다. 나는 그 틈을 놓치지 않고 바로 덧붙였다.

"정부는 에스테베 바예스테르 씨에게 의용군 소속의 대위 계급을 수여하기로 결정했다. 계급에 맞는 제복과 급료도 지급될 것이다. 마찬가지로 바예스테르 대위는 자신이 원하는 장정들을 뽑을 권리를 갖게 될 것이며, 뽑힌 장정들은 제국의 명예 병사로서 헤네랄리타트가 지급하는 급료를 받으며 복무하게 될 것이다."

한동안 침묵이 흘렀다.

"그럼 그렇지!" 그들 중의 한 명이 소리쳤다. "그들이 우리 똥구멍을 핥을 때가 된 거야! 적색우단들이 벼랑 끝에 서 있다는 것을 이제야 깨달은 거라고!"

나는 대답하지 않았다. 그의 말이 정확했기 때문이다. 바예스테르를 제외한 모두가 나를 에워싼 채 바짝 다가서며 외쳤다. 한 명은 세금 때문에 빼앗긴 농장 이야기를 풀어놓고, 또 한 명은 적색우단에게 매질을 당한 등짝을 내보였다.

반란자들과 대화를 나눌 때는 반드시 그들 위에 위치하는 게 필수적이다. 도덕적인 위치를 말하는 게 아니다. 나는 탁자를 따라 한 바퀴 돌고 나서 그 위에 올라섰다. 그리고 기다란 원통을 다시 들어 올리며 외쳤다.

"당신들 눈에는 이게 적색우단들이 서명한 것으로 보이겠지." 나는 한 손으로 제복의 가슴보호대를 꽉 쥐면서 말했다. "그러나 이건 아니야. 이건 모든 적색우단들 위에 위치하는 원칙이라고 할 수 있어. 당신들이 보고 있는 이것은 리베라에 사는 어떤 아낙네가 자기 손으로 직접 한 땀 한 땀 꿰맨 것이거든. 목수로 일하다가 제4중대 장교로 복무 중인 남편을 위해서 말이지. 자, 대답해보라고. 누가 당신들에게 매질을 했지? 바르셀로나의 목수들이었나? 아니면 정부 관리들이었나?"

"조국이고 나발이고 지옥으로 꺼져버려! 당신도!" 그들이 탁자를 에워싸며 비난의 목소리를 높였다. "우리가 조국을 필요로 할 때 조국은 우리에게 뭘 해줬지? 감옥으로 보내고, 학대하고, 고문했어!"

"이런 배은망덕한 자들 같으니라고!" 나는 지지 않고 반박했다. 동시에 생각지도 못한 나의 대담함에 내심 탄복했다. "자기 모친이 협박을 당하고 있는데, 자식이란 놈이 모친을 지키는 게 아니라 해묵은 앙심을 꺼내 비난이나 해대다니, 과연 이게 자식의 도리란 말인가?" 나는 마치 깊은 상심에 빠진 사람처럼 고개를 저었다. 그러고는 힐난조로 덧붙였다. "이런 말이 있지. 자식이 우물에 빠지면 어머니는 뛰어들지만, 거꾸로 어머니가 빠지면 자식은 이웃에게 알린다고."

몇 명이 쑥스로 응대했지만, 나는 여전히 힐난소로 말했다.

"우리에게는 카스티야와 프랑스라고 불리는 안 좋은 이웃들이 있지. 그런데 문제는 그 이웃이란 자들이 지금 우리를 시켜먼 우물 속으로 밀어 넣으려 한다는 거야."

"그러니까 그 이야기를 하려고 당신을 보낸 거야? 이거 우습지도 않군. 프랑스 놈들이나 카스티야 놈들이 우리 헌법을 씹어 먹든 말든 우리로선 더 잃을 게 없어. 그러니 지랄하지 마!"

"당신이나 지랄하지 마!" 나는 이성을 잃고 씩씩거렸다. "문제가 그런 게 아니란 건 당신들도 알고 있어. 만일 이대로 바르셀로나가 함락되면 우리도 함께 무너지는 거라고. 부르봉군이 모든 걸 휩쓸어버리면 어떤 일이 일어날까? 당신들이 지금은 집을 떠나 있지만, 당신의 가족과 친구들은 어딘가에 남아 있겠지. 당신들은 그들이 걱정도 안 된다는 거야? 어디 그것뿐인가? 이제 더 이상은 개천에 용 나는 일도 없게 되겠지. 새로 뽑히게 될 시장들은 펠리피토가 자기 손가락으로 찍을 거고, 그렇게 찍힌 자들은 친부르봉파가 알아서 재가할 테니까. 모든 젊은이들은 저들의 깃발에 충성을 해야 하고, 아메리카라고 불리는 험난한 곳까지 끌려가서 수십 년을 보내야겠지. 재판도 그래. 저들의 판사가 맡으면 우리보다 유리하다고는 할 수 없겠지. 저들은 멀리 떨어져 있는 데다 우리를 증오하고 있어. 세금은 또 어떻고? 지금도 세율이 과하다고 아우성인데, 이제는 마드리드 왕실에서 세금을 부과할 때까지 무작정 기다릴 수밖에. 그들의 일방적인 결정을 반대할 수 있는 신성한 의회의 힘조차 사라지고 없을 테니까." 나는 숨 돌릴 겨를조차 없을 만큼 격앙되어 있었다. "당신들은 장님이야? 당신들은 누구보다 먼저 눈치를 챘어야 했어. 우리에게 재앙이 들이닥치더라도 적색우단들은 잃어버릴 게 없고, 그들은 최고의 자리를 차지할 때까지 얼마든지 변할 수 있다는 것을. 그러니 진짜로 당신들이 세상사에 무관심하다면, 누가 대답 좀 해보시지 그래. 왜 굳이 죽은 부르봉가 시체를 붙잡고 춤을 추는 건지?"

좌중이 잠시 진정되었다. 나는 힘이 쭉 빠졌다. 기분이 이상했다. 사실 나는 그때까지만 해도 내 생각과 말이 일치하리라고는 상상조차 못 했다. 다시 말해 그들을 설득하고자 그곳에 갔지만 막상 내 말에 가장 설득당한 사람은 그들보다 내 자신이었던 것이다.

나는 누군가가 이렇게 물을 때까지 내 자신에서 벗어나지 못했다. "당신 대장은 어떤 자요?"

그렇게 묻는 것은 미켈레테들의 전형적인 사고방식이다. 그들에게는 자기들이 지키는 대의보다 자기들을 이끄는 자가 더 중요한 것이다.

"그건 당신이 직접 알아보시지 그래." 나는 씁쓸한 미소를 지으며 대답했다. "그분은 나를 이 소굴로 들어가라고 지시한 인물로, 적어도 나는 그분의 명령을 의심한 적이 없었지."

그때였다. 여태 한마디도 안 하고 찢어진 소파에 앉아 있던 바예스테르가 몸을 일으킨 것은.

"나는 우리가 바르셀로나에 들어가면 다시는 돌아오지 못할 거라고 생각하거든. 그러니 당신은 여기 있는 자들에게 그렇지 않을 거라고 얘기해. 당장 얘기하라고!"

"아냐, 나는 그럴 수 없어." 나는 내 말이 지니는 무게를 신중하게 헤아리며 거절했다. "어쩌면 그럴 가능성이 전혀 없는 건 아니겠지. 하지만 놈들은 우리 모두를 죽일 거야." 나는 그 대목에서 억양을 바꾸었다. "지금 내가 확신할 수 있는 건 내가 당신들보다 오래 살아남지 못한다는 거야."

바예스테르가 손가락으로 별장 뒤쪽으로 통하는 문을 가리켰다. 밖에서 기다리라는 뜻이었다.

문을 열고 나가자 높은 담장으로 에워싸인 뜰이 나왔다. 거기에는 백색 제복의 시체 두 구가 쓰러져 있었다. 나는 그들의 가방을 뒤졌다. 가방 속이 장교들 간의 통신문으로 가득 찬 것으로 보아 부르봉군의 전령들이었다. 길을 가던 그들이 고즈넉한 별장에서 잠시 휴식을 취하던 중에 하필이면 똑같은 목적으로 들어선 바예스테르 일당에게 당한 게 틀림없었다. 재수가 없었던 것이다.

문 뒤로 미켈레테들이 주고받는 소리가 들렸다. 정부의 제안을

489

받아들이자는 자들도 있었지만 대부분이 내 목을 쳐야 한다는 의견이었다. 차라리 안 듣는 게 나았다.

문득 요 며칠 사이에 내 자신에게서 감지되는 미묘한 변화가 떠올랐다. 바르셀로나 요새전은 시작조차 안 했는데 바조슈에서 체득한 모든 것들이 꿈틀거리며 나를 일깨우고 있었다. 겁쟁이 왕자 마르티 수비리아가 공병 수비리아로 변하고 있었다. 나는 이미 마음속으로 다졌던 결의를 되뇌었다. 이들이 나를 죽이기로 결정하더라도 어떤 수를 쓰든지 이 통신문들만큼은 아군의 손에 들어가야 한다고.

문이 열렸다. 나는 다시 살롱으로 들어갔다. 그들 모두의 눈이 나에게 집중되었다. 나는 선수를 치는 게 낫다고 판단했다.

"바르셀로나 방어전에 참가하고 싶지 않을 수도 있겠지." 나는 방금 손에 넣은 부르봉군의 통신문을 바예스테르에게 내밀었다. "그렇다고 꼭 반대하는 것만도 아닐 테고. 아무튼 어느 쪽으로 결판이 났든 상관없이 이 통신문을 밖에서 나를 기다리고 있는 자들에게 전해주시오."

그는 내가 건네는 통신문을 받아들지 않았다. 그의 눈이 나를 뚫어지게 쳐다보았다. 침묵이 흘렀다. 그의 부하들 역시 결코 끝나지 않을 것 같은 침묵 속에서 나보다 더 간절하게 그의 입에서 흘러나올 말을 기다렸다. (나는 한 해 뒤에 그날 그의 눈빛이 의미하는 바를 깨달았다.)

"그건 당신이 직접 가져가도록 해." 마침내 그가 대답했다. 간결하면서 담담한 어조였다. 그러고는 사령장이 들어 있는 기다란 원통을 집어 들며 한탄하듯 덧붙였다. "그나저나 여긴 다들 물러 터져서 무화과나무 줄기보다도 약할 텐데 쓸모가 있으려나."

일순 그들의 입에서 환호성이 터져 나왔다. 그들은 자기들의 운명을 가를 최후의 결정을 우두머리에게 맡겼던 것이다. 한편 나는 그가 부하들보다 먼저 죽음의 길을 선택했다는 것을 확신한다. 그가 부하들의 자유로운 의사 결정에 끼어들지 않았던 것은 차마 자살행위가 될지도 모를 죽음의 길로 그들을 이끌 수는 없었기 때문이다.

기꺼이 죽음의 길을 선택한 그들이 내 앞에서 사라졌다. 잠시 후에 여자들을 말에 태우고 다시 나타난 그들이 말발굽 소리와 말 울음소리를 남기며 먼저 떠났다. 바예스테르는 예외였다. 역시 우두머리는 뛰지 않는 법이다. 우리는 동시에 각자의 말에 올라탔다.

"당신에게 한 가지 알려줄 게 있어." 나는 말에 올라타자마자 미처 못 했던 말을 꺼냈다. "제국의 군대를 따르기로 결정한 거라면, 이 순간부터 계급과 규율을 지키도록 해. 나는 중령이자 총사령관의 수석참모야. 당신은 앞으로 군대에서 명령하는 모든 것에 복종해야 한다는 거, 명심해."

"그 농가에서 내가 그랬었지. 우리가 다시 만나면 그때는 단칼에 날려버리겠다고." 그는 그 말과 동시에 내 가슴을 향해 주먹을 뻗었다.

나는 채 자세를 잡기도 전에 날아든 주먹의 충격에 바닥으로 떨어졌다. 내 몸이 로즈메리 덤불 위로 떨어진 게 다행이었다. 무지막지한 주먹이었다.

내가 고개를 들었을 때, 바예스테르는 앞서간 동료들과 합류했다. 우거진 덤불 속에서 호위병 두 명이 다급하게 뛰쳐나와 나를 부축해 일으켰다.

"맙소사!" 내가 아픈 옆구리를 손으로 비비는 동안에 그들이 소리쳤다. "이렇게 살아 있다니! 바예스테르 일당은 바르셀로나 쪽으로 가더군요. 뭘 해주기로 했습니까?"

"그자들이 항상 거부되었던 것을 해주었지요. 진실 말입니다."

그러나 그들이 그게 무슨 뜻이냐고 재차 물어서 나는 이렇게 덧붙였다.

"그들에게 한 가지 약속을 했어요. 우리 모두가 죽을 거라고."

○○○

적은 시시각각 다가오고 있는데 요새의 보수 공사는 끝나지 않았다. 아니, 거의 못 했다. 1713년 7월 25일, 아군은 돈 안토니오와 협의 끝에 말뚝울타리를 제외한 모든 공사를 중단하기로 결정했다.

요새의 외곽은 적의 공격을 대비해서 기다란 말뚝울타리로 에워싸여 있다. 그것은 해자 앞에 설치되며 요새의 방벽과 보루를 방어하는 1차 저지선 역할을 한다.

이 대목에서 비곗덩어리 발트라우트가 끼어든다. 자기가 지금까지 배운 바에 따르면 말뚝울타리는 유용하지 못한 방어 수단이란다. 강력한 포격이 성벽 앞에 단순하게 늘어선 설비를 파괴하고 말 터인데 굳이 집착할 필요가 있겠냐는 것이다.

그러나 말뚝울타리는 그 수가 많으면 많을수록 적으로 하여금 보병의 진격을 더디고 힘들게 만드는 가히 숙고할 만한 장애물이다. 따라서 그것은 사격을 할 때 장애물을 치워야 한다는 것과 똑같은 관점에서 다루어지며, 지휘관은 그곳을 통과시킬 때 이미 두려움에 사로잡힌 병사들을 부지런히 닦달해야 한다.

가공할 만한 포격은 말뚝울타리 대부분을 날려버린다. 맞는 말이긴 하지만 꼭 그렇게 결정적인 것만도 아니다. 그 이유는 말뚝울타리의 효용성에서 찾을 수 있다. 말뚝은 끝이 뾰족한 형태로 그 길이가 2 내지 3미터다. 말뚝을 깊게 박고 난 뒤의 길이는, 그러니까 지상으로 돌출된 부분은 1미터 내지 1.5미터 높이가 된다. 그런데 말뚝은 한 뼘 정도만 남아도 적의 발이나 무릎을 다치게 만든다. 포격이나 집중사격으로 말뚝이 부러지거나 깨지긴 하지만 그 부분이 날카로운 무기로 변한 탓이다. 특히 무더기로 진격하는 적은 대열이 흐트러지고 부상자가 나오면서 속도까지 더디게 된다. 게다가 그 뒤에는 해자가, 더 뒤에는 성벽이 기다리고 있다. 이렇듯 가장 단순한 방어 수단이 가장 효율적일 때도 있는 것이다.

그런데도 내가 부정하지 못하는 것은 말뚝울타리가 지니는 풍경의 변형이다. 그 무렵의 도시는, 천년고도이면서 경박한 바르셀로나는 느닷없이 우리의 눈에 지난하고 가증스럽고 음산한 후광에 에워싸여 있는 것처럼 보였다. 요새의 둘레는 광활한데 내 눈에 들어오는 말뚝은 기껏해야 8천 개 정도에 불과했던 것이다. 타인의 고통을 요구하는 말뚝울타리 작업의 소홀함은 죽음을 예고한다. 비에 젖은, 특히 눈에 뒤덮인 말뚝울타리는 을씨년스럽기 짝이 없으며 그것은 뜨거운 태양이 작열하는 바르셀로나 같은 광장에서 벌거벗은 채 서 있다는 것과 다를 바 없다.

군수물자 창고에는 말뚝이 만6천 개 남아 있었다. 내 계산에 따르면 최소한 4만 개가 필요했다. 절대적으로 부족한 상태에서 어떻게 해야 하는가? 구석진 곳에 처박혀 엉엉 울 것인가? Débrouillez-vous!* 나는 가장 허술하고 노출된 지점을 골라 울타리 작업에 들어가기로 했다.

우리에게 부족하지 않은 것은 열정이었다. 정부는 작업자들 전부에게 급료를 지불할 수 없었지만 시민들의 열의 덕분에 6천 명의 지원자를 모을 수 있었다. 나는 긴긴 시간을 그들과 함께했다. 어지간한 포격에도 견딜 수 있는 말뚝을 묻을 구덩이를 파는 작업 방식과 요령을 일일이 지시했다. 말뚝의 기울기는 45도를 고수했고, 돌출된 말뚝의 끝부분은 최대한 날카롭게 마무리했다. 우리에게는 많은 것들이 부족했다. 말뚝은 물론이고 작업 도구와 인원이, 무엇보다도 바르셀로나를 고슴도치 같은 방어 요새로 탈바꿈시킬 시간이 절대 부족했다.

그런데 바로 그 7월 25일에 나는 말뚝 작업을 점검하다가 바예스테르 일행을 만났다. 포도주에 얼큰하게 취한 부하들이 그를 뒤따르고 있었다. 요란스러운 매음굴과 독한 술 대부분이 교외에 있었기에 그들은 도시를 드나드는 자들에 앞서 그곳으로 가는 길이었다. 딴은 이해할 만한 일이었다. 어차피 부르봉군이 나타나는 순간 그들의 축제도 끝이 날 테니까.

그들은 바르셀로나로 들어온 지 나흘 만에 이미 선술집과 매음굴에서 쫓겨나는 패거리로 유명세를 치렀다. 치안대와의 주먹다짐도 그중 하나였다. 나는 그들에 대한 소식을 접할 때마다 체념한 채 고개를 저었다. 그들을 징집한 게 그다지 좋은 생각이 아니었단

* '네가 알아서 해!'라는 뜻의 프랑스어.

말인가.

나는 서둘러 그의 우두머리를 찾았다.

"아, 바예스테르 대위." 나는 다급한 몸짓으로 별 생각 없이 말했다. "이제 그 짓 좀 그만하고 우리를 도와야겠어. 일손이 필요해."

나는 그의 대답을 미리 염두에 두었어야 했다. 그들이 폭소를 터뜨렸다. 싸우러 왔지 일하러 온 게 아니라면서. 썩 좋지 않은 상황이었다. 그러나 그의 대답이 나를 경직되게 만들었다.

물론 나는 이미 그에게 명백하게 밝혔었다. 수비군에 편입된 것이라고, 따라서 규율을 엄수해야 한다고. 그런데도 만일 그가 나를 무시하면, 그것도 모두가 지켜보는 데서 그런 일이 생기면 더 이상은 그를 존중할 수 없었다. 나는 무더운 날씨로 인해 셔츠 차림이었다. 살인자들을 상대하기에는 최상의 옷차림이 아니었다. 썩 좋지 않은 상황이었다. 게다가 더 안 좋은 것은 바예스테르를 익히 알고 있던 작업자들이 숨 막히는 두려움에 떨면서도 그 장면을 지켜보고 있었다는 것이다. 달리 방도가 없었다. 나 긴 다리 수비는 한 발짝 더 그들에게 다가섰다.

"이건 명령이다. 여기서는 모두가 일한다." 그러고는 대열로 들어가 그들을 손가락으로 일일이 가리키며 강조했다. "모두 다 마찬가지다."

"진짜로?" 바예스테르가 대답했다. "글쎄 나는 말뚝을 박는 적색 우단들은 한 명도 못 봤는데."

"우리는 야전에 나온 게 아니다. 여기는 다른 방식으로 싸운다." 나는 두어 발짝 물러나서 일하고 있던 어린 계집의 팔을 붙잡은 다음, 바예스테르 눈앞에 그녀의 손바닥을 펼쳐 보였다. "이 손바닥에 맺힌 피를 봐! 이 상처가 바로 기꺼이 전쟁을 받아들이는 용감한 자의 훈장이라는 거야."

바예스테르가 얼굴을 내 귀에 바짝 갖다 붙이면서 증오 섞인 어조로 속삭였다.

"당신이 원했던 게 일꾼인데, 미쳤다고 우리를 불렀던 거야?"

"대체 언제나 이해할 거야?" 나 역시 똑같은 어조로 반박했다. "이건 사적인 게 아니라 공동의 일이라고."

"내가 비로소 이해하기 시작한 것은 이 전쟁이 적색우단들이 지금까지 우리에게 해왔던 짓을 더욱더 공고히 다지려는 구실이란 거야."

그러나 나의 반박은 느닷없이 귀를 때리는 타종 소리로 인해 이어지지 못했다. 피신을 의미하는 수십 개의 종소리가 바르셀로나 전역에 울려 퍼지기 시작했던 것이다. 고개를 들었다. 그리고 그때서야 깨달았다. 사소한 논쟁에 정신이 팔린 채 성벽의 보초들이 보내는 경고의 신호조차 몰랐던 것을.

"적이다! 적들이 오고 있다."

오랫동안 기다리던 소식은 비현실적인 어떤 것으로 변하는 순간에야 확인된다. 그랬다. 우리는 이미 거기 있었던 것이다. 그리고 수 주 전부터 오로지 그것만 생각했지만 막상 그것이 현실로 이루어지자 나는 혼돈에 빠졌다. 바예스테르도, 말뚝 작업도, 아니, 눈앞에 보이는 모든 것이 위급한 상황 앞에서 그 의미를 잃고 있었다.

"가까운 성문으로 가지 않고 뭣들 하는 겁니까?" 보초들이 다급하게 소리쳤다. "성문이 닫힙니다!"

우리를 향해 고함을 지르는 허술한 군장 차림의 보초는 청년 두 명으로 그중 하나는 안경잡이였다. 그날 그 지역은 철학과 학생들이 경계 근무 중이었다. 내 눈에는 그들이 책장보다 더 찢어지기 쉬운 물체로 보였다. 안경잡이가 멀리 지평선을 가리키며 다시 소리쳤다.

"뛰어요! 적의 본대가 오고 있다고요!"

victus

제 3 부
졌 노 라

1

 야! 그래, 너! 네가 어찌 감히 내 집 문턱을 넘겠다는 거냐? 내 어제 우리가 여태 써왔던 것을 쭉 읽어보았지. 처음부터 끝까지.
 한데 이게 뭐야? 이게 뭐냐고? 내가 구술한 것들을 하나도 빠짐없이 쓴 사람이 바로 너야! 토씨 하나 틀리지 않고 그대로!
 하지만 이것 좀 봐! 이게 내가 부탁했던 거, 내가 원했던 거 맞느냐고? 글쎄, 그렇다니까! 네가 여기에 받아쓴 거는 사실이라니까! 이 세상에는 아무도 믿고 싶지 않은 일들이 일어난다는 거, 그건 너도 이해할걸. 흔히들 자기 집에 누가 방문하면 이렇게 말하잖아. "당신 집이니 푹 쉬세요." 하지만 그게 진짜로 한 말이야? 그렇지, 당연히 아니지!
 난 처음부터 눈치챘어. 네가 내 구술에 슬쩍 양념을 섞을 거라고. 그래도 내가 원했던 건 볼테르가 그랬듯 멋지고 순박한 『캉디드』 같은 책이었어. 너무 유치하지 않은, 그러면서도 살롱의 숙녀들도 읽을 수 있는 책. 뭐랄까, 교육적이고 계몽적인 책이랄까. 한데 이게 뭐야? 네가 무슨 짓을 해놨는지 똑바로 보란 말이야! 뭐? 그게 뭔지 아직도 모르겠다고? 그래, 그런 작자가 바로 너라고! 아틸라왕의 말이 지나간 곳에는 풀도 안 난다더니, 네가 바로 그렇다니까!

이런 염병할, 콧구멍으로 구더기가 기어 나올 년 같으니라고……*

○○○

이 이야기와는 전혀 무관한 일이지만 내 이야기를 다시 잇기 전에 독자 여러분에게 한 가지 밝힐 게 있으니, 발트라우트가 나를 버리고 떠났다는 사실이다.

아, 글쎄, 방금 여러분이 들었던 그녀로나. 어찌 이리 황당한 일이? 어리석고 위선적이고 엉덩이에 살만 찐 암퇘지가 느닷없이 사라지더니 보름째 종무소식이다. 물론 감이 잡히는 데가 있긴 하다. 며칠 전에는 그 여자가 문 밑으로 쪽지 한 장을 슬그머니 들여놓았는데 거기에는 어리석기 짝이 없는, 자기가 도망친 것을 정당화하는 변명이 들어 있었다. 무척이나 유감이었다고, 따져봤자 공리공론일 뿐이라고. 아, 어찌 나를 그런 식으로 매도할 수 있단 말인가! 천하에 후안무치한 계집 같으니!

사실 독자 여러분은 우리 관계를, 그러니까 그 여자와 나의 관계

---

* 이 문장 'Així et surtin cucs pel nas, filla de…….'는 카탈루냐어다. 발트라우트는 카탈루냐어를 모른다.

에 대해 완전히 알지 못할 것이다.

  부탁하건대 여러분은 그 여자가 자비를 베풀어서 이 책을 쓰는 것으로 생각하면 안 된다. 아니다. 절대 아니다. 그건 가당찮은 핑계일 뿐이다. 그 여자는 자기가 작가라고 착각하고 있다. 마치 양의 엉덩이를 무는 데 습관이 된 개가 나중에는 주인처럼 행세하는 꼴이다. 사실 그 여자는 절제력을 잃으면 내 이야기를 엉뚱한 곳으로 끌고 가는 경우가 허다했다. 내가 혼자서는 이 이야기를 끌어가지 못할 거라고, 고통스러운 1714년의 포위전까지 도달할 능력이 없을 거라고 착각했던 것이다. 그러나 그것은 오판이다. 그 여자가 원하는 것은 이번 일을 질질 끌어서 나로 하여금 자기를 돌아오게끔 사정하도록 만드는 것이다. 아, 여자들이여, 허영 덩어리들이여! 그 여자는 처음에 한 약속을 깨트리고 이제 와서 오리발을 내밀고 있다. 내가 오만불손하다고? 과연 진짜 오만불손한 자가 누구란 말인가? 나는 내 책을 쪼아대는 까치 같은 그 여자에게 다시는 돌아와달라고 통사정하지 않을 것이다. 절대로!

○○○

나 마르티 수비리아는 '미스테어'의 은총으로 9점을 획득한 공병이다. 나는 카를로스 3세 군대의 중령이자, 본국의 지배에 반기를 든 아메리카 식민지 군대의 공병이자, 오스트리아제국과 프로이센, 터키제국, 러시아 차르대제의 공병이자, 무스코기와 오글랄라, 아샨티족*의 공병이자, 마오리족의 아로아로아타루의 수석참모이자, 무역상이자, 신비주의자이자, 요새 공격 및 수비 전술가이자, 잠수 다이

버이자, 수영공포증에 걸린 환자 등등 다양한 분야에서 전문가다. 그러나 그 모든 것을 제쳐두고 한마디로 요약하면 나는 살아 있는 인간쓰레기다.

나는 내 말에 주의를 기울여줄 하느님과 인간들 앞에서 다음과 같은 조항들에 대해 거듭 서명한다.

하나. 내가 발트라우트 스퍼링에게 항상 적절하게 처신했던 것만은 아니다. 그녀가 나를 수발하기 시작했을 때부터 오늘까지, 특히 그녀가 심신이 쇠약해진 나를 위해 밤을 지새웠던 날들까지 포함해서 말이다.

둘. 나는 공개적으로, 동시에 사적으로 그녀에게 용서를 구하고자 한다. 아울러 그녀가 다시 돌아와 일에 전념해주기를 겸허하게 요청한다.

셋. 그녀는 나에게 문학적 영광이나 지성의 찬사를 공유하자고 요구한 적이 없다. 이 작업에서 보여준 그녀의 모든 노력은 역사적인 회고록이 지니게 될 가치에 국한될 것이다. (특별한 것도 아닌 것을 꼭 명기할 필요는 없잖아.)

넷. 나는 그녀의 의지에 따라 이러한 조항을 덧붙인다. 발트라우트 스퍼링은 추녀가 아니라 독특한 미를 지닌 여성이다. 그녀는 호감이 넘치며, 그것은 신의 눈에도 특이한 것이다. (이 조항은 너무 멋져서 네 자신도 믿지 못할걸.)

어때? 이젠 만족해? 넌 다시 펜을 잡기 위해 돌아온 이상 내가 말하는 걸 쓰도록 해. 네가 원하는 걸 쓰지 말고. 뭐, 넌 이 책을

---

* 무스코기와 오글랄라는 아메리카 인디언 부족이고, 아샨티족은 아프리카 부족이다.

내 몰골보다 더 흉측한 꼴로 만들 생각이야? 만일 네가 조금만 더 차분한 여자였으면 모든 게 야만적인 공격이었다고, 그 무엇과도 비교할 수 없는 굴욕이었다고 덧붙였을 게 아냐.

천만에! 난 너를 욕하지 않았어! 대체 원하는 게 뭐야? 뭐? 너를 숲속의 요정으로 대해달라고? 하지만 너와 게르만 밀림의 암컷 곰의 유일한 차이는 금발의 수컷 곰이 없다는 거야.

아냐! 가지 마! 기다려, 제발, 끔찍한 내 사랑 발트라우트야. 네가 떠나면 내가 누구와 얘기를 나누겠어?

자, 거기 앉아. 어서 그 펜을 잡도록 해. 내 이렇게 눈물로 호소할게.

어때? 이제 한결 나아졌잖아. 좋다면 꿀을 탄 커피를 한 잔 마셔도 돼. (하지만 급료에서 공제한다는 걸 기억해둬.)

○○○

1713년 7월 25일, 마침내 포폴리 공작이 지휘하는 부르봉군이 바르셀로나 외곽에 당도했다. 그러나 그들은 도착하자마자 아군의 기습 공격을 받았다. 우리가 말뚝울타리 작업을 중지하고 요새로 돌아오자(나 같은 공병 지휘관이 좋은 점이 있다면 그것은 적과의 거리가 누구보다 멀리 위치한다는 것이다.) 그때를 기다렸던 아군의 기병대 세 개 중대가 전속력으로 성을 빠져나갔고 미처 전투 태세를 갖추지 못한 부르봉군 선두 부대와 전초전을 벌인 끝에 소수의 포로들을 끌고 오는 전과를 올렸던 것이다.

전초전에서의 패배는 포폴리에게 연대 병력을 상실한 것과 맞먹는 충격을 안겨주었다. 전쟁에서 사기는 모든 것이다. 아군의 기병대는 영웅들처럼 환대를 받았다. 포로들은 여전히 어리둥절한 표정이었다.

"바르셀로나에 들어오고 싶어 했잖아?" 거리의 사람들이 포로들을 조롱했다. "그래서 소원대로 됐구면."

포폴리의 본명은 레스타이노 칸텔모 스튜어트. 어쩐지 허풍이 느껴지는 이름이다. 그에게는 페토라노 군주나 에스파냐 왕실 귀족 같은, 나도 다 기억하지 못하는 수많은 작위와 별칭이 뒤따른다. 펠리피토가 '반란자'들을 굴복시켜야 하는 장군으로 그를 선택한 것은 우연이 아니었다. 왜냐하면 포폴리는 펠리페보다 더 펠리페를 추종하는 부르봉군 장군들 중의 한 명으로, 펠리페로 하여금 바르셀로나를 뼛속 깊이 증오하게 만든 인물이었기 때문이다. 그는 동맹군들이 카탈루냐에서 철수하자 바르셀로나를 점령하고 싶었다. 잔혹힌 그의 평판을 확인시킬 기회가 의외로 앞낭겨셨던 것이다.

그의 악행에 관한 일화는 한두 가지가 아니다. 그의 군대가 바르셀로나에 당도하기 직전에 합스부르크가 추종자로 보이는 용의자 두 명을 생포해서 데려가자 그는 이런 형벌을 내렸다.

"너희 둘은 목숨을 건 주사위 게임을 벌여야 한다. 이긴 자는 목숨을 부지할 것이다."

그러나 그는 자신이 고안해낸 추악한 게임에서 패배자를 용서했는데 그것은 부르봉가 추종자였던 그가 펠리피토에 대한 충성이 위선이었음을 증명하는 것이었다. (그의 이중적인 모습에는 그냥 웃어 넘길 수만은 없어 보이는 무엇인가가 있다. 그것은 게임을 즐기는, 그래서 정직함을 성스러운 약속으로 여기는 바르셀로나인을 화나게 만든 게 그의 잔혹성보다는 죽이기로 했던 약속을 어김으로써 게임의 법칙

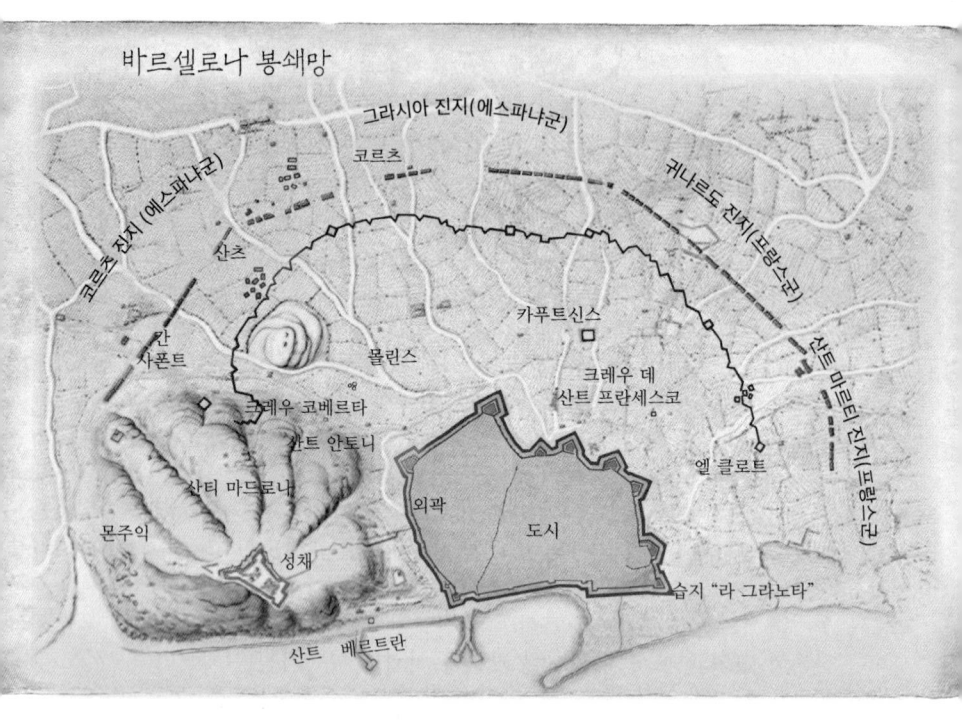

을 어겼다는 데 있었다는 것이다.) 하지만 그 일화는 맛보기에 지나지 않는다. 바르셀로나 사람들이 참을 수 없었던 것은 토레뎀바라 요새 근처에서 가벼운 전투가 벌어졌을 때 포폴리가 포로 200명의 목을 매단 것이었다. 이전과는 전혀 달리, 한 명도 예외 없이 말이다.

그 과정에서 포폴리는 철저하게 마드리드 조정의 논리를 좇았다. 마드리드 조정은 동맹군들이 에스파냐에서 퇴각한 뒤부터 부르봉군에 대항하던 자들을 '반란군'으로 규정했다. 이에 반해 바르셀로나 정부는 '반란군'으로 취급받는 병사들을 불러 모아 정규군에 편입시키고 그들에게 제복과 급료를 지불했다. 포폴리가 목을 매달아 죽인 포로 200명이 바로 그들이었다.

포폴리는 돈 안토니오가 전령을 보내 '이성을 잃은' 행위라고 따지자 누구라도 생포하면 그렇게 했을 것이라고 대답했다. 돈 안토니오는 무엇보다도 포폴리가 그를 '반란자들의 수괴'로 대하는 것에 분노했다. 무관으로서의 경력은 물론이고 전쟁에 대한 예의와 전통을 존중하는 입장에서 도저히 묵과할 수 없는 일이었다. 그는 알았다고, 앞으로는 포로들을 똑같은 방식으로 처리하겠다고 답변했다. 실제로 그의 지시에 따라 바르셀로나 성벽 위에, 적의 진지 어디에서도 훤히 보이는 곳에 교수대가 세워졌으며 올가미가 내걸리고 바로 밑에 말뚝이 박혔다.

아무튼 전초전이나 다름없는 기습공격에 놀란 포폴리의 군대는 신중해졌다. 그들은 바르셀로나 성으로부터 1,500미터 떨어진 곳에, 다시 말해 포격의 유효거리를 벗어난 위치에 병력을 집결시키고 도시 전체를 에워싸는 거대한 곡선 형태의 진지 구축에 들어갔다. 바르셀로나를 남북으로 가르는 요브레가트강부터 베소스강까지 도시 전체를 봉쇄한 채 그들의 공병대가 공격용 참호를 설계할 때까지 우리를 고립시킬 참이었다.

부르봉군의 봉쇄망은 그 자체로서 훤히 드러나는 구조다. 기본적으로 그들의 참호는 구덩이가 얕다. 방어막으로 세우게 될 울타리는 흙과 들보, 돌멩이, 통나무 등 가까운 곳에서 구한 자재가 필요하고 보조 장애물은 굴곡진 천연 도랑이나 낮은 구릉 같은 지형을 이용한다. 가능하면 축소 모형 같은 규모로나마 오각형 형태의 축성을 쌓아야 하는데 그러려면 주변에 산재한 나무나 바윗돌은 물론이고 농가 같은 건물들을 휩쓸 수밖에 없을 것이다.

봉쇄망 구축 작업이 진행되는 동안에 포폴리는 무조건항복을 요구하는 최후 통첩을 세 번이나 보내왔다. 그에 대한 바르셀로나의 반응은 전령들의 목을 베서 교수대에 내걸자는 의견으로 충분할 것이다. 오죽했으면 분노한 군중으로부터 적의 전령들을 보호하기 위해 무장 경호대가 필요했을까.

그날 밤 돈 안토니오가 나를 급하게 찾는다는 전갈이 왔다. 돈 안토니오는 내가 사령관실로 들어서자마자 지시를 내렸다.

"특사들과 동행하게."

"제가요?"

"자네는 내 부관이야. 부관이란 이런 때 정부를 위해 일하기도 하지. 물론 이 도시를 지킨다는 긍지를 갖고서 말일세."

"지당하신 말씀입니다, 돈 안토니오."

"나는 자네가 절대 좋은 무관이 될 수 없다는 것을 알고 있어. 제복을 착용한 공병이긴 해도 기본적인 무술 훈련조차 안 되어 있거든. 하지만 수비군 총사령관의 부관으로서의 역할을 제대로 해주게."

"네, 부관으로서 말입니다."

"한 가지, 협상이 진행되는 동안에 결례를 범하지 않도록 명심하게. 비록 전쟁 중이지만 적과의 협상은 일종의 사랑 같은 것일세."

"명심하겠습니다, 돈 안토니오."

"저들은 우리를 조국도, 왕도, 영예조차도 없는 반란자로 규정하려 들 거야. 그런 저들을 속이려면 적군들 앞에서 절도 있는 장면을 연출하는 것보다 더 나을 게 없겠지. 감히 어느 누구도 함부로 대할 수 없도록 말이야. 고상하고, 절도 있고, 기사도를 지키고, 용감하고, 청결해 보이는 모습이 자네가 지켜야 할 일일세."
"분부대로 하겠습니다, 돈 안토니오."
대답은 그렇게 했지만 내 임무는 완벽한 시간 낭비처럼 보였다. 부르봉군이 우리를 죽이고자 진지를 구축하는 마당에 우리 쪽에서 무슨 말을 한들 순순히 들어줄 것인가. 그러나 우리 시대의 무관의 명예란 그런 것이었다. 사람은 죽이되 예는 지킨다.
우리 측 특사 대표는 무척 젊은 적색우단이었다. 고관대작의 자제인 그가 나를 보자 활짝 웃었다.
"듣자 하니 당신이 내 수석보좌라더군요. 사절단이 숙지할 규범은 알고 있나요?"
"잘 모릅니다."
"내가 앞에 서고, 당신은 내 우측 한 걸음 뒤에 서세요. 우리 뒤로 부르봉군의 사절단이, 그 뒤로 아군 기수 두 명이 뒤따르는데, 한 명은 왕의 깃발을, 또 한 명은 의회 깃발을 들게 될 겁니다. 의례를 잘 지키도록 하세요."
"뭐, 그렇게 하겠습니다."
"적군 장교들 앞에서는 고개를 숙여 우호적인 경의를 표하세요. 굴욕적인 자세는 안 돼요. 전시 중이란 걸 명심하고."
정작 전시 중이라는 사실을 잊어버린 자는 내가 아니라 그자 같았다. 그래서 물었다.
"그런데 고개를 숙이면 우호적인 게 아니라 굴욕적인 자세가 되지 않을까요?"
"그게 그거지. 암튼 거기서 당신이 할 일은 우리 측 서한을 나에게 넘겨주는 겁니다. 내가 그 서한을 펼쳐서 읽을 수 있도록 말예요."

애송이 적색우단은 자신이 특사 대표라는 사실에 몹시 고무되어 있었다.

"난 간밤에 우리 정부의 공식 서한에 들어갈 불멸의 명문을 작성하고 외우느라 한숨도 못 잤어요. 두고 보세요. 내 오늘 멋진 역사를 만들어내고 말 테니까."

우리는 아군의 포격 유효거리 밖에 진을 치고 있는 부르봉군의 야영지로 향했다. 썩 개운치 않은 기분이 들었다.

적은 1선 참호 부근에서 우리를 제지했다. 몬주익으로부터 베소스강 어귀까지, 내 육안으로 닿을 수 있는 모든 곳에서 수천 명의 병사들이 참호 작업을 벌이는 중이었는데 참호의 깊이는 이미 성인의 가슴까지 닿을 정도였다. 나는 그들의 거대한 작업 규모와 효율적인 작업 방식 앞에서 다시 씁쓸한 기분에 사로잡혔다. 그것은 토르토사에서의 경험과는 정반대의 입장에서, 그러니까 공격에서 수비로 뒤바뀐 포위된 입장에서 느끼는 조바심이었다.

땅딸막한 대령이 장교 네 명을 대동하고 나타난 것은 잠시 후였다. 그들은 절반쯤 세워진 울타리에서 몇 걸음 더 앞으로 나왔다. 대령이 냉담하고 적의를 띤 눈으로 우리를 노려보았다.

"그쪽에서 시간을 많이 지체했습니다."

예상했던 의식이 치러졌다. 우리가 특사를 소개했지만 그들은 인사조차 받지 않았다. 내가 한 걸음 앞으로 나섰다.

"우리 쪽에서 늦어진 이유는 여기 첫 번째 문장에 있으니 읽어 보시오."

나는 그렇게 말하고 문서를 내밀었다. 외교적인 의례와 애송이 적색우단이 작성한 불멸의 연설을 망각한 채 말이다. 대령은 카탈루냐어로 작성된 서한을 보다 말고 나에게 되돌려주었다.

"통역하시오!"

대령과 그를 보좌하는 장교들의 모습이, 다시 말해 하나같이 검은 눈과 가느다란 콧수염에 오만한 인상이 똑같은 주형에서 찍어낸 인물들 같았다. 나는 한숨을 쉬었다. 적을 공격하는 데는 수만 가지 방식이 있다. 나는 어차피 그 문서를 통역하는 입장에서 마치 앞뒤가 꽉 막힌 자들을 상대하듯 기왕이면 느긋하게 또박또박 읽기 시작했다. 그들이 과연 바르셀로나인들의 염원을 이해할 능력이 있는지 심히 의심스러웠음에도 불구하고.

적의 서한이 적의 전령에 의해 우리의 도시에 전달된바, 적은 그 서한을 통해서 우리로 하여금 즉각적인 결정을 요구하고 있지만, 우리는 그것이 자신들의 적절한 해결책을 구하는 데 필요한 시간을 갖겠다는 것으로 이해한다.

나는 그 대목에서 눈을 떼며 이렇게 물었다.

"계속할까요? 혹시 이어지는 내용을 이미 간파했다면 굳이 더 읽을 필요가 없지 않겠습니까?"

"계속하시오!"

나는 머리끝까지 화가 치밀어 올랐다. 땅딸막한 대령의 지시를 받으러 그곳에 갔던 게 아니지 않는가. 그러나 나는 돈 안토니오의 지시를 수행하고 있다는 사실을 떠올렸고 그때부터는 참호 작업 중인 적군들이 다 들을 수 있도록 목소리에 힘을 주었다.

따라서 우리의 도시는 성문을 폐쇄할 것이며, 도시를 무력으로 짓밟으려는 적에 맞서 방어에 들어간다.

우리 도시와 전 공국은 주권을 지키기 위한 전쟁을 지속할 것이며, 그 여부는 적이 전쟁과 평화 중에 어떤 것을 선택하는가에 달려 있다.

부당하고 예사롭지 않은 위협들은 우리를 떨게 만드는 게 아니라, 오히려 충성을 거듭 맹세해온 우리 같은 속국으로 하여금 위협에 맞서 싸울 용기를 북돋게 한다.

우리의 도시는 적에 대한 예우에 익숙하지 않아서 적의 사절을 무사하게 되돌려보내는바, 포폴리 공작은 우리의 의지를 감안해서 어떤 결정을 내려야 할 것이며, 그때까지 우리는 모든 것에 대항할 것이다.

— 1713년 7월 29일, 바르셀로나

순간 모두가, 협상 대표들은 물론이고 공격용 참호 작업을 중단한 채 내 말을 듣고 있던 부르봉군 병사들까지 모두가 멍한 눈으로 나를 쳐다보았다. 그 장면이 내 눈에는 '미스테어'가 모든 것을 석화시켜버린 것처럼 보였다. 땅딸막한 대령이 나를 노려보며 으르렁거렸다.

"어찌 이런 광대극을! 그러니까 당신들은 어떤 고통도 감내하겠다, 그거요?"

"그렇게 보입니까?" 나 역시 물러서지 않고 으르렁거렸다. "우리가 당신들 눈에 꽃다발로 보이라고 보루에다 포를 설치했을까요?"

"죄악인 줄 알면서 죄를 짓는 건 미친 짓이오. 당신들은 지금 폐하께서 내릴 형벌에 대한 두려움에 떨고 있잖소."

"여보시오." 나는 즉각 반박했다. "예를 좀 갖추고 말하시오."

"당신들의 성벽은 제대로 서 있을 수조차 없이 허약한 데 반해, 당신들의 폐하께서 보낸 병력은 막강한 베테랑 병사들만 4만 명이라는 걸 명심하시오."

나는 양손을 불끈 쥐었다.

"그래요? 우리는 5만 명이오! 도시의 모든 거주민에다 당신들의 무력 침탈을 피해 도시로 들어온 불쌍한 주민들까지 다 합쳐서 말입니다!"

"수비리아! 제발!" 애송이 적색우단이 나를 제지하고 나섰다.

그러나 나는 울분을 참지 못하고 다음 말을 이어갔다.

"당신들이 우리를 범죄자로 취급하는 이유가 뭐요? 1710년에 우리가 마드리드를 점령했을 때, 우리가 뭘 가장 잘못했는지 알아요? 그건 우리가 마드리드 주민들에게 돈 자루를 뿌렸던 거요. 한데 이게 뭐요? 당신들이 우리에게 무슨 짓을 하고 있느냐고요? 도시와 마을을 불태우고, 노인네와 아녀자들의 목을 매달고, 그것도 부족해 우리 성 앞에서 참호를 파고 있지 않느냐고요!"

"나는 내 언성을 높이게 만든 자에게는, 특히 왕을 배반한 자에게는 관용을 베풀지 않을 거요. 우리의 정당한 형벌 적용을 제지할 수 있는 유일한 게 있다면, 그건 오로지 전쟁에 대해 후한 법령뿐이오. 아직까지는 이성을 회복할 시간적 여유가 남아 있긴 하지만, 감히 포폴리 공작에게 맞서겠다니, 어디 그게 말이나 될 소리요? 그분은 나폴리 출신으로 전쟁터에서 불멸의 영광을 쟁취한 인물이란 걸 똑똑히 기억하시오."

뭐, 나폴리인이라고? 나는 적장인 포폴리가 나폴리 출신이라는 말에 내심 놀랐다. 속이 부글부글 끓어올랐다. 빌어먹을, 또 이탈리아인이라니!

"방금 나폴리 출신이라고 하셨소?" 나는 폭발하는 감정을 숨기며 물었다.

"그렇소, 그야말로 최고 가문의 귀족이시오."

"흥!" 나는 하마가 콧방귀 뀌듯 코웃음을 치며 이렇게 덧붙였다. "그 잘난 땅딸보 이탈리아 장군이 아직까지 우리를 공격하지 않는 진짜 이유가 뭔지 아시오? 두려워서 그런 겁니다. 모르긴 몰라도 그 양반 똥구멍은 잔뜩 위축이 돼서 풍뎅이 촉수 하나 들어갈 틈 없이 꽉 붙어 있을걸요."

"중령!" 애송이 적색우단이 얼굴이 사색이 된 채 소리쳤다. "제발, 그만하세요!"

그러나 나는 애송이를 무시했다.

"우리는 그 양반의 엉덩이를 힘껏 걷어차줄 생각이오. 저 지중해 상공을 날아서 장화처럼 생긴 반도로 되돌아가도록 말이오." 그러고는 땅딸막한 대령과 동행한 장교들을 쳐다보며 말했다. "당신들도 잘 들으시오! 몸뚱이에 벌집보다 더 많은 구멍을 내고 싶지 않거든 우리 성 앞에는 얼씬도 마시오!"

그 뒤의 상황은 설명할 필요조차 없을 것이다. 그 대목에서 우아한 의식은 사실상 끝났으니.

성으로 돌아오는 길에 애송이 적색우단은 풀이 죽은 채 입도 뻥긋하지 않았다. 나는 돈 안토니오에게 보고했다.

"돈 안토니오, 임무를 완수했습니다."

2

 길고 잔혹한, 동시에 기이한 바르셀로나 포위전은 그렇게 시작되었다. 부르봉군은 며칠 만에 도시의 외곽을 완전히 봉쇄했지만 직접적인 공격은 없었다. 총 한 방 쏘지 않았다. 그들은 오로지 공격용 참호 작업에만 몰두했다.
 한편 전쟁을 앞두고 런던의 주식시장보다 더 요동치던 바르셀로나는 급격한 단조로움에 빠져들었다. 도시가 굴복당할 것이라는 위기의식은 고사하고 포폴리가 공격해 올 것이라는 우려조차 사라졌다. 보루에서의 경계 근무 역시 느슨해졌다. 적의 동태를 주시하는 게 아니라 양측의 소소한 움직임을 지켜보는 일상으로 변했다. 그 와중에 양군의 경기병들은 성과 참호 사이를, 주인 없는 땅을 거침없이 돌아다녔다. 눈여겨볼 것은 탈영이었다. 도시로 들어오는 자들이 도시를 빠져나가는 자들보다 훨씬 더 많았다. 포폴리가 이끄는 부르봉군의 경우에는 에스파냐군 탈영병이 프랑스군 탈영병보다 더 많았는데 그 이유는 무엇보다 음식 때문이었다. 탈영병들은 자신들이 겪은 고통을 털어놓으며 우리의 동정을 구했다. 그들의 밑창 없는 신발이 모든 것을 대변했다.

실제로 연합군인 프랑스군과 에스파냐군 사이의 불화는 날이 갈수록 심해졌다. 프랑스군은 에스파냐군을 포위전에서 최소한의 역량조차 유지하지 못하는 무용지물이라고 비난했다. 반면에 에스파냐군은 프랑스군 함대가 파도 위에서 빈둥빈둥 놀며 보낸다고 불평했다. (사실이었다. 적어도 지미가 도착하기 전까지 프랑스군의 해상봉쇄는 실효성이 없는 웃음거리에 지나지 않았다.)

더없이 나긋하고 행복한 날들이었다. 웃기지도 않는 전쟁 규범에 따라 포위된 도시에게 주어지는 30일 간의 기간에 정부는 명예를 지킬 수 있는 평화 협상을 벌이거나 구원병을 요청하고 외교 중재 등에 나섰지만 시민들에게는 모처럼의 여유가 주어졌던 것이다. 나 역시 행복했다. 그 상황에서 공병인 나로서는 크게 할 일이 없었다.

그랬다. 참으로 기이한 전쟁이었다. 성과 보루를 지키는 코로넬라의 병사들은 대부분이 가까운 집으로 돌아가서 점심이나 저녁을 먹었다. 나 역시 보루에서 망원경으로 적의 동태를 살피거나 방어 공사를 지휘하다가 집으로 돌아가 앙팡을 내 무릎에 앉히고서 아멜리스가 차려주는 밥을 먹으며 시시콜콜한 대화를 나누었다.

봉쇄된 바다도 다소 활기를 띠었다. 일부는 해상에서 뱃놀이를 즐기거나 프랑스 전투선을 조롱하다가 쫓기듯이 항구로 돌아왔고 그때마다 시민들은 박수를 치거나 환호성을 지르며 응원했다. 그 와중에도 삼엄한 프랑스군의 해상봉쇄를 뚫고서 외부의 소식과 식량이 도착했다. 적색우단의 관심은 비엔나에서 오는 소식으로, 우리를 팔아먹은 카를랑가스는 우리에게 힘을 내어 부르봉군에게 맞서라고 부추겼다.

한편 그 기간에 양쪽 군대는 각각 요새 방어와 공격용 진지 구축에 필요한 자재를 확보하기 위해 보이지 않는 전투를 벌였다. 성과 공격용 참호 사이에 있는 빈집이나 농가를 두고 벌이는 쟁탈전 역시 그중 하나였다. 우리 쪽에서는 바예스테르가 이끄는 미켈레테들에게 그 임무가 주어졌다. (내가 그들을 지휘한 이유는 그 쟁탈전을 절도 행위 정도로 여기는 장교들이 극구 사양했기 때문이다.) 그러나 미켈레테들은 상부의 지시를 마뜩잖아했다. 그들은 자재들을 부르봉군에게 빼앗기면 안 된다는 것을 이해하고 싶어 하지 않았다. 나는 건물을 해체하는 일보다 바구니 속에 든 여자들 속옷이나 장신구에 정신이 팔려 있는 그들을 다그쳤다.

"지금 우리에게 필요한 것은 장난감이 아니라 창문틀이나 문틀이다!"

"젠장! 그놈의 나무들을 뜯어다가 무엇에 쓴단 말입니까?"

"모르면 따지지 말고 지시에 따르라!"

"당신 같은 공병들은 본래 그렇니까? 왜 자꾸 전쟁을 이상한 쪽으로 몰아가느냐고요?"

그들은 푸념을 늘어놓으면서도 대여섯 개씩의 목재 틀을 챙겼다. 그러나 자재 자체의 육중한 무게로 인해 목이 꺾이는 통증은 물론이고 야음을 틈타거나 적의 눈을 피해 성으로 돌아오는 일이 생각보다 쉬운 게 아니었다. 그들은 성을 나설 때마다 술에 취한 적이 많았다. 나는 빈 창고나 농가에 남아 있던 포도주나 아과르디엔테를 몰래 마시는 그들을 모른 척했다. 야만적인 작업과 쟁탈전을 벌이는 그들에게 가끔은 사기를 진작시킬 필요가 없지 않았기 때문이다. 그들이 도시를 방어하러 왔다가 성 밖에 있는 빈집을 터는 임무에 대해 불만을 토로하는 것은 어찌 보면 당연한 일이었다. 나는 그런 그들을 일깨워야 했다.

"여러분의 삶은 이제 더 이상 여러분들만의 것이 아니다! 이 도시를 위해 여러분은 무슨 쓸모가 있는 것인지, 어떻게 희생할 것인지를 결정해야 한다. 포위전이 지속되는 한 우리에게 개인은 존재하지 않는다. 그러니 순응하라!"

그러나 그들의 반발 역시 만만찮았다. 특히 바예스테르는 자기가 이끄는 미켈레테에 대한 독자적인 지휘권을 주장했다.

내가 나에게 주어진 지휘권에 대해 진지하게 고민했던 것은 그때가 처음이었다. 나는 위로부터는 돈 안토니오의 지시를 이행해야 하고 밑으로부터는 거세게 몰아붙이는 바예스테르의 반발을 무마해야 하는 입장에서 극심한 압박을 받았다. 상관의 지시는, 특히 돈 안토니오 같은 최고사령관의 지시에는 부주의나 실수에 대한 관용이 용납되지 않았다. 그러고 보면 지휘관이란 존재는 항상 상부의 지시나 명령에 갇혀 사는 것과 다를 바가 없었다. 성벽의 요새 작업은 언제 끝나는가? 산트페레트 보루가 날카롭지 않고 뭉툭한 각을 이루는 이유는 무엇인가? 말뚝울타리 작업에서 울타리 간격은 얼마가 적당한가? 비축된 돌을 얼마나 더 쌓아 올릴 수 있는가? 나의 뇌와 신경은 요새를 보강하는 작업만으로도 한계 상태인데 끊임없이 발발하는 국지전까지 관여한다는 것은 역부족이었다.

그즈음이었다. 하루는 성벽 위로 새벽 근무를 나왔다가 돈 안토니오를 보았다. 평소와 달리 혼자였다. 내 눈에는 긴 망원경으로 적의 진지를 살펴보고 있는 그의 뒷모습이 아군의 방어벽보다 더 단단한 돌덩이로 보였다. 나는 조심스럽게 그의 곁으로 다가갔다.

"돈 안토니오, 드릴 말씀이 있습니다."

그러나 그는 망원경에서 눈을 떼지 않고 대답도 하지 않았다. 나는 그의 무언을, 대화를 허용한 것으로 받아들였다.

"돈 안토니오, 장군께선 요전에 저에게 제가 아무것도 할 게 없다고 말씀하셨지만, 그럼에도 불구하고 저를 받아주셨습니다."

"아들아, 너는 우리 시대에 최고의 공병 교육을 받은 무관이다." 그는 여전히 망원경에서 눈을 떼지 않은 채 대답했다. "그런 너를 어찌 내가 배제한단 말이냐?"

"하지만 저는 그 공부를 온전하게 마치지 못했습니다." 나는 팔소매를 걷어 올렸다. "이 문신을 보십시오. 이건 제 자신을 말하는 것으로, 이 5점은 제가 난순한 모략가임을 명시한 것입니다. 하지만 돈 안토니오, 저는 이 문신을 볼 때마다 답답했습니다. 이 점수가 지닌 진짜 의미가 무엇인지 알고 싶었습니다. 장군님, 저는 지금 장군님의 말씀을 듣고 싶습니다."

"아들아, 내 너에게 한 가지 묻도록 해주길 바란다." 그는 여전히 망원경에서 눈을 떼지 않은 채 이렇게 되물었다. "만약에 부르봉군이 네 집을 침범하면 너는 네 집을 최후까지 지키겠느냐? 대답해라."

"그럴 것입니다, 장군님." 나는 생기 없는 목소리로 대답했다.

"넌 장군이란 항상 '네, 장군님!'이라는 소리를 들으면서 삶을 영위한다는 것을 알고 있느냐? 하지만 방금 내가 들은 네 목소리는 안타깝게도 나에게 어떤 신뢰도 주지 못하는구나."

나는 할 말을 잃었다. 할 말이 없었다.

"수비리아, 귀관에게 더 이상의 지식은 필요 없다." 마침내 그가 망원경을 눈에서 떼어냈다. "프랑스에서 귀관이 알아야 할 필수적인 것들을 교육시켰으니, 이제 귀관에게 필요한 것은 현실적으로 단순한 것이 될 것이다." 바로 그때 그의 눈에서 온화하면서도 상대에게 연민의 정이 담긴 무엇인가가 나타났는데 그것은 그때까지 내가 딱 두 번, 그러니까 아멜리스와 바예스테르의 눈에서 보았던 바로 그 눈빛이었다. "그러기 위해선 아직은 더 겪어야 할 것이다." 그는 그렇게 말하고 다시 입을 다물었다.

잠시 침묵이 흘렀다. 마치 자신의 몸에서 무엇인가가 떨어져 나가기를 기다리기라도 했던 것일까. 다시 위대한 장군으로 돌아온 그가 입을 열었다. "나는 내일 참모회의를 소집할 것이다. 그 자리에서 중요하고 결정적인 작전이 통보될 것이며, 귀관 역시 이번 게임에 함께할 것이다." 이어 그는 진지한 어조로 덧붙였다. "만일 그 게임에서 귀관이 살아남으면, 귀관의 영혼을 결박하고 있는 그 의구심이 풀릴지도."

내가 막 돌아서려는데 그의 목소리가 나를 다시 붙잡았다.

"한 가지 더." 그가 내 허리춤을 주시했다. "검을 차지 않는 지휘관은 지휘관이 아니다. 반드시 검을 차도록 하라."

그랬다. 나는 그때까지 검이 없었다. 나는 그길로 병참부를 찾아갔다. 병참부 병사가 검 한 자루에 무려 6리브라를 요구했다. 나는 단호하게 거부했다. 그날 밤에 나는 페레트가 코를 골며 잠든 사이에 그의 칼을 훔쳤다. 낡은 데다 듬성듬성 이가 빠진 게 톱이나 다름없었다. 상관없는 일이었다. 어차피 칼집에서 보내는 시간이 대부분일 테니까. 그리고 잔뜩 골이 난 페레트는 포위전이 끝나는 날까지 그 검을 돌려달라고 성화를 부렸지만 나는 끝내 귀를 막고 지냈다. 6리브라 내놔! 어서 내놓지 못해!

○○○

돈 안토니오가 언급한 게임은 다음과 같았다. 일단 기병대를 포함한 천여 명의 병력으로 원정대를 꾸린다. 원정대가 해상을 통해 적의 후미 쪽으로 침투하여 후방에서 병력을 규합한다. 마지막으로 그렇게 만들어진 군대와 성벽의 코로넬라 부대가 앞뒤에서 부르봉 군을 협공한다.

바조슈에서의 교육에 의하면 우리가 세운 협공 작전은 실용적이었다. 그것은 요새전에서 열세에 놓인 포위된 측에서는 얼마든지 상상할 수 있는, 실제로 대담하고 철저한 계산에 의해 세워진 작전이었다. 물론 그 빌어먹을 해충 같은 존재들인 적색우단들이 제멋대로 끼어들지만 않았다면 말이다.

그 대목에서 발트라우트는 날더러 차분하라고 충고한다. 나는 차분하고 싶지 않다. 차분하고 싶은 마음이 없다. 우리는 에스파냐인과 프랑스인을 죽여야 했다. 그들은 우리에게 잔혹했고 우리를 절멸하고자 했기 때문이다. 그러나 정작 나를 분노하게 만든 것은 우리가 싸우고 지켰던 모든 것을 속이 텅 빈 껍데기로 만든 적색우단이었다. 그들은 번지르르한 겉과 달리 카탈루냐의 자유와 헌법을 믿지 않았다. 그들이 감추고 있는 의도는 이랬다. '우리에게 혼돈보다는 속박을!' 나는 모든 것을 밝힐 셈이다. 적색우단이 돈 안토니오를 어떻게 씹어댔는지, 우리의 승리를 어떻게 짓이겼는지를. 그리하여 지금 이 순간까지도 우리가 치렀던 전쟁에 대해 내 귀에 들리는, 적들의 입에서 해석되고 기록되는 거짓을 바로잡을 것이다.

술! 술을 달라. 하지만 독한 술이 우리의 목은 태워도 심장은 태우지 못하리라!

가만, 우리가 어디까지 얘기했었지? 그래, 원정대, 원정대였어.

우리 원정대는 시작부터 꼬였다. 정부가 고관대작이자 적색우단인 안토니 베렌게르로 하여금 원정대를 이끌도록 요구했던 것이다. 그러나 베렌게르는 생사가 달린 모험에 적합한 인물이 아니었다. 그는 무관이 아닌 노회한 정치가였다. 그가 공경을 받는 이유가 있다면 그것은 마치 피에 젖은 혓바닥처럼 축 처진 눈까풀과 허풍을 좋아하는 이발사가 손질한 하얀 콧수염과 턱수염 덕분이었다.

카탈루냐의 관례에 따르면 그 상황에서 군대를 이끄는 자는, 적어도 형식적으로나마 군대를 대표하는 자는 헌법을 수호하는 투쟁의 화신이어야 했다. 군사위원에게 카탈루냐인의 권리를 상징하는, 시민들의 애정이 담긴 표현으로 '몽둥이'라고 불리는 성스러운 은봉이 주어지는 것은 그런 이유였다. 그러나 그는 연로한 데다 거동이 불편해서 변기 달린 의자에 앉아 이동해야 했다. 실없이 나오는 방귀조차 제대로 못 참는 노인네가 그 험한 원정을 나서다니 말도 안 되는 짓이었다. 웃자고 하는 말이 아니다. 실제로 그의 내장은 제 기능을 발휘하지 못했다. 그의 수행원들 역시 우리 원정대에게는 거추장스러운 존재였다. 오죽했으면 종일 그의 곁에 달라붙어 아첨을 떨어대는 그의 수행원들을 '베렌게르의 굼벵이'로 명명했겠는가.

그나마 다행이라면 원정대에 세바스티아 달마우 대령이 끼어 있다는 사실이었다. 거인의 면모를 갖춘 그의 재능에 대해서는 필설로 다할 수 없지만 그는 금세기 가장 위대한 익명의 영웅들 중 한 명이었다.

동맹군이 카탈루냐를 포기하고 돌아갔을 때 시민들은 바르셀로나의 최고 귀족인 달마우가 헤네랄리타트 입장에 설 것임을 의심하지 않았다. 실제로 '크리다'를 따랐던 극소수 귀족들 중의 한 명이었던 그는 전 재산을 카탈루냐 전쟁 후원금으로 내놓았다. 병사들의 급료와 무기, 군수품, 제복까지 모든 것을 제공했다. 사실상 원정대를 구성하게 될 보병대는 다른 귀족이나 조합 소속은 한 명도 없고 오로지 그가 지원하는, 정부가 기독교로 개종한 유태인들보다 더 믿지 않는 술집이나 매음굴 출신의 천민들로 구성될 참이었다. 그러나 병사들을 출신이나 관록이 아니라 효율성으로 판단하는 나에게는, 공병인 내 눈에는 그들이 어떤 정규군 못지않았다. 달마우의 군대가 시야에서 멀어지자 그때서야 다른 입장을 견지하던(선량한 젊은이들이 왜 굳이 위험을 무릅써야 한단 말인가?) 적색우단들은 안도의 한숨을 내쉬었다.

세상에는 행복하게 태어난 사람이 있듯 절름발이나 파란 눈으로 태어난 자들도 있다. 달마우는 지휘하기 위해 태어났다. 그의 미소는 항상 이렇게 말했다. "모든 게 잘 풀릴 거야." 욕망보다는 선지자적인 미소였다. 바르셀로나인 특유의 기질을 지닌 그는 전쟁을 사업으로, 조국을 회사로, 가족을 주식투자가들로 이해했다. 내가 볼 때 그는 시민군에게 어울리는 지휘관이었다.

한편 원정대에 포함된 장교들 중에는 독일인 대령이 있었다. 그는 동맹군이 철수할 때 바르셀로나에 남았던 극소수의 외국인 장교들 중의 한 명인데 문제는 그가 바르셀로나에 남게 된 계기였다. 그는 이미 군법을 어긴 전력이 있는 데다 죽은 병사들을 땅에 파묻기 전에 죽은 자들이 소지했던 것들을 약탈하는 무리를 이끌었던 것이다. 그런데도 가뜩이나 장교들이 부족했던 헤네랄리타트가 별다른 검증 없이 그를 받아들이자 이번에는 바르셀로나에 남아 있던 다른 독일인 지원병들이 그를 거부했다. 그때 돈 안토니오가 나섰고 그에게 둘 중의 하나를, 다시 말해 전투를 통해 명예를 회복할 것인지 아니면 올가미가 기다리고 있는 비엔나로 돌아갈 것인지를 선택하라고 엄중하게 경고했다. 그로서는 원정대에 가담하는 것밖에 달리 방도가 없었다.

　독일인 대령이 유독 좋아하는 말은 '샤이세Scheisse'였다. 그는 툭 하면 그 말을 내뱉었고 사람들은 그런 그를 '샤이세스Scheissez'라고 불렀다. 끔찍한 내 사랑 발트라우트야, 이거 알아? 카스티야에서 '에스ez'로 끝나는 성은 '누구의 자식'이라는 뜻을 지녔다는 거. 예를 들어 '페레스Pérez'는 '페드로Pedro의 자식'이, '페르난데스Fernández'는 '페르난도Fernando의 자식'이란 말이다. 따라서 '샤이세'라는 뜻을 모르던 바르셀로나 사람들이 그를 '미에르데스Miérdez'로, 즉 '똥의 자식'으로 취급했다는 거겠지. 안 그래? 아무튼 그는 해상 여정 내내 한시도 가만있지 못하고 사방을 두리번거리더구나. 혹시라도 배가 가라앉을까 봐 노심초사하는, 그런 낌새가 보이면 누구보다도 먼저 배를 포기하는 생쥐 같은 눈으로 말이다.

　각설하고 나 역시 원정대의 일원이었다. 돈 안토니오의 눈빛과 지시를 외면할 수 없었다. 그 전쟁에서 원정대는 초반의 승패를 가를 만큼 중요한 임무를 띠고 있었던 것이다. 게다가 나로서는 어쩌면 그 기회를 통해 내가 찾고자 했던 결정적인 교훈을, 그 '말'의 교훈의 의미를 만나게 될지도 모를 일이었다. 아울러 원정대에는 바예스테르와 그의 부하들 열 명도 합류했다. 그들은 길을 트는 선봉대로 나설 참이었다.

드디어 원정길에 올랐다. 우리는 해상을 봉쇄한 프랑스 함대에 대해서는 크게 우려하지 않았다. 프랑스 함대가 배수량이 커서 해안에 근접할 수 없었던 터라 야음을 틈타 최대한 해안에 근접하여 이동했다. 보병 천여 명과 기병대를 태운 크고 작은 배 47척이 순조로운 해풍 덕분에 목적지인 아레니스에 도착한 것은 출항한 지 여섯 시간 만이었다.

입항은 출항과 달리 어수선했다. 뭍에 직접 접안할 수 있는 배가 거의 없었기에 대부분의 병사들은 뱃전에서 허리까지 차오르는 물로 뛰어내린 다음 무기와 탄약을 미리 위로 들어 올린 채 뭍으로 걸어 나갔다. 말은 인간과 달리 본능적으로 움직였다. 나는 선두였고 바예스테르와 그의 무리는 후미였다. 여행 내내 멀미로 고생했던 나는 뭍에 발을 내딛는 순간 머릿속에 팽이가 빙빙 돌고 있는 느낌을 받았다. (아, 바다라! 여기서 수수께끼를 하나 내볼까? 이 세상에 바다처럼 광활하면서 바다처럼 쓸모없는 게 있다면 그것은 무엇일까? 그것은 오로지 끔찍한 내 사랑 발트라우트뿐이다. 하! 한데 넌 왜 안 웃는 거지?)

아레니스 주민들이 우리를 열렬히 환영했다. 노인네와 여자와 아이들이 몰려들더니 병사들을 껴안으며 해방감을 만끽했다. 한편 군사위원은 구경거리를 제공했다. 수행원들은 짐꾼들을 시켜 군사위원을 의자에 앉힌 상태에서 뭍으로 옮길 생각이었다. 그러나 그들은 방귀를 생산하는 그의 몸무게를 제대로 계산하지 못했고 짐꾼들은 그 무게로 인해 허리에서 목까지 차오르는 물을 힘겹게 갈라야 했다. 반면 자칫 익사할지도 모를 판국에 의자에 앉은 그는 몹시 만족한 표정이었다. 혹시 자신이 물 위에 앉아 있는 예수라고 착각한 것은 아닐까?

나는 어지럼증이 가라앉기를 기다렸다가 해변이 한눈에 들어오는 바위 위로 올라섰다. 바예스테르는 부하들이 바위틈에 앉아서 아침을 먹는 동안에 사색에 잠긴 눈빛으로 바다를 바라다보고 있었다. 아마도 산지에서만 지내던 그에게 바다는 어마어마한 미스터리로 보였을 것이다.

"이거 참 따분한 일이군." 나는 기다리다 못해 그를 도발했다. "자, 간만에 나들이나 한번 해볼까? 난 당신보다 내가 먼저 마타로에 들어선다는 데 걸도록 하겠소."

마타로는 적에 점령된 상태였다. 게다가 벼랑길을 달리는 것은 목숨을 걸어야 할 게임이었다. 바예스테르는 코웃음을 치고 나서 말했다.

"군대는 저렇게 바닷물이 목까지 차오르는 곳에서 개고생을 하고 있는데, 이런 판국에 시합을 생각하다니 정말 대단한 양반이군."

그것은 정확히 내가 원하던 반응이었다.

"왜, 경주에 질까 봐서 떨고 있는 거야? 이 시합에 1리브라를 걸지."

그가 나를 향해 고개를 홱 돌렸다. 그의 이마에 파란 핏발이 서 있었다.

"당신은 나한테 당신 지시를 따르라고 말하지 않았던가요?" 그는 그렇게 반문하고 덧붙였다. "어서 명령하시오! 지금 즉시 말에 오르라고!"

우리는 현기증 나는 속도로 말을 몰았다. (뭐, 우리가 그 판국에 철없는 짓을, 상식을 벗어난 짓을 벌였다고? 하지만 그렇게 말하면 안 되지. 끔찍한 내 사랑 발트라우트야, 그거 알아? 우리가 한창 젊은 나이였다는 거.)

짐승들이 소나무 숲으로 나 있는 좁은 길로 접어들었다. 그의 말은 흑마, 내 말은 백마였다. 짐승 두 필이 고개를 꼿꼿이 내세운 채 나란히 달렸다. 그사이 내가 가끔 혀를 내밀어 그를 놀렸지만 유머 감각이라곤 전혀 없는 그는 나를 무시했다. 그런데 뱀을 보았던 것일까, 아니면 소나무 가지에 걸렸던 것일까? 별안간 나를 태운 짐승이 급정거했고 그 충격에 내 몸이 허공으로 날았다. 불행 중 다행이라면 며칠간 내렸던 비로 인해 질퍽해진 땅이 낙마의 충격을 완화했다는 것이다.

나는 간신히 몸을 일으키면서도 오감을 동원하여 주위를 살폈다. 거리를 계산했다. 남쪽으로 한참을 내달렸으니 아레니스와 마타로 중간쯤 되는 곳이었다. 거리로 따지면 5킬로미터 정도였다. 그런데 부르봉군이 안 보인다는 게 이해가 되지 않았다. 슬슬 불안해지기 시작했다.

"이상하군. 길을 통제하는 것은 고사하고 순찰대조차 안 보이다니."

"다 도망쳤을걸요." 바예스테르가 주위를 살피며 내 말을 받았다. "놈들은 우리가 후미로 침투하리라곤 상상조차 못 했을 테니까."

우리는 갈수록 비좁아지는 길을 따라 말을 몰았다. 인간의 흔적은 없었다. 빽빽한 숲과 침묵이 사위를 지배하고 있었다. 현저하게 꺾이는 길이 나왔다.

"저길 봐!" 내가 소리쳤다.

일순 바예스테르가 검의 손잡이를 잡았다. 그러나 내가 소리친 것은 돌아나가는 길을 뒤덮고 있는 오렌지 색깔의 나비 떼 때문이었다. 나는 천천히 나비 떼가 만드는 오렌지 빛깔 세계로 다가갔다. 문득 바조슈에서 뒤크루아 형제가 내 눈앞에서 증명해 보이던 마술의 감흥이 떠올랐다. 나는 전쟁터에서, 지옥 언저리에서 죽음의 춤을 추는 나비들의 오렌지 날갯짓에 내 영혼을 맡겼다. 나비들은 그런 나를 이해했고 그런 나의 접근을 허용했다. 수십, 수백 마리가 활짝 펼쳐진 내 손바닥에 내려앉았다. 마치 제복에 달린 화려한 장식처럼.

"왜, 잡아먹고 싶은 거요?" 바예스테르가 멋쩍은 표정을 지으며 나를 핀잔했다.

"야만인처럼 굴지 마셔. 녀석들은 내가 자기들을 해치지 않는다는 걸 알고 있으니. 누군가가 어떤 경치에 홀렸다면, 그건 이미 그 경치의 일부가 되었다는 거요. 하찮은 곤충들도 새로운 게 그리웠던 거겠지."

"젠장, 명색이 선봉대인데, 여기서 날개 달린 구더기들과 노닥거릴 거요?"

"그러지 말고 잠시 말에서 내려오지 그래요. 내 멋진 마술을 보여줄 테니까."

그는 잠시 전방을 주시하더니 말에서 내렸다.

"자, 그 팔을 뻗어봐요."

그는 내키지 않는 표정을 지었다.

"어서 해보라니까! 하, 부르봉군에게도 떨지 않는 천하의 바예스테르가 나비 떼 앞에서 망설이다니, 정말 어이가 없군!"
"나는 살아 있는 모든 짐승들을 쫓아버릴 수 있어. 그건 내 부하들이 입증해줄 거요. 언젠가 후텁지근한 밤에 잠이 들었는데, 내 부하들 모두가 벌레에 물려 잠을 깼지만, 나는 한 방도 안 물렸거든."

그는 그렇게 말하면서도 못 이긴 척 팔을 내밀고서 손바닥을 활짝 폈다. 그런데 이상한 일이었다. 수백 마리 나비들이 내 주위를 감싸듯 날아다녔지만 그에게는 얼씬도 안 했던 것이다.

"자, 봤소?" 그가 팔을 거둬들이며 득의양양한 표정을 지었다.

"천만에! 그렇게 하지 말고 나처럼 온몸을 내맡기듯 그 손을 내맡겨봐요. 그 손이 메시지이자 메신저가 되듯."

그가 코웃음을 치면서도 가만히 손바닥을 내밀었다. 마치 지루한 도전을 마지못해 받아주기라도 하듯. 일순 그의 표정이 바뀌었다. 나비 한 마리가 뭉툭한 그의 손바닥 주위에서 나풀거리는가 싶더니 가만히 내려앉는 게 아닌가. 바예스테르의 얼굴이 환하게 변했다. 어린애 같은 눈길로 나비를 바라보았다. 날개 달린 하찮은 벌레가 그를 보고 놀라지 않은 것은 그때가 처음이었다. 그가 나를 쳐다보았다. 우리의 눈길이 교차했다. 나는 우리가 왜 서로를 마주보며 웃었는지 모른다. 아무튼 웃었다.

그러나 우리 눈앞에서 펼쳐지던 마술은 오래가지 못했다. 어디선가 가벼운 인기척이 들리고 쇠붙이 부딪히는 소리가 났다. 바예스테르가 즉각 반응했다. 소리 나는 쪽으로 고개를 돌렸다. 길모퉁이 쪽으로 병사들이 나타났다. 여섯 명. 백색 제복이었다. 순간 바예스테르의 팔뚝에 도드라진 시퍼런 핏줄이 급격히 팽창되었다. 어떤 수상한 분위기를 감지했던 것일까. 바예스테르의 손바닥 위에 앉아 있던 나비가 날개를 나풀대며 허공으로 날아올랐다.

 나비의 비상이 모든 것을 현실로 되돌려놓았다. 백주에 나비들과 놀고 있는 우리를 어리둥절한 표정으로 지켜보던 백색 제복들이 두 줄로 갈라서며 다가왔다. 바예스테르가 재빠르게 그들 사이로 끼어들었다. 그리고 그의 검이 연거푸 좌우로 획을 긋는가 싶더니 적들이 줄줄이 쓰러졌다. 그의 입에서 나오는 맹수의 포효 같은 기합 소리가 사라지기도 전에.

 전광석화 같은 칼부림으로 기력을 소진한 그가 한쪽 무릎을 땅바닥에 꿇고서 나를 쳐다보았다. 나더러 자기에게 용서를 구하라고 하는 것인지, 아니면 유유히 날아다니는 나비 떼를 원망하는 것인지 애매한 눈빛이었다. 나 역시 온몸에서 힘이 빠졌다. 그 장면을 지켜보는 것만으로도 말이다.

 그러나 부르봉군은 여섯 명이 전부가 아니었다. 길모퉁이에서 백색 제복 네 명이 더 나타났다. 우리에게 총부리를 겨누었다. 나는 바예스테르를 향해 다급하게 소리쳤다.

 "칼을 내려놔!"

 바예스테르가 마지못해 내 지시에 따랐지만 한편으로는 여차하면 칼 대신에 총을 잡겠다는 자세를 취했다. 나는 개죽음을 당하느니 포로가 낫겠다고 판단했다.

 "바예스테르, 안 돼!"

 이어 나는 적들이 방아쇠를 당기기 직전에 무릎을 꿇고 그들을 향해 소리쳤다.

 "이렇게 항복했으니 제발 쏘지 마시오!"

그러고는 양손으로 모자를 붙잡고서 즉각 땅바닥에 엎드렸다. 총성이 들렸다. 세 발의 총성이, 다시 세 발, 또 다시 세 발의 총성이 내 귀를 파고들었다.

총성이 멈추었다. 나는 슬며시 고개를 들었다. 죽은 사람은 우리가 아니라, 그러니까 바예스테르와 내가 아니라 프랑스군이었다. 그리고 우측 숲속에서 한 무리의 미켈레테들이 모습을 드러냈다.

그들이 미심쩍은 표정으로 우리를 노려보았다.

"당신들은 뭐야?" 그들 중의 한 명이 캐물었다.

"우린 카를 황제 군대 소속이오." 나는 무릎을 꿇은 채 대답했다. "당신들은?"

"양팔을 바짝 들어 올려!" 그들 중의 우두머리가 나에게 소총을 겨누며 지시했다. "우리는 부스케츠 부대다. 양팔을 귀에 바짝 대란 말이야!"

나는 그의 지시를 따르며 항변했다.

"우리는 헤네랄리타트 소속이오!"

그러나 나의 항변은 그들에게 불신만 가중시킨 모양이었다. 그의 부하가 총구를 내 얼굴에 갖다 댔다.

"거짓말 마! 카탈루냐 말을 하는 걸 보니, 네놈들은 친프랑스파임이 틀림없구나."

그러나 그들의 이목이 나에게 집중되는 동안에 바예스테르는 아직 숨이 붙어 있던 적을 사살했다. 총알이 목덜미에서 입으로 관통했다.

나는 바예스테르의 폭력성을 이해할 수가 없었다. 그가 프랑스군 병사에게 베푼 가장 인간적인 행위는 어차피 죽어가는 자의 고통을 최소화시키는 것이었다. 그는 자신의 행동에 일말의 성찰도 허용하지 않았다. 나는 여전히 무릎을 꿇고 양손을 들어 올린 상태에서 멍하게 그를 쳐다볼 수밖에 없었다. 이윽고 그가 권총을 거두어들이더니 나에게 총구를 겨냥하고 있던 자를 향해 입을 열었다.

"당신들 대장에게 나를 데려가라. 그자는 나한테 20리브라를 빚졌거든." 이어 나를 쳐다보며 덧붙였다. "부스케츠라고, 돈 거래를 아주 지저분하게 하는 인물이오."

○○○

부스케츠의 부하들이 우리를 숲속의 빈터로 데려갔다. 그들의 소굴로 보이는 그곳은 날씨까지 우중충한 데다 우울한 분위기였다. 다들 허수아비들처럼 축 처져 있었으며 여기저기 신음 소리가 끊이지 않았다. 보아하니 우리가 도착하기 전에 치러진 부르봉군과의 전투에서 패퇴한 모양이었다.

부스케츠 무리는 바예스테르 무리와 달리 죽음을 피해 도망간 시민들로 급조된 조직이었다. 서둘러 집을 등진 탓인지 산악용 신발도 신지 않고 그들의 상징인 파란 망토도 두르지 않은 데다 무기도 제대로 갖추지 못한 모습이었다.

바예스테르는 그들을 무시하고 곧장 한 사내에게 다가갔다. 붉은 턱수염, 갈기 머리, 양쪽 귀에 금귀고리를 달고 있는 그 사내가 바로 부스케츠였다. 그러나 그 역시 바닥에 놓인 말안장에 기대어 부상당한 부위를 치료받고 있었는데 그의 부하가 우측 어깨에 박힌 총알을 빼기 위해 쇠붙이로 살점을 후빌 때마다 마치 덫에 걸린 멧

돼지처럼 울부짖었다.

"이봐, 여긴 무슨 일이야?" 그가 아과르디엔테 병을 쥐고 있는 왼손으로 바에스테르를 가리키며 으르렁거렸다.

"돈 내놔. 20리브라." 바에스테르가 한 손을 내밀며 빈정거렸다.

부스케츠가 술병을 내려놓으며 바에스테르를 금방이라도 죽일 듯이 노려보았다. 나는 마음속으로 상황이 더 이상 악화되지 않기를 바랐다. 부스케츠는 호탕한 웃음을 터뜨리고 나서 성한 손으로 바에스테르의 팔을 잡아당기며 짧은 욕설을 내뱉었다. "호로자식!" 그것은 일종의 그들만의 인사법이었다. 이어 그는 나를 쳐다보았다.

"하, 중령께서 무슨 일로 여기까지?"

순간 나는 난감했지만 그를 그들 식의 용어인 '대장'으로 대했다.

"부스케츠 대장, 무슨 일이 일어났는지 얘기해주겠소?"

부스케츠는 내답 내신 바에스테르를 쳐다보지 비에스테르가 괜찮다는 뜻으로 고개를 저었다.

"딴은 그렇게 보일 수도 있겠지만 적색우단은 아니오."

"우리는 마타로를 공격하다 이 모양이 되었소." 그는 통증을 참느라 신음 소리를 내면서도 자초지종을 설명했다. "카탈루냐 친프랑스파가 우리 마을에 피신해 있었다는 사실은 다들 잘 알 거요. 하지만 그들은 그들을 반갑게 맞이한 우리를 하인처럼 취급했소. 온갖 오만불손한 언행을 일삼는가 하면 주민들을 닥치는 대로 징집하고. 그래도 우리는 그들의 끼니를 챙기고 그들이 싸지르는 똥 오줌까지 치워냈지요." 그의 언성이 차츰 분노로 바뀌어갔다. "설마 그들이 우리들의 집을 강탈하고, 우리를 노예로 부리고, 우리를 반란자로 취급할 줄 누가 알았겠소?"

그 대목에서 그는 의사가 우측 어깨에 박힌 총알을 빼기 위해 메스로 상처 부위를 휘적거리는 바람에 비명을 질렀다.

"문제는 첩보가 있었는지, 아니면 우연인지 그건 모르지만, 간밤에 그들의 응원군이 도착했다는 거요." 그는 한숨을 내쉬고 덧붙였다. "사실 우리는 기병대를 상대할 만한 힘이 없어요. 그래서 보다시피 이렇게 당한 거고."

"놈들은 이곳으로 순찰대를 보내 당신을 묻어버릴걸?" 바예스테르가 방점을 찍었다.

"알고 있어. 하지만 놈들에게는 이렇게 광활한 숲을 포위할 만한 병력이 없거든. 내가 부하들을 보낸 것은 그들을 제어할 생각이었지. 아무튼 나는 부하들이 다 돌아오면 여길 빠져나갈 거야." 이어 그는 술로 입술을 적시더니 의사를 향해 덧붙였다. "그때까지는 부상자들을 치료할 수밖에."

"가만, 움직이지 말라니까!" 의사가 말했다. "총알을 빼내는 게 그렇게 쉬운 일인 줄 알아요?"

"외과의가 아니면 누가 그걸 뺄 수 있겠소?" 내가 비꼬았다.

"방금 날더러 외과의라고 했나요?" 그가 메스로 상처를 후비면서 투덜거렸다. "내가 마타로를 떠난 건 친프랑스파 놈의 목을 베어버렸기 때문이오. 나는 외과의사가 아니라 이발사외다."

나는 바예스테르를 한쪽으로 데려갔다.

"이건 아니야." 나는 나직하게 속삭였다. "다들 자기 마음대로 싸우다 보면 전투에서 이기지 못해. 여기 이 사람들 꼴이 난다고."

"아니긴, 뭐가 아니란 말이오?" 바예스테르가 반박했다. "부스케츠는 자기 마을과 자기 집을 지키려고 싸운 겁니다. 대체 당신이 원하는 게 뭐요? 그러니까 우리가 앉아서 당하길 바란다, 그거요? 우리만 해도 불과 일주일 전에 마타로로 오게 될 줄은 아무도 몰랐잖소."

"젠장, 우린 싸움이라도 했잖아!" 부스케츠가 끼어들었다. "당신들은 그동안 뭘 했지? 뭘 잘했다고 이제 와서 우릴 비난하는 거냐고!"

나는 그에게 다가갔다.

"난 목숨을 걸고 싸운 당신을 비난하는 게 아니라, 이런 식으로 싸우면 다 죽게 된다는 걸 지적한 겁니다. 자, 잘 보세요. 당신 부하들을. 이 우중충한 날씨에 다들 숲속에 흩어져 몸을 숨기고 있잖소. 게다가 마타로는 현실적으로 부르봉군의 손아귀에 들어갈 수밖에 없어요." 나는 안장에 상체를 기대고 누워 있는 그와 눈높이를 맞추고자 고개를 숙였다. "부스케츠, 당신은 여기 있는 사람들에게 헤네랄리타트 군대에 가담하라고 설득해주세요." 이어 나는 고개를 돌려 바예스테르에게 도움을 청했다. "거기 가만있지만 말고 뭐라고 얘기 좀 하라니까."

바예스테르가 부스케츠를 향해 한쪽 팔을 내밀며 손바닥을 펼쳤다.

"돈 내놔. 20리브라."

"당장 지옥으로 꺼져버려! 그 빌어먹을 20리브라도 함께!" 부스케츠가 매달린 금목걸이를 흔들어대며 소리쳤다. 그러고는 손가락으로 나를 가리키며 이렇게 덧붙였다. "나를 너무 몰아세우지 마시오. 군사위원이니 위원이니, 우리는 적색우단을 믿지 않아요. 그자들은 친부르봉파나 다름없거든. 게다가 여기 있는 주민들은 전략

따윈 몰라요. 오로지 자기 집으로, 자기 고향으로 돌아가길 바랄 뿐, 카탈루냐 전역을 돌아다니고 싶어 하지도 않고." 그리고 한숨을 내쉬며 반문했다. "그러니 어찌 내가 이들에게 원하지 않는 걸 시킬 수 있겠소?"

그러나 그의 말은 다시 중단되었다. 그 순간에 의사가, 아니, 이발사가 총알을 빼냈던 것이다.

"자, 받아요." 이발사가 피에 젖은 총알을 부스케츠 손바닥에 놓아주었다.

부스케츠는 피에 젖은 총알에 입을 맞추더니 조심스럽게 가죽 주머니에 넣었다. 동시에 가죽 주머니 안에서 쇠붙이 부딪히는 소리가 났다.

"이 친구는 자기 몸에 박힌 총알을 모으고 있어요." 바예스테르가 내 귀에 대고 속삭였다. "베드로 성자가 개인적으로 그랬다더군. 가죽 주머니에 총알이 가득 차면 죽음의 문을 열어주겠다고."

"이봐." 부스케츠가 바예스테르를 가리켰다. "난 자네가 왜 그 탐관오리 중에서도 가장 지독한 군사위원을 따르는지, 그 이유를 알고 싶군."

바예스테르가 대답 대신 맞받았다.

"돈 내놔. 20리브라."

항상 그랬다. 카탈루냐 사람들은 셋 이상 모이면 네 가지 이상의 의견들을 펼쳐놓고 실랑이를 벌인다. 나는 고개를 저으며 바예스테르를 쳐다보았다.

"더 이상 매달릴 수 없는 문제군. 자, 어서 여길 뜹시다."

"떠난다니, 아주 잘됐군!" 부스케츠가 멀어져가는 우리를 쳐다보며 소리쳤다. "하지만 한 가지는 잘 알아두라고. 난 더 이상 적색우단을 원하지 않는다는 거. 그래도 우린 계속 싸울 거야. 우리가 살아 있는 한은 끝까지 싸울 거라고!"

나는 고개를 돌리지 않고 손을 들어 대답했다. 마치 치유시킬 수 없는 미친 자에게 작별을 고하듯. 그러나 나는 벽에 가로막힌 것처럼 이내 발길을 멈추어야 했다. 그의 입에서 이런 이야기가 나오는 순간에 말이다.

"당신은 아직도 우리가 당신들을 따랐으면 좋겠소? 그렇다면 내 한마디 더하지. 우리는 마타로를 해방시키고, 그들의 창고를 접수해서 밀 6만 콰르테라*를 되찾을 거요. 반드시!"

나는 발길을 돌렸다.

"방금 뭐라고 했소? 다시 말해봐요. 밀이 6만 콰르테라라고? 그게 사실이오?"

"창고마다 밀이 차고 넘칠 정도야. 놈들이 이곳을 선택한 것도 그 창고 때문이지. 게다가 그 창고들은 바르셀로나를 포위하고 있는 그들에게서 아주 가까운 곳에 위치하고 있어요."

나는 벌린 입을 다물지 못하고 허공을 쳐다보았다. 밀이 6만 콰르테라였다. 그것은 바르셀로나 포위전에 참가한 군대를 유지시킬 만한 양의 식량이었다. 그것도 지척에 있다지 않은가. 나는 그때서야 부르봉군이 아직은 우리 원정대가 도착했다는 사실을 눈치채지 못한 게 분명하다고 판단했다. 부르봉군은 소규모 기병대로 마타로를 장악하고 미켈레테들의 기습에 대비할 수 있다고 믿었던 것이다.

---

* 1콰르테라는 약 70리터.

"부스케츠 대장!" 내가 소리쳤다. "당신은 방금 헤네랄리타트의 지시를 따르기로 했으니 그 지시에 복종하시오. 이제부터는 함께 힘을 합쳐 마타로를 접수하도록 하자고요."

나는 바예스테르와 함께 말을 달렸다. 빽빽한 숲속을 지나고 산을 오르기 전에 잠시 휴식을 취했다.

"바예스테르, 우리 이제 바르셀로나를 칸나이*로 바꿔봅시다!" 나는 그때까지 억제하고 있던 감정을 드러내며 소리쳤다.

"칸나이라니?" 그가 시큰둥하게 되물었다. "젠장, 난 당신처럼 책을 읽지 못해서 그러니 뭐가 뭔지 알아듣게 설명해봐요!"

"우리가 바르셀로나에 있을 때 우리 쪽으로 넘어오던 죄인이나 탈주병들이 한결같이 했던 말은 이거였지. 신발도 지급되지 않는다고. 비참한 끼니마저 하루 한 끼밖에 안 준다고. 그런데 지금 생각하니 그건 당연한 일이었소. 부르봉군이 군대를 유지하느라 주민들을 굶긴 거라고요. 걸신들린 여우가 모든 닭을 먹어 치우듯 말이오."

"한데 배고픈 게 뭔지는 알고 있소? 배가 고프면 아무거나 잡아먹게 되더군요."

"당신은 산에서 지내는 작은 무리의 우두머리라서 그렇게 말할 수도 있을 거요. 아무튼 바르셀로나 앞에 진을 치고 있는 무려 4만 명의 입이 먹을 것을 기다리고 있다는 건 그들의 목숨이 우리에게, 마타로의 곡식 창고에 달려 있다는 거지. 바꿔 말하면 그들은 곡식

---

* 기원전 216년, 제2차 포에니 전쟁 중에 이탈리아 아프리아 지방의 칸나이 평원에서 로마 공화정군과 카르타고군 사이에 벌어진 전투를 지칭한다. 그 전투에서 한니발의 카르타고군은 완벽한 포위전으로 로마군을 섬멸한다.

창고가 비기 전에 우리가 굴복할 거라 믿고 있다는 거고."

"그건 그렇고, 아까 당신이 말한 그 칸나이란 게 대체 뭡니까?"

"칸나이는 로마제국이 최악의 패배를 당했던 곳이오. 한니발은 자기들보다 두 배나 많은 로마군을 상대했는데, 전쟁 초기에는 고전했지만 카르타고 기병대가 칸나이에 나타나서 로마군을 보자기로 감싸듯 좌우로 협공한 끝에 승리할 수 있었어요. 마찬가지로 이제 우리가 부르봉군이 강탈한 밀을 우리 것으로 만들고 그들의 진지 후미에서 공격하면 부르봉군은 패배할 수밖에. 우리를 포위한 포위군이 오히려 우리에게 포위된 채 말이오."

그때서야 바예스테르가 입가에 엷은 미소를 띠었다.

"그러니까 부르봉군 4만 명은 몇 주밖에, 길어야 몇 달밖에 못 견딜 테고, 결과적으로 자신들의 포위망을 포기할 수밖에 없다, 그거군요."

나는 다시 말에 오르기 전에 이렇게 덧붙였다.

"그들이 다시 포위망을 구축한다는 건 사실상 불가능해요. 이미 곤두박질친 군대의 사기도 그렇지만 마드리드의 군자금이 텅 비었거든. 게다가 유럽은 전쟁에 지쳐 있고. 그런 그들이 헤네랄리타트와 협정을 맺도록 펠리피토를 압박할 수밖에요."

우리는 박차를 가해 군사위원의 임시 거처인 농가에 도착했다. 때마침 군사위원과 지휘관들이 전략회의를 시작하기 직전이었다. 나는 부스케츠와의 만남에서 들었던 정보를 세세하게 설명했다. 그러나 군사위원이 마뜩찮게 반응했다.

"부스케츠라는 자는 계급도, 제복도 없는 무리들의 두목에 불과해요. 우리로선 그자의 충성심을 확신할 수도 없고."

"하지만 각하, 부스케츠는 적과의 싸움에서 부상을 입었습니다. 그건 제 눈으로 확인했던 사실입니다."

"그렇다면 적의 계략에 빠졌다는 것인데, 그러니 더더욱 확신할 수 없소. 우리가 그렇게 허술한 자의 말을 어찌 믿는단 말이오?"

"부스케츠와 그의 동료들은 마타로 출신입니다." 바예스테르가 끼어들었다.

그러자 달마우가 자리에서 일어나 미소를 띠며 제안했다.

"각하, 그건 저에게 맡겨주십시오. 우리가 그자에 대해 미리 알아본다고 해서 잃어버릴 건 없습니다."

우리는 부스케츠가 있던 숲속의 빈터로 향했다. 미켈레테들은 우리를 보자마자 기쁨을 감추지 못했다. 숲에 고립되어 있던 그들은 군대가 그들을 구출하러 왔다는 사실에 고무되었다. 이제 그들은 무장한 군대에 합류하여 적의 창고로 변한 마타로로 안내할 것이고 승리의 전조를 우리에게 안겨줄 것이다. 부스케츠의 미켈레테들은 행복한 눈물을 흘렸다. 그날의 장면은 내가 바르셀로나 요새전을 통틀어서 처음이자 마지막으로 만끽한 낙관적 전망이었다.

그날 오후의 참모회의에서 군사위원 베렌게르와 달마우 사이에 격론이 벌어졌다. 베렌게르는 변기 달린 권좌에 엉덩이를 붙인 채, 달마우는 주먹을 탁자 위에 갖다 붙이고 상체를 앞으로 내민 채 한 치도 물러서지 않았다.

"거듭 강조하건대 우리의 목표는 나라를 세우고 바르셀로나를 해방시키는 거외다." 군사위원이 목소리를 높였다.

"맞는 말씀이지만 우리의 목표는 일단 전쟁에서 승리하는 겁니다!" 달마우가 그렇게 맞받아치고 나서 나를 쳐다보며 말했다. "수비리아 중령, 나는 귀관이 부스케츠가 붙잡은 프랑스군 포로 두 명을 심문한 것으로 알고 있소."

"그렇습니다, 대령님."

"마타로의 곡식 창고에 대한 정보도 확인했던가요?"

"일일이 확인했습니다."

"들었습니까? 부스케츠를 못 믿으면, 적의 진술을 믿으십시오. 밀이 무려 450만 킬로그램인데, 지금으로선 부르봉군의 비축 식량이지만, 추수기가 끝나면 굶주린 땅에서 군대에 식량을 공급하는 것은 불가능해집니다. 그러니 대표께서는 우리가 그 창고들을 탈취하여 그 일부를 바르셀로나로 보냄으로써 얻게 될 우리 군대의 사기를 숙고해주시길 바랍니다. 그게 여의치 않다면 이 일대에서 굶어 죽어가는 주민들에게 나눠줌으로써 그들을 우리 군대에 합류시킬 수 있게 될 것입니다."

"거듭 반복하건대 상부의 결정이니 그렇게 알고 따르도록 하시오." 군사위원은 불편한 심기를 감추지 못한 채 소리쳤다. "그래도 반대하면 난 상부의 지시에 불복한 것으로 간주하겠소."

나는 더 이상 지켜볼 수만은 없었다.

"각하, 방금 말씀한 상부의 결정이란 어떤 것입니까?"

군사위원 대신에 달마우가 피곤한 기색을 감추지 못한 채 손으로 얼굴을 문지르며 내 말을 받았다.

"마타로를 공격하지 않는다는 거예요. 대표께서도 거절하고요."

나는 그 결정을 받아들일 수 없었다.

"마타로는 열려 있습니다." 내가 소리쳤다. "피를 흘릴 필요도 없습니다. 공격을 하더라도 잃을 게 없고, 모든 것을 얻게 됩니다. 어쩌면 이 전쟁을 끝장낼지도 모른다는 겁니다."

그러자 이번에는 군사위원이 거듭 확인했다.

"나는 상부의 지시를 존중하고, 당신들은 내 지시를 존중하시오. 나는 마타로 들어가지 말라는 정부의 지침을 따르고 있소. 그러니 공격해선 안 됩니다."

그러나 나 역시 그대로 물러설 수 없었다. 상부의 저의가 무엇인지, 군사위원의 속셈이 무엇인지 이해할 수 없었다.

"각하, 우리가 이대로 포기하면 우리는 지금 이 시간에도 전투 중인 우리 젊은이들에게 빚을 지게 될 것입니다. 이 땅의 젊은이들은 상부의 공격 명령이 떨어지면 그곳이 마드리드든 파리든 목숨을 걸고서 그 명령에 따를 것입니다. 그러니 간청하건대, 우리를 믿고 그들을 믿으십시오."

"아, 나를 더 이상 속이려 들지 마시오." 베렌게르가 경멸에 찬 어조로 내 말을 막았다. "나는 늙어서 두 다리에 힘이 빠졌지만 눈은 아직까지 살아 있어요." 그는 손가락으로 나를 가리키면서 달마우에게 덧붙였다. "요전에 수비리아 중령과 동행했던 자가 혹시 그 불경스런 바예스테르가 아니었나? 바예스테르! 그자는 한때 길거리나 역참을 돌아다니던 도주범 무리였소. 몇 해 전에 나는 그자를 색출해서 체포하라고, 시체를 도륙해서 공개 처형하라고 지시한 적이 있지." 그는 그 대목에서 깊은 숨을 몰아쉬었다. "보다시피 전쟁은 자연의 질서를 어지럽게 뒤집어놓고 있어요. 그리고 달마우, 당신은 당신이 이끄는 병사들 대부분이 어떤 신분이라는 것을 나보다 더 잘 알 겁니다. 그자들은 하나같이 천박한 자들이잖소."

"제 부하들은 사자처럼 용맹합니다." 달마우가 항변했다.

"그건 축하할 일이군요. 당신 부대는 신참들임에도 짧은 시간에 호전적인 군대로서의 면모를 보여주었으니 말이오. 하지만 달마우, 당신은 부하들에게 폭력을 쓰지 말도록 지시한 적이 있었던가요?"

"규율을 말씀하시나 본데, 우리 장교들은 부하들이 어떤 문제도 일으키지 않았다고 보고할 것입니다."

"바르셀로나에선 그럴지도!" 베렌게르가 손가락 하나를 세우며 윽박질렀다. "헤네랄리타트에서는 아버지와 수호자의 눈으로 그들을 똑똑히 지켜보고 있으니까. 하지만 마타로에서도 그 규율이 지켜질 거라고 확신할 수 있겠소?" 그는 다시 나를 가리켰다. "수비리아 중령, 듣기로는 귀관이 1710년에 황제의 군대에서 공병으로 근무했다더군."

"그렇습니다, 각하."

"그렇다면 귀관의 얘기를 들어봅시다. 귀관은 공동 주둔지로 변해버린 마타로에 대해, 그리고 그 창고들에 비축된 식량에 대해 보고했는데, 그곳에 군수품도 저장되어 있을까요?"

"물론입니다, 각하." 나는 자신 있게 대답했다. 어떻게든 마타로를 공격할 명분을 찾고 싶기도 했지만 사실이었다. "무기와 탄약은 물론이고 참호 작업용 장비들도 구비되어 있습니다. 게다가 수송에 필요한 말과 마차도······."

그러나 교활하고 빈틈없는 능구렁이는 내 말이 끝나기를 기다리지 않았다.

"흠, 포도주나 싸구려 술도 있겠네요?"

"그건······." 나는 잠시 머뭇거렸다. "아마도 있을 겁니다."

그가 목소리를 높였다.

"아마도'라고? 전군을 먹일 만한 식량을 비축한 곳에 싸구려 알코올을 담아놓은 항아리가 없을 수도 있다, 그겁니까? 중령! 술이 없을 때 기습을 앞둔 병사들의 초조함은 어떤 식으로 처리한다는 말이오?"

나는 내 자신을 질책하며 그의 지적을 받아들였다.

"알코올이 어느 정도 필요한 것은 사실입니다."

"어느 정도가 아니라 엄청난 양이 필요하잖소!" 그는 나를 힐난했다. 그러고는 두 번이나 숨을 들이쉬고 나서 달마우를 겨냥했다. "그대의 병사들이 술을 마실 텐데 술에 취하면 어떤 규율로도 통제하지 못할 겁니다. 아시다시피 마타로는 하우메 1세가 재위하던 시절부터 내려오는 최고 명문가들로 가득 차 있어요. 그 불쌍한 영혼들이 조국을 배신하긴 했지만 그렇다고 그들을 사전 재판 없이 처단할 순 없는 법이지. 하지만 천성이 고약한 평민들은 보복이라는 명분하에 그들을 도륙하고 그들의 여자들을 욕보이려 들 거외다. 그리고 그 결과가 어떻다는 것은 굳이 내가 말하지 않아도 빤하잖소. 만일 그 잔혹한 소식이 온 유럽으로 퍼져나가면? 우리처럼 작은 나라가 국제적 평판까지 나빠진다면 그걸 어떻게 감당한단 말이오? 여러분, 나는 우리가 운신할 수 있는 폭이 소소한 명분에 의해 절멸되는 것을 절대로 허용하지 않겠소이다.."

나는 그의 말에 분노가 치밀어 올랐다.

"저는 돈 안토니오께서는 그런 결정을 받아들이지 않을 거라고 생각합니다. 오히려 그 반대일 겁니다!"

"총사령관은 우리 정부에 소속되어 있고, 내 지시는 정부에서 나온 겁니다." 그는 비야로엘 이야기만 나오면 격앙되는 여느 적색우단들과 다를 바 없이 흥분했다. "이건 군사독재자가 결정할 일이 아니란 말이지."

"돈 안토니오가 군사독재자라고요?" 나 역시 흥분했다. "그렇게 터무니없는 소리는 생전 처음 듣습니다."

"수비리아 중령!" 달마우가 다급하게 제지하고 나섰다. "귀관은 자신의 계급과 직분에 맞게 처신하시게. 이건 명령일세!"

그러나 이미 제어할 수 없는 분노가 나를 이끌었다.

"돈 안토니오가 프랑스 부대에 애정을 두었으면 부르봉군이 되었을 겁니다. 하지만 그분은 비엔나에서 지불하는 급료보다 훨씬 더 많은 액수를 주겠다는 그들의 제안을 거절한 인물입니다. 그리고 각하께서는 우리 병사들이 친프랑스파 여자들의 속옷을 만졌다고 하는데, 그게 그렇게 나쁜 짓입니까? 전쟁이란 그런 게 아니던가요? 병사들 몇 명이 저지른 잘못을 전체의 잘못인 양 침소봉대하는 저의가 무엇입니까? 게다가 친프랑스파들은 비굴하고 이기적인 기회주의자들로, 도살업자들과 결탁해서 조국을 포기했습니다. 그런 자들을 어떻게 해야 할까요? 그자들에게 명예로운 메달을 걸어 주어야 합니까? 천만에! 우리는 친프랑스파들을 붙잡아서 진정한 애국자들과 교환할 것입니다. 그리하여 그자들이 꾀하는 수백 수천 미켈레테들의 처형을 저지할 것입니다."

좌중이 술렁거렸다. 일부 장교들이 나를 체포하겠다고 으름장을 놓자 달마우가 나를 밀쳐냈다.

"진정하게, 수비리아, 이런 식으로는 아무것도 얻지 못해."

나는 문 밖으로 떠밀려 나가기 직전에 그의 어깨 너머로 소리쳤다.

"빌어먹을, 전쟁이 뭡니까? 시계공은 시계를 만들고, 정치가는 정치를 하는 겁니다! 하지만 지금은 전시입니다. 우리 군대가 알아서 전투를 치르도록 놔두라고요!"

나는 나무 밑에 털썩 주저앉아서 양손으로 머리를 감싸 쥐었다.

전쟁이란 시계추 같은 것이다. 패배, 승리, 다시 패배, 다시 승리……. 전쟁에서의 승리와 패배는 불과 몇 분 사이에 이해할 수 없는 어떤 것들에 의해서, 무기와는 상관없는, 전혀 상관없는 어떤 행위로 인해 바뀔 수도 있는 것이다. 전쟁이 그런 것인데 우리가 저런 자가 전면에 나서는 전쟁에서, 자기 편 병사들보다는 자신들의 명령에 더 신경 쓰는 전쟁에서 어찌 승리한다는 말인가.

누군가가 내 옆에 서 있었다. 이제 막 마타로에서 돌아온 바예스테르였다.

"마타로는 예상대로 허술하더군요. 자세한 보고는 누구한테 하는 거요?"

나는 양손으로 머리를 감싸 쥔 채 대답하지 않았다.

"어떻게, 전투 준비는 끝났나요?" 바예스테르가 내 어깨를 잡아당기며 되물었다. "세 곳으로 나누어 공격하면 실패는 없을 겁니다. 적은 우리가 산개하는 것을 보자마자 굴복할 테니까요."

나는 차마 그의 얼굴을 쳐다볼 수가 없었다.

"공격은 없어요. 우린 마타로로 들어가지 않을 테니까."

일순, 그러나 영원 같은 침묵 뒤에 그가 소리쳤다.

"왜요?"

나는 평소 자신의 감정을 겉으로 드러내지 않는 그의 반응 앞에 죄인이 된 기분이었다.

"미안해요. 적색우단에 대한 당신 말이 다 옳더군요. 그러니 나는 그 결정에 동의하라고 할 수 없어요." 나는 몸을 일으켰다. "자, 어서 부하들을 데리고 떠나세요. 아니면 부스케츠와 함께하든지. 아무튼 당신들이 원하는 대로 하세요."

그가 내 멱살을 잡더니 뒤에 서 있는 나무로 떼밀었다.

"빌어먹을! 나와 함께하자고 했던 당신에게는 거부할 권리가 없어. 어서 말해. 대체 무슨 이유로 마타로를 공격하지 않는다는 거냐고?"

나는 그의 완력에 저항하지 않았다. 그게 내가 할 수 있는 유일한 대답이었다.

"몰라."

그때 길을 가던 장교들이 걸음을 멈추었다.

"이봐요, 거기 무슨 일이오?"

"일이 생겼소." 바예스베르가 사리를 뜨며 그 말을 받았다. "세상에 무슨 일이 일어났는지 절대 알고 싶어 하지 않는 사람들의 일 말이오."

3

 아마도 우리 손을 떠나는 행운의 여신을 바라보는 것보다 더 슬픈 일은 딱 하나, 우리 스스로가 행운의 여신으로부터 멀어진다는 사실일 것이다. 우리 원정대는 마타로를 공격하지 않기로 결정했다. 마치 바윗덩어리만 한 다이아몬드를 찾아 나섰다가 발견한 황금덩이를 포기할 수밖에 없었던 보석 발굴단처럼 말이다. 기병대가 선두에, 보병이 후미에 섰다. 9월 지중해의 짧고 격렬한 비가 쏟아지는 날이었다.
 부스케츠가 이끄는 미켈레테들은 두려움과 실망감이 교차하는 눈빛으로 떠나가는 우리 원정대를 지켜보았다. 그들은 침묵으로 우리를 비난했다. 그들은 내가 그들과 처음 만났을 때보다, 그러니까 부르봉군에 패퇴한 직후보다 더 처참한, 마치 영혼이 빠져나간 모습이었다.
 그래도 부스케츠는 끝끝내 포기하지 않았다. 비가 장막을 이루는 길을 떠나는 우리 청색 제복 대열을 오가면서 목이 쉰 목소리로 외쳐댔다.

"왜, 떠나는 겁니까? 승리가 저기 있는데!" 그는 손가락으로 마타로를 가리켰다. "열린 문을 발로 걷어차기만 하면 되는데, 왜, 왜?"

당시 그의 모습은 내 기억 상자에 보존된 애잔한 장면 중의 하나다. 비에 흠뻑 젖은 붉은 머리칼, 붕대가 감긴 부자연스러운 팔, 대답 없는 상대를 향해 외치는 아우성 같은 외침.

바예스테르와 그의 아홉 명의 미켈레테들은 겉으로는 담담하게 부스케츠를 바라보았지만 마음속으로는 분노하고 있었다. 나는 말머리를 돌려 바예스테르에게 다가갔다.

"떠나고 싶으면 당장 떠나도록 해요. 장교들이 알아서 좋을 건 없어요. 당신을 탈영병으로 고소할지도 모르지만."

그는 내가 타고 있는 말의 발굽 쪽을 향해 침을 내뱉었다.

"탈영병은 우리가 아니라 당신들이야."

그때 부스케츠가 우리 쪽으로 다가왔다.

"바예스테르, 우리라도 뭉쳐서 다시 공격하자고!"

바예스테르는 거부했다.

"이젠 늦었어. 여기 소식을 듣고서 적의 원군이 곧 도착할 거야." 그리고 그 대목에서 씩 웃었다. "그건 그렇고 내가 왜 여기 남아야 하지? 오랜 친구, 당신은 나에게 진 빚을 영원히 못 갚게 되었군. 적들에게 죽을 테니까."

"우리에게 이승에서의 시간은 베드로 성자가 결정하는 거야." 부스케츠가 시큰둥하게 대답했다. "내 총알 주머니는 아직 절반밖에 쓰지 않았어."

"절반밖에 남아 있지 않기도 하지."

부스케츠 일행이 돌아섰다.

뭐, 그들이 어디로 갔느냐고? 아, 그건 네가 직접 물어보렴. 글쎄 나한테는 작별인사조차 없었다니까.

그런데 벌레 같은 군사대표와는 왜 계속 함께 다니느냐고? 그건 사실 나도 잘 모르겠어. 아무래도 돈 안토니오가 군사위원과 동행하도록 지시했으니 내가 그 지시를 이행하는 것은 당연한 거 아닌가? 어쩌면 눈에 보이지 않는 미지가, 씁쓰레하지만 최후까지 가보겠다는 신념이 나 자신을 움직였는지도.

그날은 하루 종일 비가 내렸다.

ooo

마타로를 포기한 뒤부터 모든 상황은 최악으로 치달았다. 우리 원정대가 그들의 후미에 나타났다는 보고에 사색이 된 포폴리는 카탈루냐 땅을 점령하고 있던 프랑스군과 에스파냐군 수천 명으로 하여금 우리를 추적하도록 지시하는 것과 동시에 공격 참호에서 작업 중이던 군대의 일부까지 합류시켰다. 그가 걱정한 것은 우리 원정대로 인해 그들의 등 뒤에서 일어날지도 모르는 카탈루냐 주민들의 집단적인 반발이었다. 그로서는 인정하고 싶지 않지만 적색우단보다 주민들의 애국심을 더 경계했던 것이다.

우리 원정대는 수적인 열세로 인해 사냥개들에게 쫓기는 여우 신세로 바뀌었다. 우리는 주민들에게 강렬하고 위용에 찬 인상을 주어야 한다는 베렌게르의 지시에 따라 은봉을 앞세우고 트럼펫을 연주하며 도시나 마을로 들어섰다. 처음에는 효과가 없지 않았다. 주민들이 호응했다. 우리가 들르는 곳마다 '크리다'가 발령되고 주민들을 격려하는 베렌게르의 짧은 연설이 이어졌다. 그러나 차츰 우리의 몰골은 처참해지고 한곳에서 오래 머물 수 없었다. 하루나 이틀이 지나 적이 다가오고 있다는 정찰대의 보고가 들어오면 두려움에 방귀를 뀌어대는 베렌게르를 등에 업고 그곳을 벗어났다.

물론 그 정도 고충은 이미 예상된 일이었다. (나는 지금 베렌게르와 방귀 이야기를 하자는 게 아니다.) 실제로 하루하루가 쉽지 않았다. 그래도 견딜 수 있었던 것은 무엇보다도 적의 위치를 제보해주는 수천 개의 눈, 즉 주민들의 도움 덕분이었다. 문제는 우리가 포기한, 정확히 말하면 베렌게르와 적색우단이 방치한 마타로였다.

마타로를 포기했다는 소식은 바르셀로나가 '크리다'를 발령했다는 소식만큼이나 급속하게 퍼져나갔다. 주민들은 바보가 아니었다. 그들은 마타로를 포기했던 군사위원을 믿지 않았다. 그의 장황한 대중 연설은 세 가지 관점에 기초했다. 하나. 카를랑가스는 신앙심이 돈독해도 너무 돈독하다. (주민들에게 비엔나처럼 까마득히 먼 곳에 있는 왕과 왕의 신앙심은 중요하지 않았다.) 둘. 우리 주 하느님을 믿어야 한다. 하느님은 당신에게 충실한 카탈루냐 공작령을 구원할 것이다. (모든 게 하느님 손에 달려 있는데, 어찌하여 하느님은 우리를 구제할 수 없는 상태에 이르도록 허용했다는 말인가?) 셋. 적의 부당한 유린 행위는 기독교도의 도덕성을 감안해서 생략하겠다. (천만에, 소리쳐서 알려야 하지 않는가! 성체배령을 고통스럽게 받을 수밖에 없는 우리의 헌신을 귀머거리도 알아들을 수 있도록 악을 써야 할 게 아닌가!) 나는 지금도 베렌게르가 연설하는 동안에 광장 위의 하늘을 씁쓸한 표정으로 올려다보던 달마우를 기억하고 있다.

우리 원정대는 자체만으로도 지방 지도자들에게 헤네랄리타트의 이름으로 저항할 명분을, 성직자들에게는 그들의 비도덕적 행위를 질타하는 경고를, 자유롭고 합법적인 권력의 깃발 밑에서 싸울 용의가 있는 대부분의 주민들에게는 우리 군대에 합류하고 싶은 열망을 불어넣었다. 그러나 베렌게르의 구차한 변명 같은 장황설은 주민들의 반응을 얻지 못했다. 베렌게르에게 최악의 단점은 사회 계층에 대한, 자신에 의해 스스로 배양된 선입견이었다. 그로 인해 그의 연설을 듣고 군대에 합류한 자들은 빵 한 조각에 목숨을 거는 소수에 불과한 반면에, 조국에 대한 열정은 있되 그에 분노하고 반발하는 자들은 부스케츠처럼 미켈레테 무리에 가담했다.

우리 원정대의 역할은 오래가지 못했다. 문제는 언급했듯 적색우단을 대변하는 베렌게르와 그의 수행원들이었다. 사실 우리가 어디를 가든 주민들은 호의적이었다. 한번은 우리가 한 마을로 들어서다가 이미 그 마을을 점령하고 있던 카스티야군과 맞닥뜨렸는데 주민 일부가 종루로 올라가 카스티야군을 향해 총을 쏘기 시작했다. 거기서 그치지 않았다. 주민들은 삼각모자를 흔들어대는 우리 병사들에게 손을 들어 환영했고 우리 기수들은 군기를 흔들며 화답했다. 생면부지였지만 형제애 같은 감동이 오갔다. 그러나 우리가 주민들의 도움을 받으며 카스티야군을 휩쓸 기회는 퇴각을 명령하는 트럼펫 소리와 함께 사라졌다.

나는 느닷없는 퇴각 명령에 어리둥절하면서도 병사들을 채근했다.
"이건 뭔가 잘못되었다! 사격을 멈추지 말고, 사격하라! 사격!"
그러자 미에르데스가 말 위에서 다급하게 소리쳤다.

"이봐요! 퇴각 명령 못 들었소? 우린 여기서 퇴각이오. 적의 본대가 우리를 기습한다는 정찰대의 보고요!"

"우리가 기습당하는 게 아니라 우리가 기습할 거요." 나는 정신없이 소리쳤다. "적군이 도착하기 전에 우리는 포르투갈까지 다녀올 시간적 여유가 있소."

그러나 미에르데스는 상부의 명령이라며 내 앞을 가로막았다. 사실 그가 그렇게 나오는 데는 다른 이유도 있었다. 원정대에서 함께하는 동안 그는 동일한 나의 계급에 질투와 불만을 품었다. 나는 그런 그에게 내 계급에는 별다른 의미가 없다고, 내가 '공병'이라는 특수성을 감안해서 돈 안토니오가 부여한 계급일 뿐이라고 설명했지만 곧이곧대로 받아들이지 않았다. 나를 잉크병이나 만지는 모사꾼으로 여겼다. 그는 '중령'에서 '대령'으로 진급하는 강박에 젖어 나를 라이벌로 여겼던 것이다.

"수비리아 중령," 그는 말 위에서 상체를 숙여 손가락으로 나를 가리키며 소리쳤다. "당신은 절대로 좋은 무관이 될 수 없어. 전체와 부분을 혼동하고 있거든."

전체와 부분. 나는 여러분에게 그가 나에게 지적한 '부분'이 어떤 결과를 낳았는지를 간략히 이야기하겠다.

우리 원정대는 상부의 명령에 따라 다급하게 그 마을을 떠났다. 우리가 떠난 뒤에 부르봉군은 종루에서 그들을 쏘았던 주민들을 처리하는 데 고민할 필요조차 없었다. 그들은 교회에 불을 지르고 저격수들을 산 채로 태워 죽였다. 그것은 부르봉군이 우리 원정대를 상대하는 단순한 보복 전술, 예를 들어 어떤 마을이 우리를 받아주면 그들은 그 다음날에 아무런 죄의식 없이 그 마을을 불태우고 열에 하나꼴로 총살하는 결과를 낳았던 것이다.

하루는 참모회의에서 달마우가 원정대를 둘로 분리하자고 제안했다. 적의 압박을 일대일 대응으로는 견디기 힘드니 하나는 베렌게르가 지휘권을 유지하고 다른 하나는 상대적으로 소규모지만 기동성을 살리는 실질적인 주력부대로 달마우가 직접 이끌겠다는 것이었다.

달마우의 아이디어는 과히 나쁘지 않았다. 우리가 둘로 나뉘어 움직이는 만큼 부르봉군 역시 나뉘어져 움직일 것이다. 양군의 전투는 소규모에 다발적인 국지전 형태를 띨 것이다. 아군은 크고 작은 마을로 들어가서 재빨리 병력을 모집하는 치고 빠지기 전술을 구사하지만 그렇다고 부르봉군이 마을을 쫓아다니면서 불을 지르고 주민들을 살상하는 보복 전술을 포기하지는 않을 것이다.

그런데 그날 나는 베렌게르의 말 한마디에서 우리가 치르는 전쟁의 밑바닥에 도사린 사악한 본질을 깨달았다. 그는 한참 깊은 생각에 잠겨 있다가 고개를 들더니 기대에 찬 눈빛을 번득이며 이렇게 내뱉었다.

"우리가 이런 식으로 죽 나가다 보면, 집 없고 부모 없는 자들은 우리 군대로 들어올 수밖에 없게 되었군."

나는 그 말을 듣는 순간 주위를 둘러보았다. 다들 그의 말을 무심코 흘려보냈다. 달마우는 전황도 앞에서 자신의 계획을 설명하는 데 정신이 팔려 있고 미에르데스*는 그 이름답게 딴전을 피우고 있었지만 내 귀에는 그 말이 예사롭지 않게 들렸다. 그리고 그의

---

* 앞에서도 나오지만 '미에르데스(Miérdez)는 '똥의 자식'을 의미하기도 한다.

말 한마디는 나에게 이런 생각이 들게 만들었다.

정치는 사악하다. 전쟁은 더 사악하다. 그 두 개의 악을 뛰어넘는 어떤 게 있으니 이른바 '전쟁 정치'라고 불리는 기형이다. 한때 세상은 나에게 공병은, 누구보다도 공병은 전쟁에서 정치를 분리하는 경첩 역할을 한다고 가르쳤다. 그것은 정치가 단순한 그림자, 즉 군대 뒤에 도사린 윤곽에 불과하다는 이데아에 기반을 두고 있었다. 그러나 오늘날 그 독소는 군대를 파멸시켰고 그 결과들이 바로 거기, 그의 말에 함축되어 있었다. 그랬다. 우리의 고귀한 임무가 동시대 주민들의 생명과 가정을 보호하는 일이었지만 베렌게르의 도덕률에 따르면 적이 주민을 살상하고 집을 불태우는 짓은 악행이 아니라 선행이었다. 다시 말해 그의 표현에 따르면 주민들의 피난과 보복을 야기하는 부르봉군의 악행이 우리 원정대에게는 주민들을 모집할 수 있는 유리한 선행으로 작용하게 된 것이다.

나는 달마우가 말장난을 일삼고 방귀를 뀌어대는 베렌게르에 이골이 나서 군대를 분리하자고 제안한 것인지 혹은 다른 숨은 의도가 있는 것인지에 대해서는 더 이상 말할 필요가 없다고 생각한다. 아무튼 그는 혼자서라도 자신의 제안을 관철하고자 했다. 그리고 그의 뜻에 따르지 않겠다는 내 말을 받아들이지 않았다.

"우리 원정대가 바르셀로나로 돌아가면 돈 안토니오는 그간의 자초지종을 물을 테지. 그런데 만일 내가 그 자리에 없으면 귀관이라도 증인이 되어주어야 하지 않겠소? 당신도 알다시피 미에르데스는 믿을 수 없는 인물이잖소."

그날 이후의 여정은 소용돌이처럼 어지러웠다. 항상 똑같은가 하면 항상 바뀌었다. 부르봉군은 처음부터 끝까지 우리를 몰아붙였다. 행군, 퇴각, 야영. 비. 태양. 진흙. 한시도 끊임없는 경계 상황. 열광하는 마을, 완강하게 버티는 마을, 불타는 마을. 어딜 가나 잔혹함과 잿더미로 이루어진 풍경이었다. 우리는 어제 갔던 길을 오늘 되돌아왔다. 마을은 어제 열광했다가 오늘 황폐화되었다. 진흙. 태양. 비. 우박. 우리는 밀림과 숨겨진 길과 벼랑길을 헤맸다. 어딘가에는 일곱 그루 나무에 주민들의 시신이 각각 세 구씩 매달려 있었다. 가만, 우리가 이미 지나갔던 길 아니었던가? 아니었다. 어제는 세 그루 나무에 일곱 구씩 매달려 있었다. 그때마다 길을 바꾸었다. 수천 개의 촉수가 달린 벌레처럼 온 마을을 헤집고 다녔다. 결국 우리는 현실의 모순에 의해 패퇴했다. 다시 말해 우리는 피해 다녀야 했기 때문에 징집할 수가 없고 징집할 수 없었기에 피해 다

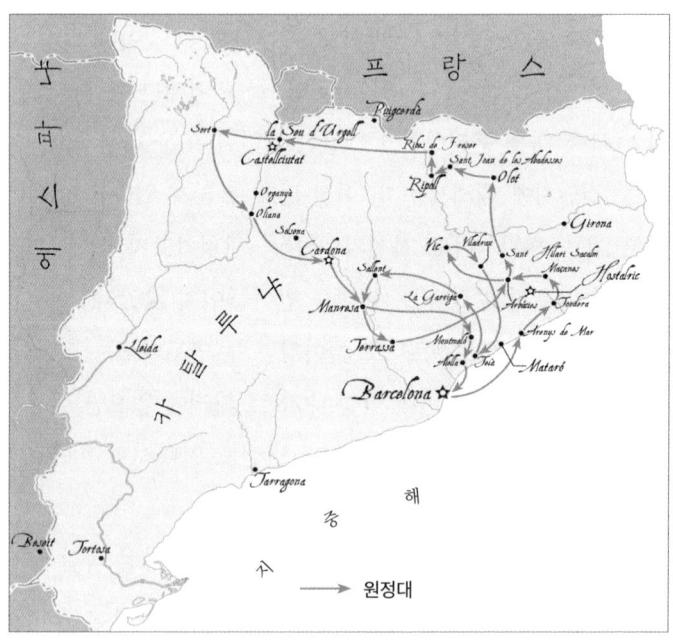

녀야 했다.

나는 우리의 헌정과 자유를 수호하기 위해 목숨을 바칠 각오가 되어 있는 자들을 찾아 돌아다니는 단조로운 여정을 더 이상은 납득하고 싶지 않았다. 어디를 가든 판치는 반역과 나약함과 기회주의가 나를 지치게 만들었다. 상황에 따라 시시각각 변하는 인간의 변덕스러운 일면도 그중 하나였다.

하루는 우리 원정대의 전위병인 기병대를 향해 총알이 날아들었다. 총이 발사된 곳은 암석으로 이루어진 산기슭 방향이었다. 동시에 웅성거리는 소리가 들렸다. 귀를 기울이니 여러 명이 카탈루냐어로 떠드는 소리였다. 순간 나는 기병대에게 응전하지 말라고 지시한 뒤에 모자를 흔들었다. 부산한 전쟁 통에 간간이 발생하는 오인 사격으로 판단했던 것이다. 그러나 미지의 상대는 총격을 멈추지 않았다. 나는 기병대를 벗어나 그들의 징체를 확인할 수 있는 곳으로 은밀하게 이동했다.

"사격을 중지하라!" 나는 그들 중에 암석 사이에서 총을 쏘고 있던 자를 향해 소리쳤다. "우리는 헤네랄리타트 소속 군대다!"

그러나 그는 반응하지 않았다. 나는 더 가까이 다가갔다. 그가 사방을 두리번거리며 다급하게 총구를 닦고 있었다. 일순 나는, 바조슈에서의 훈련을 통해 터득된 내 시력은 그의 눈빛에 담긴 의도를 읽어냈다. 그의 눈빛에는 상대를 죽이고 말겠다는 일념뿐이었다. 상대가 누구든지.

여기서 잠깐 과거로 거슬러 올라가자. 1705년에 동맹군이 바르셀로나를 떠나자 무수한 주민들이 카를랑가스의 추종자임을 천명했다. 그러나 만장일치는 아니었다. 온통 카를랑가스를 지지하는 와중에서도 펠리피토를 지지하겠다는 자들이 불거졌던 것이다. 왜 그랬을까? 성직자들이 하느님은 펠리피토 편이라고 단언한 탓이었을까? 천만에! 그들이 반대편에 선 것은 해묵은 이웃 간의 증오 탓이었다. 문제는 어떤 마을이든 주민들 사이에는 크고 작은 반목이 존재한다는 것이다. 일례로 우물에 대한 소유권 같은 경우가 그러하다. 방앗간 소유인가, 아니면 누구의 것도 아닌 공동소유인가를 놓고 다투듯 말이다. 사실 카를랑가스 지배하에서는 이웃 간의 문제가 크게 부각되지 않았지만 부르봉가가 거의 모든 카탈루냐를 점령하자 열혈 주민들이 무장을 하게 되는데 그 와중에서 해묵은 앙심을 품은 자들이 이웃에게 총을 겨누는 비극적인 일들이 생겨났다.

다시 현실로 돌아가자. 암벽 사이에서 우리에게 총질을 했던 자들에게 헌법이며 합스부르크파나 부르봉파 같은 파벌이나 당파는 중요하지 않았다. 유럽의 전쟁 같은 거대한 전쟁은 그들에게 크고 작은 싸움을 제도화시킬 명분을 안겨주었다. 마찬가지로 유럽의 묵시록은 그들에게 그들이 열정적으로 믿었던 유일한 것들, 예를 들어 이웃은 개나 다름없다는 그들의 신념을 확인시켜줄 일화를 제공했다. 그리하여 카탈루냐의 자유와 빵, 나라의 미래를 위한 전쟁과 외국의 강권과 속박을 뿌리쳐야 한다는 필연성은 개 같은 이웃이나 이웃의 자식들과는 성유(聖油)조차 나눌 수 없다는 그들만의 고상한 신념에 종속될 수밖에 없었던 것이다.

나는 그들에게 이렇게 말하고자 한다. 전쟁이란 솥단지를 끓여서 수증기를 내뿜고 문명이라고 불리는 가볍고 불확실한 뚜껑을 열게 만드는 불이라고. 야만적인 것은 밖에 있는 게 아니라 발밑에 있다는, 이국적인 차원이 아니라 꼭꼭 감추어진 내부에 있다는 루소의 말이 옳았다고. 그들은 야만을, 사악한 야만을 명분으로 격벽을 부수는 대포알처럼 문명화된 것들을 붕괴시키고 말 것이라고.
  하지만 기생오라비 같은 볼테르는 그것을 이해하지 못했다. 결코!

○○○

베렝게르는 날이 갈수록 기력이 떨어졌다. 몸은 부실해도 정신은 맑아서 우리가 더 이상의 징집이 힘들다는 것을, 나아가 부르봉군의 후미를 공격하기에는 역부족이라는 것을 알면서도 바르셀로나로 보고서를 발송하는 근면한 대리인으로서의 역할만큼은 포기하지 않았다. 그러나 부르봉군의 압박이 차츰 심해지는 판국에 내륙의 포위망과 해상봉쇄를 뚫고서 전령을 보낸다는 것은 목숨을 내놓는 일이었다. 나로서는 그런 그를 지켜본다는 게 못마땅했다. 알맹이 없는 서간을 발송해서 무엇을 어쩌겠다는 말인가.
  그 와중에도 우리 원정대는 빅으로 향했다. 바르셀로나에서 북쪽으로 60여 킬로미터 떨어진 곳에 위치한 빅은 1705년 부르봉군에 맞서 최초의 봉기를 일으킨 도시였다. 따라서 우리가 적의 포위망과 장애물을 뚫고 그곳으로 가는 것 자체만으로도 서사적인 일이었으며 한편으로는 그곳 주민들의 열렬한 환영을 기대했다. 그러나 그 도시는 내 기억을 비웃었다.
  그들은 우리 원정대를 외면했다. 도시의 귀족들은 우리와 엮이고 싶지 않아서 우리가 도착한 날 바로 그곳을 외면해달라고 청원했다.
  "우리 사정을 이해하시오. 황제의 첫 추종자가 됨으로써 우리는 혹독한 형벌을 겪을 수밖에 없었기 때문이오."

베렝게르는 자신들을 추종하는 자들에게 늘 그랬듯이 관용을 베풀었다. 하지만 나는 그럴 수가 없었다.

"이곳은 부르봉군에 맞서 봉기를 일으켰던 첫 번째 도시로, 마지막 항전 역시 이곳이 되어야 할 것입니다."

그러나 베렝게르는 나에게 침묵을 종용했고 나는 더 이상 입을 열지 않았다. 어떤 식으로든 소용없는 일이었다. 나는 귀족인 호세프 포우란 자가 펠리피토 군대에게 이미 자비와 용서를 구했다는 사실을 나중에 알았다. 황당했다. 한때 불쏘시개에 불을 붙였던 자들이 나중에는 우리 원정대를 방화범으로 몰아세운 꼴이었다.

그날 나는 깨달았다. 우리 원정대의 목적이 베렝게르가 부르봉군에게 생포당하지 않도록 저지하는 것에 지나지 않았음을, 실제로 다른 도시의 군대를 바르셀로나와 연결시키는 게 그야말로 어려운 임무라는 것을. 게다가 우리가 가까이 가면 상대가 더 멀어지는 상황에서는 더더욱 그랬다.

여기서 빠트릴 수 없는 것은 전령들과 그들의 임무다. 우리가, 특히 베렝게르가 보낸 전령들은 대부분 돌아오지 못했다. 그들은 부르봉군에게 붙잡혀서 죽을 때까지 고문을 당했을 것이다. 물론 적이 그들을 고문하는 것은 헛수고였다. 왜냐하면 보고서나 서간은 오로지 베렝게르만 알고 있는 비밀 코드로 쓰여 있었기 때문이다. (우리에게 그토록 무거운 짐이었던 그가 한 가지 잘했던 일이 바로 그것이었다.)

베렝게르의 암호는 참으로 독창적인 코드로 이루어져 있었다. 각각의 번호는 각각의 알파벳이나 상징과 일치했는데, 예들 들어 A는

11, M은 40, E는 30이었다. 그런가 하면 어떤 번호들은 완전한 의미를 지니기도 했는데, 가령 70은 바르셀로나, 100은 폭탄, 81은 펠리페 5세, 53은 수류탄, 54는 포폴리, 87은 미켈레테였다.

그럼에도 우리 원정대 사이에는 베렌게르가 감춰놓은 암호만큼은 아무도 해독하지 못한다고, 숫자와 알파벳으로 이루어진 코드는 미끼에 지나지 않는다는 소문이 돌았다. 소문에 따르면 그는 똥구멍에 원통을 갖다 대고 방귀를 뀌었고, 전령이 그 원통을 전달하면 수신자는 거기 담긴 부호가 아니라 뚜껑을 열었을 때 나오는 소리로 암호를 풀었다고 한다.

아무튼 속물들 사이에 떠도는 유머는 예나 지금이나 정제되지 않는 모양이다.

○○○

하루는 오전 일찍 비상 나팔 소리가 들렸다. 우리는 부르봉군이 조식 시간을 이용해서 기습공격을 해 온 것으로 판단했지만 이내 긴장의 끈을 놓았다. 경계병들이 아군을 적군으로 오인했던 것이다.

바예스테르와의 재회는 원정대에서 내가 겪은 지극히 드문 즐거움 중의 하나였다. 나는 감격에 젖어 그를 힘껏 껴안았다. 지금에서야 확신하건대 바예스테르가 얼떨떨한 표정을 지었지만 나를 뿌리치지 않은 것은 나로서는 처음 느끼는 반응이었다. 나는 그의 어깨에 손을 올리며 말했다.

"난 당신이 우리를 포기하지 않을 거라는 것을 알고 있었어."

그가 슬쩍 뒤로 물러나며 반문했다.

"우리를 포기한 것은 당신들이었지. 그걸 까먹은 거요?"

나는 그때서야 그의 동료 아홉 명 중에 두 명이 빠졌다는 사실을 알아차렸다.

"하신트와 인달레시는?"

"그건 내가 묻고 싶은 말이오."

잠시 침묵이 흘렀다. 내가 먼저 입을 열었다.

"아무튼 당신은 돌아왔잖아."

"돌아온 것은 당신들이지."

그러더니 그는 뒤를 가리켰다. 바예스테르 일행은 달마우 부대의 선봉대였다. 그런데 그들 뒤로 장정 3천 명이 걸어오고 있었다. 그들은 달마우가 베렌게르와는 전혀 다른 방식으로 모집한 병력이었다. 달마우의 성공은 당연했다. 열정과 무기력이라는 상반된 극과 극은 양립할 수 없었다. 베렌게르에게 조국은 과거이자 규범인 반면에 달마우에게 조국은 권리이자 미래였다.

참모회의가 소집되었다. 달마우는 자신이 구상한 아이디어를 내놓았다. 우리가 가용할 병력은 대략 5천 명이었다. 그는 예정대로 바르셀로나를 포위한 부르봉군을 후미에서 공격하고 방어진을 구축하자는 안을 내놓았다. 그러나 전력이 열세인 상태에서 완벽한 승리를 거둔다는 것은 불가능했다. 적은 사방으로 우리를 에워싸고 있었다. 우리가 바르셀로나로 향하는 것을 눈치채면 병력을 집중시켜 우리를 뒤쫓을 게 분명했다.

"하지만 그들의 추적만 벗어나면 우리는 적진의 우측을 공격할 수 있습니다."

이어 그는 테이블 위에 지도를 펼쳤다.

"부르봉군의 공격 참호는 크게 세 곳으로 나뉘어 있습니다. 그중에 우측 끝, 해변과 늪지 지역은 에스파냐가 점령하고 있는데, 우리로선 거기를 공략하는 게 가장 유리해 보입니다. 에스파냐군이 프랑스군보다는 덜 훈련된 군대이기 때문이며, 나아가 거기처럼 평탄하지 않은 지형에서는 대형 전투에 익숙한 정규군보다는 미켈레테들의 움직임이 더 나을 것입니다." 그는 그 대목에서 눈을 비볐다. "아무래도 성내의 아군과 협공을 펼치는 것은 기대와 달리 힘들어 보이는데, 따라서 야간에 기습공격을 노리는 게 수적 열세를 극복하는 유일한 방도로 판단됩니다. 아울러 우리는 우리 식으로, 비야로엘은 비야로엘 식으로 전투를 치르면 별 문제가 없을 것이며, 사견이지만 우리로선 적잖은 전과를 거둘 수 있을 것으로 사료됩니다."

그랬다. 바르셀로나를 부르봉군의 포위에서 벗어나게 만드는 것이 우리 원정대의 목표였다. 다들 위험하시만 불가능한 모험은 아니라는 데 동의했다. 문제는 군사위원인 베렌게르였다. 5천 명의 병력이 늪지를 끼고 이동하는 야간 기습공격에서 심약한 베렌게르가 견딜 수 있겠는가. 실로 위험천만한 모험이었다. 전투가 벌어지면, 특히 밤에는 무슨 일이 발생할지 아무도 장담할 수 없었다. 베렌게르는 쓸모없는 존재이면서도 포기할 수 없는 인물이었다. 만에 하나 그가 부르봉군에 잡히면 우리 카탈루냐인들은 경악을 금치 못할 것이다. 물론 부르봉군은 그를 생포하더라도 죽이는 대신 목에 방귀를 담은 통을 매달아주고 당나귀에 태워서 온 거리를 돌아다니게 만들 터이지만.

베렌게르는 양손으로 얼굴을 감싸면서 조국을 위해서 장해물이 되고 싶지 않다고(드디어 그가 자기가 누구인지를 깨달은 것이다.), 사실은 이미 그렇게 결심했다면서 믿을 만한 병사 네 명이 자신을 호위할 수 있게 해달라고 요구했다. 만일 일이 잘못되면 호위병들은 그가 적에게 생포되는 것을 막기 위해 그의 목을 치는 성스러운 임무를 수행하게 될 것이다.

철면피 같으니! 원정 내내 그토록 소심하게 굴던 그가 이제 와서 영웅이 되고 싶어 하다니 이해할 수 없었다. 그의 요구는 진정한 영웅적 행위가 값싼 동전 취급도 못 받던 시절에 벌이는 희대의 사기극이었다. 비야로엘이나 달마우 같은 지도자, 바예스테르나 부스케츠 같은 전사들은 자신의 희생을 드러내놓고 표명한 적이 없었다. 그들은 그럴 만한 때가 되면 주저 없이 자신의 목숨을 내놓을 인물들이었다. 그런데 여기, 바로 우리 눈앞에는 자신의 서사적인 언행이 연대기에 어떻게 기록될지 고민하는 베렌게르가 버티고 있었다. 보다 못한 내가 그를 향해 한 걸음 앞으로 나섰다.

"각하, 피치 못할 상황이 닥치더라도 각하의 목을 자를 네 명의 수행원들에 대해선 염려하지 마십시오. 각하의 목을 치는 일은 저 하나면 충분하니까요."

"수비리아!" 그가 대노했다. "나는 귀관의 폭언에 넌더리가 날 지경이오. 귀관에겐 군대가 그렇게 우습게 보인단 말이오? 바르셀로나로 돌아가거든 귀관을 지하 감옥에 처넣도록 지시하는 게 내가 맨 먼저 할 일이 될 터이니 그렇게 아시오!"

뒤이어 베렌게르의 게으름뱅이들 중 한 명이 나서더니 적진으로 향하기 전에 해안에서 베렌게르를 피신시키자고 제안했다. 다들 그 제안을 받아들였다. 그리하여 달마우는 베렌게르로부터 자유로워지고 베렌게르의 엉덩이는 변기 달린 의자로부터 자유로울 수 있게 되었다. 아울러 선봉에 서서 알레야 해안까지 안전하게 길을 트는 임무는 바예스테르와 그의 부하들이 맡았다. 그날 밤 우리는 예정대로 알레야에 도착했다. 하지만 부르봉군의 기습을 우려해서 마을로 들어가는 대신에 해변에 머물렀다.

바예스테르는 알레야로 이동할 때부터 해안에서 잠자리를 구할 때까지 평소보다 신중했다. 나는 그의 곁에 담요를 깔았다. 모래밭은 푹신했다. 발밑으로 파도가 밀려들었다. 청아한 밤하늘에 별이 빛나고 있었다. (발트라우트야, 너도 이런 감성적인 분위기가 마음에 들지? 뭐, 얼빠진 생각이라고! 밤에 구름 한 점 없으니 별들이 반짝이는 게 당연하지 않느냐고? 제기랄, 참으로 울적한 밤이었으니, 하는 따위는 네가 알아서 쓰라니까!) 간만에 자비 없는 전쟁에서 벗어난 시간이었다. 끊임없이 밀려드는 부드러운 파도와 귀뚜라미 울음소리가 아늑하게 느껴졌다.

"이건 알았으면 해." 내가 물었다. "나 역시 마타로의 일은 부끄럽게 생각한다는 거."

그러나 그는 대답하지 않았다. 나는 그의 침묵에 약이 올랐다.

"빌어먹을, 지금 나는 변명을 하는 중이야. 내 잘못은 아니었잖아."

"당신이 말한 칸나이는 지옥이 되어버렸어." 이윽고 그가 담담하게 대답했다.

"그렇지. 이번 전투는 더 많은 피를 부르겠지. 설사 잘되더라도 더 많은 희생자가 나올 거야. 어쩌면 천 명이 넘을지도." 나는 하늘을 원망했다. "만일 보방이 살아 있다면……."

"대체 뭐가 불만인데? 사람이 죽는 게 전쟁이야. 안 죽으면, 그건 전쟁이 아니겠지."

나는 화제를 돌리고 싶었다.

"바예스테르, 결혼했나?"

"아니, 여자들은 있지만. 당신은?"

"아내 같은 여자가 하나 있긴 해. 창녀, 뭐, 그런 여자였지."

"지금 진정으로 하는 말이야?" 평소에 어떤 일에도 담담한 그가 깜짝 놀라는 눈치였다.

"창녀, 부랑아, 도둑……. 또 뭐가 있지? 하긴 이런 아수라판에서는 어떤 식으로든 살아남아야겠지. 나는 그 여자와 노인네, 난장이, 꼬마, 이렇게 네 명과 함께 살고 있지. 그리고 그 꼬마는 당신도 아는 녀석이야."

"내가 아는 녀석이라고?" 그가 다시 깜짝 놀랐다.

"그러니까, 언젠가 농가에서 당신네 패거리가 붙잡아두고 있었잖아."

바예스테르가 담요를 덮으며 말했다.

"내 기억으로 그렇게 무시무시한 꼬마 녀석을 본 적이 없었지." 그러고는 하품을 했다.

"그건 그래." 나는 울컥 목을 타고 올라오는 희열을 느꼈다. "하지만 그 녀석은 내 아들이 아냐."

"하지만 당신을 아버지로 생각할 거야." 그가 다시 하품을 했다.

"뭐랄까, 녀석들에게는 내가 패거리나 끌고 다니는 우두머리로 보이겠지. 그게 다야."

피곤했다. 그가 눈을 감았다. 나는 그의 팔을 흔들었다.

"자식들은 있어?"

그는 감았던 눈을 뜨고서 밤하늘을 올려다보았다.

"그럴걸. 하나, 아니면 둘. 확실하진 않지만 여자들은 내 자식이라고 하더군. 그 여자들이 원하는 건 돈 많은 대장이겠지만."

"하지만 자식 교육은 안 시키잖아."

그가 얼굴을 찌푸렸다.

"내가? 그 여자들은 아무것도 하고 싶어 하지 않으니 내가 모든 걸 책임질 수밖에."

나는 그의 담요를 세차게 끌어당겼다.

"한 가지 더 물어볼 게 있어."

그가 상체를 절반쯤 세우더니 야수의 눈으로 나를 노려보았다.

"바예스테르, 당신은 왜 싸움을 하는 거지?"

그는 대답 대신 모래를 한 줌 집어 들며 생각에 잠겼다. 그의 손가락 사이로 모래가 흘러내렸다.

"뭐, 그렇다고 상황설을 늘어놓을 필요까진 없어." 내가 다시 부추겼다. "그냥 한마디, 딱 한마디만 얘기하면 돼. 더 이상은 안 물어볼 테니까."

한참 만에 그가 한숨을 내쉬며 대답했다.

"여태까지 이해하지 못한 사람에게 이제 와서 터놓는다 한들 대체 뭘 이해하겠어?"

4

 어쩌면 나는 원정 기간 내내 연속으로 발생했던 악마적인 낌새를 감지해야 했었는지도 모른다. 나도, 어느 누구도 알레야 해변에서 적색우단의 광란의 법률만능주의가, 알갱이 없는 거짓된 애국주의가 발휘될 줄은 꿈에도 몰랐다. 그때까지 우리가 생각했던 것은 앞서 언급했듯 베렌게르와 그의 게으름뱅이 수행원들로부터 벗어날 수 있으리라는 것이었다.
 새벽녘에 베렌게르 일행이 해안으로 나왔다. 그들은 적의 경계를 속이기 쉬운 여명에 떠날 참이었다. 베렌게르는 평소보다 능동적으로 움직였다. 그는 자신의 신변을 지키기 위해 원정군 전체에 경계령을 내렸다. 그리하여 원정군 5천 명은 그 근처 해안을 아우르는 전투 대형으로 산개되었다.
 한편 나는 바예스테르와 함께 넉넉한 공간을 지닌, 동시에 가볍고 날렵한 배를 한 척 구하기 위해 해변을 벗어나 있었다. 바예스테르 일행은 경계 근무에서 유일하게 열외였다. 그들은 해안에서 백여 미터 떨어진 곳에 위치한 선술집으로 갔다. 나는 원정대로 돌아가기 전에 그들의 일탈을 만류하지 않고 짤막한 충고로 대신했다.

"다들 술값을 생각하시오. 우린 부르봉군이 아니라는 걸 명심하고."

내가 원정대 임시 막사에 들어섰을 때 베렝게르와 지휘관 대여섯 명이 모여 있는 가운데 달마우가 먼저 떠날 베렝게르에게 작별 인사를 헌정하고 있었다. 그런데 한참 달마우의 말을 듣고 있던 베렝게르가 손을 들어 제지했다.

"잠시 끼어들어 미안하오. 여러분의 과분한 찬사가 고맙긴 하지만 일단 상황이 변경되었다는 것을 통보해야겠소. 오늘 귀향길에는 나 혼자만이 아니라 지휘관들이 함께할 겁니다."

달마우 뒤에 서 있던 나는 어안이 벙벙해셨다.

"죄송합니다." 달마우가 무슨 말을 잘못 들은 사람처럼 되물었다. "우리 장교들도 함께 돌아간다는 말씀입니까? 원정대는 누가 지휘하고요?"

"중령 위로는 다들 나와 함께 바르셀로나로 돌아갑니다. 이건 명령이고, 이의를 제기하는 것은 용납하지 않겠소."

5천 명의 병사들을 포기하겠다니! 적의 후미 공격을 단념하겠다니! 요 몇 달 동안 겪은 원정대의 고통과 희생을 바다에 던져버리겠다니! 어찌 우리가 그 부당함을, 가히 기념비적인 그의 광기를 받아들인다는 말인가. 달마우도, 아니, 아무도 반응하지 않았다.

"하지만 각하, 그건 아닙니다." 어찌할 바를 모르던 달마우가 항변했다. "대체 군대는 누가 지휘한다는 겁니까?"

"우리 장교들 중에서 전투를 유리하게 이끌고 싶어 하는 지휘관이 있는 줄 알고 있소. 그러니 그의 손에 맡기세요."

베렌게르는 미에르데스를 염두에 두고 있었다. 우리 병사들의 목숨을 그에게 맡긴다는 뜻이었다. 새로 징집된 장정들은 사실상 자신이 속한 부대의 지휘관과 함께할 시간은 고사하고 숙련된 훈련도 받지 못했다. 특히 상관에 대한 충성과 복종을 교육하는 것은 더할 나위 없이 중요한 일이었다. (글쎄, 모든 군대가 다 그렇다니까.) 과연 이 황량한 해변에서 최고지휘관이란 자가 그들을 철면피 같은 지휘관에게 떠맡기고 떠나면 그들은 무엇을 어떻게 할 것인가? 그것은 그들을 부르봉군에게 팔아넘기는 짓이나 다를 바 없었다.

베렌게르와 그의 게으름뱅이들이 배에 올랐다. 달마우를 제외한 장교들도 계면쩍은 표정을 지으며 그들 뒤를 따랐다. 달마우는 배에 오르기를 거부한 채 통분했다. 그러자 이미 배에 오른 장교들 중의 한 명이 그를 힐난했다. 명령은 명령이라고, 혼자만 명예를 지키겠느냐고.

"나도 명령을 따르라는 당신들 뜻에 이의를 제기하진 않겠소. 하지만 반복컨대 지휘관이 부대원을 저버리는 것은 부당한 일이오. 부하들에게 명령에 복종하라고 강요하는 지휘관이 부하들을 저버리다니, 그건 지휘관의 명예도, 명분조차도 포기하는 거라고요."

나는 달마우와 베렌게르가 실랑이를 벌이는 동안에 선술집으로 뛰어갔다. 바예스테르는 문을 박차고 들어서는 나를 보자 적잖이 당황했다. 부르봉군이 급습했다고 생각한 모양이었다. 차라리 그러기라도 했으면.

"다들 떠날 모양이야!"

그러나 그는 무슨 말인지 이해하지 못했다.

"저들이 떠난다니까!" 나는 다시 소리쳤다. "저들을 막아야 한다고!"

그때서야 바예스테르가 반응했다. 다들 선술집을 빠져나와 말을 몰았다. 나 역시 헐레벌떡 뛰기 시작했다.

달마우는 여전히 승선을 거부하고 있었다. 늘 웃기만 하던 그가 그렇게까지 분노하는 모습은 처음이었다. 나 역시 목소리를 높였다. 여러분이 상상하듯 내 입에서는 달마우처럼 정제된 언어가 아닌 거친 어휘들이 속사포처럼 튀어나왔다.

베렌게르와 달마우와의 실랑이는 그 일대로 산개해서 경계 근무를 수행 중이던 전군에게 알려졌다. 적의 기습에 대비하던 일선의 경계병들까지 바닷가로 향했다. 그러자 갑판에 서 있던 한 장교가 베렌게르에게 청원했다.

"각하, 각하가 직접 달마우 대령에게 명령해주십시오. 이러다가는 자칫 우리 모두가 위험에 빠질 것입니다."

변기 달리 의자에 앉아 있던 베렌게르가 호통을 쳤다. 당장 승선하지 않으면 명령 불복종으로 처벌하겠다고. 달마우는 해변을 어루만지며 밀려드는 파도에 시선을 내맡긴 채 한참을 망설이다가 고개를 돌려 나를 찾았다.

"수비리아, 가자고. 갈 수밖에."

나는 완강하게 거절했다. 그가 내 팔꿈치를 붙잡았다.

"수비리아, 군사위원의 명령에 불복해선 안 되는 일이오!" 이어 내 귀에 대고 속삭였다. "요전에 말했듯 돌아가서 낱낱이 보고해야 할 게 아닌가."

나는 그의 뒤를 따랐다. 내가 마지막에서야 그 배에 올랐다는 것을 자랑스럽게 말해야 할지, 아니면 수치스럽게 말해야 할지 모른 채로 말이다. 그사이 베렌게르는 배를 향해 몰려드는 5천 명의 병사들을 보면서 다급하게 명령했다. 닻을 올리라고. 그런데 배가 떠나기 전에 평생 내 삶에서 지워지지 않는 뜻밖의 일이 벌어졌다.

장교들의 치욕적인 결정과 행동에도 불구하고 배신당한 5천 명의 병사들은 도망치는 우리를, 짐승만도 못한 인간을 이해할 수 없다는 눈빛으로 물끄러미 바라다보고 있었다. 바예스테르와 그의 부하들 역시 말 위에서 우리를 지켜보고 있었다. 이미 다 알고 있었다는 눈빛으로. 황혼녘의 지중해를 배경으로 서 있는 그들 반인반마의 실루엣 앞에서 나는 수치심에 떨고 있었다.

그때였다. 이제 막 배가 해변에서 50미터쯤 나아갔을 때 한 소년이 무릎까지 물이 차오르는 곳으로 걸어 나왔다. 나는 세 가닥으로 땋은 소년의 빨강머리를 보는 순간 앙팡을 떠올렸다. 소년이 머리 위로 무엇인가를 흔들어대자 병사들이 마치 리듬을 타듯, 합창을 하듯 연호하기 시작했다. 파도 소리와 상당한 거리로 인해 무슨 말인지 알아들을 수가 없었다. 나는 귀를 바짝 세웠다. 그리고 그 말의 의미를 알아차리는 순간 나는 주먹과 발로 난간을 때리고 차면서 외쳤다.

"돌려! 돌리라니까! 빌어먹을, 선수를 돌리라니까!"

베렌게르의 게으름뱅이들이 나를 제지했다. 나는 처음으로 그들의 면전을 향해 소리쳤다.

"이런 멍청이들 같으니! 군사위원이 은봉(銀棒)을 바닷물에 빠뜨렸다는 거야!"

그랬다. 병사들이 연호했던 말은 '은봉'이었다. 얼마나 다급했으면 바르셀로나의 저항의 상징조차 챙기지 못했단 말인가.

세상에 이렇게까지 용감하고 이렇게까지 순종적인 사람들이 존재할 수 있는가? 나는 그 질문에 이렇게 대답하겠다. 알레야에 모인 그들은 그들을 이끄는 지도자들보다 훨씬 더 자유로운 그들의 체제와 조직을 믿고 있음을 보여주었다고. 베렌게르는 은봉을 망각했지만 그가 경멸하던 그들은 망각하지 않았다. 그들은 베렌게르의 목을 매달자는 것이 아니라 은봉을 챙기고자 했을 뿐이다.

배가 천천히 선수를 돌렸다. 갑판에 서 있던 장교들은 수치심과 두려움에 떨었다. 아무도 그 봉을 회수하기 위해 선뜻 나서지 않았다. 그들은 내가 소동을 피운 장본인이라고, 따라서 내가 그 소동을 수습해야 한다는 눈으로 나를 쳐다보았다. 빌어먹을! 그들은 나에게 다가와 통사정했나.

"부탁해요."

그러나 나는 굳이 하선할 필요조차 없었다. 그사이에 빨강머리 소년이 바닷물이 가슴팍 높이로 차오르는 곳까지 걸어 들어왔던 것이다. 나는 난간에 기댄 채 팔을 뻗어 그 은봉을 받았다. 그리고 그 아이에게 이름을 물었다.

그러나 끝내 나는 그 아이의 대답을 알아듣지 못했다. 하필이면 바람이 불면서 뱃머리가 바다 쪽으로 돌아간 탓이었다. 나는 바람을 원망했다. 그렇게 원망스러울 수가 없었다. 나는 묻고 싶다. 가증스러운 베렌게르의 이름을 수록한 책에 그 아이의 이름이 들어가지 않는다면 무슨 의미가 있느냐고.

나는 바르셀로나로 돌아가는 길에 구석에 처박혀서 모포를 뒤집어썼다. 누구와도 이야기하고 싶지 않았다. 그 사이 내가 첫 번째로 생각한 것은 어떤 모의가 있었다는 것, 즉 베렌게르가 부르봉가의 은밀한 지령을 받고 있다는 것이었다. 실제로 베렌게르가 바르셀로나 함락 이후 새로 들어선 정부에서 부르봉가를 섬기는 부역자였다는 소문이 돌았다. 그러나 나는 음모설이나 배후설을 그다지 믿고 싶지 않다. 단순히 말하자면 그는 나약한 인간이었다. 이른바 고관대작이라는 지위를 과시하면서도 자신의 나약함으로 인해 배신과 쉽게 융합하는 인물들 중의 한 명이었다. 어쩌면 그가 장교들만 배에 태운 이유가 도주에 대한 수치심을 그들과 함께 나누려고 그랬는지도, 아니면 자신은 물론이고 많은 장교들이 죽어가는 것이 두려워서 그랬는지도 모른다. 아니면 귀족 가문 출신들을 데려갔다는 적색우단의 비난을 피하기 위해서 그랬는지도. 젠장, 그건 네가 직접 알아보라니까! 중요한 것은 그게 아니라니까!

우리는 자유와 헌법을 수호하고자 기꺼이 부르봉가의 두 왕국과 싸울 용의가, 그것도 한 도시에서 두 연합제국의 막강한 힘에 대항할 준비가 되어 있었다. 하지만 나는 묻는다. 우리가 어찌 우리 정부에 대항해서 싸울 수 있단 말인가?

○○○

원정대의 참담한 결과에 대해서는 차라리 입을 다무는 편이 나을 것이다. 나는 돈 안토니오가 베렌게르의 비겁함과 마타로에서의 재앙 그리고 알레야에서 5천 명의 군대를 포기했다는 소식을 들을 때마다 노발대발했다는 말을 듣고서 쾌재를 불렀다. 그 자리에 있었던 자들에 따르면 돈 안토니오는 지휘봉을 바닥에 내던지며 이렇게 호통을 쳤다고 한다.

"하느님에게 불경하고, 왕에게 불충하고, 조국에 파멸을 가져오다니!"

비야로엘은 우리에게 자초지종을 설명하라고 다그쳤다. 달마우와 나는 당사자나 다름없는 입장에서 있었던 그대로를 가감 없이 보고했다. 비야로엘은 군사위원의 목을 성벽에 내걸 생각이었다. 예상대로 적색우단들은 군사위원을 보호했지만 워낙 가증스러운 그의 행적은 판결에서 완전히 자유로울 수는 없었다. 나는 그들이 그에게 최소한의 공정한 판결을 적용하는 게 애당초 불가능한 일이라는 것에 대해 입을 다물겠다. 아니나 다를까, 그들은 그의 털끝 하나 건들지 않았다. 그는 가택연금이라는 판결을 받고서 사법권이 없는 비야로엘에게서 벗어났다. 이 대목에서 여러분은 나에게 따질 것이다. 의자에서 움직이지도 못하는 그를 집에 가둔 게 어찌 해서 형벌이냐고. 그러나 그게 바로 적색우단들이 내세우는 정의였다.

그건 그렇고 베렌게르가 자신의 휘황찬란한 망명지에 구금되어 있는 동안 5천 병사의 운명은 어떻게 되었을까? 달마우는 바르셀로나로 돌아오자마자 그들을 구출하기 위해 사재를 털어서 소규모 함대를 임대했다. 그러나 함대가 도착했을 때는 이미 늦었다. 예상하지 못한 것은 아니었지만 다들 뿔뿔이 흩어진 뒤였다. 일부는 부스케츠 무리나 다른 이들의 무리에 가담했다. 수백 명은 부르봉군에 체포되었다. 그들이 당했을 고초는 여러분의 상상에 맡기겠다. 많은 이들이 집으로 돌아갔다. (누가 그들을 비난할 수 있단 말인가?) 나머지는 바르셀로나 외곽에서 나름의 방식으로 부르봉군에 맞섰다. 그러나 우리 원정대의 전략 목표는 이미 폐기되었다.

예외적인 게 있었으니 바르셀로나로 돌아가려는 의지를 지닌 자들이 아직 남아 있었다는 것이다. 그들은 적의 전선을 뚫었다. 야음을 틈타 미친 듯이 말을 몰았다. 어두운 밤에 멀리 있는 적의 진지에서 총성이 울리고 섬광이 반짝였던 것은, 말들의 거친 신음 소리가 들렸던 것은 그들이 펼쳤던 기습공격이었음을 우리는 나중에 알았다. 그들은 수십 명씩 떼를 지어 엄호도 받지 못한 채 늪지를 가로지르고 개활지를 지나서 바르셀로나에 도착했다.

그들을 지휘했던 미에르데스에 대해서는 아무런 소식을 접하지 못했다. 부르봉군이 그의 목을 매달았거나, 우리 병사들이 그의 목을 매달았거나 둘 중의 하나였다. 만일 누군가가 달마우의 병사들 성격에 대해 알고 있는 나에게 어떻게 생각하느냐고 묻는다면 나는 후자를 선택할 것이다. 그러나 나의 선택은 선무당 같은 짓이다. 사실 누군가가 나에게 그런 질문을 던졌는지 기억조차 나지 않는다. 때때로 무엇인가를 망각할 수 있다는 것은 참으로 고마운 일이다.

그랬다. 처벌을 받았다는 자체만으로도 충분하지 않은가. 항상 즐겁고 만족하는 것, 그게 내 인생의 모토다. 바르셀로나는 지금 '비아 포라'* 상태라서 우울하다고들 말한다. 그러나 적어도 나는 돌아갈 집이 있지 않은가. 그것은 엄청난 것이다. 간만에 보고 싶었던 가족과의 해후와 포옹을 한 뒤에 나는 의자에 털썩 주저앉았다. 벽을 쳐다보았다. 모든 문명이 낯설게 느껴졌다. 말없이 성벽으

---

* via fora. '모두가 거리로!'라는 뜻의 카탈루냐어.

로 나 있는 발코니 쪽으로 눈길을 던졌다. 산타클라라 보루에 통장수들로 구성된 부대의 병사들이 경계 근무 중이었다. 여기저기 저녁을 마련하는 화톳불이 타오르고 있었다. 모처럼 고즈넉한 기분이 들었다. 그날 밤 집에서, 내 집에서 모처럼 아늑하게 잠을 잘 수 있게 된 것은 아마도 내가 정규군보다는 그들 같은 시민군을 믿었기에 가능했을 것이다.

난이 온수가 담긴 대야를 가져와 내 발밑에 놓았다. 간만에 귀가한 나를 대하는 녀석만의 환영인사였다. 아멜리스가 대야에 소금 한 줌을 뿌렸다. 세상에, 온수에 발을 씻게 되다니. 그게 집이자 가정이었다. 앙팡이 영웅담을 들려달라고 졸랐다.

나는 장화를 벗으면서 밤낮으로 끝날 줄 모르던 원정대의 행군을, 너덜너덜해진 신발을 신고 걷거나 맨발로 걷던 수천 명의 병사들을 떠올렸다. 타오르는 불길과 시커멓게 변한 연기를, 아무것도 남기지 않고 죽어간 시신들을 떠올렸다. 내 코에는 아직도 녹슨 총검 냄새와 말라붙은 살가죽 냄새가 남아 있었다. 대체 그 모든 게 무엇 때문이었던가? 그 모든 것은 자신의 궁전에서 게으름뱅이 무리에게 에워싸인 돼지 같은 베렌게르가 자신의 책임을 그들에게 전가했기 때문이었다.

"내가 너에게 들려줄 얘기가 하나 있는데, 그게 뭔지 알아? 그건 내가 언젠가 네가 거기 있지 못하도록 거기 있었다는 거야."

나는 잠자리에 들 때까지 집에 돌아왔다는 안도감을 온전하게 느끼지는 못했다. 잠시 후에 아멜리스가 들어왔다. 그녀 뒤로 문이 닫히는 소리가 들렸다. 그녀가 내 몸 위로 올라왔다. 나처럼 나신이었다. 제대로 먹지 못한 탓에 훨씬 더 여위어 있었다. 창문으로 간간이 섬광이 번쩍이고 굉음이 들렸다. 부르봉군의 포격이었다. 그날 밤 부르봉군은 도시 외곽에 위치한 카프치노 수도원을 공격하고 있었다. 이윽고 아멜리스의 긴 머리칼이 내 얼굴 위로 흘러내렸다. 그녀의 입에서 멘트 향이 났다. 그녀는 한 손으로 내 얼굴을 쓰다듬으며 물었다.

"잘 거야?"

잘 거냐고? 참으로 오랜만에 들어보는 은혜로운 말이었다. 마르티 수비리아, 너는 항상 즐겁고 만족스럽지 않은가! 포성이 들리는 곳에서 사랑하는 것보다 집중적인 것은 거의 없다. 그리고 이승에서 첫사랑보다 더 간절한 것은 하나밖에 존재하지 않으니, 그것은 두 번째 사랑이다.

○○○

앞 장에서 원정을 다녀온 직후에 생긴 후유증에 대해서 언급할 이야기를 깜빡 잊었다. 그래서 지금부터는 빠트렸던 이야기를 할 참이다. (그거야 네가 잘 알아서 순서를 바꾸면 되잖아. 물론 그 대가는 내가 지불할 테고.)

그날은 새벽부터 부르봉군의 집중포격으로 아수라장이 된 산타 클라라 보루에 프란세스크 카스텔비가 나타났다. 본래 그는 역사가로서의 포부와 열망을 품었던 인물인데 방직공들로 구성된 부대의 지휘관으로서는 초보였던 터라 군대 예절에 대해 문외한이었다. 한창 포격전이 벌어지고 있는 곳을 방문했으니 말이다.

보루에서 근무를 하다 보면 그다지 중요하지 않는 일로도 포격전이 벌어진다. 여기서 중요하지 않은 일이란 적군이 누구의 땅도 아닌 곳에, 그러니까 양군 사이의 개활지에 간간히 꼴을 베러 나오는 경우를 말한다. 그럴 때면 아군은 비상 상태에서 그들을 공격하게 되고 부르봉군 역시 그들을 보호하기 위해 우리의 보루까지 날아오는 원거리 포로 응전한다.

하지만 그다지 중요하지 않은 일로 시작되는 양군의 포격전은 사실상 애꿎은 포탄을 허비하는 소모전이나 다름없다. 적어도 내 눈에는 그렇게 보인다. 그도 그럴 것이 양군의 거리상 우리의 포탄이 적들에게, 반대로 적의 포탄이 우리에게 도달하는 것은 거의 불가능하기 때문이다. 그러나 전투란 그런 것이다. 아무튼 그날 포병대의 코스타는 개활지에 적이 나타나자 나에게 포격 명령을 내려달라고 요청했다. 마요르카 출신의 포병대를 이끄는 그는 탄약고에 충분한 포탄이 남아 있었기에 갓 징집된 도시 출신의 포병늘을 훈련시키는 기회로 이용하고 싶었던 것이다.

"이렇게 온전히 살아 돌아오다니, 무척이나 기쁘군요!" 카스텔비가 큰 소리로 외쳤다.

"아, 네, 고맙습니다." 나는 경황이 없던 터라 그를 보는 둥 마는 둥 건성으로 대했다.

"게다가 화색이 아주 좋아 보이네요. 살이 좀 빠지긴 했지만."

"여기 있을 게 아니라 방직공들과 함께 있어야 하지 않습니까?"

"천만에. 오늘은 근무가 없어요. 덕분에 친구들을 방문한 거고요."

그가 말하는 친구들 중의 한 명이 포탄을 나르고, 포를 수리하고, 사용된 포탄의 양을 점검하는 병사들을 지휘하고 있는 나였다. 나는 그가 내 건강에 관심을 가져주는 게 고마웠지만 그를 상대할 틈이 나지 않았다.

부르봉군이 쏘아대는 포탄 대부분은 성곽 앞에 떨어졌다. 간간이 성벽에 도달하긴 했지만 벽에 거미줄 형태의 흔적을 남기는 정도였다. '퍽' 소리와 함께. 그렇게 불발된 포탄은 연기에 휩싸인 채 바닥에 떨어져 떼굴떼굴 굴렀다. 아군의 포병들이 불발탄을 수습하러 나섰다. 우리 역시 동일한 구경의 포탄을 사용하기 때문에 재사용이 가능했다. 실제로 포탄의 절반은 열 번 이상 재사용된다. 적도 마찬가지다. 어떤 포탄은 날아다니는 서간으로 변하기도 한다. 그 경우에 부르봉군은 닭 피나 숯으로 포탄에 글을 쓰는데 한 번은 이런 내용이었다. '반역자 무리들아, 똥이나 처먹어라!' 아군 병사들 역시 가만있지 않았다. 그 문구가 적힌 불발탄에 이렇게 썼다. '부르봉가의 똥구멍을 향해서'. 거기에 불알이나 똥구멍 혹은 입 형태의 그림까지 곁들여서 말이다.

"어쨌든 당신 친구도 살아 돌아와서 몹시 기쁘겠군요!" 카스텔비가 다시 외쳤다.

"친구라니! 누구 말입니까?"

"누구긴 누구요. 바예스테르지! 그리고 그 무리들 말이오!"

"천만에! 잘못 아셨군요! 그 친구는 알레야에 남았어요! 절대 돌아오지 않을 겁니다!"

"글쎄 그럴 줄 알았다니까! 그 친구가 간밤에 적의 포위망을 뚫었대요. 말을 타고 말이오! 이른 새벽녘에, 그러니까 불과 몇 시간 전에 도착했는데 지금 시내에 있다고요!"

"글쎄 잘못 아셨다니까요! 물론 알레야를 포기한 자들을 절대로 용서하지 않겠지만……!" 나는 그 대목에서 말을 끊었다. 마요르카 출신 포병들이 지독한 사투리로 내지르는 고함 소리와 포성이 뒤섞인 터라 그의 말을 제대로 들었는지 판단이 서지 않았다. 게다가 악을 쓰는 바람에 금방 목이 쉬었다. 젠장, 보방은 왜 방직공들에게 필요한 수신호를 가르쳐주지 않았단 말인가.

"분명 당신 친구였다니까요!" 그가 잠시 정신이 혼미한 나를 주시하며 책망하듯 외쳤다. "이번 원정에 대해선 처음부터 끝까지 따져봐야 해요. 마지막까지! 분명히 말하지만 난 반드시 그럴 생각이오!"

"그거 참 좋은 생각입니다. 그러니 어서 가서 그자들에게 따지세요! 난 지금 전투 중이니까요!" 그리고 그가 돌아서기 전에 덧붙였다. "그건 그렇고, 다시 말하지만, 당신은 잘못 아신 겁니다! 우리를 죽도록 증오하는 그 친구가 무슨 이유로 다시 돌아와서 목숨을 건다는 말입니까?"

그러나 나는 갑자기 멍한 기분이 들었다. 우리는 종종 어떤 말을 하다 보면 그 말이 어떤 생각을 깨우치게 만드는 경우가 있지 않은가. 오히려 어떤 생각에 함몰되는 경우도 없지 않지만…….

"왜 그래요? 얼굴이 백짓장처럼 하얘졌잖소! 왜, 적의 포격이 두려운가요?"

"잠시 나 대신 근무 좀 서주세요." 나는 겨우 목구멍으로 말했다. "부탁합니다!"

나는 내가 왜 그렇게 다급하게 내 자신이 이끄는 곳으로 향했는지, 그 이유가 무엇이었는지를 여러분의 상상에 맡기겠다. (끔찍한 내 사랑 발트라우트는 이미 짐작했다. 아, 나의 들소여, 너는 어찌 그렇게도 영악하단 말이냐!)

바예스테르가 바르셀로나로 돌아온 계기는 딱 하나, 베렌게르를 처단하려는 것이었다. 미켈레테들의 논리에 의하면 그들이 당한 모욕이 정치적인 게 아니라 구체적인 개인에게서 나왔기 때문에 당사자의 목을 베는 것으로 풀어야 했다.

나는 군사위원의 처소로 향했다. 한 발만 늦었으면 모든 게 끝난 뒤였을 것이다. 내가 숨을 헐떡이며 도착했을 때 바예스테르와 그의 부하들이 비좁은 길모퉁이에서 주위를 살피고 있었다. 다들 얼굴에 복면을 쓰고 허리에 칼을 찬 모습이었다. 나는 그들을 막아섰다. 길목이 워낙 비좁아서 내 몸 하나로도 꽉 찬 기분이었다.

"이제 상관에게 인사까지 생략하시겠소?" 나는 바예스테르에게 다가서며 해후의 인사로 대신했다.

"비키시오."

간결한 대화는 그의 미덕들 중의 하나였다.

"당신들이 문을 부수고 베렌게르를 죽이고 나서 벌어질 일을 생각해봐요. 그자는 죽지만 당신들은 목이 매달릴 거요. 그자는 군사위원으로, 우리들 손에 제거되더라도 영웅들 중의 한 명으로 남을 거고. 그러니 다시 생각해보세요. 아군의 사기가 얼마나 떨어질 것인지를. 적들이 그 사실을 어떻게 이용할 것인지를. 적들은 이렇게 말하겠지. 자루 속의 쥐새끼들처럼 자기들끼리 잡아먹고, 자기들끼리 잡아먹혔다고."

바예스테르는 험악한 표정을 지으며 두건을 벗었다.

"당신은 내가 베렌게르를 죽이고 싶은 줄 아시오? 진짜 그렇게 생각해요? 천만에, 난 돌아오고 싶지 않았어. 나는 바퀴벌레를 짓밟는 일에 목숨을 거는 그런 부류가 아니야." 그는 손가락으로 부하늘을 가리켰다. "하지만 저들이 원하고 있소! 빌어먹을 원정대에 나를 따라나섰던 아홉 명이 돌아올 때는 여섯 명뿐이었어. 당신은 그런 저들이 동료들의 죽음을 잊길 바라는 건가? 그걸 바란다면, 저들에게 직접 얘기하시오."

내가 아는 그들의 투박한 성격은 남에게 부탁할 줄을 몰랐다. 자긍심이 용납하지 않는 것이다. 그러나 나는 바예스테르의 말에 담긴 뜻을 헤아렸다. 그는 내가 중재에 나서기를 원했던 것이다.

나는 그들에게 철야와 행군, 국지전으로 점철되었던 원정대의 과정을 상기시켰다. 바르셀로나로 보내기 위해 그들을 소집했던 날을 이야기하며 웃었다. 그때부터 많은 일들이 지나갔다고.

"베렌게르는 늙었소. 머잖아 죽을 겁니다. 그런 노인네의 수명을 단축시키는 대가는 당신들 목숨과 도시의 방어를 망칠 뿐이지. 그런데도 꼭 그렇게 하고 말겠다는 겁니까?"

나는 어떻게 해서 내가 그들을 선술집에 데려갔는지 모르겠다. 그곳은 여전히 문을 열고 있는 많지 않은 선술집들 중의 하나였다. 알코올에 그들의 기분이 풀렸다. 방금 전까지 살상을 고민하던 자들의 모습이 아니었다. 다들 마음껏 웃어대고 사지를 쭉 뻗을 때까지 마셨다. 바예스테르와 나는 예외였다. 우리 두 사람은 탁자를 사이에 두고 앉아서 우울하고 씁쓸한 시선을 주고받았다.

"아직은 고통을 덜 겪은 거야." 돈 안토니오가 했던 말이다. 나는 맹세한다. 내 영혼으로부터 양심을 뿌리 뽑을 수만 있다면 어떤 것에도 맞설 각오가 된 상태에서 원정대에 나섰음을. 내가 몰랐던 것은 고통이란 항상 전혀 기대하지 않았던 곳에서 우리를 공격한다는 것이었다. 나는 원정이 나의 지혜를 증명해줄 거라고 믿었지만 실제로 증명한 것은 세상에 대한 나의 생각을 파괴한 것이었다. 그리고 무엇보다 안 좋은 것은 우리에게 요구하는 질서가 거짓임이 분명하다는 것을 안다는 불행에도 불구하고 내가 그 '말'의 끝자락에조차 근접하지 못했다는 것이다. "아직은 고통을 덜 겪은 거야." 나는 그 선술집에서 내가 이미 알고 있던 두려운 얼굴들과는 상이한 또 다른 두려움의 얼굴들을 보았다. 만일 모든 불행들이, 원정에 대한 모든 끔찍한 모습들이 나에게 충분하게 전이되지 않았다면, 내가 그것들을 보기 위해서는 대체 어떤 희생이 필연적이어야 한단 말인가.

그날 밤 바예스테르와 눈빛 대화를 주고받으며 술병을 비우는 동안에 나는 우리에게 서서히 엄습하고 있던 어떤 것을 전혀 감지하지 못했다. 그것이 우리들 머리 위로 하늘이 무너져 내리기 직전이라는 것을.

5

 장구한 세월이 흐른 지금 이 순간에 나는 더없이 달콤하던 1713년 크리스마스 무렵을 떠올리고 있다. 추웠다. 성벽 밑의 말뚝울타리와 그 너머 적의 진지가 얼어붙은 것 같았다. 바람과 비, 납덩이처럼 무겁게 내려앉은 당나귀 배보다 짙은 잿빛 하늘까지 온 세상이 그랬다. 하지만 그렇게 혹독한 날씨에도 성벽에서 근무하는 우리에게 사기를 북돋는 게 있었으니 그것은 고개를 돌리면 한눈에 들어오는 정겨운 바르셀로나의 전경이었다.
 적색우단은 바르셀로나 포위전이 시작되었을 때부터 주민들의 동요를 막는 데 급급했다. 주민들에게 혹시라도 발생할지 모르는 집단적 반발을 억제하기 위해 날이 어두워지면 등잔불이나 촛불로 창과 발코니를 밝히도록 지시했다. 그로 인해 성탄절의 바르셀로나는 여느 때보다 더 붉고, 노랗고, 파란 빛을 띠는 어둠의 무지개처럼 온 도시가 반짝였다.

성탄절이 지나고 1714년 새해가 열렸다. 모든 것은 거의 그대로였다. 그렇게 다시 하루하루가 지나고 석 달, 넉 달, 다섯 달이 지났다. 역시 아무 일도 없었다. 그 바람에 군대는 물론이고 시민들 역시 넌더리를 냈다. 바조슈의 관점을 빌리자면 소강상태가 지속되는 바르셀로나 포위전은 실패한 전략이자 정신착란을 야기할 수도 있는 무의미한 소모전이었다. 포폴리는 공격용 참호를 구축한 지 일주일 이내에 총공세를 펼치지 않았고 우리는 우리대로 무료한 세월을 보냈다. 딱 한 사람, 안토니오 데 비야로엘만 예외였다. 나는 그가 감독 순시에 나설 때마다 동행해야 했다. 그는 보루와 보루를 돌아다녔다. 가는 곳마다 병사나 포가 부족했다. 성벽 여기저기 균열이 가거나 갈라졌지만 보수공사가 제대로 이루어진 곳이 드물었다.

그런데 그렇게 영원할 것 같은 불안한 소강상태가 깨졌다. 봄이 절정을 이루던 5월 19일이었다. 어쩐 일인지 적의 포격이 격렬해졌다. 평소 같으면 적의 진지로부터 섬광과 함께 포가 발사되고, 그렇게 발사된 포탄이 공기를 가르는 휘파람 소리를 내면서 성벽을 때려야 했다. 그러나 그날은 적의 포탄이 우리의 머리 위를 지나 도시의 건물 지붕과 파차다*에 떨어졌다.

"이 멍청이 자식들아!" 나는 어이가 없어 소리쳤다. "우린 여기 있어! 여기 있다고! 똥구멍으로 포를 쏴서 어떡하겠다는 거야!"

그러나 적의 포격은 그치지 않았다. 아무리 지켜봐도 포격의 목표물은 보루가 아니라 도시였다. 돈 안토니오가 흥분한 나를 자제

---

* fachada. 건물 벽.

시켰다. 그는 이미 적의 의도를 간파한 뒤였다.

"그만해. 부르봉군은 지금 자기들이 하는 짓을 잘 알고 있어."

그는 지휘소로 돌아가기 위해 몸을 돌렸다. 나는 그를 따랐다. 그리고 그때서야 머릿속이 환해졌다. 그랬다. 바조슈에서 배운 바에 의하면 요새전에서 승리하기 위해서는 사상자를 최소화시키면서 적이 방어하는 성을 탈취하는 것이었지만, 포폴리는 성을 지키는 군대가 아니라 민간인의 거주지를 향해 포를 쏘아대고 있었다. 나는 인간 문명에 대한 바조슈의 성스러운 가르침에 역행하는 포폴리의 추악하고 야만적인 파괴 행위 앞에서 아연실색할 수밖에 없었다. 그러니까 적은 우리가 아니라 도시를 공격했던 것이다.

무자비한 포격에 성벽 가까이에 위치한 건물들이 무너지고 건물들 잔해 사이로 민간인들의 비명 소리가 들렸다. 나는 지휘소를 벗어나 다시 보루 위로 올라갔다. 망원경 렌즈 너머로 적진이 한눈에 들어왔다. 파히나스 뒤로 포들이 감추어져 있었다. 그때였다. 포연과 포병들 사이로 움직이지 않는 자가 포착된 것은. 그자 역시 망원경으로 우리 쪽을 주시하고 있었다. 아니, 정확히 말해서 나를 지켜보고 있었다. 순간 나는 그를, 그는 나를 알아보았다. 그가 한 팔을 들어 인사를 보냈다. 그랬다. 우리의 고통을 놀려대고 있는 자는 바로 프어봄, 돼지 같은 프어봄이었다.

비상작전회의가 소집되었다. 코스타를 비롯해서 고위 장교들이 참석했다. 다들 적의 포격에 기력이 소진된 상태였다. 그러나 그런 상황에 면역이 된 코스타는 미나리를 질겅질겅 씹으면서 항상 그렇듯 열의가 없는 단조로운 톤으로 자신의 견해를 피력했다.

"적은 장거리포를 사용하고 있습니다. 하지만 우리 도시 전체가 사정권에 들어가지는 않고, 기껏해야 성벽에서 가장 가까운 리베라 구역으로 한정될 겁니다. 적의 포병대에서 운용하는 장거리포가 3문에 불과하기 때문이지요."

순간 내 입에서 지극히 이기적인 말이 튀어나왔다.

"그렇더라도 내 가족이 거기 살고 있다는 게 참으로 불행한 우연이군요."

그날 돈 안토니오가 소집한 비상대책회의는 세 가지 견해로 갈렸다. 하나는 두 개 대대를 출정시켜 적의 포진지를 공격하자고 주장했고, 또 하나는 그로 인해 적의 총공세를 부추길지도 모른다고 우려했고, 또 다른 하나인 나머지 대부분은 민간인 구역에 포격을 계속하면 적의 포로들을 처형하겠다고 경고하는 서신을 포폴리에게 보내자는 의견을 피력했다. 그러자 미나리를 질겅질겅 씹어대던 코스타는 가장 단순한 해결책을 내놓았다. 아군의 포탄은 먼 거리를 날아가지 못하기 때문에 적의 진지로 최대한 접근하여 적의 포를 파괴하자고, 그 방법으로 아군의 포병대를 출정시키자고 제시했다.

이어 그는 적의 포격이 아군의 포병대에 집중될 수밖에 없다는 당연하고 단순한 나의 지적에 이렇게 반박했다.

"그렇다면 포병대를 보호하기 위해 보병대를 차출하자는 겁니까?"

코스타는 누구에게든 그렇게 호락호락한 인물이 아니었다. 그는 미나리가 담긴 가죽 주머니가 텅 비었다는 사실에 아쉬워하면서 이렇게 덧붙였다.

"자, 우리 마요르카 병사들에게 10분만 주십시오. 더 이상은 필요하지 않습니다."

코스타에게는 사실상 5분이 더 주어졌다. 돈 안토니오는 두 개 대대를 출정시켰다. 출정식에 맞추어 20개의 북이 울렸다. 부르봉 군 역시 진지를 벗어나 앞으로 나섰다. 그러자 때를 기다리던 코스타는 준비한 여섯 문의 야포를 발사하도록 지시했다. 아군의 포탄들이 적의 포병대 머리 위로 정확하게 떨어졌다. 코스타는 자신의 계략이 정확하게 맞아떨어진 것을 확인하자 곧바로 군대를 후퇴시켰다. 순식간에 이루어진 전투에서 아군은 부르봉군의 장거리포 세 문을 제거하는 데 성공했다.

낭패를 당한 포폴리는 즉각 포병대를 집결시켰다. 그러고는 포병대를 그 일대 해안지대를 제외한 바르셀로나 전역이 사정권으로 들어오는 지점까지 전진 배치했다. 그렇게 시작된 5월 19일의 포격은 이전까지 우리의 성채에 집중되던 것과는 판이하게 달랐다. 부르봉군은 우리의 보루가 아니라 주거지역을 목표로 삼았으며, 그때부터 시작된 지속적이고 체계적인 포격은 낮과 밤의 구별 없이 하루도 쉬지 않고 수개월 동안 계속되었다.

이러한 군사 테러는 거대한 스케일의 파괴에 집착한다. 부르봉군의 눈에는 비좁은 거리에 빽빽하게 들어선 건물들이 매력덩이로 보였을 것이다. 그들은 개미굴을 짓밟으며 마냥 즐거워하는 아이들처럼 신나게 포를 쏘아댔다. 아직도 나는 적의 포탄을 맞아 허물어지는 건물들과 무자비한 포격을 피해 도망치는 시민들로 가득 찼던 거리의 장면이 눈에 선하다.

무자비한 포격은 바르셀로나 주민들에게는 지옥이었다. 반면에 포폴리에게는 철저한 계산에서 나온 책략이었다. 그가 노리는 것은 공포에 사로잡힌 시민들이 정부에 도시의 성문을 열라고 요구하는 것이었다. 그의 판단은 우리가 도시를 사수하겠다는 열정을 포기하면 틀리지 않을 것이었다. 과연 우리에게 도시는 자신의 집과 성당을, 자신의 목숨을 걸고서 방어할 가치가 있는 것인가? 바르셀로나는 자신의 가족을 위해 싸우는 군대가 방어하고 있었다. 그런 도시가 생사의 기로에서 저항할 의미가 있겠는가? 그러나 머리를 쥐어짠 포폴리의 계산은 착각이었다. 그가 기대했던 논리적인 예상은 어긋났다. 아니, 정반대였다.

그것은 바조슈에서 숙지한, 그리하여 어떤 상황을 중립적인 위치에서 계산하는 나 마르티 수비리아조차도 예상하지 못한 결과였다. 적의 야만성을 누구보다 잘 알고 있었던 나로서는, 어떤 상황에서도 막무가내인 나로서는 당장 의회로 쫓아가 적에게 도시의 깃발을 내주라고 요구했어야 할 판이었다. 그런데 나는 왜 그렇게 하지 않았을까? 그 이유는 나도 모른다. 어쩌면 우리가 너무나 멀리 가버렸기 때문인지도 모른다. 바조슈의 젖을 뗀 순간부터, 그 품에서 벗어난 뒤의 바깥세상은 달라도 너무 달랐다. 세상은 바뀌고 있었다. 후작의 이성적인 등불로는 더 이상 맞설 수 없었다.

아무튼 포폴리의 책략에는 그 이면에 그 자신의 불능과 실패가 도사리고 있었다. 무자비한 포격은 도시를 사수하겠다는 시민들의 믿음을 약화시킨 게 아니라, 오히려 시민들의 기를 살려주는 계기가 되었다. 시민들은 포폴리가 요새를 무너뜨리고 도시를 점령할 능력이 없어 도시를 향해 무차별 포격을 가하고 있다는 사실을 깨달았다. 그것만이 아니었다. 그때까지 우리는 모르고 있었지만, 포폴리는 마드리드로부터 다른 사령관으로 대체될 것이라는 사실을 이미 인지한 뒤였다. 그는 결코 승리자로서 바르셀로나에 입성할 수 없게 되자 애꿎은 도시를 상대로 무차별 포격을 가함으로써 자신의 비참한 신세를 달랬던 것이다. 그때부터 수개월 동안 바르셀로나의 모든 거리는 15분 간격으로 날아드는 포격으로 인해 기억으로만 남게 될 모습으로 파괴되기 시작했다.

고도(古都) 바르셀로나. 항상 들뜨고 즐겁고 만족스러운 도시는 이제 허공으로부터 박해를 받는 곳으로 변했다. 지성과 출판을 중오하던 포탄들 중에서 하나는 시민들에게 존중받던 신문 〈디아리오 델 시티오Diario del Sitio〉의 편집실에 떨어져 신문사 제작자와 편집자들을 죽였다. 무신론적인 포탄들 중의 하나는 서민적인 피Pi 교회의 투명한 원형 창문을 뚫고서 미사 중이던 교구의 신자들로 가득 찬 예배당을 죽음의 푸줏간으로 만들었다. 그런가 하면 어둡고 눈이 멀고 어리석은 포탄들 중의 하나는 남벼락에 선단을 붙이고 있던 펠리페 추종자 세 명의 목숨을 앗아갔다. 청소부들은 현장에 남아 있는 불쌍한 그들의 최후의 모습을, 다시 말해 팔꿈치부터 뽑혀 나간 팔에 달린, 붓을 쥔 손을 굳이 서둘러서 치우지 않았다. 사람들에게 반역자들의 비참한 최후의 몰골을 보여주기 위해서.

우리는 시민들을 적의 포격 사정권 밖에 위치한 해변이나 몬주익 언덕으로 피신시켰다. 몬주익은 하인을 식료품 가게로 보낼 수 있는 부자들이 거의 차지하고 나머지 대부분은 해변으로 몰려들었다. 해변에 야영지가 설치되었다. 매트리스 수천 개와 천막이 동원되었다. 집에서 쓰던 리넨이나 모포 혹은 커튼으로 천막을 치는 일이 여자들에 의해 주도되다 보니 나중에는 소리 없는 경쟁심이 유발되고 그로 인해 형형색색의 실크와 캐시미어로 천장을 덮는 경우까지 생겼다. 그것만이 아니었다. 천막 주위로 가구들이 놓이면서 야영지가 아닌 숙영지 형태로 변했다. 고가품을 방치할 수 없어 가져왔다는 그들을 책망할 수도 없는 노릇이었다. 그리하여 해변은 화톳불과 고가의 떡갈나무 식탁, 액자 형태의 거울, 대형 옷장, 융단 의자, 유행 중인 숙녀용 변기까지 거대한 전시장 같은 풍경이 연출되었다.

집단포격은 함부로 비교할 수 없는 어떤 것을 지닌다. 포격 앞에서 모든 사람들은 자신의 출생과 성별 같은 조건을 벗어나서 동등해진다. 해변에서의 집단적 거주는, 집단 간의 무질서한 교류는 포폴리가 그토록 원하고 바랐던 것과는 정반대의 결과를 가져다주었다. 이웃들이 담장 없이 함께하는 그곳은 자유로운 공동체로 변했다. 전에 없이 강력한 유대감이 형성되었다. 아이들은 해변을 뛰어다니고 여자들은 무리를 이루어 취사를 해결하고 노인들은 앉아서 담배를 태우거나 대화를 나누었다. 그들 중에 성인 남자를 찾아볼 수 없다는 게 당연하면서도 진기한 일이었다.

해변과 성벽 사이에 위치한 도시에는 황량한 거리와 허물어진 집만 남았다. 전대미문의 정경이었다. 포격은 모든 건물의 대문을 열어놓았다. 건물마다 파차다가 벗겨진 가면처럼 떨어져나가고 내부가 훤히 드러났다. 그로 인해 주인 잃은 고가품들이 절도범의 눈을 유혹했다. 물론 엄격함을 존중하는 적색우단들은 경비원에게 생사여탈권을 쥐어주면서 자신들의 거주지를 통제시켰다.

그 와중에 쓸쓸한 진풍경 같은 일이 벌어지기도 했다. 절도범 중에 시갈레트('병아리' 정도로 해석되는 별명이다.)라는 자는 간이재판에서 교수형을 언도받은 동시에 공개 처형되었다. 그것은 지극히 드문 경우로, 그는 군중 앞에서 교수형에 처해진 첫 번째 절도범이라는 우연성 때문에 유명인이 되었다. 게다가 시갈레트를 올가미에 걸어야 했던 인물은 그의 조력자이자 그의 딸의 약혼자였다. 처형장에서 시갈레트는 미래의 사위보다 차분했다. 그가 공개 처형장 계단을 올라가는 동안에 그와 군중 사이에 생뚱한 기운이 감돌았다. 군중들은 딴전도 성원도 아닌 어정쩡한 반응을 나타내며 안타깝게 지켜보았다. 그는 미래의 사위가 그의 목에 올가미를 걸자 이렇게 말했다. "자네가 승진한 게 내 덕분이라는 걸 기억하게." 아, 어찌 이런 일이! 나는 묻고 싶다. 그들의 결혼식 초야가 어땠는지를.

아무튼 불쌍한 시갈레트로 인해 형을 집행하는 방식이 이전과 달라졌다. 절도범들을 재판에 넘기는 귀찮은 과정도 생략되었다. 시내에는 사형장이 세 군데 있었는데 절도범들은 범행 장소에서 가장 가까운 사형장에 세워신 기둥에 묶여 총살되었다. 우리는 그것을 받아들였다. 적에게 포위된 도시의 시민으로서 그것이 유별난 방식일지언정 따라야 했기 때문이다. 그러나 적색우단들에 의해 제정된 제도들의 잔혹함은 마치 동일한 축으로 돌아가는 두 개의 바퀴처럼 금수 같은 부르봉가의 잔혹함과 다를 바가 없었다.

적색우단들은 치안대를 구성하고자 안간힘을 다했다. 그들이 그럴 수밖에 없었던 이유는 명예로운 시민들이 코로넬라에 소속되어 성벽을 지켰기 때문이다. 그들은 치안대를 설치하고자 사기꾼과 뚜쟁이, 음식점에서 툭하면 싸움질을 일삼는 자, 살인마, 비좁은 길에서 행인을 급습하는 칼잡이, 주정뱅이를 긁어모았고 그렇게 모집된 자들에게 법을 수호하는 직책을 내주었다. 사실 절도범이 늘어난 것은 탐욕이 아니라 굶주림과 적의 해상봉쇄로 인해 치솟은 음식비 탓이었다. 사정이 그런데도, 범죄자들은 질서 유지를 내세우는 정부를 등에 업고서 배고픈 자들을 처형할 권리까지 손에 넣었던 것이다.

끔찍한 내 사랑 발트라우트는 나한테 진정하라고 간청한다. 하지만 내가 어찌 분노하지 않을 수 있단 말인가. 적색우단들은 치안대에 질서와 평온을 지켜달라고, 그들만의 까다로운 언어로 표현하자면 '무사태평'을 유지하라고 호소했다. 무사태평! 이 대목에서 나는 그들이 말하는 무사태평의 속성을 잠시 살펴보고자 한다.

우리 머리 위에서 문자 그대로 하늘이 무너져 내리고 있었지만 무장한 치안대는 마지막 순간까지 친부르봉파의 대저택을, 마타로를 황폐화시켰던 장본인들의 거주지를 지켰다. 반면에 그들은 먹을 것을 구하고자 대저택을 기웃거리던 뼈만 앙상하게 남은 소년과 이가 빠진 노파를 붙잡아서 기둥에 묶어 총살시켰다. 이렇듯 바르셀로나 사람들은 밖에서는 부르봉군에게, 안에서는 적색우단에게 죽임을 당했다.

요새는 어디에도 지붕이 없다. 그런데도 하늘은 불덩이를 폭우처럼 쏟아부었다. 모든 상황이 종료되었을 때 바르셀로나는 열 가구 중에 일곱 가구가 포탄으로 구멍이 뚫리거나 허물어졌다. 5월 19일부터 딱 두 달 사이에만 5만 명이 거주하는 도시 위로 포탄 27,275발이 떨어졌다. 바르셀로나 사람들 하나하나가 펠리페 5세로부터 포탄 반 조각을 증정받은 셈이었다.

아직도 나는 과연 그 포탄의 수를 고집스럽게 센 자가 누구였느냐고 묻고 싶다. 그러면서 종루 위에서 분필을 손에 들고 지겨우리만치 느긋하게 판자에 줄을 그으며 포탄 수를 기록하던 자를 상상

해본다. 이런 격언이 거기서 유래한 것만큼은 틀림없을 것이다. '할 일 없는 자, 포탄의 수를 세라.'

○○○

한편 그즈음에 새로운 소식이 들렸다. 포폴리가 포위군 사령관에서 경질될 것이다. 그것은 우리가 상상할 수 있는 소식들 중에서 가장 불길한 소식이었다.

그랬다. 펠리피토는 조부인 루이 14세에게 최고의 야전사령관과 막강한 프랑스군을 파견해달라고 간원했다. 그렇다면 포폴리를 대신할 자는 누구일까? 혹시 여러분은 짐작하는가? 그자는 바로 그가 아니면 다른 자는 절대 될 수 없는 인물, 루이 14세에 맞서는 사들이 두려워하는 충직한 신하이자 무적의 섬색인 알만사의 원수(元首) 지미였다.

우리 첩보원들에 의하면, 지미는 이미 프랑스의 정예군을 이끌고 피레네산맥을 넘고 있었다. 그들은 험준한 산악지대를 더디게 이동하는 중이었는데, 젠장, 그럴 수밖에 없었던 이유는 막강한 포차 행렬이 뒤따르고 있었기 때문이다.

그 소식을 접한 나는 심장이 덜컥 내려앉는 기분이 들었다. 지미. 영혼 없는 꼼수와 잔혹한 결단. 지미는 개인적으로 수천 번이라도 사탄에 맞서고 싶었을 것이다. 왜냐고? 왜냐하면 그는 자신에게 유리한 속임수가 주어졌을 때만 싸웠으니까.

그 소식은 주요 지휘관들과의 군사회의에서 돈 안토니오의 입을 통해 전달되었다. 지미가 이끄는 프랑스군의 병력을 빠짐없이 전달하는, 이른바 전문회계사나 다름없는 첩보원들의 세세한 정보에 우리 모두는 입을 다물었다. 무거운 침묵이 흘렀다. 눈치 없는 지휘관도 그 정보가 의미하는 바를 이해하지 못할 리가 없었다. 우리는 자신의 생각을 겉으로 드러내지는 않았지만 이렇게 묻고 있었다. 이제 어떻게 할 것인가?

그날 밤 나는 돈 안토니오의 배려로 짧은 휴식 시간을 얻었다. 해변에서 의식주를 해결하는 시민들의 표정은 권태에 사로잡혀 있었다. 다들 지난한 지겨움을 역병 대하듯 증오했다. 밤이 되면서 해변은 두 개의 작은 악단이 지친 피난민들을 위로하는 야영지이자 무대로 변했다. 나는 식솔들과 함께하면서 한결 차분해지는 기분이 들었다.

나는 아멜리스와 함께 중간에 빠져나와 초라한 천막으로 돌아갔다. 살을 섞을 힘조차 남아 있지 않았다. 모래밭이 매트리스였고, 모포 두 장이 매트와 이불이었다. 아멜리스가 배게 옆에 놓아둔 음악상자를 열었다. 나는 익숙한 멜로디를 들으면서 그간의 상황을 짤막하게 정리해주었다.

"여하튼 좋은 소식은 포위전이 곧 끝난다는 거야."

그러나 그녀는 이해할 수 없다는 표정으로 되물었다.

"그러니까 우리가 항복을 한다는 거야?"

"지금껏 우리는 모든 난관을 극복해왔지만, 프랑스 군대가 도착하면 그나마 요지부동이던 힘의 균형도 무너지겠지. 우리 측에서는 명예로운 종전이란 명목을 내세워 협상단을 보낼 테고, 협상 테이블에서 우리의 생사여탈권과 소유권이 논의될 거야. 지미도 반대하진 않겠지."

"그게 다야?"

"그동안 우리는 강요당할 수 있는 차원을 훨씬 뛰어넘는 명예로운 방어전을 치러왔어." 나는 자긍심을 내비치며 대답했다.

그녀가 불만스런 표정으로 무슨 말을 하려다가 입을 다물었다.

"왜, 무슨 생각을 하는 거야?" 내가 캐물었다. "이대로 종전이 되면 우리 집은 지킬 수 있어. 만일 이런 식의 포격이 지속되면 얼마 못 가서 집이란 집은 몽땅 잿더미로 변할 거야."

그녀는 황당한 표정을 짓더니 모포로 얼굴을 가리고 돌아누웠다.

"평화가 찾아와서 좋겠네." 그녀가 모포 속에서 쪼아댔다. "그래, 이러려고 한 해 내내 성벽 위에서 보냈던 거야? 에스파냐인들 대신에 프랑스인들에게 대문을 활짝 열어주려고?"

"그런 얘기는 적색우단들을 찾아가서 직접 하지 그래!" 나는 화가 치밀었다. "식료품을 녹점하는 자들이 바보 그들이야. 이 선란의 궁핍을 이용해서 열 배나 비싸게 팔아먹는 놈들이라고. 가난한 자들은 굶어 죽게 생겼잖아. 어제는 직물공 부대 지휘관인 카스텔비와 함께 있는데 한 노인이 길바닥에 픽 쓰러지더라고. 아파서 그런 게 아니라 배가 고팠던 거야."

그녀가 나를 향해 고개를 돌렸다.

"그래서, 그 노인이 정신을 차렸을 때 항복하고 싶냐고 물어봤어?"

"그 노인이 원하는 건 먹는 거였어!"

그녀가 대답 대신 입바람으로 등잔불을 껐다.

이튿날 나 선량한 수비는 입을 꼭 다물었다. 병사들에게 지시사항도 짤막하게 끝냈다. 그런 나의 변화를 바예스테르가 눈치를 챈 모양이었다. 성벽 위에서 먼 하늘을 보고 상념에 젖어 있는데 그가 찾아왔다.

"대관절 무슨 생각을 그렇게 하는 거요?"

나는 그럴듯한 변명거리를 찾지 못하고서 자초지종을 털어놓았다. 그가 전혀 그답지 않게 전형적인 미켈레테처럼 허세를 부렸다. 베릭의 간을 썰어서 배와 무로 만든 즙에 찍어 먹자고. 내 입에서 지친 웃음이 새어나왔다.

"그건 당신이 지미를, 아니, 베릭 원수를 잘 몰라서 하는 소리요."

"그럼 당신은 알고 있다는 거요?" 그가 농담조로 되물었다.

"조금은." 나는 평온한 전방을 주시하면서 보루 난간에 걸터앉았다. "지미는 낙천주의자요. 그자는 자기 군주를 만족시키지 못할 거라고, 그래서 승리의 월계관을 쓰지 못할 거라고 판단하면 그 직책을 받아들이지 않았을 테지. 그자는 지금 프랑스 정예군을 데려오는 중이오. 막강한 병력에다 절대적인 지휘권까지 손에 넣은 저들을 제지할 방도는 없어. 이제 전쟁은 끝났어요."

그가 즉각 반발했다.

"알고 있소?" 그는 질질 끌면서도 뒤끝이 남는 어조로 나를 질책했다. "언젠가 당신을 믿게 되면서 난 속으로 이렇게 중얼거렸지. 여기 색다른 인물이 있다고. 어쩌면 바르셀로나에 적색우단 같은 놈들만 있는 것은 아닐 거라고. 만일 있다면 우리는 전쟁을 이용해서 세상을 바꿀 수 있을지도 모른다고. 무슨 말인지 알겠소? 우리가 여긴 왔던 건 그것 때문이오. 우리는 나중에 우리가 여기 없었다는 말은 듣고 싶지 않았던 거요. 그래서 당신의 지휘를 기꺼이 받아들였던 거고. 한데, 이게 뭐요? 지금 당신이 어떤 꼴을 하고 있는지 잘 쳐다보라고. 겁먹은 암캐처럼 질질 짜고 있잖아. 대체 무슨 생각을 하고 있는 거요? 이건 전쟁이오! 살다 보면 좋을 때도 있고, 나쁠 때도 있잖소. 하물며 이제 막 시작된 변화 앞에서 기가 죽다니, 그건 절대로 시작하지 못한다는 것을 스스로 인정하겠다는 것밖에 되지 않아요."

나는 그의 눈을 똑바로 주시하며 소리쳤다.

"그러니까 당신들 마음대로 해! 베릭이 이끄는 군대는 엄청난 탄약과 대포를 구비한 루이 14세의 정예군으로, 용기병에 목축업자, 라인강에서 차출된 정규군으로 구성되어 있어. 반면에 우리는? 성벽은 허물어질 지경이고 도시는 절반이 파괴되었다고. 병력이라곤 대부분이 시민인데, 그나마 굶주린 데다 태반이 환자들이잖아. 자, 내 말을 믿으시오. 나는 지미가 어떻게 나올지 훤히 알고 있어. 우리가 협상에 나서지 않으면 모두 다 죽을 수밖에."

씩씩거리며 내 말을 듣고 있던 그가 비아냥거렸다.

"이제야 알겠군. 내 앞에는 온통 숫자나 세는 자들밖에 없다는 걸."

그의 도발에 나 역시 불끈했다.

"이봐, 지금 그 숫자가 포위전에서 희생된 목숨들이란 거 모르고서 하는 말인가? 대체 얼마나 더 죽어나가길 바라는 거요? 당신만 해도 원정에서 부하들을 세 명이나 잃었잖아. 왜, 다 죽었으면 좋겠다, 그거요?"

그가 분을 참지 못하고 주먹으로 성벽을 내리쳤다.

"내가 원하는 건 그들의 죽음이 헛되지 않아야 한다, 그겁니다!"

내 목소리 역시 더 커졌다.

"이 도시를 방어하는 것은 어린애와 여자들 그리고 신전을 지키기 위한 거라고! 하지만 이 상황에서 고집을 부리면 그들을 다 잃게 돼! 우리는 그들을 지키기 위해서 싸우는 거지, 그들을 버리기 위해 싸우는 게 아니라고!"

"그렇다면 헌법과 자유는? 그건 누가 지킬까?"

"그건 내가 알 바 아니지. 정 알고 싶으면, 카사노바나 정치가들한테 가서 물어봐야 할걸. 난 일개 공병에 불과하거든."

그는 분노와 원망과 질책이 뒤섞인 눈으로 나를 노려보았다.

"잘됐군. 앞으로는 정치가나 공병이 아니라 사람과 얘기할 수밖에." 그러고는 자리를 뜨기 전에 체념과 실망이 담긴 어조로, 아니, 어쩌면 자신도 그 깊이를 모르는 철학자의 입에서 나올 것 같은 말을 툭 내던졌다. "아, 이 도시에서 사람을 만나는 게 왜 이렇게 힘든 것인가."

그날 이후 우리 두 사람의 관계는 다소 소원해졌다. 가까이 있긴 했지만 팽팽한 긴장감이 감돌았다. 지시사항을 전달하는 것 외에는 무시했다. 서로가 모르는 사이처럼 행동했다. 나는 그가 속한 부대의 지휘권을 내놓았고, 그는 그것을 모욕으로 받아들였다. 그랬다. 나는 마음속으로 원래 그런 인물이라고 생각했다. 그러나 평소에 익숙했던 말다툼의 부재는, 깔끄러우면서도 윤활유 같았던 논쟁의 부재는 서로의 긴장을 완화시키는 게 아니라 더욱더 어렵게 만들었다.

어떻게 보면 우리 사이는 지금 우리가 처해 있는 도시의 침울한 상황을 반영하고 있었다. 베릭이 이끄는 정예군이 우리를 짓밟을 거라는 소식은 사기를 떨어뜨렸다. 공허한 약조만 난무하는 외교에 대한 우울한 소식도 그랬다. 이와는 반대로 카를랑가스가 보내는 서한들은 우리의 충성심과 충직함을 고양시키는 한편, 어린 왕비에게는 조신하게 말을 타도록 훈계하면서 자신의 '왕위 계승'이 이루어지도록 안간힘을 쓰고 있었다.

하루는 돈 안토니오와 동행하여 정부 관리들과의 회합에 참석했다. 나는 그 회합이 아군의 불안정한 상황을 인식시키는 계기가 될 거라고 생각했다. 그러나 우리를, 특히 총사령관 돈 안토니오를 대하는 그들의 표정은 냉담하기 이를 데 없었다.

우리 측에서는 적색우단들을 상대로 작금의 상황을 명쾌하게 설명할 지휘관이 없었다. 그들은 현실과 패배에 숙달된 무리에 불과했다. 나는 여러 정보들을 제시하며 그들을 설득하고자 애를 썼다. 하지만 그들은 한마디도 들으려 하지 않았다. 특히 카사노바는 검은 눈동자로 나를 뚫어지게 쳐다보고 있었다.

당시만 해도 나는 한창 어린 나이였다. 공적인 사안에는 무관심하고 오로지 요새를 방어하는 작업에만 몰두한 시절이었다. 아무튼 내가 소위 정치 지도자란 자들의 이중적이고 위선적인 언행을 유심히 지켜본 것은 그날이 처음이었다.

카사노바는 싸우고 싶어 하지 않았다. 아니, 싸움을 원한 적이 없었다. 이 이야기가 계속되면 여러분은 그가 성문을 굳게 닫고 무장한 우리를 제지하고자 가능한 모든 조치를 취했다는 사실을 알게 될 것이다. 대체 왜 그는 회복하지 못할 상황을 견지하고자, 아니, 왜 굴복하고자 했을까?

그런 그를 이해하기 위해서는 다른 각도에서 살펴보아야 한다. 괴물왕의 프랑스에서 신하들은 왕에게 맹목적으로 복종했다. 반면에 적에게 포위된 채 혼돈에 빠진 우리의 고도 바르셀로나는, 스파르타의 도시들보다 아테네의 폴리스에 더 가까운 우리의 도시는 반대였다. 다시 말해 우리의 정치 지도자들은 시민들이 요구하는 것에 따랐다. 카사노바가 그랬다. 그는 저항하려는 대중의 의지에 맞설 수 없다는 것을 잘 알고 있었다. 과연 그의 속마음은 무엇이었을까? 그것을 밝히는 것은 불가능하다. 나는 억측일지 모르지만 이렇게 추정해본다. 그의 입장에서는 지휘권을 좇는 게, 그래서 모든 것을 끝장내느니 더 큰 재앙을 피하는 게 훨씬 낫다고 판단했다고.

한편 돈 안토니오는 그 회합에서 베릭이 압도적인 군대를 이끌고 도착할 것이며, 정부는 거기에 대비한 대책을 도출해야 한다는 내 설명을 뒤에서 받쳐주는 역할에 머물렀다. 한 가지 여기서 밝힐 사실이 있으니, 그것은 돈 안토니오가 존재하는 것만으로도 무게감을 지니긴 했지만 카스티야 출신이라서 카탈루냐어를 완벽하게 구사할 줄 모른다는 것이었다.

소위 배웠다는 카탈루냐 사람들은 카스티야어에 정통했다. 적색 우단들도 마찬가지였다. 그들은 돈 안토니오에게는 카스티야어로 말했지만 자기들끼리는 카탈루냐어가 아닌 다른 언어 사용을 억제하는 차별성을 두었다. 그것은 카탈루냐 사람들의 제어할 수 없는, 용수철처럼 다시 튕겨 나오는 고집이기도 했다. 그로 인해 돈 안토니오는 토론의 맥락이나 미묘한 부분을 놓치는 경우가 허다했다. 내가 그의 통역사 역할을 마다하지 않은 것도 그런 이유였다. 나는 격렬한 논쟁이 오갈 때면 그의 귀에 대고 놓쳐서는 안 될 부분을 지적해주었다. 아니, 거기서 그치지 않았다. 여러분이 알고 있는 나 선량한 수비는 좌중이 흥분으로 들썩이면 감정을 억제한 채 통역 대신에 직접 그 논쟁에 끼어들기도 했다. 아무튼 그날 시의원들이 도출한 대책은 딱 하나, '돌발적인 조치'가 필요하다는 것이었다. 모든 시민들의 사기를 진작하기 위해 모든 시민들이 나서서 적을 공격하는 총공세, 그게 그들이 말하는 '돌발적인 조치'였다. 참으로 놀라운 발상이었다.

미친 짓이나 다름없었다. 총공세가 실패하면 바르셀로나는, 주민들의 사기는 돌이킬 수 없이 붕괴될 터였다. 그것은 의심할 여지가 없는 결과였다. 한편 돈 안토니오는 자신의 위치를, 그러니까 정부에 복종하는 총사령관으로서의 입장을 변함없이 고수하고 있었다. 설사 자신의 견해와 다르더라도 말이다.

우리 인간의 몸의 신경계와 마찬가지로 군대에서의 지휘 체계는 위에서 아래로 전달된다. 만일 시휘관이 공격에 대해 회의하면 그들을 따르는 병사들은 어떻게 되겠는가? 모든 게 즉흥적이었다. 나도 희생자들 중의 하나였다. 상부의 명령은 급박하게, 그러다 보니 전달 체계마저 엉망이었다. 나 역시 총공세에 가담했지만 돈 안토니오는 내심 나를 후위에 남겨두고 싶어 했다. 사제와 의사들로 구성된 부대가 부상자를 보살피고, 장교들이 도망간 자들을 색출해서 강제로 징집시키는 일을 맡듯 나 역시 후방에서 지원해야 할 일이 많았던 것이다.

우리 군대는 세 개의 성문에 집결했다. 성문마다 수천 명의 병사들이 꼬리를 물었다. 그대로 성문을 열고 나가 적의 진지를 파괴하고 돌아올 참이었다. 한바탕 총공세를 펼침으로써 베릭이 감히 우리를 위협할 수 없도록 경고할 요량이었다. 다시 말하지만 참으로 어리석은 짓이었다. 베릭은 아직 도착도 하지 않았고, 그는 그전에 어떤 일이 일어났더라도 대수롭지 않게 여길 인물이었다. 게다가 부르봉군은 이미 우리에 대해 속속들이 파악하고 있었다. 그런 그들을 상대로 이런 식의 무모하고 제한된 공격을 통해 우리가 얻을 것은 한 편의 대학살극을 지켜보는 것 외에 아무것도 없었다. 아, 이렇게 아름다운 봄날의 화사한 햇살 아래 죽는다면 그 얼마나 끔찍한 일인가.

출정 앞에서 어떤 감흥도 없었다. 지휘관들조차 별 말이 없었다. 아니, 말을 하지 않았다. 대열을 갖추라는 외침 외에는 병사들에게 공격에 대한 믿음과 확신을 줄 만한 게 아무것도 없었다. 대열 사이를 돌아다니며 라틴어 기도문을 외우며 성수를 뿌리고 돌아다니는 사제들이 내 앞에 섰다. 그때였다. 바예스테르와 그의 패거리가 나를 향해 조롱을 보낸 것은.

"야, 여기 계셨네! 어떻습니까? 우리를 도살장으로 보내게 됐으니 이제 만족하십니까?"

"천만에!" 나는 즉각 반박했다. "나는 이런 멍청한 싸움을 원하지 않아. 싸움이라면 무작정 좋아하는 건 당신이잖아, 안 그래? 공격, 공격, 공격. 이제 소원대로 됐으니, 실컷 공격해보라고!"

그러면서 나는 그를 대열 쪽으로 밀쳤다. 그러자 그 역시 차마 입에 담기 힘든 욕설을 내뱉더니 손바닥으로 내 얼굴을 사정없이 밀쳐냈다. 내 고개가 홱 돌아갈 만큼 거친 손길이었다. 일순 나는 화가 머리끝까지 치밀어 올랐다. 앞서 나는 소원해진 우리 관계에 대해 언급했었다. 그러나 내가 정작 화가 난 이유는 하필 그가 간밤에 앙팡이 고사리 같은 손으로 어루만져주었던 내 뺨을 건드렸기 때문이다. 사실 앙팡은 고슴도치보다 더 붙임성이 없던 녀석이었다. 그러던 그 녀석이 요즘은 졸린 눈을 비비며 밤늦게 나를 기다렸고, 간밤에는 내 무릎 위에 앉아 아양을 떨었다. "대장, 대장, 오늘은 몇 명이나 죽였어?" 그런데 지상에서 마지막이 될지도 모르는 그 아이의 손길과 여운이 남아 있는 내 얼굴이 더럽혀졌다고 생각하니 도저히 참을 수가 없었다.

나는 불끈 쥔 주먹을 뻗었다. 손가락에 그의 턱수염에 닿는 충격이 느껴졌다. 그가 흠칫 물러나는가 싶더니 곧바로 반격을 가했다. 우리는 총공세를 앞두고 도열한 병사들 앞에서 난타전을 벌이다가 서로 뒤엉킨 채 땅바닥에 뒹굴었다. 주변의 병사들이 가까스로 떼어놓았을 때까지.

"중령님, 체포할까요?" 한 병사가 물었다.

"그래서 이자를 이번 공격에서 제외하겠나는 서야?" 나는 입안에 흥건히 고인 핏물을 뱉어내며 말했다. "잔말 말고 대열에 합세시켜!"

총공세. 전선이 열렸다. 부대마다 고유한 형형색색의 제복을 입은 아군의 출정에 맞서 백색 제복의 부르봉군이 일사불란하게 대응했다.

총공세는 한마디로 재앙이었다. 내 귀에 들리는 진군의 북소리가 기운을 북돋는 게 아니라 속을 뒤집어놓는 것 같았다. 목구멍에서 쓴 담즙이 넘어왔다. 적의 포격이 불을 품기 시작했다. 그때마다 아군들이 쓰러졌다. 우리는 쓰러진 자들과 비명 소리를 무시하고 마치 후미에 파도 거품을 남기며 나아가는 함선처럼 줄기차게 전진했다. 포탄이 공기를 가르는 소리가 귓전을 스쳐도, 다음번 포탄이 마치 토마토를 으깨듯이 자신의 대갈통을 박살내버릴지도 모르는데도 앞만 보며 전진했다.

훈련과 규율로 무장된 정규군과 우애로 뭉친 시민군이 결코 똑같을 수는 없다. 병사들이 파편이 폭우처럼 쏟아지는 전선을 냉담하게 전진하는 반면에 코로넬라 부대는 달랐다. 누군가의 좌우에 있는 사람은 누군가의 아버지거나 아들이거나 형제였다. 세 세대가 어깨와 어깨를 나란히 맞추듯이 앞으로 나아갔다. 그들 중의 하나가 부상을 당하면 가까이 가던 자들이 부상자를 돕기 위해 걸음을 멈추었다. 그러나 나는 안타까운 심정을 감추고서 그들을 채근했다.

"전진! 전진하라! 부상자들은 의사에게 맡기고 나머지는 전진하라!"

직종별로 구성된 코로넬라 소속 병사들은 대열을 유지하는 게 무슨 의미인지 이해하지 못했다. 그들이 부상자를 돕겠다고 엎드리면 뒤따르던 자들이 주춤하면서 대열이 겹쳤다. 그런 그들에게 대열을 유지하라고 목이 터지게 소리쳐도 소용없는 일이었다. 그들의 귀에는 이미 아무것도 들리지 않았다. 아무것도 듣지 않았다. 그런 식으로 대열이 무너지고 있었다.

얼마나 흘렀을까. 나팔 소리가 들렸다. 퇴각 신호였다. 아, 이렇게 행복할 수가! 나는 마음속으로 쾌재를 불렀다. 됐어! 이제 돌아가는 거야! 방금 전까지만 해도 대형을 유지하며 앞으로만 나아가던 우리가 집으로 돌아가게 된 것이다. 그러나 나의 행복은 거기서 끝이었다. 발걸음을 돌리는데 왼쪽 다리가 반응하지 않았다.

장딴지가 발목까지 붉은 피로 물들어 있었다. 전투에 몰두하다

보니 부상을 당한 것도, 아픈 줄도 몰랐던 것이다. 위생병이 상처를 씻어냈다. 핏물 사이로 총알이 관통한 구멍이 보였다. 나는 뒤에 처진 채 저만치 멀어져가는 아군을 멀뚱하게 쳐다보다가 다리 잃은 오리처럼 우스꽝스러운 몸짓으로 뒤뚱뒤뚱 뛰면서 소리쳤다. 같이 가자고. 그때 퇴각하는 대열에 끼어 있던 바예스테르가 말을 세웠다.

"왜요?" 그가 앙심이 담긴 어조로 물었다. "부상자를 데려가면 좋겠습니까? 아니면 그냥 가야 합니까?"

그러나 나는 대답 대신에, 도와달라고 애원하기 전에 다시 다급하게 소리쳐야 했다. 포탄이라고. 몇 발의 포탄이 그들 주위로 떨어졌다. 더럽게 재수 없는 날이었다. 포탄만이 아니었다. 총탄까지 날아들었다. 바예스테르 패거리 역시 다급하게 몸을 숨겼다. 이제 그들의 머릿속에 나는, 부상자는 없었다. 적의 기병대가 더 이상은 쫓아올 수 없는 성문 앞에 설치된 방공호까지 도망치는 생각밖에 없었다.

나는 혼자 남았다. 사방이 이미 적의 기마병에 장악된 뒤라 성문은 고사하고 말뚝울타리까지도 갈 수 없게 되었다. 일단 나는 땅이 움푹 꺼진 천연 참호를 찾아 몸을 숨긴 뒤에 죽은 척하며 땅바닥에 엎드렸다. 날이 어두워질 때까지 기다렸다가 기어서라도 돌아갈 요량이었다. 나에게 남은 것은 실낱같은 행운뿐이었다.

그러나 나는 그 행운마저 붙잡지 못했다. 힐끗 눈을 뜨고 보니 부르봉군 병사 두 명이 천연 참호 위로 나타났다. 그들은 죽은 것을 확인하기 위해 총검으로 나를 찌를 참이었다. 나는 다급하게 소리쳤다.

"나는 카를로스 3세 폐하 군대의 중령이다! 나를 그대들의 사령관에게 안내하라. 포상이 주어질 것이다!"

○○○

적의 진영에서 나는 내 등 뒤로 문이 닫힐 때까지만 해도 내가 처한 현실을 도저히 믿을 수 없었다. 집에서 아침을 먹었던 내가 불과 몇 시간 뒤에 부상을 당한 데다 적에게 사로잡혔으니 말이다.

포로가 된 뒤에 나는 두 가지 사실을 확인했다. 전투에서는 짧은 다리가 나같이 부상당한 긴 다리보다 유리하다는 게 하나였고 내가 예상했던 대로 부르봉군이 완벽하고 막강한 병력을 유지하면서 기나긴 포위전을 유지하고 있었다는 게 다른 하나였다.

나를 체포한 두 명의 병사는 그들의 상관에게 나를 데려갔다. 고약하게 생긴 프랑스 장교는 나를 보자마자 저주 담긴 욕설을 퍼붓고 나서 나 같은 '반란자'들이 대체 무슨 생각을 하느냐고 물었다. 나는 어깨를 흠칫 치켜 올리며 대답했다.

"우리는 파리에서 저녁을 먹을 생각이었소."

내가 대답했던 말은 그즈음 바르셀로나에서 떠돌던 소문으로, 카탈루냐 외교관들이 프랑스와 휴전 협정을 맺고 있다는 뻔한 내용이었다. 그러나 인상이 험악한 장교는 나 선량한 수비가 혈혈단신으로 프랑스를 짓밟고 싶어 한다고 오해했던 모양이다. 그는 병사의 장총을 빼앗아서 개머리판으로 내 옆구리를 가격했다. 나는 무방비 상태에서 비명을 지르며 눈으로 물었다. 지금 무슨 짓을 하는 거냐고.

살의는 눈동자에 나타난다. 어쩌면 그는 단순한 미치광이인지도, 아니면 한 해 동안 지속된 포위전으로 영혼이 피폐해지고 그로 인해 난폭한 짐승으로 변한 존재인지도 모른다. 나는 갈비뼈에 정확하게 가해지는 구타와 극심한 통증을 견디지 못한 채 바닥으로 꼬꾸라졌다. 단순한 구타가 아닌 작살질 앞에서 어디 하나 호소할 데도 없었다. 그자는 나를 때려죽일 작정이었다. 나는 네 발로 기어서라도 도망치고 싶었다. 그러나 개머리판이 내 머리를 다시 가격했다. 통증조차 느끼지 못했다. 일어나고 싶었지만 무릎이 꺾였다. 그런데 마지막으로 어깨를 맞고 다시 쓰러지는 순간에, 그 찰나의 시간에 나는 누군가를 보았다.

그랬다. 나는 적진의 참호에 설치된 발판 상부에서 망원경으로 전방을 관찰하고 있는 자의 외형을 선명하게 기억했다. 오만불손함을 넘어선 근엄한 표정, 사소한 동작 하나에도 흐트러지지 않으려는 자세, 옆모습에 드러나는 무적의 아우라. 나는 마음속으로 중얼거렸다. 아냐, 그럴 순 없어. 마르티, 그자는 죽었어! 나는 가까스로 몸을 일으켜 무릎을 꿇었다. 단순한 착각이었을까, 아니면, 섬망이었을까. 나는 그를 향해 손을 뻗으며 프랑스어로 소리쳤다.

"보방 각하!"

그가 천천히 고개를 돌렸다. 망원경에서 눈을 떼지 않은 채.

"저는 바조슈 출신 생도입니다!"

그가 미간을 찌푸리며 나를 쳐다보았다.

"누구?" 그가 물었다.

"마르틴 수비리아입니다!" 나는 목소리를 겨우 내뱉었다.

"마르틴? 정말인가?"

그가 아연실색한 표정을 지으며 찬찬히 나를 주시하더니 내 쪽으로 걸어왔다. 그러고는 고약하게 생긴 장교가 한쪽으로 비켜서자 한쪽 무릎을 꿇은 자세로 나를 다시 뜯어보았다. 내 눈시울이 촉촉해졌다. 그가 반신반의하면서 내 팔뚝을 잡고 소매를 걷어 올렸다. 문신을 보기 위해.

나는 그의 옷깃을 꽉 움켜쥐며 말했다.

"원수님, 그 '말'이 무엇입니까? 제발 대답해주십시오! 그 '말'이 무엇인지 대답 좀 해달라고요!"

○○○

차츰 의식을 잃어가는 내 눈에 보였던 그는 보방 후작이 아니라 후작의 사촌 뒤피 보방이었다. 뒤피 보방. 내가 뒤피 보방을 처음 만났던 곳은 바조슈였다. 그때 그는 후작에게 이렇게 말했다. "맙소사, 마르티가 참호 저편에서 괴로워하는 일은 절대 없었으면 합니다." 그런데 그와 나는 이렇게 만났다. 산다는 게 그런 것이다. 내가 그를 보방 후작으로 혼동한 것은 절반은 맞고 절반은 틀린 셈이었다. 왜냐하면 신은 보방 후작과 그의 조카인 뒤피 보방에게 똑같은 외모와 똑같은 자세, 똑같은 능력을 부여했기 때문이다.

뒤피 보방은 자신의 막사로 나를 데려갔다. 내 손에 뜨거운 과실차를 쥐어주고 나서 의사를 불렀다.

"우려했던 것보다는 경미해서 다행이야." 치료가 끝나자 그가 말했다. "총탄이 장딴지 살을 뚫었더군. 정강이뼈가 부러졌으면 출혈이 심해 이미 죽었을 거야."

이어 그는 내 팔뚝의 문신에 관심을 보였다.

"4점입니다." 내가 말했다. "5점은 무효였고요."

"그래, 그 이야기는 나도 들었어. 하지만 그게 유효든 무효든 누구에게나 존중받을 일이야. 특히 나한테는 말이지."

나는 화제를 돌리고 싶었다. 지금쯤 바깥세상은 어떻게 돌아가고 있을까? 나의 궁금증을 그가 풀어주었다.

"베릭 원수의 도착이 지연되고 있어. 사실 나는 그 양반과 동행했는데, 포병대 마차 대열이 더딘 데다 도중에 잠복한 미켈레테들이 제지하는 바람에 상황이 여의치 않자 전황을 파악하라고 나를 먼저 보내더군. 아무튼 이번 포위전은 엉망이야. 아주 엉망이라고. 하나같이 신경이 날카롭게 곤두서 있어. 그 장교가 자네한테 한 짓도 이골이 나서 그런 거라고."

내가 입을 열려고 하자 그가 손가락으로 내 입술을 막았다.

"내 말 잘 듣게. 불행하게도 나는 자네가 원하는 모든 것을 다 들어줄 순 없어. 자네 신분은 내 영향력에서 벗어나 있고, 이번 포위전은 에스파냐가 주도하고 있거든. 지금 에스파냐 쪽이 민감하다는 건 자네도 잘 알 거야. 그런 그들에게 적군 장교인 자네를 내가 어찌 빼낼 수 있겠나."

내가 다시 입을 열려고 하자 이번에도 손가락으로 내 입술을 막았다.

"잠자코 듣기만 해! 이제 곧 심문에 들어가겠지만 부드럽게 다룰 거야. 아, 그래, 야만적인 자들이라 고문이 자행된다는 거, 나도 알고 있어. 하지만 내 이미 어떤 인물을 만났으니 걱정하지 말게. 펠리페왕을 섬기지만 '우리 사람'인 데다 심문도 저녁 식사로 대신할 거야. 아무튼 여기서 며칠 보낸 뒤에 자네를 내 휘하로 둘 테니 그렇게 알도록."

"'우리 사람'이란 그자가 누굽니까?" 내가 물었다. "프랑스인입니까, 에스파냐인입니까?"

그가 막사 입구를 가리키며 씩 웃었다.

"이제 저기로 누가 들어올 텐데, 자네와는 수화로만 말할 거야." 그러고는 막사를 나가기 전에 물었다. "마르티, 자네가 저 포위된 도시 안에서 왕을 위해 무슨 일을 했는지 물어봐도 되겠나?"

그의 시선 속에는 10점의 독심술이 번득이고 있었다. 그를 속일 수도 없고 속일 생각도 없었다. 나는 내가 알고 있는 모든 것을 한마디로 압축했다.

"공병으로 근무했습니다."

그의 반응 역시 10점 그 자체였다.

"알겠네."

뒤피 보방이 나가자마자 두려움이 밀려들었다. 짧은 시간에 많은 일들이 벌어졌지만 아무것도 정리할 수 없었다. 한편 천막 안으로 뒤피의 부하들이 들락거리며 가구와 집기들을 들여놓는가 하면 어떤 프랑스 장교는 보방에게 인사차 들렀다가 그를 못 만나고 돌아가기도 했다. 나는 여전히 감각도 없는 다리에 붕대를 감은 채 한쪽 구석에 처박히듯 누워서 공병용 수화로 말을 걸어올 누군가를 기다리고 있었다.

그런데 늦은 오후에 한 지휘관과 에스파냐 병사 네 명이 나를 데리러 나타났다. 나는 끌려가면서도 그들의 행동이 어딘가 부자연스럽다는 기분이 들었다. 사방을 살피는 게 누군가에게 제지를 당할까 염려하는 눈치였다. 마치 복면강도들이 인질을 데려가는 납치극 예행연습을 벌이는 것 같았다. 서툴러도 한참 서툴렀다.

부르봉군에 점령된 집들은 최고위 장교들의 거처나 집무 공간으로 변해 있었다. 그들은 나를 맨 뒤쪽에 위치한 집의 2층으로 데려가더니 조그만 방에 가두었다. 하나뿐인 유리창은 깨져 있고 탁자 하나와 의자 두 개 외에 나머지 공간은 먼지가 내려앉은 천으로 덮여 있었다. 일순 나는 내가 누군가에게 납치되었다는 것을, 커다란 자루 같은 집에, 커다란 자루 속의 작은 자루 같은 방에 갇힌 것임을 깨달았다. 물고기 배 속에 갇힌 성경 속의 인물 요나처럼 말이다.

순진한 뒤피 보방이 언급했던 '우리 사람'이 내 앞에 나타난 것은 그로부터 반시간 뒤였다. 나는 그가 누군지를 보고 나서야 전후 사정을 이해했다. 며칠 전에 뒤피가 부르봉군의 야영지에 도착했을 때 팔뚝에 1점 문신을 새긴 자가 예를 갖추며 자신을 바조슈 출신이라고 소개하자 바조슈 출신들만의 성스러운 유대감이 어디를 가더라도 유효하다고 믿었던 뒤피는 아무런 의심 없이 그자를 '우리 사람'으로 신임했던 것이다.

그자는 작은 방에 들어서자마자 자신을 안내한 병사들을 질책했다. 어찌하여 자신의 지인이자 동시에 적군의 장교인 나에게 음식과 음료를 충분하게 제공하지 않았느냐고. 동시에 나를 직시하며 그의 손으로, 공병대 수화로 이렇게 말했다. "이 돼지자식아, 네놈은 끝장이야!"

순진한 뒤피 보방이 언급했던 '우리 사람', 그자는 바로 안트베르펜 출신의 도살업자 요리스 판 프어봄이었다.

6

 안트베르펜 출신의 도살업자 프어봄은 모든 상황이 끝났을 때, 다시 말해 바르셀로나가 함락되고 종전이 되었을 때 펠리페 5세로부터 과분한 공직을 부여받고 카탈루냐에 남았다. 펠리피토는 전쟁에 패퇴하여 피로 물든 바르셀로나를, 부르봉가를 저주하는 바르셀로나 사람들을 죽음보다 더 완벽한 형태로 영원히 속박할 권한을 프어봄에게 위임했던 것이다.
 나는 여기에 투박한 바르셀로나 지도 두 장을 첨부하고자 한다. 그중 하나는 요전에 여러분도 보았던 것으로 포위전 직전의 바르셀로나를 나타낸다.
 그리고 또 하나는 포위전 이후의 바르셀로나다.
 여기서 별 모양의 성채는 프어봄의 작품이다. 그렇다. 그것은 성채다. 프어봄은 도시 면적의 5분의 1을 밀어내고 보루까지 완벽하게 설치한 요새 속에 성채를 세웠다. 그러나 포까지 설치된 그것은

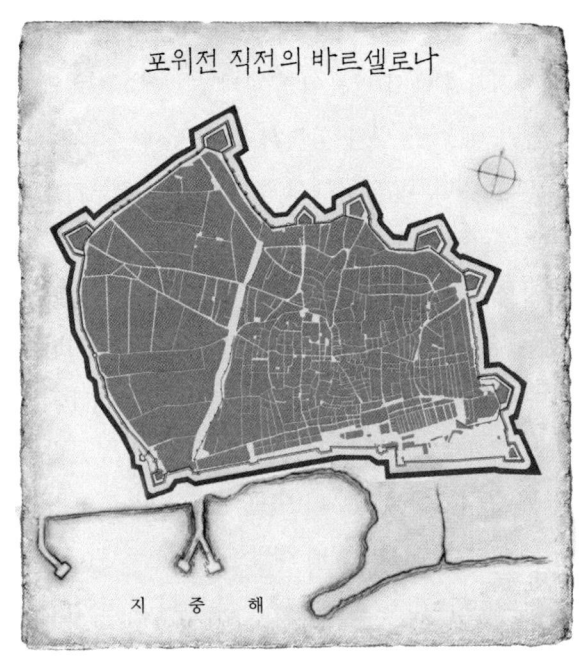

포위전 직전의 바르셀로나

지 중 해

바르셀로나와 성채

성채

지 중 해

시민들을 보호하는 게 아니라 통제하거나 억압하기 위해서, 필요하면 포를 사용하기 위해서 만들어진 성채였다.

그러나 나는 바르셀로나가 함락하고 난 뒤에 벌어진 사안에 대해서는 할 말이 없다. 내 입장에서 무슨 말을 하겠는가? 그러니 성채 이야기는 생략하고 우리 이야기로 돌아가자.

나는 몹시 상심했다. 평소의 나답지 못했다. 내가 적진에서 빠져나갈 수 있는 유일한 통로는 뒤피 보방과의 소통이었지만 프어봄이 끼어드는 바람에 불가능해지고 말았기 때문이다. 프어봄은 아무도 몰래 나를 그곳으로 납치한 데서 증명되듯 어떤 꿍꿍이를 꾸미고 있는 게 틀림없었다. 여러 경우의 수를 놓고 보면 그는 나를 처치할 것이고 나를 찾는 뒤피 보방에게 적당한 구실을 갖다 붙일 게 뻔했다. 내가 도망치려고 하자 다급해진 병사가 나를 쏘았다고, 그래서 현장에서 즉사했다고.

프어봄은 마치 깜깜한 바다에 깔리는 해무처럼, 인간에게 죽음을 안기는 열병처럼 나타났다. 내가 그에게 맞서기 위해 미리 준비한 유일한 무기는 유리 파편으로 나무 창틀 조각을 예리하게 깎아 만든 비수였다. 나는 그것으로 그들이 나를 죽이기 전에 그의 눈을 노릴 참이었다.

그러나 나의 예상은 금방 빗나갔다. 안트베르펜 출신의 도살업자는 혼자가 아니라 병사 한 명을 대동했고, 그들의 무기는 병사가 탁자 위에 놓고 간 쟁반과 술병에 술잔 두 개가 전부였기에 내가 준비한 비수는 사실상 쓸모없었다. 나는 프어봄만 남게 되자 분통을 터뜨렸다.

"어찌하여 나를 이렇게 가두는 겁니까! 펠리페 왕을 모시기 위해 도망친 나에게 보상은 고사하고 말입니다. 당신은 요새 방어에 협조하라는 저 반란자들의 강요 앞에서 내가 겪었던 수모를 상상조차 못 할 겁니다."

프어봄은 내 호들갑에 일절 반응하지 않으며 의자에 앉더니 술잔에 술을 가득 따랐다.

"자, 마셔."

일단 나는 거절했다. 어쩌면 그가 원하는 것은 뒤피에게 나를 죽일 수밖에 없었다는 명분을 얻기 위한 술책일지도 몰랐기 때문이다.

"이봐, 바보 같은 생각은 버려." 그가 불쾌한 표정을 지었다. "내가 그렇게 천박한 인간으로 보이나? 이 값비싼 오포르토 포도주를 독주로 쓰는 것은 낭비야."

그러고는 내 잔을 단숨에 마셔버렸다. 그러나 나는 그를 믿지 않았다. 그때 부르봉군이 쏘아내는 포성이 밤의 정적을 깨트렸다. 굉음에 이어 벽이 흔들리고 천장에서 석회 가루가 탁자에 떨어졌다. 그는 한 손으로 자신의 잔을 덮으며 천장을 올려다보았다. 그의 반사적인 행동이 내 마음을 움직였다. 그런 상황에서 누가 굳이 독이 든 술잔을 손으로 막겠는가. 그때서야 나는 내 술잔에 술을 채워 입에 털어 넣었다. 짙은 알코올이 목구멍을 할퀴는 것 같았다. 과연 이자가 원하는 것은 무엇인가? 사소한 일은 아닌 게 분명했다.

며칠 내로 지미가 도착할 것이다. 프어봄은 지미가 도착하기 전에 부르봉군의 공격용 참호를 만든 장본인으로서 새로운 돌파구를 마련해야 할 것이다. 지금의 요새전은 프어봄이 1712년에 자유의 몸이 되었을 때 이미 계획했던 것으로 별다른 성과를 거두지 못한 그에게는 응분의 책임이 뒤따를 것이다. 그런 상황에서 지미는 프어봄의 공격용 참호와는 다른 참호를 설계하도록 뒤피 보방을 보냈다. 게다가 뒤피는 7점이었다. 따라서 지미는 프어봄보다 보방의 직계인 뒤피를 선택할 가능성이 훨씬 더 농후했고, 그렇게 되면 프어봄의 모든 노력은 물거품이 되면서 그토록 원하던 영광과 보상으로부터 작별을 고해야 할 것이다.

생각이 거기까지 미치자 이런 결론이 나왔다. 프어봄은 지금까지 유지해온 참호전 전략이 아닌 새로운 최상의 전략을 세워야 할 것이다. 그러기 위해서는 자신의 역량을 대체할 누군가가 필요한데 그게 바로 나다. 나는 5점이지만 7점인 뒤피보다 한 가지 유리한 게 있으니 내가 이곳 지형에 훤하다는 것이다.

나는 내가 처한 상황에도 불구하고 과한 웃음을 터뜨렸다. 프어봄은 내가 자기를 도울 거라고 믿었던 것일까?

"나는 당신 때문에 2년을 묶여 있었어." 그는 나에 대한 자신의 앙금을 지근지근 되씹었다. "장장 2년이나 말이지."

그는 나를 철저하게 증오하고 있었다. 그는 모든 것이 거대했다. 체구가 그랬고, 머리통이 그랬고, 마치 하마의 상아 같은 치아가 그랬다. 그런 그의 증오는 곧 나의 죽음이었다. 나는 죽음의 공포 앞에서 침을 삼켰다. 그는 강자로서의 희열을 맛보기 위해 잠시 뜸을 들이고 있었다. 나는 강력한 그의 힘에 사로잡혀 있었다. 나는 혼자였다. 나는 그들이 아니었다. 산트 호르디는 바퀴벌레를 발로 밟아 죽이듯 용을 죽였고, 로헤르 데 유리아는 세 차례 조찬에서 터키인 수천 명을 해치웠고, 하우메 왕은 바르셀로나 왕궁 생활에 이골이 나서 마요르카와 발렌시아를 정복했다. 그러나 나 '긴 다리' 수비는 산트 호르디도, 로헤르 데 유리아도, 하우메 왕도 아니었다. 우연히라도 아니었다. 나는 오금이 저렸다.

"나는 아무 짓도 안했어. 아무 짓도!" 그가 소리쳤다. "언젠가 바조슈 성채에서 어떤 여인에게 구애를 하던 나는 행색이 초라한 정원사와 마주쳤지. 나는 그자에게 아무 짓도 안했어. 아무 짓도! 하지만 그날, 1706년 그날 그 정원사는 비열하게도 나를, 내 이미지를 더럽혔고, 그로부터 4년 뒤인 1710년에는 비열하게 나를 체포했고, 다시 4년 뒤에 그 비열한 정원사가 또 내 앞에 나타났지. 이번 말고 내가 그 비열한 놈한테 벗어난 적이 없었어. 전혀!" 그는 검지를 내 눈 앞에 갖다 대고 흔들어대며 이렇게 덧붙였다. "그렇지만 이번에는 달라. 나는 희박하나마 그자를 사면할 가능성을 쥐고 있거든. 만일 그자가 내 말에 따르면, 그자는 목숨을 부지해서 카브레라 섬에 유배될 것이고, 그렇지 않으면 뜨거운 지옥으로 갈 수밖에."

○○○

프어봄은 나를 혼자 놔두었다. 고민할 말미를 주기 위해서였다. 탁자 위에는 그의 손으로 작성된 참호 설계도와 세부적인 사항이 적힌 종이들이 놓여 있었다. 나는 그것들을 들여다보는 것조차 귀찮았다. 포로인 나에게 필요한 것은, 나 같은 포로에게 집중된 의무와 권리가 있다면 그것은 한 가지 원칙, 즉 피신으로 귀결된다.

일단 나는 머릿속을 정리한 뒤에 유리창이 깨진 창문을 쳐다보았다. 창문을 통해 2층에서 뛰어내려도 죽지는 않을 것이다. 발목을 절단하는 것과 자유를 교환하는 것은 좋은 협상이다. 밖에는 경비대가 지키고 있다. 물론 나는 그렇게 풀려나더라도 불가능한 상황에 목을 걸고 있는 바르셀로나로 돌아가지 않고 나를 거두어 줄 뒤피 보방을 찾을 것이다.

봄날의 화사한 햇볕과 서류, 돋보기가 되어줄 유리 조각은 즉석에서 연기와 불꽃을 만들어낼 것이다. 화재가 나면 일시적인 혼란이 뒤따를 것이다. 화재를 당한 자들에게 관대한 경비대는 포로를 구할 것인지 잠시나마 망설이다가 사방을 향해 고함을 질러댈 것이다. 병영은 그 어떤 산보다 메아리가 강하기에 나에 대한 소식은 뒤피 보방의 귀에 들어가게 될 것이다. 뒤피는 어찌된 영문인지 궁금할 것이고, 프어봄은 나를 어떻게 죽여야 할지 고민할 것이다.

나는 탁자 위에 놓여 있는 도면지 한 장을 집어 들고 창문틀에 기대어 섰다. 그러고는 검은 잉크가 묻은 곳이 여백보다 먼저 타오를 것을 기대하며 햇빛을 유도하고자 유리 파편의 오목한 부분을 종이 위에 올려놓았다. 그런데 잉크가 가장 많이 묻은 부분을 살피던 내 눈에 프어봄이 작성한 기술적인 내용들이 들어왔다. 기억이란 참으로 끈질기다. 지금도 내 머릿속에는 이런 내용이 남아 있다.

......G가 양쪽을 포기했다. 시간이 허락하면 우리는 보루 H와 I로 돌아가고, L 지점의 쓰레기분소들과 새로운 항구의 다리를 지키기 위해 10문의 포가 설치된 포병 진지 K를 구축할 것이며, 산타클라라의 보루와 성채 방어에 들어갈 것이다. 이 전략에는 무장병력 천 명이 필요하며......

일순 나는 고개를 돌렸다. 지도는 거기, 탁자 위에 놓여 있었다. 일단 나는 종이에 불을 붙이려던 계획을 뒤로 미루었다. 한번 공병은 영원한 공병이다. 공병의 눈앞에 지도가 자기장적인 매력을 발산하고 있었다.

지도는 바르셀로나를, 도시 외곽과 열악한 성벽을 재현하고 있었다. 프어봄은 그 지도를 바탕으로 자신이 고안한 공격용 참호를 설계하면서 주요 지점을 이니셜이나 번호로 표시하고, 도면 한쪽에 그것들에 대한 설명을 주석처럼 달아놓고 있었다. 처음에 나는 애써 그 도면을 외면하고 싶었지만 결국은 자리를 잡고 앉아서 본격적인 검토에 들어갔다.

나는 반복된 검토 끝에 이런 결론을 내렸다. 이른바 위대한 공격용 참호는 아니다. 부르봉군이 참호에 배치한 병력을 가동하여 인해전술 같은 전술을 펼치면 성벽까지는 도달하겠지만 완벽하지 못한 참호 설계로 인해 대규모의 사상자가 발생하는 것은 피할 수 없다. 따라서 동일한 조건이라면 뒤피는 그것보다 더 나은 공격용 참호를, 아니, 훨씬 더 나은 참호를 고안해낼 것이고, 그렇게 되면 지미는 뒤피의 손을 들어줄 것이다.

그때 무언가가 내 머릿속을 스쳤다. 만일 상황이 그런 식으로 전개되는 게 분명하다면 그들 사이에 내가 끼어들 여지가 있지 않을까?

네덜란드 출신 도살업자 프어봄이 다시 돌아왔을 때 나 선량한 수비는 그의 도면에 달린 기술적인 설명과 주석을 들여다보고 있었다.

"어때?" 그가 물었다.

"내 의견을 듣고 싶은 겁니까?" 나는 세부사항이 기록된 도면들을 절반으로 찢어 바닥에 던졌다. "쓰레기라서." 그리고 그가 흥분하기 전에 덧붙였다. "문제는 설계가 아니라 참호에 접근하는 방식에 있더군요."

격론이 벌어졌다. 나는 최고의 공병이었다. 그래서 밀어붙였다.

그는 나의 여유 있는 반론에 곤혹스러워하며 무지막지한 땀을 방출했다. 나는 그의 턱에 송알송알 맺히는 땀방울과 역겨운 체취를 느끼면서 이렇게 결론지었다.

"당신이 했던 말을 숙고했습니다. 그럴 만한 이유가 없지 않더군요. 하지만 우리 사이의 적의는 해묵은 오해에서 비롯된 겁니다. 자, 한 가지 제안하는데, 나를 추방하지 말고 승진시켜주시오. 바꿔 말하자면, 당신에게 충성하겠다는 겁니다."

"충성?" 그가 자신의 귀를 의심했다. "당신은 그런 말을 모르잖아."

"당신이 당장 해야 할 일은 다른 공격형 참호 설계도입니다. 하지만 그 일을 나보다 잘할 자가 어디 있을까요? 분명한 것은 새로운 설계도가 필요하다는 겁니다."

"그렇다고 해서 당신이 나한테 진 빚을 없었던 일로 할 순 없지."

"당신 손에 새로운 참호 설계도가 쥐어지면 당신 자신은 물론이고, 당신이 나에 대해 품고 있는 그 증오까지 보상받을 겁니다."

나는 그가 생각하는 것을, 마치 유리처럼 투명한 그의 뇌를 들여다보고 있었다. 네놈은 내 손바닥 안에 있어. 나는 잃을 게 없거든.

"지금 나에게 필요한 것은 잉크와 종이, 컴퍼스와 목탄입니다. 그리고 최대한의 시간을 주시오."

○○○

나는 이틀 밤 사흘을 꼬박 초라한 방 안에 갇혀 지냈다. 면도도 하지 않았다. 그사이 끊임없는 포격전은 그 방을 안개 같은 먼지가 부유하는 공간으로 만들어놓았다.

새로운 공격용 참호 설계 작업은 내 육신을 여태까지 겪어보지 못한 한계로 내몰았다. 여러분은 우리 인간의 뇌가 사용하면 할수록 탕진되는 근육이라는 내 말을 믿어야 한다. 나 선량한 수비의 재능이 그때만큼 과도하게 시험되고 증명된 적이 없었다. 나는 무너진 대들보로 로마의 성당을 세워야 하는 건축가 같은 강박에 휩싸인 채 바조슈에서 갈고 닦은 역량을 동원했다. 깃털 펜으로 잉크를 찍고 선을 그을 때마다 내가 그 일을 위해 태어났다고 자위하면서 저주스러운 설계도를 작성하고 있는 내 자신을 정당화했다. 바조슈 시절에 보방은 나에게 '완벽한 도시 방어에 대해' 물었던 적이 있는데 어쩌면 그 대답은 세월이 흐른 지금 여기에 있을 것이다. '완벽한 도시 방어는 공격용 참호'라고. 왜냐하면 여러분도 이미 눈치를 챘겠지만 내가 공들여 설계한 공격용 참호로 인해 부르봉군의 공격은 그들이 예상하는 것보다 훨씬 힘들고 더디게 이루어질 것이며 그들에게 막대한 피해를 초래할 것이기 때문이다. 따라서 나의 숨은 의도가 관철되려면 공격용 참호는 설계도에서 아무나 판별할 수 없는 불가사의한 형태로 나타남으로써 그들에게 재앙을 안겨주어야 했다. 물론 프어봄은 돼지 같은 인간이지만 그렇다고 멍청이는 아니었다. 그는 설계도에서 내가 숨긴 악의와 재앙을 간파하려고 눈에 쌍불을 켤 것이다. 따라서 나는 그야말로 아름다운, 아름답기 짝이 없는 설계도를 완성해야 했다. 거짓이지만 매력적인 설계도이자 진실과 악의가 공존하는 설계도를. 게다가 나는 프어봄을 기만하는 것과 동시에 보방 후작 이후에 최고의 공병으로 평가받는 뒤피를 뛰어넘는 공병이어야 했다. 아, 내가 뒤피를 뛰어넘어야 하다니! 살벌한 지미의 판정을 통과해야 하다니! 상상만으로도 아찔한 현기증이 일었다.

부르봉군의 공격이 시작될 것이다. 내가 설계한 공격용 참호는 성벽 아래까지 근접할 것이고 참호 속은 그들의 폭군에게 한낱 전쟁 도구에 지나지 않는 병사들로 넘쳐날 것이다. 그러나 그들이 참호를 완성하는 데는 더 많은 시간이 걸릴 것이다. 어쩌면 일주일, 아니, 보름이 더 걸릴지도 모른다. 그사이에도 우리의 소우주는 자신의 지축을 중심으로 회전할 것이다. 누가 알겠는가? 그사이에 왕이 죽을지도, 아니면 왕비가 죽을지도. 아니면 휴전 협정이 이루어질지도.

이틀 밤 사흘 사이에 프어봄은 조바심을 억제하지 못한 채 나에게는 방이자 감방인 그곳을 수시로 드나들며 나를 채근했다.

"이봐, 다 됐나? 베릭이 오고 있어! 서둘러! 서둘러야 한다니까!"

사흘째 되는 날 새벽이었다. 나는 탁자를 창가로 옮겼다. 여명의 햇살에 드러나는 뿌연 먼지 입자들이 바다 속을 유영하는 해파리 떼처럼 보였다. 그 빛에 눈이 쓰라리면서 망막이 녹아내리는 것 같았다.

프어봄이 들어섰다. 살기등등한 눈빛을 감추지 못한 채 등 뒤로 문을 닫았다. 그의 조바심이 이미 한계를 넘어서고 있었다. 내가 먼저 입을 열었다.

"이것으로 우리 계산도 끝나야겠지요."

"중대한 일은 목숨과 맞바꿀 만한 가치가 있지." 그가 도면을 보며 덧붙였다. "그게 당신일 수도"

그는 묵묵히 도면을 들여다보기 시작했다. 도면에 나오는 기술적인 설명과 주석도 읽었다. 그의 반복된 검토가 계속되었다. 도무지 끝날 줄을 몰랐다. 그의 입에서 새어나오는 으르렁거리는 소리의 의미를 해석할 수 없었다. 나는 더 이상 기다리지 못하고 물었다.

"어떻습니까? 어떤 희망이 보입니까?"

그러나 그는 마치 내가 없다는 듯이 대답하지 않았다. 그의 눈은 도면 위에서 움직이는 자신의 손가락을 좇고 있었다.

"당신은 어떻게 생각하는데?" 그가 한참 만에 고개를 들더니 내 눈을 찾으면서 물었다. "이번 일이 아니면 당신은 이미 죽은 목숨이었겠지."

그때부터 나는 그와 함께 하루 종일 세부적인 것들을 다듬었다. 나는 탈진 상태였고, 그는 자신의 역량을 쥐어싸냈다. 그는 한계가 없는 무지막지한 힘을 소유한 인물이었다. 나는 그가 오만방자한 인물이 아니라고, 사악하고 통속적인 인간이 아니라고는 말하지 않겠다. 그의 눈길은 24시간 내내 탁자에서 벗어나지 않았다. 나는 마음속으로 중얼거렸다. "맙소사, 대체 이 인간은 오줌도 안 누고, 잠도 안 자고, 음식도 안 먹는다는 말인가?" 그는 단단한 빵 한 조각과 오포르토 한 병만 쥐어주면 사막도 횡단할 인간이었다. 그런 그가 쉬지 않고 질문을 쏟아냈다.

"너무 가까워." 그가 손가락으로 한 지점을 가리키며 지적했다. "제1선 참호 작업이 여기서 시작된다? 여기는 적의 성벽으로부터 너무 가까워. 참호가 열리면 어떻게 되겠어? 아군은 대참사를 면하지 못할 텐데."

"왜요? 지미가 참호 작업을 지원할 거라고 생각합니까? 그렇다면 그렇게 하시지요. 우리가 앞으로 바짝 당길수록 시간은 그만큼 줄어들 거고, 야심 찬 지미 역시 그 유혹을 물리칠 수가 없을 겁니다."

"여긴 말이지." 그가 다시 지적했다. "평행 참호들을 잇는 연결 통로의 폭이 전체적으로 너무 넓어. 이렇게 넓은 공간을 확보하려면 참호 작업이 배로 힘들어질 테고, 결과적으로 너무 많은 시간을 허비할 거야."

"참호의 폭은 상대인 방어군의 병력에 비례합니다. 지금 우리에겐 대규모 병력이 필요한데 돌격대는 어디다 위치시킬 겁니까? 돌격대와 참호병이 뒤섞이고 물자까지 뒤엉키면 시간이 절약되는 게 아니라 오히려 잃게 될 겁니다."

"참호가 너무 좌측으로 편중된 게 아냐? 바다 가까이까지 갈 것까진 없잖아."

"이 지역의 지형을 살펴보면 도랑이 많고 그것들은 하천을 통해 바다로 흘러듭니다. 여름철에는 물이 말라붙고요. 성벽과 평행을 이루며 하구까지 뻗쳐 있는 수리 시설은 자연 지형과 더불어 참호 작업 기간을 절반 정도 단축시키게 됩니다."

내가 그와 함께하는 동안에 한 가지 확실했던 것은 자신을 알고 있는 적을 죽이는 게 무척이나 힘들다는 것이었다. 스물네 시간을 함께 지내다 보니 처음에는 서로의 겉과 속이 다르게 출발했지만 나중에는 어설프게나마 인간적인 유대성이 생기더라는 것이다. 프어봄은 종종 새끼손가락으로 살이 오른 얼굴을 긁어대곤 했는데, 나는 그가 보통 사람들과는 어떤 차별을 두고자 검지가 아닌 새끼

손가락을 사용하긴 했지만 기존의 자신을 포기하는 것으로 받아들이게 되었다. 또한 공동 작업은 동지애 비슷한 연대감을 생성시켰다. 함께 배를 타고 있을 때 그 배가 뭍에 닿기 전까지는 반대편에서 노를 젓고 있는 동료의 죽음을 원하는 자는 없을 것이다.

그러다 보니 이러한 의문이 파고들었다. 자신의 적을 존중할 수 있을까? 만일 존중할 수 있다면 혹시 나쁜 자는 그가 아니라 내가 아닐까? 우리 두 사람 사이의 증오에 대한 그의 해석을 내가 전부 거부할 수만은 없었다. 대체 프어봄이 나에게 무슨 짓을, 어떤 악행을 저질렀는가? 바조슈에서 그는 잔에게 구애를 하고 있다가 그의 표현대로 지저분한 '정원사'인 나로부터 예기치 못한 모욕을 당했다. 그것은 사실이었다. 그 상황에서 그가 그랬던 것처럼 증오를 품지 않는 자는 아무도 없을 것이다. 그런데도 나는 수레를, 우회와 접근을, 배수구의 깊이를, 참호 벽의 경사각을 계산하면서도 잔 보방을 사랑한다는 이유로 그를 증오하고 있었다. 어쩌면 나는 그 일의 진실을 캐내는 것보다 그를 죽이겠다고 마음먹는 게 더 쉬운 일이라고 생각했는지도 모른다. 왜냐하면 사실 내가 잔을 잃은 게 그의 잘못이 아니라 내 잘못이었으니까. 사실이 그렇지 않은가. 그런 생각이 나를 우울하게 만들었다.

여러분은 내 입장을 이해해야 한다. 적에게 생포된 채 목숨을 부지하고자 잔머리를 굴리면서 은밀하게 내 자신을 포함한 모든 것과 대항하고 있는 신세를, 아군으로부터는 탈주자로 간주될지도 모르는 처지를 말이다. 게다가 나는 이제 곧 도착할 지미의 편에 서서 돈 안토니오를 적으로 상대해야 할지도 모른다. 내가 그토록 찾아 헤매던 '말'이 포격으로 인해 잿더미로 변한 그곳 어딘가를 부유하던 그 며칠 동안, 내 영혼을 흔들던 무질서는 나로 하여금 프어봄에 대한 해묵은 증오까지 망설이게 만들고 있었다.

아냐, 그게 아니라니까. 나는 진지할 것이라고 말했고, 나는 그렇게 할 거야.

나는 여러분에게 왜 우리가 처음 만난 순간부터 서로를 증오했는지를, 왜 내가 그를 죽일 때까지 증오했는지를, 왜 내가 아직도 그를 그토록 증오하고 있는지를 이야기할 것이다.

왜냐고? 글쎄 그랬기 때문이라니까! 세상에는 그렇기 때문에 그렇게 되는 일들이, 그렇기 때문에 선택되지 않는 일들이, 그래서 그렇게 끝나는 일들이 있지 않은가. 젠장, 프어봄과의 일이 그런 거라니까!

빌어먹을, 그 이야기는 여기서 끝내자니까! 이 장은 여기서 끝! 알았어?

뭐, 그래선 안 된다고? 끔찍한 내 사랑, 내 붉은 머리 해마는 기왕에 나온 이야기를 말끔하게 정리하는 게 어떻겠느냐고 부추긴다. 자초지종을 오늘밤에 몽땅 털어놓잔다. (뭐? 이젠 무슨 일이 일어날지 다 알고 있다고? 이젠 네가 이 책에 등장하는 공병이라도 되겠다는 거야? 그렇다면 나는, 내 혀는 밤새 삽질이나 해대는 불쌍한 참호병이 될 수밖에.)

참호 설계 작업과 검토가 끝났다. 우리는 기진맥진한 상태였다. 프어봄은 부하에게 술을 가져오라고 지시했다. 포르투갈산 오포르토는 그의 열정이자 기분전환용 알코올이었다. 와인 한 병에 운명을 건다는 말이 있었다. 전쟁 초기부터 포르투갈 무역이 영국에 한정되다 보니 그들이 비축한 술은 차츰 줄어들었던 것이다. 그런데도 그는 그 귀중한 술을 내놓았다. 그는 왜 나를 죽이지 않고 술을 내놓았을까? 그의 입장에서는 그날 밤에 나를 모욕하는 것이 이튿 날 새벽에 나를 죽이는 것보다 더 힘들었을 텐데 말이다.

아무튼 우리는 밤새 술을 마시면서 모든 사내들(지미는 예외다.)처럼 여자 이야기를 했다. 아니, 프어봄이 떠들어대고 나는 아멜리스에 대한 우울한 기억을 떠올리며 입을 다물고 있었다. 그는 바르셀로나에 인질로 붙잡혀 있던 그에게 적색우단이 고급 창녀를 제공했다면서 대수롭지 않게 말했다.

"아, 글쎄, 딱 한 번이었다니까. 상대는 그자들이 고용한 창녀였어."

"맙소사, 딱 한 번이라고요?" 나는 그 말에 웃으면서 맞장구를 쳤다. "설마 그럴 리가요? 보나마나 그자들은 인질인 당신이 그 여자와 부부처럼 지내기를 바랐겠지요."

우리는 이미 취해 있었다. 특히 그는 내 말에 섞인 조롱을 알아챌 수 없을 만큼 만취 상태에서 자신의 속마음을 터놓았다.

"그 암캐 같은 계집은 그 일에 아주 능통했어. 난 말이지, 이번에 우리가 바르셀로나에 입성하면 맨 먼저 그년을 찾으라고 지시할 거야. 까만 데다 빼빼 말랐지만, 물건을 빨고 방아를 찧는 일만큼은 죽여주더군."

"까맣다고요?"

"아주 까맸지. 얼굴 말고 머리칼 말이야." 그는 손가락으로 문을 두드리듯 탁자를 치며 세세한 묘사를 이어갔다. "여우처럼 영악한 게 살덩이는 떡갈나무보다 더 탄탄했지. 옷은 항상 보라색 옷이었어. 보석 하나 없이 항상 보라색 옷을 입고 왔다, 그거야. 대체 그 계집이 원하는 게 뭘까? 이봐, 자네 혹시 그 계집에게서 가장 두드러진 게 뭔 줄 아나?" 그는 그 대목에서 마치 자신의 질문에 대한 대답을 찾듯 사방을 살폈지만, 내가 짐승 같은 눈으로 그를 노려보고 있다는 사실은 눈치채지 못했다. "그건 그 계집이 아주 비상한 두뇌를 지니고 있었다는 거야. 하루는 꽉 막힌 골칫거리를 풀어주더군. 이렇게 말이지. '요리스, 이 상황에서 벗어나고 싶으면 당신을 당신만 한 상대와 바꾸자고 제시하세요. 그 장군 있잖아요. 부르봉 군에게 잡혀 있는 비야로엘 말예요. 아직까지는 아무도 그런 생각을 떠올리지 못해서 그런 모양인데, 비야로엘이 바르셀로나로 오게 되면 당신은 마드리드로 가게 되잖아요. 그래서 모두가 만족할 거고요.'" 그는 그 대목에서 감격에 젖은 채 마치 개가 몸에 묻은 물을 털어내듯 자신의 머리를 흔들어댔다. "그래, 난 그때 그렇게 단순했던 것을 떠올리지 못했던 거야. 아무튼 그래서 나는 그 여자 말대로 제안했고, 그 여자 덕분에 지금 여기 이렇게 있게 된 거지."

이제 와서 나는 나를 아프게 만들었던 그것이 무엇이었는지를 털어놓을 수가 있을까? 그 하찮은 것을, 그녀가 그에게 "요리스"라고 불러주었던 은밀하면서 사적인 그의 이름 한마디를. 나는 그의 입에서 그 말을 듣는 순간 이성을 잃었다. 오죽했으면 내 손에 쥐어진 도기 술잔이 호두가 으깨지는 소리를 내며 박살나는 것을 감지하지 못했을까.

그 소리에 푸어봄이 알코올이 드리워진 안개에서 벗어났다. 그리고 나를 쳐다보았다. 내 얼굴을. 동시에 그의 얼굴이 훤해졌고, 그의 입에서 이런 말이 튀어나왔다.

"아냐, 아니, 그럴 리가!"

나는 98년을 살아왔다. 설사 내가 거기다 천 년을 더 살더라도 그의 웃음은 내 귀를 울리면서 계속될 것이다. 마치 어제 들었던 웃음소리처럼.

7

 한 번이라도 죽음의 상태에 놓여본 적이 있는가? 나는 그랬다. 한 번도 아니고 여러 번을. 나는 왜 아무도 죽음에서 돌아오지 않는지 그 이유를 이해할 수 있다. 죽음은 온후하고 평온하기 때문이다. 죽음이란 우리의 욕망과 의무를 죽이는 것이다. 죽음으로 인해 욕망과 의무가 사라졌는데 무엇 때문에 이 작은 세상으로 돌아오겠는가?
 앞 장에서 나 선량한 수비는 먼지밖에 없는 텅 빈 골방에서 참호 설계도를 끝냈다. 그사이에도 마치 '미스테어'의 웃음소리 같은 비인간적이면서 단조롭기만 한 포성이 지축을 흔들고 있었다. 나에게 남은 것은 동이 트는 새벽과 함께 찾아올 생의 마지막 절차였다. 프어봄은 여전히 나에게 마무리 작업에 대해 자문을 구하기는 했지만 갈수록 열의가 떨어지고 있었다. 이윽고 그가 주먹으로 눈을 비비더니 설계도를 문서철에 넣으며 네덜란드어로 소리쳤다. 드디어 원하던 것을 손에 넣었다는 뜻이었다.

 잠시 후에 등짝이 내 다리보다 더 길어 보이는 괴물 같은 병사 두 명이 골방으로 들어왔다. 보아하니 발로니아 출신의 용병들이 틀림없었다. 프어봄은 설계도가 제대로 끼워지도록 문서철 여백을 톡톡 때려대면서 그들에게 고갯짓으로 지시했다. 나를 데려가라고. 그들이 내 다리를 묶더니 내 겨드랑이를 붙잡고 나를 의자에서 일으켜 세웠다.

 "잠깐만!" 나는 소리쳤다. 그렇게 즉흥적으로 어떤 생각을 떠올린 적이 없었다. 나는 팔꿈치로 그들을 떼어냈다. 그리고 지도 위로 한 손을 뻗으며 애원했다. 비굴하게. "각하, 제분소를 보십시오!"

 "제분소라니?"

 "보다시피 L 지점에 대한 설계도가 아직 마무리되지 못했습니다. 반란자들은 제분소들을 야전 시설로 바꿀 겁니다."

 그가 의아하다는 듯이 눈을 깜빡거렸다.

 "아, 이 L 지점의 방앗간들 말이군. 하지만 여긴 나중에 살펴보지. 그다지 중요한 곳도 아니고. 정 안 되면 그 근처를 우회해야겠지."

 그의 대답은 이렇게 말한 것이나 다름없었다. "아냐, 이것 때문에 네놈을 처형하는 게 미뤄지진 않는다고." 그의 말이 끝나기 무섭게 그의 용병들이 다시 내 겨드랑이를 붙잡았다. 그러나 나 역시 그냥 물러서지 않았다. 내 입에서 나 자신도 모르는 속임수가 흘러나오기 시작했다. 어떤 익명의 천재가 그 지점에 제분소로 위장한 기이한 방어 체계를 구축했다고. 제분소 건물 창문들이 총안으로 바뀔 거라고. 제분소 안쪽에는 중거리 포들이 감추어져 있다고. 그것들은 풍차 날개에 연결되어 있으며 풍차 날개가 포연을 제거한다고.

그 포를 제거하는 데는 오랜 시간이 걸릴 거라고.

"그야말로 독창적이군!" 그가 거짓 관심을 내보이며 소리쳤다. 그러고는 내 말을 적으면서 혼잣말을 중얼거리더니 말했다. "자네, 그 미치광이 천재가 누군지 알고 있나? 저 빌어먹을 도시가 함락되면 그자에게 참수형만큼은 면해줄 생각이야. 답례로 말이지." 이어 새삼 되살아나는 원한의 눈빛으로 나를 노려보면서 이렇게 덧붙였다. "그 미친 천재는 바로 네놈이잖아."

그렇게 그는 나에게 결정적인 치욕을 안겨주었다. 이 세상은 요행으로만 살아남을 수 없는 법이다. 그는 용병들에게 나를 끌고 나가라고 다시 지시했다.

내 운명은 나만 몰랐을 뿐 이미 결정되어 있었다. 그들은 적에게 경각심을 불러일으키고자 바르셀로나에서 첩보 활동을 벌이던 부르봉군 염탐꾼들을 성벽에 매달았던 아군에 대한 보복으로 나 같은 포로 몇 명을 희생양으로 삼았는데 프어봄은 그 명단에 나를 포함시켰던 것이다.

처형장은 부르봉군 참호 뒤편에 위치하고 있었다. 우리를 보고자 몰려든 병사들로 인해 처형장까지 가는 것조차 힘들었다. 양손을 뒤로 묶어서 나를 데려가는 두 거한이 아니었으면 5미터 높이에 L형태의 교수대에 서기도 전에 맞아죽었을지도 모른다.

나무 계단을 올라가 교수대 앞에 섰다. 시야가 확 트였다. 바람이 불었다. 포연을 바다 쪽으로 휩쓸어가는 서풍이었다. 나는 마지막 순간을, 뽀얀 잿빛 먼지 위로 드러나는 전경을 눈에 담기 시작했다.

당연한 사실이었지만 양군의 전력 차이는 확연했다. 부르봉군 진지에는 포병대가 정신없이 포를 쏘아대고, 참호와 참호를 연결하는 통로에는 보병들이 개미떼처럼 오르내리며 포탄을 나르고 있었다. 반면에 그들에게 맞서는, 코스타가 이끄는 아군 포병대의 응사는 간헐적이었다.

 부르봉군은 물론이고 아군의 병력 배치와 움직임도 한눈에 들어왔다. 직업별로 나뉘어 각각의 보루에 배치된 코로넬라 부대들, 도시의 종루마다 두 명씩 조를 이루어 부르봉군의 움직임을 살피는 관측병들, 겹겹이 붙인 문짝을 방패 삼고서 성곽 주변의 해자에 떨어진 포탄을 수습하는 병사들. 모든 게 이미 내 머리에 기억된 것들과 다르지 않았다. 물론 내 눈에는 보이지 않지만 그 와중에도 첩보원들은 은밀하고 신속하게 움직일 것이며, 무너진 집들 사이로 순찰대가 돌아다닐 것이다. 그것들만이 아니었다. 내 눈에는 꿀을 베고 있는 부르봉군 병사들이, 그들을 노리는 아군 저격병들의 모습도 들어왔다. 또한 허물어진 성벽과, 그 너머로 노시 선체와 뾰족하게 솟은 종루들의 윤곽이, 그 모든 것들의 배경이 되는 지중해가 들어왔다. 나는 우리 인간의 고행과 수난을 아는지 모르는지 무심하게 펼쳐진 도시와 지중해를 바라보며 죽음의 공포와 고통을 잊고 있었다.

 우리 인간의 목과 우리 인간이 만든 올가미 사이에서 이루어지는 접촉에는 빠트리지 않아야 할 어떤 것이 있다. 그러나 나는 올가미를 상대로 저항해야 함에도 공허한 전문성에 함몰된 채 이런 생각을 떠올렸다. 아, 코스타는 포의 발사각을 몇 도 정도 수정해야 하는데. 병사들이 참호에서 사용하는 나무 층계 형태의 발판을 치웠다. 동시에 내 다리는 의지할 곳을 잃었다.

 우리 인간은 세상과의 연이 끊길 때까지 세상의 아름다움을 이해하지 못한다. 최후의 순간에 보이는 세상은 그 자체로 선하고, 아름답고, 적확했다. 군데군데 갈라지거나 허물어져 누에고치 몸통처럼 골이 파인 성벽마저 아름다웠다. 매 순간 무수한 것들이 자신을 드러내고 있었다. 생전에 그것을 이해하지 못하다니 이 얼마나 큰 오류인가! 나는 마지막 순간에 이렇게 생각했던 것으로 기억한다. 참으로 아름다운 포위전이라고……. 그러다가 질식했다.

ooo

무언가를 들었다. 육성이었다.
"눈을 뜨라고. 이건 명령이야."
나는 눈을 떴다.
지미였다. 그의 얼굴이 보였다. 나를 내려다보고 있었다. 그의 머리에서 향수 냄새가 났다.
지미, 내가 아는 지미가 거기 있었다. 이기적인 자만심, 실실 쪼개는 웃음, 칠면조 꼬리 같은 자긍심을 내세우는 인물. 그는 내가 눈을 뜨자 자신의 호위병들을 향해 우쭐한 표정을 지으면서 한 손을 들어 올렸다. 마치 이렇게 자신을 자랑하듯 말이다. 봤지? 내가 널 살린 거야.
나는 그저 어안이 벙벙했다. 그들은 나를 부르봉군의 장교용 의무 막사로 데려가 목에 붕대를 감았다. 대부분의 침대는 비어 있었다. 나 혼자만은 아니었다. 저 안쪽으로 죽어가는 에스파냐 장교가 보였다. 붕대도 감을 수 없는 처참한 그의 입에서 금방이라도 끊어질 것 같은 거친 숨소리가 흘러나왔다. 그러나 지미는 그를 거들떠

보지도 않았다.

"자네는 운 좋은 철새라고." 그는 자신의 영국인 호위병들을 물리치고 나서 입을 열었다. "이곳에 도착하자마자 전선을 둘러보았지. 그러다가 자네를 발견한 거야. 꼬추가 딱딱해진 채 올가미에 걸려 있더군. 1초만 늦었어도 자네 목숨을 구하지 못했을 거야. 어때? 말은 할 수 있겠나?"

나는 고개를 저었다.

"당연히 그렇겠지. 조금만 더 지체되었으면 올가미 끈이 그 목을 잘라버렸을 거야. 프어봄이었나?"

나는 고개를 끄덕였다. 탁자 위에 장갑을 내려놓던 그가 흠칫 놀라는 눈치였다.

"맙소사, 그자가 그랬다고? 두 사람은 가까운 사이가 아니었나?"

나는 대답 대신 손가락으로 외설적인 형태를 만들어 보였다. 순간 지미의 얼굴에 드리워졌던 의혹의 그림자가 걷혔다. 그가 침대에 걸터앉았다. 그러고는 손바닥으로 내 허벅지를 툭툭 쳤다.

"난 할 일이 아주 많아. 자네가 회복하는 동안, 자네와 계약을 할지, 아니면 형장으로 다시 돌려보낼지를 결정하도록 하지. 일단은 잠이나 푹 자라고."

○○○

야전 막사에서 지낸 지 사흘이 지났다. 그날 지미의 호위병들이 다시 찾아왔다. 지미의 지휘본부와 처소는 부르봉군 진지 뒤에 위치한 '마스기나르도'라고 불리는 널따란 농가였다. 그들은 그곳에 마치 통 속의 물고기처럼 나를 풀어놓았다.

지미는 없고 하인 두 명뿐이었다. 나는 초대받은 것도, 감방에 갇힌 것도 아닌 애매한 신분이었다. 덕분에 그들이 나한테 지시하는 것도 아니고, 내가 그들에게 지시하는 것도 아닌 입장에서 자유롭게 지냈다. 지미의 집무실은 수많은 문서들로 가득 차 있었다.

집에 고양이를 풀어놓으면 고양이는 주인이 없는 동안에 구석구석을 돌아다니며 냄새를 맡는다. 내가 그랬다. 그의 집무용 테이블 위에는 펠리피토의 친서가 놓여 있었다. 물론 지미가 모를 리가 없었다. 친서에는 최후의 공격에 대한 지침이 적혀 있었다.

짐은 바르셀로나 요새를 단기간에 굴복시키겠다고 약조했던 그대에게 짐의 의중을 전달하고자 한다. 작금에 반란자들은 우리에 맞서 지독한 전쟁을 벌이고 있다. 그들이 시험하고자 하는 모든 은총은 연민과 동정심에 호소하는 것에 지나지 않는바, 따라서 그대는 자신의 잘못을 후회하는 자들에게 참호를 열기 전까지는 자비를 서둘러 베풀지 말고 자비가 얼마나 가치 있는 것인지를, 그들의 생명이 짐에게 달려 있음을 인식시키도록 하라. 만일 그들이 짐의 뜻을 이해하지 못함으로써 참호를 열게 만들 경우, 완전하게 투항하는 자들을 제외하고는 그 어떤 청원도 들어주지 말라. 그리고 그들이 저항을 지속함으로써 최후의 공격을 하게끔 만들 경우, 짐이 이미 확언했듯 그 어떤 자비도 없을 것이며, 그들은 도시에 입성하는 에스파냐 장교들에 의해 전쟁의 가혹함을 경험하게 될 것이다.

맙소사, 에스파냐 장교들한테 그런 기회가 주어지면 살아남은 주민들은 얼마나 지독한 불안에 떨게 될 것인가.

지미가 불쑥 들어섰다. 그는 내가 그의 집무실에 있든 없든 신경 쓰지 않았다.

"자, 짧게 하지." 그가 말했다. "나는 바빠."

항상 그런 식이었다. 무슨 일이든 느긋하게 기다리지 못했다. 휴식 시간도 마찬가지였다. 그는 쟁반에 놓여 있던 사과를 집어 들고 팔걸이의자에 앉더니 팔걸이에 한쪽 다리를 올려놓고 머리를 뒤로 젖힌 자세로 사과를 한 입 베어 물고는 씹기 시작했다. 사적으로는 영락없는 어린애 같은 모습이었다.

"반란군에게 굴욕을 당한 거야." 그가 단도직입적으로 말했다. "자네야 돈을 바라는 것도 야망을 좇는 것도 아니잖아. 더욱이 이번 전쟁에서 지고 있다는 것도 분명히 알고 있을 텐데 저쪽에 신경을 쓰는 이유가 뭐지? 말해봐, 저쪽에 누가 있는 거야?"

"있습니다." 내 입에서 석회 벽을 긁어대는 것 같은 목소리가 튀어나왔다.

"남자야? 여자야?"

"어린애입니다."

그는 먹고 있던 사과를 뒤로 던졌다.

"세상에, 어린애를! 자네는 만날 때마다 타락하는군."

"한 여자와 늙은이, 그리고 난쟁이도 있습니다." 나는 진지하게 덧붙였다.

그러나 그는 여전히 농으로 받아들였다. 그가 다시 고개를 뒤로 젖히고 한숨을 쉬며 천장을 쳐다보았다.

"난쟁이 이야기는 이미 내 상상력의 한계를 뛰어넘었어." 그리고는 다른 어조로 덧붙였다. "그건 나를 능멸하겠다는 거야. 자네가 알만사 이후에 나를 따랐으면 이런 절박한 꼴은 안 보았겠지. 그때 자네는 내가 제공하는 명예와 나와의 동행을 거절했어. 하지만 그렇게 떠난 자의 목숨을 나는 다시 구한 거야. 어때? 내게 '감사하다'는 인사말 정도는 해야 하지 않을까?"

"아닙니다."

"그렇다면 내가 저 천박한 반란자들을 소탕하도록 도와주겠나?"

"아닙니다."

그가 웃었다.

"그래서 맘에 들어. 자네는 자신에 대해 확고하거든. 이제 나는 참호를 열 수 있으니 우리 함께 다시 시작하는 거야. 나에게는 정보가 있어. 토르토사에서 공병대답게 행동한 유일한 공병이 자네였잖아. 나는 처음 본 순간에 알아보았지. '이 신참의 머리는 쭉 뻗은 다리만큼이나 주의를 기울이게 만든다.'고. 나한테는 자네가 두 가지 측면에서 유용해." 그는 씩 웃으며 덧붙였다. "내 휘하로 다시 들어오게. 원하는 게 뭐야?"

나는 대답하지 않았다.

"좋아, 아주 좋아, 우리 사이가 발전하고 있군. 내 눈에는 그런 가치를 모르는 자들이 싸구려로 보이거든." 그는 의자에서 일어나 뒷짐을 지고 어떤 생각에 잠긴 채 제자리를 왔다 갔다 걷기 시작했다. "그 아이, 그 여자, 그 영감. 그 셋을 형벌에 처해진 도시에서 빼내주지. 물론 그 난쟁이도 챙겨줄 거야. 난쟁이들은 무릎을 꿇지 않고서도 그 짓을 할 수 있는 기이한 재능을 지녔잖아. 아무튼 자네에게 만 파운드를 지불하지. 가만, 지금 내가 무슨 말을 하는 거야?

5천 파운드에 사의를 표하면 되는 건데. 물론 해마다, 아니, 죽을 때까지 지급되는 연금일세. 거기다가 그럴듯한 귀족 작위와 별장도 필요하겠지. 왜 아니겠어? 내가 본 바에 의하면 이 나라는 쓸모없는 귀족들과 넘쳐나는 대저택들 때문에 무너지고 있어." 그 대목에서 그는 다시 팔걸이의자에 상체를 축 늘어뜨린 자세로 앉더니 한 손으로 턱을 괸 채 마치 신기한 벌레 쳐다보듯 나를 뜯어보기 시작했다. "난 말이지, 충분히 고민해보긴 하겠지만, 더 많은 걸 제공할 거야. 방금 말했던 별장은 자네 주거지가 아니라고. 거기엔 그 여자와 그 난쟁이를, 아니 자네를 따라다니는 모든 패거리를 데려다놓을 거야. 자넨 간간이 그들을 방문하게 되겠지. 거기 들를 때마다 두 번만 해주면 그 여자도 만족할 테고, 그러고 나서 진짜 집으로 돌아오는 거야." 그 대목에서 그의 목소리가 공허한, 무언가 꺼림칙한 것을 말하는 어조로 바뀌었다. (그 이야기를 사선에 미리 준비했던 게 분명했어.) "아, 그리고 말이지, 바조슈에서 소식이 왔는데 잔 보방이 썩 그렇게 행복하지 않다더군. 혹시 알고 있었나? 하긴, 알고 있겠지. 그 여자 남편이 정신착란증을 겪고 있다는 거." 그는 잔인하게 웃었다. "그자는 현자의 돌이 그 여자 똥구멍에 숨겨져 있다고 믿고서는 메스를 쑤셔 넣으려고 했지. 그게 외과 의사들이 끔찍한 똥구멍을 후빌 때 사용하는 끝이 뾰족한 도구란 건 자네도 잘 알걸. 다행히 신의 가호로 하인이 제지했지만 말이야! 그 일로 그들은 그자를 가두었고, 그랬으니 부부 생활이 끝장날 수밖에." 그가 혀를 끌끌 찼다. "그야말로 슬픈 일이야! 세상에 그렇게 아름다운 여자가 외롭게 된 거라고!" 그의 어투가 진지해졌다. "난 말이지, 공병들의 전당인 바조슈를 재편성할 적합한 인물로 자네를 염두에 두고 있어. 바조슈의 미래를 이끌어갈 적임자가 자네라는 거, 자네도 받아들이게 되겠지."

나는 역겨운 표정을 감추지 못한 채 그를 직시했다.

"당신은 지금 당신이 무슨 말을 하고 있는지조차 모르고 있군요."

"모르는 건 내가 아니라 바로 자네야. 이런 멍청이 같으니!" 그가 이성을 잃고 소리쳤다. "자네 혹시 잔이 어머니라는 건 알고 있나? 그 여자에겐 여섯 살짜리 아들이 있어. 내가 알기로, 잔이 임신 중일 때 남편은 항상 파리에 있었지." 그의 어조가 경멸조로 바뀌었다. "프랑스 귀족 집안의 여자들이 어떻다는 건 자네도 잘 알걸? 그 여자들은 고약한 남편들이 멀리 떨어져 있는 동안에 말을 타고 싶어서 마구간의 하인을 선택하지. 그러고선 그것을 사랑이라고 부르지. 불행히도 귀족들은 마구간 하인들과는 결혼하지 않아. 자, 그 상황에서 어떤 귀족이 나타난다면 어떻게 될까? 설사 그 귀족이 풋내기라도 그들로서는 절대적으로 받아들여질 수밖에. 내 확신하건대, 자네는 그 아들의 좋은 아버지가 될 거야, 안 그래?"

지미는 어떤 미래에 대해 언급하면 그것을 사실로 변하게 만드는 특별한 재능을 지닌 인물이었다. 물론 나는 그런 그의 재능이 그의 위치에 있다고 생각한다. 궁전에서든 선술집에서든 누구나 환상에 빠져 으스댈 수는 있다. 그러나 양자는 똑같은 게 아니다. 지미는 세상을 움직이는 고삐를 쥐고 있었다. 사람들이 어떤 것을 약속할 수 있는 이유는 이미 그것을 쥐고 있거나 차고 넘치기 때문이다. 잔. 그가 그녀를 언급했다는 것은 그녀를 내 앞에 데려다준 것이나 다름없었다. 나로서는 닿을 수 없는 그녀를, 그에게는 의미 없는 그녀를.

"그러면 지금부터는 무엇이 바뀌는지를 얘기해볼까?" 그가 말을 이었다. "사실 바뀌는 건 거의 없어. 첫째, 내가 부르면 자네는 모든 걸 포기하고 내게 오는 거야. 어디에 있든, 설사 내가 유럽의 끄트머리에 있고 자네가 맞은편 끄트머리에 있을지라도 말이지. 둘째, 나는 내일 어떤 지시를 내릴 거야. 자네는 그 지시대로 적절히, 그리고 열심히 하면 돼."

나는 의구심을 감출 수 없었다.

"어떤 겁니까?"

그는 나의 관심을 순종의 의미로 받아들인 모양이었다. 그래서인지 그의 말투가 명령조로 바뀌었다.

"그건 자네가 나한테 요구하는 게 아니라 내 마음이 편안해지면 그때 얘기하지. 어때, 받아들이겠나?"

나는 고개를 숙였다. 잔을 생각하면서. 아멜리아를 생각하면서. 앙팡을 생각하면서. 얼굴은 모르지만 내 피를 물려받은 친아들을 생각하면서. 지미는 그런 인물이었다. 그는 잔을 언급하면서 자기 자신을 소생시켰다. 마치 나를 소생시켰던 것처럼. 바조슈로 돌아간다는 것, 그것은 생각만으로도 나를 만신창이로 만들었다. 어느 누구도 지미만큼 상대를 괴롭히고 아프게 만들 수 없었다. 내가 만일 그의 제안을 받아들이면 나는 이 세상에서 내가 가장 증오하는 그들 중의 한 명으로, 부르봉가의 귀족으로 바뀔 것이다. 지미는 나를 폭격당한 망루 신세로 만들 수 있는 유일한 자였다.

"젠장!" 그는 더 참지 못하고 화를 냈다. "이렇게 답답해서야! 글쎄 나는 시간이 없다니까!"

잔. 나는 그녀를 사랑했던가? 아니었다. 나는 산타클라라 성벽

바로 뒤, 리베라 구역의 5층 우리 집에 사는 아멜리스를 잊을 수 있을 만큼 충분히 그녀를 사랑했던가? 역시 아니었다.

"당신이 약조했던 것을 지키십시오. 나는 내가 했던 약조를 지키겠습니다."

그가 나를 쳐다보았다. 서두르지 않고 내 눈을, 내 눈에 맺힌 눈물을, 마치 폭격당한 보루를 쳐다보듯 안타까운 눈빛으로 일그러지는 내 입술을 응시했다.

"그러지……, 그렇게 하자고……." 그는 흡족한 표정으로 나긋하게 사지를 늘어뜨리며 그렇게 말하고선 마지막 경고도 잊지 않았다. "나를 속이는 일은 없어야 할 거야."

○○○

지미는 공격용 참호 순시에 나섰다. 그의 순시에는 여느 때처럼 영국인 호위병들과 흑견 네 마리, 그의 어록을 정리할 애송이 사가 두 명, 그리고 나 선량한 수비가 동행했다.

지미는 바르셀로나가 한눈에 들어오는 부르봉군 관측소에 들렀다. 그곳은 망원경의 반사광이 적에게 노출됨으로써 저격병의 표적이 되는 불상사가 일어나지 않도록 잘 정비되어 있었다. 그가 흑갈색 망원경으로 바르셀로나 요새를 관찰하면서 나에게 묻는 기술적인 내용의 질문들은 전반적으로 날카로웠다.

"보루만 보입니까?" 한참 만에 내가 캐물었다.

"무슨 말을 하고 싶은 거지?" 그가 망원경에서 눈을 떼며 반문했다.

"그 너머를 보십시오. 당신은 탐미주의자가 아니었던가요?"

그가 다시 망원경을 눈에 갖다 댔다.

"세상에!" 그가 소리쳤다. "저렇게 아름다울 수가!"

"폭격 전에는 훨씬 더 아름다웠습니다."

그가 웃었다.

"그렇다고 내 배고픔까지는 홀리지 못하는군. 자, 식사하러 가자고."

기나르도에 있는 농가로 돌아가는 동안에 그는 수행원들을 향해 혼잣말 같은 이야기를 풀어냈다.

"에스파냐가 정신 나간 권좌 밑에 있는 건 확실하군. 대체 왜 저렇게 아름다운 영토를 파괴하고 풍요로운 자산을 탕진하려고 하지? 국고며, 항구며, 작업장이며 모든 것들이 왕실의 금고로 귀속될 터인데 말이야. 하지만 호전적인 관료들은 나에게 줄기차게 요구하고 있어. 잿더미를 만들어도 좋으니 도시를 몽땅 휩쓸어버리고 한복판에다 승전비를 세우라고."

지미에게 바르셀로나의 미래는 일말의 가치도 없는 것이었다. 그런 그가 마음에도 없는 말을 떠들어대는 것은 앞으로 자행할 대학살에 대한 책임에서 벗어나려는 의도였다. 그에게 그것 외에는 아무런 의미가 없었다.

지미의 침소에는 나 외에 어디든 그를 따라다니는 흑견 네 마리가 함께했다. 한 뼘 정도 되는 주둥이에 털이 없는, 덩치가 조랑말만 한 짐승들은 사방 네 곳을 차지한 채 내 신경을 곤두세우게 만들었다.

그가 뜬금없는 말을 꺼냈다.

"진짜 죽어 있었나?"

"그랬던 것 같습니다."

"죽음이라……." 그가 한숨을 쉬었다. "죽음이란 어떤 거지?"

나로서는 달갑지 않은 질문이었다.

"아무것도……. 우리의 의식을 넘어선, 시간과 공간이 사라진 뒤의 어떤 평온함 같은 것이랄까요."

"자세히 묘사해봐."

"더 이상은……. 살아서 돌아왔다는 게 죽음보다 더 끔찍하다는 것만큼은 분명하다는 겁니다."

그가 웃었다.

"지금 목숨을 구해준 나를 비난하는 거야?"

나는 베개에 얼굴을 파묻기 전에 대답했다.

"죽음은 당신 몸에서 짜낸 수천 리터의 고름을 마시는 것과 다를 바가 없더군요."

그는 즉시 화제를 돌렸다. 침울한 분위기가 싫은 모양이었다.

"이 모든 게 끝나면 귀족 작위가 주어질 거야. 자네는 백작? 후작? 아니면 남작이 되겠지." 그는 가벼운 웃음을 터뜨리더니 말을 이었다. "나는 전쟁이 좋아. 왜 그런 줄 아나? 평화 시에는 가족과 함께 있어야 하거든. 가족을 떠나 좋은 동반자와 함께 있기 위해선 전쟁보다 나은 변명거리가 없지. 전쟁터는 내 마음대로 내 개들과 내 연인들과 지낼 수 있는 곳이야."

이어 그는 내가 그의 스승과 그가 수많은 요새를 이끌었음에도 팔뚝에 문신이 없는 이유가 궁금하다고 하자 이렇게 말했다.

"그건 나의 첫 정치적 선택이자 결정이었지. 시간이 흐르면 내가 이 세계 최고의 공병이 되는 것은 당연한 일. 하지만 점수는 단지 점수일 뿐이야. 공병은 점수를 획득하는 대신에 모든 것들로부터 배제되거든. 왕들이 공병을 섬기는 경우는 없잖아. 그 반대라고. 그러나 나는 왕이 되고 싶어." 그가 나를 향해 고개를 돌렸다. "왜, 이상해?"

"만일 당신이 점수를 획득한 공병이면 나는 당신을 위해 죽을 수도 있습니다. 하지만 그렇지 않으니, 반대로 당신을 죽일 수도 있습니다. 어떤 후회도, 자책감도 없이 말입니다."

그가 웃었다. 그의 웃음이 호방한 폭소로 변했다.

"아, 그렇지. 내가 공병과 공병으로서 지켜야 할 신성한 '미스테어'의 품성을 잊고 있었군. 그러니까 자넨 지금도 그게 내 복부를 찌르도록 강요한다고 믿는 거야? 자, 대답해봐. 만일 내가 자네를 프이봄에게 보냈다고 치자고. 그래도 자네는 그자가 펄뚝에 3짐 문신을 새기고 있으니 그자의 간을 뽑아내는 것을 포기할 거야?" 그의 목소리가 진지한 어조로 바뀌었다. "'미스테어'란, 요새를 짓는 바윗돌과 경사각에 함몰된 공병들이 자신들의 촌스러움을 상쇄시키기 위해 지어낸 이야기에 불과해. 비밀의 신이나 신 아닌 신을 믿는 것은 우리 인간에게 그들이 지닌 본질보다 더 중요한 어떤 것을 믿게끔 만들지. '미스테어'는 존재하지 않아."

잠시 침묵이 흘렀다. 그가 돌아누우며 말했다.

"촛불을 끄도록 해."

8

 이튿날 새벽이었다. 지미는 평소처럼 고압적인 자세로 나왔다.
 "나한테 복종하겠다고 약조했으니, 당장 그대가 해야 할 일을 지시하겠다."
 나 역시 그가 원하는 왕실풍의 자세로 그를 대했다.
 "지시사항이 무엇입니까?"
 그러나 거기까지였다. 그는 잠시나마 딱딱했던 분위기를 풀면서 집무용 테이블 위를 가리켰다.
 "소소한 거야. 이걸 보라고."
 그의 집무실 테이블 위에 커다란 지도 두 장이 펼쳐졌다. 하나는 프어봄에 의해 제출된, 그가 나에게 빼앗아 간 참호용 설계도였고, 다른 하나는 뒤피 보방이 작성한 것이었다. 나는 그것들을 한참 들여다보았다. 나는 지금도 그 순간을 잊지 못한다. 내 눈을 찌르던 그 고통을.

나는 내 자신을 억제할 수 없었다. 소리 없는 눈물이 얼굴을 타고 흐르다 빗줄기처럼 바닥으로 뚝뚝 떨어졌다.

"왜 울지?" 그가 물었다.

"하도 아름다워서……. 누가 공병의 마음을 헤아리겠습니까?"

나는 사사로운 감정을 추스르고 난 다음에 다시 뒤피의 도면에 집중했다. 아무리 들여다보아도 지미가 두 도면 중에 어떤 것을 선택하든 카탈루냐군의 요새는 견디지 못할 게 뻔했다. 요새전에서 좋은 공격용 설계도에 자재와 작업 인원이 충분하게 갖춰지면 상대의 요새를 무너뜨리는 것은 시간문제 아닌가. 그런데 지미가 완벽한 뒤피의 설계도를 선택할 경우, 그 시간은 훨씬 앞당겨지고 아군의 희생은 배가될 것이며, 부르봉군은 길어야 일주일이면 성 안으로 들어가게 될 것이다. 나로서는 어떤 식으로든 지미가 뒤피의 설계도를 선택하는 것만큼은 막아야겠다고 생각했다. 하지만 어떻게 한단 말인가.

"그게 그거군요." 나는 별로 대수롭지 않다는 듯이 말했다. "일단은 뒤피가 상급자로서 프어봄보다 낫겠지만, 프어봄이 뒤피의 전략을 세밀하게 연구했다면 상황이 다를 수도 있지 않을까요?"

지미는 내가 흘리는 질문의 의미를, 그렇게 말하는 나의 두려움을 눈치채지 못했다. 사실 나는 프어봄 같은 3점은 어렵게나마 속일 수 있었지만 7점의 뒤피는 달랐다. 뒤피는 내가 도면에 숨겨놓은 모든 의도를 읽어내고 말 것이다. 마치 놋쇠 표면에 입힌 캐러멜을 벗겨내듯.

"거기까지만." 지미는 귀찮다는 듯이 반응했다. "나는 닭싸움엔 관심 없어. 나는 그들의 설계도를 지키고 싶고, 그들의 사이가 깨지는 걸 원하지 않아. 우리는 모두가 융화를 견지해야 해. 포위전에서 첫 번째 과제는 항상 모든 역량을 집중시키는 거야."

아, 적색우단들이 지미만큼만 되었어도! 그들은 돈 안토니오를 돕는 대신에 그를 괴롭히고 지치게 만들면서 헛된 세월을 보냈다. 카탈루냐는 안으로 소수가 파벌을 이루고 밖에는 무쇠 장갑으로 감싼 무쇠 주먹을 쥔 지미가 버티고 있었다.

"나는 이미 그들을 소집했지. 각자가 자기 견해를 개진하도록 기회를 줄 생각이야. 물론 나는 참호에 대해 나보다 훨씬 나은 자네의 조언을 참조할 생각일세."

"그건 과찬입니다." 나는 그를 비꼬았다. "비루한 제가 어찌 그 위대한 참호 전문가들을 판단할 수 있겠습니까?" 그러고는 이렇게 덧붙였다. "뒤피 보방은 사령부 소속이고, 그래서 미리 보내 설계도를 작성하라고 지시하지 않았던가요? 그의 설계도를 선택하지 않은 이유는 무엇입니까? 혹시 이미 손에 넣은 건 아닙니까?"

"내가 늙은 뒤피 보방을 사령부에 포함시킨 것은 그가 세계 최고의 공병이기 때문이지. 하지만 다른 게 있다면, 그것도 검토해야 하지 않을까? 말이 두 필 있는데, 이것저것 따지지도 않고 아무거나 대충 고르란 말이야?"

그는 그가 명명한 '칠면조' 두 마리를 맞이하기 위해 자리에 앉는 순간 본래의 자기 모습으로, 마치 자신이 군주 같은 자세를 취했다.

"자, 이제 그들의 의견을 들어보자고. 그러려면 자네는 왕좌 뒤에 숨어서 왕에게 귀엣말을 전하는 자가 되는 거야. 그들은 자네가 숨어 있는 줄도 모르고 각자의 의견을 개진하겠지. 그리고 그들이 나가면 나는 자네 의견을 구할 걸세."

나는 그의 지시에 따라 칸막이 뒤쪽으로 갔다. 거기서는 그들의 대화를 엿들을 뿐만 아니라 적당한 눈높이에 맞추어 갈라진 틈을 통해 그들의 모습까지 엿볼 수 있었다.

이윽고 프어봄과 뒤피가 들어왔다. 지미는 서로의 얼굴을 맞대고 앉힌 뒤에 그들이 제시한 설계도의 장점을 설명하도록 지시했다. 뒤피가 먼저, 프어봄이 나중이었다. 각각의 설명이 끝나고 상대에 대한 지적과 논쟁이 이어졌다.

"산타클라라를?" 뒤피가 회의적인 어조로 언성을 높였다. "산타클라라 보루를 공격하겠다는 것은 요새전을 왜곡하는 거요."

"왜곡이라고요?" 프어봄이 반박했다. "나는 여러 해를 이곳에서 근무했습니다. 하지만 당신은 이제 막 도착해서 만든 설계도를 내놓고서 자기 게 더 낫다고 우기고 있군요."

뒤피는 프어봄을 무시했다.

"원수님, 이 도시는 근래에만 세 번의 포위전을 겪었습니다. 그러나 그 세 번의 포위전에서 산타클라라를 공략한 적은 한 번도 없습니다. 그런데도 산타클라라를 고집하는 것은 훌륭한 선조들을 무시하자는 것으로밖에 보이지 않는군요."

"나는 비록 안트베르펜 출신이지만, 여기 있고, 여기 있었고, 앞으로도 펠리페왕을 받들며 여기 남아 있을 겁니다. 하느님이 지켜주실 테니까!" 프어봄이 사태를 파악하지 못한 채 격앙했다. "나는 펠리페왕을 위해 한때 포로 신세가 되기도 했지만, 나의 충성심은 결코 시들지 않는다, 그겁니다."

그러나 그의 주장은 먹혀들지 않았다. 그러기에는 너무 허약했다. 게다가 지미는 알만사 전투를 앞두고서 자신의 출생지로 인해 프어봄에게 겪었던 수모를, 그의 출신지를 들먹이던 자들의 비난을 떠올렸다.

"친애하는 요리스, 이 자리는 출신을 따지자는 게 아니오." 그는 프어봄을 나긋하게 질책했다. "뿌리, 뿌리, 뿌리……, 우리 인간은 채소가 아니잖소. 혹시 당신은 내가 당신의 군주인 에스파냐의 펠리페 5세에 맞서 영국군을 이끌고 있다고 생각하는 거요?"

그때서야 프어봄은 눈에 보이지 않는 모종의 음모를 감지했다.

"아, 이제 알겠군요. 이 모임이 처음부터 형식적이었다는 걸. 나는 공병이고, 공병들의 자식입니다. 그러나 내 혈통이 위대한 보방의 가문과 비교되는 마당에 내가 기대할 것은 아무것도 없군요." 그는 테이블 위에 양 주먹을 갖다 대며 자리에서 일어났다. "나는 에스파냐 왕에게 보고하겠습니다. 어찌하여 우리 신하들이 프랑스 왕의 신하들에게 무시를 당해야 하는 것인지, 어찌하여 그들의 영향력을 두고만 보는 것인지 말입니다."

그 말에 활화산 같은 성격에도 불구하고 모든 면에서 신사 같은 뒤피가 발끈했다.

"닥치시오. 당신이야말로 바윗돌과 경사각을 과시하면서 창녀 같은 짓을 벌이고 있잖소!" 그가 벌떡 일어서며 프어봄의 의표를 찔렀다. "유럽의 모든 공병들은 이미 당신의 책략을 알고 있소. 자신의 특권을 차지하고자 존재하지 않는 편견을 야기하고 있으며, 어떤 왕도 섬기지 않고, 오히려 그들에 의해 떠받쳐지고 있다는 것을 말이오!"

지미는 두 장수 간에 벌어지는 지루한 험담을 지켜볼 뿐 아무 말도 하지 않았다. 그러나 그것은 자신의 무력함을 감추기 위한 궁여지책이었다. 나는 멀뚱하게 천장을 올려다보면서 마치 화를 삭이려고 부채질하듯 손바닥을 흔들어대던 그의 모습을 기억한다. 그는 마치 이렇게 중얼거리고 있는 것 같았다. "젠장, 왜 이렇게 더운 거야. 도저히 참을 수가 없군!" 그때였다. 밖에서 전령이 지미를 찾았다. 지미는 닭싸움에는 신경조차 쓰지 않고 전령이 전달한 서한을 읽었다.

"자, 다들 침묵하시오. 여기, 두 분에게 들려줄 이야기가 하나 있어요." 그는 서한에서 눈을 떼며 말했다. "아시다시피 7월은 율리우스 카이사르에게서 따온 거지요. 8월은 옥타비아누스 아우구스투스를 기리는 데서 나왔고요. 그런데 아우구스투스를 계승한 황제는 티베리우스로, 로마 원로원의 아첨꾼들이 겉으로 보이는 것보다는 덜 폭군인 그에게 '9월'이라는 새로운 세례명을 붙여주자, 그는 그들을 이렇게 조롱하지요. '달은 정해져 있고, 황제는 계속해서 나올 텐데, 그대들은 어떻게 할 셈인가?'라고."

프어봄과 뒤피는 그 메시지에 담긴 의미를 해석하고자 설전을 멈추었다. 그들의 침묵이 길어졌다. 지미는 손짓으로 그들을 물리쳤다. 그들은 여전히 어리둥절한 상태에서 예를 갖추며 지미의 집무실을 나갔다.

"황제들에 이어 티베리우스와 9월을 비유한 의도가 무엇입니까?" 내가 물었다.

깊은 상념에 잠겨 있던 그가 대답했다.

"그거? 아무것도 아니야. 나로서는 저자들의 설전을 어떻게든 제지시켜야 했지. 누구든 자기가 어리석은 자로 보이고 싶지 않으면 입을 다물 수밖에." 이어 그는 이제 막 읽었던 서한을 흔들어대더니 노기를 띠며 덧붙였다. "자네는 이 속에 든 내용을 믿지 못할 거야."

서한에는 펠리페 5세의 서명이 들어가 있었다.

"그래, 그렇다니까! 역사의 요행으로 권좌에 오른 실성한 왕이 보낸 거라고!" 그가 언성을 높였다. "그자가 나한테 에스파냐군을 통솔하는 총사령관 자리를 주겠다는 거야. 나를, 프랑스 루이 14세를 섬기는 원수인 나를! 대체 이게 무슨 뜻이지? 나보고 루이를 포기하라고? 맨발에다 툭하면 생떼를 부리는 군대를 위해서? 나를 차라리 헝가리 집시족의 왕으로 임명하지 않는 이유는 뭐지?" 그는 손에 든 서한을 꼬깃꼬깃 구기며 소리쳤다. "왜, 하느님의 사랑을 위해서? 왜, 호메로스를 가진 자에게 베르길리우스를 택하라는 거지? 왜, 대체 왜?" 그는 구겨진 서한을 쥐고서 집무실 안을 서성거렸다. 과연 어떻게 할 것인가. 왕에게 함부로 자신의 결정을 말할 수 없는 사안이 그를 궁지로 내몰고 있었다.

나는 그의 눈치를 살피다가 어떤 결심처럼 입을 열었다.

"참호도는 결정했습니까? 프어봄인가요, 아니면 뒤피인가요?"

그러나 그는 여전히 바닥을 내려다보며 서성거렸다. 내 심장이 세차게 뛰기 시작했다. 하느님이었던가, '미스테어'였던가. 언젠가 나는 마음속으로 기도한 적이 있는데 이런 내용이었다. "제발, 제 참호도를 선택하게 해주시옵소서."

돌연 지미가 걸음을 멈추었다. 바닥에 눈길을 고정시킨 것과 동시에 허공을 향해 검지를 들어 올렸다.

"프어봄의 참호도에 걸도록 하지."

이어 그는 내심 그의 왕의 관용을 기대하며 이렇게 덧붙였다.
"나는 당연히 펠리페의 제안을 거부할 생각이야. 물론 고상한 결정은 아니겠지. 하지만 내가 프어봄을 배척했다는 내용의 서한을 받게 되면 펠리페가 어떻게 변할지는 아무도 몰라. 최악이 되겠지. 펠리페가 어떤 인물인지 자네는 모를걸. 몸뚱이는 왕이지만 어린 환자라고. 그러니 우리는 인력과 물자가 확보되는 대로 참호 작업에 들어가야 해." 그리고 결론지었다. "서둘러야 해. 이 혼란스러운 바르셀로나를 끝장내는 게 빠르면 빠를수록 좋다고."

○○○

끔찍한 내 사랑 발트라우트가 끼어든다. 앙팡과 아멜리스를 어떡할 셈이냐고. 뚱보 발트라우트의 조바심을 정리하자면 이렇다. 내가 진짜로 그들을 포기할 것인가? 그래서 내가 지미를 속였는가? 내 대답은 이렇다. 아니라고, 그를 속이지 않았다고.

일단 누가 봐도 부적절한 관계에 대해서는 이렇게 말할 것이다. 최고의 사랑은 사랑을 체념하는 것으로 증명된다고. 지미는 지미였다. 그를 속인다는 것은 불가능했다. 그는 나를 첫눈에 알아보았을 것이다. 따라서 그대 대한 나의 감정을 감추는 유일한 방식은 그에게 나의 감정을 나타내지 않는 것이었다.

한편 나는 그들을 진실로 사랑했기에 그들에 대한 내 사랑을 미루고, 그들에 대한 내 감정을 위조해야 했다. 내가 아닌 다른 존재가 된다는 것은 그들로 하여금 나를 믿게끔 만들어야 하며 그렇게 되기 위한 유일한 방식은 다른 사랑으로 내 사랑을 위장하는 것이었다. 나는 그것이 참으로 힘든, 가짜 참호도를 설계하는 것보다 더 힘든 일이었다고 확언한다. 아울러 내가 꼬박 48시간 동안 내 자신에게 파묻혔던 것은 지미의 질투를 유발하는 데 필수적인 시간이었다. 결국 나는 해냈다. 사흘째 되는 날에 그가 나한테 프랑스 제복을 안겨주었으니.

타르 한 방울이 통 전체를 오염시킨다는 선원들의 격언은 누구나 알고 있다. 광활한 부르봉군 진영에서 나는 그 타르 한 방울로 변할 준비가 되어 있었다. 그리하여 사악한 의도를 갖고 출세한 인간이, 딱 한 명의 인간이 초래할 재난과 재앙은 믿을 수 없는 결과로 남을 것이다,

나는 새로운 프랑스 제복 차림으로 당당하게 돌아다녔다. 어디를 가나 장교들로 넘쳐났다. 말끔한 백색 제복은 나의 긴 다리와 조화를 이루면서 그들의 부러움을 유발했다. 한 해에 걸친 포위전으로 인해 지치고 사나워진, 누추하게 변한 군복을 입고 흙투성이 군화를 신은 그들의 눈에 내 모습은 이제 막 베르사유 궁전을 나서는 대위였다. 나는 그렇게 그들 모두를 농락했다.

내 눈은 어수룩하게 보이는 한 병사를 포착했다. 나바로 출신의 신참이었다. 나는 그를 시쳇말로 데리고 놀기 시작했다. 잔뜩 겁을 준 다음에 포병대로 데려가서 양손에 망치와 정을 쥐어주고는 포의 화문을 찧도록 지시했다. 그로 인해 화문이 망가질 것은 뻔했지만 불쌍한 신참이 무슨 말을 하겠는가? 폭군의 군대에서 병사들은 양순한 농노나 다름없다. 실제로 그들은 바르셀로나의 코로넬라 소속 병사들과 달리 모르는 것을 묻거나 따지지 않았다. 나는 슬그머니 자리를 떴다. 나중에 그들은 아무것도 모른 채 화문을 찧어대

는 그를 발견할 것이고 그 책임을 물어 목을 매달 테지만 그사이 포는 여러 문이 파손되었을 것이다.

화약은 통상적으로 경비대에 의해 관리되며 명기된 지시 없이는 이동하지 않는다. 그러나 긴박한 포위전이 벌어지면 분배와 배급이 무질서하게 이루어지고 도중에 화약을 빼내는 경우가 허다한데, 그럴 때면 무엇보다도 계급이 효용성을 발한다. 나는 화약고에 들러 담당 병사들에게 포탄용 화약통을 보병대에, 소총용 화약통을 포병대로 옮기라고 지시하는 농간을 부렸다. (끔찍한 내 사랑 발트라우트야, 넌 이해하지 못하는구나. 하긴 채소나 끓이며 하루를 보내는 네가 탄약에 대해 뭘 알겠어?) 화약 입자는 그 쓰임새가 화기에 따라 다르다. 따라서 미처 그 사실을 모르고서 포를 쏘면 포탄은 포신 앞에 떨어질 것이고, 총을 쏘면 총신이 터져서 소총수는 실명할 것이다. 화약은 반 조각의 알갱이면 눈 하나 태우는 것은 문제도 아니다.

그런데 내가 이제 막 즐거운 상상을 펼치기 시작할 때 낯익은 지인의 모습이 눈에 들어왔다. 앙투안 바르두에농슈 대위였다. 야전에 있다 보면 이전에도 그랬듯 어떤 식으로든 만날 인물이었다.

"오, 친구, 마침내 다시 만났군요!" 그가 반색했다. "한데 대위로 강등되다니, 이게 어찌된 일이오? 카를로스 왕 휘하에선 중령이었는데."

"카를로스는 왕이 아니라 대공이오." 나는 바르셀로나에서 탈주한 신분임을 강조하고자 그의 표현을 바로잡았다. "저 반란자들만 그를 왕으로 부를 뿐이지요."

"그러지, 뭐. 그게 뭐 별거라고?" 정치를 아무나 씹어 먹는 피망

657

쪼가리 정도로 여기는 그가 대수롭지 않게 말했다. "아무튼 우리 둘은 계급이 똑같은 대위라는 거네요. 그래서 함께 저녁 식사를 할 수 있는 거고."

나는 그와 헤어지고 난 뒤에도 병영을 돌아다니며 망나니짓을 벌였다. 그리고 저녁에는 달리 피할 방도가 없는 처지에서 그와 다시 만났다. 새콤달콤한 저녁 식사였다. 병영에 피워놓은 장작불 옆에서 밤새 술을 마셨다. 파르스름하게 타오르는 불길이 고적한 분위기를 자아냈다. 문득 바조슈의 호수에서 잔의 자매와 어울려 시시덕거리던 시절이 떠올랐다.

"털어놓을 말이 있는데 해도 되겠소?" 그가 상념에 젖은 채 입을 열었다. "사실 나는 이 모든 걸 증오하고 있어요. 수개월째 이 전쟁터의 우울한 병영에 처박혀 지내다 보니 남은 건 증오뿐이군요. 마르티, 당신은 혹시 이렇게까지 불행한 병사들을 본 적 있소? 이건 숫제 거지들로 이루어진 군대나 다름없어요."

"좋든 나쁘든, 나는 전쟁터가 당신 집일 거라고 생각했는데."

그는 고개를 저었다.

"이건 이미 전쟁이 아니야. 전쟁터가 아니라 늑대 사냥터란 말이지. 사람이 사람을 죽이는 데 명예는 고사하고 존엄조차 지켜지지 않고 있다, 그거요."

그는 후방에서 포위군에게 식량을 실어 나르는 대형마차를 안전하게 호위하는 임무를 맡고 있었다. 그러다 보니 미켈레테들에게 습격을 당하는 경우가 많았다.

"얼마 전, 마타로 근방이었어요." 그가 말을 이었다. "우리는 숲속으로 도망친 미켈레테 일당을 소탕하려고 숲에 불을 질렀지요. 아,

그 불길에 수천 그루의 소나무들이 활활 타오르면서 유탄처럼 펑펑 터지는데……. 나는 그들에게 투항하라고 외치면서 네 번이나 맹세했어요. 내 명예를 걸고서 그들의 목숨만큼은 존중하겠다고. 하지만 허사였어요." 그는 잠시 말을 끊었다가 다시 이었다. "그런데 미처 예기치 못한 일이 생겼어요. 불구덩이 속에서 인간 횃불이 뛰쳐나오더군요. 온몸에 불이 붙은 채 끔찍한 비명을 지르면서도 우리와 함께 지옥으로 가고 싶었던 거지. 그 와중에 나는 두령으로 보이는 자의 가슴팍에 검을 쑤셔 넣었지요. 자, 이걸 보세요." 그 대목에서 그는 나에게 가죽 주머니를 내밀었다. "그자가 갖고 다니던 겁니다. 어딘가 이상하지 않나요?"

나는 가죽 주머니를 열었다. 총알이 가득 들어 있었다. 어떤 것들은 선명한 핏자국이 묻어 있었다.

"당신은 운명을 믿나요?" 그가 물었다.

"아니오."

"나 역시 안 믿지만, 열아홉 개의 총알이 간직한 우연만큼은 믿을 수밖에 없어요. 내가 결투나 전투에서 죽인 상대가 열아홉 명이었거든요."

"하고 싶은 말이 뭡니까?"

"나는 대검으로 그자의 가슴팍을 찔렀지요. 칼 손잡이가 닿을 때까지 깊숙하게. 그러다 보니 그자의 눈을 볼 수밖에 없었는데, 그자는 마지막 숨을 내쉬면서도 어떤 말을 내뱉더군요. 내가 알아들을 수 없는 어떤 말을."

"저주였겠지요."

그는 다시 화톳불을 쳐다보았다.

"그랬을 테죠."

'지친 바르두에뇽슈'. 평소 같으면 그 수식어와 그의 이름은 조합될 수 없었다. 내가 아는 그는 혈기 방장한 인물이었다. 그러나 그날 밤 양팔로 무릎을 감싸고 있는 그의 영혼과 심신이 몹시 지쳐 보였다. 나는 내 손바닥에 쥐어진 부스케츠의 가죽 주머니를 쳐다보았다. 부스케츠. 내가 원정길에서 만났던 그는 마타로의 해방을 격렬하게 원하던 미켈레테들의 지휘관으로, 가죽 주머니에 총알이 가득 찰 때까지는 절대 죽지 않을 거라고 맹신했던 인물이다. 하지만 성자 베드로는 죽음의 문을 열어놓고 그를 기다렸던 것이다.

"이렇게 오싹한 죽음의 기억을 간직하고 있는 이유는 뭔가요?" 나는 마치 유리구슬 주머니를 간직하고 싶은 어린애처럼 가죽 주머니를 꼭 쥔 채 물었다.

"그건 나도 모르겠어요." 그가 막연한 표정으로 고개를 저었다. "그러고 보니 내 것 같기도 하고. 몇 번이고 내버릴까 했는데, 그럴 수가 없더군요."

"버릴 수도 없다? 그러면 내가 간직해도 될까요? 물론 당신이 원한다면."

그는 다시 고개를 젓더니 이렇게 물었다.

"말해주겠어요? 총알로 가득 찬 주머니를 건넨다는 게 무슨 뜻인지."

"모르겠어요." 나는 한숨을 내쉬었다. "어쩌면 그 주인이 자기를 죽인 자에게 안겨주기를 원했는지도. 아니면, 그것보다 더 부정한 어떤 걸 걸 원했는지도."

"부정한 어떤 것을?" 그가 흠칫 놀라며 되물었다.

나는 미켈레테들의 정신을 떠올렸다.

"미켈레테들은 총신에 카탈루냐 문장이 새겨진 장총이나 손잡이에 카탈루냐 문장이 새겨진 검을 사용해서 프랑스 병사나 에스파냐 병사를 생포하면, 그때 사용했던 무기로 그들을 처형하지요. 자, 이 주머니에 자수로 새긴 소유자의 이름을 보세요. '하우메 부스케츠 대장'이라고 새겨져 있잖아요. 그런데 그들만의 의식 같은 관습은 거기서 끝나지 않아요. 무슨 말인고 하면, 그들은 만에 하나 죽은 자의 동료들이 이 주머니를 소유했던 자를 죽인 자를 붙잡게 되면, 자기 동료를 죽인 자에게 그 총알들을 꿀떡 삼키도록 만든다는 겁니다."

나는 그렇게 말하고 나서 즉시 후회했다. 유럽의 최고 검객이나 다를 바 없는 바르두에농슈일지라도 그 말이 지닌 무게는 지나치게 잔혹했던 것이다. 나는 숙소인 마스기나르도로 놀아가기 위해 자리에서 일어났다.

"친구, 당신이 우리와 함께해서 무척이나 반가웠어요." 그는 여전히 자리를 지키고 앉은 채 말했다. "한데 혹시 알고 있나요? 내가 적어도 한 번 이상은 이렇게 생각했다는 걸. '주여, 이 전쟁이 끝까지 간다면, 누군가에게 바조슈의 동료를 죽여야 하는 기회를 주실 겁니까?'라고."

나는 망설임 끝에 얼버무렸다.

"앙투안, 그런 일은 우리 부모나 선생들이 우리에게 가르쳤던 것보다 훨씬 더 복잡한 어떤 것일지도 모르겠군요."

그런데 항상 어린애 같던 그의 명쾌함이 나를 깜짝 놀라게 만들었다.

"그건 참으로 슬픈 일이 될 겁니다." 그가 중얼거리듯이 말했다. "누군가가 자기보다 나은 자를 사랑한다는 건 가식을 껴안는 거나 다름없지만, 하필 그 상대가 좋은 자식이나 좋은 학생이라면 그 누군가는 어떤 선택을 할까요?" 이어 그는 음침한 어조로 덧붙였다. "나는 그를 죽이고 싶지 않아요."

그의 말에 나는 그 자리에서 얼어붙었다. 그랬다. 어쩌면 그는 자신의 기백만 믿고 행동하는 어리석은 자가 아니었는지도 모른다. 어쩌면 우리의 우정이 그로 하여금 많은 것들을 추정하도록 허용했는지도 모른다. 어쩌면 그 많은 것들 중에는 자신의 도시를 방어하다가 배반자가 되어버린 어떤 중령이 자신의 도시를 배반하는 짓을 안 할 것이라는 생각이 들어 있는지도 모른다. 어쩌면 그날 밤 바르두에농슈는 그 중령에게 자신이 베풀 수 있는 가장 관대한 우정을, 그 배반자를 배반하지 않는 참다운 우정을 보여주었는지도 모른다.

"당신은 예감을 믿나요?" 그가 다시 물었다.

"아니요."

"나는 믿어요. 바르셀로나 사람들이 굴복하지 않으면, 그건 도시를 공격할 빌미가 될 것이고, 거기서 나는 죽을 겁니다." 그의 눈길이 활활 타오르는 불길로 되돌아갔다. "나는 알고 있거든요."

9

1714년 7월 12일 밤, 부르봉군은 참호 작업을 개시했다.

지미에게는 모든 게 넘쳐났나. 1선 참호 작업은 보병 열 개 대대와 수류탄부대 열 개 중대의 엄호 하에 참호병 3,500명이 참여했다. 나는 열악한 상황에서 벌어진 전쟁에 익숙해져 있던 터라 그들의 사치스러운 작업을 지켜보며 부러워했다.

부르봉군의 공격용 참호 작업은 엄청난 속도로 진행되었다. 장장 1킬로미터가 넘는 길이로 늘어선 참호병들이 일제히 삽을 들고서 마치 노예선의 노예들이 노를 젓듯 일정하면서 신속한 속도로 흙을 파기 시작했다.

공격용 참호는 긴 고랑으로 변하면서 참호병들의 무릎과 가슴을 파묻을 정도로 깊어졌다. 그들은 돌과 모래를 채운 보릿대로 엮은 광주리를 참호 언저리에 세우고 흙손으로 내벽을 다졌다. 나는 바르셀로나를, 코로넬라 연대를 떠올리며 마음속으로 중얼거렸다.

"대체 무엇을 기다리고 있는가?" 안타까움과 체념이 교차했다. "공격하라고! 어서 공격하라니까!" 그러나 나의 예상과 기대와 달리 카탈루냐군은 기습공격은 고사하고 어떠한 움직임도 없었다.

요새전에서 공격용 참호 작업에 들어가면 첫날은 상대에게 기습공격을 당하는 운명에 처해진다. 그것은 모든 요새전에서 이루어지는 당연하고 통상적인 절차이자 법칙 같은 것으로, 참호병과 참호병을 호위하는 보병대가 적에게 쉽게 노출되기 때문이다. 반면에 요새를 지키는 수비군은 그 틈을 놓치지 않고 기습공격에 들어가는데 가장 익숙한 전략은 성벽으로부터 적의 참호를 향해 포격을 가하는 것과 동시에 불시에 성문을 나서는 것이다. 이 경우 기습공격에 필요한 만반의 준비가 제대로 갖춰져 있고 약간의 행운이 따르면 수비군은 아직까지는 시작 단계에 불과한 적에게 막대한 피해를 입힐 수 있다. 전쟁에서 병사들의 사기를 고취시키는 것은 겉으로는 그렇게까지 보이지는 않지만 사실은 모든 것이라고 해도 과언이 아니다. 수비군은 기습적인 선제공격을 가함으로써 공격해 오는 적에게 이러한 메시지를 보내게 된다. '그대들이 구축하려는 참호는 파괴될 것이다. 얼마든지 공격해보라!'고.

부르봉군의 참호 작업에서 최대의 약점은 위치 선정이었다. 그것은 프어봄의 참호도를 재설계할 때 내가 고집을 부린 탓이었다. 1선 참호와 바르셀로나 요새 보루 간의 평균 거리는 600미터에 불과했다. 따라서 비야로엘 같은 지휘관이라면 그 거리가 의미하는 바를 모를 리가 없고 유리한 입장에서 기습전을 치를 터였다. 그것도 야음을 틈타 밤새 캐틀 북을 치면서 땅을 파는 적이 거의 초주검이 되어가는 새벽에 말이다.

그러나 내 기대는 빗나갔다. 동이 트고 있었지만 바르셀로나 요새로부터 무자비한 포탄만 날아들 뿐 기습공격은 없었다. 나는 억장이 무너지는 기분이 들었다. 빌어먹을, 어서 성문을 열라니까!

한편 바르셀로나에서는 내가 알 턱이 없는 기이한 상황이 벌어지고 있었다. 적색우단들이 개입하여 농간을 부리자, 돈 안토니오는 7월 13일 꼭두새벽에 몬주익에 있는 집으로 쪽지를 보냈다. 오전 아홉 시에 아침 식사를 하러 가겠다는 내용이었다. 여덟 시쯤에 그 내용이 알려지자 다들 경악했다. 비야로엘이 기습공격을 포기한 채 한가하게 집에서 아침 식사를 하겠다니! 다들 어리석은 호메로스 같은 눈으로 그를 경멸했다.

그러나 돈 안토니오는 태연자약했다. 그는 암노새 궁둥이에 달라붙는 똥파리들보다 더 많이 득실대는 부르봉군의 첩자들 사이에서, 마치 앵무새처럼 재살거리는 끔찍한 내 사랑 발트라우트소차노 이해하는 한심한 상황에서도 자신의 계획을 실행에 옮겨나갔다. 그는 지중해의 점심시간보다 한 시간 앞선 열한 시에 기습 작전의 시각과 전략을 지시할 참이었다. 이윽고 그는 자신의 예고대로 일부러 많은 수행원을 거느리고 몬주익으로 향했다.

부르봉군이 참호 작업을 개시한 뒤부터 안절부절못하던 카사노바는 노발대발했다. 그는 맨 먼저 눈에 띈 보병대 소속 장군에게 호통을 쳤다.

"당장 몬주익에서 벌어지고 있는 연회장을 찾아가서 전하시오. 적군이 제멋대로 휴식을 취하고 있는 동안에 우리 바르셀로나 사람들은 무엇을 먹든 아무것도 소화하지 못할 거라고!"

그 장군은 돈 안토니오에게 그 말을 전했다. 아니, 없는 말까지

지어내며 호들갑을 떨고 엄포를 놓았다. 당시 나는 바르셀로나에서 돈 안토니오처럼 신중하고 묵묵하게 자신의 일을 해내는 인물을 본 적이 없다. 그는 부르봉군과의 대치 상태에서, 언급할 가치조차 없는 카사노바 무리들 사이에서 외로운 싸움을 벌여야 했다.

아무튼 동이 틀 무렵 바르셀로나의 사정을 알 리 없는 내가 아군의 기습공격을 기다리며 발을 동동 구르고 있을 때 바르셀로나 요새로부터 포탄이 날아들기 시작했다. 나는 부르봉군 1선 참호의 웅덩이에서 온몸을 바싹 웅크린 채 무자비한 포격에서 어떻게든 살아남고자 안간힘을 써야 했다.

바르셀로나군의 포격은 무슨 일이든 항상 반 발 앞서 나가는 위대한 포병대 지휘관 프란세스크 코스타가 주도했는데 그날 그는 정부의 지시나 지휘부의 명령을 기다리지 않고 포격 명령을 내렸으며 그의 포병대는 박격포 8문과 야포 42문을 열어 부르봉군 1선 참호(와 불쌍한 나)를 향해 포탄과 산탄을 토해내기 시작했다.

포격을 한마디로 정의하면 예술이다. 그날 새벽에 목격한 포격 역시 내가 영원히 잊지 못할 불멸의 기억으로 남아 있다. 코스타의 포병대가 쏘아대는 포탄은 허공에 완벽한 포물선을 그리면서, 허공에다 꼬리에 꼬리를 무는 포연을 남기면서 날아들었다. 어떤 포탄은 무게만 50킬로그램이 넘었다. 포탄이 떨어진 곳은 모든 게 들썩였다. 무수한 흙먼지가 일고 부서진 울타리와 보릿단 광주리가 파편처럼 흩날렸다.

코스타 휘하의 마요르카 출신 포병대는 돌덩이와 포탄을 번갈아 가며 포격을 가했다. 포탄의 경우는 참호로부터 2, 3미터 높이에 도달하면 백황색 불꽃이 튀고 허공에서 터진 포탄은 적색 파편으로 변해 참호병들의 머리 위로 흩뿌려지듯 쏟아져 내렸다. 포탄의 뇌관이 정확한 순간에 참호 위에서 터지려면 숙련된 기술이 요구된다. 포탄이 참호로부터 지나치게 높거나 낮은 지점에서 터지면 원하는 효과를 얻지 못하기 때문이다. 반면에 코스타 부대처럼 능숙한 포병대의 포격으로부터 피해를 최소화하려면 가능한 한 깊고 비좁은 참호를 구축해야 한다. 그러나 여러분은 기억할 것이다. 내가 참호도를 설계할 때 프어봄을 설득해서 그것과는 거꾸로, 다시 말해 최대한 넓고 얕은 참호를 염두에 두었다는 것을.

덕분에 나는 코스타의 예술적 재능을 고스란히 감수해야 했다. 적지에서 아군의 포격을 당하는 이런 운명의 모순이 또 어디 있단 말인가. 나는 지금도 축축하고 후텁지근한 땅의 열기를 기억한다. 아직 부목이 제대로 설치되지 않은 흙구덩이나 다름없는 참호 속에는 미처 피신하지 못한 참호병 수십 명이 나저럼 온몸을 산뜩 움츠린 채 흐느끼고 있었다. 공격용 참호 작업을 벌이는 병사들은 죽음 앞에서 극한적인 경험을 하게 된다. 그들은 세 가지 입체적인 공간, 즉 지상과 포탄이 떨어지는 허공과 지하 땅굴에서 목숨을 건 싸움을 벌이는 것이다. 아울러 여기에는 시간과의 싸움도 포함된다. 참호를 구축하는 작업은 이 세상에서 가장 정확하게 계산할 수 있는 진실의 작업이다. 그리고 그것은 오로지 '미스테어' 혹은 10점만 가능하다. 요새 작업은 공격군의 공병에게는 달팽이가 기어가는 것으로, 수비군의 공병에게는 놀란 사슴이 뛰어가는 것으로 여겨진다. 요약하면 참호 작업은 가장 정확한 인간의 작업이자 가장 야만적인 조건에서 이루어지는 작업이라고 할 수 있다.

드디어 기습전이 시작되었다. 정오가 지나면서 바르셀로나로부터 천여 명의 병사들이, 내 주민이자 이웃인 코로넬라 부대가 모습을 드러냈다. 나는 요새 앞에 세워진 울타리 안쪽이 병사들로 채워지는 광경을 지켜보았다.

지옥의 복마전이었다. 성을 빠져나온 아군의 병사들이 부르봉군의 참호를 향해 진군해 오고 기병대가 좌우에서 그들을 호위했다. 그사이 양군의 포병대는 쉴 새 없이 포격을 가했다. 포연과 흙먼지가 일면서 누가 아군인지 적군인지 식별되지 않았다. 일단 나는 적당한 웅덩이에 몸을 숨겼다가 아군이 참호를 넘어오면 내 신분을 밝히고 그들과 함께할 생각이었다. 얼마나 기발한 착상인가? 안 그런가? 그러나 불행히도 잔꾀는 비겁함을 헤아리지 못했다. 하필이면 아군의 병사들 수백 명이 술에 취한 채 돼지 멱을 따는 소리를 외치면서 내가 몸을 숨긴 쪽을 향해 밀려들었던 것이다. 보아하니 그들은 갓 창설된, 카스테야르나우 대위가 지휘하는 수류탄부대였다.

그들의 기세가 하늘을 찔렀다. 노르망디에서 차출된 세 개 대대가 그들에게 맞섰지만 역부족이었다. 그들이 휘두르는 총검에 속수무책으로 쓰러졌다. 나는 차츰 가까워지는 그들을 보면서, 두려움에 벌벌 떨면서 혼잣말로 중얼거렸다. 마르티, 이건 장난이 아니야! 그들은 취기가 올라 벌겋게 충혈된 얼굴로 에울랄리아 성녀를 목터지게 외치면서, 발끝에 걸리는 쓰러진 적군을 무차별하게 찌르면서 다가오고 있었다.

그들은 상대를 구별하지 못했다. 아니, 그들의 눈에는 보이는 게 없었다. 광란 상태의 그들 앞에 나는 백색 제복 차림의 부르봉군 장교였다. 그때였다. 나의 기나긴 군대 이력에서 가장 조롱거리가 될 만한 다급한 생각들 중의 하나가 뇌리를 번쩍 스친 것은. 맙소사, 하느님 아버지, 나를 살려주세요!

"피신하라! 피신하라!" 나는 내 주위에 있는 참호병들에게 소리쳤다. "당장 피하지 않으면, 저 반도들이 우리 목을 칠 것이다!"

일순 내 주위에 있던 참호병들이 도망치는 나를 보며 망연자실했다. 그 상황에서 참호병들 역시 참호를 포기하고 장교들의 뒤를 따랐다. 죽음 앞에서 규율 따위는 무의미했다. 더욱이 카스테야르나우가 이끄는 수류탄부대의 기습공격과 코스타가 이끄는 포병대의 엄호포격은 놀라우리만치 정확했다. (아무튼 도망친 것은 잘한 짓이었다니까! 나중에 알았지만 거기 남아 있던 소수의 참호병들은 한 명도 살아남지 못하고 궤멸당했거든.) 그리하여 대부분이 삽과 곡괭이며 수레와 광주리를 내팽개치고 부리나케 도망쳤다. 그중에는 나보다 먼지 피신한 이들도 없지 않았다.

○○○

기습공격의 결과는 미미했다. 잠시 타올랐던 불길은 죽은 자들이나 기억할 불꽃만 남기고 사그라졌다. 죽은 자들에게 그 불꽃이 무슨 의미가 있겠는가? 아군은 참호를 점령하고 모든 것을 파괴한 뒤에 물러났지만 재투입된 부르봉군의 참호병 4천 명이 파괴된 참호를 복원했으니 말이다.

한 지휘관이 나에게 보고서를 건넸다. 나는 마스커나르도로 가는 길에 그 보고서를 훔쳐보았다. 기습전에서 648명이 죽거나 부상당했다. 흥미로운 것은 프어봄이 작성한 보고서를 내가 지미에게 전달했다는 것이다.

지미는 집무실에서 창밖을 내다보고 있었다. 깊은 상념에 잠겨 있던 그가 나를 쳐다보았다. 어두운 얼굴이었다. 그가 다시 창문 쪽으로 고개를 돌렸다.

"죽다니……." 그의 입에서 연신 장탄식 같은 말이 흘러나왔다. "죽다니……."

"누가 죽었다는 말입니까?" 내가 물었다. 내가 아는 그는 살육전에 별다른 의미를 두지 않는 인물이었다.

"여왕이……, 여왕이……." 그가 말끝을 흐렸다.

나는 깜짝 놀랐다.

"영국 여왕 말입니까? 죽었다고요?" 나는 허공에 주먹을 날렸다. "죽긴 했지만 그야말로 멋진 소식 아닙니까?"

맙소사, 이런 불행한 우연! 그러고 보니 그와 나는 서로가 철저하게 상반된 입장에서 그 소식을 각자에게 유리한 쪽으로 해석하고 있는 꼴이었다.

그 무렵 영국의 정치적 균형은 지극히 미묘한 두 개의 축, 즉 토리당과 휘그당의 힘에 따라 이동했다. 따라서 프랑스 괴물왕 루이 14세와의 타협을 주된 정치적 기반으로 삼았던 앤 여왕의 죽음으로 정권 교체는 불가피해 보였다. 그것만이 아니었다. 런던이 파리와 다시 맞서게 되면 런던과 바르셀로나의 동맹 역시 피할 수 없는 일이었다.

영국에는 전제정치에서는 무시되는 명예로운 힘, 즉 여론의 힘이 존재한다. 런던의 가십난들은 자국의 외교정책을 비판하고 비난했다. 그들에게 '카탈루냐 문제'는 당면한 현안이었다. 그것은 이전에도 의회에서 다루어진 사안이었다.

런던과 바르셀로나. 양측은 서로를 속이지 않아야 한다. 페리클레스의 그리스가 시칠리아에 원정대를 파견했던 것은 단지 대중적인 선동가들의 부추김 때문만은 아니었다. 영국은 결코 이타적이지 않으며 여론과 사리사욕에 떼밀려 이익을 취해왔다. 그러나 영국이 우리에게 원군을 보냈을 때 우리로서는 그들의 동기가 중요하지 않았다. 그럴 이유가 없지 않은가? 영국은 해상을 장악하고 있었기에 프랑스의 해상봉쇄를 저지할 수 있었을 것이다. 따라서 1706년에 그랬던 것처럼 영국 해군이 항구에 나타남으로써 바르셀로나 시내에 군대와 식량을 지원하고 사기를 북돋게 될 것이다. 보방은 이런 말을 남겼다. 봉쇄당하지 않은 항구를 포위하는 것은 당연히 비실용적인 전략이라고.

아부튼 영국 여왕의 숙음과 함께 우리는 모든 게 연기되는 의미를 갖게 되었다. 앞으로 사나흘만 견디면 모든 것을 바꿀 수 있을 것이다. 그리고 내가 설계한 참호도에 의한 참호 작업 역시 연기될 것이다.

그렇다면 지미는? 여왕의 죽음은 그의 삶 전체에 의미를 부여하는 사건이었다. 영국은 왕위 계승 문제로 시끄러웠다. 왕이 되기 위해 태어났던 지미는 절호의 기회가 현실로 나타났지만 여기에 있었다. 영국에서 남쪽으로 수천 킬로미터 떨어진, 바르셀로나 포위전이 벌어지는 전쟁터에서 오도 가도 못하는 신세였다. 그 상황에서 그는 선택해야 했다. 남쪽에서 포위전을 이끌 것인가, 아니면 북쪽에서 왕실의 반란을 주도할 것인가.

지미는 다국적 인물이었지만 그렇다고 누구에게도 매수당하지 않는 영국인이었다. 그는 영국의 마지막 가톨릭 왕인 부친이 추방당하자 프랑스 왕실에서 자랐고 괴물왕의 대신들에게 칭송을 받으면서 자신의 재능을 펼칠 수 있었다. 그러나 그는 프랑스 용병으로 지내면서도 왕위 계승자로서의 존재만큼은 포기하지 않았다. 그는 1714년에 이미 런던의 신임을 받을 만한 모든 장점을 지니고 있었다. 무수한 전투를 승리로 이끈 명장이자 원수였다. 종교적으로 관용적이었고(그는 아무것도 믿지 않았고), 당파들 사이의 조정자였고(아무도 믿지 않았고), 그를 찬양하는 모든 흥미로운 것을 취했다(모두에게서 섬김을 받고, 모두를 섬겼다.). 카이사르처럼 정치적으로 우둔한 보방이 덕망 있는 자들이 이끄는 공화국 지지자였던 데 반해, 지미는 자신이 주재하지 않는 어떠한 제도도(그리고 사악한 덕망가들도) 믿지 않았다. 그러나 그는 괴물왕을 섬겼고, 괴물왕은 그를 에스파냐로 보냈다. 따라서 포폴리가 파면당한 판국에 그마저 바르셀로나 포위전을 포기한다는 것은 있을 수 없는 일이었다. 만에 하나라도 배신하면 괴물왕은 그의 살가죽을 벗길 것이다. 지미가 여왕의 죽음 앞에서, 유년 시절부터 프랑스에게 빚진 의무와 자신의 운명 사이에서 고민하는 것은 당연한 일이었다.

 지미가 우리를 증오할 만한 동기는 많았다. 무려 14년을 지속한 세계대전은 이미 끝났지만 우리 바르셀로나에 집착한 자들은 종전을 인정하기 싫어했고 바르셀로나에 그들의 왕권과 미래를 걸었다. 사실 그는 나를 옆에 두고 있는 동안에 자신의 광신적인 행위에 대해 털어놓을 수도 있었을 것이다. 그러나 그렇게 하지 않았다. 그는 포위전을 시작했고 끝장냈다. 누가 적이고 무슨 이유로 방어를 하는지조차 알고 싶어 하지 않았다. 나는 선도 악도 좋아하지 않는 그가 우리를 증오하지 않았다고 생각한다. 그는 우리를 증오하기보다는 일종의 장애물로 여겼다.

그런 그가 병이 들었다. 의사들은 명확한 진단을 내리지 못했다. 육신의 병에 걸린 것도, 그렇다고 영혼이 파괴된 것도 아니었다. 그러나 그는 괴물왕의 뜻을 받들어 포위전을 끝낼 수 있었다. 아니, 괴물왕을 배반하거나 자신의 운명을 찾아 나선 왕권 지원자로 영국으로 돌아갈 수 있었다. 군주가 되어 직접 통치하거나 여의치 않으면 어리석은 이복형제들을 통해 섭정할 수 있었다. 미래 없는 졸장부로, 아니면 모두를 위해 모든 것에 관심을 갖는 존재로 지낼 수 있었다.

병세가 악화되었지만 무관으로서의 그의 열의를 꺾지 못했다. 그는 병영과 참호를 순시하고 특히 참호 작업에 필요한 물자들이 제대로 조달되는지 수시로 점검하며 하루를 보냈다. 숙소인 마스기나르도로 돌아오면 갑옷을 벗을 힘조차 없었다. 흥건한 땀으로 인해 착 달라붙은 갑옷을 벗길 때면 흡사 거북이 등껍질을 떼어내는 것 같았다. 그는 탈의를 돕고 있는 나를 쳐다보며 말했다.

"너는 나를 절대 배신하지 않을 거야, 그렇지?"

역시 그는 도무지 만족할 줄 모르는 전제군주 같은 이기주의자였다. 그러나 그날 밤 그는 열이 오르면서 환각의 경계선을 넘나들었다.

이튿날은 오전 내내 나와 함께 침실에서 보냈다. 오후에는 암호를 수령하고자 수비대 장교인 바르두에농슈가 들어왔다가 온몸에 경련을 일으키는 지미를 안쓰럽게 쳐다보며 위로의 말을 건넸다.

"어찌자고 각하께서……."

나는 지미의 뺨을 때리며 그날의 암호를 말하라고 채근했다. 그는 마치 악령에 홀린 듯 동공이 허옇게 뒤집힌 눈으로 중얼거리듯이 내뱉었다.

"로열티."

"저러다 죽으면 큰 재앙이 들이닥칠 텐데." 바르두에농슈가 우울한 눈빛으로 나의 동의를 구하며 말했다. "포위전에서 사령관이 세 차례나 교체된다는 건 있을 수 없는 일이라고."

바르두에농슈 같은 증인이 있기에 나로서는 얼마든지 지미를 죽일 수도 있었다. 누가 보아도 다 죽어가는 그를 몰래 죽였다고 해서 누가 나를 의심하겠는가.

그러나 나는 그를 죽이지 않았다. 그럴 수가 없었다. 그의 손에 죽은 자들이여, 나를 용서하시라.

밤새 그는 나를 껴안은 채 죽어가고 있었다.

"말해, 넌 아니라고. 넌 나를 절대 버리지 않을 거라고……." 그가 환각 상태에서 헛소리를 내뱉고 있었다. "참호는……. 가는 거야……. 왕……. 왕국이여……."

그러나 그는 살아났다. 새벽 다섯 시쯤에 나는 잠든 그의 이마에 손을 얹었다. 열이 내렸다. 한편으로는 고마우면서 다른 한편으로는 안타까운 기분이 교차했다. (그게 부적절한 짓이란 거 나도 알고 있다니까! 잔말 말고 적기나 해!)

나는 그가 다시 잠이 든 것을 확인한 뒤에 그곳을 빠져나왔다.

○○○

 나는 마스기나르도를 빠져나와 바르셀로나로 돌아가는 과정에서 내가 처한 처지를 십분 이용했다. 어떤 조난자가 물속으로 가라앉고 있는 본선으로 돌아가기 위해 구조용 보트를 포기하겠는가? 마찬가지로 말끔한 제복 차림의 부르봉 장교가 전선을 가로질러 머잖아 함락될 죽음의 도시로 간다고 해서 누가 나를 탈영병으로 의심하겠는가?

 지평선 너머로 먼동이 트고 있었다. 나는 병영에서 최대한 멀리 떨어져 있는 검문소로 향했다. 멀리 좌측으로 양군이 쏘아대는 포탄이 빛을 발했다. 참호에는 수천 명의 병사들이 땅을 파는 가운데 군수물자가 집중되고 있었다. 마침내 검문소가 나왔다. 암호를 댔다.

 나는 한 손을 들어 올려 경비병의 경례를 받으면서 문을 열라고 지시했다. 그들은 나의 우려와는 달리 순순히 내 지시에 따랐다. 하긴 그들이 거기를 지키는 것은 병영을 나가는 아군이 아니라 병영으로 들어오는 적군을 통제하는 것이었다.

 나는 알고 있었다. 내 등 뒤로 집중되는 경비병들의 눈길을. (사실 부르봉군의 제복은 아무리 더럽혀지고 누더기가 되더라도 백색으로 인해 특히 야간 전투에서 약점으로 작용하거든. 그들이 야간에 외출을 꺼리는 것도 그런 이유라고.) 나는 마치 진지와 참호 작업 상황을 긴급 점검하는 지휘관처럼 여기저기 살피는 척하며 걸음을 뗐다. 30미터마다 야간에 적의 관측을 방해할 목적으로 불을 피우는 데 쓰는 통나무들이 쌓여 있었다. 이윽고 새벽안개가 피어오르고 어느 정도 그들의 시야를 벗어나고 있다는 판단이 드는 순간에 나는 뛰기 시작했다. 나의 긴 다리를 쩍쩍 벌리면서.

그러나 검문소 병사들은 총을 쏘지 않았다. 나를 보지 못했거나 못 본 척했는지도 모른다. 어쩌면 그들은 장교들 문제에 끼어들어봤자 골치만 아프다고 생각했는지도 모른다. 따라서 지미와 다른 장교들이 나의 탈주를 발견하는 데는 상당한 시간이 걸릴 것이었다.

바르셀로나 성이 가까워지면서 그때부터는 지면에 바짝 엎드려 팔꿈치와 무릎으로 기었다. 지면이 마치 파도처럼 오르내리기를 반복했다. 그사이 나는 누군가와, 그러니까 나처럼 땅바닥을 기고 있지만 나와는 반대 방향으로 향하는 자와 마주쳤다. 내가 미처 그를 못 본 것은 새벽안개가 낮게 깔린 그 일대가 오발된 포탄으로 인해 움푹 팬 곳이 많아서 잘 보이지 않는 데다 지렁이 같은 자세로 무작정 기다 보니 주변을 둘러볼 여유가 없었기 때문이다. 나는 그가 부르봉군의 참호 작업이 개시되자 미리 겁을 먹고서 성을 빠져나온 소심한 자거나 용병이라고 생각했지만 그렇다고 해서 죽음의 판결에 처해진 도시를 빠져나오는 그에게 서운한 마음은 들지 않았다.

전쟁터에서 우연히 마주친 탈영병들은 서로를 죽여야 할 의무가 있는가? 이렇게 아이러니한 질문은 철학자들이 고민해야 할 화두일 것이다. 아무튼 우리는 서로를 죽이지 않았다. 그는 나를 안 본 것으로, 나 역시 그를 안 본 것으로 말이다. 사실 나는 그의 초조한 눈빛에서 그가 쫓기고 있다는 것을 눈치챘다. 아니나 다를까, 얼마 못 가서 나는 구더기 떼처럼 기어 오는 자들과 마주쳤다. 그러나 그들은 나한테 적의가 없는, 미친놈을 대하듯 어이없는 표정으로 나를 쳐다볼 뿐 총을 쏘지는 않았다. 그랬다. 그 장면 역시 기나

긴 포위전에 지쳐 영혼이 피폐해진 병사들의 모습이었다. 그들에게 적은 서로 죽이고 살리는 대상이 아니라 이웃인 셈이었다.

채 가시지 않은 어둠 속에 성벽과 보루가 우뚝 솟아 있었다. 나는 마치 썩어버린 거대한 어금니처럼 보이는 초라한 요새 앞에서 비로소 바르셀로나로 생환했음을 깨달았다. 아울러 그다지 명분 없는 귀환을 통해서 내 자신을 돌아보았다. 돈 안토니오에 대해서도 많이 생각했다. 따지고 보면 바르셀로나를 놓고 펼쳐지는 요새전은 상반된 지휘자들 간의 대립이었다. 지미가 미묘한 성격, 타락한 귀족, 이기적인 베르사유풍의 인물인 데 반해, 돈 안토니오는 카스티야풍의 미친 정열, 불합리한 자기 헌신, 당나귀 같은 완고함에 평민적인 삶의 방식을 따르는 인물이었다.

나의 귀환은 내가 미처 모르고 지냈던 내 아들과의 작별이기도 했다. 어쩌면 나는 그 아이를 영원히 안아주지 못할지도 모른다. 그러나 나는 혈육을 포기하고 바르셀로나로 돌아왔다. 나의 귀환은 코로넬라 병사들이 상식적으로 받아들이는 원칙, 즉 혈육이 눈물과 피를 쏟아낸 뒤에 결합된 우리들의 유대감보다 더 중요할 수 없다는 원칙에 기초한 결심이었다. 그러나 그렇다고 해서 내 자신이 헌법과 자유 너머에 있는 어떤 것을, 그러니까 모든 싸움의 내부에 꿈틀거리는 충돌의 속성을 명쾌하게 이해한다고 말할 수 있을까? 악은 우리에게 권력과 명예와 향락을 제공할 수 있다. 마찬가지로 '미스테어'는 그것들의 전횡으로부터 우리를 구제할 힘이, 아무것도 아닌 것이나 '말'로 바꾸는 힘이 있다. 그러나 그것들은 어떤 경우에도 항상 존재한다.

그것들은 나를 죽일 셈이었다. 아니, 죽음보다 더 불행한 암흑으로 나를 질질 끌고 갈 참이었다. 등이 굽은 늙은이를 위해, 기형아인 난쟁이를 위해, 거칠고 난폭한 아이를 위해, 갈색 피부의 창녀를 위해서. 나는 감히 뭐라고 말 못 할 시인들 대신에 한마디 하겠다.

　사랑은 똥이다.

10

바르셀로나는 내가 부재했던 거의 한 달 사이에 최악의 상황으로 치닫고 있었다.

지미가 도착하면서 프랑스 함대는 새로운 동력을 회복했다. 항구는 간간이 소형 선박들만이 봉쇄망을 뚫고 물자들을 실어 올 뿐 사실상 폐쇄 상태였으며 그로 인해 부두의 하역 창고는 텅 비었다. 그전까지는 생필품 가격이 터무니없이 치솟긴 했어도 먹을 것을 구입할 수 있었다. 당시 카탈루냐의 화폐가치는 1리브라가 20수엘도였다. 날품팔이의 하루 품삯이 2수엘도였다. 1714년 1월부터 포도주 1리터는 8수엘도, 아과르디엔테는 15수엘도, 지금은 대부분 폭삭 주저앉았지만 발코니에서 키우던 암탉이 낳은 달걀은 두 개에 3수엘도였다. 육류는 포위전이 시작될 때부터 가난한 자들에게는 그림의 떡이었는데 암탉 한 마리에 1리브라고 살코기로는 5백 그램에 1리브라였다. 빵의 경우에는 1리브라로 보리 6킬로그램이나 밀 7킬로그램을 살 수는 있었지만 제대로 구울 수가 없었다.

문제는 땔감이었다. 그도 그럴 것이 포위전이 시작되면 맨 먼저 사라지는 게 장작과 숯이기 때문이다. 게다가 1713년부터 1714년까지의 겨울은 혹독한 추위로 인해 비축된 땔감마저 바닥났다. 주민들은 목재 가구를 태웠다. 그것만이 아니었다. 성벽을 쌓는 작업에 들어가는 엄청난 양의 돌과 나무를 구하기 위해 도시의 도랑이나 개천을 지나는 다리까지 해체시켰다. 람블라스 거리의 나무 250그루 역시 군대에서 벌이는 벌채 작업의 희생양이 되었다. (불쌍한 람블라스, 고마운 우리의 거리였지. 안타깝지만 포위전이 끝날 때마다 다음 포위전에 대비해서 나무를 심었거든.) 도시는 당연히 기아에 시달렸다. 내가 8월 초에 바르셀로나로 귀환했을 때는 천문학적인 돈으로도 구할 게 없었다. 설사 남는 게 있었다 해도 군대를 위한 식량으로 대체되었다. 그러니 주민들은 무엇을 먹었겠는가?

1714년 여름에 유일한 식량은 누에콩 깍지를 태운 것뿐이었다. 그나마 창고 바닥에 남아 있던 것들마저 썩어서 입에 넣고 삼키는 게 허락되지 않았다. 지미 곁에 있을 때 지방을 제거한 고깃살로 하루 세 끼를 먹었던 내가 급작스럽게 변화된 음식에 적응하는 데만 사흘이 걸렸다. 우리 같은 세속적인 인간에게 먹는 것보다 상위에 존재하는 것은 없다. 코스텔라 소속 방직업자들의 부대 지휘관인 프란세스크 카스텔비는 누에콩 깍지로 만든 빵을 먹고 남은 것을 거리에 돌아다니는 개에게 주었더니 완강하게 거부하는 뜻으로 사납게 짖으면서 뒤로 물러서더라는 웃지 못할 경험담을 들려주었다.

바르셀로나로 돌아온 뒤에 나는 아멜리스와 앙팡만 생각했다. 부르봉군 병영에 있는 동안에는 그들과 너무 멀리 떨어져버렸다고, 그들과의 재회가 이루어질 수 없다고 생각하면서 그들을 잊으려고 했었다. 그러나 다시 이렇게 가까이 있게 되자 당장 만나지 않고서는 미칠 것 같았다. 사랑하는 사람들을 다시 만난다는 감정이란 그런 것이다. 가까이 있을수록 더욱더 애틋해지고 혹시나 그들을 잃어버릴까 두려워지는 것이다.

아멜리스와 앙팡은 성벽 바로 뒤에서 방어 작업을 돕고 있었다. 나는 곧장 뛰어가 그들을 껴안는 대신에 한참을 모퉁이에 서서 말없이 그들을 지켜보았다. 가난한 자들은 풍요가 덧없고 오래가지 못한다는 것을 알고 있기에 적은 것에도 만족한다. 우리는 죽음의 판결에 처해진 도시에 갇힌 채 가히 파괴적인 세기의 전쟁을 겪고 있었다. 그러나 우리는 살아왔고 아직 살아 있었다. 우리가 존재하는 것은 세상의 권력에 맞서는 도전을 의미하는 것이었다. 생각이 거기까지 미치자 우리의 재회가 단순해지면서 금방이라도 흘러내릴 것 같은 눈물을 억제하도록 만들었다.

그들은 일렬로 길게 늘어선 채 건물의 대들보와 기둥을 엮듯이 묶은 굵은 사슬을 잡아당기고 있었다. 그 건물들 중의 하나가 내 집이자 우리 집이었다. 마침내 나는 앙팡과 아멜리스에게 다가갔다. 간만의 재회에 대한 보상은 내가 한 번도 본 적 없는 아멜리스의 반응이었다. 그녀가 기쁜 얼굴로 나를 맞이했다.

우리의 인생에서 포옹은 그 의미에 따라 달리 나타난다. 나와 그들과의 포옹은 전쟁을 벌이는 양군의 왕들도 파괴할 수 없었던 우리만의 매듭이었다. 그런데 그녀를 껴안은 나는 몹시 야위어 뼈만 앙상하게 남은 그녀의 몸에 흠칫 놀랐다.

"이렇게 우리 집을 치울 수 있는 것만 해도 신의 가호가 함께한 거야." 내가 말했다.

"말이 집이지 어디 성한 데가 있어야지." 곁에 있던 페레트가 원망 섞인 목소리로 끼어들었다. "네가 사라진 뒤에 대포를 두 방이나 맞았지 뭐냐. 그 바람에 파차다가 무너져버렸단다."

페레트의 말을 듣고서야 나는 경악했다. 간만의 해후에 정신이 팔린 터라 그들이 지금 무너진 집을 세우는 게 아니라 무너진 집을 코르두라로 사용하는 작업에 동원되었다는 사실을 미처 알아차리지 못했던 것이다.

포위전에서 포위를 당한 쪽은 적의 포격에 성벽의 일부가 갈라지거나 무너지면 임시 대책을 세우는데 그게 바로 코르두라다. 그 이름은 그 목적, 즉 적에게 성벽이 뚫렸을 경우에 한꺼번에 밀려드는 적의 집단적인 진입을 끊는다는 것에서 나왔다. 코르두라는 성 안쪽에 성벽과 평행을 이루며 지그재그 형태로 가능한 한 높이 세우며 그 밑은 해자로 보강한다. 그로 인해 성벽을 넘은 적은 예상하지 못한 새로운 장애물 앞에서 당황하게 된다.

사실 바조슈에서는 코르두라가 거의 무시되었다. 왜냐고? 왜냐하면 아무짝에도 쓸모가 없었기 때문이다. 실제로 나의 긴 삶에서 방어벽이 적의 집단적인 공격을 저지하는 경우는 한 번도 겪어보지 못했다. 주요 방어책인 성벽이 막지 못한 막강한 적을 어찌 코르두라가 막는다는 말인가. 요새전을 앞두고서 내가 코르두라 구축 작업을 반대했던 이유는 여러 이유가 있었으니 대강은 이러하다.

첫째, 일반적으로 코르두라는 수비하는 군대의 투쟁심을 저하시킨다. 뒤에 코르두라가 있으면 최후의 일각까지 싸우려는 의지보다 피신을 염두에 두기 때문이다. 둘째, 최후의 저지선이 되어야 할 코르두라가 기대했던 효과를 상실하면 오히려 성벽을 점령함으로써 사기가 오른 적에게 최후의 일격을 당하게 된다. 셋째, 바르셀로나에 해당되는 사항으로, 우리의 코르두라는 도시의 독특한 지형으로 인해 그 높이가 보루보다 훨씬 낮다. 따라서 성벽을 탈취한 적은 유리한 위치에서 위에서 아래로, 마치 무시무시한 산사태처럼 코르두라를 향해 한꺼번에 들이닥치듯 공격할 수 있다. 무시무시한 산사태처럼 말이다. 넷째, 우리의 코르두라는 시야가 탁 트인 개활지가 아니라 성벽에 바짝 붙어 있는 건물 위에 구축되어 있어서 그것이 무너지면 빽빽하게 들어선 건물과 비좁은 길은 돌이킬 수 없는 재앙을 겪게 될 것이다.

상황이 그런데도 주민들은 자기 집을 코르두라를 구축하는 방어 자재로 기꺼이 내놓는 것에 그치시 않고 팔을 걷어붙인 채 도와주고 있었다. 나는 망연자실했다. 자기 집을 지키기 위해 자기 집을 파괴해야 하는 웃지 못할 아이러니한 현실 앞에서.

그때였다. 바조슈에서 단련된 내 눈이 파괴된 건물들 사이에서 무엇인가를 포착한 것은. 나는 가까이 다가갔다. 아멜리스의 음악상자였다. 나는 먼지와 돌 부스러기를 털어냈다. 조심스럽게 뚜껑을 열었다. 소리가 나지 않았다. 나중에 안 사실이지만 도난당할 것을 우려한 페레트가 해변의 천막에 있던 것을 자물쇠 달린 집에 가져다놓았는데 결과적으로 도둑보다 포격이 훨씬 더 위험하다는 생각을 하지 못했던 것이다. 나는 아멜리스에게 음악상자를 건네주었다.

"걱정 마. 나중에 고쳐줄 테니까."

말은 그렇게 했지만 자책감이 밀려들었다. 세상은 나한테 기념비적인 요새를 짓거나 고치는 것을 가르쳤지만 정작 나는 뚜껑을 열어도 소리를 내지 않는 조그만 음악상자 앞에서 무능한 존재였다. 그러나 아멜리스는 의외로 담담했다.

"상관없어."

집은 무엇이고, 가정은 무엇인가? 때때로 그것은 멜로디거나 멜로디에 대한 기억이다. 그녀가 음악상자와 함께하는 동안은 집에 있을 것이다. 뚜껑만 고장 난 게 그나마 다행이었다.

"상관없어." 그녀가 똑같은 말을 되풀이했다. "있어봤자 멜로디만 떠오를 테니까."

○○○

그날 저녁에는 돈 안토니오 비야로엘을 찾아갔다. 그에게 총공세로 우리를 궤멸시키려는 펠리피토의 서한과 영국 여왕의 죽음을, 또한 내가 프어봄을 속여 작성한 공격용 참호 설계도의 세부 사항을 설명해야 했다. 바조슈의 구형 공간에서 이루어진 훈련 덕분에 내 머릿속에는 부르봉군의 병영과 참호에 대한 모든 게 일목요연하게 정리되어 있었다.

도시는 어디를 가나 무기력하고 칙칙했다. 임시 거주지인 해변은 쓰레기 더미가 산처럼 쌓여 있고 항상 여유롭고 시끌벅적하던 일상은 스스로의 덫에 갇힌 채 집단적인 우울함이 만연했다. 천막마다 사람들로 넘쳐나고 전쟁으로 팔다리를 잃은 불구자들이 늘어났다. 여기저기서 먹을거리를 두고 다투는, 하물며 무 반 조각 때문에 손톱으로 서로를 할퀴고 서로의 머리채를 잡아당기는 아낙네들의 싸움이 잦아졌다. 도시 안쪽의 풍경도 마찬가지였다. 거리마다 허물어진 건물들의 잔해와 흙먼지가 회색 망토를 드리우고 있었다. 그런 상황에서 유일하게 살아 있는 움직임이 있다면 성채를 지키면서 주민들과의 접촉을 유지하고 있는 코로넬라 부대였다.

돈 안토니오가 초췌한 모습으로 나를 맞이했다. 장군 제복 차림이 아니었으면 알아보기 힘들 정도였다. 참호전이 개시된 뒤부터 음식과 수면과는 담을 쌓고 지낸 탓이었다. 나는 전황도 앞에서 머릿속에 정리된 세부 사항을 자세하게 보고했다. 우리 영혼은 때때로 스스로 만든 덫에 빠져 헤어나오지를 못한다. 내가 그랬다. 기술적인 내용이 워낙 많다 보니 그것들을 납득시키느라 이야기가 길어지고 있었다.

비조슈는 나에게 어떤 것에 집중하기 위해 감정을 제거하는 법을 가르쳤다. 감정은 이성을 가로막는 안개였다. 그러나 1714년의 바르셀로나 상황은 그 둘이 분리되지 못하고 충돌했다. 과도한 합리성이 과도한 감정을 자극했다. 나는 도면 위에 그려진, 겉으로는 대수롭지 않은 잉크선이 의미하는 바를 누가 나보다 더 잘 이해할 수 있단 말인가 하는 자의식에 빠져 있었다.

나는 부르봉군이 전개할 참호 작업을 순차적으로 나누어 묘사했다. 내가 이야기를 하고 있는 시간에도 확장되고 있는 1선 작업은 물론이고 지선으로 연결되어 1선과 병렬을 이루게 될 2선과 3선 참호까지. 그러나 열변을 토하듯 이어지던 나의 설명은 "……결국은 저들이 해자를 뒤덮고 말 것입니다."라는 마지막 대목에서 목소리가 갈라지며 중단되었다.

"죄송합니다, 장군님." 나는 재빨리 용서를 구했다.

"아냐." 그는 오히려 나를 다독였다. "귀관은 코르두라 작업에 신경 쓰게. 우리에게 신의 가호가 있을 거야. 그러니 눈물을 거두게."

그러나 나는 그 자리를 물러나기 전에 희망의 끈을 놓치고 싶지 않았다. 그것은 어느 날 보방이 나에게 심어주었던 위대한 확신이기도 했다.

"누가 알겠습니까. 우리가 끈질기게 견디다 보면 적을 궤멸시킬 완벽한 방책을 구할지도."

그러나 비야로엘은 고개를 저었다.

"이보게, 완벽에 가깝다는 것은 불쌍한 인간의 차원을 넘어선 것일세. 이 시점에서 더 이상 병사들을 강제로 몰아붙이는 건 범죄야. 대체 어떤 도덕적인 권능으로 그것을 강압한단 말인가?"

현 상황에서 아군에게는 내일이 없었다. 비야로엘은 정부에게 적절한 협상을 벌이도록 수백 번 요구했다. 그렇게 부당한 도덕적 족쇄를 감당했던 자는 아무도 없었다. 요새 사수를 고집하는 것은 그의 양심에 맞서는 미친 짓이었다. 싸움을 포기하는 것은 자신의 명예를 실추시키는 일이었지만 상관하지 않았다. 실제로 그는 여러 차례 사임을 표명했지만 적색우단들이 진지하게 받아들이지 않자 협상 카드로 삼았다. 한마디로 바르셀로나 전체가 혼란에 휩싸였다. 병사들은 돈 안토니오에게 맹목적으로 순종했고, 돈 안토니오는 적색우단의 완강함을 꺾지 못했고, 적색우단은 시민들의 여론에 굴복하는 모순 속에서 허우적거렸다. 코로넬라가 무장한 시민들이 아니고 무엇이란 말인가? 부르봉군이 참호전을 개시하기 훨씬 이전부터 돈 안토니오가 염두에 두었던 것은 부조리한 학살극만큼은 피하는 것이었다. 그러나 그의 이상적인 판단은 날이 갈수록 불가능한 것으로, 기이하게도 항복을 원하는 자들을 구원하는 것으로 바뀌어갔다.

그러면 나는? 나는 이미 우리의 광기를 지켜보는 관찰자이자 광기에 함께하는 참여자로 변해 있었다.

한편 그날 밤은 아멜리스와 함께 천막에서 밤을 지냈다. 서로가 껴안은 채 거의 말이 없었다. 부재 간에 겪었던 고초조차 이야깃거리가 되지 못했다. 마음과 달리 프어봄과의 관계에 대해서도 입 밖으로 꺼내지 않았다. 차라리 입을 다무는 게 나았다.

"일요일에 입는 그 외출복 있잖아." 한참 만에 내가 지나가듯 말했다. "그 보라색 말이야. 부탁인데, 그 옷 태워버리도록 해."

그녀가 피곤에 지친 웃음을 터뜨리고 나서 이렇게 대답했다.

"마르티, 어쩌면 그렇게 바보 같아? 그 옷 팔아서 먹을 거 샀잖아."

○○○

지미는 부르봉군 포병대의 화력을 우리의 포르탈노우와 산타클라라 보루를 연결하는 부실한 성벽에 집중시켰다. 그는 실패한 포폴리와 달리 자기 주도하에 체계적이고 지속적인 협상을 벌이는 것과 동시에 참호 작업 설계도를 조정했다. (하지만 그 설계도를 누가 만들었지? 나는 설계도를 생각할 때마다 초조할 수밖에 없었다.)

아군의 응전 역시 만만치 않았다. 코스타가 이끄는 마요르카 포병대는 적군의 포격에 맞대응하는 한편 가능한 한 적의 참호를 겨냥했다. 양측의 공방전은 인간 공동체를 아수라장으로 만들었다. 아군의 포탄은 참호 위에서 무수한 산탄으로 떨어지고 적의 포탄은 우리의 성벽을 파괴했다. 그때마다 늘어나는 것은 양측의 사상자였다.

보루마다 정신이 없었다. 부하들과 항상 함께하는 코스타는 미나리를 질근질근 씹으며 시시각각 포대의 위치를 바꾸었다. 오각형 무덤에 갇힌 재단사들, 목수들, 채소 경작자들로 구성된 코로넬라 부대 역시 밤낮으로 쏟아지는 포탄에 노출된 채 부르봉군의 참호 작업을 저지하는 데 총력을 기울였다. 포격전은 모두를 지치게 만들었다. 그럴 때면 다들 하늘을 올려다보았다. 그러나 하늘은 한바탕 소나기라도 뿌려서 흙먼지를 가라앉히고 부르봉군의 참호 작업을 지연시킬 거라는 우리의 기대를 외면했다. 불행히도 계절은 한여름이었다. 항상 파란 하늘이었다. 절대로 변하지 않는 빛깔이었다. 지중해에서 불어오는 텁텁한 열기가 도시를 감싸고 있었다. 다들 돌가루를 뒤집어쓴 모습이었다. 시야를 가리는 꽃가루를 털어내듯 손으로 눈자위를 쓸어내기 바빴다. 입속에서는 흙이 씹혔다. 흙먼지 속에는 포탄의 잔해가 섞여 있었다. 포격은 인간의 이성을 마비시켰다. 무한정으로 이어지는 포격을 견딜 자는 아무도 없었다. 사방에서 느닷없는 비명 소리가 터져 나오거나 맥없이 바닥에 쓰러졌다. 방금 전까지 옆에 있던 동료가 한쪽 구석에 처박혀 잔뜩 웅크린 자세로 떨었다. 눈이 벌새의 날갯짓보다 더 빠르게 깜박거리고 손이 목을 비틀린 암탉처럼 꼬이면서 죽어갔다.

그사이에 부르봉군은 2선 참호 작업에 돌입했다. 적의 포병대 역시 훨씬 더 가까운 거리로 근접했다. 코스타가 지휘하는 아군의 포병대가 그들과 맞서기는 역부족이었다. 적의 포병대는 일정한 거리가 확보되자 그때부터는 도탄 포격*으로 바꾸었다. 보방이 고안한 도탄 포격이란 대략 이런 것이다.

도탄 포격은 기본적으로 포에서 발사된 포탄이 목표물에 박히거나 터지지 않는다. 수박덩이만 한 크기의 포탄은 목표 지점에 떨어지면 마치 물수제비 놀이에서 보듯 석조 바닥이나 벽에 부딪히고 튕겨져 나오면서 주위에 있는 모든 것을 휩쓸어버린다. 도탄 포격이 보루에 설치된 적의 포와 포병대를 제거하는 데 유용한 것은 그것 때문이다. 일단 도탄이 날아들면 지독한 굉음이 발생하고 사방으로 튀는 바람에 맨 처음 그 포탄을 발견한 자의 입에서 다급한 외침이 터져 나온다. "엎드려!"

사실 돌덩이나 쇳덩이가 날아올 때 제 시간에 바닥에 바짝 엎드리면 직접적인 타격을 입는 경우를 제외하고는 현장에서 즉사하는 경우는 드물다. 만에 하나 몸에 맞더라도 치명적인 부위가 아닐 경우에는, 가령 몸통일 경우에는 갈비뼈가 부러지는 정도다. 그러나 도탄이 치명적인 것은 그 속도에 있다. 순식간에 거짓말처럼 모든 것을 휩쓸어버리는 탓에 팔다리가 부서지지 않고서 온전히 살아남으려면 보루 밑으로 뛰어내리는 수밖에 없다.

병사들은 포르탈노우와 산타클라라 보루에서 근무 교대를 할 때면 보루에 오르기 전에 무릎을 꿇고 성호를 그었다. 그리고 이유를 불문하고 올라갔다. 나는 그들에게 보루로 올라가도록 지시하

---

* 도탄(跳彈) 포격이란 도탄 현상, 즉 탄체가 목표물을 관통하지 못하고 튕겨져 나오는 현상을 적용한 포격을 말한다.

는 일을 피하기 위해 갖가지 핑계를 댔다. 그것은 명예로운 병사들을 처형장으로 내모는 처사와 다를 바가 없기 때문이었다.

사실 나는 이 책을 쓰면서 어둡고 무거운 기억의 무게로부터 자유로워질 것이라고 믿었다. 그 속에서 나의 배신행위들을 털어낼 것이고 진실 앞에 굴복할 것이라고. 오만하게도 나는 모든 기대를 접은 채 자유를 위해 싸웠던 선남선녀들의 명예를 잉크로 기록하는 것이 나의 비굴함을 상쇄시키는 것이라고. 그러나 지금 나는 그게 애당초 불가능한 일이었음을 깨닫는다. 왜냐고? 왜냐하면 영웅적인 것에 대한 우리의 개념이 그저 공허하고 비열한 것에 지나지 않기 때문이다.

우리는 오만한 아킬레스를 전형적인 영웅으로 찬양한다. 우리는 쓰러진 헥토르 위에서 칼을 높이 쳐들고 있는 그를 승리자로 여긴다. 그런 우리가 자신의 일과 일상에서 완벽하게 세속적인 그들을 어찌 서사적인 이미지로 찬양할 수 있단 말인가? 영웅적인 것은 한 번의 행위가 아니라 끈기 있는 행위이며, 찬란하게 반짝이는 점이 아니라 수수하면서도 끊어지지 않는 가는 선이며, 어제도 오늘도 내일도 포탄이 떨어지는 보루로 올라가는 것이다. 자신의 집에서 지옥으로 가는 것이며, 지옥에서 다시 가정으로 돌아가는 것이며, 새벽에 집을 나서서 다시 죽음에 합류하는 것이다. 그랬다. 그들에게 영웅심은 세속적인 것이었고 그러기에 그들은 아무도 영웅이 아니었다. 그들은 그 자체로서 위대한 영웅이었다. 영웅들 역시 배신자들처럼 늙어간다. 자신을 희생했던 자들은 영원하며 영광은 그들의 것이다. 그 영광은 오로지 죽은 자에게 부여할 수 있는 불멸의 각인이다.

부르봉군의 3선 참호 작업이 개시되었다. 나는 보루의 후미진 곳에 처박혀 양손으로 얼굴을 감쌌다. 그리고 통곡했다. 내 옆에 서 있던 바예스테르와 그의 수하들은 나를 이해하지 못했다. 아니, 그들이 생각하는 것보다 더 심각한 어떤 사정이 있다는 것을 눈치챘지만 모른 척했다. 내가 아는 그들은 자신의 감정을 숨겼다. 항상 그랬다. 아마도 그들이 부끄러운 줄도 모른 채 자신을 내보이는 자들을 그저 묵묵히 바라보는 것은 그런 이유였을 것이다.

포위전에서 3선 참호는 최후의 시작을 의미한다. 언젠가 괴테는 나에게 보방의 철학에 대해 물었다. 나는 내 나름대로 최선의 대답을 내놓았다. 거대한 세 개의 병렬 참호로 변화하는 포위전에 그의 기본적인 이데아가 있다고. 그러자 괴테는 한참을 생각하다가 이렇게 말했다. "그건 아리스토텔레스가 이미 했던 말이지. 모든 드라마는 3막으로 이루어진다고." 그러나 나는 그때까지 그의 방식으로 생각한 적이 한 번도 없었다.

부르봉군의 참호 작업은 가공할 만한 엄호포격과 함께 밤낮으로 계속되었다. 그들의 포위전은 예정된 수순에서 벗어나지 않았다. 3선 참호 작업이 마무리되면 해자로 접근하는 지선 참호 작업이 시작될 것이고 그 작업이 끝나면 공학용 은어로 '카바예로스'라고 불리는 흉장(胸墻)이 세워질 것이다. 그리하여 마침내 그들은 훈련된 5만 명의 살인자들을 앞세워 최후의 공격을 해 올 것이다. 나는 무수한 각도로 꺾이거나 휘어지는, 이미 수천 미터에 이르는 미로 같은 참호를 지켜보면서, 바조슈에서 습득한 모든 것을 활용하여 그들의 일거수일투족을 가늠하면서 참담한 심정을 가눌 수가 없었다.

하루는 포르탈노우 보루에서 한쪽 구석에 웅크리고 있다가 내 옆에 바짝 달라붙은 낯선 병사를 보았다. 코로넬라 부대 소속이었다. 잔뜩 웅크린 자세로 한 손에 소총을 쥐고 다른 한 손으로 모자를 푹 누르고 있는 그 병사 역시 나처럼 부르봉군의 포격이 끝나기를 기다렸다. 이윽고 무지막지한 포격이 뜸해지자 초라한 제복에 흙먼지를 푹 둘러쓴 그 병사가 느닷없이 성벽 구멍으로 머리를 쑥 내밀더니 투덜거렸다.

"젠장, 대체 어떤 개자식이 저렇게 비비 꼬인 것을 고안해낸 거야?"

순간 나는 뜨끔했다. 내 자신이 우리에게 최후를 안기는 도구로 전락한 기분이 들었다. 그가 언급한 '비비 꼬인 것'은 거대하고 기념비적인 부르봉군의 참호였던 것이다.

그런가 하면 하루는 내가 끈질기게 기다리고 있던 움직임, 그러니까 적의 참호 벽에 세워진 울타리 사이로 호스가 나타나고 그 호스에서 물이 흘러나오는 것이 포착되었다. 순간 나는 참호가 바다 쪽으로 기울어져 있는 줄도 모르고 내가 작성했던 설계도에 따라서 땅굴을 파다가 느닷없이 역류하는 바닷물에 생쥐 꼴이 되어 있을 그들을 상상하면서 너무 기쁜 나머지 성벽 위로 상체를 드러낸 채 소리쳤다.

"야, 개자식들아! 짠물 맛이 어떠냐?"

그때였다. 누군가가 내 제복 자락을 세차게 잡아당기며 책망했다.

"중령님!"

바예스테르였다. 나는 바닥으로 벌러덩 넘어지고 나서 그를 쳐다보았다. 그런데 나를 꾸짖는 그의 눈빛이 이전과 달랐다. 나를 소심하고 겁 많고 지나치게 신중하지만 그래도 약속한 것을 반드시 이행하는 존재로 여기던 그가 아니었다. 지금도 기억하지만 그날 우리는 서로에게 유익하지 못한 해로운 존재로 변해 있다는 것을 확인했다. 다시 말해 바예스테르는 이미 책임이 뒤따르는 정부군 장교로, 나 수비리아 중령은 살인의 망령이 씌워진 기계로 변해 있었다. 우리의 눈빛은 서로에게 그렇게 말하고 있었다.

아무튼 그즈음에는 낮이 생지옥이라면 밤은 딱히 묘사할 수 없을 정도였다. 부르봉군의 3선 참호 작업이 시작되면서 우리가 주도하는 야간 기습전은 이전보다 잦아지고 폭력적으로 변했다. 부르봉군의 참호를 설계한 당사자로서 내가 어찌 피할 수 있었겠는가. 나는 참호의 구조를 구석구석 알고 있었다. 야간 전투는 수많은 해자와 지선 참호로 이루어진 미로에서 총과 검과 수류탄으로 싸우는 암흑 속의 혼돈이나 다름없었다. 그것은 세상이 알고 있는 것보다 훨씬 더 잔혹했다.

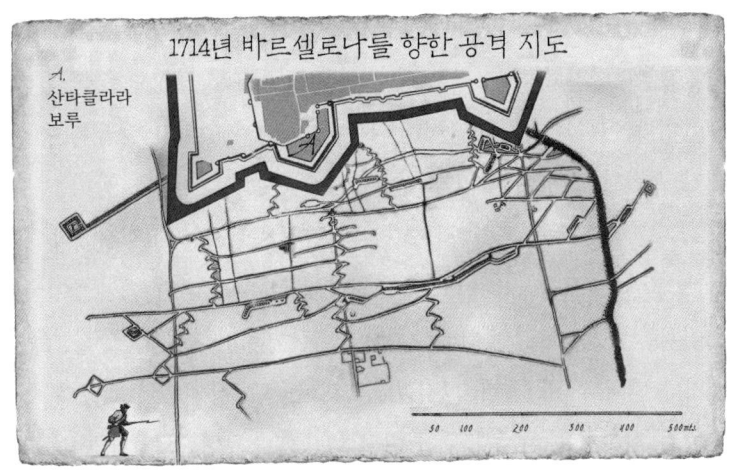

우리는 초야나 동이 트기 전의 야음을 틈타 은밀하게 성을 빠져나갔다. 적의 예상을 피하고자 일정을 바꾸거나 속였다. 사실 나는 처음에 바예스테르가 야간에 이루어지는 기습전에서 특유의 본능을, 다시 말해 무차별한 전투에서 닥치는 대로 죽이고 떠나는 밑바닥 기질을 발휘할 것으로 기대했다. 그러나 예전의 그가 아니었다. 반대였다. 야간 기습전은 나를 난폭하게 만들었던 것과 똑같은 식으로 그를 귀족적인 인물로 바꾸어놓았던 것이다.

야간 기습전 역시 속도와 시간이 관건이다. 기습 부대는 가능한 한 참호 안으로 들어가서 적을 제압하고 진행된 참호 작업을 파괴한 뒤에 신속하게 귀대하는 것이다. 여기서 아군의 희생자를 최소화시키는 게 중요하다.

우리는 기습공격 신호가 떨어지면 몸을 낮추고 발소리를 죽인 채 움직였다. 적의 3선 참호가 이미 우리의 성에 근접해 있던 터라 목표 지점까지 이동 시간은 짧았다. 선봉대가 참호 속으로 잠입해서 참호병과 육탄전을 벌여 불과 몇 분 만에 거점을 확보했다. 어둠이 깊게 깔리고 바닥과 벽을 식별하기 힘든 비좁은 참호 안이 기습을 당한 적군의 신음 소리로 꽉 찼다. 저만치에서 당황한 적군의 장교들이 불어대는 호루라기 소리와 여러 언어가 뒤섞인 다급한 목소리가 들렸다. 그사이 우리는 전광석화 같은 속도로 참호 장비를 부수고 버팀목을 무너뜨렸다. 포가 움직이지 못하도록 고정시켰다. 내가 노린 것은 포를 파괴하는 일이었다. 내 지시에 따라 병사들이 원숭이처럼 포를 타고 올랐다. 신관(信管)에 두 뼘 길이의 못을 쑤셔 넣거나 망치로 내려쳤다. 그것만으로도 포는 무용지물이 되었다.

야간 기습전을 치르다 보면 미처 피신하지 못한 적의 참호병들과 마주치는 때가 적지 않다. 여기에는 곤혹스러운 문제가 대두된다. 무릎을 꿇은 채 목숨만 살려달라며 애원하는 그들을 어떻게 처리할 것인가. 나는 지옥이나 다름없는 비좁은 참호 안에서 터지는 총탄과 수류탄의 섬광에 드러나는 그들의 눈빛을, 살아 있는 최후의 모습을 외면하면서, 차라리 그게 낫다고 생각하면서 바예스테르에게 지시했다.

"죽여! 시간이 없다! 다 죽이라고!"

1714년 8월에 들어서면서 양군은 어느 쪽도 포로를 만들지 않았다. 무엇 때문에? 우리 자신의 이성보다 사무치는 원한이 더 강했기 때문이다. 실제로 우리는 기습전에서 퇴각할 때 부상자들을 데려오지 않았고 뒤처진 자들은 적군의 반격에 죽어갔다. 이튿날 우리는 보루에서 적군이 참호 밖으로 내던진, 8월의 태양 아래 뒤죽박죽 엉긴 채 부패해가는 시신들을 지켜보아야 했다. 다들 미쳐가고 있었다.

병사들만 미친 게 아니었다. 여기서 나는 그해 8월 3일로 기억되는 생생한 일화 하나를 소개하겠다. 그 일화는 미스테어조차 잊게 만드는 잔혹한 연극보다 더 잔혹한 농담 같은 이야기다.

그날 나 선량한 수비는 검은 머리에 허연 흙먼지를 뒤집어쓴 채 전황을 보고하고자 돈 안토니오의 집무실로 들어섰다. 그러나 흑색 우단들이, 다시 말해 고위 성직자들이 먼저 와 있는 바람에 그들이 용무를 마칠 때까지 기다려야 했다. 그들의 방문 목적은 돈 안토니오에게 '성스러운 정의의 엄격함을 단련하기 위한 지침'을 전달하는 것이었다.

평소 우리 인류에게 있어 누구보다 간사한 그들이 작성한 그 지침은 악의에 찬 농담으로밖에 이해되지 않는 내용이었다. 그들이 성스러운 중재와 도시의 자유를 되찾는답시고 제시한 처방은 이렇다.

- 대중적인 소동과 희극을 뿌리 뽑을 것.
- 도시에서 집시들을 몰아낼 것.
- 거리에 우글거리는 버려진 남아와 여아들을 수용할 것.
- 바르셀로나 사람들의 세속적이고 값비싼 유행을 바로잡을 것.
- 신전에 대한 존중과 숭배를 본래의 위치로 되돌려놓을 것.
- 도시의 공공장소에서 묵주기도를 행할 것.

나는 '성스러운 정의의 엄격함을 단련하기 위한 지침'을 위선적인 것과 어처구니없는 것의 완벽한 합체로 기억한다. 그때만 해도 거리의 즉흥 무대는 포격으로 인해 사라진 데다 누구한테도 희극 무대를 꾸미거나 구경할 힘조차 남아 있지 않았다. 사회에서 경시받던 집시들은 전쟁을 그들의 낙인을 지우고 그들의 장점을 살려 카탈루냐 세계로 들어가는 기회로 보았고 그들 대부분은 군대에서 북을 치는 병사로 근무했다. 아이들은 앙팡처럼 입에 풀칠할 만한 것들을 찾아 거리를 헤맸다. '세속적이고 값비싼 유행'이라니, 대체 그들은 어디에 살고 있는가? 우리 카탈루냐인에게 즐겁고 현란했던 도시는 이미 잿빛 폐허로 변했다. 대체 그들은 포위전과 신의 은총과 비단 치마 사이에서 어떤 상관관계를 설정하고자 했을까?

돈 안토니오는 그들의 요구를 흔쾌히 받아들였다. 그리고 그들을 흡족하게 만드는 언어의 성찬과 함께 그들을 돌려보냈다.

○○○

지미는 순혈의 쿠호른주의자였다. 그랬기에 나는 첫 공격을 늦추고 있는 그의 의중을 파악할 수 없었다. 사실 참호 작업은 완벽하지 않았지만 쿠호른 추종자인 그에게는 상관없는 일이었다. 그에게 공격용 참호는 마스기나르도에 머물러 있던 나에게 털어놓은 말처럼 그의 손에 쥐어진 일종의 정치적 도구에 지나지 않았다. 그런데도 그는 우리의 성이 무지막지한 포격으로 인해 열려 있는 상태나 다름없었지만, 휘하에 다수의 정예군을 두고 있었지만, 비정규군이 대부분인 우리를 '반란자'로 경멸했지만 어쩐 일인지 첫 공격을 늦추고 있었다.

나는 도저히 이해할 수 없었다. 내가 작성한 참호 설계도는 지미의 친성에 기초를 두고 있다. 따라서 그가 공격을 서두를수록 우리에게 유리할 터였다. 그러나 그는 나를 기만하면서 공격을 늦추고 있었다. 참으로 기막힌 상황이었다. 나는 그들의 포격에 허물어진 총안 뒤로 기어갈 때마다 이렇게 간구했다. '자, 지미, 더 이상 끌지 말고 이 빌어먹을 전투를 딱 한 번에 끝내자고!'

그날 나는, 그러니까 내 기억으로 8월 11일에 포르탈노우 보루로 경계 근무에 나섰다. 몹시 무더운 날씨였다. 병사들은 아예 상체를 벗고 있었다. 그런데 어떤 낌새가 내 오감에 포착되었다. 나는 맨 앞으로, 무너진 성벽의 잔해가 거대한 송곳니처럼 솟아오른 곳으로 다가갔다. 그리고 이내 바조슈에서 습득된 청각으로 그 움직임을 인지했다.

"쉿!" 나는 보루 지휘관이 나를 경호하라고 보낸 병사에게 속삭였다. "이봐, 저 소리 안 들려?"

그것은 수천 개의 망치질 소리였다. 소리를 죽이기 위해 천막으로 장비들을 가리고 있었지만 그것은 분명 망치질 소리였다. 땅을 다지는, 발판을 다지는 소리.

나는 보루를 벗어나 뛰기 시작했다. 돈 안토니오를 찾았다. 나는 거친 숨을 몰아쉬며 보고했다.

"심상찮은 소리가 들립니다. 적들이 발판을 설치하고 있는 게 분명합니다."

그러나 나의 보고 내용은 그를 심란하게 만들지 못했다. 나는 기억한다. 마치 오랜 지인의 소식에 흡족해하면서 말없이 고개만 끄덕이던 돈 안토니오의 모습을. 나는 어떤 지시를 요구하고 있는 나를, 내 눈을 가만히 쳐다보고 있는 그를 향해 다시 말했다.

"각하, 저들이 움직였습니다. 총공세를 펼칠 것입니다."

11

여기 간략한 도면 한 장을 첨부한다. 1917년 8월 12, 13, 14일에 벌어진 전투 상황을 이해하는 데 도움이 될 것이다.

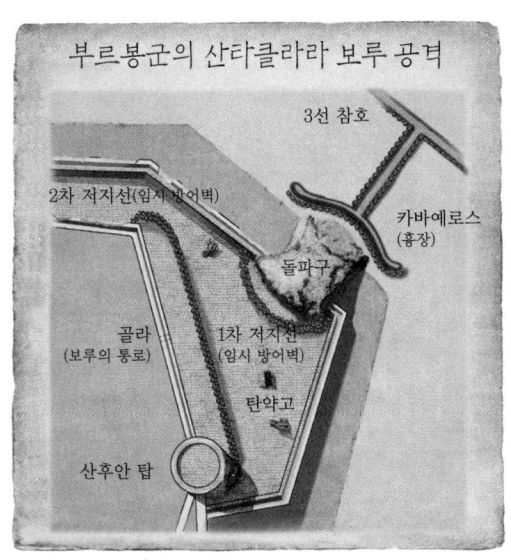

이 도판은 산타클라라 보루와 부르봉군의 포격에 무너진 보루의 외벽이다. 외벽의 잔해로 가득한 해자는 쉽게 적에게 뚫릴 것이다. 적의 선봉대는 공격용 3선 참호에서 우리 쪽으로 뻗어 나온 카바예로스(흉장)에 위치하고 있었다.

 그 상황에서 우리가 대처할 수 있는 것은 보루에 임시 방어벽을 구축하는 것이었다. 파괴된 외벽을, 즉 돌파구를 방치하는 것은 자살행위나 다름없다. 그리하여 파괴된 성벽으로부터 몇 미터 뒤로 돌덩이에 회반죽을 발라 가슴 높이의 1차 저지선인 임시 방어벽을 쌓았다.

 산타클라라 보루의 많지 않은 장점들 중의 하나는 산후안 탑이

었다. 보루 뒤편 우측에 우뚝 솟은 그 구조물의 테라스에는 경포 두 문이 설치되어 있었다. 특히 그 경포들은 상대적으로 높은 위치와 넓은 발사 각도를 유지함으로써 포위전에서 귀중한 역할을 담당했다. 부르봉군이 그 탑을 증오하고 집중포격을 가했던 것은 그런 이유였다.

그러면 이번에는 산후안 탑이 들어간 도판 세 장을 첨부한다. 이 도안들은 무엇보다도 전쟁의 폭력성을 이해하는 데 도움이 될 것이다. 첫 번째 도판은 원래의 모습과 일치한다. 두 번째 도판은 8월 12일 전야의 모습을 보여준다.(사실상 집중포격은 며칠 전부터 시작되었다.) 마지막으로 세 번째 도판은 포위전의 최후의 모습을 재구

G. Rigaud inv.   The Attack of two Bastion

The Lodgement being secured on ye Covert way, ye Assailants make a Sap to gain ye Counterscar
is ye Descent of ye Ditch, wch. if it be a wet one, they fill it up with Fascines loaded with Stones. As ye Asse
are several curious ways of covering ye Miner & fixing him to ye wall, while He makes ye Sap. The
they recover out of their confusion, & as they gain upon ye., ye Engineers with all dispatch trace out Lodgement
dants not only counterwork ye Assailants Mine to render it ineffectual, but make Saps of their own to blow up y

Breaches being made by the Miner.

... inwards towards y[e] Ditch, & here sometimes they make another Lodgement: their next attempt
... Bastion is always made upon y[e] ruins of a Breach, this is effected by y[e] springing of a Mine, & there
... [y]e Mine is y[e] Signal for y[e] Assault, y[e] Troops immediately pass over y[e] rubbish & push y[e] besieged before
... ers to secure themselves behind, taking care to keep a proper communication with their own works. The Defen‑
... Besiegers, when they have penetrated y[e] works, one of w[ch] is represented in y[e] furthermost Bastion in this Print.

Parr Sculp.

J. Rigaud inv.

The Assault on the

The Bastion being taken, the Assailents push Saps forwards to the Wall which shuts the
in the Battlements, & summons the Besieged to deliver the Place, in case of refusa
Assault. They spring their Mines, pass over the ruins of the Breaches, & push the B
in several parts at once. As the Forces are cut off or advance forwards they are se
the Lodgment on the Covert way: and when the Grand Retrenchment can't be forc

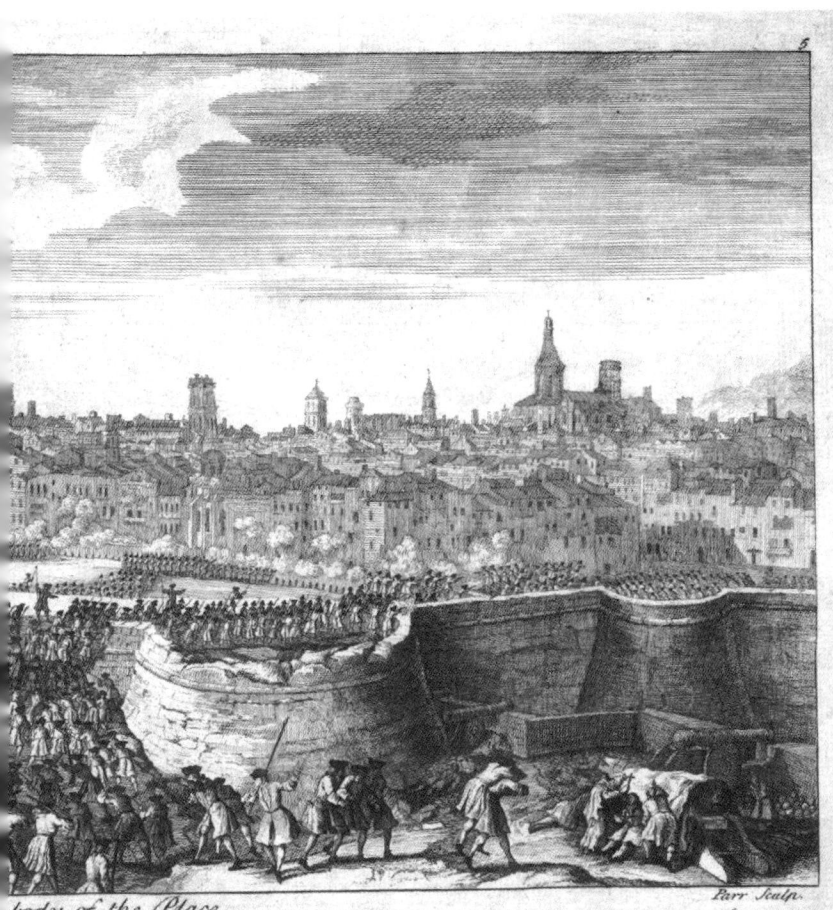

body of the Place
the Bastion, & charge their Mines in readiness: They make breaches with their Cannon
is not frequent after such Advances are made, the Besiegers prepare for a general
the Grand Retrenchment, which covers the inside of the Place, which they Attack
with fresh ones, so that there are always Battalions which possess the Breaches, the Ditch,
dge themselves on the Rampart, or at least on the Breach.

성한 것이다.

(이 도안들을 통해 작가는 창작의 자유를 마음껏 누렸다. 예를 들어 산후안 탑은 사각이 아니라 원통형이었고 요새전에서 성벽은 훨씬 더 파괴되었다. 사실적인 묘사의 결여는 교육적인 차원을 감안한 것이었다.)

8월 12일 새벽에 나는 산타클라라에서 적의 동정을 주시했다. 밤새 눈을 붙이지 못했다. 내가 아는 지미는 아무 때나 공격 명령을 내릴 수 있는 인물이었기 때문이다. 그들은 우리가 어떤 낌새를 눈치챘다는 것을 알고 있었기에 금방이라도 공격을 개시할 것 같은 분위기만 조장하면서 푹푹 찌는 무더운 밤을 보냈다. 아, 여기서 한 가지 밝힐 사실이 있으니 그것은 내가 이미 유사시에 발동하는 비상 동원령에 대한 전권을 쥐고 있었다는 것이다.

그 얼마나 아름다운 임무인가! 비상 동원령을 발동한다는 것은 난해한 책임이 뒤따른다. 아군은 지치다 못해 탈진 상태였다. 그 상태에서 무절제한 지휘관이 뜬금없이 바르셀로나 전역에 비상을 걸고서 성벽을 지키라는 동원령을 내리면 어떻게 되겠는가. 우리는 정규군이 아니라 시민군이었다. 비상 동원령은 곧 시민들을 그들의 집에서, 그들의 침실에서, 그들의 아내의 품에서 빼내는 것이었다. 방어군의 신경을 곤두세우게 만드는 것, 그게 바로 지미가 원하는 것이었다. 적에게 밤은 사냥용 미끼인 셈이었다. 적군이 칠흑 같은 밤에 나팔과 큰북을 치면 우리는 적군의 공격이 시작되었다고 생각했다. 그러나 아무 일도 없었다. 그로부터 몇 분 후에, 그러니까 아무 일도 아니라고 안도의 한숨을 내쉴 때쯤에 요란한 총소리가 들렸다. 그러나 아무 일도 없었다. 참호 주위로 수류탄부대는 고사하고 총검으로 무장한 보병대조차 나타나지 않았다. 개미 새끼 하나 보이지 않았다. 하지만 나는 귀를 쫑긋 세운 채 뜬눈으로 밤을 새웠다. 바조슈를 생각하면서. "살아 있는 한 집중해야 한다. 집중하는 한 살아남을 것이다."

그렇게 밤이 갔다. 오전 일곱 시가 되면서 적의 움직임이 잦아들었다. 정적, 완벽한 정적이 흘렀다. 나는 벌떡 일어나 1차 저지선 쪽으로 뛰었다. 어떤 직감이 스쳤다. 소리의 부재가 오히려 의심스러웠다. 나는 저지선을 뛰어넘어 돌파구 앞에서 바닥에 엎드려 성 밖으로 시야를 집중시켰다. 그리고 이내 내 눈에 포착된 장면 앞에서 얼어붙었다. 그 무더운 8월 중순에.

흉장으로부터 수백 명의 적군이 불쑥 솟아올랐다. 그들은 프랑스군에서 장신들 중에서도 장신만 골라 뽑은 거인으로 이루어진 수류탄부대였다. 게다가 병소의 복장 대신에 가슴에 금속 갑옷을 걸치고 손에 4미터 길이의 창을 쥐고 있는 그들의 모습이 가히 환상적이었다. 그들을 방패 삼아 수백 명의 수류탄병들이 뒤따랐다. 어림잡아 열 개 중대가 산타클라라와 포르탈노우를 향해 다가오고 있었다. 마치 코끼리 떼가 열을 지어 집단으로 이동하는 것 같았다. 해자가 백색 물결을 이루었다.

"아, 이게 최후란 말인가!" 나는 마음속으로 중얼거렸다.

그날 산타클라라 보루에서 프랑스 정예군에 맞서는 아군은 기껏해야 칼을 만드는 대장장이와 방직공으로 구성된 코로넬라 소속 두 개 중대로, 다 합쳐서 200명이 채 못 되었다.

나는 곧바로 1차 저지선을 뛰어넘어 산타클라라 지휘관인 호르디 바스티다 중령을 찾았다.

"바스티다, 적의 공격입니다!" 나는 소리쳤다. "적이라고요!"

바로 그때 폭발음이 들렸다. 좌측이었다. 발밑이 울렸다. 포르탈노우 쪽에서 한 줄기 연기 기둥이 솟아오르며 검은 버섯 형태로 변했다. 적의 포격에 보루의 지하갱도가 폭발했던 것이다. 나는 다급하게 소리쳤다.

"당장 돈 안토니오에게 보고해야 합니다!"

그러나 바스티다는 매몰찬 목소리로 대답했다.

"보고는 당신이 직접 하시오!"

호르디 바스티다는 1709년에 피레네산맥에 위치한 조그만 마을에서 베나스케가 이끄는 부르봉군의 기습을 격퇴시켰던 우리들의 영웅이다. 만일 그가 내 위치에 있었다면 나와 달리 전령을 보냈을 것이다. 왜냐하면 그는 어떤 최악의 상황에서도 결코 자신의 현 위치를 포기할 인물이 아니었기 때문이다. 그러나 나는 바스티다가 아니었다. 그의 말이 떨어지자마자 뛰기 시작했다. 죽자 살자 뛰어가면서도 다시는 살아 있는 그를 만나지 못할 것이라고 생각했다.

부르봉군은 산타클라라와 포르탈노우를 동시에 공격해 왔다. 재봉사와 병을 만드는 장인들로 이루어진 포르탈노우 방어군은 산타클라라만큼이나 허술했지만 상대적으로 피해가 적었던 것은 측면에서의 지원 사격이 이루어지고 외벽이 크게 손상되지 않았기 때문이다. 지하갱도도 한쪽 부분만 무너진 게 천만다행이었다. 만일 안트베르펜의 도살업자가 정확하게 계산했다면, 그러니까 10여 미터만 더 위로 조준했다면 전체가 쑥대밭으로 변했을 것이다.

포르탈노우의 지휘관은 그레고리오 데 사아베드라 이 포르투갈(그의 긴 이름으로 추정컨대 포르투갈인이거나 포르투갈 혈통이었을 것이다.) 대령이었다. 그들은 지하갱도에 떨어진 포탄으로 인해 한동안 짙은 연기 속에서 눈도 제대로 뜨지 못했다. 흙과 돌가루가 머리 위로 쏟아져 내릴 때만 해도 끝장이라고 생각했다. 그러나 그는 베테랑답게 그 상황을 수습하고 대부분 살아남은 부하들을 보루 위로 올려 보냈다.

나는 대체 어떤 부르봉군 지휘관이 거한들을 무장시키는 기발한 아이디어를 냈는지, 그리하여 나로 하여금 마치 중보병(重步兵) 시대로 돌아간 것 같은 착각을 불러일으키게 만들었는지 궁금했다. (그 궁금증은 몇 년 후에 풀렸다. 지미는 자신의 머리에서 나온 게 아니었다고 말했다. 하지만 그의 천성으로 미루어볼 때 자신의 책임을 회피하고 싶었을 것이다.)

양 보루를 지키던 아군의 병사들이 짙은 연기를 뚫고서 산타클라라의 돌파구로 몰려들었다. 아군은 허물어진 돌파구를 향해 집중사격을 가했다. 겨냥하고 말 것도 없었다. 워낙 촘촘히 밀려드는 터라 방아쇠만 당기면 그것으로 끝이었다. 물론 적군의 첫 희생자는 가슴에 흉갑을 두른 거한들이었다. 총을 맞은 그들은 앞으로 꼬꾸라지거나 해자의 경사지로 구를 때마다 뒤따르던 동료들을 덮쳤다.

앞서, 그러니까 이 책의 1부에서 나는 수류탄에 대해 언급했었다. 그러나 수류탄을 사용하기 위해 군이 수류탄부대가 필요하지는 않다는 것과 바르셀로나에는 수류탄 수천 발이 비축되어 있다는 사실은 말하지 않았다. 그럴 필요까지는 없었기 때문이다. 아무튼 아군의 병사들은 가죽 부대에 담긴 수류탄을 꺼내서 한꺼번에 여러 개의 심지에 불을 붙여 적군의 머리 위를 향해 던졌다. 수류탄 효과는 기대 이상이었다. 적은 수류탄을 피하고자 갈팡질팡하거나 자기들끼리 쓰러지고 넘어졌다. 그렇다고 해서 적이 물러선 것은 아니었다. 그들은 피비린내 나는 도살장을 밟고 또 밟으면서 끊임없이 밀려들었다.

그사이에 나 선량한 수비는 돈 안토니오를 찾아 뛰어다녔다. 사실 멀리 갈 것도 없었다. 그는 전선 후미에서 장교들과 연락병들에게 에워싸여 있었다. 나는 입이 떨어지지 않았다. 그 상황에서 어떤 보고를 하든 별 의미가 없다고 생각하면서 돈 안토니오의 세부적인 지시가 끝나기를 기다렸다.

돈 안토니오의 지시에 귀를 기울이고 있는 지휘관들 중에는 법대 교수에서 코로넬라 부대 지휘관으로 변한 마리아 바쏜스 박사도 끼어 있었다. 왜소한 체격, 툭 튀어나온 이마, 케베도 풍의 눈이 인상적인 그는 자신이 참여해보지 못한 세계에 뛰어듦으로써 담담하게 자신의 늙음을 방어하는 인물이었다.

"아, 수비리아 중령!" 나를 발견한 그가 안경 너머로 아는 체했다. "당신의 송사는 어떻게 되었소? 이탈리아 사람들과의 재판 말이오."

나는 헐레벌떡 달려오느라 아직 숨을 고르고 있는 데다 머리 위로 날아다니는 포탄으로 인해 제대로 대답할 여유가 없기도 했지만 그런 상황에서도 계류 중인 내 송사에 관심을 가지는 그에게 말을 아꼈다. 그는 치매로 인해 포격으로 대부분의 재판소가 파괴된 사실을 깜빡 잊고 있었던 것이다.

"박사님, 언제 공격합니까?" 법대생들로 구성된 부대에서 한 학생이 더 기다리지 못하고 조심스럽게 물었다. 그들의 주된 임무는 유탄을 수거하는 일이었다.

대학생 출신 학도병은 어디를 가도 눈에 띄었다. 이른바 좋은 집안의 자식들이라 제복만 해도 두세 벌이었다. 그래서 필요하면 하인들이 새 제복을 준비했고 특별히 병참부대의 재단사들이 수선했다. 그들의 주요 임무는 목과 소매 부위가 화려하게 장식된 말끔한 제복 차림으로 거리를 행진하는 일이었다. 그들은 발코니에서 그들을 내려다보는 주민들의 사기를 북돋우고 백전노장 못지않은 성원을 받았다. 그러나 나는 학도병을 그다지 신뢰하지 않았는데 그 이유는 전쟁과 학문의 결합 자체를 탐탁지 않게 여겼기 때문이다. '저들은 적과 마주치는 순간에 흩어질 것이다.' 그게 내 판단이었다.

이윽고 바쏜스가 학도병의 어깨를 토닥이며 입을 열었다.

"이제 곧 공격이 시작될 테니 마음을 단단히 먹도록 하게." 그리고 이렇게 덧붙였다. "기억하게, 자네들이 두려워해야 할 것은 딱 하나, 사악한 명성이라는 걸 말이시."

사실 바쏜스 교수는 부지불식간에 입대한 많은 바르셀로나 사람들 중의 하나였다. 그에게서, 그와 같은 많은 사람들에게서 전쟁은 시민의 의무로, 세금을 납부하는 것과 사육제에 참가하는 것 사이에 위치했다. 크리다가 발령되자 대학생들은 즉각 경고했다. 교수의 지시가 아닌 다른 명령은 받아들이지 않겠다고. 그러자 적색우단은 학생들과 이해관계가 두터운, 학생들에게 아버지 같은 바쏜스에게 지휘관 직책을 부여했다. (아마도 적색우단은 그 요구를 거부할 경우에 돌아올 돌팔매질이 두려웠을 것이다.) 바쏜스 교수는 어린 제자들에게서 자긍심을 느꼈다.

학도병이 물러가자 바쏜스는 나를 보며 멋쩍은 탄식을 내뱉었다. "아, 젊다는 게 그렇지. 참지 못할 수밖에!" 그 말 속에는 나이에 걸맞지 않은 계급을 달고 있는 나를 이해한다는 뜻이 담겨 있었다.

흔히들 전투를 언급할 때면 '폭풍우'라는 표현을 밥 먹듯이 사용하는데 우리의 상황이 그랬다. 보루 위로 떨어진 포탄은 돌가루와 흙먼지 구름을 일으키고 그 파편은 성벽 뒤에 있는 우리 머리 위로 폭우처럼 쏟아져 내렸다. 사실 나는 거기, 산타클라라 보루에서 벌어지고 있는 상황을 떠올리는 것조차 싫었다. 나는 마음속으로 중얼거렸다. '아, 운이라곤 전혀 없는 나는 거기서 그렇게 잊히고 말 것이다.' 그랬다. 운이 없었다. 내가 막 그런 생각을 떠올리고 있을 때 돈 안토니오의 참모가 나를 불렀다.

"수비리아! 방금 산타클라라에서 오지 않았던가요? 바쏜스 대위와 학생들을 거기까지 안내해서 바스티다 중령의 지휘를 받도록 해주시오. 그리고 우리 응원군이 도착할 때까지 반드시 산타클라라를 사수하라고 전하시오."

나는 즉흥적인 변명을 떠올렸지만 그가 큰 소리로 채근했다.

"사수하시오! 거길 사수하지 못하면 우린 끝장이오!"

나는 얼굴이 복숭아 빛깔을 띤 애송이들만큼은 사지로 보내선 안 된다고, 거기로 보내봤자 실질적인 도움이 안 된다고 반박하고 싶었지만 입을 다물었다. 그럴 수밖에 없었다. 자칫 바쏜스와 학생들의 명예를 모욕하는 일이었기 때문이다. 학도병들이 그 말을 듣고 서둘렀다. 아, 다들 죽고 싶어 환장한 자들이었다.

나는 산타클라라로 학도병 부대를 이끌었다. 달리 방도가 없었다. 비좁은 골라를 가로질러 저주스러운 보루로 올라섰다. 맙소사, 우리 눈앞에 펼쳐진 장면은 아비규환이었다.

산타클라라 보루에 비하면 골고다 언덕은 영국 정원에 지나지 않을 것이다. 저 불규칙한 오각형 보루 바닥이 죽은 자와 부상당한 자들로 뒤덮여 있었다. 죽음 앞에서 최후의 몸부림을 치고 있었다. 보루에 갇혀 사지를 허우적거리는 처절한 모습이 흡사 통발에 들어 있는 갯지렁이를 먹기 위해 들어왔다가 잔혹한 어부의 손에 의해 통발 속에서 통째로 짓이겨지는 물고기들의 몸부림 같았다.

그사이 1차 저지선이 뚫린 아군은 2차 저지선으로 물러나 있었다. (앞 도판을 참조하라.) 칼을 만드는 장인들과 재단사로 구성된 200명의 아군은 20여 명밖에 남아 있지 않았다. 한마디로 중과부적이었다. 일단 나는 학도병 부대를 2차 저지선에 합류시켰다. 저만치 성벽 한쪽에 바스티다 중령이 누워 있고 그의 부하가 어찌할 바를 모르며 곁을 지키고 있었다. 울고 있었다. 바스티다는 이미 정신을 잃은 뒤였다. 온몸에 여섯 발의 총상을 입은 그는 입이 열려 있고 눈은 허공을 응시하고 있었다. 그는 나와 달랐다. 나는 그를 고지식한 인물로 보았지만 그는 끝끝내 자신이 있어야 할 자리를 지킨 정직하고 충직한 인물이었다. 나는 그의 손을 잡아주며 그의 이름을 불렀다.

"호르디, 호르디……."

그의 입술이 움직였지만, 무슨 말을 하고 싶어 했지만 청각을 마비시키는 포성이 아니더라도 도저히 알아들을 수 없었다. 아직 숨을 쉬고 있는 자체가 기적이었다. 나는 그의 부하에게 소리쳤다.

"왜 병원으로 옮기지 않는 거야, 왜?"

"중령님이 원하지 않았습니다." 그의 부하가 큰 소리로 대답했다. "중령님은 분명하게 지시하셨습니다. 우리가 마지막 한 명까지 이곳을 지키지 않으면 모든 게 무너질 거라고."

"학생들이 왔으니, 어서 모시도록 하라."

그러나 바스티다가 내 손목을 잡았다. 그가 망막이 허옇게 뒤집힌, 아직은 빛나는 동공으로 나를 응시했다. 나는 그의 입술에 귀를 바짝 갖다 댔다. 나로서는 그가 나를 비난하고 저주하더라도 얼마든지 받아들여야 했다. 그러나 그는 가슴에 경련을 일으키며 어떤 말 대신 붉은 핏덩이를 울컥울컥 토해냈다. 결국 부하들이 그를 데려갔다. 그는 산타크레우 병원에서 긴 죽음의 고통을 겪다가 이틀날 새벽에 영원히 눈을 감았다.

한편 양군은 양 저지선을 방패삼아, 양 저지선 사이에 널브러진 시체 더미를 경계 삼아 치열한 공방전을 벌였다. 1차 저지선을 확보한 적군의 숫자는 갈수록 불어났다. 이제 적군이 애송이 학도병을 제압하고 보루를, 나아가 도시를 점령하는 것은 시간문제로 보였다.

그러나 공병술과 거리가 먼 자들이 그런 결과를 예측할 수는 없었다. 학도병들은 상체를 바짝 웅크린 채 총을 세우고 화약을 채우고 방아쇠를 당겼다. 똑같은 과정이 반복되었다. 논리적으로는 학도병들이 그 전투에서의 결과에 대해 알 리가 없었다. 그들의 입장에서 본다면 신은 그들이 공부하는 방식으로 그들의 총알을 인도할 것이고 그들의 끈기와 집중력에, 그들의 성공에 상을 주어야 할 것이다. 하지만 그들은 그 너머는 이해하지 못했다. 적에게 점령된 작은 반원형의 저지선 뒤로 적군의 포격이 증대되고 있다는 것을, 갱도를 통해 더 많은 적군이 보충되고 있다는 것을, 그렇게 축적된 가공할 만한 힘이 반발하는 아군을 휩쓸어버린다는 것을 몰랐다.

물론 나 역시 그때까지는, 그러니까 일련의 과정 속에서 이른바 핵의 중심에 위치하고 있을 때는 한 치 앞의 결과도 장담하지 못했다. 한마디로 나의 전망은 어두웠다. 그러나 그때 이후부터는 달랐다. 엄밀히 말해서 나는 그 전투 이후부터 전반적인 그림을 그릴 수가 있었다.

지미 역시 마찬가지였다. 부르봉군의 지미는 포르탈노우와 산타클라라 보루를 동시에 공격했다. 그의 계획대로라면 이미 내가 말했듯 양 보루를 점령할 것이고, 그로 인해 기나긴 포위전은 종말을 고할 것이고, 패자인 우리는 자비를 구하거나 죽임을 당할 것이다. 따라서 그가 낙관적인 전망을 품은 채 마스기나르도의 발코니에 앉아 전령의 보고를 기다리는 것은 당연한 일이었다.

그런데 첫 보고는 지미를 당혹하게 만들었다. 나쁜 소식이 아니라 무거운 소식이었다. 포르탈노우에서 패퇴했다는 도저히 믿기 힘든 소식이었다. 그러나 지미는 지미였다. 앞서 내가 기술했듯이 시미는 앤 여왕의 죽음과 자신의 왕위 계승 문제로 혼란스러웠지만 무기력한 존재가 아니었다. 그는 즉각 장고에 들어갔다. 그리고 이내 두 번째 전략을 세웠다. 그것은 양 보루를 포기하고 하나의 보루에만 화력을 집중시키는 것이었다. 하필이면 내가 위치하고 있는 보루를, 내가 2차 저지선에서 죽음의 두려움에 사색이 된 채 온몸을 잔뜩 웅크리고 있는 산타클라라를 말이다.

부르봉군이 병력과 화력을 산타클라라에 집중시키는 동안에 바쏜스 박사는 2차 저지선을 부지런히 돌아다녔다. 전쟁터의 위험 따위는 안중에도 없었다. 뒷짐을 진 채 날아오는 총알을 천일홍 꽃다발 대하듯 무시하면서 서투른 라틴어를 섞어가며 제자들을 독려했다. 그의 제자들 역시 스승 못지않았다. 그들은 우려와 달리 적의 진군을 저지하라는 상부의 지시를 충실하게 이행했다. 이제 곧 들이닥칠 재앙을 알지 못한 채로 말이다. 바쏜스가 나를 향해 다가왔다. 그러더니 저지선에서 가장 낮은 쪽을 골라 무릎을 꿇은 채 벽에 바짝 붙어 있는 나를 보며 에둘러 책망했다.

"중령님, 장교가 모범을 보여야지요."

"바쏜스 박사님!" 내가 소리쳤다. "위험하니 상체를 숙이세요."

초보 장교들은 법대 교수에게 누누이 일렀다. 장교는 적의 총구 앞에서도 꼿꼿이 서서 지휘해야 한다고. 그리고 무지한 자들에게 용기를 북돋았다. 반면에 나 같은 공병은 군대를 안전하게 보호하는 측면에서 그들의 명예욕을 경멸한다. 공병은 군대를 지키기 위해 요새를 짓지 과시하기 위해 짓지 않는다. 실제로 평원의 전투가 아닌 공성전에서 몸을 숨기지 않는 것은 용감한 게 아니라 무식한 것이다. (이는 공병과 다른 병과(兵科) 간에 풀어야 할, 상호를 경시하는 요인들 중의 하나다.)

나 선한 수비는 산타클라라의 저지선을 설계한 장본인이다. 나는 설계도에 적의 총탄으로부터 아군의 생명을 지킬 수 있도록, 동시에 반격할 때는 총안 사이로 총구를 내밀고 사격하거나 수월하게 벽을 뛰어넘을 수 있도록 최대한의 안전을 반영했다. 그런데도 키가 작은 바쏜스는 둥그런 대머리 위에 부자연스러운 가발을 쓴 탓에 적 저격수들의 이상적인 표적이 될 가능성이 많았다.

"박사님!" 나는 다시 애원했다. "제발 몸 좀 낮추라니까요!"

실수였다. 나의 다급한 경고는 그가 제자들에게 자신의 권위를 세울 수 있는 무대를 제공한 꼴이 되고 말았다. 한쪽은 무릎을 꿇은 채 황당한 표정을 짓고 있는 중령이, 다른 한쪽은 지식인의 자세와 숭고한 시민정신을 몸소 실천하면서 제자들에게 강의하고 있는 교수가 등장하는 무대 말이다. 그는 날아드는 총알을 무시한 채 소리쳤다.

"우리 할아버지들의 할아버지들은, 그 할아버지들의 할아버지들은, 아니, 그 할아버지들보다 다섯 세대나 더 이전의 할아버지들은 피레네산맥 꼭대기에 살았습니다. 무리를 이룬 채 마치 짐승들처럼 질서도 없이, 신에 대한 의미조차 없이 말입니다."

"젠장, 지금 무슨 말을 하는 겁니까?" 내가 다시 끼어들었다. "당장 그 설교를 멈추시라고요!"

그는 내 말을 듣지 않았다. 흡사 성령에 사로잡힌 사도 같았다. 그는 총알이 난무하는 상황에서도 동요하지 않은 채 자신의 강의를 이어갔다.

"그러던 어느 날이었습니다. 그들은 자신들의 발밑에 있는, 일을 할 줄 아는 자들에게 풍요와 번영을 안겨줄 나라를, 인류의 문명에 유용할 분지와 계곡을 보았습니다. 그들은 추악한 무어인을 추방했습니다. 그들은 세대와 세대를 거치면서 자기들이 카탈루냐라고 불렀던 새로운 땅에 자신들의 법과 자신들의 종교와 자신들의 관습을 정착시키기 위해 희생했습니다. 우리의 선조들이 말입니다."

목숨이 오락가락하는 판국에 무슨 소리를 지껄이고 있단 말인가? 게다가 학생들은 그의 연설에 매료된 채 방아쇠 당기는 것도 잊고 있었다. 나는 벌떡 일어나서 그들에게 지시했다.

"사격하라! 늦추지 말고 사격하라!"

그들은 내 지시를 듣지 않았다. 지휘관으로서의 내 권위는 그들이 흠모하는 바쏜스 박사 앞에서는 아무것도 아니었다. 상황 판단을 상실한 바쏜스의 연설은 계속되었다.

"우리의 선조들은 새로운 질서를 창조했습니다. 카탈루냐에 정착했고, 발렌시아와 마요르카를 해방시켰고, 그들과 함께했습니다. 카스티야 같은 단순한 지배 차원으로 그들을 속박하지 않았습니다. 오히려 그들과 대등한 위치에서 영원한 형제의 왕국을 건설했습니다. 동일한 종교, 동일한 언어, 동일한 공동의 법을 존중하는 한편, 각자의 의회를 존중했습니다. 여기서 한 가지, 제군들에게 묻습니다. 우리 선조들이 존중했던 지엄하고, 자유롭고, 항구적인 공동의 법은 어떤 것일까요? 그것은 바로 우리가 우리에게 봉사하는 왕을 섬기는 것입니다." 그 대목에서 그는 불끈 쥔 주먹을 흔들며 목소리를 높였다. "하지만 에스파냐 왕좌를 노리는 프랑스인들은 한 카스티야인의 유언이라는 명분을 내세워 우리 카탈루냐가 지켜온 천년의 자유를 파괴하고 절멸시키려고 합니다. 그런데도 제군들이여, 우리가 그것을 인정해야 합니까? 천만의 말씀입니다!"

내 기억에는 북채를 휘두르듯 불끈 쥔 주먹을 흔들어대며 열변을 토하던 그의 모습이 선명하다. 아무튼 나는 그들의 환호성과 포성 때문에 다시 고함을 질러야 했다.

"바쏜스 박사님, 고개 좀 숙이라니까요!"

나는 무지한 그 양반이 내 고함 소리를 들었는지 아닌지 모른다. 나는 더 이상 두고 볼 수만은 없어서 그의 제복 자락을 붙잡고 사정없이 끌어당겼다. 그러나 너무 늦었다. 그 순간 나는 하늘을 가르는 연 꼬리처럼 기다란 하얀 연기의 항적을 보았다. 쟁반만 한 금속판이 우리를 향해 경악할 만한 속도로 날아들었다. 거의 동시에 바쏜스의 머리가 깨졌다. 흡사 치즈로 만든 두개골이 뭉개지듯.

그 파편은 어디서 날아들었던 것일까? 아마도 우리의 우측 후방에 우뚝 솟은 산후안 탑을 강타한 포탄의 파편이었을 것이다. 그의 몸이 나를 향해 덮치듯 쓰러졌다. 온몸을 부들부들 떨더니 금방 진정되면서 손가락이 짐승의 발톱처럼 오그라들었다. 나는 그를 조심스럽게 떼어내어 바닥에 눕혔다. 가까이 있던 학생들이 몰려들었다.

"박사님! 바쏜스 박사님!"

나는 얼굴에 묻은 피를 닦아냈다. 내가 죽음의 무게에서 벗어나 한숨을 돌리고 있는 동안 학생들이 흐느끼기 시작했다.

"이게 전쟁이다." 나는 그들을 위로하고 싶었다. "다들 자기 위치로 돌아가도록 해."

그러나 그들은 멘토를 향한 각별하고 광신도적인 애정을 떨쳐내지 못한 채 꿈쩍하지 않았다. 부대 전체가 동요하기 시작했다.

"자기 위치로 돌아가서 저지선을 방어하라!" 나는 그들을 닦달할 수밖에 달리 방도가 없었다. "사격하라! 사격을 멈추지 마라! 조금만 더 늦추면 적들이 들이닥칠 것이다!"

나는 이 글에서 결코 무훈에 대해 다룬 적이 없다. 무엇보다도 그럴 만한 무훈이 극소수인 데다 그나마도 궁지에 몰린 쥐가 고양이 앞에서 발악하는 정도에 그치기 때문이다. 전쟁에서 우리 인간은 죽지 않기 위해 죽인다. 그게 전부다. 그 뒤에 시인이, 역사가가, 시적인 역사가가 나타나고 그들에 의해 절망의 상처가 가치 있는 영광으로 바뀌는 것이다. 하지만 그날의 일은 그런 나의 논리를 여지없이 무너뜨렸다.

학도병들은 이내 자신의 고통을 증오로 재무장했다. 그들의 입에서 흐느낌과 욕설이 튀어나왔다. 다시 총을 들기 위해선 냉정한 이성이 필요했다. 그러나 그들의 피가 끓고 있었다. 그들 중의 한 명이 격분한 나머지 이성을 잃었다. 그의 손이 부들부들 떨렸다. 그는 소총을 흔들어 화약 가루를 빼내더니 총신 끝에 착검을 했다. 그러고는 가성 같은 괴성을 질러대며 방어벽 위로 올라섰다.

"이봐!" 나는 다급하게 외쳤다. "어딜 가겠다는 거야! 당장 원위치로 돌아가라!"

그는 내 지시에 따르지 않았다. 착검된 소총을 양손에 쥐고서 분노로 눈이 뒤집힌 채 맹수의 포효 같은 괴성을 질러대며 적군이 점령하고 있는 1차 저지선을 향해 뛰쳐나갔다.

"나가자!" 그를 지켜보던 또 한 명의 애송이가 외쳤다. "바쏜스 교수님을 죽인 놈들에게 복수하자!"

학도병들이 일제히 동료의 뒤를 따라 방어벽을 기어올랐다. 나는 그들을 제지하고자 저지선을 뛰어다녔다.

"서라! 서라고! 그러다가 다 죽어! 다 죽는단 말이야!"

나는 그들을 동정할 수 없는 처지였다. 방관했다가는 우리들의 선량한 목자인 돈 안토니오에게 그 사실을 보고해야 할 판이었다. 양들이 길을 잃었다고, 제멋대로 날뛰다가 죽었다고. 나는 지독한 욕설을 퍼부으며 온몸으로 그들을 제지했다. 소용없었다. 새끼 양들은 마지막 한 녀석까지 동료들을 따라갔다. 나만 제외한 채. 나는 방어벽에 등을 대고 양손으로 머리를 감쌌다. 나 혼자만 바쏜스 박사의 시신과 함께 거기 덩그러니 남아 있었다. 맙소사, 어찌 이런 재앙이!

나는 눈앞에서 펼쳐질 대학살을 지켜보고자 저지선의 총안 앞으로 다가갔다. 아, 나는 지금도 총안을 통해 목격했던 믿을 수 없는 장면들을 생생히 기억하고 있다.

끓어오르는 분노를 참지 못한 학도병들이 1차 저지선을 향해 우르르 몰려가고 있었다. 예기치 못한 공격에 당황한 적들은 한꺼번에 무기를 재장전할 여유를 갖지 못했다. 산발적인 총격에 학도병 서너 명이 쓰러졌다. 그때였다. 양 저지선의 중간쯤에서 한 학도병이 바르셀로나 대학생들의 전통적인 구호를 외친 것은. "페드라다!"* 그 구호에 그들이 순식간에 멈춰 서더니 일제히 수류탄 심지에 불을 붙여 1차 저지선을 향해 투척했다. (이제 여러분도 알게 될 것이다. 용감무쌍한 전통이 많을수록 애국자도 많다는 것을.)

1차 방어벽 뒤로 떨어진 수류탄 세례에 적군은 초토화가 되었다. 한편 맨 앞에서 공격을 주도하던 미친 녀석은 수류탄 심지에 불도 안 붙인 채 다시 목이 터지도록 고함을 지르며 돌진했다. 그의 동료들 역시 그 뒤를 따랐다. 그들은 1차 방어벽 위로 뛰어오르더니 방아쇠를 당기고 착검된 소총으로 적들을 공격하기 시작했다.

부르봉군은 거의 무방비 상태였다. 소규모 부대가 돌격을 감행하리라고는 상상조차 못 했다. 학도병들은 적들의 머리와 가슴과 등을 닥치는 대로 찔렀다. 제정신이 아니었다. 적들은 도망치기 바빴다. 대열이 흐트러진 채 해자로 뛰어들었다.

불가능한 승리가 현실이 되었다. 나는 방어벽을 빠져나와 상체를 바짝 구부린 자세로 1차 저지선으로 향했다. 양 방어벽 사이에는 널브러진 사상자가 워낙 많아 시신들을 밟지 않고서는 지나갈 수

* Pedrada. '돌팔매질'이라는 뜻.

없을 정도였다. 다시 말하지만 지금도 나는 절대 열세의 학도병들이 거한들로 구성된 프랑스 수류탄병들을 어떻게 물리쳤는지 이해할 수 없다.

하늘이 보우하사, 나는 저만치 앞서 나가는 학도병들을 따라서 해자까지 내려가는 것도, 내친김에 부르봉군의 병영까지 쳐들어가는 것도 피할 수 있었다. 죽자 살자 적을 뒤쫓던 학도병들도 인간이기에 더 이상의 힘을 낼 수 없을 만큼 지쳤던 것이다. 그들은 고분고분해졌다. 최소한의 이성을 되찾은 것 같았다. 이제 1차 저지선을 재점령한 그들이 할 일은 점령지를 사수하면서 흐트러진 상황을 재정비하는 것이었다. 그들은 언제 그랬냐는 듯이 묵묵하게 지시를 따랐다. 어쩌면 그것은 미쳐 날뛰던 자가 정신을 차리면 자신이 벌인 일탈 행위에 깜짝 놀라며 계면쩍어하는 그런 이유 때문이었을 것이다.

아무튼 그날까지만 해도 나는 바조슈가 반대하던 방향으로 살았다. 그러나 학도병들은 바조슈의 모든 추론을 거부했다. 아마도 보방은 그날 학생들이 보여주었던 돌발적인 행동을 용납하지 못했을 것이다. 그로서는 목숨을 건 희생일지언정 성공할 확률이 없었을 테니까. 그럼에도 내가 이해하지 못하는 것은 내가 거기, 애송이들을 지휘하면서 겹겹이 쌓인 프랑스 군의 시신들을 밟고 다녔다는 것이다.

선봉에서 공격을 이끌었던 그 애송이는 살아남았다. 여전히 제정신이 아니었다. 그의 제복이 온통 피범벅이었다. 망연자실한 표정으로 자신의 소총을 쳐다보고 있었다. 마치 자신의 주변이 생소한 곳이라는 듯이, 그 소총이 남의 것이라는 듯이. 나는 그의 어깨를 흔들면서 물었다.

"이봐, 괜찮아? 괜찮으냐고?"

그가 나를 쳐다보았다. 입을 헤벌린 채 멍한 시선으로. 그는 나를 바쏜스 박사로 생각했다.

12

 인간의 비극을 지미는 숫자로 환산했다. 총사령관들에게 숫자는 그냥 숫자일 뿐이다. 그는 첫 번째 실패의 수모를 훌훌 털어버리고 산타클라라를 탈환하기로 마음먹었다.

 이튿날인 8월 13일, 지미는 기나르도 농가의 발코니에서 산타클라라를 놓고 벌어지는 양군의 공방전을 느긋하게 지켜보았다. 교활한 지미는 병력과 화력을 더 투입해서 여러 거점을 동시다발로 공격하는 전술로 나왔다. 이에 맞서 돈 안토니오는 상대적으로 절대 열세인 아군의 병력을 분산시켰고 그로 인해 산타클라라를 지키는 아군의 인간 장막은 차츰 헐거워졌다. 재정비된 부르봉군의 공격은 막강했다. 결국 아군은 학도병들이 탈환한 1차 방어벽을 불과 열두 시간 만에 빼앗기면서 2차 방어선으로 물러났다. 모든 게 하루 만에 이전의 상태로 되돌아간 것이다.

 그런데 그날 산타클라라 보루에서 탄약고가 폭발하는 큰 재앙이 발생했다. 하필 내가 지시해서 지었던 탄약고가 말이다. 일반적으로 제대로 된 보루는 지하 탄약고에 화약을 저장하고 관리하지만 산타클라라는 지하가 없는 데다 포위전을 앞두고 탄약과 화약을 안전하게 관리하는 게 중요했다. 누구나가 알다시피 화약은 불에 타는 대팻밥만으로도 큰 재앙을 가져올 수 있기 때문이다. 따라서 수백 번 강조해도 위험하기 짝이 없는 화약이나 탄약을 전문가가 아닌 시민군에 맡긴다는 것은 마치 어린애에게 항아리를 주면서 깨트리지 말라고 주의를 주는 것만큼이나 모순이었다. 내가 탄약고 설치를 고집했던 것은 그런 이유였다. (멀리 갈 것도 없이 앞서 배치한 세장의 도판 중 두 번째 것을 참조하라.) 그런데 양 저지선 사이에 위치한, 바닥에 포석이 깔린 외로운 섬 같은 그 창고를 놓고 양군은 그다지 의미 없는 쟁탈전을 벌였다. 코로넬라와 부르봉군이 마치 번갈아가면서 내주고 빼앗는 식으로 말이다.

아무튼 그날도 돈 안토니오는 지미와 달리 전선을, 특히 취약한 지역을 두루 돌아다니며 병사들의 사기를 북돋았다. 그는 늘 그렇듯이 지휘관보다는 아버지처럼 부하들을 다독였다.

"애들아, 최후의 보루를 지키는 너희는 나 같은 장군보다 더 가치 있는 존재들이다. 그러니 상상해보라. 그런 너희들을 이끄는 내가 얼마나 행운아인지."

그럴 때마다 나는 가슴이 뭉클해졌다. 거듭 말하지만 돈 안토니오는 고대의 장군들처럼 솔선수범하고 희생적이었지만(카사노바는 얼굴 한 번 보지 못했다.) 바쏜스 박사처럼 무턱대고 목숨을 저버리는 그런 인물도 아니었다. 그런데 가끔 내가 이해할 수 없었던 것은 돈 안토니오의 전술이었다. 지미는 이미 산타클라라에 한 발을 들여놓았고 그러기에 마냥 보루만 지키는 전술은 더 이상 아군에게 유리하지 않았다. 그러나 돈 안토니오는 반격전을 꾀하는 대신에 교대 시간마다 2차 방어벽을 지키는 병사들을 지치고 몸이 성하지 않은 병사들로 대체시켰다. 그것은 육탄전이 벌어질 경우에 아군의 필패를 의미했다. 반면에 더디고 잔혹하게 진행되는 대치 국면에서 수많은 병사들을 잃은 지미는 산타클라라로 향하는 지선 참호를 통해 지속적으로 병력을 투입하여 부상자나 전사자를 교체했다.

우리 지휘관들은 초조해졌다. 우리가 지옥으로부터 한 뼘 거리에 있다는 것을, 시간이 우리에게 불리한 쪽으로 흐르고 있다는 것을, 만일 2차 저지선마저 잃는다면 그것으로 영원한 작별이라는 것을 알고 있었기에. 그러나 누구 하나 돈 안토니오에게 의회와 타협하라고 건의하지 않았다. 오히려 돈 안토니오를 에워싼 채 1차 저지선을 점령한 부르봉군을 절멸시킬 명령만 내려달라고 고문하듯 닦달했다. 카탈루냐 장교는 카탈루냐어로 "시 우스 쁠라우, 시 우스 쁠라우si us plau, si us plau"라고, 오스트리아로 망명한 에스파냐 출신 장교들은 "뽀르 파보르, 뽀르 파보르por favor, por favor"라고, 독일 장교 두 명은 독일어로 "비테, 비테, 헤어 안톤bitte, bitte, herr Ánton!"이라고.

나는 땅벌처럼 지겹게 달라붙는 지휘관들의 요구를 거부하던 돈 안토니오의 처연한 모습을 기억한다. 절망적인 상황에서 지휘관들이 요구하는 것은 적의 주력군과 정면 대결을 벌이자는 것인 데 반해 그는 우리의 병력을 한도 내에서 유지하자는 것이었다.

그렇게 밤이 되었다. 지휘관들의 격론은 끝나기는커녕 더욱 달아올랐다. 하루 종일 울려대던 도시의 타종 소리가 해가 기운 저녁에도 계속되었다. 밤새도록 포격과 총격전이 이어지는 곳은 수천 마리의 개똥벌레가 만들어내는 거대한 빛의 향연을 벌이고 있는 것 같았다. 새벽 네 시경에 나는 산타클라라를 벗어났다. 코스타를 만나서 보루의 총안에 배치할 포의 종류에 대해 상의할 참이었다. 그런데 그와의 짧은 만남이 다시 내 목숨을 구했다.

총공세가 시작되기 직전에 나는 늙은 상사에게 탄약고를 비우라고 지시했었다. 부르봉군에게 돌파구가 뚫릴 경우에 적이 역이용할 수도 있는 가능성에 대비한 조치였다. 하지만 불행히도 그 노병은 총공세의 첫 전투에서 희생되고 말았다. 그로 인해 그는 탄약고의 자물쇠를 열고 방화벽 역할을 하는 웅덩이에 물을 채우고 창고를 비우는 일을 담당하는 탄약수들을 소집할 시간을 갖지 못했다.

나는 지금도 그때를 떠올리면 혼이 달아나는 것 같다. 앞서 말했듯이 그날도 양 군대는 화약과 탄약이 천장까지 가득 쌓인 작은 구조물을 놓고 신경전 같은 공방전을 벌였다. 보루에 서서히 드리우는 대재앙을 전혀 눈치채지 못한 채. 그때까지는 평소처럼 아무 일도 없었다. 물론 '미스테어'는 우리를 지켜보며 웃고 있었을 것이다.

나는 나중에 살아남은 자에게서 자초지종을 들었다. 그 시각, 그러니까 아직은 깜깜한 새벽 네 시에 느닷없이 누군가 외쳤다. "출정하자! 에울랄리아 성녀를 위해서! 나가자!" 아군은 전날 하루 종일 예상치 못한 적의 대반격에 맞서 저항했던 터라 거의 녹초가 된 상태에서 익명의 외침을 좇았다. 부르봉군의 저항 역시 만만치 않았다. 그러나 선두의 외침에 고무된 병사들은 거듭된 공세를 펼쳐 탄약고를 탈환하고 1차 저지선으로 가기 전에 일단 숨을 골랐다.

그때 선두에 나선 병사들에게 탄약을, 특히 수류탄을 야자나무로 엮은 원통형 광주리에 담아 배급하는 탄약수들도 휴식 시간을 이용하여 창고 뒤로 가서 한숨을 돌렸다. 보루 바닥에 하루하고도 반나절이 지나도록 치우지 못한 시신들이 풍기는 악취 때문이었다. 하지만 그들이 잠시 자리를 비운 게 화근이었다. 그사이에 어디선가 날아든 불똥이 바닥에 흐트러진 화약에 불을 붙이고, 불이 붙은 화약가루가 도화선이 되어 벽에 세워두었던 수류탄을 가득 채운 광주리로 옮겨 붙었다.

나는 생전에 그렇게 거대한 폭발을 본 적이 없다고 생각한다. 수류탄 더미에 이어 탄약고가 폭발하는 순간에 산타클라라로부터 2백 미터 이상 떨어진 곳에서 대화를 나누던 코스타와 나는 연이은 폭발과 후폭풍으로 인해 바닥에 나동그라졌다. 붉은 불기둥이 거대한 꽃봉오리를 피워 올리는 것과 동시에 연쇄적인 폭발로 이어지면서 무수한 잔해들이 허공으로 흩뿌려졌다가 비가 되어 도시 위로 떨어지고 있었다.

나는 망연자실한 채 그 자리에 무릎을 꿇었다. 포병인 코스타를 쳐다보았다. 그가 하는 말이 마치 물속에 고개를 처박고서 듣는 소리 같았다. 나는 간신히 몸을 일으켰고 보루로 들어가는 골라까지 술에 취한 사람처럼 비척비척 걷기 시작했다.

아마도 '미스테어'는 마음껏 비웃으면서 자신이 매우 공평한 존재라고 여길 것이다. 왜냐하면 양 군대의 사상자 숫자가 거의 비슷했으니까. 아군의 경우는 코로넬라 부대 소속 병사 70명 이상이 탄약고와 함께 허공으로 사라졌다. 부르봉군은 사상자가 아군에 비해 약간 적었으나 방어벽의 상부가 균열이 가는 피해를 입은 데다 그들 사이에서 반란자들에 의해 탄약고가 폭발했다는 흉흉한 소문이 나돌았다.

실제로 탄약고는 통제할 수 없는 공포를 안겨준다. 우리 주위에서 언제 터질지 모르는 화약 1톤이나 2톤의 양은 인간이 상상할 수 있는 모든 것을 활성화시키는 무자비한 살인 무기나 다름없다. 나는 방금 탄약고의 폭발이 끊임없이 이어지는 전투 중에 일어난 단순 사고였다고 말했지만 그 충격은 이루 말로 표현할 수 없었다. 부르봉군은 서둘러서 그들의 위치에서 철수했다. 아군도 마찬가지였다. 어찌 이렇게 아이러니한 일이! 산타클라라를 차지하고자 죽자 살자 야만적인 전투를 벌이던 양군이 동시에 그곳을 포기했다. 마치 약속이라도 한 듯.

산타클라라 보루로 들어가는 입구인 골라는 무척이나 비좁다. 집단적인 도피를 피하기 위해서다. 그런데 하우메 티모르 대위가 손에 검을 쥔 채 무기를 늘고 도망가는 병사들을 세지하며 울부짖었다.

"그대들이 산타클라라를 포기하면 도시가 함락된다!"

산타클라라 보루를 사수하는 병사들 중에는 온 가족이 함께하는 경우가 적지 않았다. 위대한 역사가 헤로도토스는 이렇게 정의한다. '평화 시에는 자식이 아버지를 땅에 묻지만, 자연의 질서가 전복된 전쟁 시에는 아버지가 자식을 땅에 묻는다.' 그러나 바르셀로나 사람들은 헤로도토스의 격언을 뛰어넘는다. 어떤 이들은 자기 자식을 묻었고 자기 손자를 묻었다. 내 이웃인 디닥 파야레스는 티모르의 허락 하에 골라를 통해 외부로 나갔다. 정확히 세 번이었다. 파야레스는 자식들을, 불에 타 숨진 아들 셋을 옮겼다. 다들 얼굴이 검붉은 색깔이었다. 나는 그들 중의 한 명을 기억한다. 그는 페레트에게 항상 봉급 일부를 꿔준 자로, 양쪽 턱의 살갗이 벗겨져 있었다. 한편 현장에는 돈 안토니오가 생존자들을 위로하고 격려하는 한편 많은 지휘관들이 최소한의 질서를 유지하고자 부지런히 돌아다녔지만 뜻대로 되지 않았다.

나의 오감 역시 엉망이었다. 모든 것을 눈으로 듣고 귀로 보는 것 같았다. 형체도 불분명한 유해들이 찢겨져 흡사 도축장 바닥에 널브러진 고깃덩이처럼 사방에 흐트러져 있었다. 그것만이 아니었다. 아직도 온몸에 불이 붙은 자들이 비명을 지르며 보루에서 뛰어내리고 있었다. 불길에 휩싸인 난파선을 탈출하듯 아수라장이었다. 나는 그 처참한 광경을 지켜보며 중얼거렸다. "신사 숙녀 여러분, 이것은 나 선량한 수비가 견딜 수 있는 것보다 더 무서운 어떤 것입니다. 지금 나에게는 도시고, 조국이고, 헌법이고, 나발이고 모든 게 다 똥입니다! 똥이라고요!" 그리고 그대로 몸을 돌려 죽자 살자 뛰기 시작했다. 겁쟁이 토끼가 되어.

'두려움이 너를 생각하는 것을 받아들여라.' 바조슈는 나에게 가르쳤다. '그렇지 않으면 그 두려움은 너를 생각하는 것마저 포기할 것이다.' 이상적인 교훈이었다. 그러나 거친 풍랑에 떠내려가는 종이배 같은 보루에서 포탄 세례를 받다 보면 바조슈 역시 모든 인간에게 잠재된 삶에 대한 이기적 본능을 억제할 수 없을 것이다. 황급하게 도망치고 있는 자는 나만이 아니었다. 저항의 한계를 넘어서지 못한 수십 명의 병사들이 뿔뿔이 흩어지고 있었다. 나는 허물어진 성벽을 지나 거리로 내달렸다. 맞은편에서 한꺼번에 밀려오는 인파와 맞닥뜨릴 때까지.

여자들, 온통 여자들이었다. 다들 치맛자락을 복사뼈 위로 들어

올린 모습이었다. 그들은 나와 반대 방향으로, 그러니까 보루를 향해 뛰고 있었다. 그들 틈에서 아멜리스를 보았다. "마르티, 무슨 일이야? 무슨 일이 난 거냐고?" 그녀가 물었다. 그 기념비적인 폭발음과 진동이 그들을 전선으로 향하도록 만들었던 것이다. 부끄러웠다. 공포에 굴복해서 뿔뿔이 흩어지고 있는 우리가 말이다.

나는 그날 바르셀로나를 구한 것은 골라를 지키고 있던 티모르의 검이었다고, 아니, 그것보다는 보루를 지키고자 밀려드는 여자들 덕분이었다고 생각한다. 그들은 도망치는 우리를 겁쟁이로, 비굴하고 거세된 남자로 취급했다.

"그래서 보루를 포기하겠다는 거야?" 그녀가 나를 불러 세우며 닦달했다. "대답해봐. 부르봉군이 쳐들어오도록 놔둘 거냐고?"

여러분은 우리에게, 나에게 반성을 위한 기억을 재구성하도록 잠시만 허락해주기 바란다. 바르셀로나인에게는 포위된 상태에서 1년 이상을 견딜 만한 어떤 이상적인 계기가 있었을까? 만일 있었다면 그것은 그들의 자유였을까? 그들의 헌법이었을까? 아니다. 나는 지금 자신의 전투지를 포기하도록 강요하는 접착제처럼 끈질긴 천국이나 악마적인 것에 대해 말하는 게 아니다. 내가 말하는 것은 시민들이, 열네 살의 젊은이나 예순 살의 노인네들이 누구의 지시도 받지 않고서 갯바위에 달라붙은 홍합처럼 보루에 매달렸다는 것이다. 왜 그랬을까? 여러분은 나에게 이렇게 대답하도록 허락해주기 바란다. 나는 '다들 나에 대해 뭐라고 말할까?'라는, 나를 짓누르는 무시무시한 압박을 견딜 수 없었다고. 온 도시가 지켜보는 상황에서 겁쟁이가 되는 것도 나름 용기가 필요하다고.

아무튼 다들, 나 긴 다리 수비처럼 아양을 떠는 생쥐들까지 각자

731

가 자기 위치로 돌아갔다. 그때부터 그들은 그들보다 압도적인 적에 맞서서 오전 내내 저항했다. 그런데 정오 무렵에 나 선량한 수비는 이대로 가다간 코로넬라 부대의 최후를 지켜볼지도 모른다는 우려에 휩싸였다.

산타클라라 보루의 중심은 오각형 성벽의 비호를 받고 있는 분화구 같은 돌파구였다. 양군은 그 돌파구로 미친 듯이 화력을 집중했다. 결코 멈추지 않는 우박 세례 같은 교전이 이어지고 있었다. 그러나 돈 안토니오는 어떤 전술도 펼치지 않았다. 아니, 아무것도 하지 않았다. 반면에 지미는 1차 방어벽 뒤로 지속적으로 병력을 배가시켰다. 그들의 병력 공급이 공격용 참호와 지선을 통해, 카바예로스를 통해 이루어지고 있었다. 병력을 누가 보아도 시간은 그의 편이었다. 당시 그는(나처럼) 돈 안토니오가 판단력과 용기를 상실했다고, 방어를 포기한 것으로 생각했다. 아군은 2차 저지선에서의 단순한 응전과 포르탈노우와 인접한 성벽에서 이루어지는 지원 사격이 전부였다. 빈 깡통만 요란하게 때려대는 꼴이었다.

그사이 아군은 포 3문을 힘겹게 보루로 이동시켰다. 그러나 마요르카 출신 포병대는 2차 저지선의 총안에 포를 거치하지 않았다. 눈앞에서 벌어지는 전투에는 관심이 없다는 식이었다. 오히려 포 주위에 모여 앉아서 독한 발레아레스제도 산(産) 아과르디엔테를 나눠 마셨다.

"신의 가호가 있을 것이오!" 나는 다급하게 지시했다. "이것들로 1차 방어벽을 공격하시오!"

그러나 그들의 지휘관은 움직이지 않았다.

"대체 뭘 기다리고 있는 거요?" 내가 다시 채근했다.

그러나 그는 나긋하게 고개를 가로젓고는 말 한마디에 모든 뜻을 담고 있다는 듯이 특유의 섬 억양으로 툭 내뱉었다.

"명령입니다."

아군의 보루와 부르봉군의 3선 공격 참호 사이의 거리는 비교적 짧은 편이었다. 그 이유는 앞서 언급했듯 나 선량한 수비가 아군의 성벽에서 최대한 멀리 떨어져 구축하고자 했던 프어봄의 3선 공격 참호를 성벽으로 바짝 당겨놓았기 때문이다.

그런데 나중에 이해했지만 돈 안토니오가 1차 저지선을 탈환하지 않는 데는 이유가 있었다. 그는 막강한 지미의 군대와 정면으로 충돌해봤자 도살장으로 변할 거라고, 그래서 2차 저지선을 유지하는 것에 만족했다. 그러면서 적의 병력이 1차 저지선으로 집중되기를, 최대한의 병력이 이동하기를 기다렸다가 적의 목을 칠 순간을, 그러니까 3차 공격 참호와 1차 서시선 사이를 기습적으로 공격할 결정적인 순간을 노렸고 세 명의 지휘관 외에는 그 작전을 비밀에 부쳤다. 그중 하나가 코스타였다.

이윽고 저만치 떨어져 있던 코스타가 눈에서 쌍안경을 떼어내더니 걸걸한 목소리로 명령했다.

"준비하라!"

그의 명령이 떨어지자 신호탄이 솟아오르고 먼 허공에서 붉은 구름으로 흩어졌다. 이어 코스타가 한 팔을 들었다가 내렸다. 그의 수신호와 함께 이번에는 아군의 포가 불을 품었고 적의 3선 공격 참호 위로 불벼락이 되어 떨어졌다.

우리는 부르봉군의 참호 위로 떨어지는 아군의 포탄 세례를, 동시에 좌우로 성을 빠져나가는 아군의 모습을 지켜보았다. 아군의

733

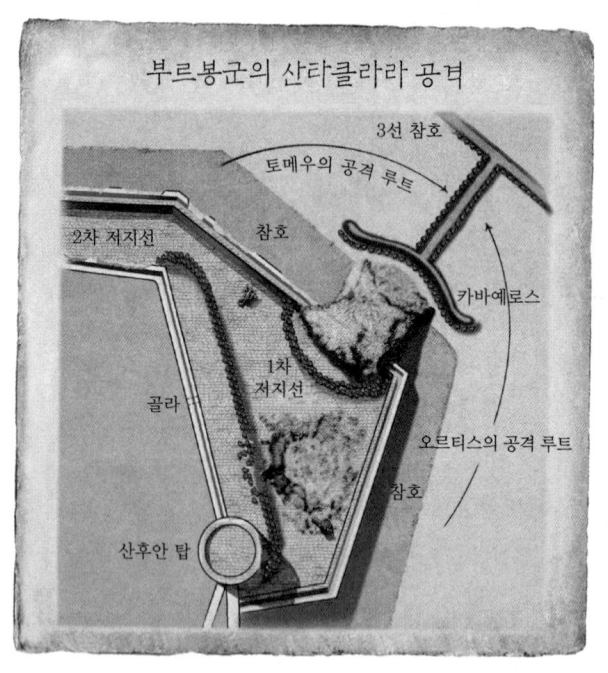

기습공격이 시작되었던 것이다. (위 도판에 나온 화살표 방향을 참조하라.)

토메우 중령과 오르티스 대령이 이끄는 각각 200명의 선발대가 코스타가 지휘하는 포병대의 엄호포격 하에 부르봉군의 3선 참호를 향해 신속하게 이동했다.

다음의 도판에서 나타나듯 오르티스는 적의 3선 참호로 방향을 잡아 지선을, 토메우는 성벽 쪽을 향해 보루의 1차 저지선을 봉쇄함으로써 부르봉군은 오도 가도 못하는 신세가 되었다.

나는 아군의 기습 작전이 요새전에서 포위된 군대가 결코 실행하지 못했던 신속하고 정확한 전술이었다고 생각한다. 또한 코스타

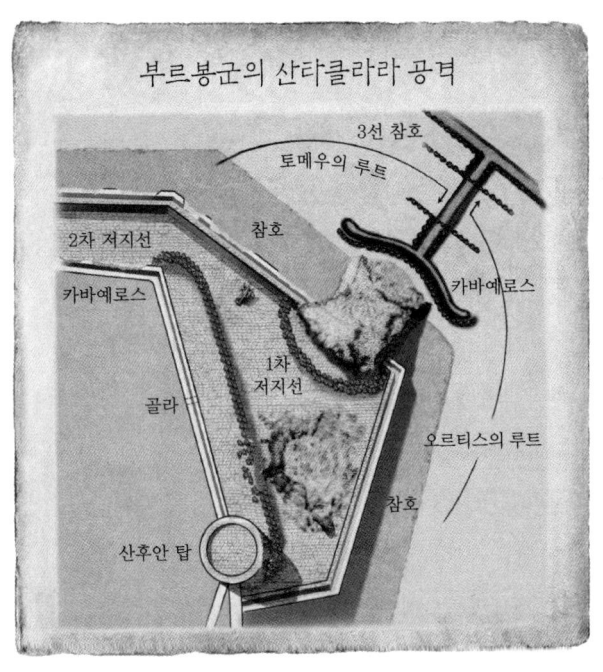

부르봉군의 산타클라라 공격

가 최고의 포병 지휘관이 아니었으면 거의 미친 짓이나 다름없던 아군의 기습은 결코 성공하지 못했고 오히려 400명의 선발대가 목숨을 잃었을 것이다.

거기서 끝이 아니었다. 아군의 기습공격과 코스타의 엄호포격에 이어 산타클라라 보루 2차 저지선에 힘겹게 설치되었던 포 3문이 불을 품었고 그 포격으로 1차 저지선의 대부분이 허물어졌다. 1차 저지선을 지키던 적군은 우왕좌왕 흩어졌다. 뿔뿔이 흩어져 도주하는 적들을 토메우와 오르티스의 병사들이 끝까지 쫓아가 총과 검으로 궤멸시키는 구체적인 장면은 묘사할 필요조차 없을 것이다. 그사이 2차 저지선을 지키던 병사들은 산후안 탑에서 쏟아대는 엄호사격을 받으며 적의 별다른 저항을 받지 않고 1차 저지선을 탈환했다.

전쟁이란 그런 것이다. 막연하게 질질 끌던 전투가 순식간에 뒤바뀌면서 토끼몰이 사냥으로 변했다. 그 사냥에서 아군이 아닌 프랑스군 400명 이상이 자기 진영으로 돌아가지 못했다. 물론 이번에도 포로 한 명 남기지 않았다.

그런데 여기서 빠트릴 수 없는 이야기가 하나 더 있다. 기습공격이 끝날 때쯤 내 눈에 적의 장교가 포착되었다. 성벽 너머 채 포연이 가시지 않은 부르봉군의 3차 공격 참호에서 그가 망원경으로 전황을 살피고 있었다. 용기인지 만용인지 모르지만 방어용 울타리 위로 상체를 내놓은 채였다. 나는 내 옆에서 아직 살아 움직이는 표적을 찾고 있던 바예스테르의 총을 빼앗았다. 그리고 전쟁터에서 경솔하게 빈틈을 보이고 있는 자의 목을 향해 망원경으로 겨냥한 채 방아쇠를 당겼다.

총알은 그의 목을 관통했다. 그가 우상 앞에 선 자처럼 양팔을 들어 올리더니 뒤로 쓰러졌다. 나는 그의 손에서 떨어져 나와 순간이나마 허공에 떠 있던 망원경을 기억한다. 그는, 다름 아닌 뒤피 보방은 그 순간에 총알의 의미를 비로소 납득했을 것이다.

아직도 나는 전율한다. 그 긴 포위전에서 내가 방아쇠를 당겼던 유일한 딱 한 발의 총알을 떠올릴 때마다, 그 총알에 쓰러진 뒤피 보방을 떠올릴 때마다.

○ ○ ○

지미의 얼굴이 새하얘졌다. 고개를 숙인 채 분노를 삭였다.

마스기나르도로 들어섰다. 참모들이 뒤따랐다. 그는 알만사에서의 패배 때보다 더 격앙되어 있었다.

"어떤 희생을 감수하더라도 잃은 것을 되찾도록 하시오" 그는 주먹을 불끈 쥐며 분통을 터뜨렸다. "위대한 프랑스 군대가 소수의 도시민들에게 당했다는 소문이 전 유럽에 퍼지길 원한다, 다들 그런 거요?"

장군들이 그를 진정시키려고 했으나 소용없었다.

"닥치시오! 내가 원하는 건 전투를 수행한 당사자들의 입에서 나온 보고요. 당장 수브뵈프와 뒤베르지 여단장을 출두시키시오. 그리고 폴라스트홍 후작은 어찌 되었소?"

장군들은 그들 세 지휘관의 출석이 불가능하다고 대답했다. 수브뵈프와 뒤베르지는 전사했고 폴라스트홍은 연락이 두절되었기 때문이다. 아니, 그들의 소식이 금방 알려졌다. 흥분한 코로넬라 소속 병사가 후작의 목을 자른 뒤에 구경이 큰 포에 넣어 마스기나르도 농가를 향해 발사했던 것이다. 그 끔찍한 보고에 다들 상체를 움츠렸지만 지미는 곧장 발코니로 나갔다. 실제로 마당에는 이제 막 허공에서 떨어진, 검게 변한 두개골이 나동그라져 있었다.

지미가 총애하는 장교들 몇 명이 도착한 것도 바로 그때였다. 그들 중에서 다리에 부상을 당하고 검게 그을린 얼굴에 제복이 찢어진 라모트 중령이 입을 열었다.

"각하, 산타클라라 보루의 돌파구를 탈환하려면 최상의 부대를 잃게 될 것입니다. 새로운 병력이 투입되지 않고서는 한 걸음도 나갈 수 없고, 설사 나가더라도 엄청난 희생자가 속출할 테니까요. 지금 적들은 성벽 위에서 우리를 조롱하고 있습니다."

그랬다. 성벽 위에는 승리를 축하하는 남녀들과 음악가들로 넘쳐 났으며 다들 뒤로 돌아 엉덩이를 까고서 부르봉군을 조롱하고 있었다.

그러나 정작 지미가 충격을 받은 것은 그다음이었다. 이어지는 전황 보고에 좌중은 찬물을 끼얹은 것 같은 분위기로 변했다. 산타클라라에서만 1,500명 이상이 목숨을 잃었고 참호전이 시작된 뒤로 도합 5천여 명의 사상자가 발생했던 것이다. 그들로서는 도저히 믿기 힘든 일이었다. 그들을 더욱 경악시킨 것은 장교들에 대한 부분이었다. 내 총알에 목이 관통했지만 간신히 살아남은 뒤피 보방도 그중 하나였다. 그때서야 지미는 모든 것을 현실로 받아들였다.

요새전에서 병사들은 야전에서의 전투와 달리 바윗돌 뒤에 몸을 숨기고서 전투를 치른다. 그러다 보니 수천, 수만 발의 총격에도 불구하고 적의 몸에 치명상을 입히는 경우는 소수에 불과하다. 여기에는 포병대의 포격도 포함된다. 양군의 포병대가 아군에게 피해를 주지 않도록 포격에 신중을 기하기 때문이다. 따라서 대부분의 사상자는 총격이나 포격보다 총검이 부딪치는 기습전이나 육탄전 같은 전투에서 발생하는데 바르셀로나 요새전이 그랬다. 그리고 그 결과는 지미로 하여금 그 어떤 보고나 진술보다 그들이 우리를 가리켜 부르는 '반란자'들의 존재를 새삼 인식하게 만들었다. 또다시 '반란자'들에게 급습을 당하면 지금처럼 잔혹한 죽임을, 지금 같은 수모를 당하지 않는다고 생각할 계기는 아예 없을 것이라고 말이다.

지미는 자신에게 산타클라라에서의 굴욕을 안긴 돈 안토니오를 결코 용서할 수 없었다. 일단 그는 책임자를 추궁하고자 프어봄을 집무실로 불렀다. 안트베르펜의 도살자는 자신을 부른 이유를 알고 있었기에 들어서자마자 방어에 나섰다.

"나는 아직 참호가 완전하지 않다고, 그러기에 적의 급습이 뒤따를 거라고 경고했습니다."

그러나 프어봄은 지미가 자신을 지켜줄 것이라는 우를 범하고 있었다.

"그건 변명입니다." 그 순간 뒤피 보방이 들어서며 일갈했다. "비겁한 공병이 실패를 대비해서 깔아둔 변명에 지나지 않는다, 그겁니다." 뒤피 보방은 과다 출혈로 인해 목에 두터운 붕대를 감고 있었다. 그가 전쟁터에서 입은 열다섯 번째 상흔이었다. 만일 내 총알이 1센티만 더 우측으로 박혔으면 그의 목숨은 거기서 끝났을 것이다.

보방은 간신히 자리에 앉았다. 그의 손에는 두루마리처럼 돌돌 말린 원통형의 설계도가 쥐어져 있었다. 그가 그 설계도를 펼치며 다시 입을 열었다.

"상처를 치료하는 동안에 이 설계도를 검토할 생각이니 그렇게 아시오."

공병이 다른 공병의 설계도를 갖고 있는 것은 그 자체만으로도 무례함을 뛰어넘는 처사였다.

"그건 내 겁니다!" 프어봄이 항변했다.

"당신 거라니, 확실합니까?" 뒤피 보방이 그 말을 받았다. "그렇다면 당신이 모든 책임을 지겠다, 그거군요." 이어 그는 치명적인 부상에도 불구하고 바조슈 출신답게 명쾌하고 정확하게 따지기 시작했다. "참호 작업 도중에 물이 역류하는 바람에 아군은 그 물줄기를 돌리는 데만 작업 시간의 절반을 빼앗겼고, 나머지 시간도 참호 안으로 스며드는 물을 막아야 했습니다. 그러다 보니 아군의 참호병들이, 그것도 대체 불가능한 인력들이 날마다 2, 30명씩 부상당하거나 죽어갔고요. 혹시 당신은 그 원인이 어디 있는 줄 아십니까? 그건 병렬 참호의 폭이 대부분 너무 넓고 깊이가 너무 얕다 보니 아군의 머리 위에서 터지는 적의 포탄에 적절하게 대응할 수 없었기 때문입니다."

그 대목에서 프어봄이 입을 열었다. 그러나 뒤피는 그를 무시하고 자신의 말을 이어갔다.

"어디 그것뿐인가요? 이 설계도에 담긴 사악한 의도는 밑도 끝도 없을 것입니다. 예를 들어 여기 3선 참호에서 카바예로스까지 연결되는 지선들이 지나치게 길고 그 출구를 성벽 바로 앞에 내는 바람에 여차하면 적의 공격에 끊기도록 되어 있는데, 이건 고의성이 다분합니다. 마치 선량한 하느님이 우리 인간에게 살짝 닿기만 해도 부러지는 기다랗고 가느다란 기린의 목을 만들어주듯 말입니다." 그 대목에서 그는 설계도를 바닥에 내팽개쳤다. "만일 당신이 이 참호를 설계한 작가라면 다음과 같은 두 가지의 극단적 추정을 가능하게 해주는바, 첫째, 당신은 공병이라는 이름으로 불릴 가치조차 없는 자로서 자신의 재능을 뽐내고자 얼토당토않은 짓을 벌였습니다. 기이한 운명의 장난에 놀아난 겁니다. 둘째, 당신이 진짜 이 설계도의 주인이라면, 당신은 쌍두왕관에 대항하고 있는 적의 대공을 은밀하게 섬기는 자와 내통한 것입니다. 그러니 선택하시오."

선택의 여지가 없었다. 프어봄은 도움을 청하는 눈빛으로 지미를 쳐다보았다. 그러나 늘 그랬듯 피도 눈물도 없는 지미는 눈을 부릅뜬 채 꿈쩍도 하지 않았다. 그의 입술에 썩은 미소가 번졌다. 그 미소는 내 경험에 따르면 칭기즈칸마저 얼어붙게 만든다고 말할 수 있는 웃음이었다. 그는 어떤 말 대신에 웃음의 침묵을 유지함으로써 희생자에게 불가능한 정당성을 인정하도록 강요했던 것이다.

"어쩌면……," 궁지에 몰린 프어봄이 혼잣말처럼 내뱉었다. "어쩌면 이 도면에 어떤 사기꾼의 술수나 속임수가 들어갔을 수도."

"하!" 지미가 탄성을 내질렀다. "더 이상은 들을 필요조차 없게 되었군. 이건 납치범이 납치된 자에게 당한 꼴이라고!" 이어 그의 입에서 고드름처럼 살벌하고 섬뜩한 말이 튀어나왔다. "뭐하고 있는 거요. 당장 내 눈앞에서 꺼지지 않고! 이런 촌뜨기 같으니."

프어봄이 물러나고 지미와 뒤피 보방만 남았다. 두 사람은 사직으로 계급에 구애받지 않는 사이였던 터라 그때부터 격의 없이 이야기를 나누었다.

"심문을 할 생각이오?" 뒤피가 물었다.

"아니오." 지미는 발코니를 통해 전투가 휩쓸고 간 흔적을 눈으로 좇으며 대답했다. "펠리페는 이번 포위전에 이미 2천만 파운드를 쏟아부었소. 그런 그에게 그의 공병감을 처벌하면 지나치게 들이대는 꼴이 될 테죠. 하지만 내 당신에게 분명히 약속하는데, 저자는 절대 피레네산맥을 넘지 못할 거요. 앞으로는 자기를 그 자리에 앉힌 미치광이를 섬기고 들들 볶아대는 것에 만족할 수밖에."

그것으로 프어봄에 대한 지미의 판결은 끝났다. 지미 자신도 그 판결이 가져올 과도한 잔혹함을 깨닫지 못했지만 말이다. 그리하여

윗사람에게 애정을 구하고 아랫사람에게 애정을 받고 싶어 하던 안트베르펜 출신의 도살업자는 공병을 '미장이'나 '미치광이'로 부르는 무관들에 맞서서, 실성한 왕의 보호를 청원하면서 여생을 보냈다. 그것이 그가 그의 삶에서 얻은 보상이었다. (물론 나는 나중에 그의 뒤를 쫓았고 그를 죽였다. 가만, 그 이야기는 이미 하지 않았던가?)

뒤피 보방은 프어봄의 설계도를, 아니, 내 설계도를 훑으면서 연신 고개를 끄덕이며 썩은 미소를 지었다.

"왜 그렇게 웃는 거요?" 지미가 씩씩거렸다. "그렇게 당하고도 괴로운 게 아니라 만족한다, 그거요?"

뒤피는 도면에서 눈을 떼지 않은 채 그 말을 받았다.

"이건 내 사촌이 가르친 거로군. 그건 그렇고, 당신이 바라는 게 뭐요?"

지미가 눈에 쌍불을 켰다.

"내가 원하는 건 이 도면에 감춰진 계략을 몽땅 바꾸라는 거요. 당신 손으로 말이오!"

"만일 당신이 나에게 시간을 주었더라면 그럴 수 있었을 테죠." 뒤피가 썩 내키지 않는 표정으로 그 말을 받았다. "하지만 그렇게 보채는 걸 보니, 역시 프어봄의 말이 틀린 건 아니었군요. 당신은 참을성이 없다는 지적 말이오. 마르티 역시 그런 당신을 이용했고요. 여기서 분명한 것은 보방 후작이 죽어서도 쿠호른을 이겼다는 것이고, 우리에게는 두 가지 선택만 남았다는 건데. 자, 패배를 감수하면서 참호 작업이 끝날 때까지 기다릴 것인지, 아니면 이 도면을 수정해나가면서 계속 싸울 것인지, 둘 중에 하나를 선택하세요." 그 대목에서 그는 다시 도면을 바닥으로 내팽개쳤다. "이건 참호가 아니라, 미로란 말이오."

"아냐." 지미가 큰소리로 중얼거리듯 그의 말을 고쳤다. "이건 매듭일 뿐이라고."

13

 지미는 '고르디우스의 매듭*'을 도끼로 내리쳐 자르듯이 일거에 해치우기로 작정했다. 그에게는 전형적인 방식이었다. 앞서 그가 공격을 서둘렀던 것은 쿠호른 추종자이자 자신의 정치적 입장 때문이었다. 자, 이제 어떻게 할 것인가? 보방인가, 쿠호른인가? 그는 어느 쪽도 선택하지 않았다.
 지미는 자기 앞을 가로막는 모든 바윗돌을 제거하고자 백여 문의 포를 일선에 배치시켰다. 기존의 포위전 전술을 뒤엎는 그의 계획은 성과 보루에 남아 있는 모든 것을 휩쓸어버림으로써 부르봉 군이 평지에서 전투를 치르는 것처럼 만드는 것이었다. 그의 계획은 그의 기대보다 늦어질 수도 있었다. 그러나 그게 무슨 대수란

---

* 알렉산드로스 대왕이 칼로 잘랐다고 하는 전설 속의 매듭으로, '대담한 방법을 써야만 풀 수 있는 문제'라는 뜻의 속담으로 사용된다.

말인가. 그는 세상의 모든 시간을 갖고 있었다. 산타클라라 전투에서 패배한 뒤로는 영국 왕위에 대한 야망도 포기했다. 왕이 되기 위해 싸우려면 런던에 있어야 했지만 완강하게 버티는 도시로 인해 깨져버린 자신의 미래와 함께 거기 남아 있었다.

융단 폭격 앞에서 공병은 아무것도 할 게 없었다. 아무런 의미조차 없었다. 거의 체념한 채 나긋하게 미나리를 질근질근 씹어대는 코스타의 모습을 본 것도 그때가 처음이었다. 그는 나처럼 벽에 붙어서 무지막지한 적의 포격을 피하고 있다가 내 소매를 잡아당기더니 귀에 대고 소리쳤다.

"내가 약속했었죠. 저들의 포의 수가 우리와 비교해서 5 대 3이 넘지 않을 때까지만 공격을 저지하겠다고. 하지만 이제는 우리가 하나라면 적은 아홉이오! 그러니 신의 가호 아래, 우리가 무엇을 더 할 수 있단 말이오?"

나는 대답 대신 그의 손을 떼어놓았다. 마요르카 포병대가 움직이기 시작했다. 그들은 최후의 일각까지 경이로운 포격전을 치렀다. 적군이 자리를 잡기도 전에 위치를 바꾸어가며 박격포로 공격했다. 그때마다 포탄은 정확히 프랑스군이나 에스파냐군 포병대의 발밑에 터지면서 적의 몸뚱이와 포를 허공으로 날려버렸다. 그러나 날마다 치열하게 대응하던 아군의 포격은 오래가지 못했다.

하루는 부르봉군의 진영에서 거대하고 육중한 대포가 서서히 솟아올랐다. 아, 그것은 차라리 장엄한 아름다움이었다. 적의 포병들이 철과 동으로 주조된 길이가 3미터에 달하는 포신과 야곱의 탄생의 바퀴보다 아름답게 보이는 포가(砲架)를 설치했다. 지미 역시 특유의 탐미주의자로서의 짜릿한 감동에 휩싸인 채 발코니에서 망원경으로 그 광경을 지켜보고 있었다.

 이렇듯이 일방적인 열세 앞에서는 전쟁터의 노련한 경험도 무용지물이었다. 부르봉군은 결코 소모되지 않는, 인간이든 기계든 아무 때나 재공급할 수 있는 공장을 지니고 있었다. 그와는 반대로 아군의 마요르카 포병대는 일단 파괴되면 다른 것으로 대체할 수 없었다. 그럼에도 그들은 자신들만의 모습을 지켰고 결코 죽음이라는 말을 입 밖으로 내지 않았다.

○○○

 과거와 유사한 폭풍적인 화력을 좇는 지미의 결정은 이치에 맞지 않는 길을 향해 내딛는 발걸음이었다. 장기간의 포위전은 이미 정신적인 고통이 아니라 지속되는 황폐화였기 때문이다. 하루는 돈 안토니오가 나를 부르더니 일선에서 물러나라고 지시했다. 그 근거는 다분했다. 무엇보다도 적의 새로운 전술이 기존의 포위전에서 적용되던 모든 기술적인 조치들을 무용지물로 만들었던 것이다. 우리 모두는 마치 합리적이고 문명화된 것 너머로 가는 것 같았다. 그는 말했다. "완벽한 것에 접근하기 위해선 인간적인 차원 너머로 가야 한다는 것이다." 분명한 것은 전능에 가까운, 동시에 즉흥적이고 파괴적이고 광기 어린 지미의 행보가 모든 한계를 넘어섰다는 것이다. 한편 여기서 한 가지 밝힐 게 있으니 돈 안토니오의 지시에 따라 전투 지역에서 벗어난 첫날 나는 마치 나를 고문하던 바로 그 고통을 그리워하는 병을 앓았다는 사실이다.

 그리하여 성벽 위에서 아무것도 할 수 없게 된 나는 성벽 밑으로 물러나 그곳에서 할 수 있는 일을 찾았다. 그때만 해도 적은 이미 우리 발밑으로 땅굴을 파고 있었다. 그런데 나는 땅굴을 증오했다. 보방 때문만은 아니었다. 물론 보방이 땅굴을 탐탁찮게 여겼지만 그렇다고 해서 우리가 스승의 호불호까지 원하거나 계승하는 것은 아니었으니 말이다. 보방에게 땅굴은 적절하지 못하고 비신사적인 일종의 꼼수였다. 그에 따르면 적은 정정당당하게 얼굴을 맞대고 싸우는 상대이지 암수를 써서 공격하는 대상이 아니었다. 그의 합리주의적인 정신은 그의 입을 빌리자면 '불확실한 수단'을 믿을 수 없었던 것이다.

적군의 땅굴 작업은 가히 열광적이었다. 만일 그들이 성곽 밑에 굴을 뚫고 폭약을 채우면 아군의 방어망은 여지없이 붕괴될 게 뻔했다. 포위한 자가 포위된 자에게 가하는 비참한 형벌은 순간에 이루어진다. 게다가 그것은 패배자에게 혼란스럽고 묵시적이고 불가항력적인 결과를 가져온다. 마가논. 나는 그들의 존재에 대해 잘 알고 있다. 그들의 꿈은 폭약 2만 킬로그램을 한꺼번에 쌓을 수 있는 땅굴을 파는 것이다. (그 폭약의 힘은 사리분별적인 과학 분야에서도 측정할 수 없는 규모다. 혹시 그들은 성곽을, 아니, 도시 전체를 날려버리고 싶은 것은 아닐까?)

땅굴 공격을 지지하는 자들의 열정은 일반인으로서는 거의 불가해하다. 그들은 땅굴 작업을 시간과 피를 아끼는 확실한 판단이 적용된 작업이라고 주장한다. 그러나 내 경험에 의하면 결코 그렇지 않다. 실제로 지하에 갱도를 뚫는다는 것은 공격용 참호 작업에서 사용된 막대한 자원들을 요구하는 일이다. 그들은 시간을 아낀다고 주장하지만 실제로는 엄청난 시간을 낭비한다. 그럼에도 우리의 성을 포위하고 있는 부르봉군은 그 방도를 택했다. 다시 보방의 말을 빌리자면 영광으로 데려가는 지름길은 없는데도 말이다. 그것만이 아니다. 나 '긴 다리' 수비가 땅굴을 증오하는 계기는 또 있으니, 우리 인간에 있어 지하에서의 싸움이 서로가 서로를 죽이는 모든 형태들 중에서 가장 가공할 만한 공포와 끔찍한 결과를 안겨주기 때문이다. 나는 땅꾼들을 냄새로 식별할 수 있다. 그들은 땅속에서 오랜 시간을 보내기 때문에 그들의 몸에서는 뜨거운 가스가 묻어 나온다. 따라서 그들을 식별하는 데는 굳이 바조슈에서 체득한 감각들을 동원할 것까지도 없다. 그런 그들을 사람들은 쿠크, 즉 지렁이라고 부른다. 나 역시 아군의 땅굴 부대 지휘관과 함께했던 적이 있다. (가만, 그 지휘관 이름이 뭐였더라? 젠장, 기억이 나지 않는다.)

아무튼 쿠크 부대는 큰 성과를 거둔 적이 없었다. 우리는 적의 땅꾼들이 포르탈노우와 산타클라라 사이에서 땅굴 작업을 벌이고 있다는 사실을 이미 인지하고 있었다. 지미의 기질을 잘 아는 나는 만일 적군이 땅굴 작업에 착수했다면 8월 15일 밤의 포격은 부싯돌의 불똥에 지나지 않을 것이라고 판단했다. 그래서 아군의 쿠크 부대 지휘관을 찾았다. (빌어먹을, 그 지휘관 이름이 뭐였더라? 도무지 기억이 나질 않는다.) 그가 이끄는 땅꾼들은 사기가 떨어진 데다 몹시 지쳐 있었다. 우리는 교대근무자들까지 합쳐 땅굴 수색에 들어갔다.

땅굴 수색은 일련의 과정으로 이루어진다. 수색 목적은 적의 갱도를 찾아내고 붕괴시켜 무용지물로 만드는 데 있다. 땅속에서는 미로의 전투가 치러진다. 불을 질러 연기를 피우고 육탄전에 들어가는데 무기는 총보다 칼이 효과적이다. 그간의 수색 작업은 지지 부진한 상태였다. 적의 주요 갱도의 위치는 여전히 오리무중이었다.

"조심스럽게 움직이시오." 쿠크 지휘관이 주의를 주었다. "어떤 낌새가 포착되면 신호를 보내시고. 나머지는 우리가 알아서 하겠소."

나는 항상 배움 너머에 있는 실전 경험자들을 존중해왔다. 나는 그의 지적에 동의하면서 내가 미리 땅굴 수색대로 편성시킨 바예스테르와 그의 부하들에게 지시했다.

"다들 내 뒤를 따르도록. 필요한 것은 수류탄 하나, 단검 하나, 장전된 권총 두 자루, 그게 각자가 챙길 무기다."

아군이 뚫어놓은 땅굴의 입구는 적 첩보원들의 눈을 피하고자 성벽과 인접한 허물어진 민가 안에 있었다. 그곳에는 이미 그 지휘관(염병할, 아무리 기억을 되살려도 그의 이름이 떠오르지 않는다.)이 소집한 쿠크들이 대기 중이었다. 보아하니 그들은 귀중한 작업 도구를 잘 관리해온 게 분명했다. 그러나 바예스데르기 특유의 속물적 근성을 드러내며 비웃음을 터뜨렸다.

"아니, 저 빨대 여덟 개와 접시 네 개로 뭘 어쩌자는 겁니까? 설마 저것들을 믿고서 땅속으로 들어가겠다는 건 아닐 테고."

"이건 단순한 빨대와 접시가 아니라 음향 측정기요." 내가 그 말을 받았다. "게다가 아주 비싼 거지."

어둡고 비좁은 땅굴이 생생한 침묵을 유지하고 있었다. 사다리를 타고 밑으로 내려가기 전에 나는 몇 가지 수신호를 숙지시키고자 수색대를 가까이 불러 모았다. 그러나 뜻대로 되지 않았다. 두려움에 사로잡힌 손가락이 나를 체념하게 만들었다. 하지만 그런 내 마음을 아는지 모르는지 그들이 내 입을, 아니, 내 손가락을 쳐다보고 있었다. 나는 수직으로 뚫린 깜깜한 갱도를 다시 내려다보면서 저 아래 어딘가에서 우리를 기다리고 있는 모든 것을, 도처에 모퉁이들이 도사리고 있는 미로를 상상했다. 어쩌면 적은 우리보다 훨씬 더 많고 훨씬 더 경험이 많은 땅꾼들로 채워져 있는지도, 어쩌면 적은 이미 폭약 2만 킬로그램을 설치한 뒤에 도화선에 불을 붙이기 직전에 있는지도. 생각이 거기까지 미치자 전율이 온몸을 감쌌다.

○○○

바르셀로나 이후에 나는 어떤 땅굴도, 어떤 대적용 갱도도 다시는 들어가지 않았다. 딱 한 번으로, 그러니까 1714년 바르셀로나에서의 경험으로 충분했다. 그리고 그 첫 번째 경험에서, 그 용감한 자들 앞에서 나는 어린애처럼 마냥 울었다. 왜 그랬는지, 무슨 일이 일어났는지 혹시 여러분은 알고 있는가?

세상은 미처 그들을, 세상에서 미켈레테들보다 더 관대하고 더 다정다감한 인간들을 보지 못했다. 그날 그들은 나의 비탄에 관대하지 않았다. 어떤 권한보다도 진정성을 사랑한 그들은 두려움에 빠져 있는 나를 직시하며 내가 그들을 믿지 않는다고 생각했다. 찝찝한 표정을 지으면서도 믿고 따르는 철없는 아이들처럼.

"바예스테르 대위와 내가 앞장선다." 나는 마지못해 용기를 냈다. "다들 우리 뒤를 따르도록. 무슨 말인지 알겠나?"

우리는 반드시 있어야 할 디딤판조차 거의 없는 사다리를 타고 밑으로 내려갔다. 발이 땅에 닿으면 그때부터 본격적인 땅굴이 시작되었다.

땅굴의 지침에 의하면, 땅굴은 두 명의 땅꾼이 나란히 움직일 수 있도록 충분한 공간이 확보되어야 한다. 한 명은 장비를 들고 앞장서며 다른 한 명은 동료를 보호한다. 한 손에는 등불을 다른 한 손에는 권총을⋯⋯. 빌어먹을, 이게 무슨 지침이란 말인가! 말이 땅굴이지 워낙 비좁아서 벽이 인간을 짓눌렀다. 바예스테르는 내 뒤를 바짝 따라야 했고 그의 머리는 내 발을 좇아야 했다. 나는 장비에다 등불까지 들고 가야 했다. 10미터, 20미터, 30미터를. 더 이상은 나아갈 수가 없었다. 숨이 막혔다. 불안감이 엄습했다. 마치 목에 밧줄을 매단 기분이었다.

땅굴의 깊이는 불과 몇 미터였지만 거기서 내뿜는 열기는 화덕에서 전해지는 온기만큼이나 후끈했다. 땅굴 밖에서 포탄이 터질 때마다 포성과 진동에 귀가 멍해지고 엉성하게 마무리된 천장에서 흙더미가 떨어졌다. 아, 이대로 압사할지도 모른다는 두려움이 나를 짓눌렀다.

나 선량한 수비는 지렁이로 태어나지 않았다. 숨이 막혔다. 목구멍에 집게가 박힌 것 같았다. 바조슈에서 습득한 지각 능력이 땅속에서는 아무 도움이 되지 못했다. 어둠 속에서 인간은 한낱 두더지에 불과했다. 손에 쥐어진 슬픈 빛을 발하는 등불은 암흑을 비쳐주는 도구일 뿐이었다. 내 눈은, 평소에 정신을 집중하면 적어도 네 명의 시력과 맞먹는 내 눈은 지하라는 최악의 생존 조건에서 장점이 아니라 오히려 단점으로 기능했다.

바예스테르가 느닷없이 조심스러우면서도 광기 서린 웃음을 터뜨렸다. 나는 다급하게 고개를 돌렸다. 그가 손가락으로 주변을 가리켰다. 그러고 보니 갱도를 지탱하고 있는 침목은 포위전 초기에 무너진 민가를 돌아다니며 거두어들인 들보나 가구였다. 창문틀과 탁자 다리만 해도 천장과 측면을 지지하는 완벽한 대용품 역할을 하고 있었다.

우리는 결코 끝나지 않을 것처럼 보이는 갱도를 기고 또 기었다. 첫 번째 갈림길이 나왔다. 나는 주저하지 않고 우측을 택했다. 그리고 그때부터는 모퉁이가 나올 때마다 바예스테르에게 침묵의 수신호를 보낸 뒤에 소리 흡입판을 벽에 밀착시켰다. 다들 숨을 죽인 채 나를 지켜보았다.

흙벽을 통해 어떤 소리를 듣는다는 것은 믿을 수 없는 일이다. 세라믹 그릇으로 만들어진 흡입판은 눈에 보이지 않는 물체를 확대시키는 현미경처럼 막연한 소리들을 확대시킨다. 나는 흡입판의 정중앙에 뚫린 구멍에 금속 대롱을 꽂고 쭉 밀어 넣었다. 물론 여기에는 바위를 뚫는 착암기 원리가 적용된다. 흙은 보드라웠다. 첫 번째 대롱이 다 들어가자 두 번째 대롱을 연결해서 다시 밀어 넣었다. 그 뒤로도 연결되는 대롱이 더 이상 빽빽한 흙의 저항을 받지 않고 느슨해질 때까지, 다시 말해 벽 저쪽의 공간이 느껴질 때까지. 이어 나는 긴 철사를 대롱 속으로 밀어 넣어 남아 있는 흙을 빼냈다. 그렇게 작업이 일단락되었다. 나는 대롱에 눈을 갖다 댔다. 마치 대롱으로 만든 망원경을 들여다보듯.

벽 저쪽 공간이 보였다. 깜빡거리는 빛과 움직이는 검은 물체가 보였다. 나는 눈으로 보고 귀로 들었다. 거기, 적들이 움직이고 있었다. 곡괭이와 광주리가 보였다. 그들의 모습이 선명하게 보이고 눈앞에서 기침을 하는 것처럼 선명하게 들렸다.

"지금 무슨 짓을 하고 있는 거요?" 바예스테르가 속삭이듯 물었다.

그의 호기심은 저쪽에 대한 궁금증이 아니라 나의 기이한 동작 때문이었다. 내가 한쪽 눈으로 대롱 구멍을 들여다보는 데 걸리는 시간이 숨 한 번 쉬는 데 걸리는 시간보다 짧고 대롱에 눈을 갖다 댔다가 떼어내는 시간적 간격 또한 지극히 짧은 데다 내 동작이 흡사 닭이 정신없이 대가리를 흔들어대는 것처럼 기이하게 보였던 것이다. 나는 다급하게 입을 다물라고 손짓했다.

그러나 너무 늦었다. 적군이 바예스테르의 말소리를 들었던 것인지 아니면 대롱 끄트머리를 발견한 것인지, 그건 모르겠다. 아무튼 1미터 간격이 못 되는 나와 바예스테르 사이로 적군의 소리 탐지기가 벽을 뚫고 쑥 빠져나왔다. 그것은 직경이 엄지와 검지로 둥그렇게 말아 만든 크기의 원통형 금속 대롱이었다. 아, 그들이 우리를 발견했던 것이다.

겉으로는 단순하게 보이는 그 금속 대롱은 죽음을 의미했다. 그 대롱의 반대쪽 끄트머리 뒤에는 누군가를 뒤쫓아서 반드시 죽이고 말겠다는 살의가 도사리고 있었다. 그들은 백전노장으로 보방에 의해 조련되었을 것이다. 실제로 그들의 효용성은 가히 상상 이상이었다. 그런 그들이 우리의 움직임을 감지했고 직감으로 탐지기를 들이댔으니. 생각이 거기까지 미치자 무시무시한 공포가 나를 마비시켰다.

바예스테르는 역시 눈치가 빨랐다. 그의 반응은 전형적이었다. 그는 적의 원통형 금속 대롱 입구에 권총을 대고 방아쇠를 당겼다. 비명 소리가 들렸다. 총알이 적의 눈을 관통한 것이다. (이제 여러분은 내가 왜 닭이 대가리를 흔들어대듯 대롱 입구에 짧은 간격으로 눈을 뗐다 붙였는지를 이해할 것이다.) 저쪽에서 동요가 일었다. 다급한 외침이 들렸다.

"후퇴하라! 후퇴하라!" 나는 울부짖다시피 채근했다. "저들이 우리 냄새를 맡기 전에 어서 후퇴하라고!"

한 가지 분명한 것은 꼭 피해야 하는 상황에서 피신한 것보다는 바조슈의 지침이 가뜩이나 비겁한 나를 부추겼다는 것이다. 땅굴 수색대는 적의 갱도의 위치가 파악되면 벽에 작은 구멍을 뚫는다. 그 구멍으로 소나무 가지와 역청을 버무려서 단단하게 다진 총알만 한 공에 불을 붙여 밀어 넣는다. 그 조그만 게 무슨 쓸모가 있겠느냐고 생각하겠지만 그렇지 않다. 갱도가 워낙 비좁은 터라 연기는 치명적인 무기로 변한다. 주변의 산소를 태우면서 적을 질식시키는 데 걸리는 시간은 삼십 초면 족하다. 혹시라도 살아남은 자는 연기가 사라질 때까지 기다렸다가 단검으로 처리하면 그것으로 끝이다.

문제는 프랑스 땅꾼들이 초보인 미켈레테들보다 훨씬 더 전문가라는 사실이었다. 결과적으로 적은 우리보다 먼저 연기 구멍을 뚫을 게 분명했다. 나 선량한 수비의 지침에 의하면 어떤 경주에 이길 수가 없으면 그 경주를 반대 방향으로 돌리는 것이다. 그것도 최대한 서둘러서.

우리는 지네 같은 모습으로 땅바닥을 기고 또 기어서 입구에 도달했고 사다리를 타고 올랐다. 천만다행이었다. 우리가 막 사다리를 벗어나자마자 땅굴에서 마치 거인이 입으로 내뿜는 것 같은 검은 연기가 올라오기 시작했다.

"어떻게 알았소?" 나는 바예스테르에게 물었다. "그 상황에서 살기 위해선 적의 탐지기 구멍에 총신을 박고 방아쇠를 당긴다는 걸?"

"몰랐는데요." 그가 담담하게 대답했다.

나는 천장도 없는 집 한쪽 구석에 주저앉은 채 양손으로 얼굴을 감싸 쥐었다. 교대 근무를 하러 올 땅굴 수색대원들에게 면목이 서지 않았다. 그런 나를 이해하지 못한 미켈레테들이 다가와 위로했다. 나는 쓴웃음을 지었다.

"이제 곧 나의 이런 무기력한 꼴을 이해할 거요."

쿠크들이 도착했다. 지휘관이 자초지종을 듣고 나더니 버럭 화를 냈다.

"어떻게 이럴 수가? 우리 거점을 하나 내주다니. 그러니까 놈들이 당신들의 냄새를 먼저 맡았군." 그는 양손으로 머리를 쥐어뜯었다. "당신들은 우리가 그 갱도를 뚫는 데 어떤 희생을 치렀는지 알고 있소? 그런 갱도를 불과 반시간 만에 엉망으로 만들어놓았으니, 이제 내가 어떻게 내 부하들을 데리고 놈들에게 발각된 거점으로 다시 내려간단 말이오? 모든 걸 다시 시작할 수밖에!" 그러고는 투덜거렸다. "글쎄, 어디서 이런 멍청이들만 골라 보내는지, 정부에서 하는 일이란 항상 이 모양이라니까!"

○○○

하루하루가 끔찍했다. 무엇보다도 힘든 것은 우리가 땅굴로 내려갈 때마다 우리를 달갑잖게 노려보는 지휘관의 눈길이었다. (제기랄, 그의 이름이 여전히 생각나지 않는다.)

땅굴 위는 아무 때나 공격당할 수 있는 성벽이고 땅굴 밑은 우리가 먼저 발견하기 전에 아무 때나 폭발할 수 있는 엄청난 양의 화약을 저장한 창고나 다름없었다. 그날도 나는 선두에 섰다. 그런데 이제 막 사다리를 밟고 내려가다가 이상한 소리를 들었다. 나는 바예스테르와 그의 부하들에게 움직이지 말라는 수신호를 보내며 귀를 기울였다. 분명 사람들의 목소리였지만 땅굴 속에서 변조된 탓에 아군인지 적군인지 구별되지 않았다.

나는 한참 만에 그 소리를 식별했다. 프랑스어와 카탈루냐어가 뒤섞여 들렸다. 나는 동료들에게 뒤로 물러나라고 수신호로 지시한 뒤에 일단 그곳을 빠져나왔다.

나는 땅굴 입구를 향해 집중사격 준비를 지시하고 나서 다시 귀를 기울였다. 미지의 목소리들 사이에서 낯익은 음성이 들렸다. 앙팡?

그랬다. 사다리를 통해 맨 먼저 모습을 드러낸 자는 금발머리 앙팡이었다. 어이가 없었다. 녀석은 나를 보자마자 반가운 인사를 건넸다.

"대장! 여기서 뭐해?"

앙팡 뒤로 난이, 그 뒤로 쿠크들이 나타났다. 나는 여전히 할 말을 잃은 채 그들을 쳐다보았다. 그러자 지휘관이 자초지종을 설명했다.

"아, 이 꼬마와 난쟁이 덕분에 많은 일을 해치웠답니다. 대단하더군요. 몸집이 작은 데다 워낙 날쌔서 어디든 들어갈 수 있었거든요. 한데 이 애들을 알고 있소? 이봐요, 왜 나를 그런 눈으로 쳐다보는 거요?"

내가 아멜리스에게 마지막으로 역정을 냈던 게 바로 그 일 때문이었다. 나는 곧장 해변으로 향했다. 배식 행렬 맨 뒤에서 아멜리스가 차례를 기다리고 있었다.

정부는 수도원에서 생선으로 만든 수프를 걸인들에게 무료로 제공했다. 무장 수비대가 행렬을 통제하는 가혹한 급식이었다. 그릇에 두 국자, 그게 다였다. 아멜리스는 금방이라도 쓰러질 것 같은 모습이었다. 내가 부르는 소리조차 알아듣지 못했다. 그녀의 눈길이 앞사람 등에 꽂혀 있고 움푹 팬 눈자위는 짙은 보라색으로 변해 있었다. 내가 손목을 잡자 내 손을 뿌리치며 소리쳤다. 내가 그녀를 데리고 나오자 뒤에 섰던 여자가 그녀의 자리를 차지했다. 그 모습을 본 그녀가 모랫바닥에 털썩 주저앉았다. 그리고 흐느꼈다.

"앙팡은?" 내가 소리쳤다. "왜 병적에 올리는 걸 막지 않았지?"

"오, 주여!" 그녀가 탄식했다.

"그 어린 것을 징병했더라고. 땅속에서 죽으라고."

그녀가 고개를 들었다. 초췌한 얼굴이 눈물로 범벅이었다.

"내가 언제부터 이 줄을 섰는지 알아? 어제 정오부터였어!"

"아이들을 이 전쟁에서, 참호에서 빼내야 해. 안 그러면 파편 더미에 깔리거나 총알이 눈에 박혀 죽을 거야. 프랑스 땅꾼들에게. 이건 게임이 아니야."

그러자 그녀가 손에 들고 있던 그릇을 내 얼굴을 향해 던지며 다시 소리쳤다.

"어젯밤 내내, 그리고 오늘 내내 여기 있었어. 그런데 저 줄에서 빠졌으니 이제 난 뭘 먹어야 하지?"

대화가 되지 않았다. 그녀가 말하는 것은 입이 아니라 배고픔이었다. 나는 마음이 찢어질 듯 아팠지만 울고 있는 그녀를 외면한 채 발걸음을 돌렸다. 일단은 앙팡부터 챙겨야 했다.

그러나 앙팡은 이미 내가 생각하던 어린애가 아니었다. 쿠크 지휘관은 앙팡을 걱정하는 나를 의아한 눈으로 쳐다보며 반문했다.
"가뜩이나 병력이 부족한데 그게 무슨 말이오? 나이가 차서 징집된 아이를 한사코 빼내려는 이유가 뭐요?"

그때서야 나는 앙팡의 나이를 헤아려보았다. 내가 앙팡과 난 그리고 아멜리스를 만난 것은 1708년 토르토사 포위전이었다. 그때 앙팡이 분명하진 않지만 여덟 살이었으니 여섯 해가 지난 지금은 열네 살이었다. 열네 살. 카탈루냐에서 비상시에 무기를 드는 나이였다. 그랬다. 나는 전시 중이긴 했지만 가정이라는 울타리 안에서 날마다 자라나는 풀처럼 부쩍 성장한 녀석을 미처 헤아리지 못했던 것이다. 자기 자식을 평생 어린애로만 바라보는 부모들처럼.

일단 나는 앙팡을 묵묵히 지켜보기로 했다. 애정과 충고를 놓치지 않으면서 녀석의 이야기를 듣는 쪽으로 가닥을 잡았다. 녀석은 땅굴 수색에서 돌아올 때마다 난과 함께했던 무용담을 자랑스럽게 떠들어댔다. 그때마다 나는 오싹 소름이 돋았지만 웃음을 잃지 않으려고 노력했다. 실제로 녀석과 난의 활약상은 땅굴 수색대 내에서 적잖은 화젯거리였다. 그때마다 녀석은 기고만장한 표정을 감추지 못했다.

하루는 앙팡을 따로 불렀다.
"넌 난이 걱정되지 않아? 앙팡, 지금 이 순간에도 적은 너희 둘을 죽이려고 혈안이 되어 있어. 저들이 쳐놓은 덫이 열 개는 될걸."

그러나 앙팡은 팔짱을 끼며 도도하게 내 말을 받았다.
"겨우 열 개? 천만에, 수천 개로도 날 못 잡을걸." 이어 이렇게 덧붙였다. "카사노바 아들도 열네 살인데, 북 치는 병사로 징집됐잖아."

나는 더 참지 못했다.

"그건 카사노바가 우리를 속인 거야. 그자가 자기 자식을 원정군으로 파견시킨 것은 카르도나가 여기보다 훨씬 더 안전해서 그랬던 거라고."

사실이었다. 포위전이 막바지에 이르자 적색우단들은 호메로스 풍의 전략을 모방했다. 그들은 마치 바르셀로나가 그 어떠한 공격에도 굴복하지 않겠다는 것을 지미에게 과시하듯 외부로 군대를 파견했다. 그러나 그 의도를 모를 리 없는 부르봉군은 여전히 헤네랄리타트 세력권에 남아 있는 소도시들 중의 하나인 카르도나에는 관심조차 두지 않았다. 지미는 바르셀로나만 점령하면 카탈루냐 전체가 도미노처럼 무너진다는 사실을 잘 알고 있었다.

나는 앙팡의 팔을 꽉 붙잡았다.

"앙팡, 내가 누구야? 대장이지? 말해! 그래, 안 그래?"

믿소사. 앙팡은 이미 어른이었다. 녀석은 내 말을 진지하게 받아들이며 대답했다.

"그래, 맞아. 대장이라고. 난 이제 다시 땅굴로 돌아가지 않을 거야." 녀석은 손가락 두 개로 십자가를 만들어 입을 맞추었다. "맹세할게."

그러나 나는 다리에 힘을 주고 꼿꼿하게 선 채 나를 똑바로 쳐다보는 녀석의 말을 한마디도 믿을 수 없었다.

이튿날 아군의 사인조 쿠크는 땅굴을 수색하던 중에 거대한 부르봉군의 탄약고를 발견했다. 거기에는 물에 적신 소가죽 천막으로 덮어놓은 화약 상자 백여 개가 저장되어 있었다. 그들은 저장고를 지키던 적군 두 명의 목을 자르고 화약 상자를 훔쳐냈다. 그리고 그곳을 빠져나오기 전에 갱도를 허물었다.

사인조 쿠크의 활약은 아군의 마지막 위안이었다. 바르셀로나의 모든 교회가 동시에 타종을 했고 정부는 대대적인 미사를 지원했다. 쿠크 수색대의 네 영웅은 아라곤 출신의 프란시스코 디아고, 바르셀로나의 호세프 마테우, 쿠크의 지휘관(아, 맙소사, 그렇게도 걸출했던 전사의 이름이 여전히 떠오르지 않는다.) 그리고 앙팡이었다. 특히 앙팡은 누구도 들어갈 수 없는 비좁은 갱도를 통과해서 화약고를 찾아낸 장본인이었다. 누구에게나 찬사를 받아야 할 활약이었다. 그러나 나는 칭찬도, 질책도 하지 않았다.

이 대목에서 수천 번이고 툭하면 끼어들던 끔찍한 내 사랑 발트라우트가 나를 세지한다. 그러니까 우리 카탈루냐가 포위전에서 획득한 얼마 안 되는 승전보들 중의 하나를 자랑하고 있는 내 꼴을 차마 못 보겠다, 그거야?

뭐라고? 한때 함께했던 동료로서 그 쿠크 지휘관의 이름도 잊어버렸다는 게 말이 되느냐고? 바조슈에서 체득한 경이로운 기억력에도 불구하고, 도시를 구하고 덕분에 도시의 함락을 며칠이라도 미루게 해주었던 영웅들의 이름을 되살려내지 못한다는 게 어딘가 이상하지 않느냐고? 혹시 내가 그의 정체를 밝힘으로써 귀찮거나 괴로운 일이 생길까 봐 그 이름을 숨기고 있는 것은 아니냐고?

좋아! 좋다니까!

그래, 네 말이 맞아. 모든 사실을 밝히기로 했으니, 다 얘기하지 뭐. 사실 난 그 이름을 기억하고 있어.

위대한 쿠크를 이끌었던 영웅의 이름은 프란세스크 몰리나였다. 그의 부모는 바르셀로나에 정착한 이주민으로 많은 외지인들이 그랬던 것처럼 바르셀로나 시민으로 살았으며 그는 손톱과 심장이 피로 물들 때까지, 낮과 밤 없이 나중에 시신으로 발견될 때까지 도시를 위해 싸웠다.

뭐? 어디 출신이냐고?

넌 끝내 내 자존심마저 짓밟겠다, 그거야?

할 수 없지 뭐. 기왕에 꺼낸 얘기니 나로선 다 털어놓을 수밖에.

프란세스크 몰리나의 가족은 이탈리아 사람들이었다.

나폴리 출신이었다.

14

 나, 공병(쓸데없는 계급 따위는 생략하자) 마르티 수비리아는 다음과 같은 사항들에 대해 서명한다.
 국가들의 기원은 우연의 역사이며, 그 어떠한 천성적인 성향과도 연관되지 않는다.
 내가 아는 무수한 이탈리아인 대부분은 온후한 하느님의 창작물로 성실하고 온전하고 공정하며, 한편으로 공동체 내에서는 어느 누구에게도 혐오스러운 결점이나 개인적인 수치심을 모욕할 권리가 없다.
 아울러 나는 이 책에서 포함될 수도 있는, 나폴리인과 이탈리아인은 물론이고 프랑스인, 독일인, 카스티야인, 무어인, 마오리족, 유대인, 오글라가족, 네덜란드인, 중국인, 페르시아인에 대한 음흉한 저의가 들어간 내용들은 철회할 것이다. (오류를 바로잡는 것은 감당하기 힘든 엄청난 출판 비용이 드는 일이지만 말이다.)

이제 행복해? 삭막하게 죽어가는 인간에게 네 뜻을 관철시키니 만족하느냐고? 뭐? 우리가 이런 식으로 끝장날 수도 있다고? 그러니 용서를 구하라고? 저자인 내가 편집자에게?

그래, 네 말이 맞아. 그러니 이제 마지막 부분을 끝장내자꾸나. 마지막 눈물을 뿌려야 할 테니까.

ㅇㅇㅇ

1714년 9월 3일. 우리는 혼돈의 바다에서 허우적거렸다. 그것은 사육제 같은 굶주림도, 적의 승리도, 지친 주민들이 요새 방어를 포기한 탓도 아니라 지미의 대범한 제안 때문이었다.

그날 부르봉군 진지에서 전갈이 도착했다. 그 메시지에서 지미는 상상할 수 없는 결과를 피하려면 항복하라고 협박했다. 그렇지 않으면 관용의 여지는 고사하고 아이들의 목까지 치겠다는 것이었다. 이 대목에서 나는 포위전에서 적용되는 게임의 법칙을 잠시 언급할까 한다.

포위전의 궁극적 목적은 포위된 쪽에 종전의 교섭을 강요하는 것, 다시 말해 '항복 나팔'을 불도록 만드는 것이다. 포위된 쪽은 패배가 기정사실화되면 어떤 기대와 함께 '항복 나팔'을 분다. 최소한 목숨과 명예를, 가능하면 재산까지 지키기 위해서다. 그렇지 않을 경우에 요새를 포위한 쪽은 점령지에 들어서고, 닥치는 대로 빼앗고, 불 지르고, 죽이고, 욕보이는 적법한 권리를 갖는다. 이는 전쟁을 치르는 양측의 오래된 관례이기도 하다. (실제로 그 시대에 펠리페를 섬기는 포폴리와 그의 장군들을 제외하고는 모두에게 존중된 의례였다.)

그러나 지미 쪽에서 먼저 전갈을 보낸 것은 누가 봐도 의아한 짓이었다. 그는 '포위된' 입장이 아니라 '포위한' 쪽 아닌가. 게다가 지미는 우리의 상황을 누구보다 잘 알고 있었다. 그런 그가 전령을 보낸 것은 우리와 협상의 문을 열겠다는 것이고 우리에게 명예보다도 희망을 품도록 해주겠다는 것이었다. 대체 승리를 갈망하는 지미는 무엇을 원하고 있는가? 누구에게나 용기와 결단은 적잖은 보상을 안겨주기 때문에? 그랬다. 8월의 전투를 겪으면서 지미는 내심 두려웠다. 우리의 저항이 길어지면 그들의 피해 역시 감당하기 힘들 게 뻔했다. 프랑스 괴물왕도, 펠리페왕도 만족할 리가 없었다. 그런 상황에서 지미는 고민했다. 부르봉군이 막심한 피해를 입게 되면 분노한 부르봉군은 승자로서의 보복과 약탈에 나설 터인데 바르셀로나를 절멸시키려 들 게 뻔한 마당에 학문과 예술의 후원자라고 자처하는 그의 입장에서는 철학자들로부터 야만적인 만행의 당사자라는 비난을 받고 싶지 않았던 것이다.

한편 돈 안토니오는 문서에 담긴 고압적이고 위협적인 문구에도 불구하고 지미의 제안을 이해했다. 그는 기꺼이 정부를 설득하고자 군사회의를 소집했다. 그 자리에서 지미의 제안이 유일한 기회임을, 지미의 제안을 포기하는 것은 착각임을 강조했다. 사실 우리는 그 기회를 통해 도시를, 주민을, 어쩌면 예상보다 더 많은 것을 구할 수 있을 것이다. 협상은 군사적인 게 아니라 정치적인 것이다. 아군에게는 포기할 수 없는 마지막 기회이자 당대의 전쟁보다 훨씬 가혹한 구약성서에서의 재앙을 피할 수 있는 마지막 선택이었다.

나는 돈 안토니오의 입술에 흐르는 의미심장한 미소를 보았다.

그 미소는 그동안 우리가 겪었던 형벌이 유용했다는 것을, 우리의 전투가 결실을 맺었다는 것을, 다시 말해 적으로 하여금 먼저 교섭에 나서도록 만들었다는 것을 의미했다. 이제 남은 것은 정부 사절단이 우리의 헌법과 자유에 대한 핵심만큼은 존중될 수 있도록 자신들에게 맡겨진 임무를 충실하게 수행하는 것이었다.

그러나 회의는 이상하게 흘렀다. 나는 기다란 사각 테이블과 그 주위로 빙 둘러앉은 참석자들을 기억한다. 오랜 전쟁으로 다들 초췌한 모습이었다. 그들은 돈 안토니오의 의견에 동의하지 않았다. 그의 눈길을 외면했다. 그렇다고 그의 권한을 무시하거나 존중하지 않는 것은 아니었지만 항복만큼은 받아들이지 않았다.

돈 안토니오는 카사노바에게 긴급 투표를 제안했다. 카사노바는 마지못해 처리하겠다는 식으로 동의했다. 바르셀로나 정부 같은 비철학적인 정부의 색깔을 누구보다 잘 아는 자의 처세였다.

투표 결과는 일방적이었다. 참석자 30명 중에서 찬성은 4표, 반대 26표였다. 단지 세 명만이 정부의 수장과 뜻을 같이한다는 의미였다. 그 상황에서 어떤 정치력도 그들을 강제할 수는 없었다.

세상은 바뀌었다. 이 전쟁을 종식시킬 유일한 자는 반대표를 던진 장군들이었다.

○○○

이튿날 돈 안토니오가 지휘권을 포기했다는 청천벽력 같은 소식이 전해졌다. 그는 불가피한 재앙 앞에서 자신의 명예와 지휘권이 장애물에 지나지 않는다는 내용의 문서를 정부에 제출했다. 무관으로서의 임무가 막힌 상황에서 사임하겠다는 통보였다. 그는 모든 직책을, 급료를, 특권을 포기했다.

내 시각에서 그 통보는 그가 내밀 수 있던 마지막 카드였다. 협상이냐, 사임이냐. 불행히도 그의 광기는 한계를 넘어선 일이었다. 정부는 그의 사임을 받아들이면서 원하면 프랑스의 해상봉쇄를 가볍게 뚫을 수 있는 쾌속 범선 두 척을 내주겠다고 제안했다. 물론 범선을 이용해서 바르셀로나를 빠져나가는 것은 그다지 어려운 일이 아니다. 프랑스 함대는 배수량으로 인해 항구에 가까이 접안할 수 없기 때문이다. 그리하여 그를 태운 범선 두 척은 어둠의 비호를 받으며 유유히 연안을 빠져나갈 것이고 새벽녘에는 바르셀로나항에서 멀리 떨어진 공해상에서 마요르카로 향할 것이다.

나는 낙담했다. 그 사실을 믿고 싶지 않았다. 돈 안토니오가 떠나다니! 망연자실했다. 후임에는 관심조차 없었다. 알고 싶지도 묻고 싶지도 않았다. 실제로 정부는 아무도 임명하지 않았다. 아니, 그들은 새로운 지휘자로 성녀를 내세웠다.

성녀를! 농담 아닌가. 꿈에서조차 생각할 수 없는 일이었다. 나 수비리아가, 나침반과 각도기와 망원경, 지형지물에 익숙한 내가 성녀의 명령을 따르다니.

이튿날 아침에 성곽에서 자포자기 상태로 잠들어 있던 나를 누군가가 깨우더니 귀엣말로 속삭였다.

"돈 안토니오께서 기다리고 계십니다."

그의 처소 앞마당은 부산했다. 항구로 가져갈 궤짝과 바구니가 쌓여 있고 그 사이로 장교들이 들락거렸다. 내가 들어섰을 때 그는 여전히 제복 차림으로 전황을 살피는 중이었다. 나는 그의 모습을 쳐다보면서 혹시 자신을 재신임해주기를 기다리고 있는 것은 아닐까 하고 생각했다.

"왜, 아직도 궁금하나?" 그가 나를 보자마자 입을 열었다. "그렇다면 내가 말할 수밖에. 자네도 보다시피 나는 이제 지휘권이 없어. 따라서 다른 지휘관의 지시를 받게 될 거야."

"지휘관이라니, 누구를 말씀하시는 겁니까? 진짜 성녀입니까?"

"피예트." 그는 카스티야어가 아니라 카탈루냐어로 나를 '아들'로 불렀다. "여하튼 자네도 좋아하겠군. 평범한 도시민으로 돌아간 나를 이제는 돈 안토니오로 부를 수 있게 되었으니 말일세."

나는 그의 악의 없는 조롱을 지지 않고 맞받았다.

"네, 미치도록 좋습니다, 장군님."

그 역시 지지 않고 허리에 찬 검을 추스르며 짐짓 거드름을 피웠다.

"허허, 내 말 못 들었니? 난 이제 장군이 아니라 논 안토니오라니까. 사실 난 오래전부터 자네가 나를 '돈 안토니오'라고 부를 때마다 자네 혀를 질책했는데, 이제 나를 마음대로 부를 수 있게 되었잖아. 어때, 기쁘지 않나?"

"기쁩니다, 장군님. 오늘부터는 장군님을 보통 사람으로 대하겠습니다."

일순 그의 얼굴에 전율 같은 감동의 표정이 스쳤다. 평소 자신의 감정을 드러낸 적이 없는 그가. 그러나 포성이 그의 감동을 현실로 되돌려놓았다. 그는 잠시 산책에 나서자며 앞장섰다. 이내 그의 입에서 격앙된 말이 튀어나오기 시작했다.

"나는 내 기력이 다할 때까지 그들에게 간원하면서 미래의 모든 악에 대해 정부에 경고했어! 이 방어전은 미친 짓이라고. 괴물 같은 짓이라고. 내가 여기 남는다면, 그것은 병사들을 사형장으로 내모는 거라고. 하지만 난 이제 이곳을 포기하고 떠나는 걸세. 내가 왜, 대체 내가 왜 이런 수모를 당해야 하지?"

이어 나를 찾은 이유를 설명했다.

"나는 이유에카에서 자네를 살려줬어. 하지만 나도 모르겠어. 왜 내가 다시 자네를 살리려고 하는지를. 우린 내일 마요르카에 있게 될 거야. 거기서 이탈리아로, 거기서 다시 비엔나로 가게 될 테고. 비엔나에선 그동안에 밀린 우리들의 급료를 지급하겠지. 자넨 내가 자네를 시청이 아닌 왕실 병적부에 입적시켰음을 기억할 거야. 그선 시의회에 얽매이지 않아서 아무 때나 여길 떠나도 된다는 거지. 이제 난 제국의 군대를 섬길 테고, 따라서 자네 같은 공병이 필요하게 될 거야."

이어 내가 무슨 말을 내뱉기도 전에 이렇게 덧붙였다.

"내가 알기로 자네에겐 아내와 자식들이 있더군. 범선에 자리가 비어 있으니 어서 가서 그들을 데려오게." 그리고 그 말이 끝나기도 전에 어서 가라고 손짓으로 지시했다.

나는 그 자리에서 움직이지 않았다. 그가 내 뜻을 알고서 고개를 끄덕였다. 지금도 나는 그 순간에 내 입에서 나오던, 내가 아닌 다른 사람 같은 목소리를 기억한다.

"전 그럴 수 없습니다, 장군님."

그의 눈이 내 눈을 직시했다.

"이해를 못 하겠군. 내가 아는 자네의 성정은 저기 있는 용맹한 자들과는 거리가 멀어. 나중에 역사는 이런 무모한 희생을 어떻게 평가할까?"

나는 어떻게 대답할지 자신이 없었다. 그러기에 침묵했다.

"왜? 배가 고파서 혀를 잘라 먹었나?" 그가 소리쳤다. "왜 항상 모두가 동의하지 않는 대학살을 선택해야 하지? 톨레도에서 퇴각할 때 나로 하여금 자네를 채근하도록 만든 자가 바로 자네야. 한데 왜? 왜 안 가겠다는 건지, 대답하게!"

나는 침묵을 지켰다. 안타까웠다.

"말을 하라고! 젠장, 딱 한마디면 되잖아!"

말 한마디. 그랬다. 보방은 7년 뒤에 비야로엘의 입을 통해 나를 무자비하게 몰아붙이고 있었다. 나는 침을 꿀떡 삼키며 멍한 눈을 깜빡거렸다. 나는 내 두개골 어딘가에 있는 무언가를 찾았다. 그러나 아무것도 찾지 못했다.

결국 나는 아무 말도 하지 못했다. 그러면서 무심코 결심했다. 남겠다고. 그러나 천하의 섭쟁이인 나의 결정이 어떤 명예도 감히 떠나지 못하도록 강요할 수 없는 그에게, 고통스러운 영웅의 영혼에 깊은 상처를 안겨주고 있었다. 나는 안타깝고 먹먹한 상태에서 그의 허락도 받지 않고 돌아섰다.

"기다리게." 그가 나를 불러 세웠다. "자네는 톨레도의 레티라다에서 나와 함께했어. 브리우에가에서도, 그리고 이 포위전에서도. 따라서 내 참회까지는 함께해줘야겠어."

그가 말한 참회는 거창한 게 아니었다. 부하들과의 작별인사였다. 그는 진정한 전사답게 병사들 앞에서 자기 혼자 비엔나의 궁전으로 가기 위해 그들을 포기한다고 솔직히 털어놓고 싶어 했다. 그러면서 그 어떤 것도 그를 저지하지 못할 거라고, 설사 병사들이 그를 저주하고 심판하더라도 꼭 그렇게 하리라고 힘주어 말했다.

우리는 동시에 말에 올랐다. 그리고 나란히 내달리기 시작했다.

"거기로 가자고."

나는 '거기로 가자'는 그의 말에서 비장한 순교자의 각오를 감지했다. 지금도 나는 그가 영웅적인 거사를 치를 때마다 최후의 순간을 두려워하지 않았다고 생각한다. 그런 그에게 운명은 그에게 앞문 대신 뒷문으로 퇴장하는 굴욕을 안길 참이었다. 성곽이 가까워졌을 때 나는 규율을 어기며 감히 손을 뻗어 그의 팔을 붙잡았다.

"장군님, 이건 아닙니다."

그는 거칠게 내 손을 뿌리쳤다.

"뭐! 나는 내 앞에 있는 적을 피한 적이 없어. 그런 내가 내 병사들 앞에서 왜 그래야 하지?"

그러면서 그가 박차를 가했고 나는 그의 뒤를 따랐다. 조바심이 났다. 왜 꼭 그래야만 하는가. 두려웠다. 왜 진작 막다른 상황을 피할 수 없었던 것인가.

성벽 밑에 이르렀을 때 포성이 그쳤다. 기적 같은 일이었다. 그리고 마치 돈 안토니오를 기다리고 있었다는 듯이 산타클라라와 포르탈노우 보루에서, 양 보루 사이에서 전투를 치르던 병사들이 일제히 그를 향해 고개를 돌렸다. 여기저기서 병사들이 몰려들었다. 비야로엘은 그들을 향해 무슨 말을 하고 싶었지만 그럴 수 없었다. 어디선가 날아든 파편이 짐승 앞에 떨어졌고, 그 바람에 놀란 짐승이 앞다리를 들어올렸다. 그는 손가락으로 짐승의 콧잔등을 지그시 압박하면서 짐승을 안정시켰다. 그리고 다시 자세를 잡았다. 하지만 이번에도 입을 열지 못했다.

살다 보면 지극히 드물게 흘러가던 시간이 석화하는 순간들이 있다. 그때가 그랬다. 성벽과 보루 위에서 수백 명의 병사들이 꿈쩍도 않은 채 그를 내려다보았다. 뺨은 깔때기처럼 쏙 들어가고, 삼각모는 총알에 구멍이 뚫리고, 색깔 바랜 제복은 그을음과 재가 내려앉고, 소매는 풀어헤쳐진 그들의 몰골이 마치 살아 있는 해골 같았다. 그런 그들에게 무슨 말을 할 것인가. 침묵이 이어졌다. 그사이에 구름 한 점 없던 하늘에서 굵은 빗방울이 떨어지기 시작했다. 빗방울이 폭격으로 뜨겁게 가열된 대지를 촉촉하게 적시고 있었지만 누구 하나 눈 한 번 깜빡거리지 않았다.

돈 안토니오는 차마 입을 열지 못했다. 세 번째였다. 그는 비를 맞으면서도 삼각모를 벗어 허공에 들어 올렸다. 그러더니 말없이 성곽 안쪽으로 천천히 말을 몰았고 역시 말없이 그를 응시하는 병사들을 향해 아쉬운 작별인사를 나누었다. 나는 극도로 실망한 일부 병사들이 도망치는 최고지휘관을 향해 총구를 겨눌지도 모른다는 얼빠진 생각을 하면서 그와 병사들 사이로 말을 갖다 붙였다. (젠장, 그 순간 나는 1710년의 브리우에가 전투에서 날아드는 적의 총탄과 그의 말 사이로 끼어들던 비겁했던 나를 기억했던 것이다.)

그때였다. 내 귀에 우렁찬 함성 소리가 들린 것은. 나는 영문을 모른 채 고개를 들었다. 코로넬라의 바르셀로나인들이, 카스티야인들이, 아라곤인들이, 독일인들이 그들의 무기를 머리 위로 흔들어 대면서 일제히 그의 이름을 연호했다. "돈 안토니오! 돈 안토니오! 돈 안토니오······." 그들의 연호가 계속되고 있었다. 차츰 더 커지고 있었다. 비야로엘은 더는 견디지 못하고 박차를 가했다. 나는 그의 곁에 바짝 따라붙었다. 그리고 그때 보았다. 울고 있는 그를.

그가 울고 있었다. 그는 내가 그를 쳐다보고 있다는 사실을 눈치채자 이렇게 변명했다.

"내가 바라는 것은 저들과 함께 남는 것이지만, 그놈의 체면이 가로막는구먼. 이 무모한 방어전에서 저들의 사기를 떨어뜨린 나는 더 이상 저들의 사령관이 될 순 없어. 죄 없는 저들에게 더 이상은 야만적인 오점을 남겨줄 순 없는 노릇 아닌가."

우리는 그들과 점점 멀어지고 있었다. 비가 내리고 있었다. 그는 우울한 표정으로 중얼거렸다,

"제발이지, 범선들이 안 와야 할 텐데. 그러면 나도 일개 병사가 되어 저들과 함께 죽을 수 있을 텐데."

○○○

9월 8일, 돈 안토니오는 병사들과 작별했다. 그 우울한 날부터 시작된 비는 9월 11일까지 멈추지 않고 밤낮으로 내렸다.

8월의 지옥 같은 불볕과는 전혀 딴판이었다. 처음에는 휴식 같았다. 시원한 비에 축 늘어졌던 심신이 되살아나는 것 같았다. 탄약이 젖어서 부르봉군도 일시적이나마 포격을 멈추었다. 하지만 사나흘 폭우가 지속되다 보니 불편하기는 마찬가지였다. 성곽의 풍경이 칙칙한 분위기로 바뀐 데다 돌이며 나무며 모든 게 비에 젖어 어디 하나 편하게 기대어 앉을 데가 없었다.

그사이 우리는 적에게 돌파구로 이용될 갈라진 성벽 보수 작업에 들어갔다. 모두 다섯 군데였는데 폭이 좁은 곳은 40미터 넓은 곳은 60미터에 달했다. 그 공간을 체적(體積)으로 따지면 병사들을 687명이나 채워 넣을 수 있을 만큼 뻥 뚫려 있었다. ('687'명이라는

정확한 숫자는 바조슈 특유의 계산법으로 그렇다는 것이니 이상하게 생각할 것까진 없다.) 그러나 갈라진 성벽을 완벽하게 틀어막는 것은 불가능했다. 바윗돌과 흙도 없지만 시간도 없었다. 고민 끝에 민가나 건물에서 떼어다가 모아둔 자재로 판때기 수백 개를 만들어 빈 공간을 채웠다. 적이 쉽게 통과하지 못하도록 판때기에 긴 못을 촘촘하고 튀어나오게 박는 것도 잊지 않았다.

검은 먹구름이 비를 뿌리는 가운데 나는 임시 방어선 구축 작업을 서둘렀다. 생기 잃은 병사들을 채근하는 게 안타까웠지만 어쩔 수 없었다. 다들 사력을 다했다. 다섯 군데 돌파구에 판때기를 채워 넣은 다음에는 웅덩이를 파서 해자를 만들고 각각의 해자 뒤에는 임시 방어벽을 세웠다. 말이 방어막이지 짚단을 엮은 울타리 형태를 띠다 보니 허술하기 짝이 없었다. 이어 우리는 즉흥적으로 고안한 신무기를 설치했다. 우리가 '아르키메데스의 발명품'이라고 명명한 신무기는 방어벽에 소총을 거치한 다음 방아쇠에 가느다란 실을 묶어 길게 늘어뜨린 것으로 한꺼번에 열다섯 정의 소총 방아쇠를 당길 수 있었다. 물론 그 신무기는 크게 효율적이지는 않았다. 하지만 페레트 같은 노인네도 손쉽게 사용할 수 있고 전쟁 막바지에 남아 있는 무기들을 최대한 활용한다는 의미에서 나름 의의가 적지 않았다.

돈 안토니오의 부재는 나에게 그만큼 많은 기회를 주었다. 절망적인 상황에서는 하찮은 돌멩이 하나도 방어에 필요한 피와 살이 될 수 있다. 나는 바조슈에서 배웠던 모든 것을 방어전에 적용했다. 남아 있는 목재로 만든 수로도 그중 하나였다. 이른바 수공 전술이었다. 많은 비가 쏟아지고 있었던 터라 굳이 시청에서 관리하는 관개용수를 사용하지 않아도 충분했다. 하루는 성벽을 타고 흐르는 빗물을 막아두었다가 밤에 수문을 열었다. 한꺼번에 쏟아지는 물 수천 리터가 적에게 점령된 돌파구에 집중되자 적군은 어둠 속에서 갈팡질팡했다. 폭포수처럼 떨어지는 물은 총으로 막을 수 없는 무기였다. 돌파구를 차고 넘친 물이 지선 참호를 따라 흘러내렸다. 적군은 하루 종일 허리까지 차오르는 흙탕물을 퍼내느라 진땀을 흘려야 했다. 덕분에 우리의 생명은 하루가 연장되었다.

적군이 여전히 진흙탕에서 헤매고 있을 때 나는 코스타를 찾아갔다. 그는 삼각모도 쓰지 않고 마치 열병 걸린 사람처럼 양팔로 가슴을 부여잡은 채 떨어지는 비를 맞고 있었다. 평소에 미나리를 씹어 삼키는 것만으로도 생기를 잃지 않던 그의 모습이 크게 위축되어 있었다.

"힘내시오, 코스타." 나는 인사 대신 확신 없는 격려를 보냈다. "이 전투도 이제 곧 끝날 테니 포를 설치하고 포탄을 충분히 준비해두세요."

"포탄? 방금 포탄이라고 했소?" 그가 모멸 찬 어조로 내뱉었다. "나한테는 씹을 미나리조차 남아 있지 않소. 저 빌어먹을 참호가 우리를 엉망으로 만들어버렸으니."

나는 그의 지적에 뜨끔했다. 그의 말은 정확히 내가 설계한 참호를 가리켰던 것이다.

"포는 어떻게 된 겁니까?" 나는 갑자기 언성을 높였다. 그러고는 격식을 차려 덧붙였다. "쓸데없는 생각은 잊도록 하고 돌파구 뒤쪽에 즉각 포를 설치하세요!"

절망 상태에서 번지는 소문들은 부당한 희망을 안겨준다. 그것은 착각이다. 영국 군함이 도착하고 있다는 소문이, 카를랑가스가 이미 게르만 지방으로 행선지를 잡았다는 소문이 돌고 있었다. 거짓 소문이었다. 체념한 사람들이 무리를 이루며 도시 한복판에 있는 보른 광장으로 몰려들었다. 그들은 바르셀로나의 구원을 기원했다. 이성을 잃어가고 있었다. 그러나 돌파구를 주시하는 우리는 아무것도 믿지 않고 싸웠다. 전투만이 우리가 할 수 있는 모든 것이었다.

사흘간의 휴식 아닌 휴식이 순조롭지는 않았다. 사흘간 쏟아지는 비는 지미의 포격을 잠재웠다. 화약이 눅눅해져 포격은 불가능했다. 그러자 적군은 포격 대신 조롱과 협박으로 나왔다. 성벽에서 불과 30미터 거리 저쪽에서 해자를 에워싸고 있는 그들의 외침이 선명하게 들렸다. 일부는 맨 앞에서 고개를 드러낸 채 손가락으로 목을 치는 시늉을 하거나 주먹감자를 내미는가 하면 이렇게 비웃었다. "이제 곧 파티가 열릴 거야!"

ooo

9월 10일. 잠을 이룰 수가 없었다. 그 상황에서 아무 때나 이루어질 적의 최후의 공격은 기정사실이었기에 굳이 예측할 필요조차 없었다. 단지 우리가 할 수 있었던 것은 적으로부터, 적의 카바예로스부터 최대한 뒤로 물러서는 것이었다. 동시에 차선책으로 적의 화력이 가장 집중된, 그리하여 거대한 웅덩이로 변한 지점에 적의 첫 공격에 대비한 최후의 방어선을 설정하는 것이었다. 밤새 양군 사이에는 공허한 죽음이 늘어나고 있었다.

그동안 나는 포격이 남긴 풍경을 수없이 보아왔지만 그날 밤은 할 말을 잃었다. 통상적으로 포탄은 성벽을 깨거나 지붕에 구멍을 뚫는 정도에 그친다. 그러나 장시간의 집중포격은 우리의 성벽 가장자리를 뭉툭한 물결 형태로 바꾸어놓았다. 마치 수천 년에 걸친 침식작용으로 깎여 내린 절벽처럼.

세차게 내리던 비가 가늘어졌다. 밤하늘에는 달이 여전히 비구름에 갇혀 있었다. 나는 무자비한 포격이 남긴 흔적들 사이로 발걸음을 떼었다. 부러진 포가(砲架), 버려진 무기, 울타리 방어벽의 잔해가 사방으로 널브러져 있거나 웅덩이에 처박혀 있었다. 온 세상의 어둠과 침묵과 비애가 나를 짓눌렀다. 문득 집으로 돌아가고 싶었다. 나는 해변을 향해 발길을 돌렸다.

아멜리스는 잠들어 있었다. 나는 그녀를 흔들어 깨웠다.

"앙팡은?"

그러나 그녀는 혼수상태였다. 지독한 탈진과 굶주림이 이미 그녀를 사지로 몰아넣은 뒤였다. 그녀가 눈을 떴다. 퀭한 눈을. 나는 지금도 기억한다. 그 어두운 해변을, 그 비참한 천막을. 나는 무릎을 꿇고서 실오라기 하나 걸치지 않은 채 땀을 흘리며 축 늘어져 있는 그녀를 가만히 껴안아주었다. 온몸이 불덩이였다. 안타까웠다. 그녀를 지켜주지 못해 마음이 아팠다. 나의 체온을 느꼈던 것일까. 그녀가 얼굴에 엷은 미소를 지으며 손가락으로 내 뺨을 어루만졌다.

"마르티, 여기 있었네." 그녀가 속삭였다. 그러나 그녀의 환희는 죽음을 앞둔 병자의 반응이었다.

"제발, 아멜리스! 앙팡은?"

만일 앙팡이 죽으면 나로서는 그 어떤 것도 의미가 없었다. 그들을 거둔 지 7년의 세월이 흘렀지만 내가 진실로 그들과 결합한 것은 고결함이 아니라 진부함으로 축적된 일상이었다. 여기에는 무의미한 것들이 합쳐진 것 외에 그 어떤 의미도 없었다.

다시 포성이 들렸다. 천막이 세차게 흔들렸다. 나는 그 포성이 부르봉군의 총공격이자 최후의 공격임을 직감했다. 삼각모를 푹 눌러썼다. 당장 보루로 돌아가야 했다. 내가 막 천막을 빠져나가는데 그녀가 혼잣말을 중얼거렸다. 베세이테. 나는 그녀가 '베세이테'를 중얼거렸던 것으로 기억한다. 아라곤의 조그만 마을 베세이테는 내가 부르봉군과 미켈레테들 사이에서 수모를 당하던 그녀를 처음 만났던 곳이다. 그녀는 자신의 뺨을 어루만지면서 애원했다. 금방이라도 죽을 사람 같았다.

"마르티, 그건 산딸기를 으깬 거야. 가지 마. 제발. 그건 산딸기라니까."

그녀가 나를 향해 양팔을 뻗었다. 나는 망설였다. 내가 할 일이 나를 그곳에서 나가라고 다그쳤다. 그러나 그녀 역시 내가 거두어야 할 존재였다. 그녀는 나를 귀찮게 하거나 한 번도 자신의 고통을 털어놓은 적이 없는 당찬 여자였다. 나는 나가다 말고 돌아섰다.

그녀의 몸은 너무 여위어서 껴안기도 불안할 정도였다. 껴안으면 금방이라도 부서질 것 같았다. 정작 나를 비통하게 만든 것은 나의 무력함이었다. 나에게는 그녀의 고통을 일시적이나마 진정시킬 수 있는 게 없었다. 그녀가 음악상자를 찾았다. 나는 부서진 음악상자를 열었다. 소리가 나지 않았다. 당연한 일이었다. 그러나 그녀가 엷은 미소를 지었다.

"안 들려? 우리 아빠가 만든 거야. 그리고 이 음악을 골랐던 거야. 아름답잖아, 그렇지?"

나는 죽어가는 사람을 속일 수는 없었다.

"내 고쳐줄게. 꼭 고쳐줄 거야."

"마르티!" 그녀가 애원했다. "들린다고 말해줘!"

내 귀에는 들리지 않았다. 그것은 부서진 상자였다. 적의 포격에 부서진 무수한 것들 중의 하나일 뿐이었다. 나는 대답 대신 한숨을 내쉬었다. 그녀는 고열로 인한 정신착란 상태에서도 내 마음을 다 알고 있는 듯 심연의 눈으로 나를 쳐다보았다.

"마르티, 그거 있잖아? 너는 너야. 너는 그 음악을 듣지 않아. 그건 너의 장점이자 너의 한계야. 네가 그 음악을 듣고 싶어 했으면 들었을 거야. 하지만 너는 그럴 수 없어. 너는 그걸 믿지 않거든. 믿으려고 생각조차 하지 않거든." 그러더니 이렇게 덧붙였다. "너는 그 음악을 수천 번이나 들었어. 그런데 지금은 왜 안 들어? 상자는 상자일 뿐이야. 언젠가는 부숴버려야 했던 상자일 뿐이라고."

나는 그녀가 나를 똑바로 쳐다보도록 얼굴을 붙잡았다.

"아멜리스, 해변을 떠나지 마. 무슨 일이 일어나더라도 해변을 떠나지 말라고! 혹시 밖으로 나갔다가 모래가 아닌 곳을 밟게 되거든 이 천막으로 다시 돌아와야 한다고."

"내가 보살필 거야, 대장."

앙팡이었다. 앙팡과 난이 이제 막 천막으로 들어섰다.

"어디 있었던 거야?" 내가 으르렁거렸다.

앙팡이 대답 대신 당돌한, 동시에 가소롭다는 표정을 지었다.

"잘 들어!" 나는 녀석의 대답을 더 기다릴 수 없었다. "오늘과 내일, 이 해변을 벗어나선 안 돼. 너도, 아멜리스도, 난도. 앙팡, 네가 책임져야 해. 알았어?"

녀석과 실랑이를 벌여봤자 시간 낭비였다.

"앙팡, 엄마 알지?"

"모른다는 거, 대장도 알잖아."

나는 아멜리스를 가리켰다. 그녀는 이미 잠들어 있었다. 아니, 섬망 상태에 빠져 있었다.

"만일 이 세상에 존재하는 모든 어머니들 중에서 한 사람만 고른다면, 너는 다른 엄마를 고를 거야?"

녀석이 아멜리스를 내려다보았다. 어두운 천막 안에 빛이라고는 지쳐 보이는 촛불 하나가 전부였다. 그 촛불이 떨고 있었다. 여러분이 허용한다면, 나는 그 우울하고 연약한 촛불 하나로도 모든 감동을 자아낼 수 있다고 말할 것이다.

아, 사신의 연약함으로 이런 정경을 만들어낼 수 있다니, 얼마나 아름다운가! 촛불이 없었으면 우리 네 사람은 결코 함께하지 못했을 것이다. 우리의 삶은 다른 삶이자, 훨씬 더 불행한 삶이었을 것이다.

앙팡이 숨을 깊숙하게 들이쉬었다. 그의 입에서 처음으로 어린애가 아닌 어른의 말이 흘러나왔다.

"알았어요, 대장. 내가 보호할게. 무슨 일이 있어도 이 해변에서 나가지 않을 거야. 약속할게."

마르티 수비리아는 항상 기쁘고 만족하지 않았던가! 항상? 아니다. 항상 그랬던 것은 아니다.

15

그렇게 우리는 1714년 9월 11일을 맞이했다. 포위전이 시작된 지 1년 여 뒤다. 새벽 네 시 반, 부르봉군의 대공격은 가공할 만한 포격과 함께 시작되었다. 부르봉군 1만 명이 10여 개의 군기와 검을 빼든 장교들의 지휘와 긴 창을 손에 든 하사관들의 안내에 따라 성벽에 뚫려 있는 돌파구로 밀려들었다. 나는 당시 아군 500명 정도만 거기 있었으면 적들을 저지했을 것이라는 말을 믿지 않는다.

　9월 11일을 시간의 흐름에 따라 이야기하는 것은 불가능하다. 지금도 내 자신이 이해할 수 없는 것은 내 삶에서 가장 긴 하루가 연속된 게 아니라 고립되거나 따로 분리된 판화 같은 이미지로 남았다는 것이다. 나는 해변의 천막에서 나오자마자 거리로 들어섰다. 온 도시의 종루들이 미친 듯이 종을 때려대고 있었다. 혼돈, 한마디로 혼돈 상태였다. 나는 궁금했다. 우리의 지존의 사령관인 성녀는 어떻게 대처할 것인가?

먼동이 트고 있었다. 나는 이미 도시를 빠져나간 친프랑스파의 대저택인 카사몬세라트의 테라스로 올라갔다. 포르탈노우와 산타 클라라 보루가 한눈에 들어왔다. 거기서 내가 공병의 눈으로 확인한 것은 절망이었다.

지난 13개월 동안 노예나 다름없는 수난을 겪으면서 우리 자신을 지켰던 대가치고는 너무나 혹독했다. 돌격하라! 거대한 물결처럼 거침없이 밀려드는 적은 성벽과 보루 위에서 응전하는 아군을 무시했다. 아, 이게 내 운명이란 말인가? 세상은 이 순간을 위해 나를 가르쳤다는 말인가? 바르셀로나의 함락을, 모든 주민들의 죽음을 똑똑히 지켜보라고? 더 많은 비명 소리를 듣고, 더 많은 눈물을 흘리고, 절망의 바다에서 침몰하고 있는 배의 난간을 붙잡으라고?

지금 이 순간 내 기억 속 판화들 중의 하나가 떠오른다. 나는 망원경을 통해 돌파구로 인해 양쪽으로 갈라진 성곽을 시켜보고 있다. 갈라진 돌파구로 수천 명의 적이 쇄도한다. 성벽 위에 남아 있는 병사는 한 노인과 한 청년뿐이다. 노인이 화약을 채워서 청년에게 넘기면 청년은 아래를 향해, 쇄도하는 백색 제복들을 향해 방아쇠를 당긴다. 화약을 다시 채우는 노인의 손길이 더디다. 청년은 더 기다리지 못하고 총검 달린 소총을 적을 향해 내던진다. 시야가 흐려진다. 나는 눈을 닦고 나서 다시 망원경을 들여다본다. 그사이 성벽 위로 올라온 부르봉군이 노인과 청년을 에워싼다. 중상을 입은 노인과 청년을 무릎 꿇게 만든다. 개머리판을 휘둘러 그들을 성벽 아래로 밀어버린다.

이미지들. 온통 혼란스러운 이미지들이 간헐적으로 이어진다. 소년들이 적의 수류탄병들에 맞서 울타리에 설치된 '신무기'의 끈을 잡아당긴다. 코로넬라 소속 시민군들이 수류탄을 투척하며 마지막까지 저항하지만 끝내 죽어간다.

이미지들. 하나같이 비극적이다. 그러나 비극 자체를 강요하는 거기에는 모든 것을 초월하는, 정의로운 자들의 기억 속에 신성화된 인물이 나타난다. 돈 안토니오 데 비야로엘 펠라에스. 어찌된 일인가? 그가 왜 아직까지 바르셀로나에 있단 말인가? 지금쯤 공해상에 있어야 할 그가 거기, 고위 지휘관들의 작전회의에 들어선 것이다. 걸걸한 목소리와 함께.

돈 안토니오는 비엔나로 갔어야 했다. 그는 카를랑가스의 제국 황실에서 안위를 보장받으며 자신의 미래를 담금질할 수 있었을 것이다. 그런데 그가 바르셀로나에 남아 있었다. 사실 그는 마지막 순간까지 정부의 결정이 번복되기를, 자신의 지휘권을 되돌려주기를 기다렸다. 하지만 그의 뜻대로 되지 않았다. 그는 미련 없이 떠났다. 그러나 도중에 발길을 돌렸다. 그는 자신이 영원한 형벌의 굴레에서 벗어날 수 없는 존재라는 것을, 아무리 발버둥 쳐도 아무것도 변하지 않는다는 것을 이미 알고 있었다. "또 하나의 병사로서 그들과 함께 죽을 수 있기를!" 그의 마지막 말이었다. 세상에는 왜 그런 인간들이 존재하는가? 나는 모른다. 내가 아는 것은 딱 하나, 그런 인간들을 사랑하지 않을 수 없다는 것이다.

잠시, 아주 잠시 나의 눈과 그의 눈이 마주쳤다. 순간 나는 무슨 말을 해야 할지, 무엇을 해야 할지 몰랐다. 그의 귀환이 갖는 의미에 대해서 적절한 말이 떠오르지 않았다. 그때 그 순간을 떠올리면 지금까지도 마음이 편하지 않다. 왜냐하면 내가 아는 그는 한 번도 자신이 겪는 희생에 대해 변명한 적이 없었기 때문이다. 그 짧은 순간에 제복을 여미고 허공을 응시하면서 이런 푸념을 내뱉은 것 외에는.

"빌어먹을 갤리선 때문에."

한편 9월 11일 우리 정부의 수장인 라파엘 카사노바도 비야로엘의 위대함에 옷깃조차 스칠 수 없는 그릇이었지만 자신의 역할을 수행했다. 만일 내가 후한 성격이면 카사노바가 불행하기보다는 비극적인, 자신의 양심과 존재 이유와 조국을 위한 투쟁 의지에 함몰된 존재였다고 말했을 것이다. 그러나 우연일지라도 관대하지 못한 나는 그가 진정 조국이 자신을 사랑해주기를 열망했다면 조국을 위해 희생할 준비를 미리 갖추어야 했다고 생각한다. 반면에 비야로엘은 세상의 모든 카사노바 같은 부류들과는 달랐다. 그는 카탈루냐인이 아니었지만 마지막 순간까지 과연 어떤 게 최선인지를 이해한 인물이었나.

돈 안토니오는 지휘권을 분리했다. 다시 말해 일부는 자신이 직접, 나머지는 카사노바에게 에울랄리아 성녀의 깃발과 함께 지휘하도록 만들었던 것이다. 관례에 따르면 에울랄리아 성녀의 성스러운 깃발은 도시가 절체절명의 위기에 내몰렸을 때 사용한다. 절체절명의 위기란 어떤 때를 말하는가? 바로 9월 11일 같은 날이다. 그는 에울랄리아 성녀의 깃발만이 바르셀로나인들의 '사기'를 북돋을 수 있다고 판단했다.

문제는 최고 정치 지도자가 전쟁을 지휘해야 한다는 성스러운 전쟁 교범의 조항이었다. 그것은 겁쟁이 카사노바가 직접 전쟁에 나서야 한다는 의미였다. 과연 누가 그 겁쟁이에게 제복을 입힐 것인가. 미치지 않고서는, 그의 복부에 총검을 들이대지 않고서는 그를 설득하는 것은 쉬운 일이 아니었을 것이다. 무관이 정치에 관여하지 않는 것과 마찬가지로 정치인은 군사적인 일을 수행해서는 안 되지만 일단 코로넬라의 지휘자로 임명된 이상 황금 표장이 달린 제복을 입고서 비쩍 여윈 말에 올라 군대를 진두지휘해야 했다. 내 눈에는 검을 높이 들어 올린 제복 차림의 그가 새로운 직책에 어울리지 않는 인물을 연기하도록 강요당한 배우처럼 보였다.

카사노바 일행이 산트 호르디 살롱을 나섰다. 거리의 분위기가 고조되었다. 그가 지나가는 길목마다 절망과 굶주림에 지친 사람들이 모여들었다. 창문과 발코니에서 자주색 성녀에게 입맞춤을 보냈다. 선두에는 똑같은 색깔의 제복을 입고 있는 제단사, 선술집 주인, 땜장이들로 조직된 6대대가 깃발을 들고 행진했다.

나는 한 적색우단을 기억한다. 그들 특유의 암적색 옷을 입은 채 깃발을 중심으로 좌측에서 걸어가던 그가 발코니의 여자들에게 외쳤다. 기도보다는 직접 희생의 길에 동참하라고. 나는 기억한다. 너무 굶주려서 설사 난간을 떼어내더라도 무기보다는 목발로 사용해야 할 여자들의 힘없는 대답을.

"빵을 주면 나갈게요!"

오전 일곱 시쯤에 그 행렬은 절반이 병사들로, 나머지 절반이 무장을 하고 따라나선 사람들로 꼬리를 물었다. 에울랄리아 성녀의 깃발 밑으로 크고 작은 깃발과 대의를 위해 나선 사람들이 하나둘 모여들었던 것이다. 착검을 한 병사들이 그들을 이끌고 보루로 향했다.

그 장면은 화강암만큼이나 딱딱한 그들의 심장마저 녹아내리게 만들었다. 깃발이 바람에 흔들릴 때마다 마치 에울랄리아가 소생한 것처럼 보였고, 너무나 앳되고 너무나 슬퍼 보이는 그녀가 순교를 향해 거침없이 나아가는 그들을 지켜주는 것 같았다.

판화들. 내 뇌리에 각인된 장면들. 나는 포 뒤에서 눈물이 그렁그렁한 눈으로 긴 행렬을 바라보고 있던 코스타를 기억한다.

"뭐하고 있는 중이오!" 내가 소리쳤다. "화약도 지원해주지 않고 왜 우는 거냐고요?"

그가 고개를 가로저으며 손바닥을 펼쳤다.

"이미 바닥이 났소."

성녀를 따르는 병사들과 분노한 시민들이 반격에 나섰다. 목적은 단 하나, 포르탈노우에서 산타클라라까지 성벽을 점령한 부르봉군을 격퇴하는 것이었다. 그들의 기세는 하늘을 찔렀다. 사기가 충천한 그들에게 적을 몰아내는 것은 지브롤터해협에서 빼낸 바위를 진시하기 위해 산타마리아델마르로 가져갔다가 다시 가져오는 것보다 쉬운 일이었을지도 모른다. 양떼처럼 몰려드는 그들에게 중요한 것은 적을 죽이는 것보다 성녀의 깃발을 지키는 것이었다. 그들은 적의 무자비한 총격에 굴하지 않았다. 수십 명씩 쓰러졌지만 물러서지 않고 전진했다. 이윽고 그들은 폭이 2, 3미터밖에 되지 않는 길을 따라 성곽으로 올라갔다. 양군이 외나무다리에서 맞닥뜨렸다. 그날 무엇보다 눈에 띈 장면은 6대대의 연보라색 제복과 부르봉군의 백색 제복 사이에서 벌어진 총검을 앞세운 육탄전이었다.

그 와중에 카사노바가 다리에 부상을 입고 전열에서 벗어났다. 그는 가마 형태의 의자에 앉은 채 후송되었다. 내 눈에는 지극히 경미한 부상으로 보였다. 그는 최고 지휘자의 이탈이 부하들의 사기를 떨어뜨리는 일이었음에도 자신의 안위부터 챙겼다. 그러면서도 속마음과는 달리 아무 일도 아닌 것처럼 한 손을 들어 자신을 걱정하는 그들에게 이렇게 내숭을 떨었다.

"어서들 가서 우리 병사들에게 용기를 불어넣으시오. 그들이 위험에 처해 있소."

나중에 알았지만 그의 다리에 지혈대를 대었을 때 의사는 이미 그의 사망확인서를 작성하고 있었다. 아무도 몰래 피신시킬 요량으로. 그 이야기는 이쯤에서 그만두자.

이미지들. 격류처럼 쏟아지는 이미지들. 지미의 부르봉군은 도시 중심가로 통하는 모든 길목이 차단되어 있음을 확인하고는 요새 공격 및 방어에 대한 전술이 절대적이지 않다는 것을, 성을 점령하는 게 요새 공격의 끝이 아니라 서곡에 불과하다는 것을 깨닫고서 경악했다. 그는 성곽을 점령하면 의회까지 길을 터줄 것으로 믿던 것이다. 그러나 시민들은 거리에서, 창문에서 저항을 멈추지 않았다. 모든 건물이 보루였다. 거기서 나는 이미 공병으로 변해 있었다. 비좁은 거리에서 소규모 방어선을 구축하는 작업은 일도 아니다. 시민들이 방어벽을 세우는 동안에 병사들은 엄호사격으로 맞섰다.

나는 그러한 방어선들 중의 하나에서 바예스테르와 함께했다. 그는 내가 지휘하던 방어선을 돕기 위해 그곳으로 왔다. 바예스테르. 그의 모습 역시 9월 11일 내 뇌리에 찍힌 또 하나의 이미지이자 판화다. 그는 그날이 그의 삶에서 마지막 여정임을 자각하고 있었다. 그는 적을 향해 방아쇠를 당기며 행복해했다. 그의 행복은 일종의 환희이자 그날 밤을 그대로 끝내지 않겠다고 맹세한 자신을 위한 축제였다.

그는 눈을 뜨기 힘들게 만드는 화약 연기 사이로 무엇인가를 발견하고서 나를 향해 외쳤다.

"저길 봐! 당신 아이들을 보라고!"

나는 고개를 들었다. 성벽에서 길 어귀로 접어드는 곳에서, 적군이 사격을 가하고 있는 쪽에서 어린 악마 두 명이 나타났다. 수백 발의 총알이 날아다니는데 무작정 뛰어오고 있었다. 지금 무슨 짓을 하고 있는 거야? 나는 마음속으로 절규했다. 불과 몇 시간 전에 나와 맹세했던 약속을 깨뜨리다니! 그런데 어딘가 이상했다. 평소의 앙팡이 아니었다. 예민한 후각이 달린 하이에나처럼 찾고 있던 것을 확신하던 그런 모습이 아니었다. 나는 화약 연기와 섬광 사이로 그들이 쓰러지는 것을 보았다. 난이 먼저 쓰러졌다. 앙팡은 걸음을 멈추고 난을 향해 돌아서다가 쓰러졌다. 나는 우박이 쏟아지듯 날아드는 총탄 세례 앞에서 머리를 살짝 숙였다가 다시 들어 올렸다. 그사이 난과 앙팡이 사라지고 없었다. 나는 바예스테르의 소매를 잡아당겼다.

"총에 맞은 거야?" 나는 흐느끼며 물었다. "애들이 어디 있지? 어디 있느냐고?"

바예스테르가 나를 쳐다보며 침묵으로 대답했다. 그때 신음 소리가 들렸다. 빗발치는 총탄과 총성 사이로. "아빠, 아빠……." 앙팡이 죽어가면서 다시 어린애로 돌아가고 있었다. 바예스테르의 안쓰러운 어조가 나에게는 고문으로 들렸다.

"당신을 찾고 있잖소."

앙팡과 난은 그렇게 죽어갔다. 그렇게 모든 게 끝났다. 그 아이는 나를 처음으로, 그러나 죽기 직전에 나를 아버지로 대했다. 순간 내 자신을 유지하던 긴장감이 풀렸다. 나는 한참을 영혼이 달아난 육신으로 남아 있었다. 사실 나는 모른다. 내가 거기서 무릎을 꿇은 채 얼마나 더 있었는지를. 단지 내가 기억하는 것은 내가 정신을 차렸을 때 나를 주시하고 있던 바예스테르의 얼굴이었다.

"난 당신과 함께하겠소."

전투가 계속되고 있었다. 그러나 나한테는 의미 없는 다른 세계의 소란일 뿐이었다. 어지러운 무력감이 나를 지배하고 있었다. 나는 웃었다. 아니, 폭소를 터뜨렸다. 바예스테르가 나를 질질 끌고 가는 동안에 나는 그를, 온 세상을 비웃고 있었다.

바예스테르는 나를 데리고 그곳을 벗어났다. 도중에 페레트를 만났다. 나는 그의 얼굴에 나타나는 불길한 예감을 알고 싶지 않았다. 보고 듣고 있는 모든 게 거꾸로 뒤집혀지는 꿈을 꾸고 있는 것 같았다. "내가 거기, 해변에서 절대 벗어나지 말라고 그렇게 타일렀는데." 나는 내가 그렇게 말했는지 아니면 생각했는지 그건 모른다. "이봐, 마르티, 여기가 해변이라고." 페레트가, 어쩌면 다른 유령 같은 누군가가 나한테 그렇게 대답했는지 그것도 모른다. 그때서야 나는 발밑을 내려다보았다. 모래밭에 그대로 무릎을 꿇었다. 축 늘어져 있는 아멜리스 앞에서. 그때서야 아까 전에 떠올렸던 질문이 되살아났다. 앙팡은 나한테 무엇을 알리고 싶어 했을까? 대체 어떤 중요한 일이 나를 찾으라고 그 아이의 등을 떼밀었을까?

"유탄을 맞은 거야." 누군가의 목소리가, 어쩌면 페레트일지도 모르는 목소리가 말했다.

나는 아멜리스의 죽음을 거부하는 것조차 귀찮았다. 그동안 나는, 아니 우리 모두는 너무 많은 시신을 보아왔다. 그녀의 손톱 밑으로 나타난 푸르스름한 색깔이 모든 것을 대변했다. 바예스테르가 주먹으로 입을 틀어막고 흐느꼈다. 1714년 9월 11일. 우리 모두는 고통들이 우리에게 들어오려고 줄을 서야 할 만큼 지독한 고통을 겪고 있었다.

나는 그녀의 뺨에 내 뺨을 갖다 댔다. 그녀의 뺨은 이미 차갑게 식어 있었다. 죽음은 차갑다. 차가운 시신은 되살아나지 않는다. 그러나 그녀는 소생했다. 마치 땅바닥에 떨어진 물고기가 팔딱 뛰듯 상체를 벌떡 일으켰다. 다들 흠칫 놀라 한 걸음 물러섰다. 나는 반짝 뜨이는 그녀의 눈을 보았다. 그녀의 눈은 모든 것을, 온 세상을 담고 있었다. 그녀의 손이 내 옷을 붙잡았다. 무슨 말을 하고 싶어 했다. 그때서야 나는 알았다. 그녀의 영혼이 영원히 떠나기 직전에 다시 돌아왔음을.

내 기억에 따르면 일순 전투가 멈추었다. 마치 세상의 모든 소리들이 그녀의 이야기를 들으려 하는 듯. 그러나 나는 그럴 일이 없다고 생각했다. 그때까지만 해도 이 세상에서 일어날 수 있는 모든 잔혹한 일은 다 일어났지 않았던가. 하지만 그녀는 내가 아버지로서 들을 수 있는 끔찍한 세 마디 말을 남겼다. "마르티, 앙팡을 부탁해." 그녀는 그 말을 끝으로 세상을 떠났다. 그녀의 육신이 아니라 영혼이 축 처졌다.

나는 한참을 마음속으로 묻고 또 묻고 있었다. 그녀의 간청이 불가능하다는 현실 앞에서, 이미 늦었다는 현실 앞에서 어떻게 할 것인가? 그녀의 유언 같은 마지막 부탁이 나를 견딜 수 없는 아픔으로 남겨둔 이 세상에서 나는 어떻게 할 것인가? 아멜리스는 앙팡이 죽었다는 사실을, 그녀를 구하고자 나에게 도움을 청하러 오다가 죽었다는 사실을 알 리가 없었다. 나를 지켜보던 바예스테르까지 곤혹스러운 모양이었다. 고개를 숙이고 있다가 나중에는 아예 다른 쪽으로 돌려버렸다. 나를 쳐다보지 않으려고.

○○○

판화들. 이어지는 9월 11일의 이미지. 나는 도시를 지키기 위해 끝까지 싸우다 죽어간 자들의 무덤인 위대한 공동묘지 '포싸르 데 레스 모레레스'에서 모포로 감싼 아멜리스의 육신을 안고 있다. 가증스러운 전투가 지속되고 있지만 나와는 상관없는 일이다.

"우리 편 맞아요?" 관리인은 부르봉군의 시체로 신성한 땅을 더럽히지 못하도록 지시한 정부의 지침을 들이대며 물었다.

나는 대답조차 귀찮았다. 나의 유일한 동행인 바예스테르가 주먹을 들어 올리자 관리인이 슬그머니 물러났다.

나는 시신을 안고 구덩이로 내려섰다. 거대한 분화구였다. 무덤은 적색우단의 선견지명으로 5층 형태였지만 무수한 시신들로 인해 이미 지상 높이까지 차올라 있었다. 나는 포성이 울리는 가운데 아멜리스를 묻었다. 무릎을 꿇은 채.

유탄. 온갖 위험과 폭행과 굶주림을 겪으면서 살아남았던 그녀를 유탄 한 발이 죽였다니. 어처구니가 없었다. 내 자신이 바로 그 유탄이라는 생각을 피할 수 없었다.

"내가 죽인 거야." 나는 자책감의 눈물을 참지 못하고 흐느꼈다. "아멜리스도, 앙팡도, 난쟁이도, 아니, 모두 다 내가 죽였다고!"

"죽이다니, 왜 그런 말을?" 바예스테르가 따지고 들었다.

나는 참았던 속마음을 털어내기 시작했다.

"부르봉군의 참호를 설계한 자가 바로 나였거든. 거기, 부르봉군에게 붙잡혀 있을 때였어. 나로서는 우리 도시를 위한답시고 그 일을 했지만 결과적으로는 내 자신을 속였던 거지."

나는, 맹세컨대 나는 그가 당장 내 목을 베어주기를 원했다. 베세이테에서 그렇게 사정했던 것처럼.

"지금 무슨 말을 하는 거야?" 그가 소리쳤다. "그 빌어먹을 각도니, 상황판이니, 컴퍼스가 대체 뭐란 말야? 제발이지 그놈의 잉크병에서 빠져나와 그냥 싸우라니까!"

"나는 최고의 것을 만들었어. 도시를 위해서도 아니고, 나를 위해서도 아닌 오로지 공병을 위해서. 완벽한 참호, 그것은 모든 마가논의 꿈이었지. 나는 완고한 도시 앞에서 내 힘으로 참호를 완성하기 위해 모든 방도를, 모든 트릭을 동원했어. 나의 스승인 보방을 뛰어넘고, 보방의 사촌에 맞서 승리하고 싶었어. 나는 스스로의 유혹에 빠졌고, 그러고는 그 뒤에 내 자신을 숨겼지. 그랬던 내가 나의 오점을 지울 수 있는 유일한 방법은 형벌 받은 도시로 돌아와서 내 손으로 내 목숨을 내맡기는 것밖에 없었어."

그가 나를 붙잡고 나가려고 했다. 그러나 나는 그를 뿌리쳤다.

"당신은 진짜 나쁜 게 뭔지 알아?" 나는 그런 나를 판결해달라며, 아니, 부디 형벌에 처해달라며 그의 눈을 쳐다보았다. 이어 내 스스로를 이렇게 판결했다. "만일 내가 진정으로 공병이 아닌 내 가족을 사랑했다면, 얄팍한 자부심이 아닌 진정한 애정을 쏟았다면 그 어떤 참호도, 그 참호가 좋든 나쁘든 설계하지 않았을 거야. 정직한 자들은 절대로 악마를 섬기지 않거든. 그게 좋은 악마든,

나쁜 악마든."

"하지만 당신은 그 악마를 피폐하게 만들었잖아." 그는 나를 옹호했다. "참호를 엉망으로 만듦으로써 이 도시가 며칠이라도 더 견딜 수 있게 해주지 않았느냐고."

"그래서 그게 어쨌다는 거야? 봐, 당신 주위를 돌아보라고. 이 마당에 내가 살아남는다면 나는 저들에 형벌을 가한 장본인으로서 반드시 책임을 질 수밖에."

그가 고개를 저었다. 그러나 나는 주장했다.

"진실은 어디 있지? 우리들의 행동에, 아니면, 우리의 행동을 이끄는 감정에? 게다가 나는 참호를 사랑도 아니고 애국심도 아닌 오만함으로 설계했어. 그러니 이제 내 가족의 죽음에 내 목숨을 내맡길 수밖에."

나는 흐르는 눈물을 억제할 수 없었다. 바예스테르가 한쪽 무릎을 꿇고서 양손으로 내 얼굴을 붙잡고는 무시무시한 눈길로 내 눈을 주시했다.

"당신 문제가 뭔지 알아?" 그가 말했다. "오로지 산 자들을 위해 싸운다는 거지. 프랑스와 에스파냐 그리고 적색우단들은 내 아버지를 죽였고, 내 어머니를 죽였고, 내 형제를 죽였어. 나는 많은 죽은 자들을, 내가 놈들에게 복수하지 못할 거라고 생각하는 자들을 알고 있지. 그러니 일단은 싸워야 해. 산 자를 위해서 싸우지 말고, 죽은 자를 위해서도 싸우지 마. 그냥 싸우는 거야. 물론 새로운 세대는 우리들의 행동을 저주할지도. 왜냐하면 우리는 잘못을 범했기 때문에, 왜냐하면 우리는 실패했기 때문에. 하지만 나는 그래도 좋아. 어차피 그럴 바엔 아무것도 안 하는 것보다 무언가를 하는 게 덜 부끄러울 테니까."

그러나 나는 여전히 무릎을 꿇은 채 눈물을 흘렸다. 그가 벌떡 일어섰다. 그리고 마치 거인처럼 보이는 모습으로 나를 내려다보며 이렇게 덧붙였다.

"당신은 진짜로 이 세상이 당신의 그 빌어먹을 참호를 중심으로 돌고 있다고 생각하는 건가? 그렇다면 내가 당신에게 말하고자 하는 것도 알고 있지? 내가 원하는 건 그게 당신 인생에서 최고의 작업이었으면 한다는 거야. 만일 그게 아니면 대체 무슨 장점으로 저 백색 제복들에게 맞설 수 있겠나?"

이어 그는 내 손을 붙잡고 일으켜 세우는 남자들만의 멋진 장면을 보여주었다.

"자, 가자고!"

우리는 다시 전쟁터로 돌아갔다. 나는 그를, 그의 일행을 뒤따랐다. 내가 그들을 뒤따른 것은 그 순간만 해도 내 가족이, 아멜리스와 앙팡과 난이 없는 세상에서 더 살아남을 욕심이 없었기 때문이었을 것이다. 그리고 내 참호도.

우리는 성 뒤쪽에 있는 해자에서 부르봉군을 저지하고 있던 코로넬라 소속 부대를 보는 순간 깜짝 놀랐다. 비가 내리는 가운데 그들이 은신하고 있는 해자는 울타리 방어벽이 채 완성되지 못한 데다 진흙탕이라서 독 안에 든 신세나 다름없었기 때문이다. 아니나 다를까, 부르봉군이 그들을 향해 밀려들고 있었다. 우리는 다급하게 해자로 뛰어들어 그들을 다그쳤다.

"어서 여길 빠져나가라! 뒤로, 뒤로 물러나라!"

나는 해자 뒤쪽으로 나 있는 거리를 가리키며 소리쳤다.

"건물로 들어가라! 창가에 붙어서 응전하라!"

우리는 진흙탕 속에서 빠져나가지 못한 병사들을 밀어냈다. 부르봉군이 몰려들었다. 수십, 수백 명의 백색 제복들이 착검을 한 소총을 들고 해자 안으로 뛰어들었다. 아군과 적군이 해자 안과 가장자리에서 육탄전을 벌였다. 일단은 해자에서 빠져나가야 했다. 그러나 내가 막 해자 위로 올라섰을 때 뒤에서 누군가가 내 목을 움켜쥐더니 사정없이 끌어당겼다. 지금도 나는 기억하고 있다. 진흙탕에 처박히면서도 내 뇌리에 퍼뜩 스쳤던 생각을. '뒤에서 등을 찌르면 될 텐데, 왜 안 찌른 거지?' 그 의문은 금방 풀렸다. 내 목덜미를 움켜쥔 자는 나의 선량한 친구 바르두에농슈였다.

바르두에농슈의 부하들은 착검을 한 소총으로 해자 안을 말끔하게 청소했다. 그러나 그날은 그에게 운명의 날이었다. 그의 말끔한 백색 제복은 진흙투성이였고 그의 얼굴은 벌겋게 상기되어 있었다. 그의 흉갑도 붉은 피로 물들어 있었다. 그가 검으로 내 코를 겨냥하며 입을 열었다.

"친구, 항복하시지."

"천만에!" 나는 콧방귀를 뀌었다. "절대로 그럴 일은 없을걸!"

여러분이 알고 있듯 나 '긴 다리' 수비는 포위전이 시작된 뒤부터 어떤 상황에서나 똑같은 행동을 반복한 적이 없다. 나는 페레트에게 훔친 검조차 없었던 터라 궁여지책을 떠올렸다. 그가 눈을 뜨지 못하도록 손으로 몰래 흙을 집어 그의 얼굴에 뿌리고 재빨리 도망친다. 나는 실제로 그 고귀한 계책을 실행에 옮겼다. 바르두에농슈가 얼굴을 닦으며 내 뒤를 따랐다. 나는 해자의 절단면 앞에서 주춤했다. 하는 수없이 죽은 자의 소총을 집어 들었다. 바르두에농슈가 나에게 검을 겨누며 깊은 숨을 몰아쉬었다.

"이러지 말자고." 그가 말했다.

불쌍한 바르두에농슈. 불쌍한 나 수비리아. 우리는 불쌍한 존재였다. 그의 말투에는 후회보다 연민의 정이 잔뜩 묻어 있었다. 나는 고양이, 아니 호랑이 앞에서 벌벌 떨고 있는 생쥐 같은 기분이 들었다. 상상해보라. 달덩이 크기만 한 아라비아 숫자 '0'을. 물론 내가 말하는 '0'은 유럽 최고의 검객으로 평가받는 바르두에농슈를 물리칠 확률을 의미한다.

지금도 나는 믿고 있다. 나, 마르티 수비리아가 9월 11일에 진흙탕인 해자에서 죽었을 거라고. 그러나 나는 살았다. 바로 그때 바예스테르가 가장자리에서 표범처럼 뛰어들며 바르두에농슈를 덮쳤다. 그때부터 두 사람은 뒤엉킨 채 진흙탕 바닥에서 나뒹굴었다. 나는 절호의 기회를 놓칠 바보가 아니었다. 내 긴 다리를 쭉 뻗어 웅덩이 가장자리를 훌쩍 뛰어넘었다.

사방이 백색 제복이었다. 온통 프랑스군이었다. 그 와중에도 바르두에농슈의 부하들은 그들의 대장을, 미켈레테들 역시 그들의 대장인 바예스테르를 보호했다.

한편 도시 전체에서 벌어지는 전투는 더욱더 격렬해졌다. 부르봉군이 우세를 보이는 가운데 시내에서만 4만 개 이상의 총구가 연타로 때려대는 북소리에 맞추어 불을 뿜었다. 아군은 서서히 밀려나고 있었다.

내가 바예스테르의 이름을 부른 것은 그때가 두 번째였다.

"에스테베!" 나는 웅덩이 가장자리에 바짝 엎드린 채 울부짖듯 소리쳤다. "나와! 거기서 나오라고! 당신은 저자가 누군지 모르고 있어! 어서 나오라니까!"

 바예스테르는 프랑스군 대장이 무예 면에서 훨씬 더 나은 검술 교육을 받은 인물임을 파악했다. 그러나 비좁은 진흙탕에서 서로 뒤엉켜 뒹구는 탓에 바르두에농슈의 장점은 실질적인 도움이 되지 못했다. 그의 장점인 검술을 적용할 기회가 생기지 않았다. 두 사람은 검 대신에 온몸으로 짐승처럼 때리고 물어뜯고 할퀴었다. 하지만 시간이 흐르면서 바예스테르가 밀리기 시작했다. 차츰 버틸 힘이 떨어지는 순간 바르두에농슈가 몸을 빼내 한 걸음 뒤로 물러나더니 재빠르게 검을 뻗어 상대의 복부를 찔렀다. 손잡이가 닿을 때까지 깊숙하게 밀어 넣었다. 바예스테르는 상대의 검이 자신의 몸을 뚫고 나온 상태에서 고개를 돌려 위를 올려다보며 최후의 당부를, 내가 무덤까지 갖고 가야 할 말을 내뱉었다.

 "어서 가! 당신은 우리보다 더 중요한 일을 해야 해!"

 그러나 혈전은 그대로 끝나지 않았다. 바예스테르가 부들부들 떨리는 쇠꼬챙이 같은 손가락으로 상대의 눈을 노리자 바르두에농슈가 다급하게 고개를 뒤로 젖혔다. 치명적인 실수였다. 검을 포기하고 한 발짝 뒤로 물러나야 했지만 검객의 세계에서는 손에서 무기를 놓는다는 게 불명예스러운 일이었던 모양이다. 결과적으로 명예가 그를 죽였던 것이다. 바예스테르는 상대가 고개를 뒤로 젖히는 순간에 턱이 올라가자 그 틈을 놓치지 않고서 사력을 다해서 그의 목덜미를 물었다.

 두 사람은 다시 진흙탕으로 쓰러졌다. 그렇게 뒤엉킨 상태에서 바예스테르의 손이 상대의 몸에서 무엇인가를 찾았다. 피범벅이 된 그의 손에 쥐어진 것은 가죽 주머니였다. 마타로에서 늙은 미켈레테인 부스케츠가 지니고 다니던 총알로 가득 찬 주머니. 바예스테르는 그 주머니를 상대의 입에 밀어 넣었고 바르두에농슈는 온몸에 경련을 일으키며 죽어갔다.

잠시 침묵이 흘렀다. 그사이에 미켈레테들을 제압한 프랑스 호위병들이 그의 대장을 구하러 뛰어갔다. 그들은 한 몸뚱이로 결합되어 있는 두 사람을 떼어냈다. 빽빽한 진흙 망토로 감싸인 두 사람의 모습이 마치 똑같은 자루 제복을 입고 있는 것 같았다. 그들의 여정은 서로 달랐지만 죽음으로써 하나가 되었다. 마치 각자의 운명이 상대의 품에 안겨서 죽기로 정해진 것처럼.

나는 몸을 돌리자마자 죽자 살자 뛰었다. 뛰어, 수비, 뛰라고! 나는 숨이 차서 더 뛸 수 없을 때까지 뛰었다. 그러다가 어떤 길모퉁이에서 쓰러졌다. 모두가 죽었다. 믿기지가 않았다. 아멜리스, 앙팡, 난, 바예스테르와 그의 부하들까지.

전투는 계속되었다. 그날 나는 많은 것들을 보았다. 판화 같은 이미지들. 그날 내가 결코 쓰러지지 않을 거라고 생각했던 용감한 자들은 집으로 도망갔다. 반면에 성벽 주위에는 얼씬도 하지 않았던 겁쟁이들은 도끼를 들고 적에 맞섰다. 그런가 하면 1713년 6월에 반대표를 던졌던 귀족들은 1714년 9월 11일에 도시를 사수하다가 죽어갔다. 그들의 명단을 작성하려면 종이 한 장으로는 부족할 것이다.

우리는 여기서 수많은 질문을, 합법화된 질문을 던질 수 있다. 대체 무엇을 위해 그들은 그렇게 부질없는 희생을 감수했는가? 과연 우리가 사는 세상이 비극적이고 유별난 것들로, 유성처럼 눈부시게 빛나는 운명으로 채워질 가치가 있는 것인가? 오늘 우리는 그날 이후에 일어난 일들을 알고 있다. 우리 장교나 지휘관들은 족쇄가 채워져 카스티야로 이송되었다. 그 첫 번째 대상이 돈 안토니오 비야로엘이다. 성녀 에울랄리아 깃발은 마드리드의 성지인 아토차로 옮겨졌다. 나라 전체는 수십 년 동안 점령군의 제도하에 유지되었다. 그리고 바르셀로나는 살인자인 안트베르펜 출신 도살자 프어 봄의 손아귀에 들어갔다.

오늘 나는 미켈레테의 지휘자들 중의 한 명인 호세프 모라게스를 떠올린다. 점령군은 그를 바르셀로나 전역으로 질질 끌고 다녔다. 그런 다음에 그의 목을 베고 팔과 다리를 잘랐다. 그의 머리는 맹수 우리에 버려졌다가 바르셀로나의 성문에 내걸렸다. 그의 두개골은 반역의 대가를 상징적으로 보여주려는 그들의 의도에 따라서 무려 12년 동안 거기 걸려 있었다. 유해를 돌려달라는 미망인의 호소와 간청에도 불구하고.

모라게스가 당했던 수모보다 더한 수모가 또 있을까? 아마도 마누엘 데스발스의 경우가 그럴 것이다. 그는 육체적인 것에 그치지 않고 죽음에 이르지 못한 고통을 겪었기 때문이다. 우리 사령관들 중의 하나였던 그는 추방될 때 자신의 여생이 어떻게 될지 알 리가 없었다. 그는 유형지에서 100세까지 살았다. 그 누가 상상할 수 있겠는가? 그가 조국이 아니라 타지에서, 집 밖에서 더 많은 삶을 영위했음을. 그는 죽는 날까지 끝내 귀향이 거부되었다. 100년. 한 세기. 오늘 내가 바로 그의 길을 따라가고 있다.

여기서 나는 여자들을 언급해야 하는가? 그들은 전쟁 내내 우리를 지탱해주고 최후까지 보루를 지키도록 우리를 닦달했다. 나는 직물공으로 구성된 코로넬라 부대의 지휘관 프란세스크 데 카스텔비를 언급해야 하는가? 몽상가였던 그는 유형지에서 문학의 길을, 아니, 막다른 길로 들어서서 우리의 위대한 전쟁 연대기를 집필하는 데 평생을 바쳤다. 그는 수십 년 동안 다양한 국적 출신의 참전자들과 서신을 주고받으면서 무려 5천여 쪽의 원고를 집필했지만 아무도 전쟁에 대한 다양한 위업들을 공정한 시각과 증언으로 채운 원고를 책으로 발간해주지 않았다. 그는 끝내 단 한 줄의 글도 내지 못한 채 세상을 떠났다.

물론 나는 그 누구보다도 돈 안토니오를, 돈 안토니오 데 비야로엘 펠라에스를 떠올려야 한다. 그는 영광과 명예를, 자신의 가족과 삶을 포기하면서 이름 없는 자들과 함께 신의를 지키기 위해 모든 것을 바쳤다. 카스티야의 자식으로, 거친 대지에서 좋은 것만 지녔던 그는 바르셀로나 방어를 위해 희생했다. 하지만 그에게 주어진 보상은 무엇인가? 그것은 끝없는 고통과 영원한 망각뿐이다.

나는 여전히 혼미했다. 나는 내 비극을, 죽어서 나에게 아들로 남았던 앙팡을 떠올렸다. 어쩌면 나는 그 아이에 대해 영원히 모를 것이다. 그리고 그 아이는 자기 아버지가 영원히 묻혀버릴 사람들의 자유를 지키기 위해 싸우다 죽었다는 것을, 그런 사실을 감추었다는 것을 영원히 모르게 될 것이다. 나아가 내 아들의 죽음은 나만의 고통은 아닐 것이다. 왜냐하면 우리가 패퇴함으로써, 우리가 죽음으로써 모든 우리들의 자식들은 사실상 승자인 그들에 의해 교육될 테니까.

세상은 그러한 질문에 대답이 없다. 그 대답은 지극히 소수의 주변에, 그 대답을 찾는 바보들에게 있다. 그 모든 게 아무것도 아닌 것이다.

그럼에도 불구하고 의문은 남는다. 우리의 남자들과 여자들은 왜 그 보루에 올라가지 않으면 안 되었는가? 우리는 집에 남을 수도 있었고 폭군에게 문을 열어줄 수도 있었을 것이다. 체념한 채 무릎을 꿇고서 목숨을 구걸할 수도 있었을 것이다. 그러나 우리는 그렇게 하지 않았다. 싸웠다. 최소한의 가능성밖에 없다는 것을 알면서도 장장 13개월간의 무자비한 공포에 맞서다 죽었다. 그런 우리에게 죽음은, 설사 속삭이더라도 자식들에게, 그 자식들이 다시 후대에게 '우리 아버지는 우리의 보루를 지켰다'는 말을 남기기 위해서다. 문득 나는 바예스테르를, 모든 바예스테르를 떠올렸다.

바예스테르가 죽고 나서 나는 죽은 자도 산 자도 아닌 존재가 되어 정처 없이 떠돌았다. 내가 왜, 어떻게, 얼마나 쏘다녔는지는 모른다. 나에게 총성은 귀를 기울일 가치도, 의미도 없는 소리일 뿐이었다. 그때였다. 누군가가 나를 가리켰던 것은.

"돈 안토니오께서 여러분을 기다리고 계십니다."

판화 같은 이미지들, 공허한 것들, 진흙탕들……. 그런데 '돈 안토니오'라는 이름이 죽어가는 것들을 소생시켰다.

나는 느닷없이 도시 한복판인 보른 광장에 있다. 총알이 난무하는 포석이 깔린 거리에서 돈 안토니오가 군대를 소집한다. 군대라니. 살아남은 병사들이다. 코로넬라 부대의 잔류병들, 병원에서 끌려 나온 부상자들, 나이 어린 풋내기들, 여자들. 그리고 사제 두 명까지.

돈 안토니오는 두 번째 반격에 나설 참이었다. 보루를 탈환할 작정이었다. 말도 안 되는 짓이었다. 보른 광장 맞은편에는 부르봉군 수천 명이 이미 진을 친 뒤였다. 실제로 부르봉군의 선두 대열은 이미 사격 자세를 취하기 위해 한쪽 무릎을 꿇었고 나머지는 지휘관들의 지시에 따라 대오를 맞추고 있었다.

돈 안토니오가 맨 앞에서 우리 잔류병들을 향해 짤막하게 연설했다. 그러나 그의 말은 수없이 쏟아대는 총성에 묻혀 들리지 않았다. 그 와중에 수없이 날아들던 총알 하나가 그의 검에 맞고 튕겼다. 나는 지금도 그 금속음을 생생히 기억하고 있다. 돈 안토니오는 마치 그 총알에 답하듯이 자신의 검을 그 어느 때보다 더 높이 쳐들었다. 순간 나는 그를 보았다. 광채에 휩싸인 그의 모습을.

돈 안토니오에게 '행복'이란 그의 기질에 어울리지 않는다. 그는 결코 행복한 적이 없었다. 그에게 행복이란 마치 햇빛을 거부하는 해면동물이 바다 밖으로 나오기 전까지 느끼던 그런 감정일 것이다. 그에게 행복은 먼 나라 일이었다. 그는 늘 개인적인 한계를 넘고자 했으며 자신의 명예가 보상되지 않는 기회를 놓치지 않고 맞닥뜨린 인물이었다. 병사들은 그런 그를 알고 있었다. 그러기에 그날 불가능한 것을 병사들에게 요구한 사람은 그가 아니라 그를 존중하는 병사들 자신이었을 것이다. 그러기에 행복했던 그는 그날 미친 듯이 말을 몰며 그들을 독려했던 것이다.

그런데 내가 그토록 찾고자 했던 그 '말'은? 그것은 우습지도 않는 일이 되고 말았다. 왜냐하면 그 '말'을 반드시 밝히고 말겠다는 일념으로 이 책을 시작하긴 했지만 도중에, 그러니까 한참을 지나다 보니 그 '말'이, 그 유일한 '말'을 찾는 게 중요하지 않았기 때문이다. 게다가 지금 눈앞에서 전개되고 있는 마지막 전투에 이르다 보니 그 '말' 너머에는 더 많은 '말'들이 있었기 때문이다.

내가 그토록 찾고자 했던 그 '말'은 무엇인가? 그것은 바로 백여 개의 상이한 기원을 갖고 있는 '말'들, 즉 그 아이들, 그 여자들, 그 남자들의 입에서 나온 '말'들이다. 돈 안토니오 뒤에 착 달라붙은 채 불규칙한 대열을 이루고 있는 병사들과 말없이 진군할 채비를 갖추고 있는 소수의 기병대가 내뱉는 '말'들이다. 천 명도 못 되는 병력으로 5만 명을 상대한다고 나선 자들의 '말'들이다. 그럼에도 불구하고 사전에는 그 '말'에 대한 어떤 정의가 투영되어 있을 것이다. 어설프긴 해도 결국은 투영될 수밖에 없는 그 '말'이.

그날 우리는 마치 로마제국에 맞선 야만족처럼 울부짖으며 반격에 나섰다. 보른 광장 맞은편에 완벽한 전투 대형을 갖추고 있는 부르봉군에 맞서서, 그들의 빽빽하고 완벽한 대오에 맞서서, 수천 개의 총구에 맞서서. 그들은 총알로 우리를 난도질했다. 목이 쉰 지휘관들의 사격 명령에 따라 일제사격이 반복되었다. 그때마다 앞으로 나아가던 아군들이 쓰러졌다. 그때마다 울음소리가, 신음 소리가, 분노의 외침이 터져 나왔다. 돈 안토니오는 마치 미쳐 날뛰던 야만족의 족장처럼 말 위에서 검을 높이 쳐든 채 부하들을 독려했다. 그러던 그가 총에 맞았다. 당연한 일이었다.

그가 말에서 떨어졌다. 짐승이 그를 덮쳤다. 안장이 그의 우측 갈비뼈를 때렸다. 안장과 포석 사이로 그의 무릎이 끼면서 뼈가 부러졌다. 짐승이 불길 속에서 허우적거리듯 네 발을 정신없이 휘저었다. 목을 비틀어대며 똥을 쌌다. 이유는 모르지만 내 기억 속에는 불쌍한 짐승의 울음소리와 배변이 선명하게 남아 있다. 나는 그 짐승 밑에 깔린 그에게 다가갔다. 그리고 그의 겨드랑이를 붙잡고 끌어당겼다. 그의 눈이 나를 주시하고 있었다.

보아하니 자신이 구출되었다는 사실을 인지하지 못한 눈치였다.

그는 몸이 다 빠져나오지 못한 상태에서 갑자기 내 제복의 가슴팍 깃을 붙잡더니 내 얼굴을 자기 얼굴 가까이로 끌어당기며 중얼거렸다. 내가 그토록 듣고자 했던 그 '말'에 가장 가까운 어떤 말을. 그것은 위풍당당한 로마제국 시대의 황제가 아니라 패배하고 몰락한 장군이 내뱉은 말이었다. 나는 우리 대장의 입에서 나온 말이 아니라 적진에서 넘어온 자의 입에서 나온 말을 들었다. 약한 자들과 피난민들, 소수자들과 저주받은 자들을 통합하기 위해, 그들을 위해 모든 것을 포기하고 자신의 삶을 희생하던 자의 입에서 나온 말을 들었다.

그는 내 귀에 그의 입을 바짝 갖다 대며 이렇게 말했다.

"자기 자신을 내주는 거야."

그 말을 듣는 순간 머릿속이 텅 비었다. 자아가 육신과 분리되었다. 기억이란 진지해질수록 혼돈에 빠지나. 훗날에도 나는 그 순간을 숱하게 되돌아보았다. 그러나 죽음의 진자에 매달린 채 그 순간으로 거슬러 올라갈 때마다 돈 안토니오의 입에서 튀어나온 그 '말'과, 보른 광장에서 쓰러졌던 돈 안토니오의 모습과 죽은 후에도 똥을 싸던 그 짐승과 허공에 날아다니던 수천 발의 총알과 귓전을 때리던 총성이 겹쳐지면서 모든 게 뒤죽박죽되어버린다. 왜 그럴까? 아마도, 아마도 유일한 이유는 그 순간을 온통 흐트러뜨리는 기억 때문일 것이다.

때때로 가을 들판을 거닐다 보면 세월과 함께 완화된 기억이 나를 덮치곤 한다. 그럴 때면 비야로엘이 나타나 억센 손으로 내 제복의 가슴 섶을 움켜쥐고는 도저히 믿기 힘든 상냥한 어조로 이렇게 말한다. "아들아, 네 자신을 내주는 거야." 또 어떤 때는, 그러니까

803

슈냅스 같은 술을 음미할 때면 비야로엘이 무관의 입술로 이렇게 말한다. "네 자신을 내주는 거야. 수비리아, 무조건 내주는 거라고." 또 어떤 때는, 내가 싸구려 술에 취해서 인사불성이 되어 있을 때면 보른 광장에 쓰러져 있는 그가 보방이 되어 이렇게 말한다. "지원생도, 그대는 합격이야."

그렇다. 이제 나는 누가 그 말을 했는지, 무슨 말을 했는지조차 확실하지 않다. 수십 년이, 다시 수십 년이 지났다. 그렇게 해가 뜨고 또 떴다. 하지만 나와 무슨 상관이란 말인가? 먼저 보방은 이렇게 말했다. "너는 깨달아야 해." 나중에 비야로엘은 이렇게 말했다. "네 자신을 내주는 거야." 그리하여 그날 사방에 전투의 잔해가 뒹구는 그 보른 광장에서 그 '말'들은 자체가 지닌 무게로 인해 역설적인 '말'로 변했다. "너는 네 자신을 내줄 때까지 깨닫지 못할 것이며, 깨달을 때까지 네 자신을 내주지 못할 것이다."

돈 안토니오가 장교들에게 에워싸였다. 비야로엘이 간신히 몸을 일으켰다. 바짓가랑이 사이로 뼛조각이 튀어나왔다. 그는 손을 저어 도움을 뿌리쳤다.

"사격하라!" 그가 에스파냐어로 지시했다. "내 앞에서 퇴각은 없다! 아무도, 그 누구도!"

불쌍한 돈 안토니오. 그의 운명이 그를 비웃고 있었다. 9월 11일에 그는 자신이 원하던 영광스러운 죽음에 이르지 못했다. 중상을 입은 그를 호위병들이 질질 끌다시피 데려갔다. 아직도 나는 마치 적을 대하듯 호위병들에게서 벗어나고자 몸부림치던 그의 모습이 눈에 선하다. 그가 그렇게 떠나고 난 뒤에도 우리는 물러서지 않고 전진했다.

비극적인 상황에 처해 있음에도 그렇게 평온해질 수 있었다니, 나는 믿을 수 없다. 아니, 어쩌면 그럴 수 있었는지도 모른다. 최후의 정점에 있다 보면 더 이상은 내려갈 데가 없으니까. 나는 전투를 지휘하면서 중얼거렸다. 좋아, 해보는 거야. 적어도 나는 5점이잖아!

백색 제복들이, 수천 마리의 하얀 바퀴벌레들처럼 보이는 그들이 우리를 향해 일제히 총구를 겨누었다. 우리는 그들을 향해 뛰어가기 시작했다. 그때까지 살아남은 자는 노인들, 과부들, 짐승이 없는 기병대와 기병대 없는 말까지 포함해서 대략 500명이었다. 적의 포병대가 포를 거치하기 시작했다. 다섯 문이었다. 그들은 그들의 보병대 머리 위에서 포격을 가할 참이었다. 나는 뒤로 돌아 뛰기 시작했다. 무작정 뛰면서 생각했다. 저 포탄에는 산탄이 가득 차 있다고. 저 포늘은 백색 바퀴벌레들의 종알보다 먼저 불을 뿜을 거라고. 그리고 그때 보았다. 커다랗고 동그란 입이 뚫린 포 하나가 나를 겨냥하고 있다는 것을, 그 구멍에서 하얗고 노란 섬광이 번득이는 것을. 꽝!

어떤 폭발음이 나를 뒤로 물러나게 만들었다. 10미터, 아니 20미터까지. 순간 나는 내 얼굴에 어떤 일이 생겼다고 자각했다. 기분이 이상했다. 기이한 것은 그 순간에 죽음보다는 어떤 나신이 떠올랐다는 것이다. 그랬다. 나는 이미 저 너머에 있었다. 거기서 아멜리스를 만났고 그녀가 옳았다는 것을 알았다. 그녀가 듣고 싶은 것은 음악이고 그녀가 음악을 듣는다는 것을. 나는, 이미 흉측한 괴물의 얼굴로 변한 나는 폭발음과 울부짖음 너머로 흐르는 그녀의 음악을 듣고 있었다. "네 자신을 내주는 거야. 수비리아, 네 자신을 내주는 거라고."

 그랬다. 나는 훨씬 이전에, 그러니까 부르봉군이 내 목에 올가미를 씌었을 때에, 아니, 그 이전에 보방이 임종을 맞이했을 때에 그 '말'을 이해해야 했었을 것이다. "요약하라, 최상의 방어는?" 그 질문의 대답은 바로 그것이었고, 단지 그것이었고, 거기에 있었다. 우리는 질긴 낙엽이다. 폭발하는 별이자, 소모되는 전설이다. 그 자체가 유일한 보상인 진실이다. 훈련 중에 속옷 사이로 새어나오는 뜨끈한 똥 냄새다. 눈 먼 망원경이고, 쓸모없는 잠망경이고, 탄식이다. 사랑스러운 구덩이고, 우리가 갑판에 서 있을 때 우리를 바라보며 돌고래처럼 웃던 아이다. 강 건너편이다. 지하 감옥의 자물쇠 구멍으로 바깥을 내다보는 것을 인정하는 것이다. 벌집처럼 구멍 난 나의 영혼을, 어긋난 나의 노림수를. "네 자신을 내주는 거야. 수비리아, 네 자신을 내주는 거라고."

 그리고 우리는 저 끝에서, 오, 눈물 흘리지 않고, 유프라테스강과 루비콘강 너머에서 소수자와 가난한 자들, 약한 자들과 불행한 자들의 위안과 이들에게 위대함을 안겨주는 곳을 찾아야 한다. 석양이 어두울수록 다가올 미래의 아침이 더 행복해지는 곳을.

부 록

『빅투스』의 역사적 근거에 대한 짤막한 노트

초고를 읽은 독자들 중에서 몇몇이 이 책의 역사성에 대해 물었다. 나는 그들에게 역사소설의 관습성을, 즉 확인된 자료에 기반을 두되 사적인 영역에서의 허구를 인정하는 관례를 따랐다고 말했다. 이 책에 등장하는 역사적인 인물들의 행적이나 모든 정치적이고 군사적인 사건들은 엄격한 사실에 준거했다. 다행히도 에스파냐 왕위 계승전과 바르셀로나 포위전(1713-14년)에 관한 연대기는 자료가 넉넉해서 상세한 기술이 가능했다. 1713년의 바르셀로나 의회의 논쟁은 당대의 문건에서 그대로 발췌했다. 부차적인 인물들에 대한 행적도 마찬가지다. 이를테면 잔 보방의 남편이 집착하던 현자의 돌에 관한 광기, 주인공 수비리아가 바예스테르를 처음 만나는 베세이테에서의 국지전, 1714년 8월의 전투에 참전한 법대생들과 바쏜스 교수의 죽음, 군사 대표가 이끌었던 원정대와 관련된 일련의 과정 또한 증명된 사실이다. 바르셀로나인들의 저항에 격분한 베릭이 그의 참모들과 나누던 대화들은 공식적인 연대기와 그의 자서전에서 확인했다. 비야로엘과 수비리아와의 소소한 일화는 다양한 사료들을 참조했다. 수비리아에 대한 공식적인 연대기는 충분하지 않지만, 그럼에도 그를 '어떤 장교'라는 지칭과 함께 통역가, 대변인, 비야로엘의 '수석 참모'로 요새전에 참전했음을 다루고 있다. 그는 바르셀로나 포위전(1713-1714년) 이후에 부르봉가의 억압을 피해서 비엔나로 떠난 극소수의 합스부르크파 고위 지휘관들 중의 한 명이다.

에스파냐 왕위계승전쟁 연대기

에스파냐	유럽
1700 • '마법에 걸린 왕' 에스파냐의 카를로스 2세 사망하다.	
1701 • 펠리페 5세[프랑스 필리프]가 에스파냐 왕위 계승을 선언하다.	• 오스트리아, 영국, 네덜란드, 덴마크가 동맹군을 결성하다.
1702	• 동맹군이 '쌍두왕관' 에스파냐-프랑스(부르봉군)에게 선전포고를 하다.
1703	• 포르투갈과 사보이, 동맹군에 합류하다.
1704 • 에스파냐 왕위 계승을 요구하는 오스트리아의 카를 6세가 포르투갈에 도착하다. • 포르투갈군과 영국군이 에스파냐를 공격했으나, 베릭 공작이 이끄는 프랑스군과 에스파냐군에게 패퇴하다. • 루크 제독이 카를 6세가 접수한 지브롤터에 영국 깃발을 게양하다.	• 블린트하임 전투. 프랑스는 병력 4만 명을 잃음.

에스파냐	유럽
1705 • 제노바 조약. 일단의 카탈루냐 대표들이 카를 6세 편에서 전쟁에 개입하기로 영국과 협정을 맺다. • 카를 6세가 임시 수도로 정한 바르셀로나에 입성하다.	
1706 • 펠리페 5세가 바르셀로나를 포위했으나 네덜란드와 영국 함대에게 패퇴하다. • 동맹군이 마드리드를 점령했으나 카를 6세에 대한 악평으로 인해 철수하다.	• 라미예 전투. 프랑스군 패퇴하다.
1707 • 동맹군이 알만사에서 부르봉군에게 패퇴하다. • 부르봉군이 예이다를 점령하다.	
1708 • 부르봉군이 토르토사를 포위하고 점령하다.	
1710 • 알메나르 전투. 사라고사 전투. • 동맹군이 두 번째로 마드리드에 입성하지만 부르봉군의 반격으로 패퇴하다. • 브리우에가 전투. 비야비시오사 전투. • 프랑스군이 히로나를 점령하다.	
1711 • 오스트리아 황제 요제프 1세 사망하다. • 그의 동생 카를 6세가 계승자로 지명되어 바르셀로나를 떠나 비엔나로 출발하다.	

에스파냐	유럽
1713 • 철수협정. • 동맹국은 이베리아반도 내에서 모든 군대를 철수하기로 약조하다. • 6월. 카탈루냐 의회가 무장 항전을 천명하다. • 7월. 바르셀로나 포위전.	• 위트레흐트 평화조약 체결. • 펠리페 5세는 프랑스 왕권에 대한 권리를, 카를 6세는 에스파냐 왕권에 대한 권리를 포기하기로 서명하다. 영국은 군사적 퇴각이 이루어지는 경우에 카탈루냐의 헌정을 보장했던 제노바 조약을 파기하기로 결정하다.
1714 • 9월 11일. 바르셀로나 함락. • 카탈루냐 헌법과 자유가 폐기되다.	
1719 • 에스파냐와 프랑스 간의 전쟁이 발발하다. • 베릭이 이끄는 프랑스군(카탈루냐인 5천 명 가담)이 에스파냐 나바라의 소도시들을 점령하다. • 카탈루냐 전사들이 부르봉군에 맞서 무장투쟁을 지속하다.	
1725	• 에스파냐 제국과 오스트리아 제국 사이에 평화협정이 체결되다.

등장인물_ 『빅투스』의 안팎을 넘나드는 그들의 이야기

- 골웨이, 앙리 마스 드 루비니, 백작 Galway, Henry Massue de Ruvigny, Conde de

  프랑스 출신의 영국군 사령관이자 귀족. 1704년 포르투갈에 파견되어 동맹군을 지휘했다. 1707년 알만사 전투에서 베릭에게 결정적인 패배를 당했다.

- 괴물왕 Monstruo, El

  루이 14세 참조.

- 달마우, 세바스티아 Dalmau, Sebastià

  바르셀로나 부유 가문 출신. 동맹군이 이베리아반도를 떠난 후 헤네랄리타트(카탈루냐 정부)에 복무했다. 달마우가(家)는 도시를 지키는 데 재산이 고갈되는 것을 아까워하지 않았고, 자신들의 금고를 털어 부대의 유지비용으로 썼다. 세바스티아는 방어전에 참가한 이유로 부르봉군의 박해를 받다가, 오스트리아에서 중령의 계급으로 카를로스 황제를 보필하며 말년을 보냈다.

- 데스발스, 마누엘 Desvalls, Manuel

  카르도나의 시장. 9월 11일 이후 친오스트리아파 주요 인사들과 함께 비엔나로 망명했고, 100세까지 살았던 듯하다. 그의 동생 안토니 데스발스는 카탈루냐 내에서 투쟁을 이끌었다.

- **뒤베르지** Duverger

  프랑스군 여단장. 바르셀로나 포위전에서 전사했다.

- **뒤크루아, 아르망** Ducroix, Armand

  창작 인물.

- **뒤크루아, 제노** Ducroix, Zenon

  창작 인물.

- **뒤피-보방** Duppy-Vauban

  세바스티앙 보방의 사촌으로, 그 역시 군사공학 연구에 전념했다. 뒤피는 바르셀로나 포위전의 마지막 단계에 참가하여, 산타클라라 보루 전투에서 심각한 중상을 입었다. 군직에 몸담은 동안, 전투에서 열여섯 차례 부상을 당했다.

- **디아고, 프란시스코** Diago, Francisco

  아라곤 출신의 땅굴 작업병. 바르셀로나 성채 밑을 파고들어오는 부르봉군의 땅굴을 찾아내는 수색대의 일원이다.

- **라모트** La Motte

  프랑스군 중령. 산타클라라 전투에서 부상당했다. 라모트는 베릭에게, 설사 쌍두왕관에 굴욕이 되더라도 공격을 유예해줄 것을 설득하여 이를 관철시켰다.

- **로헤르, 유이스** Roger, Lluís

  카탈루냐의 귀족. 펠리페 5세에 맞서는 바르셀로나의 무장항쟁 안(案)에 반대표를 던졌다. 그러나 최종 투표 결과를 받아들여 입장을 완전히 선회하고 도시 방어전에 참가했다. 전투 중에 사망했다.

- **루이 14세** Luis XIV

  프랑스 왕. "태양왕"으로 불린다. 팽창주의 정치를 펼쳐 에스파냐 왕위계승전쟁을 초래했다. 베르사유궁을 건조하는 등 궁정을 웅장하게 꾸몄으나, 치세 말기에 나라를 황폐화시켰다. 1714년 바르셀로나 함락을 기념하는 대규모 종교행사 테데움을 파리에서 열었다.

- **마스 드 루비니, 앙리** Massue de Ruvigny, Henry

  골웨이 참조.

- **마테우, 호세프** Mateu, Josep

  바르셀로나의 땅굴 작업병. 바르셀로나 성채 밑으로 뻗쳐 있는 부르봉군의 땅굴 수색 작업을 하다가 그것이 폭파되기 직전에 발견한다.

- **말버러** arlborough

  영국의 군인이자 귀족. 왕위계승전쟁 동안 블레넘, 셸렌베르크, 말플라케 전투에서 연이어 프랑스군을 격퇴했다. 하지만 공금 횡령, 그리고 개인의 이해관계를 위해 전쟁을 불필요하게 연장시키고 있다는 이유로 1711년 해임되었다. 말버러는 베릭의 친척으로, 전시 동안 서로를 상대로 교전을 펼쳤지만 계속해서 사적 교신을 주고받았다.

- **모라게스, 호세프** Moragues, Josep

  카탈루냐 지도자. 포위된 바르셀로나 외곽에서 부르봉군과 싸웠다. 전쟁 말기에 체포되어 처형되었다. 그의 두개골은 반역의 대가에 대한 경고의 표시로 무려 10여 년간 도시 관문에 걸려 있었다. 19세기가 되자 모라게스의 캐릭터는 에스파냐 낭만주의 운동에 의해 되살려져, 카탈루냐 자유 이야기의 신화적 인물로 격상되었다.

- **몰리나, 프란세스크** Molina, Francesc
    이탈리아 출신의 바르셀로나인. 바르셀로나군 땅굴 부대를 이끌었다. 포위전 동안 그는 부르봉군의 땅굴 수색 작업을 벌여 폭파 직전의 주요 갱도를 찾아낸다.

- **미나스 후작, 다스** Minas, Marquis das
    포르투갈 장군. 자국 군대를 이끌고 알만사 전투에 참가했다. 다스 미나스는 60세가 넘은 베테랑 지휘관이었다. 알만사 전투에서 포르투갈 부대가 담당했던 역할을 두고 나중에 동맹 영국군으로부터 신랄한 비판을 받았지만, 그 비판을 뒷받침하는 증거는 없다.

- **바르두에농슈, 앙투안** ardonenche, Antoine de
    프랑스 귀족 가문 출신의 대위. 바르셀로나 포위전에서 프랑스군의 일원으로 참전했다. 카스텔비의 『연대기 Crónicas』에 따르면, 그는 포위전 초기에 경박한, 이해가 잘 가지 않는 일을 벌였던 듯하다(이 일에 대해 수비리아는 언급하고 있지 않다). 즉, 제멋대로 그 도시에 '손님'으로 들어가, 그곳 건축물의 아름다움에 매료되었다는 것이다. 바르셀로나인들은 처음에는 의아해하다가, 곧 호의를 베풀어 수비리아로 하여금 그를 데리고 도시 구경을 시켜주게 한다. 이윽고 무사히 부르봉 진영으로 돌아온 뒤 포폴리 공작으로부터 질책을 받았으나, 후속 이야기는 나와 있지 않다. 발트라우트 스퍼링은 인쇄업자에게 원고를 건넬 때 명확하지 않은 부분은 가급적 빼고서 보내는데, 이 대목도 마찬가지다.

- **바스티다, 호르디** Bastida, Jordi

  카탈루냐 무관. 1709년 베나스케가 이끄는 부르봉군의 기습을 격퇴시킨 바 있다. 1714년 8월 바르셀로나 포위전 때 산타클라라 보루를 지키다 장렬한 최후를 맞이한다.

- **바쏜스** Bassons, Marià

  바르셀로나인 법학 교수. 도시 민병대에 입대하여 제자들로 구성된 학도병 지휘관으로 방어전에 참가한다. 1714년 8월 산타클라라 전투에서 사망한다.

- **바예스테르, 에스테베** Ballester, Esteve

  미켈레테 출신 장교. 당대의 연대기에 따르면 그는 베세이테에서의 소규모 전투에서 부르봉군의 포로로 잡혔으나 부하들의 과감한 반격으로 구출되었다고 한다. 역사적 정황상 바예스테르는 사소한 인물로 위치되고 있지만, 『빅투스』에서 수비리아는 그에 대해 많은 분량을 할애하고 있다. 이유는 아마도 그를 외세에 저항해 무기를 든 카탈루냐 농민군의 대표 격으로 보았기 때문일 것이다.

- **바트예, 발디리** Batlle, Baldiri

  카탈루냐 귀족. 부르봉군에 맞선 도시 방어전에 반대했으나 투표 결과를 받아들여 입장을 선회했다. 전투 와중에 죽었다.

- **발렌시아, 안토니** València, Antoni

  바르셀로나 귀족. 1713년의 논쟁 때, 도시 문을 폐쇄하고서 부르봉군에 맞서자는 안에 반대표를 던졌다. 방어전 동안 사망했다.

- **발트라우트** Waltraud

  창작 인물.

- **방돔** Vendôme

  프랑스 장군. 루이 14세의 지시로 황손 펠리페를 군사 지원하기 위해 에스파냐에 파견되었다. 1710년 브리우에가 전투와 비야비시오사 전투에 참가했으나 양 전투는 승패가 나지 않았다. 1712년 비나로스에서 바다가재를 먹은 뒤 소화불량으로 죽었다.

- **베렌게르, 안토니** Berenguer, Antoni

  카탈루냐의 군사위원. 부르봉군의 후미를 공격하기 위한 병력 규합을 위해 원정대가 꾸려졌을 때 그 지휘를 맡았다. 하지만 결과는 참담했고, 그는 귀환 후 임무 해태를 이유로 체포되어 재판에 처해졌지만 중대한 처벌은 받지 않았다.

- **베릭, 제임스 피츠–제임스 (지미) 공작** Berwick, James Fitz-James (Jimmy), Duque de

  프랑스군 원수이자 영국왕 제임스 2세의 사생아. 프랑스에서 교육을 받은 그는 태생상의 불리한 입장에도 불구하고 탁월한 능력을 발휘하여 사회 최고위층에 올랐다. 알만사 전투를 승리로 이끌었으며, 1714년 포폴리 공작으로부터 지휘권을 이양받아 바르셀로나에 대대적인 공세를 가했다. 1734년 독일 필립스부르크 포위전 때 죽었는데, 그 정황은 미스터리로 남아 있다.

- **보방, 샤를로트** Vauban, Charlotte

  세바스티앙 보방의 큰딸.

- **보방, 세바스티앙 르 프레스트르** Vauban, Sébastien le Preste

  프랑스의 귀족이며, 공학자이자 원수. 포위와 공격에 관한 새로운 방법을 개발하는 등 요새전 및 포위전을 혁신시킨 사람으로 유명하다.

- **보방, 잔** Vauban, Jeanne

  세바스티앙 보방의 작은딸. 프랑스 귀족 출신과 결혼했다. 그녀의 남편은 결혼한 지 얼마 되지 않아 현자의 돌을 찾는 데 미쳤다가, 몇 년 후 놀랍게도 제정신을 되찾았다.

- **부스케츠, 하우메** Busquets, Jaume

  미켈레트의 지도자. 카스텔비의 역사서에는 그에 대한 언급이 딱 한 번 나온다. 그것에 따르면, 부스케츠는 부르봉군 수중에 떨어진 마타로 마을을 되찾기 위해 분투했지만 결국 허사로 끝나고 말았다.

- **비야로엘, 안토니오 데** Villarroel, Antonio de

  에스파냐인 장군. 전쟁 초기에는 부르봉군에서 복무했다. 1708년 주요 전략 도시인 토르토사 공격 때 주목할 만한 역할을 했다. 그러나 1710년에는 진영을 바꾸어 친오스트리아군에 참가, 장군 직을 맡았다. 비야로엘의 기병대는 비야비시오사 전투 때 패배할 뻔한 것을 막는 데 결정적인 역할을 했다. 1713년 카탈루냐 정부에 의해 바르셀로나의 총사령관에 임명되었다. 그러나 이내 직위에서 사임했는데, 이유는 끝까지 저항하는 것은 곧 대량학살을 의미하는 것이라 보았기 때문이었다. 사임에도 불구하고 그는 배를 타고 피신하는 대신 도시 잔류를 선택했다. 9월 11일의 전투에서 심각한 부상을 당한 뒤로 조건부 항복에 반대하다가 체포, 수감되었다. 그는 감옥에서 끔찍한 고통을 당했으며, 죽기 바로 직전에서야 석방될 수 있었다.

- **사아베드라 이 포르투갈, 그레고리오 데** Saavedra y Portugal, Gregorio de
산타클라라 전투를 비롯해 포위전의 가장 결정적인 순간에 등장한 친오스트리아파 지휘관. 포위전의 막바지에 이르렀을 때(이 책에는 언급되어 있지 않지만), 그는 부르봉가의 최후 통첩을 통고하러 온 체크클라에스 후작과 이러한 대화를 남겼다. "우리 병사들은 적이 무슨 제안을 하든 듣지도 따르지도 않게 되어 있소. 그러거늘, 귀하께서는 무슨 또 할 말이 있는 게요?" "없습니다." "그러면 돌아가시오. 싸움은 계속될 테니까."

- **산타 크루스 부자** Santa Cruz [Padre E Hijo]
포위된 바르셀로나의 공병대를 지휘한 장교 부자(父子). 그들은 병영을 탈주하여 부르봉군 지도부에 귀순 의사를 타진했으나 받아들여지지 않았다. 그러자 자신들의 직책은 순전히 명목상으로만 존재한다며 알리칸테로 피난했다.

- **산트 호안, 니콜라우 데** Sant Joan, Nicolau de
카탈루냐 정치가. 1713년의 논쟁에서 항복파 진영을 이끌었다.

- **살라, 베네트** Sala, Benet
바르셀로나의 주교. 1713년 논쟁 당시, 막후에서 항복파 입장을 거들었으나 성공하지 못했다. 항복을 위해 애썼음에도 불구하고, 그는 전쟁 말기에 부르봉 정권으로부터 보복을 당했다.

- 소시지 업자 Salchichero de Amberes (안트베르펜 출신의~)

  프어봄 참조.

- 속전속결 Plis Plas

  스탠호프 참조.

- 수니가, 디에고 데 Zúñiga, Diego de

  창작 인물.

- 수브뵈프 Sauveboeuf

  바르셀로나 공세 때 사망한 프랑스군 장교.

- 수비리아, 마르티 Zuviría, Martí

  비야로엘 장군의 부관. 카스텔비는 『역사 이야기』에서 수비리아가 포위전 동안 비야로엘 장군의 프랑스어 통역관이자 부관, 그리고 바르셀로나 외곽에서의 임무를 수행하는 등 다양한 일을 했다고 전하고 있다. 그는 전쟁 후 비엔나로 탈출했으며, 그의 이름이 해외 망명 친오스트리아파 명단에 올라 있었다고 전해진다.

- 스탠호프, 제임스 Stanhope, James

  영국 귀족이자 지휘관. 1710년 영국군 사령관으로 전쟁 종식의 임무를 띠고 에스파냐에 파견되었다. 그의 군무(軍務) 수행은 정치적으로나 군사적으로나 혹독한 비판을 받았고, 1710년 자신의 부대와 함께 포로 신세가 되었다. 스탠호프는 인도 마드라스 총독의 여식과 결혼하면서 정계에 입문했다. 이후 그는 '남해거품사건'이 터지자 재무장관 직을 맡았는데, 이 사건으로 영국 경제는 큰 침체를 겪었다.

- **시갈레트** Cigalet

  포위당한 바르셀로나에서 공개 처형된 자. 포격으로 허물어진 건물에서 물건을 훔친 죄로 즉결재판에 넘겨져 사형이 언도되었다. 사형 집행은 그의 조력자이자 미래의 사위가 맡았는데, 이 일로 사위는 승진을 했다.

- **아멜리스** Amelis

  창작 인물.

- **알레마니, 프란세스크** Alemany, Francesc

  카탈루냐 귀족. 1713년에는 바르셀로나 방어전에 대해 반대했으나, 결국 투표 결과를 받아들여 싸우는 데 동의했다. 전투 중에 사망했다.

- **앙팡** Anfán

  창작 인물.

- **오르티스** Ortiz

  산타클라라 전투에서 중요한 역할을 한 친오스트리아파 대령. 부대를 이끌고 포위한 부르봉군 선봉을 기습공격했다.

- **오를레앙 공작** Orleans, Duque d'

  프랑스 귀족이자 군인. 에스파냐 왕위계승전쟁 동안 에스파냐뿐 아니라 이탈리아에서 치러진 전투에도 참가했다. 1708년 카탈루냐 남부 지역에 전략 거점을 두고 토르토사 포위 작전을 지휘했다. 루이 14세가 서거한 후 섭정을 맡았으나 방탕한 사생활 때문에 다른 유럽 국가의 반감을 샀다.

- **요제프 1세** José I

  오스트리아 황제. 에스파냐의 '카를로스 3세'를 원했던 카를의 형이다. 1711년 요제프가 사망하자, 카탈루냐에 있던 카를은 황제에 오르기 위해 오스트리아로 떠난다. 이는 동맹에 큰 변화를 가져오는 계기가 되었고, 결국 동맹군은 카탈루냐를 포기하게 된다.

- **지미** Jimmy

  베릭 참조.

- **카를랑가스** Karlangas

  카를로스 3세 참조.

- **카를로스 3세** Carlos III

  에스파냐 왕위 계승을 노렸던 오스트리아 대공 카를을 지칭한다. 1705년에서 1709년 사이에, 바르셀로나 왕실에 머물면서 에스파냐 왕위계승전을 치렀다. 1711년 오스트리아 황제였던 형 요제프 1세가 죽자 게르만 신성로마제국의 황권을 이어받기 위해 카탈루냐를 버리고 비엔나로 간다. 이로 인해 카탈루냐는 비극의 운명을 맞이한다. 이 소설의 '카를로스 3세'는 '에스파냐의 카를로스 3세'가 되기를 포기한, 오스트리아의 '카를 6세'를 말한다. 역사서에 '에스파냐의 카를로스 3세'로 정식 명명된 왕은 훗날 부르봉가에서 나왔다.

- **카사노바, 라파엘** Casanova, Rarael

  카탈루냐 변호사. 1713년 포위당한 바르셀로나의 정치 조정자 역을 맡았다. 1714년 9월 11일 부상을 당했다. 부르봉가의 억압 하에서 변호사 업무를 재개했다.

- **카스텔비, 프란세스크** Castellví, Francesc de

  카탈루냐의 하층 귀족 출신. 바르셀로나 전투에서 대위 계급으로 싸웠다. 1714년 이후 비엔나로 망명하여 카를 황제에게 조국에 대한 자비를 베풀 것을 청원했다. 불안정한 생활 속에서도 혼신의 힘을 다하여 에스파냐 왕위계승전과 바르셀로나 포위전에 관한 대연대기를 썼고, 그것이 기념비적인 저작 『역사 이야기Narraciones históricas』가 되었다. 이 책은 그의 생전에 출판되지 못했으며, 자필 원고가 19세기가 되어서야 발견되었다.

- **코스타, 프란세스크** Costa, Francesc

  카탈루냐의 포병 장교. 그의 능숙한 부대 통솔은 적들로부터도 칭송을 받았다. 그가 이끄는 마요르카 부대는 당대 최고의 포병대로 인정되었다. 바르셀로나가 함락된 후 베릭 원수는 그에게 프랑스군 장교직을 제의하고 높은 봉급을 약속했으나, 그는 노망가버렸다.

- **토메우** Tomeu

  바르셀로나군 중령. 오르티스 대령과 함께 부르봉군 선봉대를 측면공격했다. 산타클라라 전투 동안 압도적인 프랑스-에스파냐군을 몇 차례나 물리쳤다.

- **티모르, 하우메** Timor, Jaume

  카탈루냐 장교. 1714년 산타클라라 전투에서 중요한 역할을 했다. 전황이 최악으로 치달았을 때, 방어군 병사들이 산타클라라 보루를 포기하지 않도록 분투했다.

- **파야레스, 디닥** Pallarès, Dídac

  바르셀로나 시민으로, 도시 민병대인 코로넬라 부대에 참가했다. 포위전 동안 역시 민병대원인 그의 세 아들이 죽거나 심한 중상을 당했다.

- **판 쿠호른, 메노** Van Coehoorn, Meno
  네덜란드의 군사공학자. 포위전 이론에서 보방 식과는 정반대되는 모델을 주장했다. 쿠호른은 보방과 동시대 사람으로, 그들은 나뮈르 포위전에서 실제로 맞대결을 펼쳤다. 이 전투에서 포위군을 이끈 보방은 쿠호른으로부터 직접 항복을 받아냈다.

- **판 프어봄, 요리스 프로스페루스** Van Verboom, Joris Prosperus
  에스파냐 부르봉가를 섬긴 네덜란드 출신의 군사공학자. 1710년 전투에서 부상을 당해 친오스트리아파 군대의 포로가 되었다. 바르셀로나에서 2년 간 포로로 지내는 동안 도시의 방어망에 대해 몰래 조사했다. 1714년 바르셀로나를 강습하기 위한 공격 참호의 설계자로 지목되었다. 그는 시민을 진압하기 위한 수단으로 도시 내에 성채를 세웠다.

- **페레르, 엠마누엘** Ferrer, Emmanuel
  카탈루냐의 하층 귀족. 바르셀로나 행정 관리로서 뛰어난 업무 수완을 발휘했다. 1713년의 논쟁에서, 그는 부르봉군에 저항하자는 사람들의 대변인 역할을 했다.

- **페레트** Peret
  창작 인물.

- **펠리페 5세** Felipe V
  루이 14세의 손자 앙주 공. 카를로스 2세가 서거하자 부르봉가는 그를 에스파냐 왕권 후계자로 지목했다. 동맹군이 이베리아반도에서 철수한 후 그는 저항하는 카탈루냐인들을 폭동을 일으킨 '반란군'으로 규정하고 무자비하게 다루도록 지시했다. 펠리페는 어렸을 때부터 정신이상 증세를 보였으며, 말년에는 치매 증상이 갈수록 심해져 손톱을 10인치 이상 기르는가 하면 누더기 옷차림으로 활보하거나 뚜껑 열린 관에서 잠을 자기도 했다.

- **펠리피토** Felipito

  펠리페 5세 참조.

- **포우, 호세프** Pou, Josep

  비크(Vic) 출신의 의사. 카탈루냐 정부 몰래 부르봉군에게 도시의 항복 의사(意思)를 전달했다.

- **포폴리, 레스타이노 칸텔모 스튜어트, 공작** Pópuli, Restaino Cantelmo Stuart, Duque de

  펠리페 5세를 섬기는 이탈리아 귀족. 포폴리는 바르셀로나인들에게 개인적인 악감정을 가지고 있었는데, 그의 주장에 따르면, 그 이유는 1705년의 소요(騷擾) 기간에 바로셀로나 사람들이 자기 아내를 함부로 대했다는 것이었다. 1713년 펠리페는 포폴리에게 카탈루냐 점령을 위한 프랑스-에스파냐 연합군의 지휘권을 부여했다. 포폴리는 포위전에서 바르셀로나의 완강한 반격에 고전했고, 도시를 쉽사리 점령하지 못한 채 9개월을 허비하자, 지휘권이 베릭에게로 넘어갔다.

- **폰 슈타렘베르크, 구이도 뤼디거** Von Starhemberg, Guido Rudiger

  오스트리아 장군. 황제의 지시로 에스파냐 왕좌의 후계 지원자인 황자 카를을 지원하기 위해 에스파냐에 파견되었다. 슈타렘베르크는 비록 오스트리아군에 결정적인 승리를 안겨주지는 못했지만 능수능란한 무관이었다. 1713년 카를을 대신해 카탈루냐의 총독이 되었다. 철수협정에 따라 에스파냐 땅에 남아 있는 동맹군을 철수시켰는데, 이는 곧 바르셀로나를 부르봉가에 넘겨주는 것이나 마찬가지였다. 시민들은 격렬히 항의했지만 슈타렘베르크는 부대를 함선에 태워 철수시켰고, 이후 바르셀로나인들은 처절한 운명을 겪어야 했다.

- **폴라스트홍** Polastron

  프랑스군 고위 장교. 바르셀로나 포위전에서 사망했다.

- **피바예르, 카를레스 데** Fivaller, Carles de

  카탈루냐 원로 의원. 카탈루냐 의회 전통의 상징과 같은 인물이다. 1713년의 논쟁에서, 그는 모두의 예상을 벗어나 자신이 도시 방어안(案)에 대한 열렬한 지지자임을 밝힌다. 이는 투표의 향방을 크게 바꾸는 계기가 되었다.

옮긴이의 말

바르셀로나 1714년 9월 11일

지금 에스파냐(스페인)는 카탈루냐의 분리 독립 문제로 어수선하다. 에스파냐(중앙정부) 차원에서 헌정 질서를 파괴하는 불법 준동으로 그 의미를 축소시키는 카탈루냐(지방정권)의 분리주의는 주권 국가로 인정받기 위한 독립운동이다.

카탈루냐 독립운동은 무엇보다도 에스파냐 왕위계승전쟁(1701-1714년)에서 그 기원을 찾을 수 있다. 당시 에스파냐는 카를로스 2세의 죽음과 함께 후계자 문제가 대두되면서 프랑스(부르봉가)와 오스트리아(합스부르크가) 사이에 왕위 쟁탈전이 벌어지고, 결과적으로 루이 14세가 천거한 앙주의 대공 필리프가 에스파냐 왕위에 오른다. 전 유럽이 동요한다. 에스파냐와 프랑스의 거대 제국 탄생으로 유럽에서의 힘의 불균형을 우려한 영국은 오스트리아, 네덜란드, 덴마크, 포르투갈과 함께 전면전을 선포한다. 그들은 백작령(변방백)인 카탈루냐에 군대를 파견한다. 그리하여 실질적인 '1차 세계대전'으로 불리는 에스파냐 왕위계승전이 시작된다.

이 책 『빅투스』는 전술한 역사적 사실에 위치한다. 카탈루냐인에게 에스파냐 왕위계승전은 피의 역사이자 굴복의 역사다. 유럽 열

강의 틈바구니에서 그들만의 헌정과 자유를 지켜오던 카탈루냐인들은 무려 14년 동안 지속된 전쟁에 시달렸고, 그들의 주도인 바르셀로나는 '쌍두왕관'인 프랑스와 에스파냐 연합군에게 결사항전으로 맞선다. 이른바 '바르셀로나 요새전'으로 명명된 전투는 바르셀로나가 함락될 때까지 13개월 동안 지속되며, 그 기간에 바르셀로나로 포탄 3만 발이 집중되었다는 공식 통계가 그들이 겪은 불행의 참상을 상징적으로 대변한다. 카탈루냐인들이 300년이 지난 오늘날까지 9월 11일을 '카탈루냐의 날'로 기억하는 것은 거기서 연유한다. 자유와 독립을 갈구하는 카탈루냐인들의 의지는 패전 후에 비엔나로 망명한 이 책의 주인공 공병 출신의 98세 노병이 내뱉는 회한의 목소리를 통해 얼핏 엿볼 수 있을 것이다.

인간은 이성적이고 기하학적인 영혼을 소유한 유일한 존재일 것이다. 한데 무방비 상태인 자들이 막강하게 무장한 자들에 맞서 싸우는 이유는 무엇인가? 소수가 다수에게, 작은 것들이 큰 것들에 맞서 저항하는 이유는 무엇인가? 그 이유를 나는 안다. '말(言)' 때문이다.
우리는, 그러니까 우리 시대의 공병(工兵)은 하나가 아닌 두 가지 역할을 맡았다. 하나는 성스러운 것으로 요새를 구축하는 일이며, 다른 하나는 불경스러운 것으로 요새를 파괴하는 일이다. 그대들이여, 티베리우스를 완성한 나에게 그 말을, 바로 그 '말'을 밝히도록 해달라. 나의 친구들이여, 나의 적들이여, 나아가 온 우주의 변두리에 기거하는 모든 미미한 벌레들이여, 나는 배신자였다. 그들은 내가 만든 작품으로 '아버지 집'을 강탈했다. 결과적으로 나는 그들이 나에게 방어를 맡겼던 도시를, 양 제국의 무력 침탈에 대항하던 도시를 굴복시켰다. 나의 도시를. 따라서 나의 도시를 그들에게 넘긴 배신자는 다름 아닌 바로 나였다.

『빅투스』는 역사소설이다. 첫 소설이자 베스트셀러인『차가운 피부』에 이어『콩고의 판도라』로 세계적인 작가로 입지로 굳힌 산체스 피뇰은 3년에 걸친 철저한 역사 고증과 기록을 바탕으로 이 책을 완성한다. 2012년 여름에 이 책이 세상에 나오자 자국의 문학계와 출판시장은 즉각 반응한다. 이들이 주목한 것은 이 책이 가뜩이나 어수선한 시기에 '민감한' 현안과 밀접한 주제(왕위계승전)를 다루었다는 점과, 3천 매 분량에 갈도스, 뒤마 혹은 위고, 톨스토이에 비견할 만한 역사소설의 미덕을 골고루 갖추었다는 점이다. 한 가지 흥미로운 것은 카탈루냐어로 글을 쓰던 작가가 처음으로 카스티야어, 즉 에스빠냐어로 이 책을 썼다는 것이다.

『빅투스』는 공식적인 역사, 즉 승자나 힘 있는 자들의 일방적인 시각이 아니라 목숨밖에 내놓을 게 없는 민중들의 시각에서 기술되며, 여기에 작가는 자칫 무겁고 우울한 '한풀이' 같은 서사 방식을 배제하는 대신에 특유의 위트와 유머, 해학과 기지, 에스파냐의 전통 산문 장르인 피카레스카 소설(악자 소설) 기법을 차용함으로써 새롭게 진화한 역사 소설의 가능성을 내비치고 있다. 또한 이 책에는 18세기 초까지 공성전의 교범으로 알려진 보방의 축성술과 쿠호른의 전술 등이 삽화와 함께 가미됨으로써 독자들의 흥미를 배가시킨다.

이후, 작가 산체스 피뇰은『빅투스』후속작으로 동일 인물을 내

세운 『바에 빅투스Vae Victus(패배자에게 비애를)』를 내놓는다. 또한 그는 18세기 유럽 역사가 지닌 가치에 주목하면서, 10권 분량의 대하소설을 집필하고 싶다는 욕망을 공개적으로 피력하여 독자들의 기대를 집중시키고 있다.

2017년 11월
정 창